쉽게 읽는 **龍飛御天歌** · Ⅱ

윤석민 · 유승섭 · 권면주

쉽게 읽는
龍飛御天歌 · Ⅱ

윤석민 · 유승섭 · 권면주 지음

도서
출판 박이정

| 저자소개 |

윤석민
서울대학교 국어국문학과 대학원 졸업, 문학박사.
현 전북대학교 국어국문학과 교수.
저서는 『현대국어의 문장종결법』, 『월인천강지곡의 텍스트 분석』(공저), 『텍스트언어학의
이해』(공저) 등이 있으며, 논문은 "국어의 텍스트언어학적 연구 시론", "'일요-'계 어휘의
사용확대에 관하여", "텍스트언어학과 문학작품 분석", "일제시대 어문 규범 정리과정에서
나타난 수용과 변천의 양상" 등이 있음.

유승섭
원광대학교 국어국문학과 대학원 졸업, 문학박사.
민족문화추진회 국역연수부 졸업.
전 전북대학교 학술연구교수 및 현 전북대학교 전임연구원.
저서 및 논문은 『현대국어문법의 이해』, "국어 겹목적어 구문의 격점검 현상" 등 다수.

권면주
원광대학교 국어국문학과 대학원 졸업, 문학박사.
현 전북대학교 전임연구원.
논문은 "국어 어휘군의 계통적 상관관계에 관한 연구", "四字經(공역)" 등 다수.

쉽게 읽는
龍飛御天歌 · Ⅱ

초판 인쇄 2006년 12월 5일
초판 발행 2006년 12월 10일

지은이 윤석민 · 유승섭 · 권면주
펴낸이 박찬익

펴낸곳 도서출판 **박이정**
130-070 서울시 동대문구 용두동 129—162
Tel 02) 922-1192~3, Fax 02) 928-4683
Http://www.pjbook.com, E-mail book@pjbook.com
온라인 (국민) 729-21-0137-159
등록 1991년 3월 12일 제1-1182호
ISBN 89-7878-863-7 (세트)
　　　89-7878-887-4 93810
ⓒ 2006, 윤석민 · 유승섭 · 권면주

값 20,000원

"이 저서는 2004년도 한국학술진흥재단의 지원에 의하여 연구되었음."(KRF-2004-074-AS0074)

| 머리말 |

『쉽게 읽는 용비어천가 · II』가 출간되었다. 이번에 출간된『쉽게 읽는 용비어천가 · II』는 지난해 출간된『쉽게 읽는 용비어천가 · I』에 이어서 제18장부터 제49장까지 실어놓은 것이다. 이후 나머지 제125장까지는 『쉽게 읽는 용비어천가 · III』에 실어서 완간할 예정이다. 이 밖에도 우리 연구팀은 중세국어와 근대국어 자료 중에서 국어학적으로 가치 있는 작품을 선정, 국어의 변천과정을 연구하여 그 결과를 정보처리 하고 있다. 그리하여 현대국어문법에 지식이 있는 사람이라면 일반인들 까지도 쉽게 읽을 수 있도록 하고 있다.

본 연구팀 가칭 '15~17세기 국어의 변천과정과 정보화'팀이 구성된 것은 지난 2002년 2학기 시작 무렵이다. 그간 중세국어와 한문에 관심 있는 학부 대학원 그리고 박사 연구원들이 정기적으로 소모임을 갖고 세미나를 개최하여 고전을 강독하고 있었다. 이러던 차에 본 연구팀을 본격적으로 가동하여『쉽게 읽는 용비어천가 · II』를 내기에 이르렀다. 사실 우리 팀의 능력으로 용비어천가를 해역하는 것은 용기를 필요로 하는 일이었다. 그 이유는 우선 중세국어에 폭넓은 혜안이 있어야 했고 한문을 해독할 수 있는 능력이 있어야 했기 때문이다. 그럼에도 불구하고 용기를 내어 출간할 수 있었던 것은 그간 학계에 축적된 많은 연구 자료를 접할 수 있어서였고 또 이 방면에 업적이 뛰어난 선행 연구자들을 찾아가 자문할 수 있어서였다. 그분들의 조언과 격려로 이 책을 내게 된 것이다.

책을 내면서 어려웠던 점은 획순이 뚜렷하지 않은 글자를 돋보기로

들이대며 찾아서 입력하고 현대국어로 옮기는 점이었다. 알아보기 어려운 글자는 문맥을 해석하여 유추한 경우도 상당량 있다. 이렇게 해서도 도저히 알 수 없는 글자는 빈칸으로 남겨놓고 후일을 기약했다. 이런 몇 가지 어려움이 있음에도 불구하고 책을 내기에 이르렀으니 그 수고로움은 차치하고 잘 못 입력된 글자나 오역 등이 있을까 두렵다. 잘못된 부분이 있다면 그것은 전적으로 본 연구팀에 책임이 있다.

이번에 낸 『쉽게 읽는 용비어천가 · II』는 국어학도는 물론이려니와 한학도나 일반인들까지도 쉽게 읽을 수 있도록 했다. 문법풀이 부문에서는 한눈에 알아볼 수 있도록 형태소 경계를 '+'와 같은 기호를 써서 표시하였다. 한문 부분에서는 문단을 나눠 바로 아래에 번역을 해 놓았다. 번역은 직독을 해놓았다. 글자 한자 한자를 빠뜨리지 않고 풀이하여 직독을 하다보니 문장이 매끄럽지 못한 부분도 있다. 그러나 이런 방법이 한문 강독에는 오히려 도움이 있을 것이라 여겨 후자의 장점을 취하였다.

『쉽게 읽는 용비어천가 · II』의 체제는 『쉽게 읽는 용비어천가 · I』과 다르게 전반부에 '15~17세기 문법' 부문을 제시하지 않고 곧바로 원문을 실어놓았다. 그리고 『쉽게 읽는 용비어천가 · I』과 마찬가지로 한문과 중세국어는 현대어로 옮겼고 중세국어는 다시 각각의 어휘를 표제어로 삼아 문법 풀이하였다.

요즈음 국어학은 어렵고 재미없다고 생각한다. 따라서 소수의 전공학도만이 관심을 갖는 추세다. 그러나 국어학이 어렵고 재미없다는 것은 그릇된 생각이다. 소위 국어문법도 원리를 알면 쉽고, 관심을 갖고 보면 언어가 가진 신비한 원리에 재미를 느낄 수 있다. 언어가 가진 신비한 원리를 연구하는 것은 단순히 언어만을 연구하는 것이 아니라 우리 몸 속 세포들의 떨림을 보는 것이 아닐까. 우리 몸 속 세포가 어떻게 떨릴까 알아가는 것은 흥미로운 일이 아닐 수 없다.

마찬가지로 고전도 어렵고 고루하다고 하여 외면하거나 대대로 내려오는 보물쯤으로 여기는 경향이 없지 않다. 그러나 우리의 고전은 눈으로만 감상하는 박제된 영혼이 아니다. 우리가 소망하는 것이 있다면 고전 속에 담겨 있는 재미난 이야기를 책을 통해서 만지고 느껴서 박제된 영혼에서 깨어나길 희망하는 것이다.

끝으로 이 책을 내기까지 도움을 준 많은 분이 계신다. 한문 원문에 대한 이해가 부족하여 연구가 어려움에 직면할 때마다 오류를 바로잡아주시고 세세한 부분까지 지적해 주신 유재영 교수님께 감사를 드린다. 원고의 입력에서부터 교정에 이르기까지 꼼꼼히 살펴준 대학원생 옹기현과 학부생 장승익, 송정원, 조은진에게도 고맙다는 말을 전한다. 상업적으로 크게 도움이 되기 어려운 책의 출간을 선뜻 동의해 주신 박찬익 사장님과 책을 품위 있게 만들어 준 박이정 출판사 편집실에도 감사의 말씀을 드린다.

2006년 10월
저자 씀

| 일러두기 |

1. 여기에 영인한 용비어천가(龍飛御天歌)는 중간본(重刊本) 규장각문고(奎章閣文庫)로 광해군 4년(1612년)에 간행한 원간본의 복각판(復刻板)이다.

2. 용비어천가(龍飛御天歌)의 체제는 전 10권 125장으로 각 장마다 한글가사, 한시, 한문 주해로 구성되어있다. 125장의 가사를 살펴보면 조선의 건국을 노래한 서가(序歌) 1~2장, 6조의 사적을 칭송한 본가(本歌) 3~109장, 후손을 경계한 결가(結歌) 110~125장으로 이루어져 있다.

3. 이번에 펴낸 쉽게 읽는 용비어천가 Ⅱ는 제Ⅰ권에 이어 제18장부터 제49장까지이다.

4. 제Ⅰ권에서는 15~17세기 문법의 기초를 앞부분에 실어서 용비어천가를 설명하는 데 기초로 삼았지만 제Ⅱ권에서는 곧바로 원문을 실어놓았다.

5. 용비어천가는 한글가사, 한시, 주해로 구성되어 있다. 이것을 원문 그대로 실어 놓고 순서대로 한글가사는 현대어로 옮기고 음운 현상과 문법 풀이를 하였다. 그리고 한시와 주해는 현대국어로 번역하였다. 한글가사의 문법 풀이 부분에서는 형태소 분석을 '+'와 같은 기호를 써서 표시하였다.

6. 한자어 어휘는 본음으로 읽은 것은 소괄호로 처리하였고 본음으로 읽지 않은 것은 대괄호로 처리하였다. 예를 들면 인명(人名), 나이[年歲]와 같다.

7. 참고한 서적은 다음과 같다.

고영근(1987), 표준중세국어문법론, 탑출판사.

고영근·박금자·고성환·윤석민(2003), 월인천강지곡의 텍스트 분석, 집문당.

김민수(1983), 신국어학, 일조각.

김민수(1997), 우리말어원사전, 태학사.

김성칠(1948), 주해 용비어천가, 조선금융조합회.

남기심·고영근(1985), 표준국어문법론, 탑출판사.

남광우(1993), 고어사전, 일조각.

박재연(2002), 中朝大辭典, 中韓飜譯文獻研究所.

안병희(1990), 중세국어문법, 동아출판사.

유재영(1993), 전북전래지명총람, 민음사.

유창돈(1995), 이조어사전, 연세대학교출판부.

육당전집편찬위원회(1973), 육당 최남선 전집 7(신자전), 현암사.

윤석민(2000), 현대국어의 문장종결법 연구, 집문당.

이광호(2004), 근대국어문법론, 태학사.

이기문(1972), 국어사개설, 탑출판사.

이병주(1982), 두시연구논총, 이우출판사.

이숭녕(1981), 중세국어문법(개정증보판), 을유문화사.

이윤석(1992), 용비어천가, 효성여자대학교 한국전통문화연구소.

이현희(1997), 杜詩와 杜詩諺解(6, 7), 신구문화사.

전재호(1974), 杜詩諺解의 國語學的 硏究, 선명문화사.

전재호(1985), 杜詩諺解講義, 학문사.

한국정신문화연원 인문연구실(1998), 杜詩와 杜詩諺解 硏究, 태학사.

허웅(1955), 용비어천가, 정음사.

허웅(1961), 중세국어문법(개정증보판), 을유문화사.

허웅(1992), 15·16세기 우리 옛말본의 역사, 탑출판사.

홍윤표외(1995), 17세기국어사전, 태학사.

中國古今地名大辭典(1968), 商務印書館.

中國人名大辭典(1998), 商務印書館.

漢韓大字典(2005), 民衆書林.

諸橋轍次(1956), 大漢和辭典, 大修館書店.

| 차 례 |

머리말

일러두기

龍飛御天歌 · Ⅱ

龍飛御天歌・Ⅱ

龍飛御天歌卷第四

第十八章

【언해문】驪山役徒·를 일ᄒ·샤 지·ᄇ·로 도·라·오싫· 제
·열·희 ᄆᅀᆞ·믈 하늘·히 달·애시·니

【현대역】여산(驪山) 역도(役徒)를 잃으시어 집으로 돌아오실 제 열
의 마음을 하늘이 달래시니.

【언해문】:셔ᄫᅳᆯ使者·를 :ᄭᅥ리·샤 바·ᄅᆞ·를 :건·너싫· 제
二百戶·를 어·느 ·뉘 請ᄒ·니[使 去聲 下同 使者 指廉使也 穆祖之徙德源
也 民之從者 百七十餘家 云二百戶者 擧成數也]

【현대역】서울 사자(使者)를 꺼리시어 바다를 건너실 제 이백 호(二
百戶)를 어느 누가 청(請)하니. [사(使)는 거성으로 아래도 같다. 사자(使者)는 염
사(廉使)를 가리킨다. 목조(穆祖)가 덕원(德源)으로 옮기니 따르는 백성이 170여 채였다.
200채라 한 것은 일정한 수[成數]를 든 것이다.]

【언해문 분석】

1. 일ᄒ샤 : 잃으시어
   기본형이 '잃다'이다. 분석하면 '잃-(어간) + -ᄋᆞ샤-(주체 높임 선
   어말 어미) + (-아)(부사형 연결 어미)'와 같다.

2. 지ᄇ로 : 집으로
   분석하면 '집(명사) + ᄋᆞ로(방향격 조사)'와 같다.

3. 도라오싫 제 : 도라오실 제, 도라오실 때에, 도라오실 적에
   기본형이 '돌아오다(歸)'이다. 분석하면 '돌아오-(어간) + -시-(주
   체 높임 선어말 어미) + -ㄹ(관형형 어미) + ㆆ(된소리 기호) + 제
   (명사)'와 같다. 어간 '돌아오-'는 어간 '돌-'과 '오-'가 부사형 연
   결어미 '-아'에 의해 결합한 통사적 복합어이다. 관형형 어미 'ㄹ'
   과 함께 쓰인 'ㆆ'은 다음에 오는 소리가 된소리가 되는 것을 표시
   하기 위한 것이다.

4. 열희 : 열의, 열 사람의
   분석하면 '엻(ㆆ종성 체언) + 의(속격 조사)'이다. '의'는 평칭의 속
   격 조사이다.

5. ᄆᆞᅀᆞᄆᆞᆯ : 마음을
   분석하면 'ᄆᆞᅀᆞᆷ(心, 명사) + ᄋᆞᆯ(목적격 조사)'이다.

6. 달애시니 : 달래시니; 달래셨습니다
   기본형이 '달애다(誘)'이다. 분석하면 '달애-(어간) + -시-(주체
   높임 선어말 어미) + -니(상대 높임 평서형 종결 어미)'와 같다. '-
   니'는 '-니이다'의 생략형이다.

7. 셔ᄫᅳᆳ : 서울의
   '셔ᄫᅳᆯ'의 'ㅸ'소실 후로는 '셔울'로 나타난다. 분석하면 '셔ᄫᅳᆯ(명사)
   + ㅅ(사잇소리)'와 같다. 받침 'ㅅ'은 사잇소리로 순국어의 유성음
   아래 쓰인 조건이고, 무정체언 아래 쓰인 속격이다. '서ᄫᅳᆳ'은 '셔
   ᄫᅳᆯ〉셔울〉서울'로 단모음화 과정을 거쳤다.

8. 바ᄅᆞᆯ : 바다를

분석하면 '바를(海) + 을(목적격 조사)'이다.

9. 건너싫 제 : 건너실 제, 건너실 때에, 건너실 적에

　　기본형이 '건너다'이다. 분석하면 '건너-(어간) + -시-(주체 높임
　　선어말 어미) + -ㄹ(관형형 어미) + ㆆ(된소리 기호) + 제(의존 명
　　사)'와 같다. 관형형 어미 'ㄹ'과 함께 쓰인 'ㆆ'은 다음에 오는 소리
　　를 된소리로 표시하기 위한 것이다.

10. 어느 : 어느

　　'어느'는 '어느, 어느, 어누' 등으로 쓰이는데, 그 문법적 구실은 관
　　형사, 대명사, 부사로 두루 쓰인다. 여기서는 관형사로 쓰였다.
　　현대국어에서는 의존명사 '것'과 통합된 '이것, 그것, 저것'이 지시
　　대명사로 쓰이고, '이, 그, 저'는 관형사로 나타나는데, 중세국어에
　　서는 '이, 그, 뎌'가 그대로 대명사의 기능을 표시하였다. 위의 고
　　사에서 쓰인 '어느'가 바로 그것이다.

　　　　(가) 二百戶를 어느 뉘 請ᄒᆞ니〈龍御, 十八〉
　　　　(나) 내 이를 위ᄒᆞ야 어엿비 너겨〈訓諺, 二〉
　　　　(다) 법이 졍미ᄒᆞ야 졈믄 아히 어느 듣ᄌᆞᄫᆞ리 잇고〈釋譜六, 一一〉

　　위의 예문 (가)는 관형사로 (나)는 지시대명사로 (다)는 '어찌'의 의
　　미를 갖는 부사로 쓰였다.

11. 뉘 : 누가

　　분석하면 '누(인칭대명사) + ㅣ(주격조사)'와 같다. 인칭대명사의
　　미지칭 '누'는 주격형과 속격형이 모두 '뉘'였으나 주격형은 거성의
　　'·뉘'로, 속격형은 상성의 ':뉘'로 각각 구별되었다. 이곳에서는 거
　　성의 '·뉘'이다.

【한문】 失驪役徒　言歸于家　維十人心　天實誘他[言 辭也
歸 還也]

【현대역】 (漢 高祖 劉邦이) 여산(驪山, 秦始皇의 葬地)의 역도(役徒,
壯丁)를 잃고 집으로 돌아간다는 말에 열 사람(劉邦)을 따라가겠다는
役徒)의 마음을 하늘이 진실로 달래시니.[언(言)은 말이란 뜻이다. 귀
(歸)는 돌아간다는 뜻이다.]

【한문】 憚京使者　爰涉于海　維二百戶　誰其請爾

【현대역】 (穆祖가) 서울의 사자(使者, 按廉使)를 꺼리어 이에 바다를
건널 때 이백 채를 그 누가 청했겠는가?

【주(註)】

漢高祖以泗上亭長　爲縣送徒驪山[泗水亭在沛縣東 亭者 停留行旅宿食處也 長 上
聲 秦法 十里一亭 亭置長 主督盜賊 爲 去聲 驪 音離 驪山 在雍州新豐縣南 古驪戎國也 始皇
葬驪山 郡國送徒士徃作]

한고조(漢高祖)가 사상정(泗上亭)의 장(長)으로서 현(縣)을 위해 장정들
을 여산(驪山)으로 보냈다.[사수정은 패현이 동쪽에 있다. 정(亭)이란 머무르고 떠나
는 사람들이 먹고 자는 곳이다. 장(長)은 상성이다. 진(秦)나라 법에 10리가 1정인데 정에는
장(長)을 두어 주로 도적을 경계하는 일을 맡아보게 했다. 위(爲)는 거성이다. 여(驪)는 음이
이(離)이다. 여산은 옹주(雍州) 신풍현(新豐縣) 남쪽에 있는데 옛 여융국(驪戎國)이었다.
진시황을 여산에 장사지냈는데 고을과 제후국에서 장정을 보내어 가서 일하게 했다.]

徒多道亡　自度比至皆亡之[亡 逃也 道亡 謂在道亡歸也 度 入聲 比 及也] 到豐西澤中
亭　止飮[豐 鄉名 屬沛 後沛爲郡 豐爲縣 亭 在鄉西澤中 因以爲名也 止 留也]

장정들이 가는 길에 많이 달아났다. (한고조가) 스스로 헤아려 보니 그곳
에 이르러 도착하면 모두 없어질 것 같았다.[망(亡)은 달아난다는 뜻이다. 도망
(道亡)은 길에서 달아나 돌아가는 것을 말한다. 탁(度)은 입성이다. 비(比)는 이른다는 뜻이
다.] 풍(豐)의 서쪽 택중정(澤中亭)에 이르러 머물며 술을 마셨다.[풍(豐)

은 고을 이름이다. 패(沛)에 속한다. 뒤에 패가 군(郡)이 되자 풍은 현(縣)이 되었다. 정(亭)은 고을 서쪽 택중(澤中)에 있으므로 이에 따라 이름을 지었다. 지(止)는 머무른다는 뜻이다.]

夜乃解縱所送徒曰 公等皆去 吾亦從此逝矣 徒中壯士 願從者十餘人 [縱 放 逝 往也] 高祖被酒 夜徑澤中 令一人行前 行前者還報曰 前有大蛇當徑 願還[被 加也 被酒者 爲酒所如被也 徑 小道也 謂從小道而行過於澤中也 令 平聲 行 並下孟切 案行也 報 告也] 高祖醉曰

밤에 곧 풀어주어 장정들을 보내며 말하기를 "공 등은 모두 가시오. 나 또한 여기서 갈 것이오."라고 하자 무리들 중 장사(壯士) 10여 명이 따라가기를 원했다.[종(縱)은 놓아준다는 뜻이다. 서(逝)는 간다는 뜻이다.] 고조가 술을 마시고 밤에 지름길로 택중(澤中)을 지나면서 한 사람으로 하여금 앞에 미리 나가보도록 하였다. 앞에 나가보았던 사람이 돌아와 알리기를 "앞에 큰 뱀이 길을 막고 있어 돌아가기를 원합니다."라고 했다.[피(被)는 더한다는 뜻이다. 피주(被酒)는 술을 뒤집어 쓴 것과 같음을 말한다. 경(徑)은 지름길이다. 이것은 지름길을 따라 택중을 지나간다는 말이다. 영(令)은 평성이다. 행(行)은 모두 하맹(下孟)의 반절음으로 살펴간다는 뜻이다. 보(報)는 알린다는 뜻이다.] 고조가 취하여 말하기를

壯士行何畏 乃前拔劍擊斬蛇 蛇遂分爲兩 徑開 行數理 醉因臥[前 進也 分爲兩 謂斬蛇分爲兩段也]

"장사(壯士)가 가는데 무엇이 두려우랴?"하고는 이내 앞으로 나가 칼을 뽑아 쳐서 뱀을 베었다. 뱀이 드디어 두 토막으로 갈라져서 길이 열렸다. (고조는) 몇 리를 가서 술에 취해 드러누웠다.[전(前)은 나간다는 뜻이다. 두 토막으로 갈라졌다는 것은 뱀을 베어서 두 토막이 되었다는 말이다.]

後人來至蛇所 有一老嫗夜哭[所 處所也] 人問何哭 嫗曰 人殺吾子故哭之 人曰 嫗何爲見殺 嫗曰 吾子白帝子也 化爲蛇當道 今爲赤帝子斬之故哭 人乃以嫗爲不誠 欲笞之 嫗因忽不見[見 賢遍切] 後人至 高祖

覺[覺 功效切 謂寢寐而寤也] 後人告高祖 高祖乃心獨喜自負 諸從者日盆畏
之[從 才用切] 秦始皇帝曰

뒷사람들이 뱀이 있는 곳에 이르니 어떤 한 노구(老嫗)가 밤에 울고 있
었다.[소(所)는 있는 곳이다.] 사람들이 어찌 우느냐고 하자, 노구가 말하기
를 "사람들이 내 아들을 죽였기 때문에 웁니다."라고 말했다. 사람들이
말하기를 "노구의 아들이 어찌하여 죽게 되었습니까?"라고 하자 노구
가 말하기를 "내 아들은 백제(白帝)의 아들인데 뱀으로 변해 길을 지키
고 있다가, 지금 적제(赤帝)의 아들에게 베였기 때문에 울고 있습니
다."라고 했다. 사람들이 곧 노구가 진실되지 못하다고 하여 볼기를 치
려고 하였다. 노구가 이로 인하여 홀연히 사라져 나타나지 않았다.[현
(見)은 현편(賢遍)의 반절음이다.] 뒷사람들이 오고 고조가 잠에서 깼다.[각
(覺)은 공효(功效)의 반절음으로 잠에서 깨는 것을 말한다.] 뒷사람들이 고조에게
(이러한 일을) 알리자 고조는 홀로 마음속으로 기뻐하며 스스로 자부
심을 가졌고, 따르던 사람들은 날로 더욱 경외하였다.[종(從)은 재용(才用)
의 반절음이다.] 진시황제가 말하기를

東南有天子氣 於是因東遊以厭之[厭 一涉切 鎭也] 高祖即自疑 亡匿隱於
芒碭山澤巖石之間[匿 隱也 芒 音忙 屬沛國 碭 宕唐二音 屬梁國 二縣之界 有山澤之固
故隱其間也] 呂后與人 俱求常得之 高祖怪問之 呂后曰

"동남쪽으로 천자의 기운이 있으니 이에 동쪽으로 나가서 이를 누르겠
다."라고 했다.[염(厭)은 일섭(一涉)의 반절음으로 누른다는 뜻이다.] 고조가 곧
스스로 두려워해서 망(芒), 탕(碭)의 산과 못과 바위의 사이로 도망쳐
숨었다.[익(匿)은 숨는다는 뜻이다. 망(芒)은 음이 망(忙)으로 패국(沛國)에 속한다. 탕
(碭)은 탕(宕)과 당(唐) 두 음이 있는데 양국(梁國)에 속한다. 두 현의 경계는 산과 못이
험고하므로 그 사이에 숨은 것이다.] 여후(呂后)가 사람들과 함께 모두 찾으면
항상 그를 찾았다. 고조가 괴상히 여겨 물으니 여후가 말하기를

季所居上 常有雲氣 故從徃常得季 高祖深喜[從徃常得 言隨雲氣所在而求得

之] 沛中子弟 或聞之 多欲附者矣

"왕계(王季)가 거처하는 곳 위에는 항상 구름의 기운이 있기 때문에 따라가면 항상 왕계를 찾을 수 있다."라고 했다. 고조가 매우 기뻐하였다.[따라가면 항상 찾을 수 있다는 것은 구름 기운이 있는 곳을 따라가면 찾을 수 있음을 말한다.] 패(沛) 땅의 자제들이 늘 그것을 듣고 따르고자 하는 사람들이 많았다.

及陳涉起 沛令欲以沛應之[涉 勝字也 沛 本秦泗水郡之屬縣 後爲郡 令長皆秦官 掌治其縣 萬戶以上爲令 減萬戶爲長 秦發閭左戍漁陽 九百人屯大澤鄉 涉與吳廣 皆爲屯長 會天大雨道不通 度已失期 乃召令徒屬曰 公等皆失期當斬 且壯士不死則已 死則擧大名耳 王侯將相 寧有種乎 衆皆從之 乃詐稱公子扶蘇 項燕 爲壇而盟 稱大楚 勝自立爲王 諸郡縣苦秦法 爭殺長吏以應涉] 掾主吏蕭何 曹參曰[掾 以絹切 官名也 主吏 功曹也 參爲獄掾 何爲主吏]

곧 진섭(陳涉)이 일어나자 패령(沛令)이 패 땅을 가지고 이에 응대하려고 했다.[섭(涉)은 진승(陳勝)의 자(字)이다. 패(沛)는 본래 진나라 사수군(泗水郡)에 속하는 현이다. 뒤에 군(郡)이 되었다. 영(令)과 장(長)은 모두 진나라 관직인데 현(縣)을 맡아서 다스린다. 만 호(萬戶) 이상을 영(令)이라고 하고 만 호가 안 되면 장(長)이라고 한다. 진나라에서는 가난한 사람을 뽑아 어양(漁陽)을 지키게 했는데 900명이 대택향(大澤鄉)에 주둔했다. 진섭과 오광(吳廣)이 모두 둔장(屯長)이 되었다. 이때 마침 큰 비가 내려 길이 막히니 이미 때를 놓쳤다고 생각하고 곧 속한 무리를 불러 말하기를, "공(公) 등은 모두 때를 놓쳤으니 마땅히 죽게 될 것이다. 장차 장사(壯士)가 죽지 않으면 그만이지만, 죽게 된다면 큰 이름을 남길 것이다. 왕후장상(王侯將相)이 어찌 씨가 있겠는가?"라고 하니, 무리가 모두 그를 따랐다. 이에 공자(公子) 부소(扶蘇)와 항연(項燕)을 사칭(詐稱)하여 단을 만들어 맹세하고 나라 이름을 대초(大楚)라고 하고는 진승이 스스로 서서 왕이 되었다. 여러 군현(郡縣)이 진나라 법에 고통을 받다가 장리(長吏)를 죽이고서 진섭을 응대했다.] 연리(掾吏)와 주리(主吏)의 관직을 가진 소하(蕭何)와 조참(曹參)이 말하기를[연(掾)은 이견(以絹)의 반절음으로 관직 이름이다. 주리(主吏)는 공조(功曹)이다. 조참은 옥연(獄掾)이었고 소하는 주리(主吏)였다.]

君爲秦吏 今欲背之 率沛子弟 恐不聽[背 音佩] 願君召諸亡在外者可得

數百人 因劫衆 衆不敢不聽[劫 勢脅也] 乃令樊噲召高祖 高祖之衆 已
數十百人矣[令 平聲 樊 符袁切 姓也 噲 古夬切 噲 沛人 與高祖俱隱芒碭 數十百 不定數
也 自百以下 或至八十九十] 沛令後悔 恐其有變 乃閉城城守 欲誅蕭曹 蕭
曹恐 踰城保高祖[城守者 守其城也 保 安也 謂就高祖以自安也] 高祖乃書帛 射
城上 遺沛父老 爲陳利害[射 食亦切 遺爲 皆去聲] 父老乃率子弟 共殺沛令
開門迎高祖 立以爲沛公[春秋之時 楚僭王號 其大夫多封縣公 如申公 葉公 魯陽公之
類是也 今立高祖爲沛公 用楚制也] 祠黃帝蚩尤於沛庭而釁鼓 旗幟皆赤 由所
殺蛇白帝子 殺者赤帝子 故上赤[祠 似慈切 祭也 黃帝 姓公孫 名軒轅 有熊國君之
子也 代神農爲天子 蚩 充之切 蚩尤 姜姓 炎帝之裔也 黃帝戰於阪泉 以定天下 蚩尤好五兵
故祠祭之 求福祥也 幟 昌志切 即幖也 或曰 旗幟總稱 上 上聲 猶尙也] 應劭曰[應 於陵
切 姓也 劭 時照切 名也 劭 後漢靈帝時人 集解漢書 傳于時]

"그대는 진나라 관리가 되어 지금 진나라를 배반하려고 패 땅의 자제들
을 이끌고 있는데 이들이 말을 듣지 않을까 걱정된다.[배(背)는 음이 패(佩)
이다.] 바라건대 그대가 밖으로 도망간 사람들을 부른다면 수백 명을 얻
을 수 있을 것이다. 이로 인하여 무리를 협박한다면 무리가 감히 듣지
않을 수 없을 것이다."라고 했다.[겁(劫)은 협박하는 것이다.] 그리고 이내
번쾌(樊噲)에게 고조를 부르도록 했다. 고조의 무리가 이미 수백 명이
되었다.[영(令)은 평성이다. 번(樊)은 부원(符袁)의 반절음으로 성이다. 쾌(噲)는 고쾌(古
夬)의 반절음이다. 번쾌는 패 땅의 사람으로 고조와 더불어 망탕(芒碭)에 숨었었다. 수십백
(數十百)이란 정해지지 않은 수인데 백(百) 이하로부터 팔구십(八九十)에 이르기까지이다.]
패령이 후회하며 변고가 있을까 두려워 이내 성(城)을 닫고 지키면서
소하와 조참을 죽이고자 하였다. 소하와 조참이 두려워 성을 넘어 고조
에게 몸을 보전했다.[성수(城守)는 성을 지키는 것을 말한다. 보(保)는 안전함을 뜻하
는데 고조에 나가서 자신을 안전하게 했다는 말이다.] 고조가 곧 비단에 글을 써서
성 위로 쏘아 패 땅의 부로(父老)에게 보내 이해관계(利害關係)를 알렸
다.[석(射)은 식역(食亦)의 반절음이다. 유(遺)와 위(爲)는 거성이다.] 부로들이 곧 자
제들을 이끌고 함께 패령을 죽이고 문을 열어 고조를 맞아들여 세워
패공(沛公)으로 삼았다.[춘추 때 초나라가 참람하게도 왕이라고 부르고는 그 대부

(大夫)를 많이 현공(縣公)으로 봉했다. 신공(申公), 엽공(葉公), 노양공(魯陽公) 따위와 같은 것이 이것이다. 지금 고조를 세워 패공이라고 한 것은 초나라 제도를 쓴 것이다.] 황제(黃帝)와 치우(蚩尤)를 패정(沛庭)에서 제사지내고 북에 피를 발라 제사지냈는데 깃발은 모두 붉은 색이었다. 죽은 뱀이 백제(白帝)의 아들이고 죽인 자는 적제(赤帝)의 아들이었으므로 붉은 색을 숭상한 것이다. [사(祠)는 사자(似慈)의 반절음으로 제사 지낸다는 뜻이다. 황제는 성이 공손(公孫)이고 이름은 헌원(軒轅)인데 유웅국(有熊國) 임금의 아들로 신농(神農)을 이어 천자가 되었다. 치(蚩)는 충지(充之)의 반절음이다. 치우(蚩尤)는 성이 강(姜)으로 염제(炎帝)의 후손이다. 황제는 판천(阪泉)에서 싸워서 천하를 평정했고, 치우는 오병(五兵)을 좋아했으므로 제사를 지내 복과 상서로움을 구한 것이다. 치(幟)는 창지(昌志)의 반절음으로 곧 깃발(幖)이고 혹은 깃발의 총칭이다. 상(上)은 상성으로 숭상한다는 것과 같다.] 응소(應劭)가 말하기를[응(應)은 어릉(於陵)의 반절음으로 성이다. 소(劭)는 시조(時照)의 반절음으로 이름이다. 소는 후한 영제(靈帝) 때 사람으로 한서(漢書)를 집해(集解)했는데 지금에 전한다.]

秦襄公　自以居西戎主少昊之神　作西畤　祠白帝[襄公　莊公之子也　少昊　名摯　姓已　黃帝之子玄囂也　以金德王天下　遂號金天氏　能修太昊之法　故曰少昊也　畤　止市二音　止也　封土積高之所　神靈之所止也]　至獻公時　櫟陽雨金　以爲瑞　又作畦畤　祠白帝[獻公　名師濕　靈公之子也　櫟　音藥　班志　櫟陽縣　屬馮翊　雨　去聲　自上而下曰雨　畦　戶圭切　其時若畦　故曰畦畤]　少昊金德也　赤帝堯後謂漢也　殺之者　明漢當滅秦也　班固曰[班　姓　固　名　東漢人　作西漢書]

"진나라 양공(襄公)은 스스로 서쪽 오랑캐에 살면서 소호(少昊)의 신을 주관하여 서치(西畤)를 지어 백제(白帝)에 제사지냈다.[진양공(秦襄公)은 장공(莊公)의 아들이다. 소호(少昊)는 이름이 지(摯)이고 성은 이(已)로 황제의 아들 현호(玄囂)이다. 금덕(金德)으로 천하의 왕이 되었으므로 드디어 금천씨(金天氏)라 불렸다. 능히 태호(太昊)의 법을 닦았으므로 소호(少昊)라고 했다. 치(畤)는 지(止)와 시(市)의 두 음이 있는데 머문다는 뜻이다. 흙을 높이 봉토해 놓은 곳이 신령이 머무는 곳이다.] 헌공(獻公) 때에 이르러서는 약양(櫟陽)에 금비[金雨]가 내려 상서로웠고 또 휴치(畦畤)를 지어 백제(白帝)에 제사지냈다.[헌공(獻公)은 이름이 사습(師濕)으로 영공(靈公)의 아들이다. 역(櫟)은 음이 약(藥)이다. 반고(班固)의 지리지(志理志)에 약양현(櫟陽縣)은 풍익(馮翊)에 속한다고 했다. 우(雨)는 거성으로 위에서 아래로 떨어지는 것을 우(雨)라고 한다. 휴(畦)는 호규(戶圭)의 반절음이다. 제사지내는 곳이 밭두둑 같으므로 휴치(畦畤)라고 한다.] 소호(少昊)는 금덕(金德)이요, 적제(赤帝)는 요(堯)의 후손으로 한(漢)을 말한다. 뱀을 죽인 것은 한(漢)나라가 마땅히 진을 없앨 것을 밝힌 것이다."라고 했다. 반고(班固)가 말하기를 [반(班)은 성이고 고(固)는 이름이다. 동한(東漢) 사람으로 서한서(西漢書)를 지었다.]

漢承堯運　德祚已盛　斷蛇著符　旗幟尚赤　恊於火德　自然之應　得天統矣[祚 存故切 福也 著 陟慮切 明也 符 猶瑞應也 漢承堯緖 爲火德 秦承周後 以火代木 得天之統序 故曰得天統也]

"한나라는 요(堯)의 기운을 이어 덕조(德祚)가 이미 왕성하여 뱀을 베어 상서로움[符]을 드러내고, 깃발은 붉은 색을 숭상하여 화덕(火德)에 화합하니 이것은 자연의 순응이요, 하늘의 법통을 얻은 것이다."라고 했다.[조(祚)는 존고(存故)의 반절음으로 복이라는 뜻이다. 저(著)는 척려(陟慮)의 반절음으로 밝힌다는 뜻이다. 부(符)는 상서로움에 순응하는 것과 같다. 한나라는 요임금의 계통을 이어 화덕(火德)이 되었다. 진나라는 주(周)나라 뒤를 이어 불[火]로써 나무[木]를 대신하여 하늘의 통서(統序)를 얻었으므로 천통(天統)을 얻었다고 했다.]

憚京使者事　見上[使 去聲 上 第三章也]
서울 사자(使者)를 꺼린 일은 윗글에 나타나 있다.[사(使)는 거성이다. 윗글은 제3장이다.]

第十九章

【언해문】 구·든 城·을 모·ᄅ·샤 :갏 ·길·히 :입·더시·니 :셴 ·하나·비·를 하·ᄂ·히 ·브·리시·니

【현대역】 굳은 성(城)을 모르시어 갈 길 잃으시더니 센 할아비를 하늘이 부리시니.

【언해문】 ·쇠 한 도즈·글 모·ᄅ·샤 :보리·라 기·드·리·시·니 :셴 ·할미·를 하·ᄂ·히 보·내시·니

【현대역】 꾀 많은 도적을 모르시어 보려고 기다리시니 센 할미를 하늘이 보내시니.

【언해문 분석】

1. 구든 : 굳은

   기본형이 '굳다'로 '구든'은 연철 표기된 것이다. 분석하면 '굳-(어간) + 은(관형형 어미)'과 같다.

2. 모ᄅ샤 : 모르시어

   기본형이 '모ᄅ다'이므로 분석하면 '모ᄅ-(어간) + -샤-(주체 높임 선어말 어미) + (-아)(부사형 연결 어미)'와 같다. 여기서 높임의 주체는 후한(後漢) 광무제(光武帝) 즉 유수(劉秀)를 말한다.

3. 갏 : 갈

   분석하면 '가-(어간) + -ㄹ(관형형 어미)'과 같다. 여기서 쓰인 'ㅎ'

은 다음에 오는 '길'의 첫소리가 된소리로 나는 것을 나타내는 된소리 기호이다.

4. 입더시니 : 잃으시더니

기본형이 '입다'이다. 분석하면 '입-(어간) + -더-(과거 시상 선어말 어미) + -시-(주체 높임 선어말 어미) + -니(설명형 연결 어미)'와 같다. '-더시-'는 오늘날 '-시더-'의 순서로 바뀌었다.

5. 셴 : 센, 흰

'셴〉센'은 단모음화 현상으로 일종의 순행동화이다. 단모음화는 15세기에 잘 지켜지다가 17세기에 두드러졌다.

6. 하나비를 : 할아비를, 할아버지를

분석하면 '하나비(祖) + 를(목적격 조사)'과 같다. 여기서 '하나비'는 다시 '한(大) + 아비(父)'로 분석된다. '하나비〉할아비'는 활음조 현상, 유추현상이다. 전절의 '하나비'는 광무제가 한단(邯鄲)에서 스스로 황제라고 일컫던 왕랑(王郎)에게 쫓길 때, 유일하게 왕랑에게 항복하지 않은 지역 신도군(信都郡)을 알려주었던 노인을 말한다. 후절의 '할미'는 익조가 도조를 이어 성덕(盛德)을 쌓아갈 때, 익조가 여진족 천호(千戶)들의 모해도 모르고 그들을 환대하려고 해관성(奚關城)으로 갈 때 도중에서 천호들의 진상을 가르쳐 준 노인을 말한다.

7. 브리시니 : 부리시니

기본형이 '브리다'이다. 분석하면 '브리-(어간) + -시-(주체 높임 선어말 어미) + -니(상대 높임 평서형 종결 어미)'와 같다. '브리다〉부리다'는 원순모음화 현상이다. '-니'는 '-니이다'의 줄임말이다.

8. 쇠 한 : 꾀 많은
'한'은 '많다(多)'의 '하-(어간)'에 관형형 어미'-ㄴ'이 결합한 형태다.

9. 도즉글 : 도적을
분석하면 '도즉(賊) + 을(목적격 조사)'과 같다.

10. 보리라 : 보려고, 보리라
분석하면 '보-(어간) + -리-(미래 시상 선어말 어미) +라(의도의 종속적 연결 어미)'와 같다.

11. 기드리시니 : 기다리시니
기본형이 '기드리다'이다. 분석하면 '기드리-(어간) + -시-(주체 높임 선어말 어미) + -니(설명형 연결 어미)'와 같다.

【한문】不識堅城 則迷于行 皤皤老父 天之令兮[皤 蒲禾切 老人自貌 令 平聲]

【현대역】굳은 성이 있음을 모르고 곧 갈 길을 잃으시더니 백발의 노부(老父)를 하늘이 명령하셨도다.[파(皤)는 포화(蒲禾)의 반절음으로 노인 자체의 모습이다. 영(令)은 평성이다.]

【한문】靡知黠賊 欲見以俟 皤皤老嫗 天之使兮[黠 惡也 俟 通作俟 待也 欲見以俟 謂欲見其人而待之也]

【현대역】간교한 도적인 줄 모르고 보려고 기다렸는데 백발의 노구(老嫗)를 하늘이 부리셨도다.[힐(黠)은 간악하다는 뜻이다. 사(俟)는 보통 사(俟)로 쓰는데 기다린다는 뜻이다. 보려고 기다린다는 것은 그 사람을 만나려고 기다린다는 말이다.]

【주(註)】

王郞稱帝於邯鄲　徇下幽冀　州郡響應[王郞 一名昌 邯鄲 音寒丹 縣名 屬趙國 本
趙郡也 王莽時 有自稱成帝子子興者 莽殺之 邯鄲卜者王郞 緣是詐稱眞子興 劉林等入邯鄲
立郞爲天子 徇 略也 下 去聲 下者 以兵威服之也 冀與冀同 幽冀 即禹貢幽州冀州之地也 響
應 如響應聲 言其疾也]　漢光武以郞新盛　乃北徇至薊[薊 縣名 屬涿郡]　會故廣
陽王子接　起兵薊中　以應郞[會 値也 廣陽王 名嘉 武帝五代孫也 接 其子名也]
城內擾亂　言邯鄲使者方到　二千石以下皆出迎[使 去聲 下同 太守祿秩二千石
故稱二千石] 於是光武趣駕而出[趣 讀曰促 具車馬曰駕]　至南城門　門已閉　攻之得
出　遂晨夜南馳　不敢入城邑　舍食道傍[舍 止息也]

왕랑(王郞)이 한단(邯鄲)에서 황제라 일컫고 유주(幽州)와 기주(冀州)
를 공략하여 항복시키니 주(州), 군(郡)이 향응(響應)하였다.[왕랑(王郞)
은 창(昌)이라고도 한다. 한단(邯鄲)은 음이 한단(寒丹)으로 고을 이름인데 조국(趙國)에
속하며 원래는 조군(趙郡)이다. 왕망(王莽) 때 스스로를 성제(成帝)의 아들 자여(子興)라고
부르는 사람이 있었는데 왕망이 그를 죽였다. 한단의 점쟁이 왕랑이 이것을 연유로 하여
진짜 자여(子興)라고 사칭하였다. 유림(劉林) 등이 한단에 들어가 왕랑을 세워 천자로 삼
았다. 순(徇)은 공략한다는 뜻이다. 하(下)는 거성이다. 하(下)는 무기로써 위협하여 굴복
시키는 것이다. 기(冀)는 기(冀)와 같다. 유기(幽冀)는 곧 우공(禹貢)의 유주(幽州)와 기주
(冀州)의 땅이다. 향응(響應)은 메아리와 같이 소리에 응한다는 것으로 그 빠름을 말한다.]
한나라 광무제(光武帝)는 왕랑(王郞)이 새로 흥성하므로 곧 북쪽으로
공략하여 계(薊) 땅에 이르렀다.[계(薊)는 고을 이름으로 탁군(涿郡)에 속한다.]
이때에 마침 옛날 광양왕(廣陽王)의 아들 접(接)이 군대를 계(薊) 가운
데에서 일으켜 왕랑과 응전해 주었다.[회(會)는 만난다는 뜻이다. 광양왕은 이
름이 가(嘉)로 무제(武帝)의 5대 손이다. 접(接)은 그 아들의 이름이다.] 성안이 요란
한데 한단의 사자(使者)가 바야흐로 도착한다는 말이 있자, 이천 섬
[石] 이하인 사람들이 모두 맞이하러 나갔다.[사(使)는 거성으로 아래도 같다.
태수(太守)의 녹봉이 이천 섬이므로 이천 섬이라고 부른다.] 이에 광무는 수레를 재
촉하여 나갔다.[취(趣)는 촉(促)으로 읽는다. 말과 수레를 갖춘 것을 가(駕)라고 한
다.] 남쪽 성문에 이르니 문이 닫힌 뒤라서 쳐서 빠져나올 수 있었다.
마침내 밤낮으로 남쪽으로 달리는데, 감히 성이나 읍으로 들어가지 못

하고 길가에서 쉬고 먹었다.[사(舍)는 멈춰서 쉰다는 뜻이다.]

至蕪蔞亭　時天寒烈　馮異上豆粥[蕪 微夫切 蔞 力于切 蕪蔞 亭名 在饒陽東北 烈
通作列 亦寒也 馮 符風切 姓也 上 上聲 粥 之六切 糜也]　至饒陽　官屬皆乏食[饒
如招切 饒陽 縣名 屬安平國 在饒河之陽]　光武乃自稱邯鄲使者　入傳舍[傳 張戀切
下並同 傳舍 傳置之舍 人所止息 前人已去 後人復來 轉相傳也]　傳吏方進食　從者飢
爭奪之[從 才用切 下同]　傳吏疑其僞　乃椎鼓數十通　紿言邯鄲將軍至　官
屬皆失色[椎 傳追切 擊也 紿 音怠 欺也 將 即亮切 下同]　光武升車欲馳　旣而懼不
免　徐還坐曰

무루정(蕪蔞亭)에 이르자 이때 하늘의 날씨는 매우 추웠다. 풍이(馮異)
가 콩죽을 올렸다.[무(蕪)는 미부(微夫)의 반절음이다. 누(蔞)는 역우(力于)의 반절음
이다. 무루(蕪蔞)는 정자 이름으로 요양(饒陽)의 동북쪽에 있다. 열(烈)은 보통 열(列)로
쓰는데 또한 춥다는 뜻이다. 풍(馮)은 부풍(符風)의 반절음으로 성(姓)이다. 상(上)은 상성
이다. 죽(粥)은 지육(之六)의 반절음으로 죽이다.] 요양(饒陽)에 이르자 관속(官
屬)들 모두가 식량이 떨어졌다.[요(饒)는 여초(如招)의 반절음이다. 요양은 고을
의 이름으로 안평국(安平國)에 속하는데 요하의 북쪽에 있다.] 이에 광무제가 스스
로 한단의 사자라고 하고 전사(傳舍)에 들어갔다.[전(傳)은 장연(張戀)의 반
절음으로 아래도 모두 같다. 전사(傳舍)란 말을 두는 막사로 사람이 머물러 쉬는 곳이다.
앞사람이 떠난 뒤에 뒷사람이 다시 와서 바꿔가며 서로 이어지는 것이다.] 전사의 관
리가 바야흐로 식사를 올리자 식솔(食率)들이 굶주려서 음식을 빼앗으
려고 다투었다.[종(從)은 재용(才用)의 반절음으로 아래도 같다.] 전사의 관리가
그가 가짜인 것을 의심하여 곧 북 수십 개를 치며 거짓으로 한단의 장
군이 왔다고 말했다. 관속들이 모두 얼굴빛을 잃었다.[추(椎)는 전추(傳追)
의 반절음으로 친다는 뜻이다. 태(紿)는 음이 태(怠)로 속인다는 뜻이다. 장(將)은 즉량(即
亮)의 반절음으로 아래도 같다.] 광무제가 수레를 타고 달아나려고 했으나 이
미 위험을 피할 수 없어서, 서서히 돌아와 앉으며 말하기를

請邯鄲將軍入　久乃駕去　晨夜兼行　蒙犯霜雪　面皆破裂[蒙 冒也 裂 力蘗

切 裂破也] 至下曲陽 傳聞郎兵在後 從者皆恐[下曲陽 縣名 屬鉅鹿郡 常山郡有上曲陽 故此言下也 傳 如字] 至嘑沱河[嘑 本作謼 或作虖 一作呼 並荒胡切 沱 或作池 並徒河切 章懷曰 山海經云 大戲之山 謼沱之水出焉 在今代州繁時縣 東流經定州深澤縣東南 即光武所度處 今俗猶謂之危渡口] 候吏還白 河水流澌 無船不可濟[候 伺候也 澌 音斯 流氷也] 光武使王霸往視之 霸恐驚衆 欲且前阻水 還即詭曰 冰堅可度[使 如字 霸 必駕切 前 進也 阻 恃險自固也 詭 過委切 詐也 度 通作渡 下同] 官屬皆喜 光武笑曰

"청컨대 한단의 장군께서는 들어오십시오. 오랫동안 수레를 타고 밤낮으로 다니면서 서리와 눈을 뒤집어 써서 얼굴이 모두 갈라지고 텄습니다."라고 했다.[몽(蒙)은 뒤집어쓴다는 뜻이다. 열(裂)은 역얼(力孽)의 반절음으로 갈라진다는 뜻이다.] 하곡양(下曲陽)에 이르러 왕랑의 군사가 뒤에 있다는 것을 전해 듣고는 따르는 자들이 모두 두려워했다.[하곡양(下曲陽)은 고을의 이름으로 거록군(鉅鹿郡)에 속한다. 상산군(常山郡) 상곡양(上曲陽)에 있으므로 여기에서 하(下)라고 말했다. 전(傳)은 본래의 뜻이다.] (광무제가) 호타하(嘑沱河)에 이르렀다.[호(嘑)는 원래 호(謼)로 쓰며 혹 호(虖)로 쓰고 호(呼)로도 쓰는데 모두 황호(荒胡)의 반절음이다. 타(沱)는 혹 지(池)로도 쓰는데 모두 도하(徒河)의 반절음이다. 장회(章懷)는 말하기를 "산해경(山海經)에서 말하기를 대희(大戲)의 산에서 호타(謼沱)의 물이 나온다고 했다. 지금 대주(代州)의 번시현(繁時縣) 동쪽으로 흘러 정주(定州) 심택현(深澤縣) 동남쪽을 지나는 곳에 곧 광무제가 건넌 곳이 있다. 지금 세속에서 위도구(危渡口)라고 부르는 말과 같다."라고 하였다.] 정찰하는 사람이 돌아와 아뢰기를 "강물에 얼음이 떠다니고, 배가 없어 건널 수 없다."라고 했다.[후(候)는 엿본다는 뜻이다. 사(澌)는 음이 사(斯)로 떠내려가는 얼음이다.] 광무제는 왕패(王霸)를 시켜 가서 그것을 보도록 했다. 왕패는 여러 사람을 두렵고 놀라게 할까봐서 또 앞에 나아가 물을 의지하여 방비하려고 돌아와서 속여 말하기를 "얼음이 견고하여 가히 건널 수 있다"고 말했다.[사(使)는 본래의 뜻이다. 패(霸)는 필가(必駕)의 반절음이다. 전(前)은 나간다는 뜻이다. 조(阻)는 험고함을 의지하여 스스로 굳건히 한다는 것이다. 궤(詭)는 과위(過委)의 반절음으로 속인다는 뜻이다. 도(度)는 보통 도(渡)로 쓰는데 아래도 같다.] 관속이 모두 기뻐하였다. 광무제가 웃으며 말하기를

候吏果妄語也　逐前比至河　河冰亦合　乃令覇護度　未畢數騎而冰解[令
平聲 護度 謂監護度也 騎 去聲]　至南宮　遇大風雨[南官 縣名 屬信都郡]

"정찰하던 사람이 과연 함부로 말을 했구나."하고 마침내 앞으로 나가
강에 이르니 강의 얼음이 역시 얼어있었다. 이에 왕패에게 건너는 것
을 보살피도록 했는데, 수 명의 기병이 건너기 전에 얼음이 녹았다.[영
(令)은 평성이다. 호도(護度)는 건너는 것을 지켜보고 보호하는 것을 말한다. 기(騎)는 거
성이다.] (광무제가) 남궁(南宮)에 이르러 큰 비바람을 만났다.[남궁(南官)
은 고을 이름으로 신도군(信都郡)에 속한다.]

光武引車　入道傍空舍　異抱薪　鄧禹熱火　光武對竈燎衣　異復進麥飯
[爇 而悅切 燒也 竈 則到切 炊竈也 燎 炙也 復 扶又切 麥 芒穀也]　進至下博城西　惶
惑不知所之[下博 縣名 屬信都郡 在博水之下 故曰下博也 之 徃也]　有白衣老父　在
道旁指曰　努力　信都郡爲長安城守　去此八十里　光武即馳赴之　老父
盖神人也[努 音弩 勉也 信都郡 即冀州也 爲 去聲 更始都長安 以光武行大司馬事 遣徇河
北 盖 疑辭也 章懷曰 今下博縣西 猶有祠堂]

광무제가 수레를 이끌고 길가 빈 집에 들어갔다. 풍이가 땔나무를 안
아오고, 등우(鄧禹)가 불을 지피자 광무제가 아궁이에 대고 옷을 말렸
다. 풍이가 다시 보리밥을 올렸다.[설(爇)은 이열(而悅)의 반절음으로 불사른다
는 뜻이다. 조(竈)는 즉도(則到)의 반절음으로 불을 때는 부엌이다. 요(燎)는 불을 피우는
것이다. 부(復)는 부우(扶又)의 반절음이다. 맥(麥)은 까끄라기가 있는 곡식이다.] 앞으
로 나가 하박성(下博城) 서쪽에 이르렀는데 갈 곳을 몰라 황감하였다.
[하박(下博)은 고을의 이름으로 신도군(信都郡)에 속한다. 박수(博水)의 아래쪽에 있으므
로 하박(下博)이라고 한 것이다. 지(之)는 간다는 뜻이다.] 어떤 흰 옷을 입은 노부
(老父)가 길가에서 가리키며 말하기를 "힘내십시오. 신도군(信都郡)이
장안성(長安城)을 지키고 있습니다. 거리는 여기서 80리입니다."라고
했다. 광무제가 곧 말을 달려 그곳에 다다랐다. 노인은 아마도 신인(神
人)이었던 것 같았다.[노(努)는 음이 노(弩)로 힘쓴다는 뜻이다. 신도군(信都郡)은
곧 기주(冀州)이다. 위(爲)는 거성이다. 다시 장안으로 도읍을 바꾸고 광무제를 행대사마

사(行大司馬事)로 하여 하북(河北)으로 보내 호령하도록 했다. 개(盖)는 의심하는 말이다. 장회(章懷)는 말하기를 "지금 하박현(下博縣) 서쪽에 아직도 사당(祠堂)이 있다."고 말했다.]

靡知點賊事　見上[上 第四章也]

교활한 도적을 알지 못한 일은 윗글에 나타나 있다.[윗글은 제4장이다.]

第二十章

【언해문】四海·롤　년·글　:주리·여　ᄀ·ᄅ·매　·빈　:업거·늘
얼우시·고　·쏘　노·기시·니

【현대역】사해(四海)를 남을 주리오. 강에 배 없거늘 얼리시고 또 녹
이시니.

【언해문】三韓·올　ᄂ·믈　:주리·여　바·ᄅ·래　·빈　:업거·늘
녀·토시·고　·쏘　기·피시·니

【현대역】삼한(三韓)을 남을 주리오. 바다에 배 없거늘 얕게 하시고
또 깊게 하시니.

【언해문 분석】
1. 년글 : 남을
   분석하면 '년ㄱ(ㄱ곡용어) + 을(목적격 조사)'과 같다. '년글'의 단독
   형은 '녀느(他人)'이다. 주격형은 '년기', 목적형은 '년글', 공동격은
   '녀느와', 서술격은 '년기라'이다.

2. 주리여 : 주리오
   분석하면 '주-(어간) + -리-(미래 시상 선어말 어미) + -여(의문형
   종결 어미)'와 같다.

3. ᄀᄅ매 : 강에, 가람에
   분석하면 'ᄀ름(江) + 애(처격 조사)'이다.

4. 업거늘 : 없거늘

기본형이 '업다' 즉 오늘날 '없다(無)'이다. 분석하면 '업-(어간) + -거늘(이유나 원인의 연결 어미)'과 같다.

5. 얼우시고 : 얼리시고, 얼게 하시고

기본형이 '얼우다'이다. 분석하면 '얼우-(어간) + -시-(주체 높임 선어말 어미) + -고(나열의 연결 어미)'와 같다. 여기서 '얼우-'는 다시 기본형 '얼다'의 어간 '얼-'에 사동 접미사 '-우'가 결합한 것이다. 따라서 '얼-(어근) + -우-(사동 접미사) + -시-(주체 높임 선어말 어미) + -고(나열의 연결 어미)'로 분석된다.

6. 노기시니 : 녹이시니

기본형이 '녹이다'이다. 분석하면 '녹이-(어간) + -시-(주체 높임 선어말 어미) + -니(상대 높임 평서형 종결 어미)'와 같다. 그리고 '녹이-'는 '얼우-'와 마찬가지로 사동 접미사 '-이'가 어근 '녹-'에 결합한 형태다.

7. ᄂᆞ믈 : 남을

분석하면 'ᄂᆞᆷ(他人) + 을(목적격 조사)'이다.

8. 녀토시고 : 얕게 하시고

기본형이 '녀토다'이다. 분석하면 '녀토-(어간) + -시-(주체 높임 선어말 어미) + -고(나열의 연결 어미)'와 같다. '녀토-'는 다시 어근 '녑-' 즉 '얕-(淺)'에 사동 접미사 '-오'가 결합한 형태다. 따라서 다시 분석하면 '녑-(어근) + -오-(사동 접미사) + -시-(주체 높임 선어말 어미) + -고(나열의 연결 어미)'가 된다.

9. 기피시니 : 깊게 하시니

　　기본형이 '기피다'이다. 그리고 어간 '기피-'는 어근 '깊-'에 접미사 '-이'가 결합한 형태이므로 '깊-(어근) + -이-(사동 접미사) + -시-(주체 높임 선어말 어미) + -니(상대 높임 평서형 종결 어미)'로 분석된다.

【한문】 維彼四海　肯他人錫　河無舟矣　旣氷又釋[錫 與也 言不以四海與他人也 釋 解也 散也 言天旣氷之而又釋之也]

【현대역】 저 사해(四海)를 어찌 다른 사람에게 주리오. 강에 배가 없어도 이미 얼리고 또 녹이시니.[석(錫)은 준다는 뜻이다. 사해(四海)를 다른 사람에게 줄 수 없다는 말이다. 석(釋)은 녹이다, 흩어지다라는 뜻이다. 하늘이 얼린 뒤에 다시 녹였다는 말이다.]

【한문】 維此三韓　肯他人任　海無舟矣　旣淺又深[任 汝鴆切 委任也 深 去聲 不淺也 言天旣淺之而又深之也]

【현대역】 이 삼한(三韓)을 어찌 다른 사람에게 맡기리오. 바다에 배가 없어도 이미 얕게 하고 또 깊게 하시니.[임(任)은 여짐(汝鴆)의 반절음으로 맡긴다는 뜻이다. 심(深)은 거성으로 얕지 않다는 뜻이니 하늘이 얕게 한 뒤에 다시 깊게 했다는 말이다.]

【주(註)】

維彼四海事　見上[上 第十九章也]

저 사해(四海)에 관한 일은 윗글에 나타나 있다.[윗글은 제 19장이다.]

維此三韓事　見上[上 第四章也]

이 삼한(三韓)에 관한 일은 윗글에 나타나 있다.[윗글은 제4장이다.]

第二十一章

【언해문】 하·늘·히 일·워시·니 赤脚仙人 아·닌·들 天下蒼
生·을 니ᄌ·시·리잇·가[蒼生 謂生民也]

【현대역】 하늘이 이루셨으니 적각선인(赤脚仙人) 아닌들 천하창생
(天下蒼生)을 잊으시겠습니까?[창생(蒼生)은 백성[生民]을 말한다.]

【언해문】 하·늘·히 글·히·이시·니 누·비 ·즁 아·닌·들 海
東黎民·을 니ᄌ·시·리잇·가[黎 黑也 民首皆黑 故曰黎民]

【현대역】 하늘이 가리시니 누비 중 아닌들 해동여민(海東黎民)을 잊
으시겠습니까?[여(黎)는 검다는 뜻이다. 백성의 머리는 모두 검으므로 여민(黎民)이라
고 했다.]

【언해문 분석】

1. 하늘히 : 하늘이
   분석하면 '하ᄂᆞᆶ(ㅎ종성 체언) + 이(주격 조사)'와 같다.

2. 일워시니 : 이루셨으니
   기본형이 '일우다'이다. 분석하면 '일우-(어간) + -어(확인의 과거
   시상 선어말 어미) + -시-(주체 높임 선어말 어미) + -니(설명형
   연결 어미)'와 같다.

3. 赤脚仙人 : 적각선인(赤脚仙人)
   적각선인이란 송(宋)나라 진종(眞宗)이 후사가 없자, 상제가 선인을

진종의 아들로 내려 보냈는데 이가 곧 적각선인이다. 이후 인종(仁宗)이 된다.

4. 니주시리잇가 : 잊으시겠습니까? 잊으시리이까?

기본형이 '잊다'이므로 분석하면 '잊-(어간) + -ᄋ시-(주체 높임 선어말 어미) + -리-(미래 시상 선어말 어미) + -잇-(의문형 상대 높임 선어말 어미) + -가(판정 의문형 종결 어미)'와 같다. 의문형 상대 높임법 종결 어미는 두 가지가 있는데, '-잇가'와 '-잇고'이다. 이 둘은 의문사와의 호응 여부에 따라 달리 쓰이는데 '-잇고'는 의문사와 호응이 될 때, '-잇가'는 호응이 안될 때 쓰인다. 본문에서 '-잇가'가 쓰인 것은 이런 이유에서이다.

5. ᄀᆞᆯ히이시니 : 가리시니

'ᄀᆞᆯ히이시니'는 '선택하다[擇]'의 의미이다. 기본형은 'ᄀᆞᆯ히다'이다. 그런데 여기에 나오는 '-이'는 허웅(1955)에 의하면 피·사동으로 해석될 수 없어서 접사가 아니며, 또 전절의 '일워시니'의 '-어'와 댓구가 되기 위해서는 '-이'가 '-야'이어야 한다는 것이다. 다시 말해서 '-이'는 '-야'의 오각이라는 것이다. 이와 같은 점에서 'ᄀᆞᆯ히이시니'를 분석하면 'ᄀᆞᆯ히-(어간) + -야(확인의 과거 시상 선어말 어미) + -시-(주체 높임 선어말 어미) + -니(설명형 연결 어미)'가 된다.

6. 누비 즁 : 누비 중

'누비'는 '누빈 옷'으로 '중이 입는 장삼'이나 때로는 '굵은 베옷'으로 확대되어 쓰인다. 그러니 '누비 즁'은 '누빈 옷을 입은 중'이다. 여기서 '누비 즁'이란 익조(翼祖)가 정숙왕후(貞淑王后)와의 사이에 후사가 없어 빌었는데, 꿈에 누비 중이 나타나서 귀자(貴子)를 낳을 것이라고 말했는데 그가 곧 도조(度祚)이다.

【한문】 天旣成之　匪赤脚仙　天下蒼生　其肯忘焉

【현대역】 하늘이 이미 이뤘으니 적각선인(赤脚仙人)이 아닌들 (하늘
이) 천하의 백성을 그 어찌 잊을 수 있겠는가.

【한문】 天方擇矣　匪百衲師　海東黎民　其肯忘斯[斯 語已辭]

【현대역】 하늘이 바야흐로 고른 것이니 누비옷을 입은 중이 아닌들
(하늘이) 그 어찌 이들을 잊을 수 있겠는가.[사(斯)는 어조사이다.]

【주(註)】

宋仁宗始生　晝夜啼不止[宋太祖 姓趙氏 名匡胤 其先涿郡人 受周禪 卽皇帝位 都汴
因所領節度州名 定有天下之號曰宋 仁宗 名禎 眞宗之子也 止 停也]　有道人言　能止
兒啼[道人 卽道士也]　召入則曰

송(宋)나라 인종(仁宗)이 태어났을 때 밤낮으로 울음이 그치지 않았
다.[송나라 태조는 성이 조씨(趙氏)이고 이름이 광윤(匡胤)이다. 그 선조는 탁군(涿郡) 사
람이다. 후주(後周)로부터 나라를 물려받아 황제의 자리에 나가 변(汴)에 도읍을 했다. 천
하를 평정하고서 다스리던 주(州)의 이름을 본따서 송(宋)이라고 했다. 인종(仁宗)은 이름
이 정(禎)으로 진종(眞宗)의 아들이다. 지(止)는 멈춘다는 뜻이다.] 어떤 도인이 말을
하기를 능히 아이의 울음을 그치게 할 수 있다고 했다.[도인(道人)은 곧
도사(道士)이다.] 불러 들여 곧 말하기를

莫叫莫叫　何似當初莫哭　啼卽止[叫 吉弔切 呼也 哭 古笑字]　盖謂眞宗嘗籲
上帝　祈嗣[眞宗 名元侃 更名恒 太宗之次子也 祈 渠布切 求也]　問群仙誰當徃者
皆不應　獨赤脚大仙一哭　遂命降爲眞宗子　在宮中好赤脚其驗也[好 去聲]
"울지마라, 울지마라, 어찌하여 당초에 웃지 말라고 한 것처럼 하느냐."
라고 하니 울음이 곧 그쳤다.[규(叫)는 길조(吉弔)의 반절음으로 부른다는 뜻이다.
소(哭)는 옛 소(笑)의 글자이다.] 대개 말하기를 진종(眞宗)이 일찍이 상제께
빌어 후사(後嗣)를 기원했다.[진종(眞宗)은 이름이 원간(元侃)인데 항(恒)이라고 고
쳤다. 태종의 둘째 아들이다. 기(祈)는 거희(渠布)의 반절음으로 구한다는 뜻이다.] 여러

신선에게 누가 가는 것이 마땅한지를 묻자 모두 응하지 않았으나, 유독 적각대선(赤脚大仙)이 혼자 웃었다. 드디어 진종(眞宗)의 아들이 되었다. 궁중에서 적각선인을 좋아하더니 그 징험이 있게 된 것이다.[호(好)는 거성이다.]

翼祖與 貞淑王后 詣江原道洛山觀音窟 祈嗣[窟 苦骨切 窟穴也 襄陽府東北二十里 有洛山 山有絶壁臨海 其上有觀音窟] 夜夢有一衲衣僧來告曰 必生貴子 其名善來[衲 音納 補也 紩也] 未幾 度祖生 名之曰善來 小字也[幾 居豈切 小字 謂幼時名也]

익조(翼祖)가 정숙왕후(貞淑王后)와 더불어 강원도 낙산(洛山) 관음굴(觀音窟)에 가서 후사(後嗣)를 빌었다.[굴(窟)은 고골(苦骨)의 반절음으로 굴의 구멍이다. 양양부(襄陽府) 동북쪽 20리에 낙산이 있다. 산에는 절벽이 바다에 임해있는데 그 위에 관음굴이 있다.] 밤에 꿈속에 어떤 한 누비옷을 입은 중이 와서 말하기를 "반드시 귀한 자식을 낳을 것이니 그 이름을 선래(善來)라고 하시오."라고 했다.[납(衲)은 음이 납(納)으로 깁는다, 꿰맨다의 뜻이다.] 얼마 안 되어 도조(度祖)가 태어났고 이름을 선래라고 했으니, 어려서의 이름이다.[기(幾)는 거기(居豈)의 반절음이다. 소자(小字)는 어릴 때의 이름을 말한다.]

第二十二章

【언해문】赤帝 니·러나·시릴·씨 白帝 ᄒᆞᆫ 갈·해 주·그·니 火德之王ᄋᆞᆯ 神婆ㅣ 알·외ᅀᆞᄫᆞ·니[王 于況切 興也 下同 婆 蒲禾切 老女 稱也]

【현대역】 적제(赤帝) 일어나시므로 백제(白帝) 한 칼에 죽으니 화덕지왕(火德之王)을 신파(神婆)가 아뢰니.[왕(王)은 우황(于況)의 반절음으로 일어난다는 뜻이다. 아래도 같다. 파(婆)는 포화(蒲禾)의 반절음으로 늙은 여자를 일컫는다.]

【언해문】黑龍·이 ᄒᆞᆫ 사·래 주·거 白龍·ᄋᆞᆯ 살·아:내시·니 子孫之慶·ᄋᆞᆯ 神物·이 슬·ᄫᆞ·니

【현대역】 흑룡(黑龍)이 한 화살에 죽어 백룡(白龍)을 살려내시니 자손지경(子孫之慶)을 신물(神物)이 사뢰니.

【언해문 분석】

1. 니러나시릴씨 : 일어나시므로, 일어나실새, 일어나시니
    기본형이 '니러나다(起, 興)'이다. 분석하면 '니러나-(어간) + -시-(주체 높임 선어말 어미) + -리-(미래 시상 선어말 어미) + -ㄹ씨(원인이나 조건의 종속적 연결 어미)'와 같다.

2. ᄒᆞᆫ : 한
    'ᄒᆞᆫ'은 '하나(一)'이다. '하다(多, 大)'의 관형형 '한'과는 다르다.

3. 갈해 : 칼에, 칼로

분석하면 '값(ㅎ종성 체언) + 애(원인격 조사)'이다. '애'가 쓰인 것은 앞 음절이 양성이기 때문이다.

4. 火德之王을 : 화덕지왕(火德之王)을, 화덕(火德)의 왕(王)을
   화덕의 왕이란 진(秦)을 이기고 새 왕이 될 유방(劉邦)을 말한다.

5. 神婆ㅣ : 신파(神婆)가
   유방(劉邦)이 새 왕이 될 것임을 예언한 할머니[老嫗]를 말한다.

6. 알외ᅀᆞᇦ니 : 아뢰니
   기본형이 '알외다'이다. 분석하면 '알외-(어간) + -ᅀᆞᇦ-(객체 높임 선어말 어미) + -ᄋᆞ니(상대 높임 평서형 종결 어미)'와 같다. 객체 높임법 '-ᅀᆞᇦ-'은 유성음 뒤에 쓰였다.

7. 사래 : 화살에, 살에
   분석하면 '살(명사) + 애(원인격 조사)'와 같다. '애'가 쓰인 것은 앞 음절이 양성이기 때문이다.

8. 살아내시니 : 살려내시니
   기본형이 '살아내다'이다. 분석하면 '살아내-(어간) + -시-(주체 높임 선어말 어미) + -니(원인의 연결 어미)'와 같다. 어간 '살아내-'는 본동사 '살다'와 의존동사 '내다'가 부사형 연결 어미 '-아'로 결합된 것이다. 여기서 '살다'는 '살리다'의 뜻을 가진 사동사로서 성조가 평성이다. 자동사 '살다(生)'가 상성인 것과 비교된다. 자동사 '살다'의 부사형은 '사라'이다.

9. 子孫之慶을 : 자손지경(子孫之慶)을, 자손의 경사(慶事)를

자손의 경사란 도조(度祖)의 꿈속에 백룡, 흑룡이 싸웠는데, 꿈속의 나타난 자 즉 백룡을 도와 흑룡을 죽였더니, 백룡이 도조의 자손에 큰 경사가 있을 것이라고 예언한 일이다.

10. 슬ᄫᅳ니 : 사뢰니, 아뢰니

　　기본형이 '슯다' 즉 '사뢰다, 아뢰다'이다. 분석하면 '슯-(어간) + -ᄋᆞ니(상대 높임 평서형 종결 어미)'와 같다. '-니'는 평서형 종결 어미 '-니이다'의 줄임말이다.

【한문】赤帝將興　白帝劒戮　火德之王　神婆告止[告 姑沃切 語也]
【현대역】적제(赤帝)가 장차 일어나려하니 백제(白帝)가 칼에 죽고 화덕(火德)의 왕(王)을 신령스런 할미가 알리도다. [곡(告)은 고옥(姑沃)의 반절음으로 말한다는 뜻이다.]

【한문】黑龍即殪　白龍使活　子孫之慶　神物復止[殪 於計切 壹 矢而死曰殪 復 白也]
【현대역】흑룡(黑龍)이 곧 한 화살로 죽어 백룡(白龍)을 살려내니 자손(子孫)의 경사를 신물(神物)이 알리도다. [에(殪)는 어계(於計)의 반절음으로 한발의 화살로 죽이는 것을 에(殪)라 한다. 복(復)은 아뢴다는 뜻이다.]

【주(註)】
赤帝將興事　見上[上 第十八章也]
적제가 장차 일어난 일은 윗글에 나타나 있다.[윗글은 제18장이다.]

度祖夢　有告之者曰
도조(度祖)의 꿈에 어떤 알리는 자가 있어 말하기를

我白龍也　今在某處　黑龍欲奪我居　請 公救之

"나는 백룡인데 지금 모처(某處)에 있습니다. 흑룡(黑龍)이 나의 거처를 빼앗으려고 하니 청컨대 공께서 구해주십시오."라고 했다.

度祖覺以爲常而不異之[覺 功效切]　又夢白龍　復來懇請曰　公何不以我言爲意　且告之曰[復 扶又切]　度祖始異之　至期　帶弓矢往觀之　雲霧晦冥有白黑二龍　方鬪淵中[鬪 丁候切 戰鬪也]　度祖射黑龍　一矢而斃　沈于淵[射 食亦切 斃 卑世切 死也]　後夢白龍來謝曰　公之大慶　將在 子孫

도조가 깨어나서 보통일이라 여기고 이상히 여기지 않았다.[각(覺)은 공효(功效)의 반절음이다.] 또 꿈에 백룡이 다시 나타나서 간청하기를 "공께서는 어찌 나의 말을 뜻을 삼지 않으려 하십니까? 또 날짜를 알려드리겠습니다."라고 했다.[부(復)는 부우(扶又)의 반절음이다.] 도조가 비로소 그것을 이상하게 여겼다. 기약한 날짜가 이르러 활과 화살을 차고 그것을 보려고 갔더니, 구름과 안개로 어두워 백색과 흑색의 두 마리 용이 바야흐로 연못 안에서 싸우고 있었다.[투(鬪)는 정후(丁候)의 반절음으로 싸운다는 뜻이다.] 도조가 흑룡을 쏘아 한 화살에 죽이니 연못에 가라앉았다.[석(射)은 식역(食亦)의 반절음이다. 폐(斃)는 비세(卑世)의 반절음으로 죽는다는 뜻이다.] 나중에 꿈에 백룡이 나와 사례하며 말하기를 "공의 커다란 경사는 앞으로 자손에게 있을 것입니다."라고 했다.

第二十三章

【언해문】雙鵰ㅣ 흔 ·사·래 :뻬·니 絶世英才·를 邉人·이
拜伏·ㅎ·ᅀᆞ·ᄫᆡ·니

【현대역】쌍조(雙鵰)가 한 화살에 꿰니 절세영재(絶世英才)를 변인
(邉人)이 배복(拜伏)하니.

【언해문】雙鵲·이 흔 ·사·래 디·니 曠世奇事·를 北人·이
稱頌·ㅎ·ᅀᆞ·ᄫᆡ·니

【현대역】쌍작(雙鵲)이 한 화살에 떨어지니 광세기사(曠世奇事)를 북
인(北人)이 칭송(稱頌)하니.

【언해문 분석】

1. 뻬니 : 꿰니, 꿰뚫리니
   기본형이 '뻬다'이다. 분석하면 '뻬-(어간) + -니(원인의 연결 어미)'
   와 같다. '꿰다'는 자·타동사로 두루 쓰이는데 여기서는 자동사로 쓰
   였다.

2. 絶世英才를 : 절세영재(絶世英才)를
   절세영재란 세상에 뛰어난 영재로 후당(後唐) 태조(太祖)인 이극용
   (李克用)을 말한다.

3. ㅎᅀᆞᄫᆡ니 : 하니
   기본형이 'ㅎ다'이다. 분석하면 'ㅎ-(어간) + -ᅀᆞ-(객체 높임 선어

말 어미) + -으니(상대 높임 평서형 종결어미)'와 같다.

본문 전절 '拜伏ᄒᆞᅀᆞᆸ니'와 후절 '稱頌ᄒᆞᅀᆞᆸ니'의 목적어는 각각 후당 태조와 이성계의 증조부 도조(度祖)를 말한다.

4. 디니 : 떨어지니

기본형이 '디다(落)'이다. 분석하면 '디-(어간) + -니(원인의 연결 어미)'와 같다. '디다〉지다'는 구개음화 현상이다.

5. 曠世奇事를 : 광세기사(曠世奇事)를, 세상에 없는 기이한 일을

광세기사란 세상에 없는 기이한 일로 도조가 한 화살로 두 마리 까치 를 쏘아 떨어뜨린 일이다.

【한문】維彼雙鵰　貫於一發　絶世英才　邊人拜伏[發 發矢也]

【현대역】저 한 쌍의 독수리를 한 화살로 꿰뚫으니 세상의 뛰어난 영재 (英才)라며 변방 사람들이 엎드려 절하도다.[발(發)은 화살을 쏜다는 뜻이다.]

【한문】維彼雙鵲　墮於一縱　曠世奇事　北人稱頌[墮 徒果切 落 也 縱 去聲 捨拔曰縱]

【현대역】저 한 쌍의 까치를 한 번 쏘아 떨어뜨리니 세상을 밝히는 기이한 일이라고 북쪽 사람들이 칭송하도다.[타(墮)는 도과(徒果)의 반절음으 로 떨어진다는 뜻이다. 종(縱)은 거성으로 놓았다 당겼다 하는 것을 종(縱)이라 한다.]

【주(註)】

後唐太祖[涉陀部人朱邪赤心 唐僖宗時 以討龐勛有功 賜姓李氏 名國昌 子克用 破黃巢 封 隴西郡王 又封晉王 子存勗即帝位 是爲後唐 追尊國昌爲獻祖 克用爲太祖] 嘗與達靼部 人　角勝[靼 當割切 異域志 作韃靼 其先與女眞同種 靺鞨之後也 靺鞨 本臣高麗 後爲奚契 丹所攻 部族分散 其居混同江之上者曰女眞 其居陰山者 自號爲達靼 其人皆勇悍善戰 其近漢

地者 謂之熟達靼 尚能種秫稼 以平底瓦釜煮而食之 其遠者謂之生達靼 以射獵爲生 無器甲
矢用骨鏃而已 角 校也 競也] 達靼指雙鵰於空曰 公能一發中否[鵰 丁聊切 大鷙
鳥也 一名鷲 黑色 翮可爲箭 中 去聲] 太祖即彎弧發矢 連貫雙鵰 邉人拜伏[彎
烏關切 持弓關矢也 弧 洪孤切 弓也]

후당(後唐)의 태조(太祖)가[사타부(涉陀部) 사람 주야적심(朱邪赤心)이 당(唐)나라
희종(僖宗)때 방훈(龐勛)을 토벌한 공이 있어서 이씨(李氏) 성을 하사받고 이름을 국창(國
昌)이라 했다. 아들 극용(克用)은 황소(黃巢)를 쳐서 농서군왕(隴西郡王)에 봉해졌다가 다
시 진왕(晉王)에 봉해졌다. 아들 존욱(存勖)은 황제의 자리에 올랐으니 이가 후당(後唐)이
된다. 국창(國昌)을 추존하여 헌조(獻祖)로 삼고 극용은 태조가 되었다.] 일찍이 달단
부(達靼部) 사람과 더불어 각축(角逐)을 벌여 이겼다.[단(靼)은 당할(當割)
의 반절음이다. 이역지(異域志)에는 달단(韃靼)으로 썼다. 그 선조는 여진과 더불어 같은
종족이니 말갈(靺鞨)의 후예이다. 말갈은 본래 고려(高麗)를 섬겼는데 뒤에 해걸단(奚契
丹)의 침공을 받아 부족이 흩어졌다. 혼동강(混同江) 위쪽에 사는 자들은 여진이라 하고
음산(陰山)에 사는 자들은 스스로 달단이라고 불렀다. 그 사람들은 모두 용감하고 사나워
싸움을 잘 했다. 그들 가운데 중국과 가까운 자들을 숙달단(熟達靼)이라 했는데 항상 찹쌀
과 검은 기장을 심을 수 있었고, 이것을 밑이 평평한 기와 솥에다 익혀 먹었다. 중국에서
먼 사람들은 생달단(生達靼)이라 했는데 이들은 사냥을 해서 살아갔다. 이들은 무기나 갑
옷도 없고 화살도 뼈 촉을 사용할 뿐이었다. 각(角)은 바로잡는다, 다툰다는 뜻이다.] 달
단 사람이 공중에 있는 한 쌍의 독수리를 가리키며 말하기를 "공께서
능히 한 발로 명중시킬 수 있습니까?"라고 했다.[조(鵰)는 정묘(丁聊)의 반절
음이다. 커다란 맹금류로 일명 독수리[鷲]라고도 하는데 검은 색이다. 그 깃촉으로 화살을
만들 수 있다. 중(中)은 거성이다.] 태조가 곧 활을 당겨 시위를 놓자 연달아
한 쌍의 독수리가 꿰이니 변방 사람들이 엎드려 절하였다.[만(彎)은 오관
(烏關)의 반절음으로 화살을 매겨 활을 당기는 것이다. 고(弧)는 홍고(洪孤)의 반절음으로
활이다.]

維彼雙鵲事　見上[上 第七章也]
저 한 쌍의 까치에 관한 일은 윗글에 나타나 있다.[윗글은 제7장이다.]

第二十四章

【언해문】 ·ᄂᆞᆫ 　·ᄠᅳᆮ 　다ᄅᆞ거·늘 　:님·그·믈 　救·ᄒᆞ시·고 　六
合·애·도 　精卒·ᄋᆞᆯ 　자ᄇᆞ·시·니

【현대역】 남은 뜻 다르거늘 임금을 구(救)하시고 육합(六合)에도 정
졸(精卒)을 잡으시니.

【언해문】 앗·은 　·ᄠᅳᆮ 　다ᄅᆞ거늘 　나·라·해 　도·라·오시·고 　雙
城·에·도 　逆徒·ᄅᆞᆯ 　平·ᄒᆞ시·니

【현대역】 아우는 뜻 다르거늘 나라에 돌아오시고 쌍성(雙城)에도 역
도(逆徒)를 평(平)하시니.

【언해문 분석】

1. ·ᄂᆞᆫ : 남은, 남들은
   분석하면 '눔(他) + 은(지정의 보조사)'이다.

2. 다ᄅᆞ거늘 : 다르거늘, 다르므로, 다르기 때문에
   기본형이 '다ᄅᆞ다(異)'이다. 분석하면 '다ᄅᆞ-(어간) + -거늘(설명
   의 연결 어미)'과 같다.

3. 님그믈 : 임금을
   여기서 '임금'은 후주(後周) 세종(世宗)을 말한다.

4. 자ᄇᆞ시니 : 잡으시니

기본형이 '잡다'이다. 분석하면 '잡-(어간) + -으시-(주체 높임 선
어말 어미) + -니(상대 높임 평서형 종결 어미)'와 같다.

5. 앗은 : 아우는

'앗은'은 '아슨(弟)'에 보조사 '은'이 결합한 '앗(명사) + 은(지정의
보조사)'이다. 여기서 '아우'는 환조(桓祖)의 아우 자선(子宣)을 말
한다.

6. 도라오시고 : 돌아오시고

기본형이 '돌아오다(還)'이다. 분석하면 '돌아오-(어간) + -시-(주
체 높임 선어말 어미) + -고(나열의 연결 어미)'와 같다. 어간 '돌
아오-'는 통사적 복합어로 '돌다'와 '오다'가 부사형 연결 어미 '-
아'를 통해 결합하였다. 돌아온 주체는 환조(桓祖)이다.

【한문】他則意異　我救厥辟　于彼六合　又殲精卒[他 指樊愛能等
也 辟 君也]

【현대역】다른 사람은 곧 뜻이 다르지만 나는 그 임금을 구하고 자
육합(六合)에서 또 정예의 군사를 섬멸하도다.[다른 사람이란 번애능(樊愛
能) 등을 가리킨다. 벽(辟)은 임금이다.]

【한문】弟則意異　我還厥國　于彼雙城　又平逆賊

【현대역】아우는 곧 뜻이 다르지만 나는 그 나라에 돌아오고 저 쌍성
(雙城)에서 또 역적을 평정하도다.

【주(註)】

後周太祖殂[太祖 姓郭 名威 邢州堯山人 晉順州刺史簡之子也 後漢隱帝旣弑 乃卽帝位
都汴 殂 在胡切 死也]　北漢主聞之甚喜　遣使請兵于契丹　大擧入寇[北漢主

姓劉 名崇 後改旻 後漢高祖母弟也 據太原 後周廣順元年 稱帝 使 去聲 下並同 契 音乞 契丹
本東胡種 其先爲匈奴所破 保鮮卑山 魏靑龍中 部首比能 稍桀驁 爲幽州刺史王雄所殺 衆逐
徵 逃潢水之南黃龍之北 至元魏 自號曰契丹 東距高麗 西奚 南營州 北靺鞨 室韋]　周昭義
節度使李筠　遣其將穆令均　將步騎二千逆戰[昭義 潞州也 節度使 掌揔軍旅顓
誅殺 筠 于倫切 李筠 即李榮 避世宗名改焉 將 即亮切 下並同 穆 姓也 騎 去聲 下並同]
筠自將大軍　壁於太平驛[壁 軍之壁壘也 太平驛 東南距潞州八十里]

후주(後周)의 태조(太祖)가 죽었다.[태조(太祖)는 성이 곽(郭)이고 이름이 위(威)
인데 형주(邢州) 요산(堯山) 사람으로 진(晉) 순주자사(順州刺史) 간(簡)의 아들이다. 후한
(後漢) 은제(隱帝)가 시해된 뒤에 곧 제위에 올라 변(汴)에 도읍했다. 조(殂)는 재호(在胡)
의 반절음으로 죽는다는 뜻이다.] 북한주(北漢主)가 그것을 듣고는 매우 기뻐
하며 걸단(契丹)에 사신을 보내 군사를 요청하여 한꺼번에 쳐들어갔
다.[북한주(北漢主)는 성이 유(劉)이고 이름이 숭(崇)인데 뒤에 민(旻)으로 고쳤다. 후한
고조의 어머니의 동생이다. 태원(太原)에 웅거하여 후주(後周) 광순(廣順) 원년에 황제라
일컬었다. 사(使)는 거성으로 아래도 같다. 글(契)은 음이 걸(乞)이다. 걸단(契丹)은 본래
동쪽 오랑캐 종족인데 그 선조는 흉노(匈奴)에게 파괴되어서 선비산(鮮卑山)에 있었다. 위
(魏)나라 청룡(靑龍) 중에 부족의 우두머리 비능(比能)과 초걸오(稍桀驁)가 유주자사(幽州
刺史) 왕웅(王雄)에게 피살되자 무리들이 마침내 약해져 황수(潢水)의 남쪽, 황룡(黃龍)의
북쪽으로 도망쳤다. 원위(元魏)에 이르러 스스로 걸단이라고 불렀다. 동쪽으로 고려(高
麗), 서쪽으로 해(奚), 남쪽으로 영주(營州), 북쪽으로 말갈(靺鞨), 실위(室韋)와 떨어져 있
다.] 주나라의 소의절도사(昭義節度使) 이균(李筠)이 그의 장수 목령균
(穆令均)을 보내 보병과 기병 2천 명을 거느리고 맞아 싸우게 하였다.
[소의(昭義)는 노주(潞州)이다. 절도사(節度使)는 군대를 총괄하고 죽이는 일을 맡았다.
균(筠)은 우륜(于倫)의 반절음이다. 이균(李筠)은 곧 이영(李榮)인데 세종의 이름을 피해서
고친 것이다. 장(將)은 즉량(即亮)의 반절음으로 아래도 같다. 목(穆)은 성이다. 기(騎)는
거성으로 아래도 같다.] 이균은 스스로 대군(大軍)을 거느리고 태평역(太平
驛)에 보루를 쌓았다.[벽(壁)은 군의 보루이다. 태평역(大平驛)은 동남쪽으로 노주
에서 80리 떨어져 있다.]

北漢武寧節度使張元徽　與令均戰　陽不勝而北[武寧軍 徐州也 屬周 元徽遙領
也 徽 許歸切 陽 與佯通 陽發見於外 陰蔽伏於中 凡人之作事 外爲是形而內無其實者 皆陽爲
之 外若無所營而內潛經畫 皆陰爲之也]　令均逐之　伏發殺令均　俘斬士卒千餘

人[藏兵曰伏] 筠遁歸上黨嬰城自守[遯 或作遁 徒困切 逃也 潞州治上黨] 世宗聞之
欲自將兵禦之[世宗 本姓柴 名榮 邢州龍岡人 後周太祖后柴氏兄守禮之子也 太祖養以爲
子 封晉王 太祖崩 即位] 群臣皆曰

북쪽 한나라의 무령절도사(武寧節度使) 장원휘(張元徽)가 목령균과 싸
우다가 겉으로는 이기지 못한 척 하고는 달아났다.[무령군(武寧軍)은 서주
(徐州)이다. 주(周)에 속하는데 장원휘가 멀리서 다스렸다. 휘(徽)는 허귀(許歸)의 반절음
이다. 양(陽)은 양(佯)과 통한다. 양(陽)은 겉으로 드러내는 것이고 음(陰)은 안을 덮어 가
리는 것이다. 무릇 사람이 일하는데 있어 겉으로는 형태를 갖추면서 안으로는 그 실상이
없는 것은 모두 양을 위주로 하는 것이고, 겉으로는 어떤 일을 하지 않는 것 같아도 안으로
는 잠잠히 일을 꾸미는 것은 모두 음을 위주로 하는 것이다.] 목령균이 그를 쫓자
복병을 내어 목령균을 죽였고, 사졸(士卒) 천여 명을 사로잡아 베었
다.[군사를 감추어 놓는 것을 복(伏)이라 한다.] 이균은 상당(上黨)으로 도망쳐
돌아와 성을 두르고 스스로 지켰다.[돈(遯)은 혹 둔(遁)으로도 쓰는데 도곤(徒
困)의 반절음으로 도망친다는 뜻이다. 노주가 상당(上黨)을 다스렸다.] 세종이 그것을
듣고 몸소 군사를 이끌고 그를 막고자 했다.[세종(世宗)은 본래 성이 시(柴)이
고 이름이 영(榮)으로 형주(邢州) 용강(龍岡) 사람이다. 후주 태조의 왕후인 시씨의 오빠
수례(守禮)의 아들이다. 태조가 길러 아들을 삼아 진왕(晉王)에 봉했다. 태조가 붕어하자
즉위했다.] 여러 신하들이 모두 말하기를

陛下新即位 山陵有日 人心易搖 不宜輕動 宜命將禦之[帝王所葬曰山陵
山陵有日 謂葬期伊邇也 易 弋豉切] 世宗曰

"폐하께서 새로이 즉위하셨고, 산릉(山陵)에는 날짜가 있어 인심이 흔
들리기 쉬우니 마땅히 가벼이 움직여서는 안 되고 장수에게 명을 내려
그들을 막는 것이 마땅합니다."라고 했다.[제왕(帝王)을 장사지내는 곳을 산릉
(山陵)이라 한다. 산릉에 날짜가 있다는 것은 장사지내는 기일이 가깝다는 말이다. 이(易)
는 익시(弋豉)의 반절음이다.] 세종이 말하기를

劉崇幸我大喪 輕朕年少新立 有呑天下之心 此必自來 朕不可不徃[少
詩照切]

"유숭(劉崇)이 내 아버지의 죽음[大喪]을 행운으로 여기고, 내가 나이가 어려서 새로이 왕위에 선 것을 가벼이 여겨 천하를 삼킬 마음을 가지고 있으니, 이에 반드시 몸소 올 것인데 내가 가히 가지 않을 수 없다."라고 했다.[소(少)는 시조(詩照)의 반절음이다.]

太師中書令馮道 固爭之 世宗不悅[唐制 太師太傅太保各一人 是爲三師 正一品天子所師法 無所總職 非其人則闕 中書省 中書令二人 正二品 掌佐天子執大政而揔判省事 爭去聲] 惟中書侍郎同平章事王溥 勸行 世宗從之 命道奉梓宮赴山陵[唐制 中書省 侍郎二人 正三品 掌貳令之職 高宗永淳元年 以郭待擧等 並中書門下 同承受進止平章事 自是外司四品已下知政事者 始以平章事爲名 溥 頗五切 梓宮 以梓木爲之 親身之棺也 言猶生時所居宮室也 山陵 在鄭州新鄭縣]

태사(太師) 중서령(中書令) 풍도(馮道)가 굳이 간쟁(諫爭)하자 세종이 기뻐하지 않았다.[당나라 제도에 태사(太師), 태부(太傅), 태보(太保)가 각각 1명씩인데 이들을 삼사(三師)라고 했다. 이들은 정1품으로 천자가 이들에게 규범을 배웠다. 다스리는 직책은 없고 사람이 없으면 자리를 비워두었다. 중서성(中書省)에는 정2품인 중서령 2명이 있어 이들이 천자를 보좌하여 천하의 정치를 맡고 중서성의 일을 총괄하여 판단했다. 쟁(爭)은 거성이다.] 오직 중서시랑동평장사(中書侍郎同平章事) 왕부(王溥)가 갈 것을 권했다. 세종이 이를 따랐다. 풍도에게 명하여 재궁(梓宮)을 모시고 산릉(山陵)에 나가도록 했다.[당나라 제도에 중서성(中書省)에는 정3품인 시랑(侍郎) 2명이 있는데 중서령을 대신하는 일을 맡았다. 고종(高宗) 영순(永淳) 원년에 곽대거(郭待擧) 등에게 중서문하(中書門下)의 일과 아울러 평장사(平章事)를 지휘하는 일까지 함께 맡도록 했다. 이로부터 외사(外司)의 4품 이하로서 정사를 아는 자를 처음으로 평장사라고 이름삼았다. 부(溥)는 파오(頗五)의 반절음이다. 재궁(梓宮)은 가래나무로 만든 천자의 관인데 마치 살아있을 때 궁실에서 산 것과 같다는 말이다. 산릉(山陵)은 정주(鄭州) 신정현(新鄭縣)에 있다.]

世宗發大梁 過澤州 宿於州東北[大梁 豫州之域 古汴州 陳留 浚儀 是也 澤州 梁開平元年割隷河陽 四年却隷潞州] 北漢主不知世宗至 過潞州不攻 引兵而南 是夕軍於高平之南[高平 漢泫氏縣地 後魏改玄氏 北齊改高平 在澤州東北] 明日周前鋒擊之 北漢兵却[却 退也] 世宗趣諸軍亟進[趣讀曰促 亟 紀力切] 北

漢主以中軍 陳於巴公原[陳 讀曰陣 下並同 巴 邦加切 巴公原 在晉城縣
東北] 元徽軍其東 契丹武定節度使政事令楊袞 軍其西 衆頗嚴整[武
定軍 洋州也 遼志 中書省 初名政事省 太祖置官 世宗天祿四年 建政事
省 袞 古本切] 周河陽節度使劉詞 將後軍未至 衆心危懼 而世宗志氣
益銳[河陽 縣名 自漢以來 屬河內郡 唐屬懷州 又屬孟州] 命義成節度使
白重贊 與侍衛馬步都虞候李重進 將左軍居西[義成軍 滑州也 重 直龍
切 下同 後魏之末 宇文置虞候都督 以主候騎 虞候之官 盖始於此]

세종이 대량(大梁)을 떠나 택주(澤州)를 지나서 주(州)의 동북쪽에 머
물렀다.[대량(大梁)은 예주(豫州)의 땅이다. 옛 변주(汴州), 진류(陳留), 준의(浚儀)가 이
것이다. 택주는 양(梁)나라 개평(開平) 원년에 나뉘어 하양(河陽)에 예속되었다가 4년에는
도리어 노주(潞州)에 예속되었다.] 북쪽 한나라 왕은 세종이 온 줄을 모르고,
노주(潞州)를 지나면서 공격을 하지 않고 군사를 이끌고 남쪽으로 갔
다. 이날 저녁에 고평(高平)의 남쪽에 진을 쳤다.[고평(高平)은 한나라 현씨
현(泫氏縣) 땅이다. 후위(後魏)가 현(玄)씨로 고쳤다. 북제(北齊)는 고평으로 고쳤는데 택
주 동북쪽에 있다.] 다음날 주나라 선봉군이 그들을 치니 북쪽 한나라 군
사가 물러났다.[각(却)은 물러난다는 뜻이다.] 세종이 여러 군사를 재촉하여
빠르게 나갔다.[촉(趣)은 촉(促)으로 읽는다. 극(亟)은 기력(紀力)의 반절음이다.] 북
쪽 한나라 임금이 중군(中軍)을 데리고 파공원(巴公原)에 진을 쳤다.
[진(陳)은 진(陣)으로 읽는데 아래도 같다. 파(巴)는 방가(邦加)의 반절음이다. 파공원(巴
公原)은 진성현(晉城縣) 동북쪽에 있다.] 원휘(元徽)가 그 동쪽에 진을 쳤고 결
단무정절도사정사령(契丹武定節度使政事令) 양곤(楊袞)이 그 서쪽에
진을 쳤는데 무리들이 몹시 엄정하였다.[무정군(武定軍)은 양주(洋州)이다. 요
지(遼志)에서, 중서성은 처음에 이름이 정사성(政事省)이었다. 태조가 관리를 두었는데 세
종(世宗) 천록(天祿) 4년에 정사성(政事省)을 두었다고 했다. 곤(袞)은 고본(古本)의 반절
음이다.] 주나라 하양절도사(河陽節度使) 유사(劉詞)가 후군(後軍)을 이
끌고 아직까지 오지 않으므로 군중이 심적으로 두려워했으나 세종의
의기(義氣)는 더욱 날카로웠다.[하양(河陽)은 현의 이름이다. 한나라 이래로부터
하내군(河內郡)에 속했다. 당나라 때는 회주(懷州)에 속했다가 또 맹주(孟州)에 속했다.]

의성절도사(義成節度使) 백중찬(白重贊)과 시위마보도우후(侍衛馬步都虞候) 이중진(李重進)에게 명하여 좌군(左軍)을 거느리고 서쪽에 머물게 했다.[의성군(義成軍)은 활주(滑州)이다. 중(重)은 직룡(直龍)의 반절음으로 아래도 같다. 후위(後魏) 말에 우문(宇文)이 우후도독(虞候都督)을 두어서 후기(候騎)를 주관했다. 우후의 관직은 아마도 여기에서 비롯된 듯하다.]

寧江節度使樊愛能　淸淮節度使何徽　將右軍居東[寧江軍 夔州 屬蜀 淸淮軍 壽州 屬唐 樊何亦遙領也] 宣徽使向訓　鄭州防禦使史彥超　將精騎居中[唐書 裴度傳 有宣徽五坊小使 則宣徽官名 已見于元和之時矣 唐末洎五代 又有南北兩院使 晉天福四年 以樞密副使張從恩爲宣徽使 權罷樞密故也 向 式亮切 姓也 鄭州 唐武德四年 治虎牢 貞觀七年 徙治管城 屬河南道 唐書曰 至德後中原大郡要害之地 置防禦使 以治軍事 不賜旌節也 史 姓也]

영강절도사(寧江節度使) 번애능(樊愛能)과 청회절도사(淸淮節度使) 하휘(何徽)에게 우군(右軍)을 거느리고 동쪽에 머물게 하고[영강군(寧江軍)은 기주(夔州)로 촉(蜀)에 속한다. 청회군(淸淮軍)은 수주(壽州)로 당(唐)에 속한다. 번애능과 하휘는 또한 멀리서 다스렸다.] 선휘사(宣徽使) 향훈(向訓)과 정주방어사(鄭州防禦使) 사언초(史彥超)는 정예 기병을 거느리고 중앙에 머물게 하였다.[당서(唐書) 배도전(裴度傳)에 선휘오방소사(宣徽五坊小使)가 있는데 곧 선위의 관직 이름이니 이미 원화(元和) 때에 나타난다. 당나라 말에서 오대(五代)에 이르기까지 또한 남북의 두 원사(院使)가 있었다. 진(晉)나라 천복 4년에 추밀부사(樞密副使) 장종은(張從恩)을 선휘사(宣徽使)로 삼았는데 추밀의 직책을 없앨 것을 꾀했기 때문이다. 향(向)은 식량(式亮)의 반절음으로 성이다. 정주(鄭州)는 당나라 무덕 4년에 호뢰(虎牢)에서 다스렸다. 정관(貞觀) 7년에 관성(管城)으로 옮겨 다스렸다. 하남도(河南道)에 속한다. 당서(唐書)에 이르기를 "지덕(至德) 이후에 중원(中原)의 큰 군(郡)의 요해처에 방어사(防禦使)를 두어서 군대의 일을 다스리도록 했는데 정절(旌節)을 내리지는 않았다. 사(史)는 성이다.]

殿前都指揮使張永德　將禁兵自衛　介馬　臨陳督戰[殿前都指揮使 總殿前諸班 天子所居曰禁 漢制 天子所居門閤有禁 非侍御之臣 不得妄入也 唐承隋制 置十二衛府兵 及罷 始置神策神武等軍曰禁軍 此禁兵之始也 介 甲也] 北漢主見周軍少　悔召契丹

謂諸將曰

전전도지휘사(殿前都指揮使) 장영덕(張永德)은 금병(禁兵)을 거느리고 스스로 지키도록 했다. (세종은) 갑옷을 쓴 말을 타고 진지에 나가 싸움을 독려하였다.[전전도지휘사(殿前都指揮使)는 궁전의 제반 일을 총괄하였다. 천자가 사는 곳을 금(禁)이라고 한다. 한나라 제도에 천자가 사는 곳의 문에는 금하는 것이 있어서 임금을 모시는 신하가 아니면 함부로 들어갈 수가 없었다. 당나라는 수나라 제도를 이어 12위(衛)의 부병(府兵)을 두었는데 폐지할 때 이르러 처음으로 신책(神策), 신무(神武) 등의 군(軍)을 두고 금군(禁軍)이라고 했다. 이것이 금병(禁兵)의 시초이다. 개(介)는 갑옷이다.] 북쪽 한나라 임금은 주나라 군사가 적음을 보고 걸단을 부른 것을 후회하며, 여러 장수들에게 일러 말하기를

吾自用漢軍　可破也　何必契丹　今日不惟克周　亦可使契丹心服　諸將皆以爲然　袞策馬前望周軍　退謂北漢主曰

"내가 몸소 한나라 군사만을 써서 (주나라를) 깨뜨릴 수 있는데, 어찌 꼭 걸단을 쓰랴? 이제 주나라를 이길 뿐 아니라 또한 가히 걸단으로 하여금 마음으로부터 복종시키도록 하겠다."라고 했다. 장수들이 모두 그럴 것이라 여겼다. 양곤이 말을 채찍질하여 앞으로 나가 주나라 군사를 보고 물러나 북쪽 한나라 임금에게 일러 말하기를

勍敵也　未可輕進[使 如字 勍 彊也]　北漢主奮髥曰　時不可失　請公勿言試觀我戰　袞黙然不悅[髥 人占切 頰毛也]　時東北風方盛　俄而忽轉南風司天監李義曰

"강한 적입니다. 가벼이 여기고 나갈 수 없습니다."라고 말했다.[사(使)는 본래의 글자이다. 경(勍)은 강하다는 뜻이다.] 북쪽 한나라 임금은 수염을 떨치며 말하기를 "때를 놓칠 수 없소. 청컨대 공은 말하지 말고 시험 삼아 우리의 싸움을 보시오."라고 했다. 양곤은 묵묵히 있었으나 기쁘지 않았다.[염(髥)은 인점(人占)의 반절음으로 뺨에 난 털이다.] 이때 동북풍이 바야흐로 세차게 불다가 갑자기 남풍으로 바뀌었다. 천문을 살피는 사천감

(司天監) 이의(李義)가 말하기를

時可戰矣　北漢主從之[唐中宗景龍二年 改太史局曰太史監 乾元元年 改曰司天臺 置監一人 掌察天文稽曆數]　樞密直學士王得中　扣馬諫曰

"이때 싸우는 것이 좋겠습니다."라고 하니 북쪽 한나라 임금이 이를 따랐다. [당나라 중종(中宗) 경룡(景龍) 2년에 태사국(太史局)을 고쳐 태사감(太史監)이라 했다. 건원(乾元) 원년에 고쳐 사천대(司天臺)라 하고 감(監) 1명을 두어 천문을 살피고 역수(曆數)를 상고하는 일을 맡도록 했다.] 추밀직학사(樞密直學士) 왕득중(王得中)이 말을 당기며 간하기를

義可斬也　風勢如比　豈助我者邪[五代梁太祖開平二年 改樞密院爲崇政院 始置直學士二員 選有政術文學者爲之 後唐 復爲樞密院 亦曰樞密直學士 與端明殿學士 輪修日曆 送史館 扣 音口 持也 邪 通作耶]　北漢主曰

"이의를 베는 것이 좋겠습니다. 바람이 이처럼 세찬데 어찌 우리를 돕는 것이겠습니까?"라고 했다. [오대(五代)의 양(梁)나라 태조 개평(開平) 2년에 추밀원(樞密院)을 고쳐 숭정원(崇政院)이라 하고, 처음으로 직학사(直學士) 2명을 두었는데 정술(政術)과 문학(文學)을 하는 사람 중에서 선발하여 썼다. 후당(後唐)이 다시 추밀원이라 하고 또한 추밀직학사와 단명전학사(端明殿學士)라고 했는데 이들은 돌아가며 달력을 수정하여 사관(史館)에 보냈다. 구(扣)는 음이 구(口)로 당긴다는 뜻이다. 사(邪)는 보통 야(耶)로 쓴다.] 북쪽 한나라 임금이 말하기를

吾計已決　老書生勿妄言　且斬汝　麾東軍先進　擊周右軍　合戰未幾 愛能徽引騎兵先遁　右軍潰[幾 居豈切]　步兵千餘人　解甲呼萬歲　降北漢 [降 胡江切 下同]　世宗見軍勢危　自引親兵　犯矢石督戰[矢石 箭礮也]　宋太祖　時爲宿衛將　謂同列曰　主危如此　吾屬何得不致死[宿衛者 天子之禁兵也]

"나의 계획은 이미 결정되었소. 늙은 서생(書生)은 함부로 말을 마시오. 당신을 치겠소."라고 말하고, 동군을 지휘하여 선두로 나가도록 하고 주나라 우군을 쳤다. 싸움을 벌인 지 얼마 되지 않아 번애능과 하휘

가 기병(騎兵)을 이끌고 먼저 도망하여 우군이 무너졌다.[기(幾)는 거기
(居豈)의 반절음이다.] 보병 천여 명은 갑옷을 풀고 만세를 외치며 북쪽 한
나라에 항복했다.[항(降)은 호강(胡江)의 반절음으로 아래도 같다.] 세종은 군대
의 세가 위태로움을 보고 몸소 친병(親兵)을 이끌고 화살과 돌멩이에
맞는 것을 무릅쓰며 싸움을 독려했다.[시석(矢石)은 화살과 돌멩이이다.] 송나
라 태조는 이때 숙위(宿衛)하는 장군이었는데, 동료에게 일러 말하기를 "임금이 이와 같이
위험한데 우리 무리들이 어찌 죽음까지 바치지 않을 수 있겠는가?"라고 했다.[숙위(宿衛)
는 천자의 금병(禁兵)이다.]

又謂永德曰
또 장영덕에게 일러 말하기를

賊氣驕 力戰可破也 公麾下多能左射者 請引兵乘高西出爲左翼 我引兵
爲右翼以擊之 國家安危 在此一擧[翼 謂左右舒引其兵 如鳥之張翼也] 永德從
之 各將二千人進戰 太祖身先士卒 馳犯其鋒 士卒死戰無不一當百
北漢兵披靡[先 去聲 死戰 謂決意必死也 披 普彼切 開也 披靡 謂披裂偃靡也] 內殿直
馬仁瑀 躍馬引弓大呼 連斃數十人 士氣益振[內殿直 周所置殿前諸班之號也
馬 姓也 瑀 王矩切 呼 火故切]

"적의 기운이 교만하니 힘써 싸우면 깨뜨릴 수 있을 것이오. 공의 휘하
들은 대부분 왼손으로도 활을 쏠 수 있는 유능한 군사들이니 청컨대
군사를 이끌고 높은 곳으로 올라가서 서쪽으로 나가 좌익(左翼)이 되
고, 나는 군사를 이끌고 우익(右翼)이 되어서 그들을 칩시다. 국가의
안위가 이 한 거사에 달려있소이다."라고 했다.[익(翼)은 군사를 좌우로 펴서
이끄는 것을 말하는데 마치 새가 날개를 펴는 것과 같다.] 장영덕이 이를 따랐다.
각기 2천 명을 이끌고 나아가 싸웠다. 태조는 몸소 병사들에 앞장서서
그 선봉에서 말을 달리며 쳤다. 병사들도 죽도록 싸우니 일당백(一當
百)이 아님이 없었다. 북쪽 한나라 군사가 쪼개져 쓰러졌다.[선(先)은 거
성이다. 사전(死戰)은 기필코 죽을 것을 결의한 말이다. 피(披)는 보피(普彼)의 반절음으로

열린다는 뜻이다. 피미(披靡)는 쪼개져 쓰러진다는 말이다.] 내전직(內殿直) 마인우(馬仁瑀)가 말을 달리며 활을 당기고 크게 소리치며 연달아 수십 명을 죽이니 사기가 더욱 떨쳐졌다.[내전직(內殿直)은 주나라가 전전(殿前)에 둔 여러 반(班)의 이름이다. 마(馬)는 성이다. 우(瑀)는 왕구(王矩)의 반절음이다. 호(呼)는 화고(火故)의 반절음이다.]

殿前右番行首馬全乂　引數百騎進陷陳[行 胡郞切 居殿前右番班行之首]　周兵爭奮　北漢兵大敗　衰畏周兵之彊　不敢救　且恨北漢主之語　全軍而退　愛能徽　引數千騎南走　控弦露刃　剽掠輜重　役徒驚走　失亡甚多[控 苦貢切 控弦 引弓也 露 見也]　世宗遣近臣及親軍校　追諭止之　莫肯奉詔[校 居效後敎二切 械也 木爲欄格 軍部及養馬用之 故軍尉馬官 皆以校名]　使者或爲軍士所殺　揚言契丹大至　官軍敗績　餘衆已降虜矣[使 去聲 下同 大崩曰敗績 師徒撓敗 若沮岸崩山 喪其功績也 虜 籠五切 生得曰虜 斬首曰獲]　詞遇愛能等於塗[塗 通作途]　愛能等止之　詞不從　引兵而北　時北漢主尙有餘衆萬餘人　阻澗而陳　薄暮詞至　復與諸軍擊之　北漢兵又敗[薄 迫也 迫晚曰薄暮 復 扶又切]　殺副樞密使王延嗣[唐擇中官一人爲樞密使 以出納帝命 後或置二人 至梁開平元年 改樞密院爲崇政院 始命敬翔爲院使 仍置判官一人 自後改置副使一人 後唐同光元年 依舊爲樞密院]　追至高平　僵尸滿山谷　委棄御物及輜重器械雜畜　不可勝紀[僵 居良切 仆也 凡乘輿服御之物 皆爲御物 畜 許救切 六畜也 牛馬羊犬豕雞曰六畜 勝 音升]　胡安國曰[安國 字康侯 宋人 事哲高兩朝 著春秋傳]

전전우번(殿前右番)의 항오의 우두머리 마전예(馬全乂)가 수백의 기병(騎兵)을 이끌고 적진에 나아가 무너뜨렸다.[항(行)은 호랑(胡郞)의 반절음이다. 전전우번의 한 항오의 우두머리였다.] 주나라 군사가 다투어 떨치니 북쪽 한나라의 군사는 크게 패하였다. 양곤은 주나라 군사가 강한 것을 두려워하여 감히 구하지 못하고 또한 북쪽 한나라 임금의 말을 원통히 여기며 전군(全軍)을 퇴각시켰다. 번애능과 하휘가 수천의 기병을 이끌고 남쪽으로 달리면서 활시위를 당기고 칼날을 드러내며 군수품을 노략질하였다. 역도들은 놀라 달아나서 잃은 것이 매우 많았다.[공(控)

은 고공(苦貢)의 반절음이다. 공현(控弦)은 활을 당긴다는 뜻이다. 노(露)는 나타낸다는 뜻이다.] 세종은 가까운 신하와 친군(親軍)의 장교(將校)를 보내 쫓으며 그것을 그만두라고 타일렀으나 기꺼이 명령을 받들지 않았다.[교(校)는 거효(居效), 후교(後敎)의 두 반절음이 있는데 틀이라는 뜻이다. 나무로 울타리를 만들어 군대나 말을 기를 때 쓰기 때문에 군위(軍尉)나 마관(馬官)은 모두 교(校)로 이름지었다.] 심부름 온 사자(使者)가 간혹 군사들에게 피살되기도 하였다. 공공연히 퍼뜨려 말하기를 걸단병이 대대적으로 와서 관군이 패하고 나머지 무리는 이미 항복하여 사로잡혔다고 했다.[사(使)는 거성으로 아래도 같다. 크게 무너지는 것을 패적(敗績)이라고 한다. 군사가 꺾여 패하는 것은 언덕이 무너지고 산이 붕괴되어 그 공적을 잃는 것과 같은 것이다. 노(虜)는 농오(籠五)의 반절음인데 산채로 잡는 것을 노(虜)라 하고 목을 벤 것을 획(獲)이라 한다.] 유사(劉詞)가 번애능 등을 길에서 만났다.[도(塗)는 보통 도(途)도로 쓴다.] 번애능 등이 그들을 막았으나, 유사는 따르지 않고 군사를 이끌고 북쪽으로 갔다. 이때 북쪽 한나라 임금은 나머지 무리 만여 명이 있음을 믿고 계곡을 막아 진을 구축했다. 저녁 무렵 유사가 이르러 다시 여러 군사와 더불어 그를 치니 북쪽 한나라의 군사는 또다시 패했다.[박(薄)은 다가간다는 뜻이다. 저녁이 다가가는 것을 박모(薄暮)라고 한다. 부(復)는 부우(扶又)의 반절음이다.] 부추밀사(副樞密使) 왕연사(王延嗣)를 죽였다.[당나라는 중관(中官) 가운데 1명을 가려 뽑아 추밀사로 삼았는데 황제의 출납을 맡았다. 뒤에 혹 2명을 두기도 했다. 양(梁) 개평(開平) 원년에 이르러 추밀원을 고쳐 숭정원(崇政院)이라 했다. 처음에는 경상(敬翔)을 명하여 원사(院使)로 삼았는데 이로 인해 판관 1명을 두었다. 이 뒤부터는 고쳐 부사(副使) 1명을 두었다. 후당(後唐) 동광(同光) 원년에 옛날에 의거하여 추밀원으로 했다.] 고평(高平)에 이르기까지 추격하니 쓰러진 시체가 산과 계곡을 메웠다. 버려진 임금의 물건 및 군수품, 기계, 여러 가축이 가히 셀 수 없이 많았다.[강(僵)은 거량(居良)의 반절음으로 쓰러졌다는 뜻이다. 무릇 천자의 수레나 의복 따위의 물건은 모두 어물(御物)이다. 축(畜)은 허구(許救)의 반절음으로 소, 말, 양, 개, 돼지, 닭을 육축(六畜)이라 한다. 승(勝)은 음이 승(升)이다.] 호안국(胡安國)이 말하기를[안국(安國)은 자가 강후(康侯)로 송(宋)나라 사람이다. 철종(哲宗)과 고종(高宗) 두 왕조를 섬겼는데 춘추전(春秋傳)을 저술했다.]

喪不貳事　廢其常可也[記曰 喪無貳事 註 喪無貳事也]　有門庭之寇　而宗廟社稷
之存亡繫焉　必從權制而無避矣　伯禽服喪　徐夷並興　至于東郊　出戰之
師　與築城之役　同日並舉　度緩急輕重　盖有不得已焉者矣[伯禽 魯公名
周公之子也 服喪 服武王之喪也 伯禽撫封於魯 淮浦之夷 徐州之戎 妄意其未更事 且乘其新造
之隙 並起爲寇 伯禽征之 於費誓衆曰 甲戌 我惟征徐戎 峙乃糗糧 無敢不逮 魯人三郊三遂 峙乃
楨幹 甲戌 我惟築 無敢不供 度 入聲]　周太祖殂　契丹入寇　而世宗接戰於高平
若此者　爲顯親　非不顧也　惟審於緩急輕重之宜　斯可矣[爲 去聲]

"상사(喪事)란 두 번 있는 일이 아니므로 그 일상적인 일은 없애는 것
이 옳다.[예기에 이르기를 "상사란 두 번 있는 일이 아니다."라고 했는데, 그 주석에 상
사는 두 번 있는 일이 아니라고 했다.] 그러나 집 문에까지 적이 있다면 나라의
존망이 달린 것이니 반드시 권위와 법제를 따르고 피하지 말아야 한
다. 백금(伯禽)이 상을 당했을 때 서(徐) 땅의 오랑캐가 함께 일어나
동교(東郊)에 이르렀다. 싸우러 나가는 군사가 성 쌓는 일을 같은 날에
똑같이 했다. 일의 완급(緩急)과 경중(輕重)을 헤아려 보면 대개 부득
이한 일이 있다.[백금(伯禽)은 노(魯)나라 공자(公子)의 이름으로 주공(周公)의 아들
이다. 복상(服喪)이란 말은 무왕의 상을 당했다는 말이다. 백금이 노나라에 봉해졌는데 회
포(淮浦)의 오랑캐와 서주(徐州)의 오랑캐가 아직 바뀌지 않은 것을 망령스럽게 생각하고
또 새로 봉해지는 틈을 타서 함께 일어나 침략하였다. 백금이 이들을 쳤고, 비(費)지방
에서 여러 사람에게 맹서하여 말하기를 "갑옷 입은 군사로 내 오직 서(徐) 땅의 오랑캐를
정벌할 것이니 이내 군량미[糗糧]를 쌓되 감히 붙잡아두지 마라. 노나라 삼교(三郊)와 삼
수(三遂)는 이내 재목[楨幹]을 쌓아두라. 갑옷 입은 군사로 내가 오직 성을 쌓을 때 감히
공급하지 않으면 안된다."라고 했다. 탁(度)은 입성이다.] 주나라 태조가 죽자 걸단
이 쳐들어와 도적질하므로 세종이 고평(高平)에서 맞아 싸웠다. 이와
같이 한 것은 아버지를 드러내기 위한 것이지 일을 돌아보지 않은 것
이 아니다. 오직 일이 급한지 아닌지와 가벼운지 아닌지의 마땅함을
살피는 것은 옳은 일이다."라고 했다.[위(爲)는 거성이다.]

周世宗自將攻唐淮南　圍壽州[將 即亮切 下並同 徐溫養子知誥 取吳據金陵 國號唐
是爲南唐 知誥後復姓李改名昪 昪殂 子璟立 壽州 晉爲淮南郡 隋曰壽州]　遣宋太祖　擊

唐兵於塗山[塗山 在濠州 禹會諸侯處]　太祖大敗唐師於渦口　斬其都監何延
錫等　奪戰艦五千餘艘而還[渦 音瓜 渦口 渦水入淮之口 艦 胡黤切 舡上設女墻 可高
三尺 墻下開掣棹孔 舡內五尺又建棚 與女墻齊 棚上又建女墻 重列戰敵 上無覆背 前後左右
樹牙旗幟幡金鼓 此戰舡也]

주(周)의 세종이 몸소 장수가 되어 당(唐)의 회남(淮南)을 공략하여 수
주(壽州)를 포위하였다.[장(將)은 즉량(即亮)의 반절음으로 아래도 모두 같다. 서온
양(徐溫養)의 아들 지고(知誥)가 오(吳)나라를 취하고 금릉(金陵)에 웅거하며 나라 이름을
당이라 했는데 이것이 남당(南唐)이다. 지고(知誥)는 뒤에 다시 성을 이(李)로 이름을 변
(昪)으로 고쳤다. 변이 죽자 아들 경(璟)이 섰다. 수주(壽州)는 진나라는 회남군(淮南郡)이
라 했고 수(隋)나라는 수주(壽州)라고 했다.] 송(宋) 태조를 보내 도산(塗山)에서
당나라 군사를 치도록 하였다.[도산(塗山)은 호주(濠州)에 있는데 우(禹)임금이
제후를 모은 곳이다.]　태조가 당나라 군사를 과구(渦口)에서 크게 패퇴시
켜 그 도감(都監) 하연석(何延錫) 등을 목베고 전함(戰艦) 5천여 척을
빼앗아 돌아왔다.[과(渦)는 음이 과(瓜)이다. 과구(渦口)는 과수(渦水)가 회수(淮水)
로 들어가는 입구이다. 함(艦)은 호암(胡黤)의 반절음이다. 배 위에 성가퀴[女墻]를 설치하
였는데 높이가 가히 3척이다. 성가퀴 밑에는 배를 끄는 노 젓는 구멍을 냈다. 배 안은 5척
높이로 또 선반을 세워 성가퀴와 높이를 같게 했다. 그리고 선반 위에 또 성가퀴를 세워
두 겹으로 열을 지어 적과 싸웠다. 위에는 덮개가 없고 전후좌우(前後左右)에 대장기[牙
旗]와 표깃발[幟幡]과 금고(金鼓)를 세웠는데 이것이 전함이다.]

世宗復遣太祖　倍道襲唐淸流關[復 扶又切 下同 凡軍日行三十里則止 過六十里已
上爲倍道 淸流關 在滁州淸流縣西南] 唐守將奉化節度使同平章事皇甫暉　常州
團練使姚鳳　驚走入滁州　斷橋自保[使 去聲 下並同 南唐置奉化軍節度於江州 暉
吁韋切 唐肅宗時 置防禦團練使 至德中 觀風使 幷領都團練 其後上州 亦有其號 姚 餘招切
姓也 滁 直魚切 滁州之地 劉宋爲新昌郡 梁立南譙州於桑根山西 北齊自南譙徙新昌郡 隋廢
州 以其地爲淸流縣 唐爲滁州]

세종이 다시 태조를 보내 배나 빨리 가는 걸음[倍道]으로 당나라 청류
관(淸流關)을 습격하게 했다.[부(復)는 부우(扶又)의 반절음으로 아래도 같다. 무
릇 군(軍)은 하루에 30리를 가면 멈추는데 60리 이상을 가는 것을 배도라고 한다. 청류관
(淸流關)은 저주(滁州) 청류현 서남쪽에 있다.] 당나라는 수장(守將) 봉화절도사

동평장사(奉化節度使同平章事) 황보휘(皇甫暉)와 상주단련사(常州團練使) 요봉(姚鳳)이 놀라 저주(滁州)로 달려 들어와 다리를 끊고 스스로 지켰다.[사(使)는 거성으로 아래도 같다. 남당(南唐)은 봉화군절도(奉化軍節度)를 강주(江州)에 두었다. 휘(暉)는 우위(吁韋)의 반절음이다. 당나라 숙종 때 방어사와 단련사를 두었다. 지덕(至德) 연중에 관풍사(觀風使)가 단련사를 아울러 거느렸다. 그 뒤에 상주(上州)에도 또한 그 이름이 있었다. 요(姚)는 여초(餘招)의 반절음으로 성이다. 저(滁)는 직어(直魚)의 반절음으로 저주(滁州)의 땅은 남송[劉宋]에서는 신창군이라 했다. 양(梁)은 남초주(南譙州)를 상근산(桑根山) 서쪽에 세웠다. 북제(北齊)는 남초(南譙)에서 신창군으로 옮겼다. 수나라는 남초주를 없애고 그 땅을 청류현이라 했고 당나라는 저주라고 했다.]

太祖躍馬麾兵 涉水直抵城下 暉曰 人各爲其主 願容成列而戰[抵 掌氏切 至也 爲 去聲 成列 謂列陳已定] 太祖笑而許之 暉整衆而出 太祖擁馬頸突陳而入大呼曰 吾止取皇甫暉 他人非吾敵也[頸 居郢切 項也 陳 讀曰陣 下同 呼 火故切] 手劒擊暉中腦 生擒之 幷擒鳳 遂克滁州[手執劒曰手劒 中 去聲 腦 乃老切 頭髓也] 時太祖父宣祖 爲馬軍副都指揮使[宣祖 名弘殷] 引兵夜至 傳呼開門 太祖曰

태조는 말을 달려 군사를 지휘하며 물을 건너 곧바로 성 아래에 이르렀다. 황보휘가 말하기를 "사람은 각각 그 임금을 위하는 것이니 원컨대 모름지기 대열을 갖춘 다음에 싸웁시다."라고 했다.[지(抵)는 장씨(掌氏)의 반절음으로 이른다는 뜻이다. 위(爲)는 거성이다. 성열(成列)은 진열을 배열하는 것이 이미 정해졌다는 말이다.] 태조가 웃으며 허락하였다. 황보휘가 무리를 정렬하고 나오자 태조가 말의 목을 끌어안고 돌진하여 들어가 크게 소리치며 말하기를 "나는 황보위를 취하는데 그칠 것이니, 다른 사람은 나의 적이 아니다."라고 했다.[경(頸)은 거영(居郢)의 반절음으로 목이다. 진(陳)은 진(陣)으로 읽는데 아래도 같다. 호(呼)는 화고(火故)의 반절음이다.] 수검(手劒)으로 황보위를 쳐서 뇌를 맞혀 산 채로 그를 사로잡았다. 아울러 요봉도 사로잡아 드디어 저주(滁州)를 무너뜨렸다.[손에 잡는 칼을 수검이라고 한다. 중(中)은 거성이다. 뇌(腦)는 내로(乃老)의 반절음으로 머리의 골수를 말한다.] 이때 태조의 아버지 선조(宣祖)가 마군부도지휘사(馬軍副都指揮使)였는데[선

조(宣祖)는 이름이 홍은(弘殷)이다.] 군사를 이끌고 밤에 도착하여 성문을 열
것을 전했으나 태조는 말하기를

父子雖至親　城門王事也　不敢奉命　明朝乃得入　太祖威名日盛　每臨
陳必以繁纓飾馬　鎧仗鮮明[繁 音盤 馬鬣上飾也 纓 音嬰 馬膺前飾也]　或曰
"부자간이 비록 지극히 친하지만, 성문은 나라의 일이니 감히 명을 받
들지 못하겠습니다."라고 했다. 다음날 아침에서야 이내 들어갈 수 있
었다. 태조의 위엄있는 명성이 날로 더해갔다. 매번 싸움에 임해서는
반드시 번영(繁纓)으로 말을 장식하고 갑옷과 무기를 선명(鮮明)하게
했다.[번(繁)은 음이 반(盤)으로 말갈기 위를 장식하는 것이고 영(纓)은 음이 영(嬰)으로
말 가슴 앞을 장식하는 것이다.] 어떤 사람이 말하기를

如此爲敵所識　太祖曰
"이와 같이 하면 적에게 표시됩니다."라고 하니 태조가 말하기를

吾固欲其識之耳　太祖遣使獻暉等　暉傷甚　見世宗　臥而言曰
"나는 굳이 그 표시가 되고 싶을 뿐이다."라고 했다. 태조가 사자를 보
내 황보휘 등을 바치게 했다. 황보휘는 상처가 심하여 세종을 보고도
누워 말하기를

臣非不忠於所事　但士卒勇怯不同耳　臣曏日屢與契丹戰　未嘗見兵精如
此　因盛稱太祖之勇　世宗釋之　後數日卒[怯 乞業切 畏懦也 曏 音向 徃也 暉
本魏兵 唐莊宗使守瓦橋拒契丹 因而作亂 奔江南 其自謂與契丹戰 盖守瓦橋時也]
"신이 일을 함에 있어서 충성스럽지 않음이 없으나 다만 사졸들의 용
맹함과 비겁함이 같지 않을 뿐입니다. 신이 지난날 여러 차례 걸단과
싸웠지만 일찍이 이처럼 정예로운 군사를 보지 못했습니다."라고 하며
인하여 태조의 용맹을 크게 칭찬하였다. 세종이 그를 풀어주었으나 며

칠 뒤에 죽었다.[겁(怯)은 걸업(乞業)의 반절음으로 두려워하고 나약하다는 뜻이다. 향(嚮)은 음이 향(向)으로 지난 날이란 뜻이다. 휘(暉)는 본래 위나라 군인이다. 당나라 장종(莊宗)이 와교(瓦橋)를 지켜 걸단을 막으라고 했는데, 이로 인하여 난을 일으키고 강남(江南)으로 도망쳤다. 그가 스스로 걸단과 싸웠다고 말한 것은 아마도 와교를 지킬 때일 것이다.]

世宗至淝橋　薄壽州城[淝 符非切 淝水 自安豐縣界 流入壽春縣界 經壽春城北 入于淮 淝橋 於淝水上爲橋也 薄 迫也 迫之欲與戰也]　太祖乘皮舡　入壽春壕中[皮舡 縫牛皮爲之 壽春 屬淮南郡 壕 乎刀切 城下池]　城上發連弩射之　矢大如椽[連弩 幷兩弩 共一弦之類 射 食亦切 椽 重緣切 榱也 秦名爲屋椽 周謂之榱 齊魯謂之桷]　牙將張瓊 以身蔽太祖　矢中瓊髀　死而復蘇[牙 旗名也 古者軍行則建牙於軍門 尊者所在 後人因以所治爲牙 牙將 牙前將 領統元帥親兵 蔽掩也 中 去聲 髀 部禮切 股也 蘇 孫徂切 通作 穌 死而更生也]

세종이 비교(淝橋)에 이르러 수주성(壽州城)을 압박하였다.[비(淝)는 부비(符非)의 반절음이다. 비수(淝水)는 안풍현(安豐縣) 경계로부터 수춘현(壽春縣) 경계로 흘러들어가 수춘성 북쪽을 지나 회수로 들어간다. 비교(淝橋)는 비수 위에 있는 다리이다. 박(薄)은 압박한다는 뜻으로 압박하여 싸우고자 하는 것이다.] 태조가 피선(皮舡)을 타고 수춘호(壽春壕) 안으로 들어갔다.[피선(皮舡)은 소 가죽을 꿰매 만든 배이다. 수춘(壽春)은 회남군에 속한다. 호(壕)는 호도(乎刀)의 반절음으로 성 밑의 못[池]이다.] 성 위에서 연노(連弩)를 쏘니 화살의 크기가 마치 서까래만 했다. [연노(連弩)는 두 대의 쇠뇌에 줄 하나를 함께 쓰는 따위를 말한다. 석(射)은 식역(食亦)의 반절음이다. 연(椽)은 중연(重緣)의 반절음으로 서까래이다. 진나라는 옥연(屋椽)이라 했고 주나라는 최(榱)라 했으며 제나라와 노나라는 각(桷)이라 말했다.] 아장(牙將) 장경(張瓊)이 몸으로써 태조를 막았는데 화살이 장경의 넓적다리에 적중하니 죽었다가 다시 살아났다.[아(牙)는 깃발 이름이다. 옛날에 군대가 행군하면 군문(軍門)에 깃발을 세웠으니, 높은 사람이 있는 곳이다. 후세 사람들은 이로 인해서 다스리는 곳을 아(牙)라고 했다. 아장(牙將)은 깃발 앞에 있는 장수로 원수(元帥)의 친병(親兵)을 다스렸다. 폐(蔽)는 가린다는 뜻이다. 중(中)은 거성이다. 비(髀)는 부례(部禮)의 반절음으로 넓적다리이다. 소(蘇)는 손조(孫徂)의 반절음으로 보통 소(穌)로 쓰는데 죽었다가 다시 살아나는 것이다.]

唐元帥齊王景達　帥師拒周[下帥　讀曰率　下並同]　世宗遣太祖　帥師屯六合
[六合縣　屬揚州 在州西北一百三十里]　時唐兵攻揚州　侍衛馬軍都指揮使韓令
坤　棄城走[侍衛親軍都指揮使之下　又有侍衛馬軍步軍二都指揮使　皆梁唐所置]　太祖
令曰

당(唐)나라 원수(元帥) 제왕(齊王) 경달(景達)이 군사를 인솔하고 주나
라를 막았다. [아래의 솔(帥)은 솔(率)로 읽는데 아래도 모두 같다.] 세종은 태조를
보내 군사를 인솔하고 육합(六合)에 주둔하도록 했다. [육합현(六合縣)은 양
주(揚州)에 속하는데 양주 서북쪽 130리에 있다.] 이때 당나라 병사가 양주(揚州)
를 공격하니 시위마군도지휘사(侍衛馬軍都指揮使) 한영곤(韓令坤)이
성을 버리고 도주하였다. [시위친군도지휘사(侍衛親軍都指揮使)의 아래 또 시위마
군지휘사와 시위보군지휘사의 두 지휘사를 두었는데 양(梁)나라 당(唐)나라 모두가 두었
다.] 태조가 명령하기를

揚州兵有過六合者　折其足　令坤懼而止[自揚州西北歸　須過六合故云然]　景達
帥師濟江　距六合二十里　設柵不進[距　曰許切　違也　柵　測戟切　編木爲營寨曰柵]
諸將請擊之　太祖曰

"양주(揚州)의 병사 중에서 육합을 지나는 자 있으면 그 다리를 부러뜨
려라."라고 하니 한영곤이 두려워서 도주하는 것을 멈췄다. [양주(揚州)에
서 서북쪽으로 가려면 반드시 육합을 지나야 하므로 이렇게 말한 것이다.] 경달이 군
사를 이끌고 강을 건너 육합에서 20리 떨어진 곳에 성채[城柵]를 세우
고 나가지 않았다. [거(距)는 구허(曰許)의 반절음으로 떨어졌다는 뜻이다. 책(柵)은
측극(測戟)의 반절음으로 나무를 엮어 영채(營寨)를 만든 것을 책(柵)이라 한다.] 여러
장수들이 그를 칠 것을 청하였으나 태조가 말하기를

吾衆不滿二千　若徃擊之　彼必見吾衆寡矣．不若俟其至　破之必矣　居
數日　唐兵趣六合[趣　七喩切]　太祖奮擊大破之　殺獲近五千人　餘衆尙萬
餘　走度江爭舟　溺死者甚衆　於是唐之精卒盡矣[度　通作渡]　是戰也　將
士有不致力者　太祖陽爲督戰　以劒斫其皮笠[陽　與佯通　無柄曰笠　有柄曰簦]

明日徧閱其笠　有劍跡者數十人　皆斬之　由是太祖所部兵　莫敢不盡死
矣[部 屬也 盡死 謂盡死力也]

"우리 무리들은 2천 명이 못되는데 만약 가서 저들을 친다면 저들은
반드시 우리 무리들이 적은 것을 볼 것이다. 그러니 저들이 오기를 기
다렸다가 반드시 그들을 깨뜨리는 것만 같지 못하다."라고 했다. 며칠
을 거주하다가 당나라 병사가 육합에 다다랐다.[취(趣)는 칠유(七喩)의 반절
음이다.] 태조가 떨쳐나가 공격하여 그들을 크게 깨뜨리니 거의 5천 명
을 죽이고 사로잡았다. 남은 무리가 아직 만여 명이지만 (그들은) 도망
쳐 강을 건너려고 배를 다투다가 물에 빠져 죽은 자가 매우 많았다.
이에 당나라의 정예 병졸들은 모두 없어졌다.[도(度)는 보통 도(渡)로 쓴다.]
이 싸움에서 장군과 병사 가운데 힘을 다하지 않은 자가 있었는데 태
조는 겉으로 싸움을 독려하는 척하면서 칼로써 그 피립(皮笠)을 잘라
놓았다.[양(陽)은 양(佯)과 통한다. 자루가 없는 것을 입(笠)이라 하고 자루가 있는 것을
등(簦)이라 한다.] 그리고 다음날 모두 그 삿갓을 검열하여 칼자국이 있는
자 수십 명을 모두 베었다. 이로부터 태조에 소속된 부대의 병사들은
감히 죽음을 다하지 않을 수 없었다.[부(部)는 속한다는 뜻이다. 죽기를 다한다
는 것은 죽을 힘을 다한다는 말이다.]

元世祖征日本　天下兵舩　會于海東[世祖 名忽必烈 睿宗之子 太祖之孫也]　翼祖
亦以朝命來會　見忠烈王　至于再三　益恭益虔[朝 馳遙切 下並同 時 翼祖以元朝
之命 將本所人戶赴征 見 賢遍切 忠烈王 名眰 古名諶 元宗之子也 諡曰忠烈 虔 敬也]　王曰
원나라 세조가 일본을 정벌하려고 천하의 병선(兵舩)을 바다 동쪽에
모았다.[세조(世祖)는 이름이 홀필렬(忽必烈)로 예종(睿宗)의 아들이요, 태조의 손자이
다.] 익조(翼祖) 또한 조정의 명으로 여기에 와서 충렬왕(忠烈王)을 뵈
었는데, 두세 번 이르게 되자 더욱 공경하고 경건하였다.[조(朝)는 치요
(馳遙)의 반절음으로 아래도 모두 같다. 이때 익조는 원나라 조정의 명령으로 본거지에 살
던 사람들을 거느리고 정벌하러 온 것이다. 현(見)은 현편(賢遍)의 반절음이다. 충렬왕은
이름이 거(眰)로 옛날 이름은 심(諶)이다. 원종(元宗)의 아들로 시호가 충렬이다. 건(虔)은

공경한다는 뜻이다.] 충렬왕이 말하기를

卿本士族　豈忘本乎　今觀　卿擧止　足知心之所存矣[擧 動 止 靜也]　度祖
繼志來朝　忠肅王錫賚益豐　所以勸忠也[忠肅王 名燾 忠宣王之子也 謚曰忠肅]

"경은 본래 선비족인데 어찌 근본을 잊으리오? 지금 경의 행동거지를
보니 족히 마음속에 갖고 있는 바를 알겠소."라고 했다.[거(擧)는 움직임을
뜻하고 지(止)는 고요함을 뜻한다.] 도조(度祖)가 뜻을 이어 조정에 오니 충숙
왕(忠肅王)이 하사품을 더욱 풍족히 내려 충성을 권했다.[충숙왕(忠肅王)
은 이름이 도(燾)로 충선왕(忠宣王)의 아들이다. 시호가 충숙(忠肅)이다.]

桓祖以雙城等處千戶來朝[桓祖以元命承襲爲千戶]　恭愍王曰
환조(桓祖)는 쌍성(雙城) 등지의 천호(千戶)로서 조정에 왔다.[환조(桓
祖)는 원나라의 명령으로 세습하여 천호가 되었다.] 공민왕이 말하기를

乃祖乃父　身雖在外　乃心王室　我祖考實寵嘉之　今爾無忝爾 祖考　予
將玉女於成矣[忝 他玷切 辱也 女 通作汝 玉 寶愛之意 言欲以女 爲玉而寶愛之 用以琢
磨使成人也]　雙城邊遠　吏治闊略　地且沃野　生齒蕃息　我東南民無恒産
者多歸焉[闊 苦活切 疏也 略 簡也 沃 灌漑也 言其土地皆有灌漑之利 故曰沃野 男子八月
生齒 女子七月生齒 故謂民爲生齒也 蕃 符袁切 滋也 息 生也 恒 常也 産 生業也 恒産 可常
生之業也]

"그대의 할아버지와 아버지는 몸은 비록 밖에 있었지만 마음은 곧 왕
실에 있어, 나의 할아버지와 아버지께서 진실로 총애가 극진하셨소.
이제 그대도 그대의 할아버지와 아버지를 욕되게[忝] 하지 않으니 내
가 앞으로 그대를 보배로 이루게 할 것이오."라고 했다.[첨(忝)은 타점(他
玷)의 반절음으로 욕되게 한다는 뜻이다. 여(女)는 보통 여(汝)로 쓴다. 옥(玉)은 보배롭고
아낀다는 뜻이니, 이 말은 너를 옥으로 삼아 보배처럼 아껴 써서 절차탁마하여 성인(成人)
이 되도록 하겠다는 뜻이다.] 쌍성(雙城)은 변방으로 멀리 있으므로 관리의
다스림이 소홀한 곳이나, 땅은 비옥한 들판이고 백성[生齒]은 많았다.

그래서 우리 동남쪽 백성 가운데 항상 살아갈 수 없는 자들이 많이 갔다. [활(闊) 고활(苦活)의 반절음으로 성기다는 뜻이다. 약(略)은 간략하다는 뜻이다. 옥(沃)은 물을 대는 것이다. 그 토지에 모두 물을 댈 수 있는 편리함이 있으므로 옥야(沃野)라고 말한다. 남자는 여덟 달이면 이가 나고 여자는 일곱 달이면 이가 나므로 백성을 생치(生齒)라고 말한다. 번(蕃)은 부원(符袁)의 반절음으로 많다는 뜻이다. 식(息)은 낳는다는 뜻이다. 항(恒)은 항상이란 뜻이다. 산(産)은 생업이란 뜻이다. 항산(恒産)은 항상 살아갈 수 있는 일을 말한다.]

國家聞于中書省　奉聖旨差官來[聞 去聲 元世祖立中書省 總政務 分領方面則稱行省 省 謂省察天下簿書之所也 差 初佳切 擇也 使也]　遼陽省　亦差官來[元設遼陽等路 建行中書省於懿州 總統諸路 幷統高麗]

고려[國家]에서 중서성(中書省)에 알려 황제의 교지를 받은 차사[差官]가 오고[문(聞)은 거성이다. 원나라 세조가 중서성을 세워 나라 일을 총괄하게 했고 지방은 나누어 곧 행성(行省)이라 칭했다. 성(省)은 천하의 문서를 살펴보는 곳을 말한다. 차(差)는 초가(初佳)의 반절음으로 가린다, 부린다는 뜻이다.] 요양성(遼陽省)에서도 또한 차사가 왔다.[원나라는 요양 등에 길[路]을 만들고 행중서성(行中書省)을 의주(懿州)에 세워 여러 길을 모두 다스리게 했는데, 아울러 고려(高麗)도 다스렸다.]

王馳省郞中李壽山　往會　分揀親舊籍民　謂之三省照勘戶計[元至元二十年 以征日本國 命高麗王置征東等處行中書省 典軍興之務 師還而罷　大德三年 復立行省 以中國之法治之 旣而王言其非便 詔罷行省從其國俗 至治元年 復置 以高麗王兼領丞相 得自奏選屬官 行省有郞中二貟 從五品 揀 賈限切 分揀 猶言辨別也 籍 謂籍記於簿也 照 謂具見始末也 勘 苦紺切 檢校也] 其後撫綏失宜　稍稍流徙　則命桓祖主之　所以賞累世之忠也　民由是得安其業　後桓祖來朝　王迎謂曰　撫綏頑民　不亦勞乎[謂 告也]

공민왕은 행성(行省)의 낭중(郞中) 이수산(李壽山)을 말로 급히 달려가게 하여 모여서 새로운 백성과 예부터 호적에 올라온 백성을 분간케 했다. 이것을 일러 세 성(省)에서 호구(戶口)의 수를 헤아려 밝힌 일이라 한다.[원나라 지원(至元) 20년에 일본을 정벌한다고 고려왕에게 명하여 정동등처행 중서성(征東等處行中書省)을 두어 군대를 일으키는 일을 맡게 했다가 군사가 돌아가자 없앴다. 대덕(大德) 3년에 행성을 복위시켜 중국의 법으로 다스렸다. 그러나 뒤에 고려왕이 그것이 편한 것이 아니라고 말하자 조칙을 내려 행성을 없애고 고려의 법을 따르도록 했다. 지치(至治) 원년에 다시 설치하여 고려왕으로 승상(丞相)을 겸하여 거느리도록 하고 행성의 관리를 뽑으면 스스로 알리도록 했다. 행성에는 종5품인 낭중 2명을 두었다. 간(揀)은 가한(賈限)의 반절음이다. 분간(分揀)은 분별이란 말과 같다. 적(籍)은 장부에 이름을 기록하는 것을 말한다. 조(照)는 처음과 끝을 모두 보는 것을 말한다. 감(勘)은 고감(苦紺)의 반절음으로 검사하고 생각한다는 뜻이다.] 그 뒤에 (백성들을) 어루만져 편안하게 하는 것을 잃게 되자 (백성들이) 점점 유랑하여 옮겨가니, 곧 (공민왕이) 환조에게 명하여 그것을 주관하게 했다. 이것은 여러 대에 걸쳐 충성한 것에 대한 보상인 것이다. 백성들은 이로부터 생업을 편안히 할 수 있었다. 뒤에 환조가 조정에 오자 왕이 맞이하며 말하기를 "완고한 백성들을 어루만져 편안하게 하는 것 또한 수고롭지 않았소이까."라고 했다.[위(謂)는 알린다는 뜻이다.]

時奇皇后之族　倚后勢暴橫[奇 姓也 后 高麗人 初爲元順帝宮女 性穎點 日見寵幸 後 立爲皇后 橫 戶孟切 不順理也] 后兄大司徒轍　潛通雙城叛民　結爲黨援　謀逆 [轍 直列切 恭愍王時 元以轍爲大司徒 元制 大司徒 或置或不置 其置者 或開府或不開府] 이때 기황후(奇皇后)의 집안사람들이 황후의 세력에 기대어 횡포가 심했다.[기(奇)는 성이다. 후(后)는 고려 사람으로 처음에는 원나라 순제(順帝)의 궁녀였는데 성정이 빼어나 점점 날로 총애를 받아 뒤에 황후가 되었다. 횡(橫)은 호맹(戶孟)의 반절음으로 이치를 따르지 않는 것이다.] 기황후의 오라비 대사도(大司徒) 기철(奇轍)이 쌍성(雙城)의 배반한 백성들과 몰래 내통하여 당원(黨援)을 결속하며 반역을 꾀했다.[철(轍)은 직렬(直列)의 반절음이다. 공민왕 때 원나라는 기철을 대사도로 삼았다. 원나라 제도에 대사도는 혹 두기도 하고 안 두기도 했다. 두었을 때도 간혹 부(府)를 열기도 하고 안 열기도 했다.]

王諭桓祖曰　卿宜歸鎭吾民　脫有變當如吾命[脫 儻或之辭]　命以密直副使 柳仁雨　爲東北面兵馬使　前大護軍貢天甫　前宗簿令金元鳳　爲副使

收復雙城等處[使 去聲 下並同 高麗成宗始置東西北面兵馬使 以門下侍中 中書令 尙書令 爲判事 兵馬使一人 知兵馬使一人 並秩三品 兵馬副使二人 四品 兵馬判官三人 五六品 判事 留京城 兵馬使赴鎭 親授鉞斧 使專制閫外 忠宣王以殿中監爲宗簿時 恭愍王五年 改爲宗正寺 判事 秩正三品 卿 從三品 小卿 從四品 丞 從五品 注簿 從七品 後復爲宗簿寺 以卿爲令 少卿 爲副令 本朝 太祖元年 定官制 改爲殿中寺 判事 正三品 卿 從三品 少卿 從四品 丞 從五品 直長 從七品 太宗元年 改爲宗簿寺 卿改爲 少卿爲副令 丞爲判官 十四年 改令爲尹 副令爲少 尹 後革尹 我 殿下二十一年 增置注簿 從六品 宗簿寺 掌親屬譜牒等事 復 還也]

공민왕이 환조를 깨우쳐 말하기를 "경은 마땅히 돌아가 나의 백성을 진정시키시오. 혹시[脫] 변고가 있으면 마땅히 내 명대로 하시오."라고 했다.[탈(脫)은 혹시라는 말이다.] 밀직부사(密直副使) 유인우(柳仁雨)에게 명하여 동북면병마사(東北面兵馬使)로 삼고 전(前) 대호군(大護軍) 공천보(貢天甫)와 전(前) 종부령(宗簿令) 김원봉(金元鳳)을 부사(副使)로 삼아 쌍성(雙城) 등을 수복케 하였다.[사(使)는 거성으로 아래도 같다. 고려 성종이 처음으로 동서(東西) 북면(北面)에 병마사(兵馬使)를 두었다. 이로써 문하시중(門下侍中), 중서령(中書令), 상서령(尙書令)을 판사(判事)로 삼았다. 병마사(兵馬使) 1명과 지병마사(知兵馬使) 1명는 모두 품계가 3품이고 병마부사 2명은 4품이며 병마판관 3명은 5~6명이었다. 판사는 서울에 머물고 병마사는 진(鎭)에 부임시켜 친히 임금의 명[鉞斧]을 주어 오로지 변방을 다스리도록 했다. 충선왕(忠宣王)은 전중감(殿中監)을 종부시(宗簿時)로 삼았다. 공민왕 5년에 종정시(宗正寺)를 고쳐 품계가 정3품인 판사(判事), 종3품인 경(卿), 종4품인 소경(小卿), 종5품인 승(丞), 종7품인 주부(注簿)를 두었다. 뒤에 다시 종부시로 하여 경(卿)을 영(令)으로 소경(少卿)을 부령(副令)으로 했다. 본조 태조 원년에 관제를 정할 때 고쳐서 전중시(殿中寺)라고 하고 정3품인 판사, 종3품인 경, 종4품인 소경, 종5품인 승, 종7품인 직장(直長)을 두었다. 태종 원년에 고쳐 종부시라고 하고 경을 영으로 소경을 부령으로 승을 판관으로 했다. 14년에 고쳐 영을 윤(尹)으로 부령을 소윤으로 했는데 뒤에 윤을 없앴다. 우리 전하 21년에 종6품인 주부를 더 두었다. 종부시는 왕가 친척과 족보 등의 일을 맡았다. 복(復)은 돌아온다는 뜻이다.]

仁雨等次登州　去雙城二百餘里　逗遛不進[登州 本高句麗淺城郡 新羅眞興王時 爲比列州 景德王改朔庭郡 高麗改爲登州 顯宗時 改安邊都護府 本朝 太宗三年 以府人從趙思義作亂 降爲監務 四年 復爲都護府 別號鶴城 其山鎭曰鶴城山 咸吉道界首官也 所領 郡一 縣一 逗 田候切 遛 力求切 逗遛 謂軍行頓止 稽留不進也]　王聞之　授 桓祖少府尹 階中顯[恭愍王五年 改官制 少府監 判事 秩正三品 監 從三品 少監 從四品 監丞 從六品

注簿 從七品 後改爲少府寺 改監爲尹 少監爲少尹 恭讓王罷少府寺]　遣兵馬判官丁臣桂 傳旨內應 桓祖聞命 卽刻銜枚就行 與仁雨合兵 攻破雙城摠管府
[卽 當也 卽刻 猶言卽時也 枚 謀桮切 枚者 狀如箸 橫銜之 結紐而繞項 所以此言語讙囂 欲令敵人不知其來也 一說 軍法止語 爲相疑惑也 元制諸路摠管府 上路摠管一員 秩正三品 下路從三品]

유인우 등이 등주(登州)에 갔으나 쌍성과의 거리가 2백 리 떨어진 곳에서 머뭇거리고 나가지 않았다.[등주(登州)는 본래 고구려 천성군(淺城郡)이다. 신라 진흥왕 때 비열주(比列州)라고 했는데 경덕왕이 삭정군(朔庭郡)이라 고쳤다. 고려는 고쳐 등주라고 했고 현종 때 안변도호부(安邊都護府)로 고쳤다. 본조 태종 3년에 마을 사람들이 조사의(趙思義)을 좇아 난을 일으켜서 감무(監務)로 강등시켰다가 4년에 다시 도호부로 삼았다. 별호로는 학성(鶴城)이 있다. 그 산진은 학성산(鶴城山)이다. 함길도(咸吉道)의 으뜸 관청으로 거느리는 고을이 군 1 현 1이다. 두(逗)는 전후(田候)의 반절음이다. 유(遛)는 역구(力求)의 반절음이다. 두류(逗遛)는 군대의 행군이 멈추어서 나가지 않고 머무는 것을 말한다.] 공민왕이 그것을 듣고 환조에게 소부윤(少府尹)의 관직을 주니 품계(品階)가 한가운데로 드러났다.[공민왕 5년에 관제를 고쳤다. 소부감의 판사는 정5품으로 감은 종3품으로 소감은 종4품으로 감승(監丞)은 종6품으로 주부는 종7품으로 했다. 뒤에 고쳐 소부시로 하고 감을 윤으로 소감을 소윤으로 했다. 공양왕이 소부시를 없앴다.] 그리고 병마판관(兵馬判官) 정신계(丁臣桂)를 보내 임금의 교지를 전해 내응(內應)토록 하였다. 환조가 명을 듣고 곧바로 재갈을 물리고[銜枚] 나아가 유인우와 더불어 군대를 합하고 쌍성총관부(雙城摠管府)를 공략하여 깨뜨렸다.[즉(卽)은 바로라는 뜻이다. 즉각(卽刻)은 즉시라는 말과 같다. 매(枚)는 모배(謀桮)의 반절음이다. 매(枚)란 모양이 젓가락과 같은데 이것을 가로로 물고 끈을 묶어 목에 둘러매는 것으로 떠드는 것을 그쳐 적으로 하여금 그 오는 것을 알지 못하게 하려는 것이다. 일설에는 군대의 법으로 말을 막아 서로 의혹(疑惑)하게 하는 것이라고 한다. 원나라 제도에 여러 노(路)의 총관부에는 품계가 정3품인 상로총관(上路摠管) 1명과 종3품인 하로총관(下路摠管)이 있었다.]

摠管趙小生 千戶卓都卿 棄妻子夜遁[小生 暉之孫 都卿 靑之孫也]　於是按地圖　收復和登定長預高文宜州　及宣德元興寧仁耀德靜邊等鎭諸城[按 考也 和州 卽今之永興 登州 卽今之安邊也 定州 古稱巴只 高麗靖宗始築城堡 爲定州防禦使 恭愍王改爲都護府 本朝 太宗十三年 改定平 別號中山 長州 卽定平任內長谷也 預州 高麗靖宗

城栓川爲元興鎭 睿宗城豫州置防禦使 後屬定州 本朝 太祖七年 合豫州元興爲預原郡 別號原城 其山鎭曰堂山당:뫼 高州 古稱德寧鎭 高麗光宗始築城 顯宗改高州防禦使 恭愍王改爲知高州事 本朝 太宗十三年 改高原郡 別號洪原 其山鎭曰椵山·피모·로 文州 古稱妹城 高麗成宗築城爲文州防禦使 後合于宜州 忠穆王復析爲州 本朝 太宗十三年 改文川郡 其山鎭曰盤龍 宜州 即今德源也 八州皆屬咸吉道 宣德 元興兩鎭 即今預原之地 寧仁 耀德 靜邊三鎭 即今永興之地也]

총관(總管) 조소생(趙小生)과 천호(千戶) 탁도경(卓都卿)이 처자를 버리고 밤에 도망쳤다.[조소생은 조휘(趙暉)의 손자이다. 탁도경은 탁청(卓靑)의 손자이다.] 이에 지도를 살펴 화주(和州), 등주(登州), 정주(定州) 장주(長州), 예주(預州) 고주(高州), 문주(文州), 의주(宜州) 및 선덕(宣德), 원흥(元興), 영인(寧仁), 요덕(耀德), 정변(靜邊) 등의 진(鎭)과 여러 성을 수복하였다.[안(按)은 살핀다는 뜻이다. 화주(和州)는 곧 지금의 영흥(永興)이다. 등주(登州)는 곧 지금의 안변(安邊)이다. 정주(定州)는 옛날 파지(巴只)라고 했다. 고려 정종(靖宗)이 처음으로 성보(城堡)를 쌓아 정주방어사(定州防禦使)로 삼았다. 공민왕이 고쳐 도호부(都護府)로 삼았다. 본조 태종 13년에 정평(定平)으로 고쳤다. 별호로는 중산(中山)이 있다. 장주(長州)는 곧 정평 관내의 장곡(長谷)이다. 예주(預州)는 고려 정종이 생천(桂川)에 성을 쌓아 원흥진(元興鎭)이라 했다. 예종은 예주(豫州)에 성을 쌓아 방어사를 두었다가 뒤에 정주로 소속시켰다. 본조 태조 7년에 예주와 원흥을 합쳐 예원군(預原郡)이라 했다. 별호로는 원성(原城)이 있다. 그 산진은 당산(堂山, 당:뫼)이다. 고주(高州)는 옛날에 덕녕진(德寧鎭)이라 불렀다. 고려 광종이 처음으로 성을 쌓았다. 현종이 고주방어사(高州防禦使)로 고쳤고 공민왕이 고쳐 지고주사(知高州事)라고 했다. 본조 태종 13년에 고원군(高原郡)이라 고쳤다. 별호로는 홍원(洪原)이 있다. 그 산진은 가산(椵山, ·피모·로)이다. 문주(文州)는 옛날 매성(妹城)이라 불렀다. 고려 성종이 성을 쌓아 문주방어사(文州防禦使)라고 했다. 뒤에 의주에 합쳐졌다. 충목왕(忠穆王)이 다시 나누어 주(州)로 삼았다. 본조 태종 13년에 문천군(文川郡)으로 고쳤다. 그 산진은 반룡산(盤龍山)이다. 의주(宜州)는 곧 지금의 덕원(德源)이다. 여덟 주(州)가 모두 함길도에 속한다. 선덕과 원흥의 두 진(鎭)은 곧 지금의 예원 땅이다. 영인과 요덕과 정변의 세 진은 곧 지금의 영흥 땅이다.]

咸州以北哈闌하·란洪肯흥·컨參散之地　自高宗時沒于元　九十餘年　至是皆復之[高麗睿宗時 置鎭東軍咸州大都督府 築大城徙南界丁戶以實之 後其地沒於大元 稱哈闌府 恭愍王收復舊疆爲知咸州事 尋改萬戶府置營 後陞爲牧 本朝 太宗十六年 陞爲咸興府 別號咸平 其山鎭曰城串·잣·곶 咸吉道界首官也 所領 府二縣一 哈 呼加呼呼合二切 哈闌 即

咸興府古治 在今府南五里 洪原 古稱洪肯 本朝 太祖七年 改稱洪原縣 太宗二年 析置縣令 未
幾革之 還隷咸興府 今復爲洪原縣 屬咸吉道 參散 即今北靑也 高宗 名曔 舊名曘 又改晖 康
宗之子也 諡曰忠憲]

함주(咸州) 이북의 합란(哈闌, 하·란), 홍긍(洪肯, 홍·컨), 삼산(參散)
의 땅은 고종 때 원나라에 몰락하고서부터 90여 년이 되었는데 이때에
이르러 모두 되찾았다.[고려 예종 때 진동군함주대도독부(鎭東軍咸州大都督府)를
두어 큰 성을 쌓고 남쪽 지방의 정호(丁戶)를 옮겨 소속시켰는데 뒤에 그 땅이 원나라에
빼앗겨 합란부(哈闌府)로 불렸다. 공민왕이 옛 강토를 수복하여 지함주사(知咸州事)라고
했는데 얼마 있다가 만호부(萬戶府)라고 고치고 영(營)을 두었다. 뒤에 목(牧)으로 승격시
켰다. 본조 태종 16년에 함흥부(咸興府)로 승격시켰다. 별호로는 함평(咸平)이 있다. 그 산
진은 성곶(城串, ·잣·곳)산이다. 함길도의 으뜸 관청이다. 거느리는 고을이 부 2 현 1이다.
합(哈)은 호가(呼加), 호합(呼合) 두 반절음이 있다. 합란은 곧 함흥부가 옛날에 다스렸던
곳인데 지금 부(府)의 남쪽으로 5리 떨어져 있다. 홍원은 옛날 홍긍(洪肯)이라 불렸다. 본
조 태조 7년에 고쳐 홍원현(洪原縣)이라 불렀다. 태종 2년에 나누어 현(縣)과 영(令)을 두
었다. 얼마 안 되어 고쳐서 다시 함흥부로 예속시켰다. 지금은 다시 홍원현이라고 하여 함
길도에 속한다. 삼산(參散)은 곧 지금의 북청(北靑)이다. 고종은 이름이 철(曔)이다. 옛 이
름은 진(曘)인데 또 질(晖)로 고쳤다. 강종(康宗)의 아들이다. 시호는 충헌(忠憲)이다.]

王進 桓祖階大中大夫 移司僕卿 賜京第 因留居之[高麗文宗定官制 太僕寺
判事 秩正三品 卿 從三品 少卿 從四品 丞 從六品 注簿 從七品 忠宣王改爲司僕寺 恭愍王五
年 復爲太僕寺 後改爲司僕寺 本朝 太祖元年 定官制 司僕寺 判事 正三品 卿 從三品 少卿
從四品 丞 從五品 注簿 從六品 直長 從七品 太宗元年 改卿爲正 少卿爲副正 丞爲判官 十四
年 改正爲尹 副正爲少尹 司僕寺 掌輿馬廐牧等事 第 宅也]　桓祖弟子宣 終不歸順
[子宣 弟之名也]

공민왕이 환조에게 품계 대중대부(大中大夫)를 주고 사복시(司僕寺)의
경(卿)으로 옮겨, 서울에 집을 하사하니 이로 인해 서울에서 머물러 살
게 되었다.[고려 문종이 관제를 정했다. 태복시(太僕寺)에는 품계가 정3품인 판사, 종3
품인 경, 종4품인 소경, 종6품인 승, 종7품인 주부를 두었다. 충선왕이 사복시라고 고쳤
다. 공민왕 5년에 다시 태복시라고 했다가 뒤에 사복시로 고쳤다. 본조 태조 원년에 관제
를 정했다. 사복시에는 정3품인 판사, 종3품인 경, 종4품인 소경, 종5품인 승, 종6품인 주
부, 종7품인 직장을 두었다. 태종 원년에 경을 정(正)으로 소경을 부정(副正)으로 승을 판
관으로 고쳤다. 14년에 정을 윤(尹)으로 부정을 소윤으로 고쳤다. 사복시는 수레, 말, 마구

간, 말 기르기 등의 일을 맡았다. 제(第)는 집이다.] 환조의 동생 자선(子宣)은 끝내 귀순(歸順)하지 않았다.[자선(子宣)은 동생의 이름이다.]

第二十五章

【언해문】德望·이 ·뎌러·ᄒ실·씨 ·가다·가 도·라옳 軍士
ㅣ ·ᄌᆞ걋·긔 黃袍 니·피ᅀᆞ·ᄫᆞ·니

【현대역】 덕망(德望)이 저러하시므로 가다가 돌아올 군사(軍士)가 당
신께 황포(黃袍) 입히시니.

【언해문】忠誠·이 ·이러·ᄒ실·씨 죽다·가 :살언 百姓·이
아·ᄃᆞ:닚·긔 衮服 니·피ᅀᆞ·ᄫᆞ·니[衮衣裳九章 一曰龍 二曰山 三曰華蟲 雉
也 四曰火 五曰宗彝 虎蜼也 皆續於衣 六曰藻 七曰粉米 八曰黼 九曰黻 皆繡於裳 天子之龍
一升一降 上公但有降龍 以龍首卷然 故謂之衮也]

【현대역】 충성(忠誠)이 이러하시므로 죽다가 산 백성(百姓)이 아드님
께 곤포[衮服] 입히시니.[곤룡포에는 아홉 무늬가 있으니 첫째는 용이요, 둘째는 산
이요, 셋째는 화충(華蟲)으로 꿩이요, 넷째는 불이요, 다섯째는 종묘의 제기로 호랑이와
원숭이가 그려진 것이다. 이상은 모두가 윗도리에 수를 놓았다. 여섯째는 바닷말[藻]이요,
일곱째는 쌀[粉米], 여덟째는 보(黼)요, 아홉째는 불(黻)이다. 이것들은 모두 아랫도리에
수를 놓았다. 천자의 용은 한 번 오르고 한 번 내려가는데 상공(上公)의 용은 다만 내려가
는 용만 있다. 용의 머리가 아름답기 때문에 곤(衮)이라고 말한다.]

【언해문 분석】
1. 뎌러ᄒ실씨 : 저러하시므로, 저러하시니, 저러하실새
   기본형이 '뎌러ᄒ다'이다. 분석하면 '뎌러ᄒ-(어간) + -시-(주체 높
   임 선어말 어미) + -ㄹ씨(원인의 연결 어미)'와 같다.

2. 도라옳 : 돌아올

기본형 '도라오다(旋)'에 관형형 어미가 결합된 형태이다. 즉 '도라오-(어간) + -ㄹ(관형형 어미)'이다. '도라오다'는 통사적 복합어다. 관형형 어미 '-ㄹ'은 대개 미래 또는 불확실한 사실을 표시하나, 때로는 시제와 관계없이 단순히 앞 용언과 뒤 체언을 연결하는 기능만으로도 쓰인다. '돌아오ᇙ'의 용례가 바로 이러한 경우이다. 'ㆆ'은 뒤의 초성 'ㄱ'에 영향을 주지 않기 위해 쓰인 절음 부호이다.

3. ᄌᆞ걋긔 : 당신께

'ᄌᆞ갸'는 존칭의 3인칭 재귀대명사로서 오늘날의 '당신'에 해당된다. 'ᄭᅴ'는 존대의 뜻을 가진 여격 조사 '께'이다. 따라서 'ᄌᆞ걋긔'를 형태소 분석하면 'ᄌᆞ갸(명사) + ᄭᅴ(여격 조사)'이다.

4. 니피ᅀᆞᄫᆞ니 : 입히시니, 입혀드리니

기본형이 '니피다(被)'이다. 분석하면 '니피-(어간) + -ᅀᆞᆸ-(객체 높임 선어말 어미) + -ᄋᆞ니(상대 높임 평서형 종결 어미)'와 같다. 여기서 객체 높임의 대상 즉 '자갸'의 주체는 송태조(宋太祖)이다. 후절의 '아ᄃᆞ님'은 이태조(李太祖)이다.

5. 살언 : 산, 살아난

기본형이 '살다'이다. 분석하면 '살-(어간) + -어-(확인의 과거 시상 선어말 어미) + -ㄴ(관형형 어미)'과 같다. 선어말 어미 '-어-'는 본래 '-거-'인데, 'ㄹ' 아래에서 'ㄱ'이 약화됐다.

6. 아ᄃᆞᇇ긔 : 아드님께

'아ᄃᆞ님'은 '아ᄃᆞᆶ(명사) + -님(파생 접미사)'인데, 발음 노력을 경감하기 위하여 'ㄴ' 앞에서 'ㄹ'이 탈락한 것이다. 'ᄭᅴ'는 존대의 뜻을 가진 여격 조사 '께'이다. '아ᄃᆞ님'은 이태조(李太祖)이다.

【한문】德望如彼　言旋軍士　洒於厥躬　黃袍用被[此承上章而言
宋祖之德望 如彼其盛 故徃而復返之士 以黃袍而加於宋祖之身也]

【현대역】덕망(德望)이 저와 같으니 돌아온 군사가 그 몸에 황포(黃
袍)를 입히도다.[이 장은 윗장을 이어 송나라 태조의 덕망이 저와 같이 성하므로 가다
가 다시 돌아온 군사들이 황포를 송태조의 몸에 입혔다는 것을 말한 것이다.]

【한문】忠誠若此　其蘇黎庶　洒於厥嗣　袞服以御[書曰 后來其蘇
御 進也 此亦承上章而言 桓祖之忠誠若此其至 故死而復生之民 以袞衣而進於 太祖也]

【현대역】충성(忠誠)이 이와 같으니 다시 살아난 백성들이 그 후사
(後嗣)에게 곤룡포를 입히도다.[서경에 이르기를 "후(后)가 와서 백성을 다시 살
리도다."라는 대목이 있다. 어(御)는 바친다는 뜻이다. 이 장 또한 윗장을 이어 환조(桓祖)
의 충성이 이와 같이 지극하므로 죽다가 다시 달아난 백성들이 곤룡포를 태조에게 바쳤다
는 말이다.]

【주(註)】

周恭帝時[恭帝 名宗訓 世宗之子也 廢爲鄭王]　漢遼兵　自土門東下[漢 即北漢 遼
即契丹也 井陘故關 一名土門關 下 去聲]　宋太祖　時爲殿前都點檢　率禁兵禦之
發汴京[後唐以來 車駕行幸及出征 則置大内都點檢之官 後周選驍勇之士 充殿前諸班 始
置殿前都點檢於都指揮使之上 汴京 即大梁也 漢爲陳留郡 後周改汴州 以城臨汴水爲名也]
주나라 공제(恭帝) 때[공제(恭帝)는 이름이 종훈(宗訓)으로 세종의 아들이다. 폐위되
어 정왕(鄭王)이 되었다.] 한(漢)나라, 요(遼)나라 군사들이 토문(土門)의 동
쪽으로부터 내려왔다.[한(漢)은 곧 북한(北漢)이고 요(遼)는 곧 걸단(契丹)이다. 정
형(井陘)의 옛 관문을 일명 토문관(土門關)이라고 한다. 하(下)는 거성이다.] 송(宋)의
태조(太祖)는 이때 전전도점검(殿前都點檢)이 되어 금병(禁兵)을 이끌
고 그들을 막으러 변경(汴京)으로 떠났다. [후당(後唐) 이래로 임금의 수레가
행차를 하거나 정벌을 하러 떠나면 곧 대내도점검(大內都點檢)의 관직을 두었다. 후주(後
周)는 날래고 용감한 군사를 선발하여 전전(殿前)의 여러 반(班)에 넣었고, 처음으로 전전
도점검을 도지휘사(都指揮使)의 위에 두었다. 변경(汴京)은 곧 대량(大梁)이다. 한나라는

진류군(陳留郡)이라 했다. 후주는 변주(汴州)로 고쳤는데 이는 성이 변수에 이른다고 하여 이름을 지었다.]

殿前散指揮使苗訓　善觀天文[使 去聲 下同 周世宗詔募天下豪傑 送於闕下 躬親閱試 選武藝超絶及有身首者 分署爲殿前諸班 因有散負 散指揮使 內殿直 散都頭 鐵騎 控鶴之號 苗 姓也]　見日下復有一日　黑光摩盪者久之　指示太祖門吏楚昭輔曰 此天命也[復 扶又切 摩 通作磨 盪 大浪切 動也 楚 姓也]　是夕次陳橋驛[九域志 開封府浚儀縣 有陳橋鎭 陳橋在陳橋門外 有陳橋驛]　殿前都指揮使石守信等　相與謀曰[石 姓也]

전전산지휘사(殿前散指揮使) 묘훈(苗訓)은 천문(天文)을 잘 보았는데 [사(使)는 거성으로 아래도 같다. 주나라 세종이 조직을 내려 천하의 호걸을 모아 관문 아래로 보냈다. 그리고는 몸소 친히 살피고 시험하여 무예가 뛰어난 자와 몸이 우수한 자를 선발하여 부서를 나누어 전전의 여러 반에 넣었다. 이로 인하여 산원(散負), 산지휘사(散指揮使), 내전직(內殿直), 산도두(散都頭), 철기(鐵騎), 공학(控鶴)의 이름이 있었다. 묘(苗)는 성이다.] 해 아래를 보니 다시 또 하나의 해가 있고 검은 광선이 스치면서 가리는 것이 오래였다. 태조가 문리(門吏)인 초소보(楚昭輔)에게 가리키며 말하기를 "이것은 하늘의 명이다."라고 했다.[부(復)는 부우(扶又)의 반절음이다. 마(摩)는 보통 마(磨)로 쓴다. 탕(盪)은 대랑(大浪)의 반절음으로 움직인다는 뜻이다. 초(楚)는 성이다.] 이날 저녁 진교역(陳橋驛)에 머물렀다. [구역지(九域志)에 개봉부(開封府) 준의현(浚儀縣)에 진교진(陳橋鎭)이 있다고 했다. 진교는 진교문 밖에 있는데 진교역이 있다.] 전전도지휘사(殿前都指揮使) 석수신(石守信) 등이 서로 모의하여 말하기를[석(石)은 성이다.]

主上幼弱　我輩出死力破敵　誰則知之　不如先冊點檢爲天子　然後北征未晚也[冊 通作策 策書也]　夜五鼓　軍士集驛門　宣言冊點檢爲天子　黎明逼太祖寢所　勢甚盛[五鼓 五更也 持更者 每一更 則鼓一聲 五更則鼓五聲 故五鼓爲五更 宣言 宣布其言於外也 黎 黑也 黎明 黑與明相雜 欲曉未曉之交也 一說 黎 必至切 比也 比至天明也]

"주상(主上)이 유약(幼弱)하여 우리 무리들이 죽을 힘을 다해 적을 깨뜨린다 해도 누가 곧 알아주겠는가? 그러니 먼저, 책서(冊書, 천자가 내린 辭令書)를 내려 점검(點檢)을 천자로 삼은 뒤에 북쪽을 정벌해도 늦지 않을 것이다."라고 했다. [책(冊)은 보통 책(策)으로 쓰는데 책서(策書)를 말한다.] 밤 오고(五鼓) 때 군사들이 역문(驛門)에 모여 선언(宣言)하기를 책서로 점검을 천자로 삼는다고 하였다. 그리고는 새벽에 태조의 침소에 황급히 달려갔는데 그 형세가 매우 심했다. [5고(鼓)는 5경(更)이다. 시각을 관장하는 자가 매 1경(更) 마다 곧 북을 한 번씩 울리는데 5경에는 북을 다섯 번 울리므로 다섯 번 북을 치면 5경이 된다. 선언(宣言)이란 말을 밖으로 선포하는 것이다. 여(黎)는 검다는 뜻이다. 여명(黎明)은 어둠과 밝음이 서로 섞여 있는 것으로 밝음과 밝지 아니함이 교차하려는 것이다. 일설에 여(黎)는 필지(必至)의 반절음으로 이른다는 뜻이니 하늘이 밝음에 이른다는 뜻이다.]

太祖時被酒臥未起　聞之攬衣徐興[攬 魯敢切 撮持也 興 起也] 將校已露刃列庭曰　諸軍無主　願冊太尉爲皇帝　太祖未及對　黃袍已加身矣[將 即亮切 古以太尉主兵 故呼將帥爲太尉 事物紀原曰 二儀實錄云 唐武德初 用隋制 天子常服黃袍及衫 後漸用赤黃 遂禁止士庶不得服 其事自唐神堯始也 又曰 赭黃 謂赤黃也 今俗又以天子常服淺黃 爲赭黃也]　衆即羅拜呼萬歲　掖之上馬　還汴即位[掖 夷益切 在旁扶也 上 上聲]

태조는 이때 술에 취해 누워서 아직 일어나지 않고 있다가 말을 듣고 옷을 움켜쥐고는 천천히 일어났다. [남(攬)은 노감(魯敢)의 반절음으로 움켜쥔다는 뜻이다. 흥(興)은 일어난다는 뜻이다.] 장교(將校)들이 이미 칼날을 드러내 놓고 뜰에 열을 지어 있으면서 말하기를 "군대에 주인이 없으므로 원컨대 책서를 내려 태위(太尉)를 황제로 삼게 해 주십시오."라고 했다. 태조가 미처 대답도 하기 전에 황포[黃袍]가 이미 몸에 입혀졌다. [장(將)은 즉량(即亮)의 반절음이다. 옛날에는 태위가 군사를 주관했으므로 장수를 부를 때 태위라고 했다. 사물기원(事物紀原)에 이르기를 "이의실록(二儀實錄)에 당나라 무덕(武德) 초에 수나라 제도를 써서 천자는 항상 황색의 도포와 장심을 입었는데 뒤에 점차 적황색을 쓰게 되므로 드디어 서민들에게 금지시켜 입지 못하게 했다. 그 일은 당나라 신요(神堯)로부터 시작되었다고 한다."라고 했다. 또 이르기를 "자황(赭黃)은 적황(赤黃)을 말한다. 지금 세속에는 또 천자가 엷은 황색을 입는데 이것을 자황(赭黃)이라고 한다."라고 했다.]

여러 무리들이 곧 나열하여 절하고 만세를 부르짖고는 겨드랑이에 끼어 말에 태우고, 변경으로 돌아와 즉위했다.[액(掖)은 이익(夷益)의 반절음으로 옆에서 붙드는 것이다. 상(上)은 상성이다.]

忠誠若此事　見上[上 第二十四章也]
충성(忠誠)이 이와 같다는 일은 윗글에 나타나 있다.[윗글은 제24장이다.]

第二十六章

【언해문】東都·애　보·내·어시·늘　하·리·로　말·이ᅀ·ᄫᆞᆫ·ᄃᆞᆯ
·이곧　·뎌·고·대　後ㅿ·날　다ᄅᆞ·리잇·가
【현대역】동도(東都)에 보내시거늘 참언(讒言)으로 말린들 이곳 저곳
에 훗(後)날 다르겠습니까?

【언해문】北道·애　보·내·어시·ᄂᆞᆯ　글·발·로　말·이ᅀ·ᄫᆞᆫ·ᄃᆞᆯ
·가샴　:겨샤·매　오·ᄂᆞᆯ　다ᄅᆞ리잇·가
【현대역】북도(北道)에 보내시거늘 글월로 말린들 가심 계심에 오늘
다르겠습니까?

【언해문 분석】

1. 보내어시늘 : 보내시거늘

　기본형이 '보내다'이다. 분석하면 '보내-(어간) + -어 … + -시-
(주체 높임 선어말 어미) + …늘(원인의 연결 어미)'과 같다. 이 경
우 '-어늘'은 불연속 형태이다. 어미 '-어늘/거늘'은 어간이 타동
사인 경우는 '-어늘'이, 비타동사인 경우는 '-거늘'이 결합한다. 현
대어법으로는 '-시-'가 '-어늘'에 선행하여 '-시어늘'이 된다.

　허웅(1955)은 '일어시늘'류의 'ᄒᆞ거시늘〉ᄒᆞ시거늘'과 같은 변화는
일종의 전위(轉位, metathesis, transposition)라고 보았다. 이러
한 전위가 일어난 근본 이유는 '-거'의 기능 상실이라는 것이다. 곧
'-거'는 원래 시제를 표현한 것이었던 듯한데, 그 기능이 불분명해
졌기 때문에 '-시-'가 그 가운데 개제할 수 없게 되어서 '-거'에 선

행하게 된 것이라 추측하고 있다.

2. 하리로 : 참언(讒言)으로

　　'하리'는 '참언(讒言)'이다. 분석하면 '하리(명사) + 로(도구격 조사)'와 같다. '하리'는 동사가 '할다'의 어근 '할-'에 접미사 '-이'가 결합하여 연철표기된 파생명사이다.

3. 말이ᅀᆞᆸ돌 : 말린들

　　기본형이 '말이다(禁止)'이다. 분석하면 '말이-(어간) + -ᅀᆞᆸ-(객체 높임 선어말 어미) + -은돌(양보의 연결 어미)'과 같다. 여기서 객체 높임의 주체 즉 목적어는 당태종(이세민)이다.

4. 後ㅿ날 : 훗날, 뒷날

　　'ㅿ'은 유성음 사이에 쓰인 사잇소리이다. 분석하면 '후(명사) + ㅿ(사잇소리) + 날(명사)'과 같다.

5. 다ᄅᆞ리잇가 : 다르리까, 다르겠습니까

　　기본형이 '다ᄅᆞ다'이다. 분석하면 '다ᄅᆞ-(어간) + -리-(미래 시상 선어말 어미) + -잇-(객체 높임 의문형 선어말 어미) + -가(판정 의문형 종결 어미)'와 같다.

6. 글발로 : 글월로

　　분석하면 '글발(명사) + 로(도구격 조사)'와 같다. 'ㅸ'은 'ㅂ〉ㅸ〉오/우 또는 ㅇ'로 변천되었으므로 '글발'은 오늘날 '글월'이다. 어형은 '글발〉글왈〉글월'로 변하였다.

7. 가샴 겨샤매 : 가심 계심에

먼저 '가샴'은 분석하면 '가-(어간) + -샤-(주체 높임 선어말 어미) + -(오)ㅁ(명사형 어미)'과 같다. 다음 '겨샤매'는 '겨샤-(어간) + -(오)ㅁ(명사형 어미) + 애(부사격 조사)'와 같다. 의도법 선어말 어미 '오'는 생략되었다.

【한문】遣彼東都　沮以讒說　於此於彼　寧殊後日[寧 何也 言太宗後日之有天下 豈以彼此而有殊也]

【현대역】저 동도(東都)로 보내는 것을 참언[讒說]으로 막았지만 여기에 있든 저기에 있든 어찌 뒷날이 다르겠는가?[영(寧)은 어찌라는 뜻이다. 태종이 뒷날 천하를 갖는 것이 어찌 여기 있고 저기 있다고 해서 다르겠는가라는 말이다.]

【한문】遣彼北道　尼以巧詞　載去載留　豈異 今時[尼 女乙切 止之之意也 載 語助也 言我 朝今日之興 豈以去留而有異也]

【현대역】저 북도(北道)로 보내는 것을 교언[巧詞]으로 막았지만 그곳에 갔든 여기에 머물든 어찌 오늘날이 다르겠는가?[이(尼)는 여을(女乙)의 반절음으로 막는다는 뜻이다. 재(載)는 어조사이다. 우리나라가 오늘날 흥하게 된 것이 어찌 떠난다고 해서 머문다고 해서 다르겠는가라는 말이다.]

【주(註)】

唐高祖之起兵晉陽也　皆太宗之謀[事見上第十七章]　高祖謂太宗曰
당(唐) 고조(高祖)가 진양(晉陽)에서 군대를 일으킨 것은 모두 태종(太宗)의 모책이었다.[이 일은 위 제17장에 나타나 있다.] 고조가 태종에게 일러 말하기를

若事成則天下皆汝所致　當以汝爲太子　太宗拜且辭
"만약 일이 이루어진다면 곧 천하는 모두 너로 이루어진 것이니 마땅히 너를 태자로 삼겠다."라고 했다. 태자는 절을 하고 또 사양하였다.

及爲唐王　將佐亦請以太宗爲世子[煬帝十三年十一月 高祖自爲大丞相 封唐王 以
建成爲世子 世民爲秦公 元吉爲齊公 及稱皇帝 立建成爲皇太子 世民爲秦王 元吉爲齊王 將
即亮切]

당왕(唐王)이 되자 보좌하는 장수들이 역시 태종을 태자로 삼을 것을
청하였다.[양제(煬帝) 13년 11월에 고조는 스스로 대승상(大丞相)이 되어 당왕(唐王)으
로 봉했고 건성(建成)을 세자로 삼고, 세민(世民)을 진공(秦公)으로 원길(元吉)을 제공(齊
公)으로 삼았다. 그리고 황제라고 일컫자, 건성을 세워 황태자로, 세민을 진왕으로 원길을
제왕으로 삼았다. 장(將)은 즉량(即亮)의 반절음이다.]

高祖將立之　太宗固辭而止　太子建成　性寬簡　喜酒色遊畋[喜 好也]　齊
王元吉多過失　皆無寵於高祖　太宗功名日盛　高祖常有意以代建成　建
成內不自安　乃與元吉協謀　共傾太宗　各引樹黨友[樹 置也]　高祖晚年多
內寵　小王且二十人[寵 愛也 尹德妃 生酆王元亨 莫嬪 生荊王元景 孫嬪 生漢王元昌
宇文昭儀 生韓王元嘉 魯王靈夔 崔嬪 生鄧王元裕 楊嬪 生江王元祥 小楊嬪 生舒王元名 郭婕
妤 生徐王元禮 劉婕妤 生道王元慶 楊美人 生虢王鳳 張美人 生霍王元軌 張寶林 生鄭王元懿
柳寶林 生滕王元嬰 王才人 生彭王元則 魯才人 生密王元曉 張氏 生周王元方 凡十七人 且者
將及未及之辭也]　其母競交結諸長子　以自固[長 上聲]　建成與元吉　曲意事
諸妃嬪　諂諛賂遺　無所不至　以求媚於高祖[唐制 皇后而下 有貴妃 淑妃 德妃
賢妃 是爲夫人 昭儀 昭容 昭媛 修儀 修容 修媛 充儀 充容 充媛 是爲九嬪 諂 丑琰切 諛 容朱
切 佞言曰諂 面從曰諛 賂 魯故切 以財與人也 遺 去聲 媚 明祕切 愛也]　或言蒸於張婕
妤　尹德妃　宮禁深祕　莫能明也[婕妤 音接予 婦官 字或從人 倢 承 仔 助也 一云
婕 言接幸於上 妤 稱美也 祕 或作秘 密也]

고조가 장차 그를 세우려고 하는데 태종이 굳이 사양하므로 그만두었
다. 태자 건성(建成)은 성격이 너그럽고 단순하며 주색(酒色)과 사냥을
좋아했다.[희(喜)는 좋아한다는 뜻이다.] 제왕(齊王) 원길(元吉)은 과실(過
失)이 많으니, 이들 모두는 고조에게 사랑을 못 받았다. 태종의 공명이
날로 성대해지자 고조가 항상 건성(建成)과 바꿀 뜻이 있었다. 건성은
내심 스스로 불안하여 이내 원길과 더불어 꾀를 합하여 함께 태종을
위태롭게 하려고 각기 같은 당파의 사람들을 끌어들여 심어두었다.[수

(樹)는 둔다는 뜻이다.] 고조는 만년(晚年)에 궁녀[內寵]가 많아져 소왕(小王) 또한 20명이나 되었다.[총(寵)은 사랑한다는 뜻이다. 윤덕비(尹德妃)는 풍왕(酆王) 원형(元亨)을 낳았다. 막빈(莫嬪)은 형왕(荊王) 원경(元景)을 낳았다. 손빈(孫嬪)은 한왕(漢王) 원창(元昌)을 낳았다. 우문소의(宇文昭儀)는 한왕(韓王) 원가(元嘉)와 노왕(魯王) 영기(靈夔)를 낳았다. 최빈(崔嬪)은 등왕(鄧王) 원격(元格)을 낳았다. 양빈(楊嬪)은 강왕(江王) 원상(元祥)을 낳았다. 소양빈(小楊嬪)은 서왕(舒王) 원명(元名)을 낳았다. 곽첩여(郭婕妤)는 서왕(徐王) 원례(元禮)를 낳았다. 유첩여(劉婕妤)는 도왕(道王) 원경(元慶)을 낳았다. 양미인(楊美人)은 괵왕(虢王) 봉(鳳)을 낳았다. 장미인(張美人)은 곽왕(霍王) 원궤(元軌)를 낳았다. 장보림(張寶林)은 정왕(鄭王) 원의(元懿)를 낳았다. 유보림(柳寶林)은 등왕(滕王) 원영(元嬰)을 낳았다. 왕재인(王才人)은 팽왕(彭王) 원칙(元則)을 낳았다. 노재인(魯才人)은 밀왕(密王) 원효(元曉)를 낳았다. 장씨(張氏)는 주왕(周王) 원방(元方)을 낳았으니 무릇 17명 이었다. 차(且)는 미치려고 하나 미치지 못한 것을 말한다.] 그 어머니들은 앞 다투어 큰아들과 교분을 맺어서 스스로를 굳건히 하려 하였다.[장(長)은 상성이다.] 건성과 원길은 마음을 곡진(曲盡)히 하여 비빈(妃嬪)들을 섬기는데, 아첨하고 뇌물을 주는 것을 하지 않은 것이 없으니, 이렇게 함으로써 고조에게 아첨을 구했다.[당나라 제도에 황후 밑으로는 귀비(貴妃), 숙비(淑妃), 덕비(德妃), 현비(賢妃)가 있었는데 이들을 부인(夫人)이라 한다. 소의(昭儀), 소용(昭容), 소원(昭媛), 수의(脩儀), 수용(脩容), 수원(脩媛), 충의(充儀), 충용(充容), 충원(充媛)을 9빈(嬪)이라 했다. 첨(諂)은 축염(丑琰)의 반절음이다. 유(諛)는 용주(容朱)의 반절음이다. 아첨하는 말을 첨(諂)이라 하고 앞에서만 따르는 것을 유(諛)라고 한다. 뇌(賂)는 노고(魯故)의 반절음으로 재물을 다른 사람에게 주는 것이다. 유(遺)는 거성이다. 미(媚)는 명비(明祕)의 반절음으로 친밀하게 대하는 것이다.] 혹자가 말하기를 장첩여(張婕妤)와 윤덕비(尹德妃)는 음란했다고 했다. 그러나 궁궐은 깊고 비밀스러워 능히 밝힐 수 없었다.[첩여(婕妤)는 음이 접여(接予)로 부인의 관직이다. 글자에 혹 사람 인(人)변을 붙이기도 한다. 첩(倢)은 잇는다는 뜻이다. 자(伃)는 돕는다는 뜻이다. 한편으로 첩(婕)은 임금에게 사랑을 받아 교접했다는 말이 있다. 여(妤)는 아름다움을 칭한 말이다. 비(祕)는 혹 비(秘)로 쓰는데 비밀이라는 뜻이다.]

是時東宮諸王公妃主之家　及後宮親戚　橫長安中　奪人田宅　恣爲非法有司不敢詰[橫 戶孟切 下同 詰 去吉切 問也]　太宗居承乾殿　元吉居武德殿後院[承乾殿 在西宮 武德殿 在東宮西]　與上臺東宮晝夜通行　無復禁限[復 扶又切

卜並同] 太子二王　出入上臺　皆乘馬攜弓刀雜物　相遇如家人禮[二王 即秦

齊王也 攜 提也]　大子令　秦齊王敎　與詔敕並行　有司莫知所從　唯據得之

先後爲定[天子之命稱詔敕 太子稱令 諸王稱敎]

이때 동궁(東宮)과 여러 왕들과 공주와 비(妃)의 집안 및 후궁의 친척
들이 장안(長安) 중심을 횡행하며 다른 사람의 밭과 집을 빼앗고 불법
을 자행해도 유사(有司)가 감히 힐책하지 못했다.[횡(橫)은 호맹(戶孟)의 반
절음으로 아래도 같다. 힐(詰)은 거길(去吉)의 반절음으로 묻는다는 뜻이다.] 태종은 승
건전(承乾殿)에 거처하였고 원길은 무덕전(武德殿) 후원(後院)에 거처
하였다.[승건전(承乾殿)은 서쪽에 있는 궁이고 무덕전(武德殿)은 동궁(東官) 서쪽에 있
었다.] 상대(上臺)와 동궁(東宮)을 밤낮으로 통행해도 금하고 제한하는
것이 없었다.[부(復)는 부우(扶又)의 반절음으로 아래도 모두 같다.] 태자와 두 왕
[二王]이 상대(上臺)를 출입할 때 모두 말을 타고 활과 칼, 여러 물건
을 휴대하면서 서로 만나면 일반 집안사람처럼 대했다.[두 왕은 곧 진왕과
제왕이다. 휴(攜)는 손에 든다는 뜻이다.] 태자의 영(令)과 진왕(秦王), 제왕(齊
王)의 교서(敎)와 조칙(詔敕)이 병행(並行)하니 유사(有司)가 어느 명
을 따라야 할지 몰라 오직 받은 선후에 의거하여 정하였다.[천자의 명(命)
을 조칙이라 일컫는다. 태자는 영(令)이라 일컫고 제왕은 교(敎)라고 일컫는다.]

太宗獨不奉事諸妃嬪　諸妃嬪爭譽建成元吉　而短太宗[譽 音余 短者 譖毁而

言其短也]　太宗平洛陽　高祖使貴妃等數人　詣洛陽　選閱隋宮人　及收府

庫珍物　貴妃等　私從太宗求寶貨　及爲其親屬求官　太宗曰　寶貨皆以

籍奏　官當授賢才有功者　皆不許　由是益怨[爲 去聲 籍 籍記於簿也]

태종만이 홀로 여러 비빈(妃嬪)들을 받들어 섬기지 않으니 여러 비빈
들이 다투어 건성과 원길을 칭찬하고 태종을 헐뜯었다.[예(譽)는 음이 여
(余)이다. 단(短)은 헐뜯고 그 단점을 말하는 것이다.] 태종이 낙양(洛陽)을 평정
하니 고조는 귀비(貴妃) 등 몇 명으로 하여금 낙양에 나가게 하고 수
(隋)나라 궁인(宮人)들을 조사하여 뽑고, 그리고 창고에 진귀한 물건을

거둬들이도록 했다. 귀비 등이 사사로이 귀한 보배를 얻으려고 태종을 따라다녔고, 그리고 그 친척[親屬]들을 위해 관직을 구하려고 하자 태종은 말하기를 "보배로운 재화는 모두 장부에 적어서 아뢰었고, 관직은 마땅히 어질고 재능이 있고 공이 있는 자에게 주는 것이니 모두 허락할 수 없다."라고 했다. 이로말미암아 더욱 원망했다.[위(爲)는 거성이다. 적(籍)은 장부에 적은 것이다.]

太宗以淮安王神通有功　給田數十頃[神通 高祖從弟也 頃 犬穎切 田百畝也]　張婕妤之父　因婕妤求之於高祖　高祖手勅賜之　神通以教給在先　不與[與通作予 許也 下同]　婕妤訴於高祖曰

태종이 회안왕(淮安王) 신통(神通)이 공과가 있다고 하여 밭 수십 경(頃)을 주었다.[신통(神通)은 고조의 사촌 동생이다. 경(頃)은 견영(犬穎)의 반절음으로 밭 100무(畝)이다.] 장첩여(張婕妤)의 아버지가 첩여를 통해 고조에게 밭을 구하자 고조가 손수 칙령(勅令)을 내려 그에게 주었다. 신통(神通)에게는 이전에 교서(教書)를 주었다고 하여 주지 않았다.[여(與)는 보통 여(予)로 쓰는데 허락한다는 뜻으로 아래도 같다.] 첩여가 고조에게 하소연하여 말하기를

勅賜妾父田　秦王奪之以與神通　高祖遂發怒　責太宗曰

"칙령을 내려 첩의 아버지에게 주신 밭을 진왕(秦王)이 빼앗아서 신통에게 주었습니다."라고 하니, 고조가 드디어 성을 내어 태종을 꾸짖어 말하기를

我手勅不如汝教邪[邪 通作耶 下並同]　它日謂左僕射裴寂曰　此兒久典兵在外　爲書生所教　非復昔日子也[射 音夜 下同]

"내가 손수 내린 칙령이 너의 교서만 같지 못하더냐?"라고 했다.[사(邪)는 보통 야(耶)로 쓰는데 아래도 모두 같다.] (고조가) 다른 날 좌복야(左僕射)

배적(裴寂)에게 일러 말하기를 "이 아이가 오랫동안 밖에 있으면서 군사를 맡아 서생(書生)에게 가르침을 받더니 다시는 옛날의 아들이 아니다."라고 했다.[야(射)는 음이 야(夜)로 아래도 같다.]

尹德妃父阿鼠 驕橫[阿 烏葛切] 秦王府屬杜如晦 過其門 阿鼠家僅數人 曳如晦墜馬毆之折指曰 汝何人 敢過我門而不下馬[僮 徒東切 僮僕也 曳 以制切 引也 毆 於口切 以杖擊也 下 去聲] 阿鼠恐太宗訴於高祖 先使德妃奏云 秦王左右 陵暴妾家[陵 犯也 侮也] 高祖復怒 責太宗曰

윤덕비(尹德妃)의 아버지 아서(阿鼠)가 교만하고 횡포스러웠다.[아(阿)는 오갈(烏葛)의 반절음이다.] 진왕(秦王)의 관청[府]에 속한 두여회(杜如晦)가 그 문을 지나는데, 아서(阿鼠)의 집 하인 몇 명이 두여회를 끌어내어 말에서 떨어뜨리며 때려 손가락을 부러뜨리고 말하기를 "네가 누구인데 감히 우리 문을 지나며 말에서 내리지 않느냐?"라고 했다.[동(僮)은 도동(徒東)의 반절음으로 하인이다. 예(曳)는 이제(以制)의 반절음으로 끈다는 뜻이다. 구(毆)는 어구(於口)의 반절음으로 몽둥이로 때리는 것이다. 하(下)는 거성이다.] 아서는 태종이 고조에게 아뢸 것을 두려워하여 먼저 덕비(德妃)를 부려 아뢰기를 "진왕의 좌우 사람들이 신첩의 집을 능멸하고 해치려고 했습니다."라고 했다.[능(陵)은 범한다, 업신여긴다는 뜻이다.] 고조가 다시 노하여 태종을 꾸짖어 말하기를

我妃嬪家 猶爲汝左右所陵 況小民乎 太宗深自辨析 高祖終不信[析 先的切 分也]

"내 비빈(妃嬪)의 집이 오히려 너의 좌우들에게 능멸을 당하니 하물며 백성[小民]들은 어떻겠느냐?"라고 했다. 태종은 깊이 몸소 분별하여 분명히 했으나 고조는 끝내 믿지 않았다.[석(析)은 선적(先的)의 반절음으로 나눈다는 뜻이다.]

太宗每侍宴宮中 對諸妃嬪 思太穆皇后早終 不得見高祖有天下 或獻

歔流涕　高祖顧之不樂[太宗母竇皇后 追諡太穆 高祖未即位先崩 獻 休居切 歔 香依許

旣二切 獻歔者 悲泣氣咽而抽息也 樂 音洛 下同]　諸妃嬪　因密共譖太宗曰

태종은 매번 궁중의 잔치에 임할 때마다 비빈들을 보고는 태목황후(太

穆皇后)가 일찍 죽어서 고조가 천하를 차지한 것을 보지 못한 것을 생

각하며 혹 흐느끼며 눈물을 흘렸다. 고조는 그를 돌아보고 즐거워하지

않았다.[태종의 어머니 두황후(竇皇后)는 추증되어 시호가 태목(太穆)이 되었다. 고조가

즉위하기 전에 붕어했다. 허(獻)는 휴거(休居)의 반절음이다. 희(歔)는 향의(香依), 허기

(許旣)의 두 반절음이 있다. 허희(獻歔)란 슬퍼서 우는데 그 울음이 목으로 나오다 멈추는

것이다. 악(樂)은 음이 낙(洛)으로 아래도 같다.] 여러 비빈들은 이로 인하여 은

밀히 함께 태종을 참소하여 말하기를

海內幸無事　陛下春秋高　唯宜相娛樂而秦王每獨涕泣　正是憎疾妾等[春

秋高 言年老也 娛 元俱切 樂也 疾 惡也]　陛下萬歲後　妾母子必不爲秦王所容

無子遺矣[人謂死後爲萬歲後 子 吉列切 無右臂貌 遺 餘也 無子遺 言必皆誅翦無有子然見

遺者也]　因相與泣　且曰

"나라 안에 다행히 일도 없고 폐하의 춘추(春秋)가 높으므로 오직 마땅

히 서로 즐거야 할 터이나 진왕은 매번 홀로 눈물을 흘리니, 이는 바로

첩 등을 미워해서입니다.[춘추가 높다는 말은 연로(年老)하다는 말이다. 오(娛)는

원구(元俱)의 반절음으로 즐긴다는 뜻이다. 질(疾)은 미워한다는 뜻이다.] 폐하의 만세

(萬歲) 뒤에는 첩의 모자(母子)가 반드시 진왕에게 용납되지 않아 아무

도 남지 않을 것입니다."라고 했다.[사람이 죽은 뒤를 일러 만세 뒤라고 한다.

혈(子)는 길열(吉列)의 반절음으로 오른팔이 없는 모양이다. 유(遺)는 남긴다는 뜻이다. 아

무도 남지 않는다[無子遺]는 것은 반드시 모두 베어서 남아있을 자가 없다는 말이다.] 이

로 인하여 서로 울며 또 말하기를

皇太子仁孝　陛下以妾母子屬之　必能保全[屬 音燭 托也]　高祖爲之愴然

由是無易太子意　待太宗浸踈　而建城元吉日親矣[爲 去聲 下並同 愴 初亮切

悲傷也 易 □也 浸 漸也]　太子中允王珪　洗馬魏徵　說建成曰[太子左春坊 左庶

子爲之長 掌侍從贊相敷正啓奏 中允爲之貳 洗馬 漢官 掌前馬 唐爲司經局長官 掌四庫圖籍
繕寫刊緝之事 說 音稅 下並同]

"황태자는 어질고 효성스러우니 폐하께서 첩의 모자를 황태자에게 맡
기면 반드시 보전할 수 있을 것입니다."라고 했다.[촉(屬)은 음이 촉(燭)으로
부탁한다는 뜻이다.] 고조가 그들을 위해 슬퍼했다. 이로부터 태자를 바꿀
뜻이 없었고 태종을 대접하는 것은 점점 소원해졌으며 건성과 원길로
날로 친해졌다.[위(爲)는 거성으로 아래도 모두 같다. 창(愴)은 초량(初亮)의 반절음으
로 슬퍼한다는 뜻이다. 역(易)은 □의 뜻이다. 침(浸)은 점점이란 뜻이다.] 태자중윤
(太子·中允) 왕규(王珪)와 세마(洗馬) 위징(魏徵)이 건성을 꾀어 말하기
를[태자좌춘방(太子左春坊)에는 좌서자(左庶子)가 우두머리가 되는데, 시중들고 재상을
좇아 도우며 바른 것을 펴고 계주(啓奏)하는 일을 맡았다. 중윤(中允)은 두 번째이다. 세마
(洗馬)는 한나라 관리로 전마(前馬)를 맡았다. 당나라에서는 사경국(司經局)이 우두머리였
는데 사고(四庫)의 도적(圖籍)을 깁고 베끼고 편집하여 간행하는 일을 맡았다. 세(說)는 음
이 세(稅)로 아래도 모두 같다.]

秦王功盖天下 中外歸心 殿下但以年長 位居東宮 無大功以鎭服海內
[長 上聲] 今劉黑闥散亡之餘 衆不滿萬 資糧匱乏 以大軍臨之 勢如拉
朽[闥 他達切 黑闥 漳南人 少驍勇 竇建德封爲漢東公 建德死 黑闥稱漢東王 改元 都洛州 太
宗破黑闥於洛水 黑闥奔突闕 拉 落合切 折也] 殿下宜自擊之 以取功名 因結納
山東豪傑 庶可自安 建成乃請行於高祖 高祖許之[山東 謂太行恒山以東 即
河北之地也] 元吉勸建成除太宗曰

"진왕의 공이 천하를 덮어 안팎으로 마음을 돌리고 있습니다. 전하께
서는 다만 나이가 많은 것으로써 동궁의 자리에 있지, 큰 공으로써 나
라를 진압하여 복종시킨 것은 없습니다.[장(長)은 상성이다.] 지금 유흑달
(劉黑闥)은 흩어져 도망간 나머지 무리가 만 명이 차지 않고, 물자와
양식도 부족하니, 대군으로 이르면 그 형세는 마치 썩은 나무를 꺾는
것과 같을 것입니다. [달(闥)은 타달(他達)의 반절음이다. 흑달(黑闥)은 장남(漳南)
사람으로 젊어서 날래고 용감했다. 두건덕을 봉하여 한나라 동공(東公)으로 삼았는데 두건
덕이 죽자 유흑달이 한나라 동왕(東王)이라고 일컫고 나라를 원(元)으로 고쳐 낙주(洛州)

에 도움했다. 태종이 유흑달을 낙수에서 격파하니 유흑달이 돌궐(突闕)로 도망쳤다. 납(拉)은 낙합(落合)의 반절음으로 꺾는다는 뜻이다.] 전하께서는 마땅히 몸소 그를 쳐서 공명을 얻고 이로 인해 산동(山東) 호걸(豪傑)들과 연을 맺어두면 거의 자연히 안전할 것입니다."라고 했다. 건성이 곧 고조에게 가기를 청하자 고조가 허락하였다.[산동(山東)은 태항항산(太行恒山)의 동쪽을 말하니 곧 하북(河北)의 땅이다.] 원길이 건성에게 태종을 제거할 것을 권하면서 말하기를

當爲兄手刃之[手刃之 謂親手殺之也]
"마땅히 형을 위해 내 손으로 죽이겠습니다."라고 했다.[수인지(手刃之)란 친히 손수 죽이겠다는 말이다.]

太宗從高祖 幸元吉第[第 宅也] 元吉伏護軍宇文寶於寢內 欲刺太宗[刺 七迹切] 建成性頗仁厚 遽止之 元吉慍曰 爲兄計耳 於我何有[慍 紆問切 怒也]
태종이 고조를 따라 원길의 집에 행차하였는데[제(第)는 집이다.] 원길이 호군(護軍) 우문보(宇文寶)를 침전 안에 매복시켰다가 태종을 척살하려 했다.[척(刺)은 칠적(七迹)의 반절음이다.] 건성의 성품은 자못 인자하고 후덕하여 갑자기 그것을 그만두게 했다. 원길이 성내며 말하기를 "형을 위한 계책일 뿐 나에게 무엇이 있으리오?"라고 했다.[온(慍)은 우문(紆問)의 반절음으로 성낸다는 뜻이다.]

建成擅募長安及四方驍勇二千餘人 爲東宮衛士 分屯左右長林 號長林兵[爲 如字 東宮 有左右長林門] 又密使右虞候率可達志 從燕王李藝[可達 虜複姓 志 名也 燕 因連切] 發幽州突騎三百 置宮東諸坊 欲以補東宮長上 爲人所告[幽州 范陽郡 屬河北道 騎 去聲 下同 突騎 言其驍銳可用衝突敵人也 上 上聲 下同 唐制 凡應宿衛官 各從番第 諸衛將軍 中郎將 郎將 及諸衛率 副率 千牛備身 備身左右 太子千牛 並上折衝 果毅 應宿衛者 並一日上 兩日下 諸色長上 若司階 中候 司戈 並五日上 十日

下] 高祖召建成責之　流志於嶲州[嶲 音髓 嶲州 越嶲郡 屬劍南道]　慶州都督
楊文幹　嘗宿衛東宮[慶州 弘化郡 漢北地馬嶺方渠縣地]　建成與之親厚　私使募
壯士送長安　高祖將幸仁智宮　命建成居守　太宗元吉皆從[高祖作仁智宮於
宜州之宜君縣 從 才用切 下並同]　建成使元吉　就圖太宗曰　安危之計　決在今
歲[圖 謀也]

건성은 제멋대로 장안 및 사방의 날래고 용감한 2천여 명을 모집하여 동궁을 호위하는 병사로 삼고, 이들을 나누어 장림(長林)의 좌우(左右)에 주둔시키고 장림병(長林兵)이라 불렀다.[위(爲)는 본래의 뜻이다. 동궁(東宮)에는 좌우에 장림문(長林門)을 두었다.] 또 몰래 우우후(右虞候)를 시켜 가달지(可達志)를 이끌고 연왕(燕王) 이예(李藝)를 따르도록 하고[가달(可達)은 오랑캐의 복성이다. 지(志)는 이름이다. 연(燕)은 인연(因連)의 반절음이다.] 유주(幽州)의 돌기(突騎) 3백을 내어 궁 동쪽의 여러 방(坊)에 두고 동궁장상(東宮長上)을 돕게 하고자 했는데 어떤 사람이 (고조에게) 알렸다.[유주(幽州)는 범양군(范陽郡)인데 하북도(河北道)에 속한다. 기(騎)는 거성으로 아래도 같다. 돌기(突騎)란 그 날래고 날카로움이 가히 적군과 부딪쳐 돌파하는데 쓸 수 있다는 말이다. 상(上)은 상성으로 아래도 같다. 당나라 제도에 무릇 숙위를 따르는 관리는 각기 순번에 따른다. 여러 위(衛)의 장군(將軍), 중랑장(中郎將), 낭장(郎將) 및 여러 위(衛)의 솔(率), 부솔(副率), 천우비신(千牛備身), 비신좌우(備身左右), 태자천우(太子千牛)와 아울러 상절충(上折衝), 과의(果毅) 등 숙위에 응하는 자는 모두 하루 근무하고 이틀 쉰다. 그리고 제색(諸色)의 장상(長上)과 사계(司階), 중후(中候), 사과(司戈) 같은 자는 모두 5일 근무하고 10일 쉰다.] 고조가 건성을 불러 꾸짖고, 가달지는 수주(嶲州)에 유배를 보냈다.[수(嶲)는 음이 수(髓)이다. 수주(嶲州)는 월수군(越嶲郡)으로 검남도(劍南道)에 속한다.] 경주도독(慶州都督) 양문간(楊文幹)이 일찍이 동궁을 숙위(宿衛)하였는데[경주(慶州)는 홍화군(弘化郡)으로 한나라 북지(北地)의 마령(馬嶺) 방거현(方渠縣)의 땅이다.] 건성이 그와 더불어 친하고 두터워 사사로이 장사(壯士)를 모집하여 장안으로 보내도록 했다. 고조가 장차 인지궁(仁智宮)에 행차하려고 건성에 명하여 거처하면서 지키게 했다. 태종과 원길 모두는 따라갔다.[고조가 인지궁을 의주(宜州)의 의군현(宜君縣)에 지었다. 종(從)은 재용(才用)의 반절음으로 아래도 모두 같다.] 건성은 원길에게 태종을 도모하도

록 시키면서 말하기를 "안위(安危)의 계책은 올해에 결판이 난다."라고
했다.[도(圖)는 도모한다는 뜻이다.]

又使郞將爾朱煥 校尉橋公山 以甲遺文幹[將 即亮切 下並同 爾朱 虜複姓也 煥
呼玩切 橋 姓也 遺 去聲] 二人至幽州 上變告太子使文幹擧兵 欲表裏相應
[上變告 謂上告非常之事] 又有寧州人杜鳳擧 亦詣宮言狀[唐以北地郡爲寧州 治
定安] 高祖怒 託他事 手詔召建成 令詣行在 建成懼不敢赴[令 平聲 下同
行在 謂行在所也] 太子舍人徐師謩 勸之據城擧兵[唐制 太子舍人四人 正六品上
掌行令書表啓 謩 亦作誓] 詹事主簿趙弘智 勸之貶損車服 屛從者 詣上謝
罪[唐制 太子詹事主簿 從七品上 掌印檢勾稽府事 屛 音餠 去也 上 如字]

또 낭장(郞將) 이주환(爾朱煥)과 교위(校尉) 교공산(橋公山)을 시켜 갑
옷을 양문간에 보냈다. [장(將)은 즉량(即亮)의 반절음으로 아래도 모두 같다. 이주
(爾朱)는 오랑캐의 복성이다. 환(煥)은 호완(呼玩)의 반절음이다. 교(橋)는 성이다. 유(遺)
는 거성이다.] 두 사람이 빈주(幽州)에 이르러 변고(變告)를 아뢰기를 태
자가 양문간을 시켜 군대를 일으켜 안팎에서 서로 응하려 한다고 했
다.[변고를 아뢰었다는 것은 일상적인 일이 아닌 것을 위에 알린 것을 말한다.] 또 영
주(寧州) 사람 두봉거(杜鳳擧)가 있었는데 또한 궁궐에 나가 상황을 말
했다.[당나라는 북지군(北地郡)을 영주(寧州)라 하고 정안(定安)을 다스렸다.] 고조가
화가 나서 다른 일에 거짓 기대어 손수 조서를 써서 건성을 불러 행재
소(行在所)에 이르도록 했다. 건성은 두려워서 감히 가지 못했다.[영
(令)은 평성으로 아래도 같다. 행재(行在)는 행재소(行在所)를 말한다.] 태자사인(太
子舍人) 서사모(徐師謩)가 성(城)을 의지하여 군대를 일으킬 것을 권했
다.[당나라 제도에 정6품상인 태자사인은 4명이 있는데, 이들은 명령을 행하고 표계(表
啓)를 쓰는 일을 맡았다. 모(謩)는 또한 모(誓)로 쓴다.] 첨사주부(詹事主簿) 조홍
지(趙弘智)는 수레와 옷차림을 낮추고 덜며, 따르는 사람을 물리치고
임금에게 나가 사죄할 것을 권하였다.[당나라 제도에 종7품상인 태자첨사주부
는 부서의 일을 검사하고 검인하는 일을 맡았다. 병(屛)은 음이 병(餠)으로 거성이다. 상
(上)은 본래의 뜻이다.]

建成乃詣仁智宮 未至六十里 悉留官屬於毛鴻賓堡 以十餘騎往見高祖
叩頭謝罪 奮身自擲 幾至於絶[堡 小城也 毛鴻賓堡 在三原縣 後魏將毛鴻賓所築
因以爲名 叩頭 稽顙也 擲 直炙切 投也 幾 平聲] 高祖怒不解 是夜置之幕下 飼以
麥飯使殿中監陳福 防守[解 散也 在上曰幕 幕或在地 展陳于上 飼 音嗣 亦作飤 食也
唐制 殿中省 監一人 從三品 掌天子服御之事] 遣司農卿宇文穎 馳召文幹[唐制 司
農寺 卿一人 從三品 掌倉儲委積之事 穎 庾頃切] 穎至慶州 以情告之 文幹遂擧
兵反 高祖遣左武衛將軍錢九隴 與靈州都督楊師道擊之[唐制 左右武衛 上
將軍各一人 從二品 大將軍各一人 正三品 將軍各二人 從三品 掌宮禁宿衛 錢 姓也 隴 力踵
切 靈州 靈武郡大都督府 屬關內道] 高祖召太宗謀之 太宗曰

건성이 곧 인지궁(仁智宮)에 나갔고, 60리 못미쳐 모든 관속을 모홍빈
보(毛鴻賓堡)에 머무르게 하고서 10여 기병(騎兵)을 데리고 가서 고조
를 뵙고 머리를 두드리며 사죄하고 몸을 스스로 던지니 거의 죽을 정
도였으나 [보(堡)는 작은 성이다. 모홍빈보는 삼원현(三原縣)에 있다. 후위(後魏)의 장
수 모홍빈이 쌓았기 때문에 이름을 삼았다. 고두(叩頭)는 이마를 땅에 대어 절을 하는 것이
다. 척(擲)은 직적(直炙)의 반절음으로 던지는 것이다. 기(幾)는 평성이다.] 고조의 노
여움은 풀리지 않았다. 이날 밤 건성을 천막에 두고 보리밥을 먹여 전
중감(殿中監) 진복(陳福)으로 하여금 지키도록 하였다.[해(解)는 푼다는 뜻
이다. 위에 있는 것을 막(幕)이라 하는데 막은 혹 땅에 있는 것을 말하기도 하며 위에다
펴놓는 것이다. 사(飼)는 음이 사(嗣)로 또한 사(飤)로도 쓰는데 먹인다는 뜻이다. 당나라
제도에 전중성(殿中省)에는 종3품인 감(監) 1명이 천자의 의복과 수레에 관한 일을 맡았
다.] 사농경(司農卿) 우문영(宇文穎)을 보내 양문간을 불렀다.[당나라 제
도에 사농시(司農寺)에는 종3품인 경(卿) 1명이 창고에 쌓여있는 쌀을 간수하는 일을 맡았
다. 영(穎)은 유경(庾頃)의 반절음이다.] 우문영이 경주(慶州)에 이르러서 사정
을 알렸더니 양문간이 마침내 군대를 일으켜 반란을 하였다. 고조가
좌무위장군(左武衛將軍) 전구룡(錢九隴)과 영주도독(靈州都督) 양사도
(楊師道)를 보내 그를 쳤다.[당나라 제조에 좌우무위(左右武衛)에는 종2품인 상장
군(上將軍) 각 1명과 정3품인 대장군(大將軍) 각 1명과 종3품인 장군(將軍) 각 2명이 궁궐
의 숙위를 맡았다. 전(錢)은 성이다. 농(隴)은 역종(力踵)의 반절음이다. 영주(靈州)는 영
무군대도독부(靈武郡大都督府)로 관내도(關內道)에 속한다.] 고조가 태종을 불러

그것을 모의하자 태종이 말하기를

文幹豎子 敢爲狂逆 計府僚已應擒戮 若不爾 正應遣一將討之耳[豎 臣
庾切 言賤劣如童豎也 應 於陵切 當也 下同 爾 猶如此也] 高祖曰

"양문간 같은 어리석은 자가 감히 미친 반역을 하니 부료(府僚)에게 계
책을 내어 마땅히 사로잡아 죽이라고 하면 됩니다. 만약 이와 같이 되
지 않으면 바로 응당 한 명의 장군을 보내 토벌하면 그뿐입니다."라고
했다.[수(豎)는 신유(臣庾)의 반절음으로 유치하기가 어린아이 같은 것을 말한다. 응(應)
은 어릉(於陵)의 반절음으로 마땅하라는 뜻인데 아래도 같다. 이(爾)는 이와 같다는 뜻이
다.] 고조가 말하기를

不然 文幹事連建成 恐應之者衆 汝宜自行 還立汝爲太子 吾不能效
隋文帝自誅其子[隋文帝事 見上第十七章] 當封建成爲蜀王 蜀兵脆弱 它日
苟能事汝 汝宜全之 不能事汝 汝取之易耳[蜀 殊玉切 古國名 在益州之地 脆
七醉切 小耎易斷也 易 戈豉切 下同]

"그렇지 않다. 양문간의 일은 건성과 연결되어서 그에 응하는 자 많을
까 두렵다. 그러니 마땅히 네가 몸소 가거라. 돌아오면 너를 세워 태자
로 삼겠다. 나는 수(隋) 문제(文帝) 자신이 그 아들을 죽인 것 같은 일
을 본받을 수 없다. [수 문제에 관한 일은 윗글 제17장에 나타나 있다.] (나는) 마
땅히 건성을 봉해 촉왕(蜀王)으로 삼겠다. 촉병은 무르고 약하므로 다
른 날에 진실로 능히 너를 섬기면 너는 마땅히 촉을 보전시키고, 능히
너를 섬기지 않더라도 너는 취하기가 쉽다."라고 했다.[촉(蜀)은 수옥(殊
玉)의 반절음으로 옛 나라 이름이다. 익주(益州)의 땅에 있다. 취(脆)는 칠취(七醉)의 반절
음으로 작고 연약하며 쉽게 끊어진다는 뜻이다. 역(易)은 익시(戈豉)의 반절음으로 아래도
같다.]

高祖以仁智宮在山中 恐盜兵猝發 夜帥宿衛 南出山外 行數十里[帥 讀曰
率 下並同] 東宮官屬將卒繼至者 皆令三十人爲隊 分兵圍守之 明日復還

仁智宮 太宗既行 元吉與妃嬪 更迭爲建成請[更 工衡切 爲 去聲 下同] 中書
令封德彝 復爲之營解於外[令 如字 營 經營也 解 說也 脫之也] 高祖意遂變 復遣
建成 還京師居守 惟責以兄弟不睦 歸罪於珪 左衛率韋挺 天策兵曹叅
軍杜淹 並流於巂州[左右衛率 掌東宮羽衛兵仗之政令 正四品上 天策 星也 唐高祖武德
四年 以秦王功大 前代官皆不足以稱之 特置天策上將 位在王公上 以秦王爲之 開府置屬 長史
司馬 各一人 從事中郎二人 並掌通判府事 功倉兵騎鎧士 六曹丞軍 各二人]

고조는 인지궁이 산중에 있으므로 도적병들이 갑자기 일어날까 두려
웠다. 그래서 밤에 지키는 군사를 이끌고 남쪽 산 밖으로 나와 수십
리를 갔다.[솔(帥)은 솔(率)로 읽는데 아래도 모두 같다.] 동궁의 관속(官屬)과
장졸(將卒)이 계속 도착하였는데 모두 30명을 한 부대[隊]로 삼아 군
대를 나누어 에워싸서 지키게 했다. 다음날 다시 인지궁(仁智宮)으로
돌아왔다. 태종이 떠난 뒤에 원길과 비빈들은 교대로 건성을 위해서
청했다.[경(更)은 공형(工衡)의 반절음이다. 위(爲)는 거성으로 아래도 같다.] 중서령
(中書令) 봉덕이(封德彝)도 다시 건성을 위해 밖에서 해명하려고 애썼
다.[영(令)은 본래의 뜻이다. 영(營)은 경영한다는 뜻이다. 해(解)는 설명한다, 벗긴다는
뜻이다.] 고조의 마음이 드디어 변하여 다시 건성을 풀어주고는 돌이켜
서 경사(京師)에 머물며 지키게 하고 오직 형제들이 화목하지 못함을
질책하였다. 그리고 죄를 왕규와 좌위솔(左衛率) 위정(韋挺)과 천책병
조참군(天策兵曹叅軍) 두엄(杜淹)에게 돌려 이들을 모두 수주(巂州)로
유배보냈다.[좌우위솔(左右衛率)은 동궁우위(東宮羽衛)의 무기에 관한 명령을 맡았는
데 정4품상이었다. 천책(天策)은 별을 말한다. 당나라 고조 무덕(武德) 4년에 진왕(秦王)
의 공이 크므로 이전까지의 관직으로는 족히 그를 부를 수 없었다. 따라서 특별히 왕공(王
公)의 위에 천책상장이란 관직을 두어 진왕을 천책상장으로 삼고 부서를 열어 관속을 두었
다. 장사(長史), 사마(司馬)는 각각 1명, 종사중랑(從事中郎)은 2명인데 모두 통판부(通判
府)의 일을 맡았다. 공(功), 창(倉), 병(兵), 기(騎), 개(鎧), 사(士)의 6조(六曹)에 참군(丞
軍) 각각 2명을 두었다.]

太宗軍至寧州 其黨皆潰 文幹爲麾下所殺 傳首京師[爲 如字] 或說高祖曰
태종의 군대가 영주(寧州)에 이르니, 그 무리들은 모두 무너졌고 양문

간은 휘하에게 피살되어 머리가 서울로 보내졌다.[위(爲)는 본래의 뜻이다.]
어떤 사람이 고조를 달래어 말하기를

突厥所以屢冠關中者 以子·女玉帛皆在長安故也 若焚長安而不都 則胡
冠自息矣[都 居也] 高祖以爲然 遣中書侍郞宇文士及 踰南山至樊鄧 行
可居之地 將徒都之[踰長安南山出商州 即至樊鄧 襄州鄧城縣 屬南陽郡 古樊城也 行
下孟切 按也 將 如字] 建成元吉寂 皆賛成其策 僕射蕭瑀等 雖知其不可而
不敢諫 太宗諫曰

"돌궐이 여러 번 관중(關中)을 약탈한 것은 자녀(子女)와 구슬과 비단
이 모두 장안에 있기 때문입니다. 만약 장안을 불사르고 살지 않는다
면 오랑캐의 도적질은 저절로 그칠 것입니다."라고 했다.[도(都)는 산다는
뜻이다.] 고조가 옳다고 여겨 중서시랑(中書侍郞) 우문사급(宇文士及)을
보내 남산(南山)을 넘어 번등(樊鄧)에 이르러 가히 살만한 땅을 살펴
[行] 장차 도읍을 옮기려 하였다.[장안의 남산(南山)을 넘어 상주(商州)로 나가면
번등(樊鄧)에 이른다. 양주(襄州) 등성현(鄧城縣)은 남양군(南陽郡)에 속하는데 옛날 번성
(樊城)이다. 행(行)은 하맹(下孟)의 반절음으로 살핀다는 뜻이다. 장(將)은 본래의 뜻이
다.] 건성과 원길과 적(寂) 모두는 그 계책을 찬성했다. 복야(僕射) 소
우(蕭瑀) 등이 비록 그것이 옳지 않음을 알았으나 감히 간하지 못했다.
태종이 간하여 말하기를

戎狄爲患 自古有之 陛下以聖武龍興 光宅中夏 精兵百萬 所征無敵
[宅 謂居而有之 書序曰 光宅天下 言聖德之遠著也] 奈何以胡冠擾邊遽遷都以避之
貽四海之羞 爲百世之笑乎 彼霍去病 漢廷一將 猶志滅匈奴[霍去病 漢武
帝時人也 將 卽亮切 下同 去病曰 匈奴未滅 無以家爲] 況臣忝備藩維 願假數年之
期 請係頡利之頸 致之闕下 若其不效 遷都未晚 高祖曰 善[維 方隅也
頡 奚結切 突厥處羅可汗死 弟咄苾立 號頡利可汗] 建成曰

"오랑캐의 환란은 예부터 있었습니다. 폐하께서 성스런 힘을 가지고
임금으로 일어나 중국[中夏]에 밝히 사시고, 정병(精兵) 백만이 있어

정벌하는 곳에는 대적할 자가 없습니다. [택(宅)은 살 데가 있음을 말한다. 서경 서문에 "광택천하(光宅天下)라 하였는데 이것은 임금의 덕이 널리 드러난다."고 하였다.] 그런데 어찌하여 오랑캐가 변방을 도적질하여 어지럽힌다하여 급히 도읍을 옮겨 피하려 하십니까? 이는 세상에 부끄러움을 전하는 것이고 영원한[百世] 웃음거리가 됩니다. 저 곽거병(霍去病)은 한(漢)나라 조정의 일개 장수로서 오히려 흉노(匈奴)를 없앨 뜻을 가졌습니다. [곽거병은 한나라 무제 때 사람이다. 장(將)은 즉량(卽亮)의 반절음으로 아래도 같다. 곽거병이 말하기를 "오랑캐를 없애기 이전에는 집을 짓지 않겠다."라고 하였다.] 하물며 신이 변방의 모퉁이를 방비하고 있으니 원컨대 수년간의 기간을 주시어, 힐리(頡利)의 목을 묶어 대궐 아래에 이르게 하기를 청합니다. 만약 바치지 못한다면 그때 도읍을 옮겨도 늦지 않을 것입니다."라고 하니 고조가 좋다고 하였다. [유(維)는 모퉁이를 말한다. 힐(頡)은 해결(奚結)의 반절음이다. 돌궐의 처라합한(處羅可汗)이 죽자 동생 돌필(咄苾)이 섰다. 호가 힐리합한(頡利可汗)이다.] 건성이 말하기를

昔樊噲欲以十萬衆　橫行匈奴中　秦王之言　得無似之[噲 苦夫切 橫 如字 漢憲帝時冒頓方彊 爲書遺高后 辭極褻嫚 高后大怒 議發兵擊之 樊噲曰 臣願得十萬衆 橫行匈奴中 季布曰 噲可斬也 前匈奴圍高帝於平城 漢兵三十萬 噲爲上將軍 不能解圍 今妄言以十萬衆橫行 是面諛也 得無 猶言無乃也] 太宗曰

"옛날 번쾌(樊噲)가 10만 무리를 가지고 흉노를 마음대로 할 수 있다고 하였는데, 진왕의 말이 오히려[得無] 그와 같습니다."라고 했다. [쾌(噲)는 고부(苦夫)의 반절음이다. 횡(橫)은 본래의 뜻이다. 한나라 헌제(憲帝) 때 모돈방강(冒頓方彊)이 편지를 써서 고후(高后)에게 보냈는데 그 말이 매우 무례하고 업신여기는 말이었다. 고후가 크게 노하여 군대를 일으켜 그들을 칠 것을 논의했다. 번쾌가 말하기를 "신이 원컨대 10만의 병사를 얻으면 흉노를 마음대로 할 수 있겠습니다."라고 하였다. 계포(季布)가 말하기를 "번쾌를 가히 참하소서. 예전에 흉노가 평성(平城)에서 고제를 포위했을 때 한나라 군사는 30만 명이었습니다. 그때 번쾌는 상장군(上將軍)이었는데 능히 포위를 풀지 못했습니다. 그런데 지금 망언을 하여 10만 무리로 횡행한다고 하니 이는 면전에서 속이는 것입니다."라고 했다. 득무(得無)는 오히려와 같은 말이다.] 태종이 말하기를

形勢各異 用兵不同 樊噲小豎 何足道乎 不出十年 必定漠北 非敢虛
言也 高祖乃止[勢 俗作埶 漠 通作幕 沙土曰幕 即突厥中磧也] 建成與妃嬪 因共
譖太宗曰

"형세가 각기 다르고 군사를 쓰는 것이 같지 않은데 번쾌같은 어리석
은 자를 어찌 말하십니까? 10년을 지나지 않아 반드시 막북(漠北)을
평정할 것입니다. 감히 헛된 말이 아닙니다."라고 하자, 고조가 이내
(논쟁을) 중지시켰다.[세(勢)는 세속에서 예(埶)로도 쓴다. 막(漠)은 보통 막(幕)으로
도 쓴다. 모래땅을 막(幕)이라고 하는데 곧 돌궐의 모래벌 땅이다.] 건성과 비빈들이
이로 인하여 함께 태종을 참소하기를

突厥雖屢爲患 得賂則退 秦王外託禦寇之名 內欲摠兵權 成其簒奪之
謀耳[簒 初患切 逆而奪取之曰簒]

"돌궐이 비록 여러 번 근심을 끼쳤지만 뇌물을 얻으면 곧 물러갔습니다.
진왕이 밖으로는 도적을 막는다는 명분을 의지하고 있지만 안으로는
병권(兵權)을 지배하여 나라를 찬탈(簒奪)하려는 모책을 이루려는 것뿐
입니다.[찬(簒)은 초환(初患)의 반절음인데 반역하여 빼앗는 것을 찬(簒)이라 한다.]

高祖校獵城南 建成太宗元吉皆從[校 以木相貫穿爲闌校耳 校獵者 大爲闌校 以遮
禽獸而獵取也 一說 讀如犯而不校之校 競逐獵也] 高祖命三子 馳射角勝 建成有
胡馬肥壯而喜蹶[喜 好也] 以授太宗曰

고조가 교렵(校獵)을 성(城) 남쪽에서 하였다. 건성과 태종과 원길이
모두 따랐다.[교(校)는 나무를 서로 뚫어 엮어 울타리를 만든 것이다. 교렵(校獵)이란
크게 울타리를 만들어서 짐승을 가로막아 사냥하여 취하는 것이다. 일설에 범이불교(犯而
不校)의 교(校)와 같은 뜻으로 읽어 다투어 쫓아 사냥한다는 말이라고 한다.] 고조는 세
아들에게 명하여 말달리기와 활쏘기를 겨뤄보도록 했다. 건성에게는
잘 넘어지는 살찐 호마(胡馬)가 있었는데[희(喜)는 '잘'이라는 뜻이다.] 태종
에게 주며 말하기를

此馬甚駿　能超數丈澗　弟善騎　試乘之[駿 祖峻切 馬之良才者也 十尺爲丈 澗 去諫切 溝澗也 騎 如字]　太宗乘以逐鹿　馬蹶　太宗躍立於數步之外　馬起復乘之　如是者三　顧謂士及曰

"이 말은 매우 뛰어나 능히 몇 장(丈)의 도랑을 뛰어 넘을 수 있으니, 아우는 말을 잘 타므로 시험삼아 그것을 타 보아라."하였다.[준(駿)은 조준(祖峻)의 반절음으로 좋은 말을 말한다. 10척(尺)을 1장(丈)이라 한다. 간(澗)은 거간(去諫)의 반절음으로 도랑을 말한다. 기(騎)는 본래의 뜻이다.] 태종이 타고서 사슴을 쫓는데 말이 넘어지자 태종이 몇 걸음 밖으로 뛰어서 섰다. 말이 일어서자 다시 탔는데 이와 같이 세 차례나 하였다. 태종이 우문사급을 돌아보며 말하기를

彼欲以此見殺　死生有命　庸何傷乎[庸 用也]　建成聞之　因令妃嬪　譖之於高祖曰[令 平聲 下並同]

"저들이 이렇게 죽이고자 하나 죽고 사는 것은 천명에 있는 것이니 어찌 다치겠는가?"라고 했다.[용(庸)은 쓴다는 뜻이다.] 건성이 그것을 듣고 인하여 비빈들을 시켜 고조에게 참소하기를[영(令)은 평성으로 아래도 모두 같다.]

秦王自言　我有天命　方爲天下主　豈有浪死　高祖大怒　先召建成元吉然後召太宗入　責之曰

진왕은 스스로 말하기를 "나는 하늘의 명이 있어 바야흐로 천하의 주인이 될 것인데 어찌 함부로 죽음이 있으리오."라고 하도록 했다. 고조가 크게 노하여 먼저 건성과 원길을 부른 후에 태종을 불러들여 꾸짖으며 말하기를

天子自有天命　非智力可求　汝求之一何急也　太宗免冠頓首　請下法司案驗　高祖怒不解[下 去聲]　會有司奏突厥入冦　高祖乃改容勞勉太宗命之冠帶　與謀突厥[勞 去聲]　詔太宗元吉　將兵出幽州　以禦突厥　高祖餞

之於蘭池[餞 才線切 以酒食送也 蘭池 在渭城縣 秦始皇引渭水爲池 築爲蓬瀛] 高祖每
有寇盜　輒命太宗討之　事平之後　猜嫌益甚　建成夜召太宗　飮酒而酖
之　太宗暴心痛　吐血數升　神通扶之還西宮[暴 猝也 急也 西宮 蓋即弘義宮 秦
王居西宮之承乾殿] 高祖幸西宮　問太宗疾　勅建成曰

"천자는 스스로 하늘의 명이 있는 것이지 지력(智力)으로 구해질 수 있
는 것이 아니다. 너는 한결같이 어찌 급하게 그것을 구하려드느냐?"라
고 했다. 태종이 관을 벗고 머리를 조아리며, (자신을) 법사(法司)에
내려 보내 자세히 조사할 것을 청했으나 고조의 노여움은 풀리지 않았
다.[하(下)는 거성이다.] 때마침 유사가 돌궐이 쳐들어왔다는 것을 알렸다.
고조가 이내 얼굴을 고쳐 억지로 태종을 위로하고 관대(冠帶)를 주도
록 명하고는 함께 돌궐을 막을 대책을 모의하였다.[노(勞)는 거성이다.] 그
리고 태종과 원길에게 조서를 내려 군대를 이끌고 유주(幽州)에 나가
서 돌궐을 막으라고 했다. 고조는 이들을 난지(蘭池)에서 전송하였다.
[전(餞)은 재선(才線)의 반절음이다. 술과 음식으로써 보내는 것이다. 난지(蘭池)는 위성
현(渭城縣)에 있는데 진시황이 위수(渭水)를 끌어들여 못을 만들고 봉래(蓬萊)와 영주(瀛
州)를 만들었다.] 고조는 도적들이 강도짓을 할 때마다 번번이 태종에게
명하여 토벌하도록 했다. 그러나 일이 평정된 후에는 시기와 혐오가
더욱 심했다. 건성이 밤에 태종을 불러 짐독이 있는 술을 먹었다. 태종
이 갑자기 가슴에 통증이 있어 피를 수 되를 토하니 신통(神通)이 부축
하여 서궁(西宮)으로 돌아왔다.[포(暴)는 갑자기, 급히라는 뜻이다. 서궁(西宮)은
아마 홍의궁(弘義宮)일 것이다. 진왕은 서궁의 승건전(承乾殿)에 살았다.] 고조가 서궁
(西宮)에 가서 태종의 병을 묻고, 건성에게 경계시켜 말하기를

秦王素不能飮　自今無得復夜飮　因謂太宗曰
"진왕은 본디 술을 마시지 못하므로 이제부터 다시는 밤에 술을 먹이
지 말라."고 하였다. 그리고 태종에게 일러 말하기를

首建大謀　削平海內　皆汝之功　吾欲立汝爲嗣　汝固辭　且建成年長

爲嗣日久　吾不忍奪也[長 上聲]　觀汝兄弟　似不相容　同處京邑　必有紛
競[處 昌呂切 競 爭也]　當遣汝還行臺　居洛陽　自陝以東皆主之[行臺 自魏晉
有之 昔魏末 晉文帝討諸葛誕 裴秀等以行臺從 後魏謂之尙書大行臺 別置官屬 北齊行臺 其
官 置令 僕射 其尙書 丞 郎 皆隨時權置 隋謂之行臺省 有尙書 令 僕 盖隨其所管之道 置於外
州 以行尙書事 唐初亦置行臺 陝 失冉切 禹貢豫州之域也 秦王 時領陝東道大行臺]　仍命
汝建天子旌旗　如漢梁孝王故事[孝王 名武 與景帝同母 竇太后少子也 故有寵 王四
十餘城 居天下膏腴地 賞賜不可勝道 府庫金錢且百鉅萬 珠玉寶器多於京師 築東苑方三百餘
里 廣睢陽城七十里 大治宮室 爲複道 自宮連屬於平臺三十餘里 得賜天子旌旗 出從千乘萬騎
東西馳獵 擬於天子 出言蹕 入言警]　太宗涕泣　辭以不欲遠離膝下[離 力智切 相去
也 孝經曰親生之膝下 註 孩提居父母膝下 自有親愛之心]　高祖曰

"처음에 큰 모책을 세워 천하[海內]를 평정[削平]한 것은 모두 너의 공
이었다. 따라서 내가 너를 세워 후계자로 삼으려 하였더니 네가 굳이
사양하고, 또 건성의 나이가 많고 후계자로 삼은 날이 오래되었으므로
내가 차마 뺏을 수가 없다.[장(長)은 상성이다.] 너희 형제를 보니 서로 용
납하지 않는 것 같아 서울에 함께 거처하면 반드시 어지러이 다툼이
있을 것이니[처(處)는 창려(昌呂)의 반절음이다. 경(競)은 다툰다는 뜻이다.] 마땅히
너를 행대(行臺)로 돌려보내 낙양에 살며 몸소 섬(陝) 동쪽 지방을 모
두 맡도록 하겠다.[행대(行臺)는 위(魏)나라 진(晉)나라 때부터 있었다. 옛날 위나라
말기에 진문제(晉文帝)가 제갈탄(諸葛誕)을 칠 때 배수(裴秀) 등이 행대로서 따랐다. 후위
(後魏)에서는 상서대행대(尙書大行臺)라고 말했고 별도로 관속(官屬)을 두었다. 북제(北
齊)의 행대에는 관직은 영(令)과 복야(僕射)를 두었다. 상서(尙書), 승(丞), 랑(郎)은 모두
때에 따라 직권으로 두었다. 수나라는 행대성(行臺省)이라고 말하고 상서, 영, 복을 두어
그 소관 업무에 따라 외주(外州)에 두어 상서(尙書)의 일을 하게 했다. 당나라 초에 또한
행대를 두었다. 섬(陝)은 실염(失冉)의 반절음인데 우공(禹貢) 예주(豫州)의 땅이다. 진왕
(秦王)은 이때 섬동도대행대(陝東道大行臺)를 다스렸다.] 이로 인하여 너로 하여금
천자의 깃발을 세울 수 있도록 하여 한(漢)나라 양효왕(梁孝王)의 옛일
처럼 하도록 하겠다."라고 했다.[효왕(孝王)은 이름이 무(武)로 경제(景帝)와 어
머니가 같다. 두태후(竇太后)의 작은 아들이므로 총애가 있었다. 40여 성(城)의 왕노릇을
하며 천하의 기름진 땅에 살면서 상 받은 것은 가히 이루 말할 수 없어서 창고에 금전은
또한 엄청났고 주옥(珠玉)과 보기(寶器)가 서울보다 많았다. 동원(東苑)을 쌓았는데 사방

3백여 리가 되어 저양성(雎陽城)보다 70리가 넓었다. 크게 궁실을 다듬고 또 복도(複道)를 만들었는데 궁에서 평대까지 30여 리 이어져 있다. 천자의 깃발을 하사받아 출정하면 천대의 수레와 만 명의 기병이 따랐고, 동서로 말을 달려 사냥하면 천자와 비슷했으니, 나가는 것을 추(趨)라 하고 들어오는 것을 경(警)이라 한다.] 태종이 눈물을 흘리면서 슬하(膝下)를 멀리 떠날 수 없다고 사양했다.[이(離)는 역지(力智)의 반절음으로 서로 떨어진다는 뜻이다. 효경에 이르기를 "친생지슬하(親生之膝下)라 하였는데 그 주석에서 '어린아이는 부모의 무릎 아래에서 자란다.'"라고 하였다. 이로부터 부모의 사랑하는 마음이란 뜻을 지녔다.] 고조가 말하기를

天下一家　東西兩都道路甚邇　吾思汝則徃　毋煩悲也[東都 在西都之東八百
五十里]　將行　建成元吉　相與謀曰[將 如字]

"천하가 한 집이 되었고 동서의 두 서울의 길이 매우 가까워 내가 네 생각이 나면 곧 갈 것이니 괴로워하거나 슬퍼하지 말라."라고 했다. [동도(東都)는 서도의 동쪽 850리 떨어진 곳에 있다.] (태종이) 장차 떠나려 하자 건성과 원길이 서로 모의하여 말하기를[장(將)은 본래의 뜻이다.]

秦王若至洛陽　有土地甲兵　不可復制　不如留之長安　則一匹夫耳　取
之易矣　乃密令數人　上封事言[上 上聲 凡章表皆啓封 其言密事 得用皂囊 言事而
不欲宣泄 重封上之 故曰封事]

"진왕이 만약 낙양에 도착해서 토지와 군대를 갖는다면 가히 다시 통제하기 어렵다. 그러나 장안에 그를 남겨두면 곧 한 필부일 따름이어서 쉽게 취할 수 있다."라고 하였다. 그리고 몰래 몇 사람을 시켜 여러 겹으로 싸서 글을 올려 말하기를[상(上)은 상성이다. 무릇 장(章)과 표(表) 모두는 봉하는데 그 말이 비밀스런 일이면 검은 주머니를 쓴다. 이것은 일이 퍼져 새어나가지 않도록 하는 것이다. 여러 겹으로 봉해서 올리므로 봉사(封事)라고 한다.]

秦王左右　聞徃洛陽　無不喜躍　觀其志趣　恐不復來[趣 逡遇切 指意也]　又
遣近幸之臣　以利害說高祖[幸 寵也 愛也]　高祖意遂移　事復中止　建成元
吉 與後宮　日夜譖訴太宗於高祖　高祖信之　將罪太宗　陳叔達諫曰

"진왕의 좌우들이 낙양에 간다는 것을 듣고 기뻐서 날뛰지 않는 이가 없습니다. 그 취지(趣旨)를 보니 다시 오지 않을까 두렵습니다."라고 했다.[취(趣)는 준우(逡遇)의 반절음으로 뜻을 가리킨다.] (원성과 건성은) 또 사랑받는 가까운 신하를 보내 이해관계로써 고조를 달래니[행(幸)은 총애한다, 사랑한다의 뜻이다.] 고조의 뜻이 드디어 움직여 일을 다시 중지시켰다. 건성과 원길이 후궁과 더불어 밤낮으로 태종을 고조에게 참소하니 고조가 그것을 믿고 장차 태종을 죄주려 하였다. 진숙달(陳叔達)이 간하기를

秦王有大功於天下　不可黜也　且性剛烈　若加挫抑　恐不勝憂憤　或有不測之疾　陛下悔之何及　高祖乃止[剛正曰烈 挫 祖臥切 摧也 抑 寃屈也 勝 音升]
元吉密請殺太宗　高祖曰

"진왕은 천하에 큰 공을 세웠으니 쫓아낼 수 없습니다. 또 성질이 굳세고 강해서 만약 꺾고 억누른다면 근심과 분노를 이기지 못해 혹 예측할 수 없는 해독이 있을까 두렵습니다. (그 때) 폐하께서 그것을 후회한들 무슨 소용이 있겠습니까?"라고 하니 고조가 이내 그쳤다.[강하고 바른 것을 열(烈)이라 한다. 좌(挫)는 조와(祖臥)의 반절음으로 꺾는다는 뜻이다. 억(抑)은 굽히고 굽힌다는 뜻이다. 승(勝)은 음이 승(升)이다.] 원길이 몰래 태종을 죽일 것을 청하니 고조가 말하기를

彼有定天下之功　罪狀未著　何以爲辭[著 陟慮切]　元吉曰

"저가 천하를 평정한 공이 있고 죄상(罪狀)이 드러나지 않는데 어찌하란 말이냐?"라고 했다.[저(著)는 척려(陟慮)의 반절음이다.] 원길이 말하기를

秦王初平東都　顧望不還　散錢帛以樹私恩　又違敕命　非反而何　但應速殺　何患無辭　高祖不應[東都 即洛陽 上應 於陵切]

"진왕이 처음에 동도(東都)를 평정했을 때, 형세를 돌아보고 돌아오지 않고 돈과 비단을 뿌려 사사로이 사랑하는 이를 심어놓았고, 또 칙명

(敕命)을 어겼으니 반역이 아니고 무엇입니까? 다만 응하여 속히 죽이려 한다면 어찌 명목이 없음[無辭]을 걱정하십니까?"라고 하였다. 고조가 응하지 않았다.[동도(東都)는 곧 낙양(洛陽)이다. 위의 응(應)은 어릉(於陵)의 반절음이다.]

秦府僚屬 皆憂懼不知所出 行臺考功郎中房玄齡 謂比部郎中長孫無忌曰[考功 屬吏部 掌文武官吏之考課 郎中一人 秩從五品上 比部 屬刑部 掌勾諸司百僚俸料 公廨賦贖調斂 徒役課程 逋懸數物 周知內外之經費 郎中一人 秩從五品 長 上聲 下並同]

진왕부(秦王府)의 신료들이 모두 걱정하고 두려워 어찌할 바를 몰랐다. 행대고공랑중(行臺考功郎中) 방현령(房玄齡)이 비부랑중(比部郎中) 장손무기(長孫無忌)에게 일러 말하기를[고공(考功)은 이부(吏部)에 속하는데 문무(文武) 관리(官吏)의 고과(考課)를 맡았다. 품계가 종5품상인 낭중(郎中) 1명이 있었다. 비부(比部)는 형부(刑部)에 속하는데 여러 관청의 모든 관료들의 급료, 관청에 물건을 조달하는 일, 부역을 매기는 일, 체납한 조세를 계산하는 일, 안팎의 경비를 두루 아는 일을 맡았다. 품계가 종5품인 낭중(郎中)이 1명 있었다. 장(長)은 상성으로 아래도 모두 같다.]

今嫌隙已成 一旦禍機竊發 豈惟府朝塗地 乃實社稷之憂[朝 馳遙切 府朝 猶言府廷 漢時郡僚謂本郡爲郡朝 亦此類也 塗地 謂平除也] 莫若勸王行周公之事 以安家國[謂周公誅管蔡 以安王室] 存亡之機 間不容髮 正在今日[間不容髮 言其激切甚急也] 無忌曰

"이제 서로 의심하여 틈이 이미 생겼으니 일단 화의 계기가 가만히 터지면 어찌 부조(府朝)가 쓰러지는 것뿐이겠소. 이는 곧 진실로 사직의 근심이오.[조(朝)는 치요(馳遙)의 반절음이다. 부조(府朝)는 관청[府廷]을 말하는 것과 같다. 한나라 때 군(郡)의 관료들이 본군(本郡)을 일러 군조(郡朝)라고 한 것이 또한 이런 따위이다. 도지(塗地)는 평평히 제거한다는 말이다.] 진왕에게 주공(周公)의 일을 행할 것을 권하여 나라를 편안하게 하는 것만 같지 못합니다.[이것은 주공이 관채(管蔡)를 주살해서 왕실을 안정시켰다는 것을 말한다.] 존망의 위기가 터럭 하나를 용납하지 못하는 것이 바로 오늘날입니다."라고 했다.[터럭

하나를 용납할 수 없는 틈이란 그 흐름이 간절하고 매우 급박함을 말한다.] 장손무기가
말하기를

吾懷此久矣　不敢發口[懷　謂抱也]　今吾子所言　正合吾心　謹當白之　乃
入言太宗　太宗召玄齡謀之　玄齡曰

"내가 이것을 품은 지 오래되었지만 감히 입으로 발설하지 못했소.[회
(懷)는 품는다는 말이다.] 지금 내가 들은 말은 바로 나의 마음과 같소. 삼가
마땅히 진왕에게 알립시다."라고 했다. 이에 들어가 태종에게 말했다.
태종이 방현령을 불러 모책을 말했다. 방현령이 말하기를

大王功盖天地　當承大業　今日憂危　乃天贊也　願大王勿疑　乃與如晦
共勸太宗誅建成元吉　建成元吉以秦府多驍將　欲誘之使爲已用[將　郎亮
切]　密以金銀器一車　贈左二副護軍尉遲敬德　并以書招之曰　願迂長者
之眷　以敦布衣之交[贈　昨亘切　送遺也　秦王齊王府　置左右六護軍府　左右親軍府　左右
帳內府　左一右一護軍府　護軍各一人　副護軍各二人　長史　錄事參軍事　倉曹　兵曹　鎧曹參軍事
各一人　統軍各五人　別將各一人　左二右二護軍府　左三右三護軍府　減統軍三人　別將六人　左
右親軍府　統軍各一人　長史各一人　錄事參軍事　兵曹　鎧曹參軍事　左別將　右別將　各一人　帳內
府　職貟與護軍府同　又有庫直　隸親事府　驅哐直　隸帳內府　選材勇爲之　尉　音鬱　尉遲　代北複
姓　因部號以爲氏]　敬德辭曰

"대왕의 공은 천지를 덮었으니 마땅히 대업을 이어야 합니다. 오늘의
근심과 위험은 곧 하늘이 도울 것이니 원컨대 대왕은 의심치 마십시
오."라고 말하고, 곧 두여회와 더불어 함께 태종에게 건성과 원길을 벨
것을 권했다. 건성과 원길은 진왕부에 용감한 장수가 많으므로 그들을
꾀어 자신들을 위해 쓰고자 하였다.[장(將)은 즉량(郎亮)의 반절음이다.] 그래
서 몰래 금은으로 만든 그릇 한 수레를 좌이부호군(左二副護軍) 울지
경덕(尉遲敬德)에게 보내고 아울러 글을 써서 그를 부르며 말하기를
"세상 일에 어두운 그대가 돌아봄으로써 포의지교(布衣之交)를 돈독히
하기를 원하오."라고 했다.[증(贈)은 작긍(昨亘)의 반절음으로 보내준다는 뜻이다.

진왕부(秦王府)와 제왕부(齊王府)에는 좌우육호군부(左右六護軍府), 좌우친군부(左右親軍府), 좌우장내부(左右帳內府)를 두었다. 좌일우일호군부(左一右一護軍府)에는 호군(護軍) 각 1명, 부호군 각 2명이었다. 장사(長史), 녹사참군사(錄事參軍事), 창조(倉曹), 병조(兵曹), 개조참군사(鎧曹參軍事)는 각 1명이었다. 통군(統軍)은 각 5명이었고 별장(別將)은 각 1명이었다. 좌이우이호군부(左二右二護軍府)와 좌삼우삼호군부(左三右三護軍府)에는 통군을 줄여 3명이었고 별장은 6명이었다. 좌우친군부(左右親軍府)에는 통군 각 1명, 장사 각 1명, 녹사참군사, 병조, 개조참군사, 좌별장, 우별장 각 1명이었다. 장내부(帳內府)는 직원이 호군부(護軍府) 수와 같다. 또 고직(庫直)을 두어 친사부(親事府)에 예속시켰고 구절직(驅咥直)은 장내부에 예속시켰는데 재주있고 용감한 자를 뽑아 썼다. 위(尉)는 음이 울(鬱)이다. 울지(尉遲)는 대북(代北)의 복성으로 부족이름에 따라 성씨를 삼았다.] 울지 경덕이 사양하여 말하기를

敬德蓬戶甕牖之人[甕 與瓮同 烏貢切 罌也 牖 以九切 穿壁以木爲交窻也 蓬戶甕牖 謂以編蓬爲戶 破甕爲牖也]　遭隋末亂離　久淪逆地　罪不容誅[淪 音倫 陷沒也 久淪逆地 謂爲劉武周將也 罪不容誅 言其罪之大 雖至於誅 猶不足以容之也 如所謂死有餘辜也]　秦王賜以更生之恩　今又策名藩邸　唯當殺身以爲報[更 再也 更生 猶言再造也 太宗破劉武周 得敬德甚喜 以爲右一府統軍 使將其舊衆 與諸營相參 策名 謂名書於所臣之策也 左傳曰 策名委質]　於殿下無功　不敢謬當重賜　若私交殿下　乃是貳心　徇利忘忠　殿下亦何所用[兩屬曰貳 旣策名秦邸 又私交建城 是有貳心也]　建成怒遂與之絶　敬德以告太宗　太宗曰

"경덕은 쑥을 엮어 문을 만들고 깨진 독으로 창을 낸 가난한 사람으로[옹(甕)은 옹(瓮)과 같은데 오공(烏貢)의 반절음으로 항아리이다. 유(牖)는 이구(以九)의 반절음으로 벽을 뚫어 나무로 창살문 창을 만든 것이다. 봉호옹유(蓬戶甕牖)란 쑥으로 엮어 문을 만들고 깨진 독으로 창문을 만들었다는 말이다.] 수(隋)나라 말년에 난리를 만나 오랫동안 반역의 땅에 빠져 있어서 그 죄가 죽어도 용납되지 않을 것인데[윤(淪)은 음이 윤(倫)으로 빠진다는 뜻이다. 오랫동안 반역의 땅에 빠져있다는 말은 유무주(劉武周)의 장수였다는 말이다. 죄가 죽어도 용납되지 않는다는 것은 그 죄가 커서 비록 죽음에 이를지라도 아직 족히 용서될 수 없다는 말로, 이른바 죽어도 죄가 남음이 있다는 말과 같다는 뜻이다.] 진왕이 다시 살려주는 은혜를 베풀어 주시고, 이제 신하[策名]로 삼아 집을 지키게 되었으니 오직 마땅히 몸을

죽여서라도 보답하겠습니다.[갱(更)은 다시라는 뜻이다. 갱생(更生)은 다시 만든다는 말과 같다. 태종이 유무주(劉武周)를 깨뜨리고 울지경덕을 얻고는 매우 기뻐서 우일부총군(右一府統軍)을 삼아 그 옛 무리들을 거느리고 여러 영(營)과 더불어 서로 참석하도록 했다. 책명(策名)이란 신하가 되어 장부에 이름을 적는 것을 말한다. 좌전에 이르기를 "이름을 신적(臣籍)에 올리고 폐백을 바쳤다"라는 대목이 있다.] 전하에게 아무 공을 세우지 못했는데도 감히 마땅히 상을 크게 받는 것은 잘못이 아니겠습니까. 만약 사사로이 전하와 교분을 맺는다면, 이는 곧 두 마음으로 이익에 따라 충성을 잊는 것입니다. 그러면 전하께도 또한 무슨 소용이 있겠습니까?[양쪽에 붙는 것을 이(貳)라고 한다. 이미 진(秦)나라 신하가 되었으면서 또 사사로이 건성(建城)과 교분을 맺는 것, 이것이 두 마음을 갖는 것이다.] 건성이 노하여 드디어 그와 관계를 끊었다. 울지경덕이 이것을 태종에게 고하자 태종이 말하기를

公心如山嶽　雖積金至斗　知公不移　相遺但受　何所嫌也[斗 謂北斗 唐人詩曰 身後堆金柱北斗 蓋時人常語也 遺 去聲]　且得以知其陰計　豈非良策　不然禍將及公　旣而元吉　使壯士夜刺敬德[良 善也 刺 七迹切 下同]　敬德知之　洞開重門　安臥不動　刺客屢至其庭　終不敢入[洞 徒弄切 空也 重 直龍切 終不敢入 畏其勇也]　元吉乃譖敬德於高祖　下詔獄訊治　將殺之　太宗固請得免
[下 去聲 詔獄 有詔繫獄也 漢時左右都司空 上林 中都官 皆有詔獄 蓋奉詔以鞫囚 以爲名也 訊 音信 問也]

"공의 마음은 마치 산악(山嶽)과 같아서 비록 금덩어리를 북두(北斗)에 이를 정도로 쌓아놓더라도 공은 움직이지 않는다는 것을 알고 있소. 주는 것을 다만 받기만 한다면 무슨 혐의가 있겠소이까.[두(斗)는 북두(北斗)를 말한다. 당나라 사람 시에 이르기를 "죽은 뒤에 금을 높이 쌓아 북두의 기둥이 되었다."라고 하였으니 대개 당시 사람들이 항상 하는 말이었던 것 같다. 유(遺)는 거성이다.] 항차 받아서 그 음흉한 계책을 아는 것도 어찌 좋은 계책이 아니겠소. 그리 하지도 않았으니 화가 장차 공에게 미칠 것이오."라고 했다. 이윽고 원길이 장사(壯士)를 부려 밤에 울지경덕을 찌르게 했다.[양(良)은 좋

다는 뜻이다. 척(剌)은 칠적(七迹)의 반절음으로 아래도 같다.] 울지경덕이 그것을
알고는 중문(重門)을 열어 비워놓고 편안히 누워 움직이지 않으므로
자객(刺客)이 여러 번 그 뜰에 왔다가 끝내는 감히 들어가지 못했다.
[동(洞)은 도롱(徒弄)의 반절음으로 비었다는 뜻이다. 중(重)은 직롱(直龍)의 반절음이다.
끝내 감히 들어가지 못했다는 말은 그 용맹스러움을 두려워해서이다.] 원길이 이에
울지경덕을 고조에게 참소하니 조서를 내려 옥에 가두고 심문하여 장
차 죽이려 하는데, 태종이 굳이 청하여 죽음을 면할 수 있었다.[하(下)는
거성이다. 조옥(詔獄)은 조칙을 내려 옥에 매어두는 것이다. 한나라 때 좌우도사공(左右都
司空) 상림(上林) 중도관(中都官)에는 모두 조옥을 두었다. 대개 조칙을 받들어서 죄수를
국문하므로 이것으로써 이름을 삼았다. 신(訊)은 음이 신(信)으로 묻는다는 뜻이다.]

又譖左一馬軍揔管程知節　出爲康州刺史[晉有都督諸軍事　後周改爲總管　唐初　邊
要之地　亦置總管以統軍　武德元年　以成州同谷縣置西康州　刺　如字　刺史之任　歷代沿革不同
及隋罷天下諸郡　以州統縣　大業三年　又改州爲郡　郡置太守　唐武德元年　改郡爲州　改太守爲
刺史　上州　從三品中　下州　正四品下　皆一人　職同牧尹]　知節謂太宗曰
또 좌일마군총관(左一馬軍揔管) 정지절(程知節)을 참소하여 강주(康
州) 자사(刺史)로 삼아 내쳤다. [진(晉)나라는 도독제군사(都督諸軍事)를 두었다.
후주(後周)는 총관(總管)으로 고쳤다. 당나라 초에 변방의 요충지에 또한 총관을 두어 군
대를 통솔했다. 무덕(武德) 원년에 성주(成州) 동곡현(同谷縣)에서 서강주(西康州)를 두었다.
자(刺)는 본래의 뜻이다. 자사의 임무는 역대의 연혁을 보면 같지 않다. 수나라에 와서는
천하의 여러 군(郡)을 없애고 주(州)로써 현(縣)을 통제케 했다. 대업(大業) 3년에는 또 주
를 고쳐 군으로 하고 군에 태수(太守)를 두었다. 당나라 무덕(武德) 원년에 군을 고쳐 주
(州)로 하고 태수를 자사(刺史)라고 했다. 큰 주[上州]에는 종3품중(中), 작은 주[下州]에는
정4품하(下)였는데 모두 1명이었다. 일은 목(牧)이나 윤(尹)과 같은 일을 했다.] 정지절
이 태종에게 일러 말하기를

大王股肱羽翼盡矣　身何能久　知節以死不去　願早決計　又以金帛誘右
二護軍叚志玄　志玄不從[從 如字]　建成謂元吉曰
"대왕께서는 고굉(股肱)과 우익(羽翼)을 다 잃고 전하 자신만 남았으니
어찌 능히 오래 갈 수 있으리오. 저 정지절은 죽어도 떠나가지 않을

것이니 원컨대 일찍 계책을 결정하십시오."라고 했다. 또 금과 비단으로써 우이호군(右二護軍) 단지현(叚志玄)을 꾀었으나 단지현이 따르지 않았다.[종(從)은 본래의 뜻이다.] 건성이 원길에게 일러 말하기를

秦府智略之士可憚者 獨房玄齡 杜如晦耳 皆譛之於高祖而逐之 太宗腹心 唯長孫無忌尙在 與其舅 雍州治中高士廉 右候車騎將軍侯君集 及敬德 日夜勸太宗誅建成元吉[舅 巨九切 母之兄弟爲舅 士廉妹 適隋右驍衛將軍 長孫晟 生無忌 及文德皇后 雍 於用切 雍州 屬關內道 開元元年 爲京兆府 唐制 州刺史 置從事史貟 其功曹從事爲治中 主州選署及衆事 將 即亮切 下並同 騎 去聲 下並同 右候車騎將軍 以車騎將軍 屬右候衛也]

"진왕부(秦王府)의 지략(智略)있는 장사 중에서 꺼려야 할 자는 오직 방현령(房玄齡)과 두여회(杜如晦)뿐이다."라고 하고, 모두 고조에게 참소하고 그들을 쫓아냈다. 태종의 심복으로는 오직 장손무기(長孫無忌)가 항상 있었다. 그는 외삼촌과 더불어 옹주(雍州) 치중(治中) 고사렴(高士廉)과 우후거기장군(右候車騎將軍) 후군집(侯君集) 및 울지경덕과 함께 매일 밤 태종에게 건성과 원길을 벨 것을 권하였다.[구(舅)는 거구(巨九)의 반절음이다. 어머니의 형제가 외삼촌이다. 고사렴의 누이가 수나라 우효위장군(右驍衛將軍) 장손성(長孫晟)에게 시집가서 장손무기와 문덕황후(文德皇后)를 낳았다. 옹(雍)은 어용(於用)의 반절음이다. 옹주(雍州)는 관내도(關內道)에 속하는데 개원(開元) 원년에 경조부(京兆府)가 되었다. 당나라 제도에 주(州)와 자사(刺史)에 종사(從事)와 사원(史貟)을 두었는데 그 공조종사(功曹從事)를 치중(治中)이라고 했다. 부서를 선발하는 것과 여러 일을 주관하였다. 장(將)은 즉량(卽亮)의 반절음으로 아래도 모두 같다. 기(騎)는 거성으로 아래도 모두 같다. 우후거기장군은 거기장군으로서 우후위에 속한다.]

太宗猶豫未決 問於靈州大都督李靖 靖辭[猶 夷周余救二切 猶 玃屬 居山中 聞人聲 豫登木 無人乃下 世謂不決曰猶豫 一說 隴西謂犬子爲猶 犬導人行 或先或後 故曰猶豫 又一說 猶豫 犬也 犬爲人行 好先行 却住以俟其人 百步之間 如是者數四 先者豫也 遂曰猶豫 大都督府 都督一人 從二品 掌督諸州兵馬甲械城隍鎭戍糧稟 揔判府事]

태종이 유예(猶豫)하여 결정을 못 짓고 영주대도독(靈州大都督) 이정(李靖)에게 묻자 이정이 사양했다.[유(猶)는 이주(夷周), 여구(余救)의 두 반절음

이 있다. 유(猶)는 큰 원숭이의 등속으로 산중에 사는데 사람소리를 들으면 미리 나무로
올라갔다가 사람이 없으면 이내 내려온다. 세상에서 결정하지 못하는 것을 일러 유예(猶
豫)라고 말한다. 일설에 농서(隴西)에서는 개를 유(猶)라고 하는데 개가 사람을 인도하여
갈 때 혹 앞서거니 뒤서거니 하므로 유예라고 한다고 했다. 또 일설에 유예는 개라고 한다
고 했다. 개가 사람을 위해 갈 때면 앞서 가는 것을 좋아하는데 가다가 도리어 머물며 뒷사
람을 기다린다. 백 걸음을 걷는 동안에 이와 같이 4번을 한다. 앞서 하는 것을 예(豫)라
하므로 마침내 유예(猶豫)라고 했다. 대도독부(大都督府)에는 종2품인 도독 1명을 두었는
데 여러 주의 병마(兵馬), 갑옷과 병기, 성황(城隍), 주둔지[鎭]의 수(戍)자리, 양곡[糧禀]
의 일을 맡아 감독하며 도독부의 일을 총괄했다.]

問於行軍摠管李世勣　世勣辭　由是重二人[勣　則歷切　武德元年　徐世勣降唐　賜
姓李　後以犯太宗諱　單名勣]
행군총관(行軍摠管) 이세적(李世勣)에게 묻자 이세적도 사양했다. 이
로부터 두 사람을 신중히 여겼다.[적(勣)은 즉력(則歷)의 반절음이다. 무덕(武德)
원년에 서세적(徐世勣)이 당나라에 항복하여 이(李)씨 성을 하사받았는데 뒤에 태종의 이
름을 범한다고 해서 외자 이름인 적(勣)으로 했다.]

會突厥郁射設　將數萬騎屯河南　入塞圍烏城[郁　於六切　突厥別典兵者　謂之設
河南縣　屬河南道　烏城　蓋在鹽州五原縣烏鹽池　或曰　在朔方烏水上]　建城薦元吉　代太
宗　督諸軍北征　高祖從之　命元吉督藝　天紀將軍張瑾等　救烏城[關內十
二軍　涇州道曰天紀軍　置將軍一人　瑾　具吝切]　元吉請敬德知節志玄　及秦府右三
統軍秦叔寶等　與之偕行　簡閱太宗帳下精銳之士　以益元吉軍[偕　去諧切
俱也]　率更丞王晊　密告太宗曰[更　工衡切　唐制　太子率更寺　令一人　從四品上　丞二
人　從七品上　掌宗族次序禮樂形罰及漏刻之政令　晊　音質]
이때 돌궐의 욱사설(郁射設)이 수만의 기병을 거느리고 하남(河南)에
주둔하며 요새로 들어와 오성(烏城)을 포위했다.[욱(郁)은 어육(於六)의 반
절음이다. 돌궐의 별전병(別典兵)을 일러 설(設)이라고 한다. 하남현(河南縣)은 하남도(河
南道)에 속한다. 오성(烏城)은 대개 염주(鹽州) 오원현(五原縣) 오염지(烏鹽池)에 있다고
하는데 혹은 삭방(朔方) 오수(烏水)의 위에 있다고도 한다.] 건성이 원길을 천거하
여 태종을 대신해서 군대를 거느리고 북방을 치게 할 것을 건의하였

다. 고조가 그것을 따라 원길에 명하여 이예와 천기장군(天紀將軍) 장
근(張瑾) 등을 거느리고 오성을 구하도록 했다.[관내(關內) 12군(軍) 중에 경
주도(涇州道)를 천기군(天紀軍)이라고 하는데 장군 1명을 두었다. 근(瑾)은 구린(具吝)의
반절음이다.] 원길이 울지경덕과 정지절과 단지현 및 진왕부의 우삼통군
(右三統軍) 진숙보(秦叔寶) 등에게 함께 갈 것을 청하고 태종 휘하의
정예 병사를 뽑아서 원길의 군대에 보냈다.[해(偕)는 거해(去諧)의 반절음으로
함께라는 뜻이다.] 솔경승(率更丞) 왕질(王晊)이 몰래 태종에 고하여 말하
기를[경(更)은 공형(工衡)의 반절음이다. 당나라 제도에 태자솔경시(太子率更寺)에는 종
4품상인 영(令) 1명, 종7품상인 승(丞) 2명이 있다. 여기서는 왕실 종족(宗族)의 차서(次
序)와 예악(禮樂)과 형벌(形罰) 및 물시계인 누각(漏刻)의 정령(政令)을 맡았다. 질(晊)은
음이 질(質)이다.]

太子語齊王　今汝得秦王驍將精兵　擁數萬之衆　吾與秦王　餞汝於昆明
池　使壯士拉殺之於幕下[語 音御 下同 西南夷有越巂昆明國 有滇池方三百里 漢使求
身毒國 而爲昆明所閉 武帝欲伐之 故作昆明池 象之以習水戰 在長安西南 周回四十里] 奏
云暴卒　主上宜無不信　吾當使人進說　令授吾國事　而立汝爲太弟　敬
德等旣入汝手　宜悉坑之　孰敢不服[阬 或作坑 丘庚切 塹也 悉坑之 謂陷之於阬
盡殺之也]
"태자가 제왕(齊王)에게 말하기를 '이제 너는 진왕의 용맹한 장수와 정
예 병사를 얻어 수만의 무리를 손에 쥐고 있다. 내가 진왕과 더불어
너를 곤명지(昆明池)에서 전송할 것이니, 장사(壯士)를 시켜 장막 안에
서 진왕을 부러뜨려 죽이고[어(語)는 음이 어(御)로 아래도 같다. 서남쪽의 오랑캐
중에서 월수곤명국(越巂昆明國)이 있는데 거기에 사방이 3백 리인 진지(滇池)가 있다. 한
나라 사신이 신독국(身毒國)을 찾는데 곤명(昆明)에 막혔다. 무제가 곤명을 정벌하려고 곤
명지를 만들었는데 비슷하게 만들어 물에서 싸우는 것을 연습시켰다. 장안의 서남쪽에 있
는데 둘레가 40리이다.] 아뢰기를, 갑자기 죽었다고 하면 주상은 마땅히 믿
지 않을 수 없을 것이다. 나는 마땅히 사람을 시켜 나가서 달래기를
나에게 나라 일을 주도록 하고, 너를 세워 태제(太弟)로 삼도록 하겠
다. 울지경덕 등이 이미 너의 수중에 들어왔으니 마땅히 모두 구덩이

에 물어도 누가 감히 복종하지 않겠느냐?'라고 하였습니다."[갱(阬)은 혹 갱(坑)으로도 쓰는데 구경(丘庚)의 반절음으로 구덩이이다. 실갱지(悉坑之)란 구덩이에 빠뜨려 모두 죽이는 것을 말한다.]

太宗以睦言 告無忌等 無忌等勸太宗 先事圖之[先 去聲] 太宗歎曰 骨肉相殘 古今大惡[骨肉 謂相親附猶骨之於肉也] 吾誠知禍在朝夕 欲俟其發 然後以義討之 不亦可乎 敬德曰

태종이 왕질의 말을 장손무기 등에게 말했더니 장손무기 등이 태종에게 권하기를 먼저 그를 도모해야 한다고 하였다.[선(先)은 거성이다.] 태종이 탄식하여 말하기를 "골육상잔(骨肉相殘)은 예나 지금이나 큰 죄악이다.[골육(骨肉)은 서로 친한 것이 뼈에 붙어있는 살과 같다는 것을 말한다.] 내가 진실로 재앙이 조석(朝夕)간에 있다는 것을 알아도 그것이 일어남을 기다린 후에 의로써 토벌하는 것이 또한 옳지 않겠는가?"라고 했다. 울지경덕이 말하기를

人情誰不愛其死 今衆人以死奉王 乃天授也 禍機垂發 而王猶晏然不以爲憂 大王縱自輕 如社稷宗廟何[垂 幾也 晏 安也] 大王不用敬德之言 敬德將竄身草澤 不能留居大王左右 交手受戮也[將 如字 草澤 猶言田里 謂寂寞之地也 交手 謂拱手也] 無忌曰

"사람의 정에 그 누가 죽음을 아끼지 않겠습니까? 지금 여러 사람이 죽음으로써 왕을 받들고 있는 것은 곧 하늘이 주신 것입니다. 재앙의 기미가 거의 일어나려는데도 왕은 오히려 편안하여 걱정하지 않으시군요. 대왕께서는 비록 자신을 가벼이 여기시더라도 종묘사직은 어찌하려고 하십니까?[수(垂)는 거의라는 뜻이다. 안(晏)은 편안하다는 뜻이다.] 대왕께서 울지경덕의 말을 쓰지 않는다면 울지경덕은 앞으로 초택(草澤)에 몸을 숨기겠습니다. 대왕의 좌우에 머물면서 팔짱을 끼고 죽음을 받을 수는 없습니다."라고 했다.[장(將)은 본래의 뜻이다. 초택(草澤)은 시골이란 말과 같은 것으로 적막한 곳을 말한다. 교수(交手)는 팔짱을 끼는 것을 말한다.] 장손무기가

말하기를

不從敬德之言　事今敗矣　敬德等必不爲王有　無忌亦當相隨而去　不能
復事大王矣[敬德 無忌 詭言逃去 以激太宗 使之速發也]　太宗曰
"울지경덕의 말을 따르지 않는다면 이제 일은 실패할 것이고 울지경덕
등은 반드시 왕을 위해 머물지 않을 것이니, 장손무기도 또한 마땅히
서로 따라 가서 능히 다시 대왕을 섬기지 못할 것입니다."라고 했다.
[경덕(敬德)과 무기(無忌)가 거짓으로 도망가겠다고 말한 것은 태종을 격분시켜 일을 빨리
하려고 해서이다.] 태종이 말하기를

吾所言亦未可全棄　公更圖之　敬德曰
"내가 말한 바도 또한 모두 버릴 수 있는 것은 아니니 공은 다시 그것
을 생각해보시오."라고 하니 울지경덕이 말하기를

王今處事有疑　非智也　臨難不決　非勇也[處 昌呂切 下並同 難 去聲]　且大王
素所畜養勇士　八百餘人　在外者今已入宮　擐甲執兵　事勢已成　大王
安得已乎[畜 許六切]
"왕께서 지금 일을 처리하는데 의심을 갖는 것은 지혜로운 것이 아닙
니다. 어려움에 임하여 결정을 내리는 않는 것은 용기가 아닙니다.[처
(處)는 창려(昌呂)의 반절음으로 아래도 모두 같다. 난(難)은 거성이다.] 또 대왕께서
평소 길러놓은 용맹스런 군사가 800여 명이고, 밖에 있는 사람도 지금
이미 궁에 들어와 갑옷을 두르고 무기를 잡았습니다. 일의 형세가 이
미 이루어졌는데 대왕께서는 어찌 그만두려하십니까?"라고 했다.[축
(畜)은 허육(許六)의 반절음이다.]

太宗訪之府僚　皆曰　齊王凶戾　終不肯事其兄[訪 問也 戾 力霽切 狼也]　比
聞護軍薛實　嘗謂齊王曰[比 近也 此護軍 齊府護軍也 薛 先結切 姓也]　大王之名

合之成唐字　大王終主唐祀　齊王喜曰　但除秦王　取東宮如反掌耳[掌 止
兩切 手心也 反掌 言易也]　彼與太子　謀亂未成　已有取太子之心　亂心無厭
何所不爲[厭 一鹽切 通作猒 足也]　若使二人得志　恐天下非復唐有　以大王
之賢　取二人如拾地芥耳[拾 收拾也 草芥之横在地上者 俯而拾之 言易而必得也]　奈
何徇匹夫之節　忘社稷之計乎　太宗猶未決　衆曰

태종이 부(府)의 관료에게 물으니 모두 말하기를 "제왕(帝王)은 흉악하
고 사나워 끝내 기꺼이 그 형을 섬기지 않을 것입니다.[방(訪)은 묻는다는
뜻이다. 여(戾)는 역제(力霽)의 반절음으로 사납다는 뜻이다.] 근래에 들으니, 호군
(護軍) 설실(薛實)이 일찍이 제왕에게 일러 말하기를[비(比)는 가깝다는 뜻
이다. 여기의 호군(護軍)은 제나라 왕부의 호군이다. 설(薛)은 선결(先結)의 반절음으로 성
이다.] '대왕의 이름을 합하면 당(唐)자를 이루니 대왕께서는 끝내 당나
라 제사를 맡을 것입니다.'라고 하니 제왕이 기뻐하며 말하기를 '다만
진왕(秦王)만을 제거하면 동궁을 취하는 것은 여반장(如反掌)일 뿐이
오.'라고 했답니다.[장(掌)은 지양(止兩)의 반절음으로 손의 중심이다. 손바닥을 뒤
집는다는 반장(反掌)이란 쉽다는 말이다.] 저자가 태자와 더불어 난을 모책하여
일이 이뤄지지 않았는데도 이미 태자를 취할 마음을 가졌습니다. 반역
하는 마음은 만족하는 것이 없으니 무엇을 못하겠습니까?[염(厭)은 일염
(一鹽)의 반절음으로 보통 염(猒)이라고 쓰는데 만족한다는 뜻이다.] 만약 두 사람으
로 하여금 뜻을 얻게 하면 천하를 다시 당나라가 차지하지 않을까 두
렵습니다. 대왕의 현명함으로 두 사람을 취하면 마치 땅의 티끌을 줍
는 것과 같을 뿐입니다.[습(拾)은 수습한다는 뜻이다. 땅 위에 널려있는 풀이나 먼
지를 줍는 것은 쉬우면서 반드시 얻을 수 있음을 말한 것이다.] 어찌하여 필부(匹夫)
의 절개를 따르느라고 사직의 계책을 잊으십니까?"라고 했다. 태종이
아직도 결정을 못하자 여러 사람들이 말하기를

大王以舜爲何如人　曰　聖人也　衆曰　使舜浚井不出　則爲井中之泥
塗廩不下　則爲廩上之灰　安能澤被天下　濡施後世乎　是以小杖則受
大杖則走　蓋所存者大故也[浚 通作濬 深之也 泥 水和土也 塗 圬鏝也 倉有屋曰廩

下 去聲 灰 死火餘燼也 史記曰 舜父瞽瞍盲 而舜母死 瞽瞍更娶妻而生象 象傲 瞽瞍愛後妻子
常欲殺舜 使舜上塗廩 瞽瞍從下縱火焚廩 舜乃以兩笠自扞而下去 得不死 後瞽瞍 又使舜穿井
爲匿空旁出 舜既入深 瞽瞍與象 共下土實井 舜從匿空出去 灋 古法字也 家語曰 曾子耘瓜 誤
斬其根 曾晳怒 以大杖擊背 仆地以不知人 有頃乃甦 孔子聞之 告弟子曰 參來勿納 昔舜之事
瞽瞍 欲使之 未嘗不在於側 索而殺之 未嘗可得 小捶則待過 大杖則逃走 今參事父 委身以待
暴怒 殪而不避 既身死而陷親於不義 不孝孰大焉]

"대왕은 순(舜)을 어떤 사람이라 여기십니까?"라고 하자 말하기를 "성
인이시다."라고 했다. 여러 사람이 말하기를 "순을 깊은 우물에서 나오
지 못하게 했다면 우물 속의 진흙이 되었을 것이고, 흙손질한 곳집에
서 내려오지 못하게 했다면 곳집 위의 재가 되었을 것입니다. 그렇다
면 어찌 능히 혜택을 천하에 입히고 법을 후세에 베풀었겠습니까? 이
러므로 작은 매질은 맞고 큰 매질은 달아나는 것이니 대개 가지고 있
는 뜻이 크기 때문입니다."라고 했다.[준(浚)은 보통 준(濬)으로 쓰는데 깊다는
뜻이다. 니(泥)는 물이 흙과 섞인 것이다. 도(塗)는 흙손질이다. 창고에 지붕이 있는 것을
늠(廩)이라 한다. 하(下)는 거성이다. 회(灰)는 꺼진 불의 남은 찌꺼기이다. 사기에 이르기
를 "순(舜)의 아버지 고수(瞽瞍)는 장님이었다. 순의 어머니가 죽자 고수가 다시 처를 얻어
상(象)을 낳았는데 상은 오만하였다. 고수는 후처의 아들을 사랑하여 항상 순을 죽이려고
했다. 그리하여 순으로 하여금 흙손질한 집에 올라가게 하고는 고수가 밑에서 불을 놓아
곳집을 태웠다. 순은 이내 두 개의 삿갓으로 불을 막고 아래로 내려와 도망쳐 죽지 않았다.
뒤에 고수는 또 순으로 하여금 우물을 파도록 했다. 그러나 몰래 옆으로 도망치는 공간을
만들었다. 순이 깊숙이 들어간 뒤에 고수와 상은 함께 흙을 아래로 부어 우물을 메웠다.
순이 몰래 만든 공간을 따라 나갔다."라고 하였다. 법(灋)은 옛날의 법(法)자이다. 가어(家
語)에 이르기를 "증자(曾子)가 오이 밭을 김매다가 잘못하여 그 뿌리를 잘랐다. 증석(曾晳)
이 노하여 큰 몽둥이로 등짝을 치자 땅에 쓰러져 정신을 잃었다가 조금 있다가 이내 살아
났다."라고 하였다. 공자가 이것을 듣고 제자에게 알려 말하기를 "증삼(曾參)이 오거든 들
이지 말라. 옛날 순(舜)이 고수를 모실 때 일을 시키려고 하면 일찍이 곁에 있지 않은 적이
없었지만 찾아서 죽이려면 일찍이 찾을 수 없었다. 작은 매는 곧 지나가기를 기다리고 큰
매는 도망쳤던 것이다. 지금 증삼이 아버지를 섬긴 것은 사나운 노여움을 기다려서 몸을
맡겨 죽어도 피하지 않았으니 몸이 죽은 뒤에 아버지를 불의에 빠뜨린다면 불효함이 어찌
크다 하지 않겠는가?"라고 했다.]

太宗命卜之 幕僚張公謹 自外來見之 取龜投地曰　卜以決疑 今事在

不疑 尙何卜乎 卜而不吉 庸得已乎 於是定計[說苑曰 靈龜五色 似玉似金 背陰向陽 上高象天 下平法地 投 棄也]

태종이 점을 치라고 명했다. 막료(幕僚) 장공근(張公謹)이 밖에서 오다가 이것을 보고는 거북껍질을 취하여 땅바닥에 던지며 말하기를 "점이란 의문스러운 것을 정할 때 하는 것입니다. 지금 일은 의심할 것이 없는데 오히려 무슨 점입니까? 점을 쳐서 불길하다고 어찌 그만두겠습니까?"라고 했다. 이리하여 계책이 정해졌다.[설원(說苑)에 이르기를 "신령스런 거북은 오색(五色)을 띠었는데 옥 같기도 하고 금 같기도 하며, 음을 등지고 양을 향하며 위는 높아 하늘을 상징하고 아래는 평평하여 땅을 본받았다. 투(投)는 버린다는 뜻이다.]

太宗令無忌 密召玄齡等 曰
태종이 장손무기에게 명하여 몰래 방현령 등을 부르자 그들이 말하기를

敕旨不聽復事王 今若私謁 必坐死 不敢奉敎[從人所欲 謂之聽 坐 被罪也 玄齡之言 亦以激發太宗也] 太宗怒謂敬德曰
"임금의 칙명[敕旨]을 듣지 않으면 다시 왕을 섬길 수 있지만, 지금 만약 사사로이 알현하면 반드시 죄를 입어 죽을 것이니 감히 명을 받들 수 없습니다."라고 했다.[다른 사람을 좇아 하고자 하는 바를 청(聽)이라고 한다. 좌(坐)는 죄를 입는다는 뜻이다. 방현령의 말도 또한 태종을 격발(激發)시킨 것이다.] 태종이 노하여 울지경덕에게 일러 말하기를

玄齡如晦豈叛我邪 取所佩刀 授敬德曰 公往觀之 若無來心 可斷其首以來 敬德往 與無忌共論之曰 王已決計 公宜速入共謀之 吾屬四人 不可群行道中 乃令玄齡如晦著道士服 與無忌俱入 敬德自它道亦至[著 陟略切]

"방현령과 두여회가 어찌 나를 배반하랴."하고는 차고 있던 칼을 취해 울지경덕에게 주며 말하기를 "공이 가서 보고 만약 올 마음이 없다면 그 머리를 베어서 와도 좋다."라고 했다. 울지경덕이 가서 장손무기와

함께 그들을 타일러 말하기를 "왕이 이미 계책을 결정했소. 공은 마땅히 속히 들어가 함께 도모하시오. 우리 무리 4명이 무리를 지어 길을 갈 수는 없소."라고 하고 곧 방현령과 두여회로 하여금 도사(道士) 복장의 옷을 입혀 장손무기와 더불어 함께 들어갔다. 울지경덕도 다른 길로 또한 도착했다.[착(著)은 척략(陟略)의 반절음이다.]

太白復經天[漢天文志曰 太白經天 天下革 民更王 孟康註云 謂出東入西 出西入東也 太白陰星 出東當伏東 出西當伏西 過午 爲經天 晉灼云 日 陽也 日出則星亡 晝見午上 爲經天 劉向五紀論曰 太白少陰 弱不得專行 故以已未爲界不得經天而行 經天則晝見 其占爲兵喪 爲不臣 爲更王 彊國弱 小國彊 六月丁巳太白經天 已未又經天 故云復也] 太史令傳弈密奏 太白見秦分 秦王當有天下[令 如字 唐制 太史令 從五品下 掌觀察天文 稽定曆數 凡日月星辰之變 風雲氣色之異 傳 姓也 見 賢遍切 分 去聲 蔡邕月令章句 自危十度至壁八度 謂之豕韋之次 衛之分野 自壁八度至胃一度 謂之降婁之次 魯之分野 自胃一度至畢六度 謂之大梁之次 趙之分野 自畢六度至井十度 謂之實沈之次 晉之分野 自井十度至柳三度 謂之鶉首之次 秦之分野 自柳三度至張十二度 謂之鶉火之次 周之分野 自張十二度至軫六度 謂之鶉尾之次 楚之分野 自軫六度至亢八度 謂之壽星之次 鄭之分野 自亢八度至尾四度 謂之大火之次 宋之分野 自尾四度至斗六度 謂之析木之次 燕之分野 自斗六度至須女二度 謂之星紀之次 越之分野 自須女二度至危十度 謂之玄枵之次 齊之分野 晉書天文志 用後魏太史令陳卓所言 郡國所入宿度 今亦載之 自軫十二度至氐四度 爲壽星 於辰在辰 鄭分 屬兗州 自氐五度至尾九度 爲大火 於辰在卯 宋分 屬豫州 自尾十度至南斗十一度 爲析木 於辰在寅 燕分 屬幽州 自南斗十二度至須女七度 爲星紀 於辰在丑 吳越分 屬楊州 自須女八度至危十五度 爲玄枵 於辰在子 齊分 屬青州 自危十六度至奎四度 爲諏訾 於辰在亥 衛分 屬斥州 自奎五度至胃六度 爲降婁 於辰在戌 魯分 屬徐州 自胃七度至畢十一度 爲大梁 於辰在酉 趙分 屬冀州 自畢十二度至東井十五度 爲實沈 於辰在申 魏分 屬益州 自東井十六度至柳八度 爲鶉首 於辰在未 秦分 屬雍州 自柳九度至張十六度 爲鶉火 於辰在午 周分 屬三河 自張十七度軫十一度 爲鶉尾 於辰在巳 楚分 屬荊州]

태백(太白)이 다시 하늘을 가로질렀다.[한(漢)나라 천문지(天文志)에 이르기를 "태백이 하늘을 지나면 천하에 혁명이 일어나고 백성은 왕을 바꾼다."라고 하였다. 맹강(孟康)의 주석에서 이르기를 "동쪽에서 떠서 서쪽으로 들어가거나 서쪽에서 떠서 동쪽으로 들어가는 것이다. 태백은 음성(陰星)이니 동쪽에서 뜨면 동쪽으로 들어가는 것이 마땅하고 서쪽에서 뜨면 서쪽으로 들어가는 것이 마땅하다. 그런데 정남쪽[午]으로 지나가는 것을 하늘을 가로질렀다고 한다."라고 했다. 진작(晉灼)은 말하기를 "해[日]는 양이므로 해가 뜨

면 별이 진다. 그런데 낮에 정남쪽 상공에 보이는 것을 하늘을 가로질렀다고 한다."라고
했다. 유향(劉向)은 오기론(五紀論)에서 이르기를 "태백은 소음(少陰)이라 약해서 제멋대
로 갈 수 없다. 따라서 하늘을 가로질러 가지 못하니 다른 쪽을 경계삼지 못한다. 하늘을
지나면 낮에 보이는데 그 점괘는 군대가 상하게 되고 신하노릇을 않게 되며, 왕을 바꾸게
되고 강한 나라가 약해지며 약한 나라가 강해지는 것이다."라고 했다. 6월 정사(丁巳)에
태백이 하늘을 지났는데 기미(己未)에 또 하늘을 지났다. 따라서 다시라고 말한 것이다.]

태사령(太史令) 전혁(傳弈)이 몰래 아뢰기를 "태백이 진(秦)의 분야(分
野)에 보이니 진왕(秦王)이 마땅히 천하를 소유할 것입니다."라고 했
다.[영(令)은 본래의 글자이다. 당나라 제도에 태사령(太史令)은 종5품하인데 천문(天文)
을 관찰하여 역수(曆數) 맞추어 정하고, 무릇 해와 달과 별의 변화와 바람과 구름의 기색의
변이를 맡아보았다. 전(傳)은 성이다. 현(見)은 현편(賢遍)의 반절음이다. 분(分)은 거성이
다. 채옹(蔡邕)의 월영장구(月令章句)에 보면, 위(危) 10도(度)에서 벽(壁) 8도(度)에 이르
기까지는 축위(豕韋)의 차(次)로 위(衛)의 분야(分野)라고 말했다. 벽(壁) 8도에서 위(胃)
1도에 이르기까지는 강루(降婁)의 차로 노(魯)의 분야라고 말했다. 위(胃)의 1도에서 필
(畢) 6도에 이르기까지는 대량(大梁)의 차로 조(趙)의 분야라고 말했다. 필(畢) 6도에서 정
(井) 10도에 이르기까지는 실침(實沈)의 차로 진(晉)의 분야라고 말했다. 정(井) 10도에서
유(柳) 3도에 이르기까지는 순수(鶉首)의 차로 진(秦)의 분야라고 말했다. 유(柳) 3도에서
장(張) 12도에 이르기까지는 순화(鶉火)의 차로 주(周)의 분야라고 말했다. 장(張) 12도에
서 진(軫) 6도에 이르기까지는 순미(鶉尾)의 차로 초(楚)의 분야라고 말했다. 진(軫) 6도에
서 항(尢) 8도에 이르기까지는 수성(壽星)의 차로 정(鄭)의 분야라고 말했다. 우(尢) 8도에
서 미(尾) 4도에 이르기까지는 대화(大火)의 차로 송(宋)의 분야라고 말했다. 미(尾) 4도에
서 두(斗) 6도에 이르기까지는 절목(析木)의 차로 연(燕)의 분야라고 말했다. 두(斗) 6도에
서 수녀(須女) 2도에 이르기까지는 성기(星紀)의 차로 월(越)의 분야라고 말했다. 수녀(須
女) 2도에서 위(危) 10도에 이르기까지는 현효(玄枵)의 차로 제(齊)의 분야라고 말했다. 진
서(晉書) 천문지(天文志)에는 후위(後魏) 태사령(太史令) 진탁(陳卓)이 말한 바를 써서 여
러 지방으로 들어온 별자리의 도수를 말했는데 이제 또한 여기 싣는다. 진(軫) 12도에서
저(氐) 4도에 이르기까지는 수성(壽星)으로 별은 진(辰)에 있으며 정(鄭)의 분야로 연주(兗
州)에 속한다. 저(氐) 5도에서 미(尾) 9구도에 이르기까지는 대화(大火)로 별은 묘(卯)에
있으며 송(宋)의 분야로 예주(豫州)에 속한다. 미(尾) 10도에서 남두(南斗) 11도에 이르기
까지는 절목(析木)으로 별은 인(寅)에 있으며 연(燕)의 분야로 유주(幽州)에 속한다. 남두
(南斗) 12도에서 수녀(須女) 7도에 이르기까지는 성기(星紀)로 별은 축(丑)에 있으며 오월
(吳越)의 분야로 양주(楊州)에 속한다. 수녀(須女) 8도에서 위(危) 15도에 이르기까지는 현
효(玄枵)로 별은 자(子)에 있으며 제(齊)의 분야로 청주(靑州)에 속한다. 위(危) 16도에서
규(奎) 4도에 이르기까지는 추자(諏訾)로 별은 해(亥)에 있으며 위(衛)의 분야로 척주(斤

州)에 속한다. 규(奎) 5도에서 위(胃) 6도에 이르기까지는 강루(降婁)로 별은 술(戌)에 있
으며 노(魯)의 분야로 서주(徐州)에 속한다. 위(胃) 7도에서 필(畢) 11도에 이르기까지는
대량(大梁)으로 별은 유(酉)에 있으며 조(趙)의 분야로 기주(冀州)에 속한다. 필(畢) 12도
에서 동정(東井) 15도에 이르기까지는 실침(實沈)으로 별은 신(申)에 있으며 위(魏)의 분야
로 익주(益州)에 속한다. 동정(東井) 16도에서 유(柳) 8도에 이르기까지는 순수(鶉首)로 별
은 미(未)에 있으며 진(秦)의 분야로 옹주(雍州)에 속한다. 유(柳) 9도에서 장(張) 16도에
이르기까지는 순화(鶉火)로 별은 오(午)에 있으며 주(周)의 분야로 삼하(三河)에 속한다.
장(張) 17도에서 진(軫) 11도에 이르기까지는 순미(鶉尾)로 별은 사(巳)에 있으며 초(楚)의
분야로 형주(荊州)에 속한다.]

高祖以其狀授太宗[狀 牒也]　於是太宗密奏建成元吉　淫亂後宮　且曰
고조가 그 문서를 태종에게 주었다.[장(狀)은 문서이다.] 이에 태종이 몰래
건성과 원길이 후궁과 음란한 일이 있었던 것을 알리고 또 말하기를

臣於兄弟　無絲毫負　今欲殺臣　似爲世充建德報讎[爲 去聲 太宗討王世充 竇
建德事 詳見下第五十八章]　臣今枉死　永違君親　魂歸地下　實恥見諸賊[枉
抑屈也]　高祖省之愕然　報曰　明當鞫問　汝宜早參[省 所景切 省察也 報 告也
明 謂明日也 參 謂朝參也]　明日太宗帥無忌等　入伏兵於玄武門[玄武門 宮城北
門也]　張婕妤竊知太宗表意　馳語建成[張婕妤 建成所私通者也]　建成召元吉
謀之　元吉曰
"신이 형제에게 털끝만한 잘못도 없는데 이제 신을 죽이려고 하는 것
은 흡사 왕세충(王世充)과 두건덕(竇建德)을 위해 원수를 갚으려고 하
는 것입니다.[위(爲)는 거성이다. 태종이 왕세충과 두건덕을 친 일은 아래 제58장에
자세히 나타나 있다.] 신이 이제 억울하게 죽어 어버이와 영원히 떨어지고,
혼이 지하로 돌아가면 실로 여러 도적을 뵙기가 부끄러울 것입니다.[왕
(枉)은 억울하다는 뜻이다.] 고조가 그를 살피고 놀라 알리기를 "명일 마땅
히 국문할 것이니 너는 마땅히 일찍 참석하라."라고 했다.[성(省)은 소경
(所景)의 반절음으로 살핀다는 뜻이다. 보(報)는 알린다는 뜻이다. 명(明)은 다음날을 말한
다. 참(參)은 조회에 참석하는 것을 말한다.] 다음날 태종이 장손무기 등을 이끌

고 들어가 현무문(玄武門) 병사를 매복시켜 놓았다. [현무문(玄武門)은 궁성
북쪽 문이다.] 장첩여(張婕妤)가 몰래 태종의 뜻을 알고 말을 달려서 건
성에게 말했다. [장첩여는 건성이 사사로이 통하는 자이다.] 건성이 원길을 불러
모의하였다. 원길이 말하기를

宜勒宮府兵　託疾不朝　以觀形勢 [勒 猶戒嚴也 朝 馳遙切]　建成曰　兵
備已嚴　當與弟入參　自問消息　乃俱入趣玄武門 [消息 音信也 趣 七喩
切 下並同]
"마땅히 궁부(宮府)의 군사를 단속하고, 병을 핑계로 조회에 참석
하지 말고 형세를 관망하십시오."라고 했다. [늑(勒)은 엄히 단속하는 것
과 같다. 조(朝)는 치요(馳遙)의 반절음이다.] 건성이 말하기를 "병사들의
방비는 이미 엄해졌으니 마땅히 동생과 더불어 조정에 들어가 스
스로 소식을 묻겠다."라고 하고 곧 현무문(玄武門)으로 달려 들어
갔다. [소식(消息)은 음신(音信)이다. 취(趣)는 칠유(七喩)의 반절음으로 아래도 모
두 같다.]

高祖時已召寂瑀叔達等　欲按其事　建成元吉　至臨湖殿　覺變　即
跋馬東歸宮府 [跋 蒲撥切 廻也 跋馬者 搖駷馬銜 偏促一轡 又以兩足搖鼓馬腹 使
之回走也]　太宗從而呼之　元吉張弓射太宗　再三不彀 [射 食亦切 下並同
彀 音構 弓滿也 控弦不開 所以不至於彀 蓋倉黃失措也]
고조는 이때 이미 배적, 소우, 진숙달 등을 불러 이 일을 살피고
있었다. 건성과 원길이 임호전(臨湖殿)에 이르러 변고가 있음을 깨
닫고 곧 발마(跋馬)하여 동쪽 궁부로 돌아갔다. [발(跋)은 포발(蒲撥)의
반절음으로 돈다는 뜻이다. 발마(跋馬)는 말의 재갈을 흔들고 채찍으로 치며 한쪽
고삐를 잡아당기고 또 두 발로 말의 복부를 차서 돌아 달리는 것이다.]　태종이
쫓으며 부르니 원길이 활을 당겨 태종을 쏘나 재삼(再三) 당겨지
지 않았다. [석(射)은 식역(食亦)의 반절음으로 아래도 모두 같다. 구(彀)는 음이
구(構)로 활을 힘껏 당기는 것이다. 활시위를 당겼는데 열리지 않아 끝까지 당겨지
지 않은 것은 대개 매우 급하여 잘못했기 때문이다.]

太宗射建成殺之　敬德將七十騎繼至 [將 即亮切]　左右射元吉墜馬　太

宗馬逸入林下　爲木枝所絓　墜不能起[逸 奔也 絓 音挂 罥也]　元吉遽
至　奪弓將扼之　敬德躍馬叱之[扼 音厄 搤也]　元吉步欲趣武德殿
敬德追射殺之　翊衛車騎將軍馮立　聞建成死　歎曰

태종이 건성을 쏘아 죽였다. 울지경덕이 70기병을 거느리고 이어
서 다다랐다.[장(將)은 즉량(即亮)의 반절음이다.] 좌우에서 원길을 쏘아
말에서 떨어뜨렸다. 태종의 말이 달리다가 수풀 밑으로 들어가니
나뭇가지에 걸려 떨어져 일어날 수 없었다.[일(逸)은 달린다는 뜻이다.
괘(絓)는 음이 괘(挂)로 얽힌다는 뜻이다.] 원길이 급히 와서 활을 빼앗아
그를 누르려고 했는데 울지경덕이 말을 달려 뛰어가 그를 꾸짖었
다.[액(扼)은 음이 액(厄)으로 누른다는 뜻이다.] 원길이 걸어서 무덕전(武
德殿)으로 가려했다. 울지경덕이 따라가 그를 쏘아 죽였다. 익위거
기장군(翊衛車騎將軍) 풍립(馮立)이 건성이 죽었다는 것을 듣고 탄
식하여 말하기를

豈有生受其恩　而死逃其難乎[太子左右衛率府所領　亦有親勳翊三衛府　將 即
亮切 下並同]　乃與副護軍薛萬徹　屈咥直府左車騎謝叔方　帥東宮齊
府精兵二千　馳趣玄武門[咥 徒結丑栗二切 屈咥直即驅咥直也 屬帳內府 一說
屈咥 姓名也 謝 詞夜切 姓也]　公謹多力　獨閉關以拒之　不得入　雲麾
將軍敬君弘　掌宿衛兵　屯玄武門　挺身出戰[關 以木橫持門戶者也 雲麾
將軍 梁百二十五號將軍之一也 唐爲武散階 從三品上 敬 姓也 挺 徒鼎切 引也]　所
親之止曰

"살아서 그 은혜를 받았는데, 죽었다고 그 어려움에서 도망치랴?"
하고[태자좌우위(太子左右衛)에서 부(府)를 거느려 다스렸는데 또한 친훈익삼위부
(親勳翊三衛府)를 두었다. 장(將)은 즉량(即亮)의 반절음으로 아래도 모두 같다.]
곧 부호군(副護軍) 설만철(薛萬徹)과 굴절직부좌거기(屈咥直府左車
騎) 사숙방(謝叔方)과 더불어 동궁(東宮)과 제부(齊府)의 정병 2천
명을 거느리고 현무문(玄武門)으로 말을 달려갔다.[절(咥)은 도결(徒
結), 축율(丑栗)의 두 반절음이 있다. 굴절직(屈咥直)은 곧 구절직(驅咥直)으로 장내
부(帳內府)에 속한다. 일설에 굴절(屈咥)은 성명이라고도 한다. 사(謝)는 사야(詞夜)
의 반절음으로 성이다.] 장공근이 힘이 세어 홀로 관문을 닫고서 막으
니 들어올 수 없었다. 운휘장군(雲麾將軍) 경군홍(敬君弘)이 숙위

병을 거느리고 현무문(玄武門)에 주둔하다가 몸을 빼어 출전하려는데 [관(關)은 나무로 문을 가로 질러 놓은 것이다. 운휘장군(雲麾將軍)은 양(梁)의 125호 장군의 하나이다. 당나라에서는 무산계(武散階)로 종3품상이었다. 경(敬)은 성이다. 정(挺)은 도정(徒鼎)의 반절음으로 빼어낸다는 뜻이다.] 친한 사람이 저지하며 말하기를

事未可知 且徐觀變 俟兵集成列而戰 未晚也 君弘不從 與中郎將呂世衡 大呼而進 皆死之[唐諸衛中郎將 皆正四品下 太子三府 亦有中郎將 從四品上 呼 火故切]

"일이란 가히 알 수 없으니 장차 천천히 변하는 것을 보고, 군사가 모여 대열을 이루는 것을 기다렸다가 싸워도 늦지 않는다."라고 했다. 경군홍이 이를 따르지 않고 중랑장(中郎將) 여세형(呂世衡)과 더불어 크게 소리 지르며 나가더니 모두 죽었다.[당나라는 여러 위(衛)의 중랑장(中郎將)을 모두 정4품하로 했다. 태자삼부(太子三府) 또한 중랑장이 있었는데 종4품상이었다. 호(呼)는 화고(火故)의 반절음이다.]

守門兵 與萬徹等 力戰良久 萬徹鼓譟欲攻秦府 將士大懼[譟 先到切 群呼也] 敬德持建成元吉首示之 宮府兵遂潰 萬徹與數十騎 亡入終南山[亡 逃也 終南山 在武功縣西南] 立旣殺君弘 謂其徒曰

문을 지키는 병사들과 설만철 등이 오랫동안 힘써 싸웠는데, 설만철이 북을 치고 소리치며 진왕부를 공격하려고 하니 장병들이 크게 두려워했다.[조(譟)는 선도(先到)의 반절음으로 여럿이 소리치는 것이다.] 울지경덕이 건성과 원길의 머리를 가지고 보여주자 궁부(宮府)의 군대가 드디어 어지러워졌다. 설만철이 수십 기병과 함께 종남산(終南山)으로 도망쳐 들어갔다.[망(亡)은 도망친다는 뜻이다. 종남산(終南山)은 무공현(武功縣) 서남쪽에 있다.] 풍립이 경군홍을 죽인 뒤에 그 무리에게 일러 말하기를

亦足以少報太子矣 遂解兵逃於野 高祖方泛舟海池[太極宮中有三海池 東海池 在玄武門內之東 近凝雲閣 北海池 在玄武門內之西 又南有南海池 近咸池殿] 太宗使敬德入宿衛 敬德擐甲持矛 直至高祖所[所 處所也] 高祖大驚

問曰

"또한 조금이나마 태자에게 보답했으니 족하다."라고 하고 마침내 군대를 해산하고 시골로 달아났다. 고조가 막 해지(海池)에 배를 띄우고 있었다.[태극궁(太極宮) 안에 세 해지(海池)가 있었다. 동해지(東海池)는 현무문(玄武門) 안 동쪽 응운각(凝雲閣) 가까운 곳에 있었다. 북해지(北海池)는 현무문 안 서쪽에 있었고 또 남쪽으로 남해지(南海池)가 함지전(咸池殿) 가까이에 있었다.] 태종이 울지경덕을 시켜 들어가 숙위하도록 하니 경덕이 갑옷을 입고 창을 지니고 곧바로 고조의 처소에 이르렀다.[소(所)는 처소(處所)이다.] 고조가 크게 놀라 묻기를

今日亂者誰邪　卿來此何爲　對曰

"오늘의 난리를 일으킨 자는 누구이고, 경은 어찌하여 여기에 왔느냐?"라고 하니 대답하기를

秦王以太子齊王作亂　擧兵誅之　恐驚動陛下　遣臣宿衞　高祖謂裵等曰

"진왕(秦王)이 태자와 제왕이 난을 일으켜서 군대를 일으켜 그들을 죽였습니다. 그리고 폐하를 놀라게 하여 출동시킬까봐 걱정하여 신을 보내 숙위케 하였습니다."라고 하였다. 고조가 배적 등에 일러 말하기를

不圖今日　乃見此事　當如之何　瑀叔達曰

"오늘의 일을 생각지 못했는데 이 일을 보니 어찌하는 게 좋겠는가?"라고 하였다. 소우와 진숙달이 말하기를

建成元吉　本不預義謀　又無功於天下　疾秦王功高望重　共爲姦謀　今秦王已討而誅之　秦王功盖宇宙　率土歸心[天地四方曰宇　徃古來今曰宙　率 循也 詩曰 率土之濱 莫非王臣]　陛下若處以元良　委之國務　無復事矣[記曰 一有元良 萬邦以貞 世子之謂也 委 屬也 任也]　高祖曰

"건성과 원길은 본래 의로운 모의에 참예치 않았고 또 천하에 공도 없었습니다. 그래서 진왕의 공이 높고 신망이 두터워지는 것을

미워하여 함께 간사한 모책을 꾸몄습니다. 이제 진왕이 이미 쳐서 그들을 죽였습니다. 진왕의 공은 우주를 덮었고, 천하[率土]가 (진왕에게) 마음을 돌렸습니다. [천지사방(天地四方)을 우(宇)라 한다. 옛날부터 지금에 이르기까지를 주(宙)라 한다. 솔(率)은 두루라는 뜻이다. 시경에 이르기를 "천하의 바닷가까지 임금의 신하 아님이 없다."라고 하였다.] 폐하께서 만약 세자[元良]로 삼아 나라 일을 맡기신다면 다시는 일이 없을 것입니다."라고 했다. [사기에 이르기를 "일단 원량(元良)이 있다면 만방(萬邦)이 고요해질 것이다."라고 하였는데 세자(世子)를 말한 것이다. 위(委)는 부탁한다, 맡긴다의 뜻이다.] 고조가 말하기를

善 此吾之夙心也[夙 蘇玉切 早也] 時宿衛及秦府兵 與二宮左右 戰猶未已 敬德請降手敕 令諸軍並受秦王處分[令 平聲 分 去聲 區處曰處 分別曰分 一說 處者 至也 定也 分者 所當然也] 高祖從之 衆然後定 高祖召太宗撫之曰

"좋다. 이것은 내가 일찍이 가지고 있었던 마음이다."라고 했다. [숙(夙)은 소옥(蘇玉)의 반절음으로 일찍이라는 뜻이다.] 이때 숙위하는 군사와 진왕부의 군사가 두 궁의 좌우와 더불어 싸우고 있었는데 일찍이 끝나지 않았다. 울지경덕이 수칙을 내려 군사들 모두 진왕의 처분을 받도록 영을 내릴 것을 청했다. [영(令)은 평성이다. 분(分)은 거성이다. 구분하여 처리하는 것을 처(處)라 하고 분별하는 것을 분(分)이라 한다. 일설에 처(處)는 이른다, 정한다의 뜻이고 분(分)은 당연한 것을 말한다고 한다.] 고조가 그것을 따르자 모든 일이 그런 뒤에 안정되었다. 고조가 태종을 불러 어루만지며 말하기를

近日以來 幾有投杼之惑[幾 平聲 杼 直呂切 機之持緯者 盖今所謂棱也 史記曰 昔者曾子處費 費人有與曾子同姓名者殺人 人告曾子母曰 曾參殺人 其母織自若 有頃 一人又告之曰 曾參殺人 頃又一人告之曰 曾參殺人 其母投杼 踰壇而走] 太宗跪吮高祖乳 號慟久之[吮 才兗切 嗽也 嗽 含吸也 乳 而主切 湩也 號 平聲] 建成元吉諸子皆坐誅 諸將又欲盡誅建成元吉左右百餘人 敬德固爭曰[爭 去聲]

"요즈음 들어서 거의 북을 던지는 미혹함이 있었다."라고 하자[기(幾)는 평성이다. 저(杼)는 직려(直呂)의 반절음으로 베틀의 씨줄을 잡는 것인데, 대개 지금의 이

른바 북[梭]이라고 말하는 것이다. 사기에 이르기를 "옛날 증자(曾子)가 비(費)땅에 있을 때, 비땅 사람 중에 증자와 같은 성명을 가진 자가 살인을 하였다. 사람들이 증자의 어머니에게 알려 말하기를 '증삼(曾參)이 살인을 했습니다.'라고 하니 그 어머니가 베를 짜면서 태연자약하였다. 잠깐 뒤에 한 사람이 또 알려 말하기를 '증삼이 살인을 했습니다.'라고 하니 그 어머니가 북을 내던지며 담을 넘어 달아났다."라고 하였다.] 태종이 무릎을 꿇고 고조의 젖을 빨며 오랫동안 서럽게 울었다.[윤(吮)은 재연(才兗)의 반절음으로 빤다는 뜻이다. 삭(嗽)은 머금어 마신다는 뜻이다. 유(乳)는 이주(而主)의 반절음으로 젖이다. 호(號)는 평성이다.] 건성과 원길의 여러 자식들이 모두 죄에 걸려 베어졌다. 여러 장수들이 또한 건성과 원길의 좌우 백여 명을 모두 베어 죽이려고 하였다. 울지경덕이 진실로 간쟁하여 말하기를[쟁(爭)은 거성이다.]

罪在二凶　既伏其誅　若及支黨　非所以求安也　乃止
"죄는 두 원흉에게 있고, 이미 그들을 굴복시켜 베어 죽였습니다. 만약 작은 무리에게까지 미친다면 안정을 구하는 것이 아닙니다."라고 하니 이내 그만 두었다.

遂立太宗爲皇太子　初徵常勸建成　早除秦王　及建成敗　太宗召徵謂曰

드디어 태종을 세워 황태자로 삼았다. 처음에 위징이 항상 건성에게 권하여 빨리 진왕을 없애라고 했다. 그러나 건성이 패하자 태종이 위징을 불러 말하기를

汝何爲離間我兄弟[間 去聲]　衆爲之危懼　徵擧止自若　對曰　先太子早從徵言　必無今日之禍[爲 去聲 自若 如故也]　太宗素重其才　改容禮之　引爲詹事主簿　亦召珪於巂州　以爲諫議大夫[唐制 諫議大夫四人 正四品下 掌諫議得失侍從贊相]
"너는 어찌하여 우리 형제를 이간질하였느냐?"라고 했다.[간(間)은 거성이다.] 여러 사람들은 위징을 생각하여 두려워했으나, 위징은 행동거지가

태연자약하며 말하기를 "이전 태자께서 일찍이 저 위징의 말을 따랐다면 반드시 오늘의 화는 없었을 것입니다."라고 했다.[위(爲)는 거성이다. 자약(自若)은 옛날과 같다는 말이다.] 태종은 평소에 그 재주를 중히 여겼으므로 얼굴빛을 고치고 예로써 이끌어 첨사주부(詹事主簿)로 삼았다. 또한 왕규를 수주(雟州)로 불러 간의대부(諫議大夫)로 삼았다.[당나라 제도에 간의대부는 4명으로 정4품하였다. 이들은 간하여 득실을 따지고 임금을 좇아 모시며 재상을 돕는 일을 맡았다.]

後太宗宴近臣於丹霄殿[鳳翔府麟遊縣西五里 有九成宮 宮有丹霄殿]　無忌曰
나중에 태종이 가까운 신하들에게 단소전(丹霄殿)에서 잔치를 베풀었는데[봉상부(鳳翔府) 인유현(麟遊縣) 서쪽 5리에 구성궁(九成宮)이 있는데 궁에 단소전이 있다.] 장손무기가 말하기를

王珪魏徵　昔爲仇讎　不謂今日得同此宴　太宗曰
"왕규와 위징은 지난날의 원수인데, 오늘 이 잔치를 함께하는 것은 말이 안 됩니다."라고 하니 태종이 말하기를

徵珪盡心所事　故我用之
"위징과 왕규는 맡은 바 일에 마음을 다했다. 그러므로 내가 그들을 쓴 것이다."라고 말했다.

高麗恭愍王　以 桓祖爲朔方道兵馬使[使 去聲 下同]　御史臺上疏以爲　李[桓祖諱]本東北面人也　又其界千戶也　不可以爲兵馬使而鎭守[上 上聲 疏 所據切]　王不允　設宴于火兒赤廳　賜慰[火兒赤廳 火兒赤所會之處也 火兒赤 衛士之名也 後改爲近侍衛]　宰樞設宴于會賓門以慰之[高麗時 省宰樞密 謂之宰樞 松京羅城南門曰會賓在燈盞巖里 俗稱南大門]　桓祖至北道未幾　馳報本國人入彼土者皆順命出來[幾 居豈切 彼土 謂野人之地也]
고려 공민왕이 환조(桓祖)를 삭방도병마사(朔方道兵馬使)로 삼았다.

[사(使)는 거성으로 아래도 같다.] 어사대(御史臺)에서 다음과 같이 상소(上疏)하였다. "이(李)[환조의 이름[諱]이다.]는 본래 동북면 사람이고 또 그 땅의 천호(千戶)였으므로 그곳의 병마사를 삼아 진(鎭)을 지키게 할 수는 없습니다."라고 하였다.[상(上)은 상성이다. 소(疏)는 소거(所據)의 반절음이다.] 왕은 윤허하지 않고 화아적청(火兒赤廳)에서 잔치를 베풀어 위로를 하였다.[화아적청(火兒赤廳)은 화아적(火兒赤)이 모이는 곳이다. 화아적은 위사(衛士)의 이름이다. 뒤에 고쳐서 근시위(近侍衛)라 하였다.] 재추(宰樞)가 회빈문(會賓門)에서 잔치를 베풀어 그를 위로했다.[고려 때 성재추밀(省宰樞密)을 재추(宰樞)라고 말했다. 송경(松京) 나성(羅城)의 남쪽 문을 회빈(會賓)이라 했는데 등잔암리(燈盞巖里)에 있었고 이를 속칭 남대문(南大門)이라 하였다.] 환조가 북도(北道)에 도착한지 얼마 안 되어 급보[馳報]가 왔는데 본국 사람으로서 저들 땅에 들어갔던 사람들이 모두 명을 따라 나왔다는 것이었다.[기(幾)는 거기(居豈)의 반절음이다. 저쪽 땅[彼土]이란 야인의 땅을 말한다.]

龍飛御天歌卷第五

第二十七章

【언해문】·큰 화·리 常例 아·니·샤 :얻즈·바 ᄀ·초ᅀ·바
濟世才·를 後人·이 ·보·ᅀᆞᇦ·니

【현대역】큰 활이 상례(常例) 아니시어 얻어 감추어 제세재(濟世才)
를 후인(後人)이 뵈오니.

【언해문】·큰 ·사·리 常例 아·니·샤 ·보시·고 더·디시·나
命世才·를 即日·에 깃그·시·니

【현대역】큰 살이 상례(常例) 아니시어 보시고 던지시나 명세재(命世
才)를 즉일(即日)에 기꺼워하시니.

【언해문 분석】

1. 아니샤 : 아니시어, 아니사

   분석하면 '아니-(어간) + -샤-(주체 높임 선어말 어미) + (-아)
   (부사형 연결 어미)'와 같다.

2. 얻즈바 : 얻어

   기본형이 '얻다(得)이다. 분석하면 '얻-(어간) + -즈-(객체 높임
   선어말 어미) + -아(부사형 연결 어미)'와 같다. 선어말 어미 '-즈
   -'은 앞 음절 말 'ㄷ'아래 쓰인다. '얻어'의 객체는 당태종의 '활'이
   다. 당태종을 높이기 위해 그 소유물을 존대하고 있다.

3. ᄀ초ᅀᄫᅡ : 감추어

기본형이 'ᄀ초다'로 현대어의 '갖추다(備)'이다. 그런데 'ᄀ초다'는 조선 초기에는 '감추다(藏)'로 많이 쓰였고 '갖추다(備)'는 대개 'ᄀ초ᄒ다'로 쓰였다. 따라서 분석하면 'ᄀ초-(어간) + -ᅀᆞ-(객체 높임 선어말 어미) + -아(부사형 연결 어미)'와 같다.

> 가. 제 ᄲᅳᆯ란 ᄀ초고… 〈月釋一, 四五〉
> 나. 네 고ᄫᆫ 양지며 뒷논 지조를 다 ᄀ초ᄒ야 뵈야〈月釋七, 一五.〉

위 예문에서 (가)는 '감추다(藏)'로 (나)는 '갖추다(備)'로 쓰이고 있다. 'ᄀ초다〉곰초다'는 어중에 'ㅁ'이 첨가된 것이다.

어간 'ᄀ초-'는 본래 '굿다'의 어간 '굿-'에서 파생된 타동사이다. 즉 '굿- + -호'가 연철표기된 것이다. 선어말 어미 '-ᅀᆞ-'은 앞 음절이 유성음 사이에서 쓰인다.

4. 더디시나 : 던지시나

기본형이 '더디다(擲)'이다. 분석하면 '더디-(어간) + -시-(주체 높임 선어말 어미) + -나(대조의 부사형 연결 어미)'와 같다. '더디다〉던지다'는 어중에 'ㄴ'이 첨가된 것이다.

5. 깃그시니 : 기꺼워하시니, 기뻐하시니

기본형이 '깄다'로 '기뻐하시다'의 뜻이다. 분석하면 '깄-(어간) + -으시-(주체 높임 선어말 어미) + -니(상대 높임 평서형 종결 어미)'와 같다.

【한문】大弧匪常 得言藏之 濟世之才 後人相之[言 辭也 相思 將切 省視也]

【현대역】 큰 활이 보통이 아니어서 (돌궐이 이 활을) 얻어 감추어 세상을 구제하는 재주를 후세 사람들이 보도다.[언(言)은 어조사이다. 상(相)은 사장(思將)의 반절음으로 살펴보는 것이다.]

【한문】 大箭匪常　見焉擲之　命世之才　卽日懌之[懌 夷益切 悅也]

【현대역】 큰 화살이 보통이 아니어서 (환조가 이것을) 보시고 던지시나 세상에 뛰어난 재주를 바로 그 날에 기뻐하도다.[역(懌)은 이익(夷益)의 반절음으로 기뻐한다는 뜻이다.]

【주(註)】

唐太宗弧矢制倍於常　逐劉黑闥　黑闥於肥鄕列陣[肥鄕 縣名 屬磁州 在洺州東南三十五里]　太宗親率左右擊之　有一突厥　勇壯絶人　直衝太宗　刃將接[絶 超也 謂相去遼遠也]　太宗以天策上將大箭射之　中心洞背　應弦而斃[將 卽亮切 射 食亦切 中 去聲 洞 貫也]　遂傳此箭於北蕃　突厥見而驚歎以爲神　後得大弓一　長矢五　藏之武庫　世寶之[武庫 以藏兵器]

당(唐)나라 태종(太宗)의 활과 화살은 보통 것보다 두 배 되게 만들었다. 유흑달(劉黑闥)을 쫓으니 유흑달이 비향(肥鄕)에 진을 쳤다.[비향(肥鄕)은 현의 이름이다. 자주(磁州)에 속하는데 낙주(洺州) 동남쪽 35리에 있다.] 태종이 몸소 좌우를 이끌고 그를 쳤다. 어떤 한 돌궐의 뛰어난 용맹한 장수가 곧바로 태종과 맞부딪쳐 칼이 닿을 정도가 되었다.[절(絶)은 뛰어나다는 뜻으로 서로의 거리가 멀고 먼 것을 말한다.] 태종이 천책상장(天策上將)의 큰 화살로 쏘아 심장을 맞추어 등을 꿰뚫으니 활시위 소리에 응해 죽었다.[장(將)은 즉량(卽亮)의 반절음이다. 석(射)은 식역(食亦)의 반절음이다. 중(中)은 거성이다. 통(洞)은 꿰뚫는다는 뜻이다.] 드디어 이 화살이 북번(北蕃)에 전해졌는데 돌궐이 보고 놀라 탄복하며 신령스럽게 여겼다. 뒤에 큰 활 하나와 긴 화살 다섯 대를 얻어 무기고에 넣어두고 대대로 보물로 삼았다.[무고(武庫)는 무기를 넣어두는 곳이다.]

太祖好射大哨鳴鏑[好 去聲 哨 所敎思邀二切 鏑 音嫡 箭鏃也 鳴鏑 鳴箭也 箭有鈴響 於

笴端著鏃之處 爲哨開小竅 矢飛急則淩風而鳴] 不用竹而以楛爲幹 羽之以鶴翎

闊而長[楛 音戶 似荊而赤 可以爲矢 肅愼氏貢楛矢者是也 笴 或作幹 古旱切 箭幹也 羽者

箭翎也 鶴 鳥名 長頸竦身高脚頂赤身白頭尾黑 翎 郎丁切 羽也 闊 苦活切 廣也] 用麋角

爲哨 大如梨[麋 旻悲切 鹿屬 梨 果名也] 鏃重而幹長 不類常矢 弓力亦倍

於常[鏃 作木切 矢末也 江南言箭金 山東言箭足也 類 似也]

태조는 태초명적(大哨鳴鏑)을 쏘기를 좋아했다.[호(好)는 거성이다. 초(哨)
는 소교(所敎), 사요(思邀)의 두 반절음이 있다. 적(鏑)은 음이 적(嫡)으로 화살촉이다. 명
적(鳴鏑)은 명전(鳴箭)으로 방울소리가 나는 화살이다. 화살대 끝의 화살촉 붙이는 곳에
작은 구멍을 내어 호루라기를 만들면 화살이 빨리 날 때 곧 바람을 가르며 운다.] 화살
대[幹]를 대나무를 사용하지 않고 호(楛)나무를 썼으며, 깃은 학의 깃
털을 썼는데 넓고 길었다.[호(楛)는 음이 호(戶)로 흡사 가시나무와 비슷한데 붉으
며 이것으로 화살을 만들 수 있다. 숙신씨(肅愼氏)가 호나무로 만든 화살을 바쳤다고 한
것이 이것이다. 가(笴)는 혹 간(幹)이라고 쓰는데 고한(古旱)의 반절음으로 화살대이다. 우
(羽)는 화살 깃이다. 학(鶴)은 새 이름이다. 목은 길고 몸은 우뚝하며, 다리는 길고 정수리
는 붉으며, 몸은 희고 머리와 꼬리는 검다. 영(翎)은 낭정(郞丁)의 반절음으로 깃이다. 활
(闊)은 고활(苦活)의 반절음으로 넓다는 뜻이다.] 사슴의 뿔을 사용하여 호루라기
를 만드는데 크기가 배만하였다.[미(麋)는 민비(旻悲)의 반절음으로 사슴의 등속
이다. 이(梨)는 과실 이름이다.] 화살촉이 무겁고 대가 길어서 보통의 화살과
는 다르고 활의 힘도 또한 보통의 것보다 배가 되었다.[족(鏃)은 작목(作
木)의 반절음으로 화살의 끝이다. 강남(江南)에서는 전금(箭金)이라고 말하고 산동(山東)
에서는 전족(箭足)이라고 말한다. 유(類)는 비슷하다는 뜻이다.]

少時從 桓祖獵 桓祖取矢觀之 曰 非人所用也 遂擲於地[少 詩照切] 太

祖拾之 揷於笴立於前[拾 掇也 揷 測洽切 刺入也 笴 尹竦切 箭室也] 有一麞出

太祖馳射 一矢而斃[射 食亦切 下同] 又一麞出 亦如之 如是者七 桓祖大

悅而笑 又 太祖嘗從 桓祖出獵 走馬氷崖 射軛中之 無一脫去[崖 或作崖

宜佳切 山邊也 中 去聲] 野人驚歎曰 舍人天下無敵[漢書註 舍人 親近左右之通稱

也 後遂爲私屬官號 今中國謂有官守者之子 無職者爲舍人]

(태조가) 어릴 때 환조를 따라 사냥 갔는데, 환조가 (태조의) 화살을 취해보고 말하기를 "사람이 쓸 것이 못 된다."하고 드디어 땅에 던져버렸다.[소(少)는 시조(詩照)의 반절음이다.] 태조가 그것을 주워 화살집에 꽂아 앞에 세워 놓았다.[습(拾)은 줍는다는 뜻이다. 삽(挿)은 측흡(測洽)의 반절음으로 안으로 찔러둔다는 것이다. 용(筩)은 윤송(尹竦)의 반절음으로 화살집이다.] 어떤 노루 한 마리가 나오자 태조가 말을 달려 쏘아 화살 한 발로 죽였다.[석(射)은 식역(食亦)의 반절음으로 아래도 같다.] 또 노루 한 마리가 나오자 또한 그와 같이 하였다. 이와 같이 일곱 번을 하였다. 환조가 크게 기뻐하며 웃었다. 또 태조가 일찍이 환조를 좇아 사냥을 나가서는 빙판의 벼랑에서 말을 달리며 화살을 쏘는데 번번이 명중시키니 한번도 빗나가지 않았다.[애(厓)는 혹 애(崖)로 쓰는데 의가(冝佳)의 반절음으로 산비탈이다. 중(中)은 거성이다.] 야인들이 놀라 탄복하기를 "사인(舍人)은 천하무적(天下無敵)이다."라고 했다.[한서(漢書)의 주석에서, 사인(舍人)은 좌우에 친근한 사람의 통칭이라고 했다. 뒤에 마침내 개인적으로 부리는 사람에게 붙이는 이름이 되었다. 지금 중국에서는 관직이 있는 자의 아들로 직책이 없는 자를 사인이라 말한다.]

第二十八章

【언해문】負·의 지·븨 ·가·샤 避仇홇 소·닉 :마·리 兩漢 故事·애 :엇더ᄒ·니잇·고[兩漢 前後漢也]

【현대역】 원(負)의 집에 가시어 피구(避仇)할 손[客]의 말이 양한고사(兩漢故事)에 어떠합니까?[양한(兩漢)은 전한(前漢)과 후한(後漢)이다.]

【언해문】아·바:님 :뒤·헤 ·셔·샤 赴京홇 소·닉 :마·리 三韓 今日·에 :엇더ᄒ·니잇·고

【현대역】 아버님 뒤에 서시어 부경(赴京)할 손[客]의 말이 삼한(三韓) 금일(今日)에 어떠합니까?

【언해문 분석】

1. 지븨 : 집에
   '의'는 특이 처격 조사이다. 본래 처격은 처격 조사 '애/에, 예'만으로 충분히 표시할 수 있는데도 어떤 명사는 특수하게 '익/의'를 처격 조사로 취하는데 이 경우가 바로 그렇다. 따라서 '지븨'를 분석하면 '집(명사) + 의(처격 조사)'와 같다.

2. 가샤 : 가시어, 가사
   기본형이 '가다'이다. 분석하면 '가-(어간) + -샤-(주체 높임 선어말 어미) + (-아)(부사형 연결 어미)'와 같다.

3. 避仇홇 : 피구(避仇)할

피구(避仇)는 원수를 피한다는 말로, 한고조[劉邦] 때 여공(呂公)이란 사람이 원수를 피하고 있을 때를 말한다. 'ㅎ'은 절음 부호이다.

4. 소니 : 손의, 손님의

분석하면 '손(명사) + 이(속격 조사)'와 같다. 속격 조사에는 '이'와 'ㅅ'(사잇소리)이 있었다. '이/의'는 사람, 동물과 같은 유정물(有情物)의 평칭(平稱)에, 'ㅅ'은 유정물의 존칭(尊稱)과 무정물(無情物)에 사용되었다. 여기서 쓰인 속격은 유정물의 평칭에 쓰였다. '손'이란 '손님(客)'으로 '여공(呂公)'을 말한다.

5. 兩漢故事애 : 양한고사(兩漢故事)에, 양한고사와

이 곳 조사 '애'는 비교격 조사이다. 양한고사(兩漢故事)란 전한(前漢)과 후한(後漢)의 옛 일이다. 이 고사는 여공(呂公)이 한때 원수를 피해 그 고을 패령(沛令)집에 있었을 때, 마침 패령 집에 놀러온 유방의 상을 보고 놀라 예언한 일이 있다. 유방이 전한 후한을 건국한 일이 결코 우연히 이뤄진 일이 아님을 말하려는 것이다.

6. 엇더ᄒ니잇고 : 어떠합니까?, 어떠하니까?

기본형이 '엇더ᄒ다'이므로 '엇더ᄒ-(어간) + -니-(현재 시상 선어말 어미) + 잇-(상대 높임 의문형 선어말 어미) + -고(설명 의문형 종결 어미)'로 분석된다. '잇고'는 '잇가'와 달리 의문사와 호응이 될 때 쓰인다.

7. 셔샤 : 서시어

기본형이 '셔다'이다. 분석하면 '셔-(어간) + -샤-(주체 높임 선어말 어미) + (-아)(부사형 연결 어미)'와 같다. '셔다〉서다'는 단모음화 현상이다.

8. 아바닚 : 아버님

　'ㅅ'은 사잇소리로 속격(관형격)의 기능을 가진다.

9. 뒤헤 : 뒤에

　분석하면 '뒿(ㅎ종성 체언) + 에(부사격 조사)'와 같다.

10. 赴京홇 : 부경할

　부경(赴京)은 환조가 동북(東北)에 있을 때, 동북면 도순문사(都巡
　問使) 이달충(李達衷)이 서울로 돌아간다는 말이다.

11. 三韓 今日에 : 삼한 금일(三韓 今日)에, 삼한 금일과

　여기 조사 '에'는 비교격 조사이다. 삼한 금일의 일은 환조가 동북
　에 있을 때, 동북면 도순문사(都巡問使) 이달충(李達衷)이 환조를
　방문했다가 서울로 돌아가면서 이성계가 가업을 크게 일으킬 인물
　이 될 것이라고 예언한 일과 같다는 말이다.

【한문】 適彼令舍　避仇客辭　兩漢故事　果何如其[其 音基 語詞 下同]

【현대역】 저 원님의 집에 갔을 때 원수를 피해 온 손님의 말이 양한
(兩漢)의 고사(故事)와 과연 어떻습니까?[기(其)는 음이 기(基)로 어조사이다.
아래도 같다.]

【한문】 立在 父後　赴京客辭　三韓 今日　果何如其

【현대역】 아버님 뒤에 서있을 때 서울에 올라가는 손님의 말이 삼한
(三韓)의 금일(今日)과 과연 어떻습니까?

【주(註)】

單父人呂公 善沛令 避仇從之客 因家沛焉[單父 音善甫 班志 單父縣 屬山陽
郡 呂公 史失其名 或云名文 與沛令相善 因辟仇亡匿 初就爲客 後遂家沛也] 沛中豪傑吏
聞令有重客 皆徃賀[以禮物相慶曰賀] 蕭何爲主吏 主進[進者 會禮之財也 進字
本作賮 又作賵 音皆同耳 古字假借 故轉而爲進]

선보(單父) 사람 여공(呂公)은 패령(沛令)과 친했다. 원수를 피해 그를
따라가서 손님[客]이 되었다가 이로 인해 패(沛)에서 집짓고 살았다.
[선보(單父)는 음이 선보(善甫)이다. 반고(班固)의 한서(漢書) 지리지에 선보현(單父縣)은
산양군(山陽郡)에 속한다고 했다. 여공은 역사에 그 이름이 없어졌는데 혹은 이름이 문
(文)이라고도 한다. 패령과 서로 친해서 이로 인해 원수를 피해 도망쳐 숨었는데 처음에는
따라가서 손님이 되었다가 뒤에 드디어 패 땅에서 집짓고 살았다.] 패의 호걸과 벼슬
아치들이 패령에게 귀중한 손님이 있음을 듣고 모두 가서 하례하였
다.[예물로써 서로 축하하는 것을 하(賀)라고 한다.] 소하(蕭何)는 주리(主吏)의
벼슬이 되어 예물을 주관하였다.[진(進)은 회합의 예에 보내는 재물이다. 진(進)
이란 글자는 본래 신(賮) 또는 신(賵)으로 쓰는데 음은 모두 같다. 옛 글자는 가차(假借)이
므로 변하여 진(進)이 되었다.]

令諸大夫曰 進不滿千錢 坐之堂下[令 號令也 大夫 客之貴者總稱耳] 漢高祖
爲亭長 素易諸吏[長 上聲 素 故也 謂舊時也 易 弋豉切 輕也] 乃紿爲謁曰 賀錢
萬 實不持一錢[紿 欺也 師古曰 爲謁者 書刺自言爵里 若今笺見尊貴而通名也 蓋當時自
陳姓名 幷列賀錢數耳] 謁入 呂公大驚 起迎之門[以其錢多故特禮之] 呂公者
好相人[好 去聲 下同 相 去聲 下並同 相 視也 視人之骨法狀貌 以知吉凶貴賤]
여러 대부들에게 호령하여 말하기를 "예물이 천 전(千錢)이 못 되면 당
(堂) 아래에 앉으시오."라고 했다.[영(令)은 호령이라는 뜻이다. 대부(大夫)는 손
님 중에 귀한 자의 총칭일 뿐이다.] 한고조(漢高祖)는 정장(亭長)이 되어 평소
여러 벼슬아치를 가벼이 여겼다.[장(長)은 상성이다. 소(素)는 본디라는 뜻인데
옛날의 때를 말한다. 이(易)는 익시(弋豉)의 반절음으로 가벼이 여긴다는 뜻이다.] 이에
속여 아뢰기를 "하례물이 만 전이오."라고 했다. 그러나 사실은 한 푼

도 지니지 않았다. [태(紿)는 속인다는 뜻이다. 안사고(顏師古)가 말하기를 "뵈려고 하는 자들은 성명을 쓰고 벼슬과 주소를 말한다."라고 했다. 이것은 지금 존귀한 자를 뵙고 이름을 알리는 것과 같다. 대체로 당시에는 스스로 성명을 아뢰고 아울러 예물로 가져간 돈을 빨리 펼칠 뿐이었다.] (한고조가) 뵈러 들어가니 여공(呂公)이 크게 놀라 일어나 문에서 맞이했다.[그 돈이 많으므로 특별히 예우한 것이다.] 여공은 관상보기를 좋아했다.[호(好)는 거성으로 아래도 같다. 상(相)은 거성으로 아래도 같다. 상(相) 본다는 뜻으로 사람의 골격과 얼굴의 모양새를 보아 길흉과 귀천을 아는 것이다.]

見高祖狀貌　因重敬之　引入坐　何曰

고조의 얼굴 생김새를 보고는 이때부터 귀중하고 공경히 여겨 끌어들여 앉혔다. 소하가 말하기를

劉季固多大言　少成事　高祖因狎侮諸客　遂坐上坐　無所詘[上坐之坐 才臥切 上坐 尊處也 詘 丘勿切 曲愓也] 酒闌呂公因目　固留高祖[闌 言希也 飮酒者半罷 半在 謂之闌 不欲對坐者顯言 故動目而留之] 高祖竟酒後[竟 終也] 呂公曰

"유계(劉季, 한나라 고조인 劉邦)는 본디 큰소리를 많이 치지만 일을 이루는 것은 적습니다."라고 했다. 그럼에도 고조는 여러 손님을 업신여기며 마침내 윗자리에 앉아 굽히는 바가 없었다. [상좌(上坐)의 좌(坐)는 재와(才臥)의 반절음이다. 윗자리는 높은 자리이다. 굴(詘)은 구물(丘勿)의 반절음으로 굽히고 두려워하는 것이다.] 술자리가 반쯤 끝날 무렵 여공이 눈짓을 함에 따라 굳이 고조를 머물게 했다.[난(闌)은 드물다는 말이다. 술을 마시는 자들이 반은 끝나고 반은 남아있는 것을 난(闌)이라 말한다. 마주 앉아 있는 자에게 알려지지 않게 하려고 눈짓을 하여 머물게 한 것이다.] 고조가 마침내 술자리를 끝내자[경(竟)은 끝낸다는 뜻이다.] 여공이 말하기를

臣少好相人　相人多矣　無如季相　願季自愛[古人相與語 多自稱臣 自卑下之道也 若今人相與言 自稱僕也 少 詩照切 季相之相 謂姿相也 自愛 謂自保愛也] 臣有息女 願爲季箕帚妾[息 生也 言己所生之女也 帚 之九切 箕帚之妾 猶言備酒掃也] 酒罷 呂

媼怒呂公曰

"신이 어려서부터 사람 관상보기를 좋아하여 많은 사람을 관상을 보았는데 유계와 같은 상이 없습니다. 원컨대 유계는 자중자애(自重自愛)하십시오.[옛 사람들은 다른 사람과 서로 이야기 할 때 대부분 스스로를 신(臣)이라고 불렀는데 이것은 스스로를 낮추는 말이다. 요즈음 사람들이 서로 말할 때 스스로를 복(僕)이라고 부르는 것과 같다. 소(少)는 시조(詩照)의 반절음이다. 계상(季相)의 상(相)은 모습이란 뜻의 상(相)이다. 자애(自愛)는 스스로를 보호하고 아낀다는 말이다.] 신에게 여식(女息)이 있는데 원컨대 유계를 위해 키질하고 비질하는 첩으로 삼아주십시오."라고 했다.[식(息)은 낳는다는 뜻으로 자기가 낳은 딸을 말한다. 추(帚)는 지구(之九)의 반절음이다. 키질하고 비질하는 첩이란 물 뿌리고 청소한다는 말과 같다.] 술자리가 끝나자 여공의 부인이 여공에게 화를 내며 말하기를

公始常欲奇此女與貴人[奇 異也 謂顯而異之 而嫁於貴人也] 沛令善公 求之不與 何自妄許與劉季 呂公曰

"공께서는 본래 항상 뛰어난 이 여식을 귀인(貴人)에게 주고자 하여[기(奇)는 뛰어나다는 뜻이다. 이 대목은 그녀가 현저하게 뛰어나서 귀한 사람에게 시집보낸다는 말이다.] 패령이 공과 친하여 여식을 달라고 요구할 때도 주지 않더니 어찌하여 스스로 망령되게도 유계에게 주려고 합니까?"라고 하였다. 여공이 말하기를

此非兒女子所知也 卒與高祖[卒 終也] 呂公女 即呂后也

"이는 아녀자(兒女子)가 알 바 아니오."라고 하고 끝내 고조에게 주었다.[졸(卒)은 끝내라는 뜻이다.] 여공의 딸은 바로 여후(呂后)이다.

東北面都巡問使 李達衷還京[使 去聲 都巡問使 皆以京官兼之 至恭讓王時 改爲都節制使 始專其任] 桓祖出餞于野 太祖立 桓祖之後 桓祖行酒 達衷立飮 太祖行酒 達衷跪飮 桓祖怪問之 達衷曰

동북면도순문사(東北面都巡問使) 이달충(李達衷)이 서울로 돌아가자

[사(使)는 거성이다. 도순문사(都巡問使)는 모두 경관(京官)이 겸했다. 공양왕 때 이르러 도절제사(都節制使)로 고치고 처음으로 그 임무를 오로지 맡았다.] 환조가 나아가 들에서 전송(餞送)했다. 태조가 환조의 뒤에 서 있었다. 환조가 술을 따르니 이달충이 서서 마셨으나 태조가 술을 따르자 이달충이 무릎을 꿇고 마셨다. 환조가 괴상이 여겨 그에게 물으니 이달충이 말하기를

此 子誠異人　非公所及也[異 奇也]　公之家業　此 子必能大之　因以其子
孫屬之[屬 音燭 下同]　時對岸有七麞聚立　達衷曰
"이 아드님은 진실로 뛰어난 분이라 공이 미칠 바가 못 됩니다.[이(異)는 뛰어나다는 뜻이다.] 공의 가업(家業)을 이 아드님이 반드시 크게 할 것입니다."라고 하며, 이로 인하여 그의 자손을 이성계에게 부탁하였다.[촉(屬)은 음이 촉(燭)으로 아래도 같다.] 이 때 맞은편 언덕에 7마리 노루가 무리지어 서 있었다. 이달충이 말하기를

若何而獲一麞　以爲今日之饌乎　桓祖命 太祖　率麾下士佳　太祖令麾下
士　從山後驚之　七麞即走下[令 平聲 走下之下 去聲]　太祖五發殪五麞　又逐
一麞　接矢欲射[射 食亦切 下竝同]　適巨澤當前　方氷合　太祖執轡徑度
射之又斃　餘一麞　矢盡而止[巨 大也 澤 水所鍾聚也 徑 通作俓 直也 度 過也]
"노루 한 마리를 잡아서 오늘의 안주로 삼는 것이 어떻겠습니까?"라고 했다. 환조가 태조에게 명하니 휘하 병사를 이끌고 갔다. 태조가 휘하의 병사에게 산을 따라 뒤로 가서 그것들을 놀라게 하라고 했다. 그러자 7마리 노루가 곧 달려 내려가니[영(令)은 평성이다. 주하(走下의 하(下)는 거성이다.] 태조가 5발을 쏘아 5마리 노루를 쓰러뜨렸고 또 노루 한 마리를 쫓아 화살을 실어 쏘려고 하였다.[석(射)은 식역(食亦)의 반절음으로 아래도 모두 같다.] 마침 큰 못이 앞에 있었는데 바야흐로 얼음이 얼어 있었다. 태조가 말고삐를 당겨 곧바로 건너가 쏘니 또한 죽었다. 나머지 한 마리 노루는 화살이 떨어져 그만두었다. [거(巨)는 크다는 뜻이다. 택(澤)은 물이 모이는 곳이다.

경(徑)은 보통 경(俓)으로 쓰는데 '곧바로'라는 뜻이다. 도(度)는 건넌다는 뜻이다.]

又嘗獵于江陰酸水쉰·믈之地　逐一群五麞　五發盡斃之[江陰縣 本高句麗屈押
縣 新羅改名江陰 爲松嶽郡領縣 顯宗時 屬開城縣任內 直隷尙書都省 後又移隷開城府 仁宗
始置監務 本朝 太宗十三年 改爲縣監 別號花山 今屬黃海道 酸 素官切 酸水 地名 在江陰縣
東十二里許 南距歧灘六里許]　平時連射三四麞　不可殫記[殫 多寒切 盡也]
또한 일찍이 강음(江陰) 산수(酸水, 쉰·믈)의 지방에서 사냥할 때, 5마
리 노루 한 무리를 쫓아 5발로 모두 그것들을 죽였다.[강음현(江陰縣)은 본
래 고구려 굴압현(屈押縣)이다. 신라가 이름을 고쳐 강음(江陰)이라 하고 송악군(松嶽郡)
의 영현(領縣)으로 삼았다. 현종 때 개성현(開城縣)의 관내로 소속시키고 곧바로 상서도성
(尙書都省)에 예속시켰다. 뒤에 또 옮겨 개성부(開城府)에 예속시켰다. 인종이 처음으로
감무를 두었다. 본조 태종 13년에 고쳐 현감(縣監)으로 삼았다. 별호로는 화산(花山)이 있
다. 지금은 황해도에 속한다. 산(酸)은 소관(素官)의 반절음이다. 산수(酸水)는 지명으로
강음현(江陰縣) 동쪽 12리쯤에 있는데 남쪽으로는 기탄(歧灘)이 6리쯤 떨어져 있다.] 평
상시에 연달아 서너 마리 노루를 쏜 일은 모두 기록할 수 없다.[탄(殫)은
다한(多寒)의 반절음으로 모두라는 뜻이다.]

後達衷之子犯死罪　太祖思其父之屬　特赦之　太宗爲代言時[洪武庚午 爲
密直司右副代言]　達衷之弟密直提學誠中　使其子携　進家傳金飾寶劒[携 戶
圭切 其子名也]　太宗與元敬王后　同坐受之　王后笑曰
뒤에 이달충의 아들이 죽을 죄를 범했는데 태조가 그 아버지의 부탁을
생각하고 특별히 용서해주었다. 태종이 대언(代言)이 되었을 때[홍무(洪
武) 경오년(庚午年)에 밀직사(密直司) 우부대언(右副代言)이 되었다.] 이달충의 동생
인 밀직제학(密直提學) 이성중(李誠中)이 그 아들 휴(携)로 하여금 집
안에 전해 내려온 금으로 장식한 보검을 진상케 했다.[휴(携)는 호규(戶圭)
의 반절음으로 그 아들의 이름이다.] 태종이 원경왕후(元敬王后)와 더불어 함
께 앉아서 그것을 받았다. 원경왕후가 웃으며 말하기를

不知送寶劒何意耶　翌日 太宗至誠中家謝曰　吾儒生也　何爲送寶劒乎

誠中對曰　寶劍非小人所用也　明公所當用也　敢進[小人 誠中自謂也]

"보검을 보내는 것이 무슨 뜻인지 알지 못하겠습니다."라고 했다. 다음 날 태종이 이성중의 집에 이르러 감사히 여기며 말하기를 "나는 선비[儒生]인데 무엇 때문에 보검을 보냈습니까?"라고 하니 이성중이 대답하기를

"보검은 소인(小人)이 쓸 바가 아니고 명공(明公)께서 마땅히 써야 하겠기에 감히 진상한 것입니다."라고 했다. [소인(小人)은 이성중 자신을 말한다.]

第二十九章

【언해문】漢德·이 비·록 衰ᄒᆞ·나 帝冑ㅣ 中興·ᄒᆞ·시릴·ᄊᆡ 大耳児·를 臥龍·이 :돕·ᄉᆞᄫᆞ·니[中 去聲 或如字 下同 呂布降于曹操 顧謂 先主曰 玄德 卿爲坐上客 我爲降虜 繩縛我急 獨不可一言邪 操笑曰 縛虎不得不急 乃命緩布 縛 先主曰 不可 明公不見呂布事丁建陽董太師乎 操頷之 布目先主曰 大耳児 最叵信]

【현대역】한덕(漢德)이 비록 쇠(衰)ᄒᆞ나 제주(帝冑)가 중흥(中興)하실 것이므로 대이아(大耳児)를 와룡(臥龍)이 도우니.[중(中)은 거성으로 혹 본래의 뜻이라고도 하는데 아래도 같다. 여포(呂布)가 조조(曹操)에게 항복하고는 선주(先主)를 돌아보며 말하기를 "현덕(玄德)이여! 경(卿)은 좌상객(坐上客)이 되고 나는 항복한 포로가 되어 밧줄로 세게 묶였는데 홀로 말 한마디도 없소."라고 했다. 조조가 웃으며 말하기를 "호랑이를 묶는데 세게 묶지 않을 수가 없었다."라고 하고는 곧 여포를 느슨하게 묶을 것을 명했다. 그러자 선주(先主)가 말하기를 "안됩니다. 명공(明公)께서는 여포가 정건양(丁建陽)과 동태사(董太師)를 섬긴 일을 보지 못했습니까?"라고 하니 조조가 고개를 끄덕였다. 여포가 선주를 보며 말하기를 "귀가 큰 사람은 가장 믿을 수 없다."라고 했다.]

【언해문】世亂·을 救·호·려 ·나·샤 天姿ㅣ 奇偉·ᄒᆞ실·ᄊᆡ 大耳相·을 詔使ㅣ 일ᄏᆞᆮ·ᄌᆞᄫᆞ·니[相使 皆去聲 並下同 詔使 即勅使也 凡奉 詔出使者 謂之詔使]

【현대역】세란(世亂)을 구하려 나시어 천자(天姿)가 기위(奇偉)하시므로 대이상(大耳相)을 조사(詔使)가 일컬으니.[상(相)과 사(使)는 모두 거성으로 아래도 모두 같다. 조사(詔使)는 곧 칙사(勅使)이다. 무릇 조칙을 받들고 나오는 사자를 조사라고 말한다.]

【언해문 분석】
1. 帝冑ㅣ : 제주가

제주란 후한(後漢)의 후예로 유비(劉備)를 말한다.

2. ᄒᆞ시릴씨 : 하실 것이므로, 하시릴새, 하시겠으매
기본형이 'ᄒᆞ시다'이다. 분석하면 'ᄒᆞ-(어간) + -시-(주체 높임 선어말 어미) + -리-(미래 시상 선어말 어미) + -ㄹ씨(이유나 조건의 종속적 연결 어미)'와 같다.

3. 大耳児를 : 대이아(大耳児)를, 귀가 큰 사람을
'를'은 목적격 조사다. '를'은 체언 말음이 모음일 경우에 쓰인다. 대이아(大耳児)는 유비(劉備)를 일컫는다.

4. 돕ᄉᆞᄫᅵ니 : 도우니
기본형이 '돕다'이다. 분석하면 '돕-(어간) + -ᄉᆞᆸ-(객체 높임 선어말 어미) + -ᄋᆞ니(상대 높임 평서형 종결 어미)'와 같다.

5. 나샤 : 나시어, 나사
기본형이 '나다(生)'이다. 분석하면 '나-(어간) + -샤-(주체 높임 선어말 어미) + (-아)(부사형 연결 어미)'와 같다. 연결어미 '-아'는 생략되었다.

6. 天姿ㅣ : 천자가
천자란 어지러운 세상을 구하려고 나신 이태조를 말한다.

7. 奇偉ᄒᆞ실씨 : 기위하시므로, 기위하실 새
'기위(奇偉)ᄒᆞ다'는 체격 또는 성격이 기이하고 크다는 뜻으로 이태조가 남다르다는 뜻이다.

8. 大耳相을 : 대이상(大耳相)을, 귀가 큰 상을

'을'은 앞 체언 말음이 자음인 경우에 쓰인 목적격 조사이다. 대이상(大耳相)은 이태조를 일컫는다.

9. 일ᄏᆞᄌᆞᄫᅵ니 : 일컬으니

기본형이 '일ᄏᆞᆮ다(稱)'로 'ㄷ'불규칙 용언이다. 분석하면 '일ᄏᆞᆮ-(어간) + -ᄌᆞᇦ-(객체 높임 선어말 어미) + -ᄋᆞ니(상대 높임 평서형 종결 어미)'와 같다. 객체 높임의 대상 즉 목적어는 이태조이다.

【한문】 漢德雖衰　帝胄中興　大耳之児　臥龍丞之[丞 佐也]

【현대역】 한(漢)나라 덕이 비록 쇠하나 한제(漢帝)의 후손이 중흥(中興)할 것이므로 귀 큰 사람을 와룡(臥龍)이 돕도다.[승(丞)은 돕는다는 뜻이다.]

【한문】 世亂將救　天姿奇偉　大耳之相　詔使美之

【현대역】 어지러운 세상을 장차 구하려니 타고난 자품이 기이하므로 귀가 큰 상(相)을 중국 사자[詔使]가 탄미(歎美)하도다.

【주(註)】

蜀先主[先主 名備 字玄德 漢景帝子中山靖王勝之後也 破劉璋 據蜀稱漢中王 曹丕既廢漢 備乃即位於成都 是爲先主 子禪嗣立 是爲後主] 身長七尺五寸　垂手下膝　顧自見其耳[長下 皆去聲 言其有異相也] 有大志　少語言　喜怒不形於色

촉(蜀)의 선주(先主)는[선주(先主)는 이름이 비(備)이고 자(字)가 현덕(玄德)이다. 한(漢)나라 경제(景帝)의 아들 중산정왕(中山靖王) 승(勝)의 후손이다. 유장(劉璋)을 깨뜨리고 촉(蜀)에 웅거하여 한중왕(漢中王)이라 했다. 조비(曹丕)가 한나라를 없애자 유비가 곧 성도(成都)에서 즉위하니 이가 선주(先主)이다. 아들 선(禪)으로 후임자를 세우니 이가 후주(後主)이다.] 키가 7척 5촌이고 손을 늘어뜨리면 무릎에 닿으며 스스로 돌아보아 자기 귀를 볼 수 있었다.[장(長)과 하(下)는 모두 거성이다. 그 기이한 상을 말한 것이다.] 큰 뜻을 가지고 있어 말이 적고 기쁨이나 슬픔을 얼굴에 나타내지 않았다.

琅邪諸葛亮 寓居襄陽隆中[琅邪 音郎耶 齊東南境上邑 因琅邪山爲名 有越王勾踐所造臺基 其地東至海 南距淮 諸葛 姓 亮 名 字孔明 其先葛氏 本琅邪諸縣人 後徙陽都 陽都先有姓葛者 時人謂之諸葛 因以爲氏 寓 音遇 寄也 亮從父玄 爲豫章太守 將亮之官 會漢朝以朱皓代玄 玄與亮性依劉表 亮家于南陽之鄧縣 在襄陽城西 號曰隆中] 每自比管仲樂毅 時人莫之許也[樂毅 賢好兵 聞齊大敗燕 燕昭王怨齊 未嘗一日而忘報齊 屈身下士 以招賢者 毅爲魏使於燕 昭王以客禮待之 毅辭讓 遂委質爲臣 燕王以爲亞卿 任以國政 齊湣王旣滅宋而驕 乃南侵楚 西侵三晉 欲幷二周爲天子 昭王日夜撫循其人 乃與毅謀伐齊 悉起兵 以毅爲上將軍 幷將秦魏韓趙之兵以伐齊 湣王悉國中之衆以拒之 戰于齊西 齊師大敗 遂進軍 齊人大亂失度 湣王出走 毅入臨淄 取寶物祭器 輸之於燕 昭王封毅爲昌國君 遂使留徇齊城之未下者 乘勝長驅 齊城皆望風奔潰 毅修整燕軍禁止侵掠 求齊之逸民 顯而禮之 寬其賦歛 除其暴令 修其舊政 齊民喜悅 祀桓公管仲於郊 表賢者之閭 封王蠋之墓 六月之間 下齊七十餘城 皆爲郡縣] 惟潁川徐庶 與崔州平 謂爲信然[潁川 古韓地 秦置郡 屬豫州]

낭야(琅邪)의 제갈량(諸葛亮)이 양양(襄陽)의 융중(隆中)에서 타향살이[寓居] 했다.[낭야(琅邪)는 음이 낭야(郎耶)로 제(齊)나라 동남쪽 경계에 있는 고을이어서 이로 인해 낭야산(琅邪山)으로 이름을 지었다. 월왕(越王) 구천(勾踐)이 쌓아놓은 돈대의 터가 있다. 그 땅은 동쪽으로 바다에 이르고 남쪽으로 회수에 이른다. 제갈(諸葛)은 성이고 이름이 양(亮)이며 자는 공명(孔明)이다. 그 선조는 갈(葛)씨로 본래는 낭야(琅邪) 제현(諸縣) 사람인데 뒤에 양도(陽都)로 옮겼다. 양도에는 먼저 성이 갈인 자가 있었으므로 그 때 사람들이 제갈이라고 불러 이로 인해서 성이 되었다. 우(寓)는 우(遇)로 타향에 붙어사는 것을 말한다. 제갈량의 종부(從父)인 현(玄)이 예장태수(豫章太守)가 되어 장차 제갈량에게 관직을 주려고 했다. 이때 마침 한나라 조정에서 주호(朱皓)로 현(玄)을 대신하게 하니 현과 제갈량이 유표(劉表)에게 가서 의탁하였다. 제갈량은 남양(南陽)의 등현(鄧縣)에서 집을 짓고 살았는데 양양성(襄陽城) 서쪽에 있어서 융중(隆中)이라고 불렀다.]

언제나 자신을 관중(管仲)과 악의(樂毅)에 비교했으나 당시 사람들은 그렇게 생각하지 않았다.[악의(樂毅)는 어질고 병법을 좋아했다. 제(齊)가 연(燕)을 크게 이겼다는 것을 듣고 연소왕(燕昭王)이 제나라를 원수로 품어 일찍이 하루라도 제나라에 복수할 생각을 잊은 날이 없었다. 그래서 선비들에게 몸을 굽혀 현명한 사람을 불러들인 말을 들었다. 악의가 위(魏)나라의 사자가 되어 연(燕)나라에 갔더니 연소왕이 객례(客禮)로서 대우해 주었다. 악의가 사양하다가 드디어 몸을 맡겨 신하가 되었다. 연소왕이 아경(亞卿)으로 삼아 국정을 맡겼다. 제민왕(齊湣王)은 송(宋)나라를 멸망시킨 뒤에 교만해져 곧 남쪽으로 초(楚)나라를 침략하고, 서쪽으로 3진(三晉)을 침입하며, 2주(二周)를 합쳐 천자가 되려고 했다. 연소왕은 밤낮으로 그 사람들을 사랑하며 좇았다. 이에 악의와 더불어 제나라를 칠 것을 모의하여 모든 병사를 불러 악의로 상장군(上將軍)을 삼고 아울러 진(秦), 위(魏), 한(韓), 조(趙)의 병사를 거느리고 제나라를 치게 했다. 제민왕이 모든 나라 안의 무리로서 항거하여 제나라 서쪽에서 싸웠으나 제나라 군사가 크게 패했다. 마침내 진군하니 제나라는 크게 어지러워 법도를 잃었고 민왕은 달아났다. 악의가 임치(臨淄)에 들어가 보물과 제기(祭器)를 취해 연나라로 운반했다. 연소왕은 악의를 봉하여 창국군(昌國君)으로 삼고 드디어 머물게 하여 제나라 성 가운데 아직 함락시키지 못한 성을 함락시키도록 했다. 승승장구(乘勝長驅)하니 제나라 성은 모두 그 기세만 보고도 무너졌다. 악의는 연나라 군대를 정돈시켜 침략하며 약탈하는 짓을 금지시켜 제나라의 흩어진 백성을 구하여 예의로써 대접하고 세금 거두는 것을 관대하게 하며 포악한 법령을 없애 그 옛날의 정치를 고치니 제나라 백성이 기뻐했다. 환공과 관중을 교외에서 제사지내고 어진 사람의 집을 표창하며 왕촉(王蠋)의 묘를 봉토해주었다. 여섯 달 사이에 제나라 70여 성을 항복시켜 모두 군현(郡縣)으로 삼았다.] 오직 영천(潁川)의 서서(徐庶)와 최주평(崔州平)만이 그렇다고 믿었다.[영천(潁川)은 옛 한(韓)의 땅이다. 진(秦)이 군(郡)을 두고 예주(豫州)에 속하게 했다.]

蜀先主在荊州　訪士於襄陽司馬徽[荊州 本楚地 春秋時謂之郢都也 司馬 複姓 徽名也 字 德操]　徽曰

촉의 선주가 형주(荊州)에 있으면서 양양(襄陽)의 사마휘(司馬徽)에게 선비를 물었다.[형주(荊州)는 본래 초(楚)나라 땅인데 춘추시대에는 영도(郢都)라고 말했다. 사마(司馬)는 복성이고 휘(徽)는 이름이며 자(字)는 덕조(德操)이다.] 사마휘가 말하기를

儒生俗士　豈識時務　識時務者在乎俊傑　此間自有伏龍鳳雛　先主問爲誰　曰　諸葛孔明　龐士元也[雛 崇芻切 鳥子生而能自啄者也 龐 皮江切 姓也 士元 統字也 司馬徽 淸雅有知人之鑒 同縣龐公 素有重名 徽兄事之 亮每至德公家 獨拜床下 德公初不令止 德公從子統 少時摸鈍未有識者 惟德公與徽重之 德公嘗謂孔明爲臥龍 士元爲鳳雛 德操爲水鑑 故德操與先主語而稱之也]

"유학자나 세속의 선비가 어찌 당시의 일을 알겠습니까? 당시의 일을 아는 사람은 준걸(俊傑)로 있을 것입니다. 여기에는 복룡(伏龍)과 봉추

(鳳雛)가 있습니다."라고 했다. 선주가 누구냐고 묻자, 대답하기를 "제갈공명(諸葛孔明)과 방사원(龐士元)입니다."라고 했다.[추(雛)는 숭추(崇芻)의 반절음으로 새의 새끼가 태어나 스스로 쫄 수 있음을 말한다. 방(龐)은 피강(皮江)의 반절음으로 성(姓)이다. 사원(士元)은 방통(龐統)의 자이다. 사마휘(司馬徽)는 청아하고 사람을 알아보는 견식을 가졌다. 같은 현의 방덕공(龐德公)은 평소 두터운 명망을 가졌는데 사마휘가 그를 형으로 섬겼다. 제갈량이 매번 방덕공의 집에 이르면 유독 침상 아래에서 절을 했는데 방덕공은 처음에는 그만두라고 하지 않았다. 방덕공의 조카인 방통은 어려서 둔하여 알아보는 자 있지 않았다. 오직 방덕공과 사마휘가 그를 중히 여겼다. 방덕공은 일찍이 제갈공명을 와룡(臥龍)이라 여기고 방사원을 봉추(鳳雛)라 여기며 사마휘[德操]를 수감(水鑑)이라고 했다. 그래서 사마휘가 선주와 더불어 이야기 하며 그를 칭찬한 것이다.]

庶見先主於新野　先主器之[新野 縣名 屬南陽郡 物之有用者 謂之器 器之者 器重之也 重其才之足以用於世也]　庶謂先主曰

서서가 선주를 신야(新野)에서 뵈었더니 선주가 그를 물건이라 여겼다.[신야(新野)는 고을 이름으로 남양군(南陽郡)에 속한다. 쓸모있는 물건을 그릇이라 말한다. 그를 그릇으로 여겼다는 것은 그릇같이 귀중하게 여긴다는 뜻으로 그 재주를 중히 여겨 족히 세상에 쓸 수 있게 하는 것이다.] 서서가 선주에게 일러 말하기를

諸葛孔明臥龍也　將軍豈願見之乎[將 即亮切 下同 豈 猶言豈不也]　先主曰

"제갈공명은 와룡(臥龍)인데 장군께서 어찌하여 보려 하지 않습니까?"라고 하니[장(將)은 즉량(即亮)의 반절음으로 아래도 같다. 기(豈)는 어찌 하지 않느냐는 말과 같다.] 선주가 말하기를

君與俱來　庶曰

"그대와 함께 오도록 하십시오."라고 하니, 서서가 말하기를

此人可就見　不可屈致也　將軍宜枉駕顧之　先主由是詣亮　凡三徃乃見因屏人曰

"이 사람은 가서 볼 수는 있어도 강제로 불러올 수는 없습니다. 장군께

서 마땅히 왕림[枉駕]하셔서서 그를 돌아보아야 합니다."라고 하니 선주
가 이로 말미암아 제갈량에게 갔다. 무릇 세 번을 가서야 이내 보았다.
그리고 인하여 사람을 물리치고 말하기를

漢室傾頹 姦臣竊命 孤不度德量力 欲信大義於天下 而智術淺短 遂
用猖蹶至于今日 然志猶未已 若謂計將安出[屛 卑政切 姦臣 謂曹操也 寡德曰
孤 王者自稱曰孤 蓋爲謙也 老子曰 貴以賤爲本 高以下爲基 是以侯王自謂孤寡不穀 度 入聲
量 平聲 信 讀曰伸 猖蹶 音昌厥 披猖顚蹶也 將 如字 安 何也] 亮曰
"한나라 왕실은 기울어 무너지고 간신 조조는 천명을 도적질 했습니
다. 제[孤]가 덕과 힘을 헤아리지 못하고, 큰 뜻을 천하에 펴고 싶으나
지혜와 방술이 얕고 짧아서 마침내 허겁지겁[猖蹶] 오늘에 이르렀습니
다. 그러나 뜻은 아직 그만두지 않았으니 당신께서는 장차 어찌할 것
인지의 계책을 일러 주십시오."라고 했다.[병(屛)은 비정(卑政)의 반절음이다.
간신(姦臣)은 조조를 말한다. 덕이 적은 것을 고(孤)라 한다. 왕이 스스로 칭하기를 고(孤)
라 한 것은 대개 겸손하게 말한 것이다. 노자가 말하기를 "귀한 것은 천한 것으로써 근본을
삼고 높은 것은 낮은 것으로써 기본을 삼아 이로써 왕은 스스로를 고과(孤寡), 불곡(不穀)
이라고 말한다. 탁(度)은 입성이다. 양(量)은 평성이다. 신(信)은 신(伸)으로 읽는다. 창궐
(猖蹶)은 음이 창궐(昌厥)로 옷을 입고 띠를 매지 못하고 발이 걸려 넘어지는 것이다. 장
(將)은 본래의 뜻이다. 안(安)은 어찌라는 뜻이다.] 제갈량이 말하기를

今曹操已擁百萬之衆 挾天子而令諸侯 此誠不可與爭鋒 孫權據有江東
已歷三世 國險而民附 賢能爲之用 此可與爲援 而不可圖也[三世 謂堅策
及權也] 荊州北據漢沔 利盡南海 東連吳會 西通巴蜀 此用武之國 而
其主不能守 此殆天所以資將軍也[水經 沔水 出武都沮縣 註云 東南注漢 所謂漢水
也 海者 珍藏所聚生也 自桂陽 蒼梧 跨有交州 則利盡南海也 會 如字 吳會 謂吳地爲東南一
都會也 一說 會 工外切 吳會 謂吳及會稽二郡之地也 巴 春秋巴予之國 蜀 蠶叢魚鳧之後 秦
滅之 置巴蜀二郡 屬益州 用武 猶言用兵也 其主 謂劉表 表時爲荊州牧 將 即亮切 下同] 益
州險塞 沃野千里 天府之土 劉璋闇弱 張魯在北 民殷國富 而不知存
恤[益州 古蜀國 漢武置益州 財物所聚曰府 益州之地 物産饒多 可備贍給 故曰天府也 璋 諸

良切 時璋爲益州牧 闍弱 謂暗昧而懦弱也 益州司馬張魯 以劉璋闍懦 逐據漢中 襲取巴郡 殷
謂衆也] 智能之士 思得明君 將軍旣帝室之胄 信義著於四海[胄 音宙 裔也
著 陟慮切] 若跨有荊益 保其巖阻 撫和戎越 結好孫權 內修政治 外觀
時變 則霸業可成 漢室可興矣[跨 枯化切 越也 巖 險也 好 去聲 下同 治 去聲 霸
與伯同 長也]   先主曰

"지금 조조는 이미 백만의 무리를 거느리면서 천자를 끼고 제후를 호
령하고 있으니, 이는 진실로 같이 칼날을 다툴 수가 없습니다. 손권(孫
權)은 강동(江東)에 웅거해 있으면서 이미 3세(世)가 지났고, 국토가
험하고 백성이 붙좇으며 현명한 이를 기용하니 이는 서로 도울 수는
있어도 가히 도모하여 얻을 수는 없습니다.[3세(三世)는 손견(孫堅), 손책(孫
策) 및 손권(孫權)이다.] 형주(荊州)는 북쪽으로 한수(漢水)와 면수(沔水)를
접하여 남해(南海)의 이익을 다하고, 동쪽으로 오회(吳會)와 이어있으
며, 서쪽으로 파(巴)와 촉(蜀)에 통하니 이는 군대를 쓸만한 국토입니
다. 그러나 그 주인이 능히 지키지 못하고 있으니 이것은 거의 하늘이
장군께 준 것입니다.[수경(水經)에 면수(沔水)는 무도저현(武都沮縣)에서 나온다고
했는데 그 주석에 이르기를 "동남쪽 한(漢)나라로 흘러가는 것을 이른바 한수(漢水)라고
한다."라고 했다. 바다는 거기서 나오는 것을 모아서 깊이 감춰둔다. 계양(桂陽)과 창오(蒼
梧)에서 교주(交州)까지 타고 간다면 남해의 모든 이익을 차지하게 된다. 회(會)는 본래의
뜻이다. 오회(吳會)는 오(吳) 땅 동남쪽의 한 도회지(都會地)를 말한다. 일설에 회(會)는
공외(工外)의 반절음으로 오회(吳會)는 오(吳)와 회계(會稽) 두 군의 땅을 말하는 것이라고
도 한다. 파(巴)는 춘추시대 파여(巴予)의 나라이다. 촉(蜀)은 잠총(蠶叢)과 어부(魚鳧)의
후예이다. 진(秦)나라가 이를 멸망시키고 파(巴)와 촉(蜀) 2군을 두어 익주(益州)에 소속시
켰다. 용무(用武)는 군대를 쓴다는 말과 같다. 기주(其主)는 유표(劉表)를 말한다. 유표는
이때 형주목(荊州牧)이 되었다. 장(將)은 즉량(即亮)의 반절음으로 아래도 같다.] 익주
(益州)는 험고하고 막힌 데다 비옥한 땅이 천 리나 되니 천부(天府)의
땅입니다. 유장(劉璋)은 어둡고 약하며 장노(張魯)는 북쪽에 있어 백성
이 많고 나라가 부자이나 남을 구휼할 줄 모릅니다.[익주(益州)는 옛 촉나라
이다. 한무제(漢武帝)가 익주(益主)를 설치했다. 재물이 모인 곳을 부(府)라고 한다. 익주
의 땅은 물산이 풍부하고 많아 가히 넉넉히 공급할 수 있으므로 천부(天府)라고 한다. 장
(璋)은 제량(諸良)의 반절음이다. 이때 유장은 익주목(益州牧)이 되었다. 암약(闍弱)은 어

둡고 나약한 것을 말한다. 익주사마(益州司馬) 장노(張魯)는 유장이 어둡고 나약함을 틈타 드디어 한중(漢中)에 웅거하여 파군을 습격하여 취하였다. 은(殷)은 많음을 말한다.] 지혜와 재능있는 선비는 현명한 임금을 만날 것을 생각합니다. 장군은 이미 황실의 후예로 신의(信義)가 천하에 드러나 있습니다.[주(冑)는 음이 주(宙)로 후예이다. 저(著)는 척려(陟慮)의 반절음이다.] 만약 형주와 익주를 넘어 차지하고 그 험준함을 지키며, 오랑캐들을 어루만져 친화하고, 손권과 좋은 관계를 맺어 안으로 정치를 닦고 밖으로 때의 변화를 살핀다면 패업을 가히 이룰 수 있고 한나라 왕실도 부응시킬 수 있습니다."라고 했다.[과(跨)는 고화(枯化)의 반절음으로 넘는다는 뜻이다. 암(巖)은 험하다는 뜻이다. 호(好)는 거성으로 아래도 같다. 치(治)는 거성이다. 패(覇)는 백(伯)과 더불어 같은 것으로 맏이라는 뜻이다.] 선주가 말하기를

善 於是與亮情好日密 關羽張飛 不悅[關 姓也 先主少與河東關羽 涿郡張飛 相友善 以羽飛爲別部司馬 分統部曲 先主與二人 寢則同牀 思若兄弟 而稠人廣坐 侍立終日 隨先主周旋 不避艱險] 先主解之曰

"좋다"라고 했다. 이때 선주는 제갈량과 더불어 정이 날로 좋아져 친밀해졌다. 관우(關羽)와 장비(張飛)는 좋아하지 않았다.[관(關)은 성이다. 선주는 어려서 하동(河東)의 관우, 탁군(涿郡)의 장비와 더불어 서로 친했다. 그래서 관우와 장비를 별부사마(別部司馬)로 삼아 부곡(部曲)을 나누어 거느리게 했다. 선주는 두 사람과 더불어 잠을 잘 때도 같은 침상을 쓰며 형제같이 생각했다. 그래서 많은 사람들이 모인 자리에서 하루종일 모시고 서 있기도 하며 선주를 따라 두루 다니면서도 어렵고 험한 일을 피하지 않았다.] 선주가 그들을 이해시키며 말하기를

孤之有孔明 猶魚之有水也[魚有水則生 無水則死] 願諸君勿復言 羽飛乃止
[復 扶又切]

"내가 제갈공명을 얻은 것은 마치 고기가 물을 만난 것과 같다.[고기는 물이 있으면 살고 물이 없으면 죽는다.] 바라건대 그대들은 다시는 말을 말라." 라고 하니 관우와 장비가 곧 그만두었다.[부(復)는 부우(扶又)의 반절음이다.]

太祖性禀嚴重簡黙　平居常閉目而坐　望之凜然　及至接人　渾是一團和
氣　故人皆畏而愛之　又天姿奇偉　神彩英俊[姿 津私切 態也 偉 奇也 又大也]
隆準龍顔　身長而膚直　耳大絶異[隆 高也 準 音準的之準 鼻也 龍顔 言其顔貌似龍
也 膚 丑容切 均也]

태조는 성품이 엄중하고 말이 적었다. 평소에 항상 눈을 감고 앉아 있
어서 바라보면 위엄이 있었다. 그러나 사람을 대함에 이르러서는 원만
하고 화기애애하므로 사람들이 모두 두려워하면서도 친애하였다. 또
타고난 모습이 기이하고 풍채가 뛰어났다.[자(姿)는 진사(津私)의 반절음으로
모습을 말한다. 위(偉)는 기이함이나 또는 큰 것을 말한다.] 코[準]가 오뚝하고 용
의 얼굴에다 키가 크고 반듯하며 귀가 특히 컸다.[용(隆)은 높다는 뜻이다.
준(準)은 음이 준적(準的)의 준(準)으로 코이다. 용안(龍顔)은 그 얼굴 모습이 용과 비슷하
다는 말이다. 용(膚)은 축용(丑容)의 반절음으로 고르다는 뜻이다.]

太宗皇帝遣都察院僉都御史兪士吉　鴻臚寺少卿汪泰　内史溫全　楊寧 到
國[大明官制 都察院 左右都御史二員 秩正二品 左右副都御史二員 正三品 左右僉都御史四
員 正四品 兪 姓也 臚 音閭 鴻臚者 凡朝會使之鴻聲臚傳 以贊導九賓也 内史 内官也 汪溫
皆姓也] 時 太祖幸天寶山[天寶山 即檜巖山 在楊州府東十五里許] 士吉等徃謁
太祖設宴　泰與士吉等　服其 神彩　深歎美而自相語曰

명(明)나라 태종황제가 도찰원첨도어사(都察院僉都御史) 유사길(兪士
吉)과 홍려시소경(鴻臚寺少卿) 왕태(汪泰)와 내사(内史) 온전(溫全)과
양녕(楊寧)을 보내 우리나라에 이르게 했다.[명나라 관제에 도찰원(都察院)에
는 품계가 정2품인 좌우도어사(左右都御史) 2명, 정3품의 좌우부도어사(左右副都御史) 2
명, 정4품인 좌우첨도어사(左右僉都御史) 4명을 두었다. 유(兪)는 성이다. 여(臚)는 음이
여(閭)이다. 홍려(鴻臚)는 무릇 조회 때에 큰 소리로 전하여 아홉 신하들이 들어오는 것을
돕는 것이다. 내사(内史)는 내관(内官)이다. 왕(汪)과 온(溫)은 모두 성이다.] 이때 태조
는 천보산(天寶山)에 갔었다.[천보산(天寶山)은 곧 회암산(檜巖山)이다. 양주부
(楊州府) 동쪽 15리쯤에 있다.] 유사길 등이 가서 뵈었다. 태조가 잔치를 베
풀었다. 왕태와 유사길 등이 그 신기한 풍채에 탄복하고 아름다움을
깊이 감탄하며 서로 말하기를

奇哉 耳也　今古未聞

"저렇게 기이한 귀는 고금에 듣지 못했다."라고 했다.

又　太祖在潛邸　相命師惠澄　私謂其所親曰[相 去聲 下並同]

또 태조가 왕이 되기 전에 상명사(相命師) 혜징(惠澄)이 사사로이 그 친한 이에게 말하기를[상(相)은 거성으로 아래도 같다.]

吾相人之命多矣　無如 李[太祖諱]者

"내가 사람의 운명을 많이 관상보았으나 이(李)씨[태조의 휘(諱)이다.] 같은 자는 없었다."라고 하니

所親問賦命雖善　位極於冢宰耳　澄曰

친한 이가 묻기를 "타고난 운명이 비록 좋다고 하나 지위가 총재(冢宰) 밖에 더할 뿐이겠는가?"라고 했다. 혜징이 말하기를

若冢宰何足道哉　吾之所相者　君長之命也　其代王氏而必興乎[道 言也 長 上聲]

"총재로 끝날 것 같다면 어찌 족히 말하겠는가? 내가 상을 본 바로는 임금의 운명이다. 그는 왕씨(王氏)를 대신하여 반드시 일어날 것이다." 라고 했다.[도(道)는 말한다는 뜻이다. 장(長)은 상성이다.]

第三十章

【언해문】 :뒤혜·는 :모딘 도죽 알·픠·는 어·드븐 길·혜
:업던 ·번·게·를 하·ᄂᆞᆯ·히 ·ᄇᆞᆯ·기시·니

【현대역】 뒤에는 모진 도적 앞에는 어두운 길에 없던 번개를 하늘이
밝히시니.

【언해문】 :뒤혜·는 :모딘 즁싱 알·픠·ᄂᆞᆫ 기·픈 모·새
열·분 어·르·믈 하·ᄂᆞᆯ·히 구·티시·니

【현대역】 뒤에는 모진 짐승 앞에는 깊은 못에 엷은 얼음을 하늘이 굳
히시니.

【언해문 분석】

1. 뒤헤는 : 뒤에는
   분석하면 '뒿(ㅎ종성 체언) + 에(처소 부사격 조사) + 는(대조의 보
   조사)'과 같다.

2. 모딘 : 모진, 사나운
   기본형 '모딜다(惡)'에 관형형 어미가 결합한 꼴이다. 분석하면 '모
   딜-(어간) + -ㄴ(관형형 어미)'과 같다. '모딜다〉모질다'는 구개음
   화 현상이다.

3. 어드븐 : 어두운
   기본형이 '어듭다(暗)'로 ㅂ 불규칙 형용사이다. 여기서 'ㅸ'은 'ㅂ'

이 유성음 사이에 쓰여 유성음화 되었다. 또 'ㅂ'은 '오/우'가 되므로 '어드ᄫᅳᆫ〉어두운'으로 변했다.

4. 번게를 : 번개를
분석하면 '번게(電) + 를(목적격 조사)'과 같다. '번게'로 쓰인 것은 모음조화 현상 때문이다.

5. ᄇᆞᆯ기시니 : 밝히시니
기본형이 'ᄇᆞᆰ다'이다. 분석하면 'ᄇᆞᆰ-(어근) + -이(사동 접미사) + -시-(주체 높임 선어말 어미) + -니(상대 높임 평서형 종결 어미)'와 같다.

6. 즁ᄉᆡᆼ : 짐승
'즁ᄉᆡᆼ'은 '짐승(獸)'이다. '즁ᄉᆡᆼ〉즘ᄉᆡᆼ〉즘숭〉짐승'의 변화 과정을 거쳤다. '짐승'은 이화(즁ᄉᆡᆼ〉즘ᄉᆡᆼ), 유추(즘ᄉᆡᆼ〉즘숭), 전설모음화(즘숭〉짐승) 현상의 결과이다.

7. 열ᄫᅳᆫ : 엷은
기본형 '엷다'에 관형형 어미가 결합한 형태다. 분석하면 '엷-(어간) + -은(관형형 어미)'과 같다.

8. 구티시니 : 굳히시니
기본형이 '굳다'이다. 따라서 분석하면 '굳-(어간) + -히-(사동 접미사) + -시-(주체 높임 선어말 어미) + -니(상대 높임 평서형 종결 어미)'와 같다.

【한문】 後有猾賊　前有暗程　有爗之電　天爲之明[猾 黠惡也 程

驛程道里也 爗 疑輒切 電光貌 爲 去聲 下同]

【현대역】뒤에는 교활한 도적이 있고 앞에는 어두운 길에 번쩍이는 번갯불을 하늘이 밝히시었다.[활(猾)은 교활하다는 뜻이다. 정(程)은 역마를 교대하는 길의 거리이다. 엽(爗)은 의첩(疑輒)의 반절음으로 번갯불이 번쩍이는 모양이다. 위(爲)는 거성으로 아래도 같다.]

【한문】後有猛獸 前有深淵 有薄之氷 天爲之堅

【현대역】뒤에는 사나운 짐승이 있고 앞에는 깊은 못이 있는데 엷은 얼음을 하늘이 굳히시었다.

【주(註)】

後唐太祖至汴州 宣武節度使朱全忠 固請入城 置酒[宣武軍 唐建中二年 置于宋州 興元元年 徙屯汴州 使 去聲 朱溫 賜名全忠 即後梁太祖也] 薄暮罷酒 從者皆醉[從 才用切] 全忠連車塞路 發兵攻之 呼聲動地 太祖醉不之聞[呼 火故切] 侍者滅燭 扶太祖匿牀下 以水沃其面而告之[沃 灌也] 太祖始張目援弓而起[張 開 援 引也] 須臾煙火四合[須臾 不久貌] 會大雨震電 天地晦冥 太祖帥左右數人 踰垣突圍 乘電光而行 縋城得出[帥 讀曰率 縋 馳僞切 掛繩而下也]

후당(後唐) 태조가 변주(汴州)에 이르자 선무절도사(宣武節度使) 주전충(朱全忠)이 굳이 성에 들어오기를 청하며 술을 베풀었다.[선무군(宣武軍)은 당나라 건중(建中) 2년에 송주(宋州)에 두었다가 흥원(興元) 원년에 변주(汴州)로 옮겨 주둔시켰다. 사(使)는 거성이다. 주온(朱溫)이 하사받은 이름은 전충(全忠)인데 이가 곧 후량(後梁) 태조이다.] 해질 무렵 술자리를 파했다. 따르던 자들이 모두 취했다.[종(從)은 재용(才用)의 반절음이다.] 주전충이 수레를 이어 길을 막고 군사를 내어 공격하니 외치는 소리가 땅을 흔들었다. 그러나 태조는 취해 그 소리를 듣지 못했다.[호(呼)는 화고(火故)의 반절음이다.] 모시는 자들이 촛불을 끄고 태조를 부축하여 침상 아래로 숨기고서 물을 얼굴에 부어 사태를 알렸다.[옥(沃)은 물을 붓는다는 뜻이다.] 태조가 비로소 눈을 뜨고 활을 끌어 당기며 일어났다. [장(張)은 연다는 뜻이다. 원(援)은 당긴다는 뜻이다.] 잠깐 사이에 연깃불이 사방에서 일어났다. [수유(須臾)는 오래되지 않은 모양이다.] 때마침 비가 많이 오고 번개가 쳐 천지가 어두워졌다. 태조는 좌우의 몇 명을 거느리고 담을 넘어 포위를 뚫고 번개 불빛을 타고 나아가 밧줄을 걸어 성을 탈출할 수 있었다. [솔(帥)은 솔(率)로 읽는다. 추(縋)는 치위(馳僞)의 반절음으로 밧줄을 걸고 내려온다는 뜻이다.]

太祖少時 獵于原野[少 詩照切 高平曰原] 有大豹伏葭蘆中 突出欲犯之[豹巴校切 花如錢黑而小於虎文 葭 音加 蘆 籠都切 初生爲葭 長大爲蘆 成則爲葦] 太祖勢迫未暇回勒 鞭馬避之 時深淵之冰 始凝未堅 人尙不可渡 馬躐冰而走 蹤穿水湧而終不陷[躐 力涉切 踐也 蹤 迹也 湧 水上溢也]

태조 이성계가 젊었을 때 원야(原野)에서 사냥을 했다. [소(少)는 시조(詩照)의 반절음이다. 높고 평평한 것을 원(原)이라 한다.] 이때 커다란 표범이 갈대숲 속에 엎드려 있다가 갑자기 튀어나와 그를 해치려 하였다. [표(豹)는 파교(巴校)의 반절음으로 검은 빛의 동전 같은 무늬가 있는데 호랑이 무늬보다 적다. 가(葭)는 음이 가이다. 노(蘆)는 농도(籠都)의 반절음으로 어릴 때는 가(葭)라 하고 크게 자라면 노(蘆)라 하고 다 자라면 위(葦)라 한다.] 태조는 형세가 급박하여 말굴레를 돌릴 겨를도 없이 채찍을 쳐서 피하려 하였다. 이때 못 깊은 곳의 얼음은 비로소 얼기 시작하여 굳지 않아 사람이 아직 건널 수는 없었다. 말이 얼음을 뛰어 넘으며 달리자 발자국이 뚫려 물이 솟구쳤으나 끝내 빠지지 않았다. [엽(躐)은 역섭(力涉)의 반절음으로 밟는다는 뜻이다. 종(蹤)은 발자국이다. 용(湧)은 물이 위로 넘치는 것이다.]

第三十一章

【언해문】 :젼 ᄆ·리 ·현 버·늘 딘·들 三十年天子ㅣ·어시· 니 :모딘 ·쇠·를 일·우·리잇·가[唐太宗在位二十三年 言三十者 擧大數也]

【현대역】 저는 말이 몇 번을 넘어진들 삼십년(三十年) 천자(天子)이 시니 모진 꾀를 이루겠습니까?[당나라 태종은 재위가 23년이었다. 30년이라 말 한 것은 큰 수를 든 것이다.]

【언해문】 石壁·이 ᄒᆞᆫ ·잣 ᄉ·ᅀᅵ·ᄂᆞᆯ 數萬里△ :니미·어시· 니 百仞 虛空·애 ᄂᆞ·리시·리잇·가[我國幅貟數萬里]

【현대역】 석벽(石壁)이 한 자 사인들 수만 리(數萬里) 넘이시니 백인 (百仞) 허공(虛空)에 내리시겠습니까?[우리나라의 넓이와 둘레는 수만 리이다.]

【언해문 분석】

1. 젼 ᄆ·리 : 저는 말이, 다리를 저는 말이
   '젼'은 '절다(蹇)'의 어간 '절-'의 활용형 '저-'에 관형형 어미 '-ㄴ' 이 결합한 형태이다. 따라서 '젼 ᄆ·리'를 분석하면 '절-(어간) + -ㄴ(관형형 어미) + ᄆᆞᆯ(馬) + 이(주격 조사)'와 같다.

2. 현 버늘 : 몇 번을
   '현'은 현대국어의 '몇(幾)'으로 관형사이다. 분석하면 '현(관형사) + 번(의존 명사) + 을(목적격 조사)'과 같다.

3. 딘들 : 넘어진들

기본형이 '디다'로 현대국어의 '넘어지다'이다. 따라서 분석하면 '디-(어간) + -ㄴ들(이유나 조건의 연결 어미)'과 같다.

4. 일우리잇가 : 이루겠습니까?

기본형이 '일우다'이다. 분석하면 '일우-(어간) + -리-(미래 시상 선어말 어미) + -잇-(상대 높임 의문형 선어말 어미) + -가(판정 의문형 종결 어미)'와 같다.

5. 흔 잣 : 한 자

'잣'은 '자(尺)'에 사잇소리가 결합한 형태다. 따라서 분석하면 '흔 (관형사) + 자(의존 명사) + ㅅ(사잇소리)'과 같다.

6. ᄉᆡ신들 : 사인들

'ᄉᆡ'은 현대국어의 '사이(間)'의 뜻이다. 분석하면 'ᄉᆡ(명사) + (이)(서술격 조사) + -ㄴ들(양보의 연결 어미)'과 같다. 이 곳 '-ㄴ 들' 앞에는 서술격 조사 '이'가 생략되었다. 즉 'ᄉᆡ신들'은 'ᄉᆡ인 들'에서 '이'가 생략된 것이다.

7. 니미어시니 : 님이시니

'님'은 대개 '임금'을 가리키는데 여기서는 '이태조'를 말한다. 분석 하면 '님(명사) + 이(서술격 조사) + -어-(과거 시상 선어말 어미) + -시-(주체 높임 선어말 어미) + -니(설명의 연결 어미)'와 같 다. '-어-'는 '거'가 서술격 조사 'ㅣ' 뒤에서 'ㄱ'이 약화된 것이다.

8. ᄂᆞ리시리잇가 : 내리시겠습니까? 떨어지리까?

기본형이 'ᄂᆞ리다'이다. 따라서 분석하면 'ᄂᆞ리-(어간) + -시-(주 체 높임 선어말 어미) + -리-(미래 시상 선어말 어미) + -잇-(상

대 높임 의문형 선어말 어미) + -가(판정 의문형 종결 어미)'와 같
다. 'ㄴ리시리잇가'는 반어법으로 쓰였다.

【한문】爰有蹇馬　雖則屢蹶　三十年皇　悍謀何濟[悍 合罕切 强狼也]
【현대역】 다리를 저는 말이 비록 곧 여러 번 넘어진다 해도 삼십년간
황제를 하실 분이니 사나운 꾀를 어떻게 이루겠습니까?[한(悍)은 합한(合
罕)의 반절음으로 매우 사납다는 뜻이다.]

【한문】爰有石壁　間不容尺　數萬里　主　懸崖其趺[趺 音迭 足失措]
【현대역】 돌 절벽의 사이가 한 자밖에 안 남았지만 수만리 땅의 주인
이 되실 분이니 낭떠러지에서 떨어지겠습니까?[질(趺)은 음이 질(迭)로 발을
잘못 디디는 것이다.]

【주(註)】
爰有蹇馬事　見上[上 第二十六章也]
다리를 저는 말에 관한 일은 윗글에 나타나 있다.[윗글은 제26장이다.]

太祖少時　獵于山麓[少 詩照切 麓 盧谷切 山足也]　逐一豕　接筈欲射　忽臨百
仞之崖　其間不能以尺[筈 古活切 箭末曰筈 筈 會也 謂與弦相會也 射 食亦切 下同
仞 而振切 八尺曰仞 取人伸臂之一尋也]　太祖從馬後　挺身而立　豕馬俱落
태조(이성계)가 젊을 때 산기슭에서 사냥을 했다.[소(少)는 시조(詩照)의 반
절음이다. 녹(麓)은 노곡(盧谷)의 반절음으로 산기슭이다.] 멧돼지 한 마리를 쫓다
가 오늬를 시위에 대고 쏘는데 갑자기 백 길 낭떠러지에 다다르니 그
사이가 능히 한 척도 안 되었다.[괄(筈)은 고활(古活)의 반절음으로 화살 끝을 오
늬라고 한다. 오늬[筈]는 모인다는 뜻으로 활과 함께 서로 만난다는 것을 말한다. 석(射)은
식역(食亦)의 반절음으로 아래도 같다. 인(仞)은 이진(而振)의 반절음으로 8척을 인(仞)이
라 하는데 사람이 팔을 펼치면 1심(尋)이 되는 것에서 따온 것이다.] 태조가 말 뒤로
해서 몸을 빼어 섰으나 멧돼지와 말은 모두 떨어졌다.

又獵于長湍[湍 他官切 疾瀨也 長湍 本高句麗長淺城 新羅改名長湍 高麗文宗時隷開城府 本朝 太宗十四年 革臨江縣 幷于長湍 號長臨縣 更以長湍幷于臨津 號臨湍縣 今復分爲長湍縣 別號良浦 屬京畿道 縣之西南 有長湍渡 故因以爲名也] 乘五明赤馬 行高嶺上 嶺下有絶壁[馬之鼻與四足俱白者 呼爲五明也 五明赤馬 即八駿之一 其名發電赭 絶 峭極也] 有二麞自左而走下 太祖直馳下 鞭馬不已 從者皆失色[下 並去聲 從 才用切] 太祖射前麞 正中而斃[中 去聲] 急回馬而止 去絶壁數步 人皆驚服 太祖笑謂左右曰

또 장단(長湍)에서 사냥을 하였는데[단(湍)은 타관(他官)의 반절음으로 급류이다. 장단(長湍)은 본래 고구려 장천성(長淺城)인데 신라가 이름을 장단으로 고쳤다. 고려 문종 때에는 개성부(開城府)에 예속시켰다. 본조 태종 14년에 임강현(臨江縣)을 없애고 장단에 합쳐서 장림현(長臨縣)이라 불렀다. 다시 장단을 임진(臨津)과 합쳐 임단현(臨湍縣)이라 불렀다. 지금 다시 나누어 장단현이라 했다. 별호로는 양포(良浦)라 한다. 경기도(京畿道)에 속하는데 현의 서남쪽에 장단 나루가 있으므로 이로 인해 이름을 삼았다.] 오명적마(五明赤馬)를 타고 높은 고개 위를 가는데 고개 아래로는 절벽이었다.[말의 코와 네 다리가 모두 하얀 것을 오명(五明)이라 부른다. 오명적마(五明赤馬)는 곧 8필의 뛰어난 말 중 하나인데 그 이름은 발전자(發電赭)이다. 절(絶)은 지극히 가파르다는 뜻이다.] 이때 두 마리 노루가 왼쪽으로부터 아래쪽으로 달렸다. 태조가 곧바로 아래쪽으로 달리며 말에 채찍치기를 그치지 않았다. 따르던 자들이 모두 얼굴빛을 잃었다.[하(下)는 모두 거성이다. 종(從)은 재용(才用)의 반절음이다.] 태조가 앞의 노루를 쏘아 정통으로 맞혀 죽였다.[중(中)은 거성이다.] 그리고 급히 말을 돌려 세웠는데 절벽까지의 거리가 몇 발자국이었다. 사람들이 모두 놀라 탄복하니 태조가 좌우에 웃으며 말하기를

非我莫能止之
"내가 아니라면 능히 멈추지 못했을 것이다."라고 했다.

第三十二章

【언해문】天爲建國·ᄒᆞ·샤　天命·을　ᄂᆞ·리·오시·니　亭上牌
額·을　:세　·사·ᄅᆞᆯ　마·치시·니[爲 去聲 下並同]

【현대역】천위건국(天爲建國)하시어 천명(天命)을 내리우시니 정상
(亭上) 패액(牌額)을 세 살을 맞추시니. [위(爲)는 거성이다. 아래도 모두 같다.]

【언해문】天爲拯民·ᄒᆞ·샤　天才·ᄅᆞᆯ　ᄂᆞ·리·오시·니　藪中
담·뵈·ᄅᆞᆯ　·스·믈　·살　마·치시·니

【현대역】천위증민(天爲拯民)하시어 천재(天才)를 내리우시니 수중
(藪中) 담비를 스무 살 맞추시니.

【언해문 분석】
1. ᄂᆞ리오시니 : 내리우시니
   기본형이 'ᄂᆞ리다(降)'이다. 여기에 사동 접미사가 결합한 꼴이다.
   따라서 분석하면 'ᄂᆞ리-(어근) + -오-(사동 접미사) + -시-(주체
   높임 선어말 어미) + -니(원인의 연결 어미)'와 같다.

2. 마치시니 : 맞추시니
   기본형이 '맞다(的中)'에 사동 접미사가 결합한 꼴이다. 분석하면
   '맞-(어근) + -히-(사동 접미사) + -시-(주체 높임 선어말 어미)
   + -니(원인의 연결 어미)'와 같다.

3. 담뵈ᄅᆞᆯ : 담비를

'담뵈'는 '담비(蜜狗)'이다. 분석하면 '담뵈(명사) + 를(목적격 조사)'과 같다.

4. 스믈 : 스무, 스물
'스믈'은 ㅎ종성 체언이다.

【한문】 天爲建國 天命斯集 亭上牌額 三中不錯[中 去聲 錯 舛也]

【현대역】 하늘이 나라를 세우기 위해 천명(天命)을 (宋나라 高宗에게) 모으니 정자 위의 현판[牌額]에 세 화살을 적중시켜 빗나가지 않았다.[중(中)은 거성이다. 착(錯)은 어그러진다는 뜻이다.]

【한문】 天爲拯民 天才是出 藪中蜜狗 卄發盡獲[卄 音入 二十幷]

【현대역】 하늘이 백성을 구하기 위해 천재(天才, 이성계)를 내시니 숲속의 담비에 20대 화살을 쏘아 모두 잡았다.[입(卄)은 음이 입(入)이고 20과 같다.]

【주(註)】

金元師斡离不[金國名 离 通作離 斡离不 人名 遼金蒙古語所稱人名 皆有聲而無字 當時特借華音相近之字以用之 如解台帶泰 同一音也 巴八拜伯 同一音也 或鐵木帖睦之相混 或塔失達識之不同 前後彼此不一 若此之類 不容槩擧 若剌字兒字林字里字之類 又皆舌而呼之 是豈華音所能釋者乎] 旣取宋滑州 卽遣吳孝民至汴 以詔書問納張瑴事[滑 胡八切 秦東郡 隋置滑州 因滑臺名也 汴 宋都也 瑴 音覺 金以遼平州爲南京 命張瑴侑守 瑴以平州歸宋] 令執送童貫譚稹詹度 而以黃河爲界 納質奉貢[令 平聲 譚 徒耽切 稹 之忍之仁二切 童貫 譚稹 詹度 三人姓名也 河 出崑崙 潛行地下 至于窴國 復分流岐出 合而東注泑澤 已而復行積石 爲中國河 元史云 河源 古無所見 禹貢 導河 止自積石 漢使張騫度玉門 見二水交流 發葱嶺 趨于闐 匯鹽澤 伏流千里 至積石而再出 唐薛元鼎 使吐蕃 訪河源

得之於悶磨黎山 世之論河源者 又皆推本二家 其說怪迂 皆非本眞按河源 在吐蕃朶甘思西鄙
有泉百餘泓 沮洳散渙 不可逼視 方可七八十里 履高山下瞰 燦若列星 群流奔輳 近五七里 匯
二巨澤 自西而東 連屬呑噬 行一日 逶邐東騖成川 號赤賓河 又二三日 水西南來 名亦里出 與
赤賓河合 又三四日 水南來 名忽闌 又水東南來 名也里朮 合流入赤賓 其流浸大 始名黃河 然
水猶淸 人可涉 又一二日 岐爲八九股 廣五七里 可度馬 又四五日 水溷濁 土人抱革囊騎過之
自是兩山峽束 廣可一里二里 或半里 其深叵測 朶甘思東北有大雪山 其山最高 即崐崘也 自
八九股水至崐崘 行二十日 河行崐崘南半日 又四五日 至闍即及闍提 二地相屬 又三日 地名
哈剌別里赤兒 四達之街也 多冠盜 官兵鎭之 近北二日 河水過之 行五六日 有水西南來 名細
黃河 又兩日 水南來 名乞兒馬出 二水合流入河 河水北行 轉西流 過崐崘北 一向東北流 約行
半月 至貴德州 又四五日 至積石州 即禹貢積石 自發源至漢地 南北澗溪 細流傍貫 莫知紀極
山皆草石 至積石方林木暢茂 世言河九折 彼地有二折 盖乞兒馬出 及貴德必赤里也 初學記曰
河入塞 過燉煌 酒泉張掖郡南 與洮河過 過安定北地郡 北流過朔方郡西 又南流過五原郡南
又東流過雲中西河郡東 又南流過上都河東郡西 而出龍門 至華陰潼關 與渭水合 又東廻過砥
柱及洛陽 至鞏縣與洛水合 成皐與濟水合 又東北流 過武德與沁水合 至黎陽 信都 鉅鹿之北
遂分爲九河 又合爲一河而入海 質 音致 下並同 物相質當也 左傳曰周鄭交質] 斡离不軍
抵汴城 據牟馳岡 聞徽宗內禪而城中有備 欲退師[抵 至也 馳 唐何切 徽宗
名佶 神宗之子 哲宗之弟也 禪 時戰切 禪位也 謂除地爲墠 告天而傳位 後因謂之禪] 欽宗
召群臣議之[欽宗 名桓 徽宗之子也 受內禪即位] 太宰李邦彦 力請割地請和
尙書右丞李綱以爲擊之便 欽宗竟從邦彦計 命虞部負外郎鄭望之 及
高世則使其軍[周禮地官 有山虞澤虞 盖虞部之職也 使 去聲 下並同] 縋城而出 未
至軍 遇金使孝民 因與偕還 孝民至 言曰

금(金)나라 원수 알리불(斡离不)이[금(金)은 나라 이름이다. 리(离)는 보통 리
(離)와 통한다. 알리불은 사람 이름이다. 요(遼), 금(金), 몽고(蒙古) 말로 사람을 부를 때
대개 소리는 있지만 글자가 없었으므로 당시에 특별히 중국 음과 서로 비슷한 글자를 빌려
서 썼다. 예를 들어 태(觮), 태(台), 대(帶), 태(泰)는 같은 음이고, 파(巴), 팔(八), 배(拜),
백(伯)도 같은 음이다. 그런데 혹 철목(鐵木)과 첩목(帖睦)이 서로 뒤섞이고 혹 탑실(塔失)
과 달지(達識)가 같지 않아 전후를 옮기는 것이 한결같지 않다. 이와 같은 예들은 다 들
수가 없다. 자(刺), 아(兒), 임(林), 리(里)자 같은 따위를 또한 모두 혀(舌)가 숨을 쉬며
낸다고 하는데, 이것을 어찌 중국음으로 능히 풀었다고 할 수 있겠는가?] 송(宋)나라
활주(滑州)를 취한 뒤 곧 오효민(吳孝民)을 보내 변경(汴京)에 이르게
하여 조서(詔書)로써 장각(張殼)을 받아들인 일을 물었다.[활(滑)은 호팔
(胡八)의 반절음으로 진(秦)의 동군(東郡)이었다. 수(隋)나라는 활주(滑州)를 두었는데, 활

주는 활대(滑臺)의 이름에 기인한 것이다. 변(汴)은 송(宋)나라 도읍이다. 각(殼)은 음이
각(覺)이다. 금나라는 요나라 평주를 남경(南京)이라 하고 장각을 유수(留守)로 임명했는
데 장각이 평주를 가지고 송나라에 귀순했다.] 그리고 동관(童貫), 담진(譚稹),
첨도(詹度)를 잡아 보낼 것과 황하(黃河)를 경계로 삼으며 폐백[質]을
들이고 조공을 바칠 것을 명령했다.[영(令)은 평성이다. 담(譚)은 도탐(徒耽)의
반절음이다. 진(稹)은 지인(之忍), 지인(之仁)의 두 반절음이 있다. 동관(童貫), 담진(譚
稹), 첨도(詹度)는 세 사람의 성명이다. 황하는 곤륜(崑崙)에서 나와 땅 밑을 흐르다가 전
국(寶國)에 이르러 다시 여러 갈래로 나뉘어 흐르다가 합쳐져서 동쪽의 유택(泑澤)으로 흐
르고, 다시 적석(積石)으로 흐른 뒤에 중국 황하가 된다. 원(元)나라 역사에 이르기를 "황
하의 발원은 예로부터 알려진 바 없다."라고 했다. 우공(禹貢)에 황하를 이끌어 적석에 이
르게 했다는 대목이 있다. 한(漢)나라 사신 장건(張騫)이 옥문(玉門)을 건너다가 두 물이
교차되어 흐르는 것을 보았는데, 이 물은 총령(葱嶺)에서 발원하여 우전(于闐)을 달려 염
택(鹽澤)의 땅 밑으로 천 리를 흐르다가 적석(積石)에 이르러 다시 나타난다. 당(唐)나라
설원정(薛元鼎)이 토번(吐蕃)에 사신으로 갔다가 황하의 발원을 찾아보았는데 민마려산
(悶磨黎山)에서 찾았다. 세상에서 황하의 발원을 말하는 것은 또한 모두 이 두 사람의 얘기
를 미루어 말한 것인데 그 말이 괴상하고 오염이 됐으므로 모두 진실이 아니다. 황하의
발원을 살펴보면 토번(吐蕃)의 타감사(朶甘思) 서쪽 변방에 있다. 그곳은 백여 개의 웅덩
이에서 물이 솟아 흩어져 소용돌이 쳐 가까이서 볼 수 없는데 사방이 7~80리는 된다. 이
고산(履高山)에서 내려다 보면 별이 열지어 있는 것처럼 찬란한데 여러 물줄기가 거의
5~7리쯤 분주히 흘러 한곳으로 모이고 두 개의 큰 못으로 돌아 나간다. 서쪽에서 동쪽으
로부터 끊이지 않고 씹어 삼키며 하루를 가면 동쪽으로 무성천(鵞成川)에 이어지는데 이
강을 적빈하(赤賓河)라고 부른다. 또 2~3일 가면 서남쪽에서 흘러오는 이름이 역리출(亦
里出)이라는 것과 적빈하가 합친다. 또 3~4일 가면 남쪽에서 흘러오는 이름이 홀란(忽闌)
이라는 것과 합친다. 또 동남쪽에서 흘러오는 이름이 야리출(也里朮)과 합쳐서 흘러 적빈
으로 들어오는데 그 흐름은 점점 커져서 처음으로 황하라고 이름한다. 그러나 물이 아직까
지 맑고 사람이 건널 수 있다. 또 하루 이틀 가면 갈려져 팔구고(八九股)가 되는데 폭이
5~7리쯤이지만 말은 건널 수 있다. 또 4~5일 가면 물이 혼탁해 지고 그 지방 사람들은
가죽 포대를 안고 말을 타고 건너간다. 여기부터 두 산 사이가 좁아져 폭이 1~2리 혹은
반 리밖에 안 되어 그 깊이를 헤아리는 것이 불가능하다. 타감사 동북쪽에 대설산(大雪山)
이 있는데 그 산의 제일 높은 곳이 곧 곤륜(崑崙)이다. 팔구고에서 곤륜까지는 20여 일이
걸린다. 황하는 곤륜산 남쪽을 반나절 쯤 지나 다시 4~5일을 가서 활즉(闊即)과 활제(闊
提)에 이르는데 두 곳은 서로 붙어 있다. 또 3일을 가면 땅 이름이 합자별리적아(哈刺別里
赤兒)가 나오는데 이곳은 여러 곳으로 통하는 거리인데도 도적이 많아서 관병이 주둔했다.
북쪽으로 이틀 가까운 거리에 황하가 흐른다. 5~6일 가면 서남쪽에서 흘러오는데 강 이름

이 세황하(細黃河)이다. 또 이틀을 가면 남쪽에서 흘러오는데 강 이름이 걸아마출(乞兒馬出)이다. 두 물이 합쳐서 황하로 들어간다. 황하는 북으로 가다가 방향을 바꿔 서쪽으로 흘러 곤륜산의 북쪽을 지나 줄곧 동북쪽으로 흘러, 약 보름쯤 가면 귀덕부(貴德州)에 이른다. 또 4~5일을 가면 적석주(積石州)에 이르는데 바로 우공에서 말하는 적석(積石)이다. 발원으로부터 한(漢)지방에 이르기까지는 남북으로 산골 물이 곁에 가늘게 흐르므로 어디가 끝인지 알 수 없다. 산에는 모두 풀과 돌만이 있고 적석에 이르러서야 나무와 수풀이 무성하다. 세상에서 말하기를 황하는 아홉 번 구부러진다고 하는데 이곳에서 두 번 구부러진다. 대개 걸아마출(乞兒馬出)과 귀덕필적리(貴德必赤里)이다. 초학기(初學記)에 이르기를 "황하는 변방으로 들어가 돈황(燉煌), 주천(酒泉) 장액군(張掖郡)의 남쪽을 지나 조하(洮河)와 합한 다음 안정(安定) 북지군(北地郡)을 지나 북쪽으로 흘러 삭방군(朔方郡)의 서쪽을 지난다. 또 남쪽으로 흘러 오원군(五原郡)의 남쪽을 지난다. 다시 동쪽으로 흘러 운중(雲中)과 서하군(西河郡)의 동쪽을 지난다. 또 남쪽으로 흐르며 상도 하동군(河東郡)의 서쪽을 지나 용문(龍門)으로 나와 화음(華陰) 동관(潼關)에 이르러 위수(渭水)와 합친다. 또 동쪽으로 회돌아 지주(砥柱)와 낙양(洛陽)을 지나 공현(鞏縣)에 이르러 낙수(洛水)와 합치고, 성고(成皐)에서는 제수(濟水)와 합친다. 또 동북쪽으로 흘러 무덕(武德)을 지나 심수와 합하고 여양(黎陽), 신도(信都), 거록(鉅鹿)의 북쪽에 이르러 드디어 아홉 갈래로 나뉜다. 또 합쳐서 한 줄기 강이 되어 바다로 들어간다. 질(質)은 음이 치(致)이고 아래도 모두 같다. 물건을 서로 폐백으로 보내는 것이다. 좌전에 이르기를 "주(周)와 정(鄭)은 서로 폐백을 보냈다."라고 하였다.] 알리불의 군대가 변성(汴城)에 이르러 모타강(牟馳岡)에 웅거하였다. 휘종(徽宗)이 내선(內禪)을 하였고 성안은 방비되었음을 듣고 군사를 물리치려 하였다.[저(抵)는 이른다는 뜻이다. 타(馳)는 당하(唐何)의 반절음이다. 휘종은 이름이 길(佶)로 신종(神宗)의 아들이며 철종(哲宗)의 동생이다. 선(禪)은 시전(時戰)의 반절음으로 천자의 자리를 물려주는 것이다. 이것은 땅을 깨끗이 쓸어 재터를 만들고 하늘에 천자의 자리를 전하는 것을 고하는 것으로 뒤에 이것으로 인하여 선(禪)이라고 했다.] 흠종(欽宗)이 여러 신하를 불러 의논했다.[흠종은 이름이 환(桓)인데 휘종의 아들로 내선(內禪)을 받아 즉위했다.] 태재(太宰) 이방언(李邦彦)은 땅을 떼어주고 화친할 것을 힘써 청했고, 상서우승(尙書右丞) 이강(李綱)은 공격하는 것이 편하다고 했다. 흠종은 마침내 이방언의 계책을 따라 우부원외랑(虞部員外郞) 정망지(鄭望之) 및 고세즉(高世則)을 알리불의 군대에 사신으로 가도록 명했다.[주례(周禮) 지관(地官)에 산우(山虞) 택우(澤虞)가 있는데 대개 우부(虞部)의 직책이다. 사(使)는 거성으로 아래도 모두 같다.] 성을 돌아나가다가 군대에 이르기 전에 금나라 사

신 오효민을 만나 그로 인해 함께 돌아왔다. 오효민이 와서 말하기를

上皇朝事已徃　不必計[上皇 指徽宗也 朝 馳遙切 下同]　今少帝與金　別立誓書　結好　仍遣親王宰相　詣軍前可也[少 詩照切 下並同 少帝 指欽宗也 好 去聲 相 去聲 下並同]

"상황(上皇) 때 조정의 일은 이미 지난 것이니 마음속으로 생각할 필요가 없습니다.[상황은 휘종을 가리킨다. 조(朝)는 치요(馳遙)의 반절음으로 아래도 같다.] 이제 젊은 황제와 금나라가 따로 맹서의 문서를 세워 우호를 맺고 그로 인해 친왕(親王)과 재상(宰相)을 보내어 우리 군대 앞으로 나가게 하는 것이 좋겠습니다."라고 했다.[소(少)는 시조(詩照)의 반절음으로 아래도 모두 같다. 소제(少帝)는 흠종을 가리킨다. 호(好)는 거성이다. 상(相)은 거성으로 아래도 모두 같다.]

欽宗因求大臣可使者　綱請行　欽宗不許　而命李梲[梲 朱劣切]　綱曰

흠종이 이로 인하여 대신 중에 사신으로 갈 만한 자를 구했다. 이강이 가기를 청했으나 흠종이 허락하지 않고 이절(李梲)에게 명했다.[절(梲)은 주열(朱劣)의 반절음이다.] 이강이 말하기를

安危在此一擧　臣恐李梲怯懦　誤國事也[怯 懼 懦弱也]　不聽命梲　使金軍

"나라의 안위(安危)가 이 한 번의 일에 달려있는데 신은 이절이 겁이 많고 나약하여 나라 일을 그르칠까 걱정입니다."라고 했으나[겁(怯)은 두려워하는 것이고, 나(懦)는 약하다는 뜻이다.] 듣지 않고 이절에게 명하여 금나라 군대에 사신으로 가도록 했다.

梲至　斡离不盛兵　南向坐　梲北面再拜　膝行而前　恐怖喪膽　失其所言[膝行 屈膝就地而行也 言畏懼俯伏 不敢安行也 怖 普布切 惶懼也 喪 去聲]　斡离不謂之曰　汝家京城　破在頃刻　所以歛兵不攻者　徒以少帝之故　欲存趙氏宗社　我恩大矣　今若欲議和　當輸犒師之物金五百萬兩　銀五千萬兩　牛

馬萬頭　表叚百萬疋　尊金帝爲伯父　歸燕雲之人在漢者　割中山太原河
間三鎭之地　而以宰相親王爲質　送大軍過河　乃退耳[輸 送也 犒 口到切 餉
也 馳馬之類曰匹 牛羊之類曰頭也 匹 或作疋 布帛長四丈爲匹也 父之兄曰伯父也 燕 燕山 雲
雲中也 割 居曷切 截也 中山 春秋之鮮虞也 漢爲中山郡 城在唐昌縣東北 城中有山 故曰中
山]　因出事目一紙　付梲而遣還[事目 謂事之提綱也 取綱目條目節目之類]　梲等
唯唯　不敢措一言[唯 以水切 諾也 措 置也]

이절이 이르자 알리불이 군대를 성대히 벌려놓고 남향(南向)하여 앉아
있었다. 이절이 북면하여 재배(再拜)하고 슬행(膝行)하였는데 공포스
러워 담력을 잃고서 그 할말을 잃었다.[슬행(膝行)은 무릎을 꿇고 땅바닥을 기
어 앞으로 가는 것이다. 이는 두려워 엎드려서 감히 편안히 가지 못하는 것을 말한다. 포
(怖)는 보포(普布)의 반절음으로 두려워 한다는 뜻이다. 상(喪)은 거성이다.] 알리불이
그에게 일러 말하기를 "너희 경성(京城)을 순식간에 깨뜨릴 수 있다.
그런데 군대를 거두어 공격하지 않는 까닭은 다만 젊은 황제 때문이
다. 조씨(趙氏)의 종사(宗社)를 남겨두려는 것이니 나의 은혜는 큰 것
이리라. 지금 만약 화친을 논의하고자 한다면 마땅히 군사들을 위로할
물건으로 금 5백만 냥, 은 5천만 냥, 소와 말 만 마리, 비단 백만 필
(疋)을 보내고 금나라 황제를 높여 큰아버지[伯父]로 삼고 연(燕)과 운
(雲)의 사람 중에 중국 사람으로 있는 자를 돌려보내고, 중산(中山),
태원(太原), 하간(河間) 3진(鎭)의 땅을 떼어주며 재상과 친왕을 인질
로 삼아 준다면 대군을 황하를 건너 돌려보내 곧 물러가게 하겠다."라
고 했다.[수(輸)는 보낸다는 뜻이다. 호(犒)는 구도(口到)의 반절음으로 음식 등을 보낸
다는 뜻이다. 낙타나 말 따위는 필(匹)이라고 하고, 소나 양 따위는 두(頭)라고 한다. 필
(匹)은 혹 필(疋)로도 쓰는데 옷감 4장(丈)이 한 필이다. 아버지의 형을 백부라고 한다. 연
(燕)은 연산(燕山)이고 운은 운중(雲中)이다. 할(割)은 거갈(居曷)의 반절음으로 끊는다는
뜻이다. 중산은 춘추시대의 선우(鮮虞)로 한(漢)나라 때는 중산군(中山郡)이라고 했다. 성
(城)은 당창현(唐昌縣) 동북에 있는데 성 안에 산이 있으므로 중산이라고 했다.] 이로써
일의 조목(條目)을 쓴 종이 한 장을 내어 이절에게 주어 돌려보냈다.
[일의 조목이란 일의 요점을 말하는 것으로 강목(綱目), 조목(條目), 절목(節目) 따위에서
따온 것이다.] 이절 등은 "예, 예"하며 감히 한 마디 말도 못했다.[유(唯)는

이수(以水)의 반절음으로 응락하는 것이다. 조(措)는 둔다는 뜻이다.]

逐與金使蕭三寶奴　耶律忠　王汭等　偕來索賂要質[耶律 複姓也 汭 儒稅切
索 求也 要 伊消切 勒也 約也]　邦彦等勸欽宗從之　欽宗乃避殿減膳[後漢鍾離意
諫明帝曰 陛下躬自克責 降避正殿 損常膳 周官膳夫 掌王之食飮膳羞 以養王 王日一擧 鼎十
有二 物皆有俎 齊日三擧 大喪則不擧 大荒 大札 天地有烖 邦有大故 皆不擧 是則王不擧者
損常膳也]

드디어 금나라 사자 소삼보노(蕭三寶奴), 야율충(耶律忠)과 왕예(王
汭) 등이 함께 와서 물건과 인질을 요구했다.[야율은 복성이다. 예(汭)는 유세
(儒稅)의 반절음이다. 색(索)은 요구한다는 뜻이다. 요(要)는 이소(伊消)의 반절음으로 억
지로 한다, 약속한다의 뜻이다.] 이방언 등이 흠종에게 따를 것을 권했다. 흠
종이 이에 정전을 피하고 반찬의 가지 수를 줄였다.[후한 종리의(鍾離意)가
명제(明帝)에게 간하여 말하기를 "폐하께서는 몸소 자신을 책망하시어 정전을 피하여 내려
오시고 일상의 반찬 가지 수를 줄이십시오."라고 했다. 주(周)의 관직인 선부(膳夫)는 왕의
음식과 반찬을 맡아 왕을 공양했다. 왕은 하루에 한 번 희생을 잡는데, 솥이 열둘 있고 제
물은 모두 제기에 놓는다. 제삿날에는 세 번 희생을 잡는다. 대상(大喪) 때는 곧 희생을
잡지 않는다. 큰 흉년이 들거나 큰 질병이 생기거나 천하에 재해가 일어나거나 나라에 큰
변고가 있으면 모두 희생을 잡지 않는다. 이렇게 왕이 희생을 잡지 않으면 일상 반찬의
가지 수를 줄이게 된다.]

括借都城金銀　倡優家財　得金二十萬兩　銀四百萬兩　而民間已空[倡優
伎樂歌舞之家也]　綱言

도성의 금과 은과 창우(倡優)의 재물까지 빌려 모아 금 20만 냥과 은
4백만 냥이 되니 백성들은 아무 것도 없게 되었다.[창우는 기악과 가무를
하는 사람이다.] 이강이 말하기를

金人所需金幣　竭天下且不足　況都城乎[需 詢趣切 索也]　三鎭國之屛蔽
割之何以立國[屛 補永切 蕭墻也 蔽 必袂切 障也]　至於遣質　卽宰相當徃　親王
不當徃　若遣辨士　姑與之議所以可不可者　宿留數日　大兵四集[辨 通作

辮 宿留 音秀溜 謂有所須待也]　彼孤軍深入　雖不得所欲　亦將速歸　此時而與
之盟　則不敢輕中國　而和可久也　邦彦等言

"금나라 사람이 요구하는 금과 폐백은 천하를 다 긁어모아도 부족할
텐데 하물며 도성의 것으로 되겠습니까?[수(需)는 순추(詢趨)의 반절음으로 찾
는다는 뜻이다.] 3진(鎭)은 나라의 울타리인데 이것을 떼어주면 어떻게
나라를 부지하겠습니까?[병(屛)은 보영(補永)의 반절음으로 울타리라는 뜻이다. 폐
(蔽)는 필몌(必袂)의 반절음으로 막는다는 뜻이다.] 인질을 보내는 일, 재상이 가
는 것은 마땅한 일이나 몸소 왕이 가는 것은 부당합니다. 만약 사리에
밝은 사람을 보내어 잠시 저들과 가능한 것과 그렇지 않은 것을 논의
하면서 며칠을 머물러 기다린다면 많은 군사들이 사방에서 모일 것입
니다.[변(辨)은 보통 변(辮)으로 쓴다. 숙류(宿留)는 음이 수류(秀溜)로 머물러 기다리는
바가 있음을 말한다.] 저들의 군대는 깊이 들어와 고립되었으므로 비록 바
라는 바를 얻지 못했을지라도 또한 앞으로 속히 돌아갈 것입니다. 이
때 저들과 맹서를 한다면 감히 중국을 가벼이 하지 않을 것이고 화친
도 오래 갈 것입니다."라고 했다. 이방언 등이 말하기를

都城破在旦夕　尙何有三鎭　而金幣之數　又不足較　欽宗黙然[較 音敎 相
角也]　綱不能奪　因求去　欽宗慰諭之曰

"도성(都城)이 깨지는 것이 단석(旦夕)에 있는데 오히려 3진이니 금과
폐백의 숫자가 어떠니 하는 것은 따질 것이 못 됩니다."라고 하니, 흠
종이 묵묵히 있었다.[교(較)는 음이 교(敎)인데 서로 견주어 비교하는 것이다.] 이
강은 이들을 꺾을 수 없게 되자 물러나기를 청했다. 흠종이 위로하며
달래며 말하기를

卿第出治兵　此事當徐圖之[第 但也]　綱退　則誓書已成　稱伯大金國皇帝
姪宋國皇帝　金幣　割地　遣質更盟　一依其言[更 工衡切]　遣沈晦　以誓書
先徃　幷持三鎭地圖示之

"경은 다만 나가서 군사를 다스리시오. 이 일은 마땅히 서서히 도모하 겠소이다."라고 했다. [제(第)는 다만이라는 뜻이다.] 이강이 물러나자 맹서 한다는 글이 이미 만들어졌는데, 일컫기를 "백대금국황제(伯大金國皇 帝) 질송국황제(姪宋國皇帝)"라고 썼고, 금과 폐백과 땅을 떼어주는 것, 인질을 보내는 것 등의 새로운 맹약을 한결같이 그들의 말에 따랐 다. [경(更)은 공형(工衡)의 반절음이다.] 심회(沈晦)를 보내 맹서의 글을 가지 고 먼저 가게하고 아울러 3진의 지도도 지니고 가서 보여 주었다.

時高宗毅然請行曰　虜必欲親王　臣爲宗社大計　豈應辭避[高宗 名構 徽宗 之子 欽宗之弟也 初封康王 爲 去聲 應 於陵切]　命以少宰張邦昌爲計議使 奉高 宗徃金軍　爲質以求成[成 平也]

이때 고종(高宗)이 의연히 가기를 청하여 말하기를 "오랑캐들은 반드 시 친왕(親王)을 원하는데, 신이 나라의 대계를 위해 어찌 가는 것을 피하겠습니까?"라고 했다. [고종은 이름이 구(構)로 휘종의 아들이고 흠종의 동생 이다. 처음에는 강왕(康王)에 봉해졌었다. 위(爲)는 거성이다. 응(應)은 어릉(於陵)의 반절 음이다.] 소재(少宰) 장방창(張邦昌)을 계의사(計議使)로 삼아 고종을 받들고 금나라의 군대로 가서 인질이 되어 화평을 구하도록 했다. [성 (成)은 화평이다.]

高宗留金營　射連發三矢　皆中筈連珠不斷[中 去聲]　金人謂將官良家子 似非親王　豈有親王精於騎射如此　乃遣歸　更請肅王樞爲質[將 即亮切 騎 去聲 樞 肅王名也 徽宗之子也]

고종이 금나라 군영에 머물면서 연달아 화살 세 대를 쏘아 모두 오늬 를 적중시켜 구슬을 꿰듯이 이어서 맞추었다. [중(中)은 거성이다.] 금나라 사람들이 말하기를 "훌륭한 장군 가문의 아들이지 친왕은 아닌 것 같 다. 어떻게 친왕이 말타고 활쏘는 것을 이같이 잘할 수 있겠는가?"라 고 하고, 이내 돌려보내고 다시 숙왕(肅王) 추(樞)를 인질로 청했다. [장 (將)은 즉량(即亮)의 반절음이다. 기(騎)는 거성이다. 추(樞)는 숙왕의 이름으로 휘종의 아

들이다.]

斡离不既得三鎭　且知京師有備　遂不俟金幣數足　遣韓光裔來告辭　退
師北去　肅王從之　京師解嚴[解嚴 謂解散兵嚴也]　斡离不解汴圍而還也　所
輸金帛未足　三鎭又背盟固守[背 音佩 下同]

알리불이 이미 3진을 얻었고 또 서울의 방비가 있는 것을 알았으므로,
마침내 금과 폐백의 수량이 차는 것을 기다리지 않고 한광예(韓光裔)
를 보내 물러가겠다고 알리고는 군사를 물려 북으로 갔다. 숙왕이 따
라갔다. 이리하여 서울은 경계를 풀었다.[해엄(解嚴)이란 군대의 방비를 푸는
것을 말한다.] 알리불이 변경(汴京)의 포위를 풀고 돌아가자 운반하던 금
과 폐백을 보내지 않았고 3진도 또한 맹서를 어기고 견고히 지켰다.[배
(背)는 음이 패(佩)로 아래도 같다.]

會金使蕭仲恭來使[上使 如字 下使 去聲]　朝廷以肅王爲彼所質　亦留仲恭以
相當　於是踰月不遣　其副趙倫　懼不得歸　乃詐以情告于館伴邢倞曰[相
如字 副 貳也 國朝會要曰 景德二年 詔將來契丹使至 令諸司緣路供帳 命翰林學士李宗諤 東
上閤門使曹利用 在京接伴契丹賀承天節 使 此館伴之始也 邢 戶經切 姓也 倞 渠向渠命二切
名也]

마침내 금나라에서 소중공(蕭仲恭)을 사신으로 보내왔다.[위의 사(使)는
본래의 뜻이다. 아래 사(使)는 거성이다.] 조정에서 숙왕이 저들의 인질이 되었
으니 역시 소중공을 숙왕에 상당되는 인질로 삼자고 하고서 이에 한
달이 넘도록 보내지 않았다. 금나라의 부사인 조륜(趙倫)이 돌아가지
못할까 두려워해서 이에 거짓으로 뜻을 가지고 관반형경(館伴邢倞)에
게 말하기를 [상(相)은 본래의 뜻이다. 부(副)는 두 번째라는 뜻이다. 국조회요(國朝會
要)에 이르기를 "경덕(景德) 2년에 앞으로 걸단(契丹) 사자가 온다고 알리자 여러 사(司)에
명령하여 연로(緣路)에서 모실 수 있게 휘장을 치도록 했다. 그리고 한림학사(翰林學士)
이종악(李宗諤)과 동상합문사(東上閤門使) 조이용(曹利用)에게 명하여 서울에서 걸단의
하승천절사(賀承天節使)를 접대하도록 했다. 이것이 관반(館伴)의 시초이다. 형(邢)은 호
경(戶經)의 반절음으로 성이다. 경(倞)은 거향(渠向), 거명(渠命)의 두 반절음이 있는데 이

름이다.]

金有耶律余覩者 領契丹兵甚衆 貳於金人 願歸大國 可結之 以圖斡
离不 及粘沒喝[余覩 其名 遼國族之近者也 貳 貳心也 粘 女廉切 喝 許葛切 粘沒喝 人
名也] 執政以仲恭 余覩皆遼貴戚舊臣 而用事于金 當有亡國之慼 信
之[慼 哀慼也 金人滅遼 故云亡國之慼] 乃以蠟書命仲恭致之余覩 使爲內應[蠟
落合切 蜂脾融者爲蜜 凝者爲蠟 以蠟爲彈丸 置書其中 故云蠟書] 仲恭素謹愿 無反覆
心 還見斡离不 即以蠟丸書獻之 斡离不以聞于金主[聞 去聲 下同 金主 名
晟 廟號太宗]

"금나라에 야율여도(耶律余覩)라는 사람이 걸단병을 매우 많이 거느리
고 있는데, 금나라 백성에게 두 마음을 먹고 중국[大國]에 귀순하기를
원합니다. 그러니 그와 결탁하면 알리불과 점몰갈(粘沒喝)을 도모할
수 있습니다."라고 했다.[여도(余覩)는 이름으로 요나라 족속에 가까운 사람이다.
이(貳)는 두 마음이다. 점(粘)은 여렴(女廉)의 반절음이다. 갈(喝)은 허갈(許葛)의 반절음
이다. 점몰갈은 사람 이름이다.] 집정(執政)은 소중공과 야율여도가 모두 요
(遼)나라 왕실의 친척이고 옛 신하로서 금나라를 섬기기 때문에 마땅
히 나라를 잃은 슬픔이 있을 것이라고 믿었다.[척(慼)은 근심하고 슬퍼하는
것이다. 금나라가 요나라를 멸망시켰으므로 나라를 잃은 슬픔이라고 했다.] 이에 납서
(蠟書)를 소중공에게 주어 이를 야율여도에게 전해 내통[內應]하도록
했다.[납(蠟)은 낙합(落合)의 반절음이다. 벌의 비장이 녹은 것은 밀(蜜)이고 엉긴 것은
납(蠟)이다. 이 납으로써 탄환(彈丸)을 만들어 그 안에 편지를 넣어 두기 때문에 납서(蠟
書)라고 이른다.] 소중공은 본디 삼가고 정성스러워 배반할 마음이 없었
다. 그래서 돌아가 알리불을 뵙고 바로 그 납환서(蠟丸書)를 바쳤다.
알리불이 이를 금나라 임금에게 알렸다.[문(聞)은 거성으로 아래도 같다. 금나
라 임금은 이름이 성(晟)이고 묘호는 태종이다.]

麟府帥折可求又言 遼梁王雅里 在西夏之北 欲結宋以復怨于金[折 姓 可
求 名也 雅里 梁王之名 遼末帝第二子也 初末帝奔夏 蕭特烈等 以雅里走西北部 立爲帝 尋死

是可求妄言也 西夏 本魏拓拔氏之後 唐賜姓李 爲夏州節度使 宋賜姓趙 封西平王 至元昊叛
稱大夏帝]　少宰吳敏　勸欽宗致書梁王　由河東　之麟府　亦爲粘沒喝所得
復以聞[復 扶又切 下並同]

인부(麟府)의 장수 절가구(折可求)가 또 말하기를 "요나라 양왕(梁王) 아리(雅里)가 서하(西夏)의 북쪽에 있는데, 송(宋)나라와 결탁하여 다시 금나라에게 원수를 갚고 싶어 합니다."라고 했다.[절(折)은 성(姓)이고 가구(可求)는 이름이다. 아리(雅里)는 양왕의 이름으로 요나라 말제(末帝)의 둘째 아들이다. 처음에 말제가 하(夏)로 달아나자 소특열(蕭特烈) 등이 아리를 서북부로 가게 하여 황제로 세웠는데 얼마 있다가 죽었다. 이것은 절가구의 거짓말이다. 서하(西夏)는 본래 위(魏) 척발씨(拓拔氏)의 후예이다. 당(唐)나라는 성(姓)을 이(李)씨로 내려주어 하주절도사(夏州節度使)를 삼았다. 송(宋)나라는 성을 조(趙)씨로 내려 서평왕(西平王)에 봉했는데 원호(元昊)에 이르러 반란을 일으켜 대하제(大夏帝)라고 일컬었다.] 소재 오민(吳敏)이 흠종에게 권하여 양왕에게 편지를 보내도록 했는데, 하동(河東)을 경유해서 인부로 간 것이 또한 점몰갈에 들어가게 되어 다시 금나라 임금에게 알려졌다.[부(復)는 부우(扶又)의 반절음으로 아래도 모두 같다.]

於是金主以粘沒喝爲左副元帥　斡离不爲右副元帥　分道伐宋　而使楊天
吉　王汭　持二帥書　來責背盟構叛之事　且索金幣三鎭　及上金主尊號
獻車輅儀物等[上 上聲 下同 輅 魯故切 通作路 輅 亦車也 謂之輅者 言行於道路也]

이에 금나라 임금은 점몰갈을 좌부원수(左副元帥)로 삼고 알리불을 우부원수(右副元帥)로 삼아 길을 나눠 송나라를 치도록 했다. 그리고 양천길(楊天吉)과 왕예(王汭)로 하여금 두 원수(元帥)의 편지를 가지고 가서 맹서를 어기고 배반을 꾸민 일을 꾸짖도록 했다. 또 금과 폐백과 3진 그리고 금나라 임금에게 존호를 올릴 것과 수레와 의물(儀物) 등을 바칠 것을 요구했다.[상(上)은 상성으로 아래도 같다. 노(輅)는 노구(魯故)의 반절음으로 보통 노(路)로 쓴다. 노(輅) 또한 수레란 뜻이다. 노(輅)라고 이른 것은 도로를 간다는 말이다.]

粘沒喝發雲中　斡离不發保州　宋遣刑部尙書王雲使金國　許以三鎭賦入

之數[使 去聲] 雲至眞定 使從吏李裕先還言 金人不復來求地 但索五輅

尊號 且須康王至軍 乃議和[眞定 縣名 帶常山郡 從 才用切 周禮 王五輅 玉輅 以祀

不以封 爲最貴 金輅 以封同姓 爲次之 象輅 以封異姓 爲又次之 革輅 以封四衛 爲又次之 木

輅 以封蕃國 爲最賤] 欽宗悉從之 先遣車輅徃 而命馮澥 副高宗使金軍

高宗未行而車輅至長垣 金人却之高宗遂不行[使 去聲 下並同 隋改後齊之長垣

縣爲匡城 又分韋城縣 置長垣縣] 旣而雲還言

점몰갈은 운중(雲中)에서 떠나고 알리불은 보주(保州)에서 떠났다. 송나라는 형부상서(刑部尙書) 왕운(王雲)을 금나라에 사신으로 보내 3진에서 세금을 거둘 수 있도록 허락했다.[사(使)는 거성이다.] 왕운이 진정(眞定)에 이르러 따라온 관리 이유선(李裕先)을 돌려보내며 말하기를 "금나라 사람들이 다시 와서 땅을 요구하지는 않을 것이고, 다만 오로(五輅)와 존호(尊號)를 요구하니 반드시 강왕(康王)을 저들의 군중에 이르게 하여 곧 화친을 의논토록 하십시오."라고 했다.[진정(眞定)은 현의 이름인데 상산군(常山郡)에 둘려있다. 종(從)은 재용(才用)의 반절음이다. 주례(周禮)에 왕에게는 다섯 가지 수레가 있는데 옥로(玉輅)는 제사지내는 데 쓰므로 아무에게도 주지 않는 가장 귀한 것이다. 금로(金輅)는 동성(同姓)에게 주니 다음 차례이다. 상로(象輅)는 이성(異姓)에게 주니 또 다음이다. 혁로(革輅)는 사위(四衛)에 주니 또 그 다음이다. 목로(木輅)는 번국(蕃國)에 주니 제일 낮다고 했다.] 흠종이 모두 따랐다. 먼저 수레를 보내고 풍해(馮澥)에게 명하여 고종을 보좌하여 금군(金軍)에 사신으로 가도록 했다. 고종은 아직 떠나지 않고 수레가 장원(長垣)에 도착하니, 금나라 사람들이 거절하여 드디어 고종이 가지 않았다.[사(使)는 거성으로 아래도 모두 같다. 수(隋)는 후제(後齊)의 장원현(長垣縣)을 고쳐 광성(匡城)이라고 하였다. 또 위성현(韋城縣)을 나누어 장원현을 두었다.] 왕운이 돌아온 후에 말하기를

金人中變 今必欲得三鎭 不然則進兵取汴都 中外駭震

"금나라 사람들이 중도에서 변해 이제는 반드시 3진을 얻으려고 하고, 얻지 못하면 군대를 진격시켜 변도(汴都)를 뺏으려고 할 것입니다."라고 하니 중외(中外)의 모든 사람들이 두려워했다.

粘沒喝自太原趨汴　所至皆降[降 胡江切 下同]　詔河北河東京畿淸野　令流
民得占官舍寺觀以居　禁京師民以浮言相動者[令 平聲 流 謂亡其居處也 占 章
艷切 觀 古玩切 道宮謂之觀]　粘沒喝至河外　宣撫副使折彦質　以兵十二萬拒
之　夾河而軍　粘沒曷曰

점몰갈이 태원에서 변땅으로 달려가는데 이르는 곳마다 모두 항복하
였다. [항(降)은 호강(胡江)의 반절음으로 아래도 같다.] 그래서 조칙을 내려 하
북(河北), 하동(河東), 경기(京畿)는 모두 개인의 집을 헐도록 하고 유
민(流民)들을 관사(官舍)나 사관(寺觀)에 머물도록 했다. 서울 사람들
에게는 헛된 말을 하여 서로 동요하지 못하게 했다.[영(令)은 평성이다. 유
(流)는 그 거처를 잃는 것이다. 점(占)은 장염(章艷)의 반절음이다. 관(觀)은 고완(古玩)의
반절음으로 도사(道士)의 집을 관(觀)이라 한다.] 점몰갈이 황하의 밖에 이르렀
다. 선무부사(宣撫副使) 절언질이 12만의 군사로 막으니, 두 나라 군대
가 황하를 끼고서 주둔하고 있었다. 점몰갈이 말하기를

南軍亦衆與之戰　勝負未可知　不若加以虛聲　遂取戰鼓　擊之達旦　彦
質之衆皆潰　金活女帥衆　先渡孟津　粘沒喝從之[活女 人名也 帥 讀曰率]
至河陽　和知府燕瑛　棄城去　至河南　留守王襄亦走[燕 姓也 瑛 於驚切 名
也]　金遂入之　於是永安軍　鄭州皆降

"남쪽 송나라 군대의 숫자가 많아 싸우게 되면 승부를 알 수 없으니 허
세를 부려보는 것이 낫겠다."라고 하고는 마침내 북을 얻어다가 새벽
이 될 때까지 두드렸다. 그러자 절언질의 군사가 모두 무너졌다. 금나
라의 활녀(活女)가 무리를 이끌고 먼저 맹진을 건넜다. 점몰갈이 뒤를
따랐다.[활녀(活女)는 사람 이름이다. 솔(帥)은 솔(率)로 읽는다.] 하양(河陽)에 이
르자 지부(知府) 연영(燕瑛)이 성을 버리고 달아났고, 하남(河南)에 이
르자 유수(留守) 왕양(王襄)이 또한 달아났다.[연(燕)은 성(姓)이다. 영(瑛)은
어경(於驚)의 반절음으로 이름이다.] 금나라가 드디어 들어오니 이때 영안군
(永安軍) 정주(鄭州)가 모두 항복했다.

遣雲副高宗使斡离不軍　許割三鎭奉袞冕玉輅　尊金主爲皇叔　且上尊號

十八字[冕 美辨切 冠有旒 冕之言 俛也 後仰前俯 主於恭也]　高宗由滑濬　至磁州

[濬 州名也 本黎陽縣 宋爲通利軍 磁 墻之切 本作磁 古邯鄲地 唐以相州之滏陽 臨水 成安

置磁州 以其地産磁石名州]　守臣宗澤　迎謁曰[宗 姓也]

왕운에게 고종을 모시고 알리불의 군에 사신으로 보내어, 거짓으로 3
진을 떼어주고 곤룡포와 면류관 그리고 옥로를 바치고, 금나라 임금을
높여 황숙(皇叔)으로 삼으며 또 존호 18자를 올리도록 했다.[면(冕)은 미
변(美辨)의 반절음으로 관(冠)에 주옥을 꿴 술이 있는 것이다. 면(冕)이란 숙인다는 말로
뒤에서는 우러르고 앞에서는 구부리니 공손함을 주로 한 것이다.] 고종이 활주(滑州)
와 준주(濬州)를 경유하여 자주(磁州)에 이르렀다.[준(濬)은 주(州)의 이름
이다. 본래 여양현(黎陽縣)인데 송나라에서는 보통 통리군(通利軍)이라 했다. 자(磁)는 장
지(墻之)의 반절음으로 본래는 자(磁)라고 썼는데 옛날 한단(邯鄲)의 땅이다. 당나라에서
는 상주(相州)의 부양(滏陽), 임수(臨水), 성안(成安)을 자주(磁州)에 두었다. 그 땅에서 자
석이 나는 것으로 주의 이름을 삼았다.] 수신(守臣) 종택(宗澤)이 맞이하여 배
알하며 아뢰기를 [종(宗)은 성(姓)이다.]

肅王一去不返　今敵又詭辭以致大王　其兵已迫　復去何益　願王勿行

"숙왕이 한 번 가자 돌아오지 못하더니 이제는 적이 궤변으로 대왕을
부르고 있습니다. 그 군대가 이미 닥쳤는데 다시 간들 무슨 이익이 있
겠습니까. 원컨대 임금께서는 가지 마십시오."라고 했다.

先是雲奉使過磁相　勸兩郡撤近城民舍　運粟入保　爲淸野之計　民怨之

[先 去聲 相 去聲 下並同 相 古邯鄲地 魏曹操所都 後魏置相州 取河亶甲居相之義也 撤 直列

切 除去也 保 守也 初雲勸二郡爲淸野計 二郡從之 洎虜再至 果以磁相無粮 由他路入 二郡人

怨雲 以爲通於虜]　及是次磁　會高宗出謁嘉應神祠　雲在後　民遮道　諫高

宗曰　肅王已金人所留　不宜北去[嘉應神祠 崔府君祠 乃東漢之崔子玉也 封嘉應

侯]　厲聲指雲曰

이에 앞서 왕운이 사신으로 자주(磁州)와 상주(相州)를 지날 때 두 군
에 권하여 성 근처에 있는 백성들의 집을 철거하고 곡식을 운반하여

성안으로 들여놓아 보관하는 청야(淸野)의 계책을 썼으므로 백성들이
그를 원망했다.[선(先)은 거성이다. 상(相)은 거성으로 아래도 모두 같다. 상(相)은 옛
한단의 땅으로 위(魏)의 조조(曹操)가 도읍으로 삼았다. 후위(後魏)는 상주(相州)를 두었는
데 하단갑(河亶甲)이 상에 살았던 뜻에서 따온 것이다. 철(撤)은 직열(直列)의 반절음으로
없애버린다는 뜻이다. 보(保)는 지킨다는 뜻이다. 처음에 왕운이 청야(淸野)의 계책을 권
했을 때 두 군에서는 그 말을 따랐다. 그런데 오랑캐가 다시 올 때 과연 자주와 상주에는
양식이 없자 다른 길을 경유하여 들어왔다. 두 군의 사람들은 왕운을 원망하여 오랑캐와
내통했다고 여겼다.] 이번 자주의 행차 때 고종이 가응신사(嘉應神祠)에
나아가 배알했는데 왕운은 뒤에 있었다. 백성들이 길을 막고 고종에게
간하여 말하기를, "숙왕이 이미 금나라에 억류되어 있으니 북으로 가
는 것은 옳지 않습니다."라고 하고는 [가응신사(嘉應神祠)는 최부군(崔府君)의
사당인데 동한(東漢)의 최자옥(崔子玉)이 가응후(嘉應侯)에 봉해졌었다.] 화난 소리로
왕운을 가리키며 말하기를

淸野之人　眞好賊也　高宗出廟行　民譟執雲殺之　高宗見事勢洶洶　居
之不安

"청야의 계책을 쓴 놈이 정말로 역적이다."라고 했다. 고종이 사당에서
나와 가니 백성들이 아우성치며 왕운을 잡아 죽였다. 고종은 사세가
흉흉한 것을 보고 그 곳에 있는 것이 불안했다.

會斡离不軍　濟河克懷州　遊奕日至磁城下　蹤迹高宗所在[遊奕 遊兵巡奕者
也] 知相州汪伯彦　亟以帛書　請高宗如相　服櫜鞬部兵　以迎於河上[亟
紀力切 櫜 音皐 以受箭 鞬 九言切 以受弓 部 統也] 高宗遂行至相　出榜召兵勤王
人情大悅　高宗登郡圃飛仙亭　視其牌額　持弓矢而祝曰　若次第中此牌
字　則必聞京師音耗[圃 彼五切 園圃也 牌 步皆切 標牌也 額 鄂格切 題也 中 去聲 下
同 音耗 猶言信息也] 果三發三中　左右動色相賀[相 如字] 又語幕府曰　夜來
夢　皇帝脫所御袍賜吾　吾解舊衣而服所賜　此何祥也[語 音御 師出無常處 所
在張幕居之 以將帥得稽府 故曰幕府]

이때 알리불의 군대가 황하를 건너 회주(懷州)를 함락시키고는 유혁

(遊奕)이 날마다 자성 밑에 와서 고종이 있는 곳의 종적을 살폈다.[유혁
(遊奕)은 정찰하는 유격병이다.] 지상주(知相州) 왕백언(汪伯彦)이 급히 비단
에 편지를 써서 고종에게 상주로 가도록 청하고는 활집과 동개[櫜鞬]
를 차고 군사를 거느리고 하상(河上)에서 맞이했다.[극(亟)은 기력(紀力)의
반절음이다. 고(櫜)는 음이 고(皐)로 화살을 넣어두는 것이다. 건(鞬)은 구언(九言)의 반절
음으로 활을 넣어두는 것이다. 부(部)는 거느린다는 뜻이다.] 고종이 드디어 상주에
이르러 근왕병(勤王兵)을 모은다는 방(榜)을 내걸었다. 사람들이 크게
기뻐했다. 고종이 군포비선정(郡圃飛仙亭)에 올라가 그 현판을 보고는
활과 화살을 가지고 빌면서 말하기를 "만약 이번에 이 현판의 글자를
명중시킨다면 반드시 서울에서 소식[音耗]을 들을 수 있으리라."라고
했다.[포(圃)는 피오(彼五)의 반절음으로 밭이다. 패(牌)는 보개(步皆)의 반절음으로 현
판이다. 액(額)은 악격(鄂格)의 반절음으로 표제이다. 중(中)은 거성으로 아래도 같다. 음
모(音耗)는 소식이란 말과 같다.] 세 발을 쏜 결과 모두 명중되니 좌우가 얼굴
빛이 변하며 서로 축하했다.[상(相)은 본래의 뜻이다.] 또 막부(幕府)에 말
하기를 "밤 사이 꿈에 황제께서 어포(御袍)를 벗어 나에게 주시고 나는
입었던 옷을 벗고 받은 옷을 입었는데 이것은 무슨 징조일까?"라고 했
다.[어(語)는 음이 어(御)이다. 군대가 충돌하면 일정한 거처가 없이 장막을 치고 거처하
는데, 장수가 부(府)에서 지휘할 수 있으므로 막부(幕府)라고 한다.]

頃時　報京師使人來　乃武學生借閤門祇候秦仔　賫蠟詔　命高宗爲大元
帥　伯彦澤副元帥　速領兵入衛　高宗捧詔嗚咽　軍民感動[頃時 少選時也
閤門祇候 掌賛引之職 仔 津之切 嗚 音烏 咽 一結切 嗚咽 聲塞也 嗚悒哽咽也]
조금 있다가 서울에서 사자가 와 전갈을 알렸다. 무학생차합문지후(武
學生借閤門祇候) 진자(秦仔)가 밀봉한 조칙을 가져왔는데, 그 내용은
고종을 대원수로 삼고, 백언택을 부원수로 삼아 속히 군사를 이끌고
와서 지키라는 것이었다. 고종이 조칙을 받들고는 흐느껴 울었다. 군
인과 백성들이 감동했다.[경시(頃時)는 잠깐 동안의 시간을 말한다. 합문지후(閤門
祇候)는 임금의 명령을 전달하는 직책을 맡았다. 자(仔)는 진지(津之)의 반절음이다. 오

(嗚)는 음이 오(烏)이고 열(咽)은 일결(一結)의 반절음이다. 오열(嗚咽)은 목이 메여 흐느
껴 우는 것이다.]

時高宗發兵相州[相 去聲] 使臣馳報黃河未凍 衆失色 高宗禱天地河神
行至子河渡 而河氷凍已合 遂渡河[禱 覩老切 求福曰禱 求得曰祠]
이때 고종이 상주에서 군대를 출발시키는데[상(相)은 거성이다.] 사신이
달려와 황하가 아직 얼지 않았다고 알리니 사람들이 얼굴빛을 잃었다.
고종이 하늘과 땅 그리고 황하의 신에게 기도하고 행군하여 황하에 이
르러 강을 건너는데 강물이 이미 얼어붙었으므로 드디어 황하를 건넜
다.[도(禱)는 도노(覩老)의 반절음이다. 복을 구하는 것을 도(禱), 재물을 구하는 것을 사
(祠)라고 한다.]

時徽宗欽宗 已北行矣 高宗即皇帝位于應天府[應天府 即南京] 徽宗既渡
河十餘日 謂管幹龍德宮曹勛曰 我夢四日並出 此中原爭立之象 不知
中原之民 尙肯推戴康王否[勛 古勳字] 因出御衣絹羊臂 親書其領中曰
便可即眞 來救父母[半臂 古繡髻之遺象也 或減長袖之半 即眞 謂即眞天子位也] 又
諭勛曰
이때 휘종(徽宗)과 흠종(欽宗)은 이미 북쪽으로 갔으므로 고종이 응천
부(應天府)에서 황제의 자리에 올랐다.[응천부(應天府)는 남경(南京)이다.] 휘
종이 황하를 건넌 지 10여 일 뒤에 관간(管幹) 용덕궁(龍德宮) 조훈(曹
勛)에게 일러 말하기를 "내 꿈에 네 개의 해가 한꺼번에 나타났는데,
이것은 중원의 자리를 다투는 모습이다. 중원의 백성들이 일찍이 기꺼
이 강왕(康王)을 추대했는지 안했는지 모르겠다."라고 했다.[훈(勛)은 훈
(勳)의 옛 글자이다.] 이로 인해 비단으로 된 반소매 어의(御衣)를 꺼내 친
히 그 옷깃에 글을 쓰기를 "바로 천자의 자리에 올라 와서 부모를 구하
라."라고 했고[반비(半臂)는 옛날 수굴(繡髻)의 형상이 남아 있는 것인데 혹은 긴 소매
의 반을 자른 것이라고도 한다. 즉진(即眞)은 바로 천자의 자리에 오르라는 말이다.] 또
조훈에게 일깨워 말하기를

如見康王　第言有淸中原之策　悉擧而行之　毋以我爲念[第 且也 但也 毋者
禁止之辭]　高宗夫人邢氏　聞勛南還　亦脫所御金環　使內侍持付勛曰　幸
爲我白大王　願如此環　得早相見也[使 如字 內侍 掌在內侍奉出入宮掖宣傳之事
後魏曰長秋卿 北齊曰中侍中 後周曰司內上士 隋曰內侍 唐因之 爲 去聲 白 告也]　勛遂間
行至南京　以御衣進入　高宗泣以示輔臣[間 去聲 間行 言間出而行也]

"만약 강왕을 보면 다만 중원을 평정할 계책을 가지고 모두 행동하도
록 하고 나를 염려하지 말라고 하라."라고 했다.[제(第)는 또, 다만이라는 뜻
이다. 무(毋)는 금지하는 말이다.] 고종의 부인 형(邢)씨는 조훈이 남쪽으로
간다는 말을 듣고는 또한 금반지를 빼어 내시로 하여금 조훈에게 주며
말을 부탁하기를 "다행히 내가 대왕께 말씀을 아뢸 수 있게 되었는데
원컨대 이 반지와 함께 빨리 만나 뵙기를 바랍니다."라고 했다.[사(使)는
본래의 뜻이다. 내시(內侍)는 궁궐의 안에 있으면서 임금의 출입을 시봉(侍奉)하고 내전에
말을 전하는 일을 맡았다. 후위(後魏)에서는 장추경(長秋卿)이라 했고 북제(北齊)는 중시
중(中侍中)이라 했으며 후주(後周)는 사내상사(司內上士)라고 했다. 수(隋)나라가 내시(內
侍)라고 했고 당(唐)나라는 그대로 썼다. 위(爲)는 거성이다. 백(白)은 알린다는 뜻이다.]
조훈이 드디어 몰래 가 남경에 이르러서 옷을 바쳤다. 고종이 울면서
보좌하는 신하들에게 그 옷을 보여주었다.[간(間)은 거성이다. 간행(間行)이란
몰래 가는 것을 말한다.]

勛因建議　募死士入海　至金國東境　奉二帝　由海道歸　執政難之　出勛
于外

조훈이 건의하기를 결사대를 모아 바닷길로 들어가 금나라 동쪽 변경
에 이르러 두 황제를 모시고 바닷길로 돌아오자고 했다. 집정(執政)이
그 계책을 힐난하고는 조훈을 밖으로 내쳤다.

太祖嘗於盛暑　浴川水訖　坐川邊　近傍大藪有一蜜狗走出[訖 居乙切 終也
蜜狗 似狐而小 其色前黃後黑 觜脚亦黑 善尋空木中蜂蜜 齧木孔令開 以尾濡取食之 故謂之

蜜狗 俗呼覃甫담·뵈 成群而行 能捕雉兎及麞鹿子 且善登木 探鳥巢取其子]　太祖急取樸
頭射之中而踣[樸 匹角切 中國人稱射侯木矢爲樸頭 射 食亦切 下同 中 去聲 踣 弼力切
斃也 倒也]　又一蜜狗走出　取金失射之　於是相繼而出　凡二十發皆斃之
無得逃者　其射之神妙類如此[射 如字]

태조가 일찍이 더위가 심하여 시냇물에서 목욕을 마치고 냇가에 앉아
있었다. 가까이에 있는 큰 늪에서 밀구(蜜狗) 한 마리가 달려 나왔다.
[흘(訖)은 거을(居乙)의 반절음으로 끝마친다는 뜻이다. 밀구(蜜狗)는 여우같이 생겼는데
작고 앞은 누렇고 뒤는 검으며 입과 다리도 역시 검다. 속이 비어 있는 나무에 든 꿀을
잘 찾아낸다. 나무를 물어뜯어 구멍을 내어 열고는 꼬리로 꿀을 적셔 먹으므로 밀구라고
하는데 일반적으로는 담보(覃甫, 담·뵈)라고 부른다. 무리를 지어 다니는데, 능히 꿩이나
토끼, 고라나나 사슴의 새끼를 잡을 수 있으며 또 나무를 잘 오를 수 있어 새 집을 찾아
새끼를 잡는다.] 태조가 급히 박두(樸頭)를 가져다 쏘아 맞춰 넘어뜨렸
다.[박(樸)은 필각(匹角)의 반절음이다. 중국 사람들이 과녁을 쏘는 나무 화살을 박두라
고 했다. 석(射)은 식역(食亦)의 반절음으로 아래도 같다. 중(中)은 거성이다. 북(踣)은 필
력(弼力)의 반절음으로 죽는다, 넘어진다는 뜻이다.] 또 한 마리 밀구가 뛰쳐나오
니 쇠촉이 달린 화살로 쏘았다. 이에 계속해서 나오는데 모두 20발에
다 죽고 도망간 것이 없었다. 그 활솜씨의 신묘하기가 이와 같았다.[석
(射)은 본래의 뜻이다.]

第三十三章

【언해문】行宮·에 도ᄌ·기 둘·어 :님·그·미 :울·어시·ᄂᆞᆯ
赴援設疑 ·ᄒᆞ·샤 도ᄌ·기 도·라가·니

【현대역】행궁(行宮)에 도적이 둘러 임금이 우시거늘 부원설의(赴援設疑)하시어 도적이 돌아가니.

【언해문】京都·애 도ᄌ·기 ·드·러 :님·그·미 避·커시·ᄂᆞᆯ
先登獻捷 ·ᄒᆞ·샤 :님·금 도·라·오시니

【현대역】경도(京都)에 도적이 들어 임금이 피(避)하시거늘 선등헌첩(先登獻捷)하시어 임금 돌아오시니.

【언해문 분석】
1. 둘어 : 둘러, 포위하여
   기본형이 '두르다(圍)'이다. 분석하면 '두르-(어간) + -어(부사형
   연결 어미)'와 같다.

2. 울어시ᄂᆞᆯ : 우시거늘
   기본형이 '울다'이다. 분석하면 '울-(어간) + -어 … + -시-(주체
   높임 선어말 어미) + …ᄂᆞᆯ(설명의 연결 어미)'과 같다. 이 경우 '-
   어늘'은 불연속 형태이다. 어미 '-어시ᄂᆞᆯ'은 '-거시ᄂᆞᆯ'에서 'ㄱ'이
   약화되었다. 현대어법으로는 '-시-'가 '-거늘'에 선행하여 '-시거
   늘'이 된다. 여기서 운 주체는 수양제(隋煬帝)이다. 수양제가 돌궐
   의 갑작스런 침입을 받아 운 것이다.

3. 赴援設疑 : 부원설의(赴援設疑)

부원설의란 수나라 양제가 여행 중에 도둑이 들자, 수양제가 놀라서 그 아들을 안고 울고, 이때 천하에 군사를 모은다는 명령이 내려지자 뒤에 당나라 태종이 되는 이세민(李世民)이 구원병에 지원하여 의병(疑兵)을 설치, 군세(軍勢)를 과장하여 적을 놀라게 하여 도둑을 돌아가게 했다는 고사(故事)이다.

4. 避커시늘 : 피(避)하시거늘

분석하면 '피ㅎ-(어간) + -거 ··· + -시-(주체 높임 선어말 어미) + ···늘(설명의 연결 어미)'과 같다. '피(避)커시늘'은 '피(避)ㅎ거시늘'에서 격음화 된 것이다. 여기서 피한 주체는 고려 공민왕(恭愍王)이다. 공민왕이 홍건적의 침입을 받아 피한 것이다.

5. 先登獻捷 : 선등헌첩(先登獻捷)

선등헌첩이란 고려 공민왕 때 홍건적이 쳐들어 와서 송도[京都]에 들어오자, 왕이 안동에까지 이르러 완전히 적에게 점령되고 있었다. 이때 이성계가 친병 2천 명을 거느리고 선등(先登)하여 적을 쳐서, 공을 세우고 적을 평정했다는 고사이다.

6. 도라오시니 : 돌아오시니

기본형이 '도라오다'이다. 분석하면 '도라오-(어간) + -시-(주체 높임 선어말 어미) + -니(평서형 종결 어미)'와 같다. 어간 '돌아오-'는 통사적 복합어이다.

【한문】賊圍行宮　天子泣涕　赴援設疑　冦虜解退[開其圍曰解]
【현대역】적이 행궁을 포위하니 천자가 눈물 흘리자 구하러 와서 의병(疑兵)을 설치하니 오랑캐가 포위를 풀고 물러났다.[그 포위를 여는 것을

해(解)라 한다.]

【한문】 賊入京都　君王出避　先登獻捷　車駕旋至
【현대역】 적이 서울에 들어오니 임금이 나가 피하자 먼저 올라가 이기니 임금의 수레가 돌아와 이르렀다.

【주(註)】

隋右光祿大夫裴矩[隋制 左光祿大夫 正二品 右光祿大夫 從二品]　以突厥始畢可汗部衆漸盛　獻策分其勢[可汗 音楛寒 始畢可汗 啓民可汗之子也 策 謀也]　欲以宗女 嫁其弟叱吉設　拜爲南面可汗　叱吉不敢受　始畢聞而漸怨[宗女 宗室之女也 突厥謂別部典兵者曰設 叱吉 其號也]　矩又言於煬帝曰

수(隋)나라 우광록대부(右光祿大夫) 배구(裴矩)가[수나라 제도에 좌광록대부는 정2품이고, 우광록대부는 종2품이다.] 돌궐(突厥)의 시필합한(始畢可汗)의 무리가 점점 강성해지자 그 세력을 분산할 계책을 올렸다.[가한(可汗)은 음이 합한(楛寒)이다. 시필합한은 계민합한(啓民可汗)의 아들이다. 책(策)은 꾀이다.] 그래서 종녀(宗女)를 그의 동생 질길(叱吉) 설(說)에게 시집보내고 남면합한(南面可汗)으로 벼슬을 내리려 했으나 질길이 감히 받지 않았다. 시필이 듣고 점점 원망했다.[종녀(宗女)는 종실의 딸이다. 돌궐에서는 별부(別部)에서 군대를 맡아보는 사람을 설(設)이라 했다. 질길(叱吉)은 그 호이다.] 배구가 또 양제(煬帝)에게 일러 말하기를

突厥之臣史蜀胡悉　多謀略　爲始畢所寵任　請誘殺之　煬帝曰 善　矩詐與爲互市　誘至馬邑下殺之[互 胡故切 交互也 市貿易賣買也]　遣使詔始畢曰 "돌궐의 신하 사촉호실(史蜀胡悉)은 모략(謀略)이 많고 시필에게 총애를 받고 있으니 청컨대 그를 꾀어서 죽이십시오."라고 하니 양제가 말하기를 "좋다."라고 했다. 배구가 거짓으로 서로 장사를 하자고 꾀었고 마읍(馬邑) 아래에 이르자 죽였다.[호(互)는 호고(胡故)의 반절음으로 서로 교환

한다는 뜻이다. 시(市)는 무역하고 매매하는 것이다.] 그리고 사신을 보내 시필에게 조서를 내려 말하기를

史蜀胡悉　叛可汗來降　我已相爲斬之[使 去聲 下同 降 胡江切 爲 去聲]　始畢知其狀　由是不朝[朝 馳遙切]
"사촉호실(史蜀胡悉)이 합한을 배반하고 와서 항복하여 내가 이미 서로를 위해 그를 죽였다."라고 했다.[사(使)는 거성으로 아래도 같다. 항(降)은 호강(胡江)의 반절음이다. 위(爲)는 거성이다.] 시필이 그 실상을 알고 이로부터 조공을 하지 않았다.[조(朝)는 치요(馳遙)의 반절음이다.]

煬帝巡北塞　始畢帥騎數十萬　謀襲乘輿[塞 先代切 邉塞也 帥 讀曰率 騎 去聲 下並同 乘 去聲 下同]　義成公主　先遣使者告變[文帝 十九年 以突厥突利爲啓民可汗 以宗女義成公主 妻之]　煬帝馳入鴈門　齊王暕　以後軍保崞縣[鴈門郡 後周置 肆州 開皇五年 改爲代州 煬帝改鴈門郡 暕 古限切 煬帝之子也 崞 音郭 漢縣 後魏置石城縣 開皇十年 改曰平冦 大業初 改爲崞縣 屬鴈門郡]　突厥圍鴈門　上下惶怖　撤民屋以爲守禦之具　城中兵民十五萬口　食僅可支二旬　鴈門四十一城　突厥克其三十九　唯鴈門崞不下[下 去聲]　突厥急攻鴈門　矢及御前　煬帝大懼抱趙王杲而泣　目盡腫[杲 煬帝之季子 母蕭嬪也 腫 脹也]　左衛大將軍宇文述　勸煬帝簡精銳數千騎　潰圍而出[將 即亮切 下並同 簡 擇也]　納言蘇威曰[隋制門下省 納言二人 秩正三品]
양제가 북쪽 변방을 순시함에 시필이 기병 수십만을 거느리고 양제의 수레[乘輿]를 습격할 것을 꾀하였다.[새(塞)는 선대(先代)의 반절음으로 변방의 요새이다. 수(帥)는 솔(率)로 읽는다. 기(騎)는 거성으로 아래도 모두 같다. 승(乘)은 거성으로 아래도 같다.] 의성공주(義成公主)가 먼저 사신을 보내 이 변고를 알렸다.[문제(文帝) 19년 돌궐의 돌리(突利)가 계민합한이 되자 종실의 딸 의성공주(義城公主)를 그에게 시집보냈다.] 양제가 말을 달려 안문(鴈門)에 들어가고 제왕(齊王) 간(暕)이 후군으로 곽현(崞縣)을 지켰다.[안문군(鴈門君)은 후주(後周)가 사주(肆州)에 두었다. 개황(開皇) 5년에 고쳐서 대주(代州)로 했다가 양제가 안문군

으로 고쳤다. 간(㳆)은 고한(古限)의 반절음으로 양제의 아들이다. 곽(崞)의 음은 곽(郭)으로 한(漢)의 현(縣)이다. 후위(後魏)는 석성현(石城縣)을 두었다. 개황 10년에 고쳐서 평구(平寇)라고 했다. 대업(大業) 초에 곽현(崞縣)으로 고쳤는데 안문군에 속한다.] 돌궐이 안문을 포위하자 상하 모두가 두려워하여 백성들의 집을 철거해서 방어 도구로 삼았다. 성 안의 병사와 백성은 15만 명이었고 식량은 거의 20일을 버틸 수 있었다. 안문 41성 가운데 돌궐이 39성을 무너뜨리고 오직 안문과 곽현만이 무너지지 않았다.[하(下)는 거성이다.] 돌궐이 안문을 급속히 공격하니 화살이 임금에게까지 미쳤다. 양제가 크게 두려워 조왕(趙王) 고(杲)를 안고 우니 눈이 모두 부었다.[고(杲)는 양제의 막내아들로 어머니는 소빈(蕭嬪)이다. 종(腫)은 붓는다는 뜻이다.] 좌위대장군(左衛大將軍) 우문술(宇文述)이 양제에게 정예 수천기병을 골라서 포위를 무너뜨리고 나갈 것을 권했다.[장(將)은 즉량(卽亮)의 반절음으로 아래도 모두 같다. 간(簡)은 고른다는 뜻이다.] 납언(納言) 소위(蘇威)가 말하기를[수나라 제도에, 문하성(門下省)에 품계 정3품인 납언(納言) 2명이 있었다.]

城守則我有餘力　輕騎乃彼之所長　陛下萬乘之主　豈宜輕動　民部尙書樊子盖曰

"성을 지킨다면 우리는 여력이 있지만, 가벼운 기병은 곧 저들의 장점입니다. 폐하께서 만승(萬乘)의 임금으로서 어찌 가벼이 움직일 수 있습니까?"라고 했다. 민부상서(民部尙書) 번자개(樊子盖)가 말하기를

陛下乘危徼幸　一朝狼狽　悔之何及[下乘 如字 狼 盧當切 似犬銳頭白頰 高前廣後 前則跋其胡 退則躉其尾 狽 博盖切 狼屬 生子或欠一足 二足相附而後能行 離則顚蹶 故狩邊謂之狼狽 一說 狼狽 是兩物 狽前足絶短 每行常駕兩狼 失狼則不能動 故狩邊謂之狼狽也] 不若據堅城以挫其銳　坐徵四方兵　使入援　陛下親撫循士卒　諭以不復征遼　厚爲勳格　必人人自奮　何憂不濟[挫 祖臥切 折也 銳 利也 芒也 使 如字 復 扶又切 格 式也 唐太宗時 士卒以軍功致位五品者 豫士類 時人謂之勳格] 內史侍郞蕭瑀以爲將士之意　恐陛下旣免突厥之患　還事高麗　若發明詔　諭以赦高麗

專討突厥 則衆心皆安 人自爲戰矣[隋制 內史省 侍郎四人 秩正四品 事 如有事於
顓臾之事] 內史侍郎虞世基 亦勸煬帝 重爲賞格 下詔停遼東之役 煬帝
從之[下 去聲 下同] 煬帝親巡將士 謂之曰

"폐하께서 위험을 무릅쓰고 요행을 바라다가 하루아침에 낭패(狼狽)가
되면 후회한들 어찌 하겠습니까?[아래 승(乘)은 본래의 뜻이다. 낭(狼)은 노당(盧
當)의 반절음으로 개와 비슷하여 머리는 뾰족하고 뺨은 희며 앞은 높고 뒤는 넓으며, 앞으로
가려면 그 턱밑의 늘어진 살을 밟고 뒤로 물러나면 그 꼬리를 밟는다. 패(狽)는 박개(博盖)
의 반절음으로 이리의 종류이다. 새끼를 낳으면 간혹 다리 하나가 없기도 하여 두 다리를
서로 붙인 후에야 능히 갈 수 있다. 이것이 분리되면 넘어진다. 따라서 갑자기 당황하는
것을 낭패라고 한다. 일설에 낭패는 두 종류라고 한다. 패(狽)는 앞 다리가 매우 짧아서
다닐 때마다 항상 두 마리 이리를 타고 다니는데 이리를 놓치면 움직일 수가 없다. 따라서
갑자기 당황하는 것을 낭패라고 이른다는 것이다.] 견고한 성에 웅거하여 그 날카
로움을 꺾고, 앉아서 사방의 병사를 징병하여 들어와 구원하게 하는
것만 같지 못합니다. 폐하께서 친히 사졸들을 어루만져 다시는 요동을
정벌하지 않겠다고 밝히시고 훈격(勳格)을 높이십시오. 반드시 사람마
다 스스로 분발할 것이니 어찌 어려움을 건너지 못할까 근심하십니까?"
라고 했다.[좌(挫)는 조와(祖臥)의 반절음으로 꺾는다는 뜻이다. 예(銳)는 날카롭고, 뾰
족하다는 뜻이다. 사(使)는 본래의 뜻이다. 부(復)는 부우(扶又)의 반절음이다. 격(格)은 표
창이라는 뜻이다. 당나라 태종 때 사졸 가운데 군공(軍功)으로서 지위가 5품에 이르는 자는
사류(士類)에 넣었는데 당시 사람들이 그것을 훈격(勳格)이라고 말했다.] 내사시랑(內
史侍郎) 소우(蕭瑀)는 생각하기를, 장수와 병졸의 생각은 폐하가 돌궐
의 환란을 벗어나면 다시 고구려를 치는 것을 두려워하는 것이었다.
만약 조서를 분명히 내려 고구려를 용서할 것을 밝히고, 오로지 돌궐만
을 친다면 많은 사람들이 모두 안심하고 사람들 스스로 싸울 것이라고
했다.[수나라 제도에, 내사성(內史省)에 품계 정4품인 시랑(侍郎) 4명이 있었다. 사(事)는
'전유를 치다(有事於顓臾)'의 사(事)와 같은 뜻이다.] 내사시랑 우세기(虞世基) 또
한 양제에게 권하여 후하게 상을 내리도록 하고, 조서를 내려 요동을
공격하는 일을 그만두도록 하니 양제가 이것을 따랐다.[하(下)는 거성으로
아래도 같다.] 양제가 친히 군사들을 둘러보고 일러 말하기를

努力擊賊　苟能保全　凡左行陳　勿憂富貴　必不使有司弄刀筆破汝勳勞
[努 勉也 行 胡郎切 陳 讀曰陣 古者書用簡牘 筆誤則以刀削去之 故吏皆以刀筆隨]

"힘써 적을 물리쳐라. 진실로 (나라를) 보전할 수 있다면 무릇 (몸이) 군대의 진영에 있더라도 부귀를 걱정하지 말아라. 반드시 유사(有司)들로 하여금 제멋대로 칼과 붓으로 그대들의 훈로(勳勞)를 지우지 못하게 하리라."라고 했다.[노(努)는 힘쓴다는 뜻이다. 항(行)은 호랑(胡郎)의 반절음이고 진(陳)은 진(陣)으로 읽는다. 옛날에는 글을 대쪽이나 나무쪽에 썼으므로 붓 글자가 잘못되면 칼로 깎아 지워버렸다. 그래서 관리들에게는 모두 칼이 붓에 따라다녔다.]

乃下令守城有功者　無官直除六品　賜物百段　有官以次增益[除 拜官也]
使者慰勞相望於道[使勞 皆 去聲] 於是衆皆踊躍　晝夜拒戰　死傷甚衆　詔
天下募兵　守令競來赴難[募 音慕 守 郡守也 令 縣令也 競 爭也 難 去聲]

이에 명을 내려 성을 지키되 공이 있는 자가 관직이 없으면 곧바로 6품을 내리고 피물(皮物) 100단(段)을 주며 관직이 있으면 차례에 따라 더한다고 했다.[제(除)는 관직을 내리는 것이다.] 사자(使者)가 위로하며 길가에 서로 잇닿아 있었다.[사(使)와 노(勞)는 모두 거성이다.] 이에 무리들이 모두 뛰고 뛰어 밤낮으로 싸워 막으니 죽거나 부상당하는 자가 매우 많았다. 천하에 조칙을 내려 병사를 모으니 수령(守令)들이 앞 다투어 와서 어려움에 임했다.[모(募)는 음이 모(慕)이다. 수(守)는 군수(郡守)이다. 영(令)은 현령(縣令)이다. 경(競)은 다투는 것이다. 난(難)은 거성이다.]

唐太宗年十六　應募救援　隷屯衛將軍雲定興[雲 姓也] 說定興曰　必賚旗鼓　以設疑兵[說 音稅 疑兵 謂多張旗幟 過其人數 令敵疑多有兵也] 始畢敢擧兵圍天子　必謂我倉猝不能赴援故也[倉 千剛切 猝 蒼沒切 倉猝 忽遽之貌] 宜晝則引旌旗　令數十里不絕　夜則鉦鼓相應　虜必謂救兵大至　望風遁去[令 平聲 鉦 諸盈切 鐃也] 不然　彼衆我寡　若悉軍來戰　必不能支　定興從焉[支 持也]

당태종(唐太宗)은 나이가 16세로 구원병 모집에 응해 둔위장군(屯衛將

軍) 운정흥(雲定興)에 예속되어 있었다.[운(雲)은 성(姓)이다.] 운정흥을 달래어 말하기를 "반드시 깃발과 북을 갖추고 의병(疑兵)을 설치해야 합니다.[세(説)는 음이 세(税)이다. 의병(疑兵)은 깃발을 많이 벌여놓고 사람의 숫자를 많은 것처럼 해서 적으로 하여금 군사가 많이 있는 것처럼 의심케 하는 것이다.] 시필이 감히 군대를 일으켜 천자를 포위한 것은 반드시 우리가 황급히 구원병으로 나갈 수 없을 것이라고 생각했기 때문입니다.[창(倉)은 천강(千剛)의 반절음이다. 졸(猝)은 창몰(蒼沒)의 반절음이다. 창졸(倉猝)은 바쁘고 황급한 모양이다.] 그리고 마땅히 낮에는 깃발을 끌어놓아 수십 리가 끊어지지 않도록 하고, 밤에는 징과 북소리를 계속 울리도록 하십시오. 오랑캐들은 반드시 구원병이 크게 도착한 것이라 생각하여 그 기풍만 보고도 달아날 것입니다.[영(令)은 평성이다. 정(鉦)은 제영(諸盈)의 반절음으로 징이다.] 그렇게 하지 않는다면, 저들은 많고 우리는 적어서 만약 전군이 와서 싸운다면 반드시 버틸 수가 없을 것입니다."라고 하니 운정흥이 따랐다.[지(支)는 버틴다는 뜻이다.]

師次崞縣　突厥候騎　馳告始畢曰　王師大至　由是解圍而遁[候騎 謂騎士爲斥候者也]

군대가 곽현(崞縣)에 주둔했다. 돌궐의 후기(候騎)가 말을 달려 시필에게 알려 말하기를 "임금의 군대가 대대적으로 이르렀습니다."라고 했다. 이로 말미암아 포위를 풀고 도망갔다.[후기(候騎)는 말을 탄 척후병을 말한다.]

高麗恭愍王時　紅巾賊僞平章潘誠　沙劉　關先生　朱元帥　破頭潘等二十萬衆　渡鴨綠江　冠朔州[潘 鋪官切 潘誠爲一人 沙劉爲一人 關先生爲一人 朱元帥爲一人 破頭潘爲一人也 初欒城人韓山童祖父 以白蓮會 燒香惑衆 至山童 倡言天下大亂 彌勒佛下生 河南及江淮愚民 翕然信之 潁州妖人劉福通 作亂以紅巾爲號 福通等復妖言 謂山童當爲中國主 殺白馬黑牛 誓告天地 欲同起兵作亂 事覺 縣官捕之急 福通遂反 犯汴梁 分軍三道 關先生 破頭潘等 冠晉冀 白不信 大刀敖 李喜喜 趨關中 毛貴 遽山東 其勢大振 關先生 破頭潘等 陷

上都 焚宮闕轉掠遼陽 朔州 本高麗寧塞縣 顯宗時 稱朔州防禦使 後陞爲府 本朝 太祖三年 割
古龜州 及附近十二村 合爲知郡事 太宗十三年 改爲都護府 我 殿下二十年 改朔州 今屬平安
道] 以樞密院副使 李方實爲西北面都指揮使[西北面 本朝鮮故地 在三國爲高句
麗所有 實藏王二十七年 新羅文武王 與唐將李勣滅之 遂幷其地 孝恭王九年 弓裔據鐵原 自
稱後高麗王 分定浿西十三鎭 高麗仍稱浿西道 或云北界 肅宗七年 稱西北面 本朝 太宗十三
年 改平安道 擧道內平壤安州二大官以名之 使 並去聲 下並同] 遣同知樞密院事李餘
慶 柵嵒嶺[柵 測革切 塞柵 編木爲之 嵒 子結切 高山貌 嵒嶺 嶺名 在黃海道瑞興府西六
十里許 嶮峻曲折 一名慈悲嶺] 遣使點諸道兵 令境內僧寺 出戰馬有差 集都
人修城門[令 平聲 差 音叉 次第也]

고려 공민왕(恭愍王) 때 홍건적(紅巾賊)의 가짜 평장(平章)인 반성(潘
誠), 사유(沙劉), 관선생(關先生), 주원수(朱元帥), 파두반(破頭潘) 등
20만의 무리가 압록강을 건너 삭주(朔州)를 침략했다.[반(潘)은 포관(鋪官)
의 반절음이다. 반성(潘誠)이 한 사람이고, 사유(沙劉)가 한 사람이고, 관선생(關先生)이
한 사람이고, 주원수(朱元帥)가 한 사람이고, 파두반(破頭潘)이 한 사람이다. 처음에 난성
(欒城) 사람 한산동(韓山童)의 할아버지가 백련회(白蓮會)로 법회를 열어[燒香] 군중들을
혹하게 했다. 한산동에 이르러 "천하가 크게 어지러워지고 미륵불(彌勒佛)이 하생(下生)했
다."고 부르짖자 하남(河南) 및 강회(江淮)의 어리석은 백성이 모두 옳다고 믿었다. 영주
(潁州)의 요상한 사람 유복통(劉福通)이 난을 일으켜 붉은 두건으로써 표시를 삼았다. 유복
통 등이 다시 괴상하고 요사스런 말로 "한산동이 마땅히 중국의 주인이 되어야 한다."고
말하고 흰 말과 검은 소를 잡아 하늘과 땅에 맹서를 고하고 함께 군사를 일으켜 난을 일으
키고자 하였다. 일이 발각되어 현관(縣官)이 그를 급히 체포하려 하자 유복통이 드디어 반
란을 일으켜 변량(汴梁)을 침범하고 군사를 세 길로 나누어 관선생, 파두번 등은 진기(晉
冀)를 치고, 백불신, 대도오, 이희희는 관중(關中)으로 달려가며, 모귀는 산동에 웅거하니
그 세력이 크게 떨쳤다. 관선생, 파두번 등이 상도(上都)를 무너뜨려 궁궐을 불태우고 요양
(遼陽)을 약탈하였다. 삭주(朔州)는 본래 고구려 영색현(寧塞縣)이다. 현종 때 삭주방어사
(朔州防禦使)로 일컬었다. 뒤에 승격하여 부(府)로 삼았다. 본조 태조 3년에 옛날의 귀주
(龜州) 및 부근의 12촌(村)을 떼어 붙여 지군사(知郡事)를 삼았다. 태종 13년에 고쳐 도호
부(都護府)로 삼았다. 우리 전하 20년에 삭주로 고쳤다. 지금은 평안도(平安道)에 속한
다.] 추밀원부사(樞密院副使) 이방실(李方實)을 서북면도지휘사(西北
面都指揮使)로 삼고[서북면(西北面)은 본래 조선의 옛 땅이다. 삼국시대에는 고구려
소유였다. 보장왕(寶藏王) 27년에 신라 문무왕(文武王)이 당(唐)나라 장수 이적(李勣)과 함
께 멸망시키고 드디어 그 땅을 병합(幷合)하였다. 신라 효공왕(孝恭王) 9년에 궁예(弓裔)가

철원(鐵原)에 스스로 후고구려 왕이라고 일컬었고, 패서(浿西)의 13진(鎭)을 나누어 정했다. 고려는 이로 인하여 패서도(浿西道)라고 일컬었고 혹 북계(北界)라고도 하였다. 숙종(肅宗) 7년에 서북면(西北面)이라고 일컬었다. 본조 태종 13년에 평안도(平安道)라고 고쳤는데 도(道) 안의 평양(平壤)과 안주(安州) 두 큰 고을의 이름을 들어서 이름지었다. 사(使)는 모두 거성이고, 아래도 모두 같다.] 동지추밀원사(同知樞密院事) 이여경(李餘慶)을 보내 절영(嵒嶺)에 방책을 쌓도록 했다. [책(柵)은 측혁(測革)의 반절음이다. 울타리 방책은 나무를 엮어 만든다. 절(嵒)은 자결(子結)의 반절음으로 높은 산의 모양이다. 절령(嵒嶺)은 고개 이름으로 황해도(黃海道) 서흥부(瑞興府) 서쪽 60리쯤에 있다. 험준하고 구불구불한데 일명 자비령(慈悲嶺)이라고도 한다.] 그리고 사신을 보내 여러 도의 군대를 점검하고, 경내(境內) 사찰[僧寺]에 명하여 차등을 두어 싸우는 말[戰馬]을 내게 하며, 도성의 사람들을 모아 성문(城門)을 수리하도록 하였다. [영(令)은 평성이다. 차(差)는 음이 차(叉)로 차례이다.]

賊冠泥城　以叅知政事安祐爲上元帥　政堂文學金得培爲都兵馬使　同知樞密院事鄭暉爲東北面指揮使[培 薄回切]　賊襲安州　我軍敗績　上將軍李蔭　判司農寺事趙天柱　死之[將 即亮切 下並同 高麗恭愍王改官制 司農寺 判事 秩正三品 卿 從三品 少卿 從四品 丞 從五品 注簿 從六品 後改爲典農寺 卿 改正 少卿 改副正 本朝 太祖元年 定官制 司農寺 判事 正三品 卿 從三品 少卿 從四品 丞 從五品 注簿 從六品 直長 從七品 太宗元年 改爲典農寺 改卿爲正 少卿爲副正 丞爲判官 十四年 又改正爲尹 副正 爲少尹 典農寺 掌耕籍田 以供粢盛之備]

적이 니성(泥城)을 침략하니 참지정사(叅知政事) 안우(安祐)를 상원수(上元帥)로 삼고, 정당문학(政堂文學) 김득배(金得培)를 도병마사(都兵馬使)로 삼았으며, 동지추밀사(同知樞密院事) 정휘(鄭暉)를 동북면지휘사(東北面指揮使)로 삼았다. [배(培)는 박회(薄回)의 반절음이다.] 적이 안주(安州)를 습격하니 우리 군사가 패하여 상장군(上將軍) 이음(李蔭)과 판사농시사(判司農寺事) 조천주(趙天柱)가 죽었다. [장(將)은 즉량(即亮)의 반절음으로 아래도 모두 같다. 고려 공민왕은 관제를 고쳤다. 사농시(司農寺)에 판사(判事)는 품계가 정3품이다. 경(卿)은 종3품, 소경(少卿)은 종4품이다. 승(丞)은 종5품이다. 주부(注簿)는 종6품이었는데, 뒤에 전농시(典農寺)로 고쳐, 경(卿)을 정(正)으로 고쳤고, 소경을 부정(副正)으로 고쳤다. 본조 태조 원년에 관제를 정할 때 사농시(司農寺)에 판사는 정3품으로 경은 종3품, 소경은 종4품, 승은 종5품, 주부는 종6품, 직장은 종7품으로 했다. 태종 원년에 전농시로 고치고, 경을 고쳐 정으로 하였고, 소경을 부정으로, 승을 판관으로 고쳤다. 14년에 또 다시 정을 윤(尹)으로 부정(副正)을 소윤(少尹)으로 고쳤다. 전농시(典農寺)는 임금의 친경전(親耕田)을 경작하여 제수용품을 공급하는 일을 맡았다.]

賊獲指揮使金景碑 移文于我曰 將兵百十萬而東 其速迎降[移文 謂公文
往來也 降 胡江切 迎降 謂來迎而降附也] 王以僉知政事鄭世雲爲西北面軍容體
察使 遣前密直提學鄭思道金玤 守嵒嶺柵 平章事李公遂 屯竹田·대밭
[玤 踈逸巨幼二切 竹田 地名 或稱箭竹藪·샷·대·수 在瑞興府西三十里許]

적이 지휘사(指揮使) 김경제(金景碑)를 포획하고 우리에게 글을 보내며 말하기를 "군사 백수십만 명을 거느리고 동쪽으로 향하니 속히 맞아 항복하라."라고 말했다.[이문(移文)이란 공문(公文)이 오고 가는 것을 말한 것이다. 항(降)은 호강(胡江)의 반절음이다. 영항(迎降)은 와서 맞이하여 항복한다는 말이다.] 왕이 참지정사(僉知政事) 정세운(鄭世雲)을 서북면군용체찰사(西北面軍容體察使)로 삼고, 전(前) 밀직제학(密直提學) 정사도(鄭思道)와 김규(金玤)를 보내 절령(嵒嶺)의 방책을 지키게 하고 평장사(平章事) 이공수(李公遂)를 죽전(竹田, ·대밭)에 주둔시켰다.[규(玤)는 소일(踈逸), 거유(巨幼) 두 반절음이 있다. 죽전(竹田)은 땅 이름이다. 혹 전죽수(箭竹藪, ·샷·대·수)라고도 일컫는데 서흥부(瑞興府) 서쪽 30리쯤에 있다.]

太祖時爲通議大夫金吾衛上將軍東北面上萬戶 斬賊王元帥以下百餘級
擒一人以獻[級 居立切 本以斬敵一首 拜爵一級 因複名生獲一人爲一級] 王以平章事
金鏞爲總兵官 前刑部尙書柳淵爲兵馬使[鏞 餘封切] 是夜賊伏兵萬餘於
嵒嶺柵傍 雞鳴以鐵騎五千攻破柵門[騎 去聲 下同] 我軍大潰 祐得培等單
騎奔還 祐收兵 與鏞等屯金郊驛[金郊驛 在黃海道江陰縣東三十里許] 鏞遣左
散騎常侍崔瑩 奏請京兵 王知事急 遂謀避難 使京城婦女老弱 並先
出城 人心洶洶[難 去聲 使 如字]

태조는 이때 통의대부금오위상장군동북면상만호(通議大夫金吾衛上將軍東北面上萬戶)였는데 적의 왕원수(王元帥) 이하 백여 명의 목을 베

고 한 사람을 사로잡아서 바쳤다.[급(級)은 거입(居立)의 반절음이다. 본래 적의 머리 하나를 베면 관작 1급(級)을 받았는데, 이로 인해서 한 사람을 사로잡는 것도 일급이라고 했다.] 임금이 평장사(平章事) 김용(金鏞)을 총병관(總兵官)으로 삼고, 전 형부상서 유연(柳淵)을 병마사(兵馬使)로 삼았다.[용(鏞)은 여봉(餘封)의 반절음이다.] 이날 밤 적이 만여 명의 군사를 절영의 방책 근처에 매복시켰다가 닭이 울 때쯤 철기(鐵騎) 오천 명으로 방책의 문을 공격하여 깨뜨렸다.[기(騎)는 거성(去聲)으로 아래도 같다.] 아군이 크게 무너져 안우와 김득배 등이 홀로 말을 타고 달려 도망왔다. 안우가 군사를 거두어 김용과 더불어 금교역(金郊驛)에 주둔하였다.[금교역(金郊驛)은 황해도(黃海道) 강음현(江陰縣) 동쪽 30리쯤에 있다.] 김용이 좌산기상시(左散騎常侍) 최영(崔瑩)을 보내 서울의 군사를 아뢰어 청했다. 왕이 일이 급박함을 알고는 드디어 환란을 피하려고 서울의 부녀자와 노약자들 모두를 먼저 성에서 벗어나도록 하니 인심이 흉흉해졌다. [난(難)은 거성이다. 사(使)는 본래의 뜻이다.]

是日賊先鋒 至興義驛[興義驛 在黃海道牛峯縣西南二十里許 古名延波 高麗顯宗時元帥姜邯賛等 擊走丹兵 凱還 王幸是驛迎之 改名興義] 王及公主 奉太后將南行[公主 即魯國公主也 恭愍王尙元宗親衛王女 是爲魯國公主 將 如字] 鏞祐方實等 馳至咸謂京城不可不守 瑩尤痛甚大叫曰

이날 적의 선봉이 흥의역(興義驛)에 이르렀다.[흥의역(興義驛)은 황해도 우봉현(牛峯縣) 서남쪽 20리쯤에 있다. 옛날 이름은 연파(延波)이다. 고려 현종 때 원수(元帥) 강감찬(姜邯賛) 등이 걸단병을 격퇴하고 개선하고 돌아오니 왕이 이 역까지 행차하여 맞이했다 하여 이름을 고쳐 흥의(興義)라고 했다.] 임금과 공주는 태후를 모시고 장차 남쪽으로 가려고 하였다.[공주(公主)는 곧 노국공주(魯國公主)이다. 공민왕은 원(元)나라 종친 위왕(衛王)의 딸과 혼인하였는데 이가 노국공주이다. 장(將)은 본래의 뜻이다.] 김용, 안우, 이방실 등이 말을 달려 이르러 모두 말하기를 서울을 가히 지키지 않으면 안 된다고 하였다. 최영은 더욱 통탄하여 큰 소리로 울부짖으며 말하기를

願上少留募丁壯守宗社 宰臣相顧嘿然[嘿 或作嚜] 王幸旻天寺 遣近臣分
徃通衢大呼 招集義兵 都人皆潰 應者纔數人[旻 武巾切 旻天寺 即今之壽昌
宮也 初以寺爲宮 至今俗稱爲旻天大闕 呼 火故切]

"원컨대 임금께서는 좀 더 머물면서 장정을 모아 종사(宗社)를 지키십
시오."라고 하니, 재상과 신하들이 서로 돌아보며 말이 없었다.[묵(嘿)
혹 묵(嚜)이라고도 쓴다.] 왕이 민천사(旻天寺)에 행차하여 가까운 신하들을
보내 네거리로 나가서 큰소리로 의병을 불러 모으게 했으나, 도성 사
람이 모두 궤멸되어 응하는 자가 겨우 수 명이었다.[민(旻)은 무건(武巾)의
반절음이다. 민천사는 곧 지금의 수창궁(壽昌宮)이다. 처음에는 절로써 궁을 삼았으므로
지금에 이르기까지 일반적으로 말하기를 민천대궐(旻天大闕)이라고 한다. 호(呼)는 화고
(火故)의 반절음이다.]

祐等無如之何 白王曰 臣等留此禦賊 請王行[白 告也] 王出崇仁門 老
幼顚仆 子母相棄 躪藉滿野 哭聲動天地[躪 良刃切 轢也 踐也 藉 慈夜切 踏藉
也] 行至通濟院 欲留宿[通濟院 在臨津渡西二里許] 自京城來者言 賊已近
矣 遂渡臨津 次兆率院[臨津 其源出咸吉道安邊任內永豐縣防墻洞마·근·담:돌 經伊
川 安峽 朔寧 至連川縣西爲澄波渡돔바·되 至麻田縣南與大灘한여·흘 水合 至積城縣北 爲梨
津빈ᄂᆞ로 長湍縣東爲頭耆津 西南爲長湍 至臨津縣東爲臨津渡 東南爲德津 至交河縣西爲洛
河渡 過鳳凰巖·부횡바·회 至烏島城與漢水會 兆率院 在臨津渡東岸] 從者唯侍中洪彦
博李嵓 平章慶千興 柳濯鏞世雲等二十餘人而已[從 才用切 濯 直角切] 公
主去輦而馬 次妃李氏所騎馬羸弱 見者皆泣下[去 口擧切 除也 騎 如字 羸 力
爲切 瘦也 下 去聲 下同] 王至慶安驛[慶安驛 在廣州治南五十里許]

안우 등이 어찌할 수 없어서 왕에게 아뢰기를 "신 등이 여기에 남아 적
을 막을 것이니 청컨대 왕께서는 떠나십시오."라고 했다.[백(白)은 아뢴다
는 뜻이다.] 왕이 숭인문(崇仁門)으로 나가니 노인과 어린아이는 엎어지
고 넘어지며 자식과 어미가 서로 버려져 짓밟혀 깔린 사람이 들판에
가득 차고 울음소리가 천지를 진동시켰다.[인(躪)은 양인(良刃)의 반절음으로
수레바퀴에 치인다. 짓밟힌다는 뜻이다. 자(藉)는 자야(慈夜)의 반절음으로 깔아 짓밟는다
는 뜻이다.] 행선지가 통제원(通濟院)에 이르러 머무르려고 하는데[통제원

(通濟院)은 임진 나루 서쪽 20리쯤에 있다.] 서울에서 온 사람들이 말하기를 적이 이미 가까이 있다고 하였다. 그리하여 드디어 임진강[臨津]을 건너 도솔원(兜率院)에 이르렀다.[임진강[臨津]은 그 시원이 함길도 안변(安邊) 임내의 영풍현(永豊縣) 방장동(防墻洞, 마·근·담:꼴)에서 나와 이천(伊川), 안협(安峽), 삭녕(朔寧)을 지나 연천현(連川縣) 서쪽에 이르러 징파도(澄波渡, 듬바·되)가 되고 마전현(麻田縣) 남쪽에 이르러 대탄(大灘, 한여·흘)과 물이 합쳐진다. 적성현(積城縣) 북쪽에 이르러 이진(梨津, 빈ᄂ·륵)이 되고 장단현(長湍縣) 동쪽에 와서 두기진(頭耆津)이 되고 서남쪽으로 와서 장단(長湍)이 된다. 임진현(臨津縣) 동쪽에 이르러서 임진나루가 되고 동남쪽으로 와서 덕진(德津)이 된다. 교하현(交河縣) 서쪽에 이르러 낙하도(洛河渡)가 되고 봉황암(鳳凰巖,·부횡바·회)을 지나 오도성(烏島城)에 이르러 한수(漢水)와 합해진다. 도솔원은 임진나루 동쪽 언덕에 있다.] 따르는 자는 오직 시중(侍中) 홍언박(洪彦博), 이암(李嵓), 평장(平章) 경천흥(慶千興), 유탁(柳濯) 김용, 정세운 등 20여 명뿐이었다.[종(從)은 제용(才用)의 반절음이다. 탁(濯)은 직각(直角)의 반절음이다.] 공주가 수레를 버리고 말을 탔고, 둘째 왕비 이씨(李氏)가 탄 말은 야위어 허약하니 보는 사람마다 모두 눈물을 흘렸다.[거(去)는 구거(口擧)의 반절음으로 제거한다는 뜻이다. 기(騎)는 본래의 뜻이다. 이(羸)는 역위(力爲)의 반절음으로 여윈다는 뜻이다. 하(下)는 거성으로 아래도 같다.] 왕이 경안역(慶安驛)에 이르렀다.[경안역은 광주(廣州) 남쪽 50리쯤에 있다.]

中郞將林堅味　言於宰樞曰[將 即亮切 下並同]　賊已入京都　臨津以北　非我有也　請徵諸道兵討之　宰樞不應　即涕泣白王　王曰

중랑장(中郞將) 임견미(林堅味)가 재추(宰樞)에게 일러 말하기를[장(將)은 즉량(即亮)의 반절음으로 아래도 모두 같다.] "적이 이미 서울에 들어와 임진강 이북은 우리가 차지한 것이 아니니 청컨대 여러 도의 병사를 징병하여 적을 쳐야합니다."라고 하니 재추가 응하지 않자 곧 눈물을 흘리며 왕에게 아뢰었다. 왕은 말하기를

其如倉猝何　王次利川縣　雨雪御衣濕凍　燎薪自溫[利川縣 本高句麗南川縣新羅幷之 眞興王陞爲州 景德王改名黃武 爲漢州領縣 高麗太祖南征 賜號利川 仍屬廣州任內 仁宗始置監務 恭讓王以祖妃之鄕 陞爲南川郡 本朝 太祖二年 復爲利川縣 置監務 太宗十三年

改縣監 我 殿下二十七年 陞爲都護府 屬京畿道 雨 王遇切 自上而下曰雨] 賊陷京城 留
屯數月 殺牛馬張皮爲城 灌水成冰 人不得緣上[灌 古玩切 漑也 上 上聲 下
同] 又屠炙男女 或燔孕婦乳爲食 以恣殘虐[屠 同都切 殺也 裂也 炙 音隻 炕火
曰炙 謂以物貫之而擧於火上以炙之也 燔 音煩 加火曰燔] 王至陰竹縣 吏民皆逃匿
[陰竹縣 本高句麗奴音竹縣 新羅改陰竹 爲介山郡領縣 顯宗屬忠州任內 復置監務 本朝 太宗
十三年 改爲縣監 別號雪城 今屬京畿道] 判閤門事許猷 獻米二斗[高麗恭愍王改官
制 閤門 判事秩正三品 知事 從三品 引進使 正四品 引進副使 正五品 通事舍人 祗候 從六品
後改爲通禮門 副使陞正四品 置判官 正五品 通事舍人 改爲舍人 本朝 太祖元年 定官制 閤門
判事 正三品 知事 從三品 引進使 正四品 引進副使 正五品 通贊舍人 奉禮郎 從六品 太宗時
改爲通禮門 又改稱引進使爲僉知 副使爲判官 通贊舍人爲通贊 我 殿下二十七年 改僉知爲副
知 通禮門 掌朝會儀禮等事] 王至福州[福州 即安東府也] 世雲屢請於王曰
"갑자기 어찌 하겠는가?"라고 했다. 왕이 이천현(利川縣)에 이르자 눈
이 내려 왕의 옷이 젖고 얼어서 땔나무를 지펴 몸을 데웠다.[이천현(利川
縣)은 본래 고구려 남천현(南川縣)인데 신라가 병합하였다. 진흥왕(眞興王)이 주(州)로 승
격시켰다. 경덕왕(景德王)이 고쳐 황무(黃武)로 이름하고 한주(漢州)에 속하는 현으로 만
들었다. 고려 태조가 남쪽을 정벌하여 이천(利川)이란 이름을 내리고 거듭하여 광주(廣州)
의 관내에 속하게 했다. 인종(仁宗) 때 처음으로 감무(監務)를 두고 공양왕이 조비(祖妃)의
고향이라 하여 남천군(南川郡)으로 승격시켰다. 본조 태조 2년에 다시 이천현으로 삼고 감
무를 두었다. 태종 13년에 현감(縣監)으로 고쳤다. 우리 전하 27년에 도호부(都護府)로 승
격시켜 경기도에 속하게 했다. 우(雨)는 왕우(王遇)의 반절음이다. 위에서부터 아래로 내
려오는 것을 우(雨)라고 한다.] 적이 서울을 무너뜨리고 수개월을 머물면서
소와 말을 잡아 가죽을 성에 펼쳐놓고 물을 부어 얼려서 사람들이 위
에 오르지 못하도록 했다.[관(灌)은 고완(古玩)의 반절음으로 물을 댄다는 뜻이다.
상(上)은 상성으로 아래도 같다.] 또 남녀를 죽여 불에 태우고 혹 임산부의 젖
가슴을 구워먹으면서 방자하고 잔학하게 굴었다.[도(屠)는 동도(同都)의 반
절음으로 죽인다, 찢는다는 뜻이다. 적(炙)은 음이 척(隻)으로 불에 굽는 것인데, 물건을
꿰어서 불 위에 들고서 굽는 것이다. 번(燔)은 음이 번(煩)으로 불에 가하는 것을 번(燔)이
라 한다.] 왕이 음죽현(陰竹縣)에 이르자 관리와 백성들이 모두 도망하
여 숨었다.[음죽현(陰竹縣)은 본래 고구려 노음죽현(奴音竹縣)인데 신라가 음죽으로 바
꿔 개산군(介山郡)의 가장 중요한 현(縣)으로 삼았다. 현종(顯宗) 때 충주(忠州)의 관내에
속하게 하고 다시 감무(監務)를 두었다. 본조 태종 13년에 현감(縣監)으로 고쳤다. 별호는

설성(雪城)이다. 지금은 경기도에 속한다.] 판각문사(判閣門事) 허유(許猷)가 쌀 2말을 바쳤다.[고려 공민왕 때 관제를 바꿨다. 각문(閣門)에는 판사(判事)의 품계가 정3품, 지사(知事)가 종3품, 인진사(引進使)가 정4품, 인진부사(引進副使)가 정5품, 통사사인(通事舍人)과 지후(祇候)가 종6품, 뒤에 통례문(通禮門)으로 바꿔 부사(副使)는 정4품으로 승격시켰고, 판관(判官)을 두어 정5품으로 했으며, 통사사인을 사인(舍人)으로 고쳤다. 본조 태조 원년에 관제를 정했다. 각문에 판사는 정3품, 지사는 종3품, 인진사는 정4품, 인진부사는 정5품, 통찬사인(通贊舍人)과 봉례랑(奉禮郎)은 종6품으로 했다. 태종 때 통례문으로 고쳤다. 또 인진사를 첨지(僉知)로, 부사를 판관으로, 통찬사인을 통찬으로 고쳤다. 우리 전하 27년에 첨지를 고쳐 부지(副知)로 삼았다. 통례문은 조회(朝會)와 의례(儀禮) 등의 일을 맡았다.] 왕이 복주(福州)에 이르렀다.[복주(福州)는 곧 안동부(安東府)이다.] 정세운이 여러 번 왕에게 청하기를

速下哀痛之敎 以慰民心 又遣使諸道 以督徵兵[前漢西域傳曰 孝武之世 圖制匈奴 師族之費 不可勝計 至於民力屈財用竭 因之以凶年 冠盜並起 是以末年遂棄輪臺之地 而下哀痛之詔 豈非仁聖之所悔哉 使 去聲] 王遂以世雲爲總兵官遣之 祐方實 判樞密院事黃裳 樞密院直學士韓方信餘慶得培 判事安遇慶李龜壽塋 等 率兵二十萬 屯東郊天水寺前[天水寺 在松京保定門外三里] 世雲督令進軍 諸將進圍京城[令 平聲] 太祖以麾下親兵二千人 先登大破之 威聲益著[登 上城也 著 陟慮切] 斬賊魁沙劉 關先生等[魁 苦回切 爲首者曰魁] 賊徒自相蹈藉 僵尸滿城 斬首凡一十餘萬[藉 慈夜切 蹈藉 言敗兵自相蹈踐枕藉而死也] 獲元帝玉璽二顆 金寶一顆 金銀銅印兵仗等物[璽 音徙 印也 古者尊卑通用 至秦漢以後 始專名王者印 唐開元中 改璽曰御寶 顆 苦果切 物一顆 猶一頭也 印 符信也 所以封物以爲驗也 漢制 三公以下 有金銀銅三等之印也] 諸將曰

"속히 애통(哀痛)해 하는 조서를 내려 백성의 마음을 위로하고 또 사자를 여러 도에 보내서 병사를 징병하는 것을 독려하십시오."라고 했다.
[전한서(前漢書) 서역전(西域傳)에서 말하기를 "효무제(孝武帝)의 세대에 흉노를 제압하기를 도모했는데 군대의 비용을 가히 이루 계산할 수가 없었다. 백성들의 힘은 꺾이고 재물이 바닥나기에 이르렀으며, 인하여 흉년이 드는데다 도적까지 함께 일어났다. 이로써 말년에 마침내 윤대(輪臺)의 땅을 버리고 애통(哀痛)의 조서를 내리니 어찌 어질고 성스런 바의 뉘우침이 아니겠는가?"라고 했다. 사(使)는 거성이다.] 왕이 마침내 정세운을

총병관(總兵官)으로 삼아 보냈다. 그리고 안우, 이방실, 판추밀원사(判樞密院事) 황상(黃裳), 추밀원직학사(樞密院直學士) 한방신(韓方信), 이여경, 김득배, 판사(判事) 안우경(安遇慶), 이구수(李龜壽), 최영 등에게 군사 20만을 거느리고 동쪽 교외 천수사(天水寺) 앞에 주둔하도록 했다.[천수사(天水寺)는 송경(松京) 보정문(保定門) 밖 3리에 있다.] 정세운이 진군할 것을 명령하니 여러 장수들이 나가 서울을 포위했다.[영(令)은 평성이다.] 태조가 휘하의 친병 2천 명으로 먼저 올라가 크게 깨뜨리니 위엄이 더욱 드러났다.[등(登)은 성을 올라간다는 뜻이다. 저(著)는 척려(陟慮)의 반절음이다.] 적의 우두머리 사유(沙劉), 관선생(關先生) 등을 베었다.[괴(魁)는 고회(苦回)의 반절음으로 우두머리를 말한다.] 적의 무리들은 스스로 서로를 짓밟으며 시체들이 성에 가득하니 목 베인 수가 무릇 10만여 명이었다.[자(藉)는 자야(慈夜)의 반절음이다. 도자(蹈藉)는 패한 병사들이 스스로 서로 짓밟혀 누어 깔려 죽은 것을 말한다.] 그리고 원나라 황제가 준 옥새 2덩이[顆], 금보(金寶) 1덩이, 금, 은, 동의 도장과 병장기 등의 물건을 획득하였다.[새(璽)는 음이 사(徙)로 도장이다. 옛날에는 높은 자나 낮은 자나 보통 이 말을 썼지만, 진(秦), 한(漢) 이후에 이르러서는 처음으로 오로지 임금의 도장만을 일컬었다. 당나라 개원(開元) 중에 옥새를 어보(御寶)로 고쳐 불렀다. 과(顆)는 고과(苦果)의 반절음이다. 물건 1과는 1두(頭)와 같다. 인(印)은 부신(符信)으로 물건을 봉하여 징험으로 삼는 것이다. 한(漢)나라 제도에 3공(三公) 이하는 금, 은, 동 세 등급의 도장을 가졌다.] 여러 장수들이 말하기를

窮冠不可盡也　乃開崇仁炭峴슷고·개二門[漢趙充國曰 窮冠也 不可迫 緩之則走不顧 急之則還致死 松京羅城東門曰會昌 在賢聖寺北 俗稱炭峴門]　餘黨破頭潘等一十餘萬　奔還渡鴨綠江而走　賊遂平　攻城之日　賊雖窮蹙　猶築壘固守[壘子六切 迫也 壘 魯水切 屯軍之壁]　日暮諸軍進圍逼之　太祖止路邊一家　夜半賊闞圍而走　太祖馳至東門　賊及我軍爭門　雜沓不可出[沓 達合切 與還同 雜音 衆多貌 沓沓然混雜之稱]　有後至賊　以槍刺 太祖右耳後　勢甚迫 太祖遂拔劒斷前七八人　躍馬踰城　馬不蹉跌　人皆神之[刺 七迹切 斷 斬也 蹉跌 足失

措也]　王還都　百官皆賀留都宰樞上壽[壽者人之所欲 故卑下奉觴進酒 皆言上壽]
王謂宰樞曰　不圖今日　得還京城

"궁색한 적을 쫓을 필요가 없습니다. 곧 숭인문과 탄현(炭峴, 숫고·개) 문의 두 문을 열어두십시오."라고 했다.[한(漢)나라 조충국(趙充國)이 말하기를 "궁색한 적을 가히 추격할 수는 없다. 느슨하게 하면 달아나서 돌아보지 않지만 급하게 하면 돌아서서 죽을 각오를 다한다."라고 했다. 송경(松京) 외곽성의 동문을 회창문(會昌門)이라고 하는데 현성사(賢聖寺) 북쪽에 있다. 속칭 탄현문(炭峴門)이라 한다.] 나머지 잔당과 파두번(破頭潘) 등 10만 여명이 달아나 압록강을 건너 돌아가 드디어 적을 평정하였다. 성을 공격하던 날에 적이 비록 궁색하고 급박하였으나 오히려 보루를 쌓으며 굳건히 지켰다.[축(矗)은 자육(子六)의 반절음으로 급박하다는 뜻이다. 누(壘)는 노수(魯水)의 반절음으로 군대가 주둔하는 진[壁]이다.] 날이 저물 무렵 모든 군대가 나아가 포위하고 핍박하였다. 태조는 길가의 한 집에 머물렀는데 한밤중에 적이 가로막아 에워싼 데로부터 도망쳤다. 태조가 말을 달려 동문에 이르니 적과 아군이 문에서 싸워 서로 뒤섞여 합쳐져 있어 나갈 수가 없었다.[답(沓)은 달합(達合)의 반절음으로 뒤섞이다[遝]와 같다. 잡답(雜沓)은 무리가 많은 모양으로 섞이고 섞여 혼잡한 것을 일컫는다.] 뒤에서 적이 창으로 태조의 오른쪽 귀 뒤를 찔러 형세가 심히 급박해졌다. 태조가 드디어 칼을 뽑아 앞에 있는 7~8명을 베고 말로 성을 뛰어 넘었는데 말이 넘어지지 않았다. 사람들이 모두 신기하게 여겼다.[척(刺)는 칠적(七迹)의 반절음이다. 착(斵)은 베는 것이다. 차질(蹉跌)은 발을 헛딛는 것이다.] 왕이 서울로 돌아오자 백관(百官)들이 모두 축하했다. 유도재추(留都宰樞)가 술잔을 올렸다.[오래 사는 것은 사람들이 바라는 바이므로 아랫사람이 술잔을 바쳐 술을 올리는 것을 모두 상수(上壽)라고 말한다.] 왕이 재추에게 말하기를 "오늘날 서울에 돌아올 줄은 몰랐다."라고 했다.

第三十四章

【언해문】 ·믈 깊·고 ·빅 :업·건마·른 하·늘·히 命·ᄒ실·씨
믈·톤자·히 :건·너시·니이·다

【현대역】 물 깊고 배 없건마는 하늘히 명(命)하실새 말탄 채로 건너
셨습니다.

【언해문】 城 높·고 ᄃ리 :업·건마·른 하·늘·히 :도·ᄫ실·
씨 믈·톤자·히 ᄂ·리시·니이·다

【현대역】 성(城) 높고 사다리 없건마는 하늘이 도우시므로 말탄 채로
내리셨습니다.

【언해문 분석】

1. 깊고 : 깊고
   '깊고'는 원형을 밝혀 표기하였다. 용비어천가에서는 대개 체언이
   나 용언의 말음이 'ㅈ, ㅊ, ㅍ'인 경우 그 원형을 밝혀 적었다.

2. 업건마른 : 없건마는
   분석하면 '업-(어간) + -건마른(부사형 연결 어미)'과 같다. '-건
   마른' 즉 현대어의 '-건마는'은 어떠한 사실을 기정의 사실로 또는
   응당한 사실로 인정하거나 추측하면서 뒤의 사실에 대립시키는 뜻
   을 나타낸다.

3. 믈톤자히 : 말탄 채로

'몰'은 '말(馬)'이고 '톤'은 '타다(乘)'의 관형형으로 어간과 어미사이에 '오'가 삽입된 꼴이다. '자히'는 의존명사로 현대어의 '채로'의 전신이다. 따라서 분석하면 '몰ᄐ-(어간) + -오-(의도법 선어말 어미) + -ㄴ(관형형 어미) + 자히(의존 명사)'와 같다.

4. 건너시니이다 : 건너셨습니다, 건너시니이다

기본형이 '건너다'이다. 분석하면 '건너-(어간) + -시-(주체 높임 선어말 어미) + -니-(현재 시상 선어말 어미) + 이(상대 높임 평서형 선어말 어미) + -다(평서형 종결 어미)'와 같다.

5. 두리 : 사다리

'다리'는 '다리(橋)'와 '사다리(梯)'로 두루 쓰이나 여기서는 후자의 의미로 쓰였다.

6. 도ᄫᆞ실씨 : 도우시므로, 도우실새, 도우시매

기본형이 '돕다'이다. 분석하면 '돕-(어간) + -ᄋᆞ시-(주체 높임 선어말 어미) + -ㄹ새(원인이나 이유의 연결 어미)'와 같다. 여기서 '돕다'는 'ㅂ'불규칙 용언이다. 'ᄫ'이 쓰인 것은 모음 사이에 들어가 유성음화된 것이다.

【한문】江之深矣　雖無丹矣　天之命矣　乘馬截流[截 昨結切]
【현대역】강은 깊고 비록 배는 없더라도 하늘이 명하시니 말을 타고 물을 건너도다.[절(截)은 작결(昨結)의 반절음이다.]

【한문】城之高矣　雖無梯矣　天之佑矣　躍馬下馳[梯 天黎切 木階也 下 去聲]
【현대역】성은 높고 비록 사다리는 없더라도 하늘이 도우시니 말을

타고 달려 내려오도다. [제(梯)는 천려(天黎)의 반절음으로 나무사다리이다. 하(下)
는 거성이다.]

【주(註)】

金太祖[太祖 姓完顏 名阿骨打 後名旻 都會寧 後遷燕 又遷汴 其先出於靺鞨 古肅愼氏 本
號女眞 部族散居山谷 號完顏 猶漢言王也 因以爲氏 初阿骨打曰 遼以賓鐵爲號 取其堅也 賓
鐵雖堅 終以變壞 惟金不變不壞 金之色白 完顏色尙白 於是號大金 一說 會寧 即海古之地 金
之舊土也 國言金曰按出虎 以按出虎水源於此 故名金源 建國之號 盖取諸此] 攻遼黃龍
府 次混同江 無舟以渡[遼太祖 姓耶律 名啜里只 字阿保機 後名億 居遼水 自稱天王
後稱帝都會寧 黃龍府 古扶餘之地 在臨潢府東南二百餘里 初阿保機見黃龍在其氊屋上 連發
二矢殪之 後太子德光 置黃龍府 黑水部之地 有混同江 長白山 混同江 亦號黑龍江 所謂白山
黑水也 其水抱之則色微黑 目爲混同江 江甚深 然纔間百步 在今遼東管轄開原衛城北一千五
百里 源出北山 南流合松花江 入于海]

금(金)나라 태조(太祖)가[태조의 성은 완안(完顏)으로 이름이 아골타(阿骨打)인데
뒤에 이름을 민(旻)이라 했다. 회령(會寧)에 도읍했는데 뒤에 연(燕)으로 옮겼다가 또 변
(汴)으로 옮겼다. 그 선조는 말갈(靺鞨)에서 나왔는데 옛날 숙신씨(肅愼氏)로 본래는 여진
(女眞)이라 불렀다. 부족들이 산골짜기에서 흩어져 살았는데 완안(完顏)으로 부른 것은 한
(漢)나라 말로 왕과 같은 것이다. 이로 인하여 씨(氏)로 삼은 것이다. 처음에 아골타가 말
하기를 "요(遼)나라는 빈철(賓鐵)로 이름을 삼았는데 그 견고함을 취한 것이다. 빈철은 비
록 견고하기는 하나 끝내는 색이 변하고 삭는다. 오직 금만이 변하지 않고 삭지도 않는다.
금의 색이 희고 완안은 항상 흰색을 좋아하므로 이에 대금(大金)으로 불렀다."고 한다. 일
설에 회령(會寧)은 곧 해고(海古)의 땅으로 금나라의 옛 땅이라고 한다. 금나라 말로 금은
안출호(按出虎)라고 한다. 안출호의 물의 근원은 이곳이므로 금원(金源)이라고 했다. 나라
를 세워 이름 짓는 것은 대개 이런 것을 취했다.] 요(遼)나라 황룡부(黃龍府)를
공격하려고 혼동강(混同江)에 이르렀는데 건널 배가 없었다.[요(遼)나라
태조(太祖)는 성이 야율(耶律)이고 이름이 철리지(啜里只)이며 자(字)는 아보기(阿保機)인
데 뒤에 이름을 억(億)이라고 했다. 요수(遼水)에 살면서 스스로 천왕(天王)이라 일컫다가
나중에 황제라 칭하고 회령에 도읍하였다. 황룡부(黃龍府)는 옛날 부여(扶餘)의 땅으로 임
황부(臨潢府) 동남쪽 이백여 리에 있다. 처음에 아보기가 황룡이 천막 위에 있는 것을 보고
두 발의 화살을 연달아 쏘아 죽였다. 뒤에 태자 덕광(德光)이 황룡부를 설치하였다. 흑수
부(黑水部)의 땅에 혼동강(混同江)과 장백산(長白山)이 있다. 혼동강은 또한 흑룡강으로
부르는데, 이른바 백산흑수(白山黑水)라고 말한다. 그 물을 움켜쥐면 색이 옅은 흑색으로

눈으로 보면 혼동강인 줄 안다. 강은 매우 깊으나 폭은 겨우 백 보이다. 지금은 요동 관할 개원위(開原衛) 성 북쪽 천오백 리에 있다. 물의 근원은 북산(北山)에서 나와 남쪽으로 흘러 송화강(松花江)과 합류하여 바다로 들어간다.]

太祖使一人導前　乘赭白馬　徑涉曰　視吾鞭所指而行[赭 音者 赤貌 徑 直也]
諸軍隨之　水及馬腹　旣濟　使舟人測其渡處　深不得其底　遂陷黃龍府
[測 察色切 度也 底 典禮切 下也]

태조가 한 사람을 부려 앞에서 길을 인도하게 하고, 붉은색 모양의 흰 말을 타고 곧바로 건너면서 말하기를 “내 채찍을 보고 가리키는 곳으로 가라.”라고 했다.[자(赭)는 음이 자(者)로 붉은 모양이다. 경(徑)은 곧다는 뜻이다.] 모든 군사들이 따르니 물이 말의 배에 이르렀다. 이미 건너서 뱃사람을 시켜 그 건넌 곳을 헤아리게 했더니 깊어서 그 밑을 알 수 없었다. 드디어 황룡부를 함락시켰다.[측(測)은 찰색(察色)의 반절음으로 헤아린다는 뜻이다. 저(底)는 전례(典禮)의 반절음으로 밑이라는 뜻이다.]

城之高矣事　見上[上 第三十三章也 此承上章而反覆歌詠之也]
성(城)의 높은 것에 관한 일은 윗글에 나타나 있다.[윗글은 제33장이다. 이 장은 위의 장을 이어 반복하여 노래한 것이다.]

第三十五章

【언해문】:셔븘 긔벼·를 :알·씨 ᄒᆞᄫᆞ·사 나·ᅀᅡ·가·샤 :
모딘 도ᄌᆞ·글 믈리시·니이·다

【현대역】 서울의 기별을 알므로 혼자서 나아가시어 모진 도적을 물
리치셨습니다.

【언해문】·스ᄀᆞᄫᆞ 軍馬·롤 이·길·씨 ᄒᆞᄫᆞ·사 믈·리조·치·
샤 :모딘 ·도ᄌᆞ·글 자ᄇᆞ·시·니이·다

【현대역】 시골의 군마(軍馬)를 이기므로 혼자서 쫓아내시어 모진 도
적을 잡으셨습니다.

【언해문 분석】

1. 셔븘 : 서울의
   분석하면 '셔볼(京) + ㅅ(사잇소리)'과 같다. '셔볼〉셔울〉서울'로 변
   하였다. 'ㅅ'은 순국어 아래 유성음과 무성음 사이에 쓰인 사잇소리
   이다.

2. 긔벼를 : 기별을
   분석하면 '기별(消息) + 을(목적격 조사)'과 같다.

3. ᄒᆞᄫᆞ사 : 혼자
   'ᄒᆞᄫᆞ사'은 '혼자'의 의미로 그 변천 과정은 'ᄒᆞᄫᆞ사〉ᄒᆞ오사〉ᄒᆞ오아'
   또는 'ᄒᆞᄫᆞ사〉호사〉호자〉혼자'이다. 'ᄒᆞ오사'는 『두시언해』 초간

본(1481)에 'ᄒᆞ오아'는 중간본(1632)에 나타난다. '호자〉혼자'는 청
각 현상을 분명히 하기 위해 'ㄴ'이 첨가된 것이다. 음운 첨가 현상
은 대개 16세기 이후에 나타났다.

4. 나ᅀᅡ가샤 : 나아가시어

분석하면 '나ᅀᅡ가-(어간) + -샤-(주체 높임 선어말 어미) + (-아)(부
사형 연결 어미)'와 같다. 중세국어의 '나ᅀᅡ가-'는 ㅅ불규칙 동사 '낫
다(進)'의 어간 '낫-'에 부사형 어미 '-아'와 '가-'가 결합된 것이다.

5. 모딘 : 모진

'모딘〉모진'은 구개음화 과정을 거쳤다.

6. 믈리시니이다 : 물리치셨습니다, 물리시니이다

기본형이 '믈리다(退)'이다. 분석하면 '믈리-(어간) + -시-(주체
높임 선어말 어미) + -니-(현재 시상 선어말 어미) + 이(상대 높
임 평서형 선어말 어미) + -다(평서형 종결 어미)'와 같다.

7. ᄉᆞᄀᆞᆳ : 시골의

분석하면 'ᄉᆞᄀᆞᆯ(명사) + ㅅ(관형격 조사)'과 같다. 'ᄉᆞᄀᆞᆯ'의 변
천 과정은 'ᄉᆞᄀᆞᆯ〉ᄉᆞᄀᆞ올〉스고올〉스골〉싀골〉시골'이다.

8. 믈리조치샤 : 쫓아내시어, 쫓겨 물러나게 하시어

기본형이 '믈리조치다'로 '믈리좇다'의 사동형이다. 뜻은 '쫓기어
물러나게 하다'이다. 분석하면 '믈리좇-(어근) + -이-(사동 접미
사) + -샤-(주체 높임 어말 어미) + (-아)(부사형 연결 어미)'와
같다.

【한문】調此京耗 輕騎獨詣 維彼勍敵 遂能退之[調 虛政火逈二
切 候伺也 耗 音耗也 騎 去聲]

【현대역】서울의 소식을 염탐하니 가볍게 말타고 홀로 나가서 저들
의 굳센 적을 드디어 능히 물리치셨도다.[형(調)은 허정(虛政), 화형(火逈)의
두 반절음이 있는데 염탐한다는 뜻이다. 모(耗)는 음이 모(耗)이다. 기(騎)는 거성이다.]

【한문】克彼鄕兵 挺身陽北 維此兇賊 遂能獲之[陽 與佯通]

【현대역】시골의 군사를 이기므로 몸을 빼어 거짓으로 패하는 척하
여 저 흉악한 적을 드디어 능히 잡으셨도다.[양(陽)은 양(佯)과 통한다.]

【주(註)】

唐太宗即位 突厥頡利可汗 進至渭水便橋之北 遣其腹心執失思力 入
見以觀虛實[可汗 音楂寒 渭 于貴切 渭水 出隴西首陽縣鳥鼠同穴山 東北過狄道縣南 上
邽縣北 陳倉縣南 武功縣北 槐里縣南 與潦灃二水合 東至高陵與涇水合 又與漆沮水合 經秦
漢之都 至潼津而入河也 長安城北面西頭門曰便門 即平門也 古者平便字通 初漢武於此作橋
跨渭水上 以趨茂陵 其道易直 橋正與便門相對 因號便橋也 執失 虜 複姓也 見 賢遍切]

당(唐) 태종(太宗)이 즉위하자 돌궐(突厥)의 힐리합한(頡利可汗)이 위
수(渭水) 편교(便橋)의 북쪽까지 나와서 그의 심복 집실사력(執失思力)
을 보내 들어가 허실(虛實)을 살피도록 했다.[가한(可汗)은 음이 합한(楂寒)이
다. 위(渭)는 우귀(于貴)의 반절음이다. 위수는 농서(隴西) 수양현(首陽縣) 조서(鳥鼠) 동
혈산(同穴山)에서 나와 동북쪽으로 적도현(狄道縣)의 남쪽, 상규현(上邽縣)의 북쪽, 진창
현(陳倉縣)의 남쪽, 무공현(武功縣)의 북쪽, 괴리현(槐里縣)의 남쪽을 지나 노수(潦水)와
풍수(灃水) 두 강과 합치고, 동쪽으로 고릉(高陵)에 이르러 경수(涇水)와 합치고, 또 칠수
(漆水), 저수(沮水)와 합류하고, 진(秦), 한(漢)의 도읍지를 지나 동진(潼津)에 이르러 황하
로 들어간다. 장안성(長安城)의 북쪽의 서두문(西頭門)이 편문(便門)인데 곧 평문(平門)이
다. 옛날에는 평(平)과 편(便) 글자를 통해서 썼다. 처음 한무제(漢武帝)가 이곳에 다리를
만들었는데, 위수의 위쪽을 타고 넘어 무릉(茂陵)으로 향하는데 그 길이 평탄하고 곧았다.
다리가 정면으로 편문과 더불어 서로 마주 대하고 있어서 이로 인하여 편교라고 불렸다.
집실(執失)은 오랑캐의 복성(複姓)이다. 현(見)은 현편(賢遍)의 반절음이다.]

思力盛稱頡利突利二可汗　將兵百萬今至矣[頡利以始畢可汗子什鉢苾爲突利可汗 使居東 將 即亮切]　太宗讓之曰[讓 責也]

집실사력이 힐리와 돌리(突利) 두 합한이 군사 백만을 이끌고 지금 올 것이라고 부풀려서 말했다.[힐리(頡利)는 시필합한(始畢可汗)의 아들인 십발필(什鉢苾)을 돌리합한으로 삼아 동쪽에 살게 했다. 장(將)은 즉량(即亮)의 반절음이다.] 태종이 꾸짖어 말하기를[양(讓)은 꾸짖는다는 뜻이다.]

吾與汝可汗　面結和親　贈遺金帛前後無筭[遺 去聲 亦贈也 無筭 言衆多也]　汝可汗自負盟約　引兵深入　於我無愧　汝雖戎狄　亦有人心　何得全忘大恩　自誇彊盛　我今先斬汝矣　思力懼而請命[請命 謂請貸其死命也]　左僕射蕭瑀　右僕射封德彝　請禮遺之　太宗曰

"내가 너의 합한과 더불어 얼굴을 맞대고 화친을 맺고서 금과 비단을 전후에 수없이 보냈는데[유(遺)는 거성으로 또한 보낸다는 뜻이다. 수없다[無筭]는 것은 많다는 말이다.] 너의 합한이 스스로 맹약을 저버리고 군대를 이끌고 깊이 들어와서도 나에게 부끄러움이 없도다. 네가 비록 오랑캐일지라도 또한 사람의 양심을 가졌을 터인데 어찌 큰 은혜를 온전히 잊어버리고 스스로 강성함을 과시하려 드느냐? 나는 지금 먼저 너를 베겠다."라고 하니 집필사력이 청명(請命)하였다.[청명(請命)이란 그 죽을 목숨을 살려달라고 청하여 비는 것을 말한다.] 좌복야(左僕射) 소우(蕭瑀)와 우복야(右僕射) 봉덕이(封德彝)가 예로써 그를 돌려보낼 것을 청하였다. 태종이 말하기를

我今遣還　虜謂我畏之　愈肆憑陵　乃囚思力於門下省[肆 恣也 憑 通作馮 迫也 左傳曰馮陵我城郭]

"내가 지금 돌려보내면 오랑캐들은 내가 그들을 두려워한다고 생각하여 더욱 방자하고 핍박하며 업신여길 것이다."라고 했다. 그리고 이내 이로 인하여 집필사력을 문하성(門下省)에 가두었다.[사(肆)는 방자한 것이다. 빙(憑)은 보통 빙(馮)으로도 쓰는데 핍박한다는 뜻이다. 좌전(左傳)에 이르기를 "우리

의 성곽을 핍박하며 업신여긴다(憑陵我城郭)."라는 대목이 있다.]

太宗自出玄武門 與侍中高士廉 中書令房玄齡等六騎 徑詣渭水上 與
頡利隔水而語 責以負約[玄武門 宮城北門也 唐制 門下省 侍中二人 正二品 掌出納
帝命相禮儀 凡國家之務 與中書令叅揔 而顓判省事 騎 去聲 下同 徑詣 謂直造也] 突厥大
驚 皆下馬羅拜[下 去聲] 俄而諸軍繼至 旌甲蔽野[蔽 猶盖也]

태종이 현무문(玄武門)을 나가 시중(侍中) 고사렴(高士廉), 중서령(中
書令) 방현령(房玄齡) 등 여섯 말탄 기병과 더불어 곧바로 위수(渭水)
의 상류에 이르러 힐리와 더불어 강을 사이에 두고 약속을 저버린 것
을 꾸짖었다.[현무문(玄武門)은 궁성의 북쪽 문이다. 당나라 제도에 문하성에는 시중
(侍中) 두 사람이 정2품으로 있어 황제의 명령의 출납과 예의를 살피는 일을 맡았다. 대개
나라의 일은 중서령과 함께 참여하나, 성(省)의 일은 오로지 판단해서 한다. 기(騎)는 거성
으로 아래도 같다. 경예(徑詣)는 곧바로 이른다는 뜻이다.] 돌궐이 크게 놀라 모두
말에서 내려 열을 지어 절을 올렸다.[하(下)는 거성이다.] 갑자기 여러 군
사들이 계속해서 이르자 깃발과 갑옷이 들판을 덮었다.[폐(蔽)는 덮는다는
것과 같다.]

頡利見思力不返 而太宗挺身輕出 軍容甚盛 有懼色 太宗麾諸軍使却
而布陳 獨留與頡利語[陳 讀曰陣] 瑀以太宗輕敵 扣馬固諫 太宗曰

힐리는 집필사력이 돌아오지 않고 태종이 가볍게 몸을 빼서 나오며 군
대의 위용이 매우 성대한 것을 보고는 두려워하는 기색이 있었다. 태
종은 휘하의 모든 군사들에게 물러가서 진을 치도록 하였다. 그리고
홀로 머물며 힐리와 말했다.[진(陳)은 진(陣)으로 읽는다.] 소우는 태종이 적
을 가볍게 보자 말고삐를 당기며 진실로 간했다. 태종이 말하기를

吾籌之已熟 非卿所知[籌 音 紬 筭也] 突厥所以敢傾國而來 直抵郊甸者
以我國內有難 朕新即位 謂我不能抗禦故也[傾 空也 抵 至也 距國百里爲郊 五
百里爲甸 難 去聲 謂方有殺建成元吉之難] 我若示之以弱 閉門拒守 虜必放兵

大掠　不可復制[復 扶又切]　故朕輕騎獨出　示若輕之　又震曜軍容　使知
必戰　出虜不意　使之失圖[人馬不帶甲曰輕騎 曜或作燿]　虜入我地既深　必有
懼心　故與戰則克　與和則固矣　制服突厥　在此一擧　卿第觀之[第 但也]
"우리들의 꾀는 이미 무르익었으니 경이 알 바 아니오.[주(籌)는 음이 주
(紬)로 꾀라는 뜻이다.] 돌궐이 감히 국력을 기울여 와서 곧바로 교전(郊甸)
에 이른 것은 우리나라 안에 혼란이 있었고, 내가 새로이 즉위하여 내
가 능히 저항하여 막지 못할 것이라고 생각하기 때문이다.[경(傾)은 다한
다는 뜻이다. 저(抵)는 이른다는 뜻이다. 나라에서 백리 떨어진 곳이 교(郊)이다. 오백리
떨어진 곳이 전(甸)이다. 난(難)은 거성으로 바야흐로 건성(建成)과 원길(元吉)을 죽인 난
을 말한다.] 내가 만약 약한 모습을 보여주어 문을 닫고 지키기만 한다면
오랑캐는 반드시 군대를 풀어 크게 노략질하여 다시는 제어할 수 없을
것이다.[부(復)는 부우(扶又)의 반절음이다.] 따라서 나는 간편한 복장의 기병
으로 홀로 나와 저들을 업신여기는 것처럼 보여줄 것이다. 또 군대의
위용을 밝히 떨쳐 반드시 싸운다는 점을 알려 오랑캐들이 생각지도 못
한 꾀를 내어, 저들로 하여금 의도하던 바를 잃게 할 것이다.[사람과 말
이 갑옷을 두르지 않는 것을 경기(輕騎)라 한다. 요(曜)는 혹 요(燿)로도 쓴다.] 오랑캐
가 우리 땅에 이미 깊이 들어왔으니 반드시 두려운 마음이 있을 것이
다. 그러므로 저들과 싸우면 이길 것이고 저들과 화친하면 견고해질
것이다. 돌궐을 제압하여 복종시키는 것은 이 한 번에 달려있으니 경
은 다만 보기만 하라."라고 했다.[제(第)는 다만이라는 뜻이다.]

是日頡利來請和　詔許之　斬白馬　與頡利盟于便橋之上　突厥引兵退
이날 힐리가 와서 화친을 청하니 조칙을 내려 허락하고, 백마(白馬)를
베어 힐리와 더불어 편교(便橋) 위에서 맹약하였다. 돌궐이 군대를 이
끌고 물러갔다.

元丞相納哈出[相 去聲 元制 丞相 正一品 納哈出 名也]　聽趙小生之誘　入冦參
散忽面홀·면之地[忽面 即洪原也]　都指揮使鄭暉　累戰敗績　請遣 太祖[使

去聲 下同 時太祖爲上護軍] 恭愍王以太祖爲東北面兵馬使遣之 納哈出領兵
數萬 與小生卓都卿等屯于洪原之韃靼洞다대ː골[韃 當葛切 韃靼洞 在今洪原
縣南三十里] 遣哈剌萬戶 那衍帖木兒同僉 伯顔甫下指揮率一千餘兵爲先
鋒[帖 託協切 哈剌爲一人 那衍帖木兒爲一人 伯顔甫下爲一人 萬戶同僉指揮 皆其職名也]
太祖遇於德山洞院平擊走之[大野曰平 德山洞院 在咸興府之北咸關車踰술·위나·미
二嶺之南洞口路歧 至今有院宇 前有平野] 踰咸關車踰二嶺幾殲 委棄鎧仗 不可
勝數[咸興府東北百餘里 有大山自北而南 其嶺南曰咸關 北曰車踰 二嶺相距二十餘里 勝 音
升 數 色主切]

원(元)나라 승상 납합출(納哈出)이[상(相)은 거성이다. 원나라 제도에 승상은 정
1품이다. 납합출은 이름이다.] 조소생(趙小生)의 계략을 듣고 삼산(參散)과
홀면(忽面, 훌·면)의 땅에 쳐들어왔다.[홀면(忽面)은 곧 홍원(洪原)이다.] 도
지휘사(都指揮使) 정휘(鄭暉)가 여러 번 싸움에 패하고는 태조(太祖)
를 보내줄 것을 요청했다.[사(使)는 거성으로 아래도 같다. 이때 태조는 상호군(上
護軍)이었다.] 공민왕(恭愍王)이 태조를 동북면병마사(東北面兵馬使)로
삼아 보냈다. 납합출이 군사 수만 명을 거느리고 조소생, 탁도경(卓都
卿) 등과 함께 홍원(洪原)의 달단동(韃靼洞, 다대ː골)에 주둔하였다.[달
(韃)은 당갈(當葛)의 반절음이다. 달단동은 지금 홍원현(洪原縣) 남쪽 30리에 있다.] 만
호(萬戶) 합라(哈剌), 동첨(同僉) 나연첩목아(那衍帖木兒), 지휘(指揮)
백안보하(伯顔甫下)를 보내 일천여 명을 이끌고 선봉이 되도록 하였
다.[첩(帖)은 탁협(託協)의 반절음이다. 합라는 한 사람이고, 나연첩목아가 한 사람이며,
백안보하가 한 사람이다. 만호, 동첨, 지휘는 모두 그 관직명이다.] 태조가 덕산동원
(德山洞院)의 넓은 들에서 만나 그들을 격퇴시켰다.[넓은 들을 평(平)이라
한다. 덕산동원(德山洞院)은 함흥부(咸興府)의 북쪽 함관(咸關)과 거유(車踰, 술·위나·미)
두 고개의 남쪽 동구(洞口)의 갈림길에 있다. 지금도 건물[院宇]이 있는데 앞에는 넓은 들
이 있다.] 함관(咸關)과 거유(車踰) 두 고개를 넘어 거의 섬멸하니 버린
갑옷과 무기를 이루 셀 수 없다.[함흥부 동북쪽 백여 리에 북으로부터 남쪽으로
큰 산이 있는데 그 고개의 남쪽을 함관이라 하고 북쪽을 거유라 한다. 두 고개는 20여 리
쯤 서로 떨어져 있다. 승(勝)은 음이 승(升)이다. 수(數)는 색주(色主)의 반절음이다.]

是日 太祖退屯答相谷답샹:골[答相谷 在今咸興府東北十六里許 東北距舍音洞ᄆᆞᆳ:
골 九里餘] 納哈出怒 移屯德山洞 太祖乘夜襲擊敗之 納哈出還轋粗洞
太祖屯舍音洞[舍音洞 在今咸興府東北二十五里許 東北距車踰嶺八十餘里] 太祖遣
斥候 至車踰嶺 賊登山樵蘇甚衆 候卒還白[斥 度也 候 視也 望也 所以檢行險
阻 伺候盜賊也 樵 昨焦切 取薪也 蘇 取草也] 太祖曰

이날 태조는 물러나 답상곡(答相谷, 답샹:골)에 주둔했다.[답상곡은 지금
함흥부(咸興府) 동북쪽 16리쯤에 있는데 동북쪽으로 사음동(舍音洞, ᄆᆞᆳ:골)이 9리쯤 떨
어져 있다.] 납합출이 노하여 덕산동(德山洞)으로 옮겨 머무르니 태조가
밤을 틈타 습격하여 그들을 패퇴시켰다. 납합출이 달단동으로 돌아가
니 태조는 사음동에 주둔했다.[사음동(舍音洞)은 지금 함흥부 동북쪽으로 25리쯤
에 있는데 동북쪽으로 거유령(車踰嶺)이 80여 리 떨어져 있다.] 태조가 척후병을 보
내 거유령에 이르게 했더니, 적이 산에 올라가 땔나무를 하고 풀을 뜯
는 자들이 매우 많았다. 척후병들이 돌아와 아뢰었다.[척(斥)은 헤아린다는
뜻이다. 후(候)는 살핀다, 본다는 뜻이다. 갈 길이 험한지 막혔는지를 검사하고, 도적을
엿보는 것이다. 초(樵)는 작초(昨焦)의 반절음으로 땔나무를 취하는 것이고 소(蘇)는 풀을
취하는 것을 말한다.] 태조가 말하기를

兵法當先攻弱 遂令擒斬殆盡 自以精騎六百繼之[令 平聲 下同 騎 去聲 下並
同] 踰嶺至嶺下 賊乃覺 欲逆戰 太祖率十餘騎衝賊 射殪其裨將一人
[衝 昌容切 突也 又當也 射 食亦切 下並同 裨 頻移切 助也 將 即亮切 下並同 裨將 謂將之
偏副也]

"병법에 마땅히 약한 것을 먼저 쳐라."라고 했다. 그리고 드디어 적을
모두 사로잡아 베라는 명을 내리고 자신은 정예 기병 육백을 데리고
뒤따랐다.[영(令)은 평성으로 아래도 같다. 기(騎)는 거성으로 아래도 모두 같다.] 고
개를 넘어 고개 아래에 이르니 적이 이미 깨닫고 맞아 싸우려고 하였
다. 태조는 10여 기병을 거느리고 적과 맞부딪쳐 그들의 비장(裨將) 한
명을 쏘아 죽였다.[충(衝)은 창용(昌容)의 반절음으로 부딪친다 또는 대적한다는 말
이다. 석(射)은 식역(食亦)의 반절음으로 아래도 모두 같다. 비(裨)는 빈이(頻移)의 반절음

으로 돕는다는 뜻이다. 장(將)은 즉량(即亮)의 반절음으로 아래도 모두 같다. 비장(裨將)은
장군을 보좌하는 사람을 말한다.]

初 太祖至 問諸將累敗狀 諸將曰
처음에 태조가 도착하여 여러 장수들에게 싸움에 패한 상황을 물었더
니 여러 장수들이 말하기를

每戰酣 賊將一人 鐵甲飾以朱旄尾 揮槊突進 衆披靡無敢敵者[旄 謨袍
切 旄尾 旄牛尾也] 太祖物色其人 獨當之 陽北走 其人果奮前 注槊甚急
[物色 猶形狀也 當 猶敵也 前 進也 注 意所主也] 太祖飜身著馬韉 賊將失中 隨
槊而倒[飜 孚袁切 反也 著 陟略切 附也 韉 昌艷切 馬障泥也 中 去聲 下同] 太祖即據
鞍射 又殪之 賊狼狽奔北 太祖追擊至賊屯 日暮乃還
"매번 싸움이 무르익을 때마다 적장 한 명이 철갑을 입고 소꼬리로 장
식한 붉은 깃발을 들고 창을 휘두르며 돌진하면 여러 사람들이 흩어져
쓰러져 감히 대적할 자 없었습니다."라고 했다. [모(旄)는 모포(謨袍)의 반절
음이다. 모미(旄尾)는 소꼬리를 단 깃발이다.] 태조가 그 사람을 물색(物色)하여
홀로 상대하다가 거짓으로 패하여 달아나니, 그 사람이 과연 떨쳐 앞
으로 나오면서 창을 겨누는 것이 매우 빨랐다. [물색(物色)은 모양을 찾아내는
것과 같다. 당(當)은 대적하는 것과 같다. 전(前)은 나오는 것이고, 주(注)는 뜻을 두는 곳
이다.] 태조가 몸을 뒤집어 말다래에 붙으니 적장이 맞추지 못하고 창을
따라 넘어졌다. [번(飜)은 부원(孚袁)의 반절음으로 뒤집는다는 뜻이다. 저(著)는 척략
(陟略)의 반절음으로 붙는다는 뜻이다. 첨(韉)은 창염(昌艷)의 반절음으로 말다래이다. 중
(中)은 거성으로 아래도 같다.] 태조가 곧바로 안장에 의지하며 화살을 쏘아
또 그를 쓰러뜨렸다. 적이 낭패하여 달아났다. 태조가 추격하여 적의
주둔지에 이르렀다가 날이 저물자 곧 돌아왔다.

納哈出之妻 謂納哈出曰 公周行天下久 復有如此將軍乎 宜避而速歸
納哈出不從[復 扶又切]

납합출의 아내가 납합출에게 일러 말하기를 "공께서 천하를 두루 다닌 지가 오래되었거늘 다시 이와 같은 장군이 있겠습니까? 마땅히 피하여 속히 돌아가십시오."라고 했으나 납합출은 따르지 않았다.[부(復)는 부우 (扶又)의 반절음이다.]

後數日 太祖踰咸關嶺 直至韃靼洞 納哈出置陣相當 率十餘騎出陣前
太祖亦率十餘騎 出陣前相對 納哈出給曰

며칠 후 태조가 함관령(咸關嶺)을 넘어 곧바로 달단동에 이르렀다. 납 합출은 곧바로 진을 치고 서로 대적하며 10여 기를 거느리고 진 앞으로 나갔다. 태조 또한 10여 기를 거느리고 진 앞으로 나와 서로 대적하였다. 납합출이 속이며 말하기를

我之初來 本追沙劉 關先生 潘誠等來耳 非爲侵犯貴境也[爲 去聲] 今
吾累敗 喪卒萬餘 亡裨將數人 勢甚窮蹙 乞罷戰 惟命是從[喪 去聲]
時賊兵熱甚盛 太祖知其詐 欲令降之[降 胡江切] 有一將立納哈出之傍
射之應弦而倒 又射納哈出之馬而斃 改乘又斃之 於是大戰良久 互有
勝負[良久 頗久也] 太祖迫逐納哈出 納哈出急曰

"내가 처음에 온 것은 본래 사유(沙劉), 관선생(關先生), 반성(潘誠) 등을 따라 온 것뿐이지 귀하의 국경을 침범하려한 것이 아닙니다.[위(爲) 는 거성이다.] 이제 내가 여러 번 패해 잃어버린 병졸이 만여 명이고 죽은 비장(裨將)도 몇 명이어서 형세가 매우 궁핍하고 위축되었습니다. 소원하건대 싸움을 그만두신다면 오직 명령을 따르겠습니다."라고 했다.[상(喪)은 거성이다.] 이때 적병의 기세가 매우 왕성하나, 태조는 그것이 거짓임을 알고 그들을 항복시키려고 하였다.[항(降)은 호강(胡江)의 반절음이다.] 그래서 납합출의 곁에 서 있는 한 장수를 쏘자 활시위에 맞아 꺼꾸러졌다. 또 납합출의 말을 쏘아 죽였다. 말을 바꿔 타자 또 다시 말을 죽였다. 이에 큰 싸움이 오래 지속되니 서로가 이겼다 졌다 하였

다.[양구(良久)는 자못 오래라는 뜻이다.] 태조가 납합출을 급박히 쫓으니 납합출이 급히 말하기를

李萬戶也　兩將何必相迫　乃回騎
"이만호(李萬戶)여! 두 장수가 어찌 서로 맞닥뜨릴 필요가 있겠습니까. 말을 돌립시다."라고 했다.

太祖又射其馬斃之　有麾下士　下馬以授納哈出　遂得免[下下 去聲]
태조가 또한 그 말을 쏘아 죽였다. 어떤 휘하의 병사가 말에서 내려 말을 납합출에게 주니 드디어 면할 수 있었다.[아래의 하(下)는 거성이다.]

日且暮　太祖麾軍以退　自爲殿[殿 丁練切 軍後曰殿]　嶺路盤紆數層　宦者李波羅實在最下層　急呼曰　令公救人　令公救人[盤 蒲官切 紆 雲俱切 縈也 曲也 層 徂陵切 波羅實 其人名也 呼 火故切 令 並如字]　太祖在上層視之　有二銀甲賊將　逐波羅實　注槊垂及[垂 幾也]　太祖回馬射二將　皆斃之　即連斃二十餘人　更回兵擊之
날이 또 저물자 태조는 군사를 이끌고 돌아가는데 자기가 군대의 후군이 되었다.[전(殿)은 정련(丁練)의 반절음인데 군대의 뒤에 있는 것을 전(殿)이라고 한다.] 고갯길이 구불구불 서려 몇 층이 되었다. 환관 이파라실(李波羅實)이 가장 아래층에 있다가 급히 부르며 말하기를 "영공께서 사람을 구해주십시오. 영공께서 사람을 구해주십시오."라고 했다.[반(盤)은 포관(蒲官)의 반절음이다. 우(紆)는 운구(雲俱)의 반절음으로 얽힌다. 구부러진다는 뜻이다. 층(層)은 조릉(徂陵)의 반절음이다. 파라실은 그 사람의 이름이다. 호(呼)는 화고(火故)의 반절음이다. 영(令)은 모두 본래의 뜻과 같다.] 태조가 가장 위층에 있다가 그를 보니, 어떤 두 명의 은갑(銀甲)을 입은 적장이 파라실을 쫓아 창을 겨누었는데 거의 찌를 정도였다.[수(垂)는 거의라는 뜻이다.] 태조가 말을 돌려 두 장수를 쏘아 모두 쓰러뜨렸다. 곧 이어 20여 명을 죽이고는 다시

군사를 돌려 공격했다.

有一賊逐 太祖 擧槊欲刺[刺 七迹切] 太祖忽側身若墜 仰射其腋 即還騎
[側 札色切 傾也 腋 夷益切 肘脅之間曰腋 騎 如字] 又一賊進當 太祖而射之 太祖
即於馬上起立 矢出胯下[胯 苦化切 兩股間也] 太祖乃躍馬射之 中其膝 又
於川中 遇一賊將 其人甲冑護項面甲 又別作頤甲 以便開口 周護甚
固 無隙可射[下中 如字 護項 甲之圍頸者 面甲 甲之裏面者也 頤 盈之切 頷也] 太祖
故射其馬 馬作氣奮躍 賊出力引轡 口乃開[有意爲之曰故 作 發作也] 太祖
射中其口[中 去聲] 旣斃三人 於是賊大奔 太祖以鐵騎蹂之 賊自相蹈藉
殺獲甚多[騎 去聲 下同 蹂 如又切 踐也]

어떤 한 명의 적이 태조를 쫓아 창을 들어 찌르려고 하자[척(刺)은 칠적(七
迹)의 반절음이다.] 태조가 갑자기 몸을 기울여 떨어질 듯하고는 올려다보
고 그의 겨드랑이를 쏘며 곧바로 말을 바로 탔다.[측(側)은 찰색(札色)의 반
절음으로 기울어진다는 뜻이다. 액(腋)은 이익(夷益)의 반절음으로 팔꿈치와 옆구리의 사
이를 액(腋)이라 한다. 기(騎)는 본래의 뜻이다.] 또 어떤 한 명의 적이 태조를 마
주대하고 나가 활을 쏘자, 태조가 곧 말 위로 일어서니 화살이 사타구
니 아래로 지나갔다.[과(胯)는 고화(苦化)의 반절음으로 두 넓적다리 사이이다.] 태
조가 이에 말을 달려 쏘아 그 무릎을 맞췄다. 또 내[川] 가운데에서 한
적장을 만났다. 그 사람은 갑옷을 입고 호항(護項)과 면갑(面甲)과 또
별도로 이갑(頤甲)을 지어 입고서 입을 벌리기 편하게 했는데 모두 매
우 견고하게 보호하여 가히 쏠 틈이 없었다. [아래의 중(中)은 본래의 뜻이다.
호항(護項)은 목을 두르는 갑옷이다. 면갑(面甲)은 얼굴을 감싸는 갑옷이다. 이(頤)는 영지
(盈之)의 반절음으로 턱이다.] 태조가 고의로 그 말을 쏘자 말이 발작하여 떨
쳐 뛰었고 적이 힘주어 고삐를 당기자 입이 벌어졌다.[뜻을 가지고 하는
것을 고(故)라고 한다. 작(作)은 발작이다.] 태조가 쏘아 그 입을 맞췄다.[중(中)은
거성이다.] 이미 세 명을 죽이니 이에 적이 크게 달아났다. 태조가 철기
병으로 그들을 짓밟자 적들은 자기들끼리 서로 짓밟고 깔아 매우 많이
죽고 사로잡혔다.[기(騎)는 거성으로 아래도 같다. 유(蹂)는 여우(如又)의 반절음으로

밟는다는 뜻이다.]

還屯定州　留數日　休士卒　先設伏要衝[定州 即今定平也 衝 通道也 南北東西
各有道相衝]　乃分三軍　左軍由城串[城串 山名 在咸興府北 府人稱爲鎭山 山腰有小
泉 雲起則雨]　右軍由都連浦[都連 古作都麟 在咸興府南三十里]　自將中軍當松
原·소두·듕[松原 在咸興府東南十四里雲田운·텬社 社有 太祖潛邸時舊宮 東南二里許 有
太祖少時擊毬場]　與納哈出　遇於咸興平[咸興府西及南 有大野 皆稱咸興平]　太祖
單騎鼓勇突進試賊　賊驍將三人　並馳直前[鼓 動也 試 嘗也]　太祖陽北走
引其轡策其馬　爲促馬狀　三將爭追逼之[陽 與佯通]　太祖忽跋馬右出　三
將未能控而前[控 苦貢切 止馬曰控 謂勒止也]

주둔지 정주(定州)에 돌아와 며칠을 머물면서 병사들을 쉬게 하고 먼
저 요충지에 복병을 두었다.[정주(定州)는 곧 지금의 정평(定平)이다. 충(衝)은 길
을 통해놓은 것이다. 남북동서가 각각 길이 있어 서로 통한다.] 그리고 군대를 셋으
로 나눠 좌군은 성관(城串)을 경유하게 하고[성관은 산 이름이다. 함흥부(咸
興府) 북쪽에 있는데, 함흥부의 사람들이 진산(鎭山)이라고 일컫는다. 산허리에 작은 샘이
있어 구름이 일어나면 비가 내린다.] 우군은 도련포(都連浦)를 경유하게 하며
[도련(都連)은 옛날 도린(都麟)이라고 했는데 함흥부 남쪽 30리에 있다.] 자신은 중군
(中軍)을 거느리고 송원(松原, ·소두·듕)을 지켰다.[송원은 함흥부 동남쪽 14
리의 운전(雲田, 운·텬)사(社)에 있다. 운전사(雲田社)에는 태조가 왕이 되기 이전의 옛 궁
이 있고, 동남쪽으로 2리쯤에는 태조가 어려서 격구를 하던 마당이 있다.] 납합출과 더
불어 함흥평에서 만났는데[함흥부(咸興府)의 서쪽과 남쪽에 넓은 들판이 있는데
모두 함흥평이라고 일컫는다.] 태조는 홀로 기병(騎兵)으로 용기를 북돋아
돌진하여 적을 시험하니, 적의 날랜 장수 세 사람이 함께 말을 달려
곧바로 나왔다.[고(鼓)는 부추긴다는 뜻이다. 시(試)는 시험한다는 뜻이다.] 태조가
거짓으로 패하여 달아나면서 그 말고삐를 당기고 말을 채찍질하여 말
을 재촉하는 것처럼 하자 세 장수가 다투어 추격하여 다가오고 있었
다.[양(陽)은 양(佯)과 통한다.] 태조가 갑자기 말을 비틀어 우측으로 가니
세 장수가 말고삐를 당겨 세우지 못하고 앞으로 지나갔다.[공(控)은 고공

(苦貢)의 반절음으로 말을 멈추는 것을 공(控)이라 하는데, 억지로 멈추는 것을 말한다.]

太祖從後射之 皆應弦而倒 轉戰引至要衝 左右伏俱發 合擊大破之[轉
戰 轉相戰鬪也] 納哈出知不可敵 收散卒遁去 獲銀牌銅印等物以獻 其餘
所獲之物 不可勝數 於是東北鄙悉平[勝 音升 數 色主切] 後納哈出遣人通
好 獻馬于王[好 去聲] 且遺鞞鼓一 良馬一匹于 太祖 以致禮意 盖心服
之也[遺 去聲] 後辛禑遣開城尹黃淑卿 徃聘[聘 匹正切 問也] 納哈出曰
태조가 뒤를 쫓아 화살을 쏘니 모두 활시위에 맞아 거꾸러졌고, 자리
를 옮겨 다니며 싸우다가 요충지로 끌어들여 좌우의 복병을 내어 함께
공격하여 크게 깨뜨렸다.[전전(轉戰)은 자리를 옮겨 다니며 전투하는 것이다.] 납
합출이 대적할 수 없음을 알고 흩어진 병졸을 거둬들여 달아났다. 얻
은 은패(銀牌)와 동인(銅印) 등의 물건을 바쳤다. 그 나머지 얻은 물건
도 이루 헤아릴 수 없었다. 이에 동북의 고을이 모두 평정되었다.[승
(勝)은 음이 승(升)이다. 수(數)는 색주(色主)의 반절음이다.] 뒤에 납합출이 사람을
보내 우호관계를 트고 임금에게 말[馬]을 바쳤다.[호(好)는 거성이다.] 또
말 위에서 치는 북 하나와 좋은 말 한 필을 태조에게 보내어서 예의를
표시했으니 대개 마음으로 복종한 것이다.[유(遺)는 거성이다.] 뒤에 신우
가 개성윤(開城尹) 황숙경(黃淑卿)을 보내 방문하도록 했다.[빙(聘)은 필
정(匹正)의 반절음으로 방문한다는 뜻이다.] 납합출이 말하기를

我本非與高麗戰 伯顏帖木兒王 遣年少李將軍擊我 幾不免[伯顏帖木兒
恭愍王之蒙古名也 幾 平聲] 李將軍無恙乎[恙 餘亮切 齧虫入腹食人心者 古人草居多
被此毒 故相問以無恙耳] 年少而用兵如神 眞天才也 將任大事於爾國矣[神
謂鬼神 將 如字] 納哈出之妹 在軍中見 太祖神武 心悅之 亦曰
"내가 본래 고려와 싸우려고 한 것이 아니었는데 백안첩목아왕(伯顏帖
木兒王)이 젊은 이(李) 장군을 보내 나를 쳐서 거의 죽음을 면하지 못
했을 뻔했소이다.[백안첩목아는 공민왕의 몽고이름이다. 기(幾)는 평성이다.] 이

장군은 무양(無恙)하신지요?[양(恙)은 여량(餘亮)의 반절음으로 사람의 뱃속에 들
어가 심장을 갉아 먹는 설충(齧虫)이다. 옛 사람들은 초가집에 살면서 이 벌레의 피해를
많이 입었으므로 벌레의 피해가 없었는지를 서로 물었다.] 나이는 젊지만 군사를
쓰는 것이 귀신같으니 진실로 하늘이 내려준 재주요 장차 당신 나라의
큰 일을 맡게 될 것이오."라고 했다.[신(神)은 귀신을 말한다. 장(將)은 본래의
뜻이다.] 납합출의 누이가 군중(軍中)에 있다가 태조의 귀신같은 무덕
(無德)을 보고는 마음속으로 기뻐하여 또한 말하기를

斯人也 天下無雙[易曰 聰明睿知 神武而不殺 無雙 言僅有一人 他無與比也]
"이 사람이야말로 천하에 둘도 없다."라고 했다. [역경에 이르기를 "총명하고
슬기로우며 귀신같은 무덕을 지니면서 사람을 죽이지 않는다."라고 하였다. 무쌍(無雙)이
란 겨우 한 사람만 있어 다른 사람과 견줄 수가 없다는 뜻이다.]

桓祖嘗入朝元朝 稱道 太祖之才 至是納哈出敗歸曰 李[桓相諱]鄕日言
我有才子 果不誣矣[朝 並馳遙切 道 言也]
환조가 일찍이 원나라 조정에 입조하여 태조의 재주를 칭찬하여 말한
일이 있었다. 이때에 납합출이 패하여 돌아와 말하기를 "이[환조의 이름
이다.]가 지난 날 나에게 재주있는 아들이 있다고 하더니 과연 거짓이
아니었구나."라고 했다.[조(朝)는 모두 치요(馳遙)의 반절음이다. 도(道)는 말한다
는 뜻이다.]

第三十六章

【언해문】 兄·이 ·디·여 :뵈·니 衆賊·이 좃거·늘 ·재 ᄂᆞ·
려 ·티·샤 :두 ·갈·히 것·그·니

【현대역】 형(兄)이 떨어져 보이니 중적(衆賊)이 쫓거늘 언덕 내려가
치시니 두 칼이 꺾이니.

【언해문】 ᄆᆞ·를 ·채·텨 :뵈시·니 三賊·이 좃:줍거·늘 ·길
버·서 ·쏘·샤 :세 ·사래 :다 디·니

【현대역】 말을 채치어 보이시니 삼적(三賊)이 쫓거늘 길 벗어나 쏘시
니 세 살에 다 넘어지니.

【언해문 분석】

1. 디여 : 떨어져
   기본형이 '디다'로 '떨어지다(墜, 落)이다. 분석하면 '디-(어간) +
   -여(부사형 연결 어미)'와 같다.

2. 뵈니 : 보이니
   기본형이 '보다'이다. 분석하면 '보-(어근) + -이-(피동 접미사) +
   -니(원인의 연결 어미)'와 같다.

3. 좃거늘 : 쫓거늘
   기본형이 '좃다'로 현대국어의 '쫓다(逐)'이다. 분석하면 '좃-(어간)
   + -거늘(설명의 연결 어미)'과 같다. 중세국어의 '좃다'는 '좇다

(隨, 從)'와 '쫓다(逐)' 두 의미를 갖고 있는데 여기서는 후자의 의
미로 쓰였다. 이곳의 쫓긴 주체는 당고조 이연(李淵)의 아들 이건
성(李建成)이다.

4. 티샤 : 치시니

기본형이 '티다' 즉 '치다(擊)'이다. 분석하면 '티-(어간) + -샤-
(주체 높임 선어말 어미) (-아)(부사형 연결 어미)'와 같다. 적병을
물리친 주체는 당고조 이연(李淵)의 아들 이세민(李世民)이다.

5. 갈히 : 칼이

분석하면 '갏(ㅎ종성 체언) + 이(주격 조사)'와 같다.

6. 것그니 : 꺾이니, 꺾어지니

기본형이 '겄다'이다. '겄다'는 오늘날 '꺾다'의 전신으로 '꺾다'가
타동사임에 비해 '겄다'는 자·타동사로 쓰였다. 여기서는 자동사로
쓰였다. 따라서 분석하면 '겄-(어간) + -으니(상대 높임 평서형 종
결 어미)'와 같다.

7. 채텨 : 채치어, 채찍을 치어

'채'는 '채찍'을 말한다. '텨>쳐'는 구개음화 현상이다.

8. 좇즙거늘 : 쫓거늘

기본형이 '좇다'이다. 분석하면 '좇-(어간) + -즙-(객체 높임 선
어말 어미) + -거늘(상대 높임 종속적 연결 어미)'과 같다. 객체 높
임 선어말 어미 '-즙'이 쓰일 때는 앞 어간의 받침이 'ㄷ, ㅌ, ㅈ,
ㅊ'일 때이다. 여기서 객체 높임의 대상은 이태조이다.

9. 세 사래 : 세 살에, 세 발의 화살에

　‘세’는 수 관형사이다. 분석하면 ‘세(관형사) + 살(矢) + 애(부사격

　조사)’와 같다.

【한문】兄墜而示　衆賊薄之　下阪而擊　兩刀皆缺[下 去聲 阪 甫

遠切 山阪曰 阪]

【현대역】형이 떨어진 것을 보고 여러 적이 붙거늘 산비탈을 내려가

치니 두 자루 칼이 모두 이지러졌다.[하(下)는 거성이다. 판(阪)은 보원(甫遠)의

반절음으로 산비탈을 판(阪)이라 말한다.]

【한문】策馬以示　三賊逐之　避道以射　三箭皆踣[策馬 謂策其馬

也 射 食亦切 三箭皆踣 言發三箭而三賊皆踣也]

【현대역】말을 채찍질 하는 것을 보고 세 적이 쫓거늘 길을 벗어나

활을 쏘니 세 화살에 모두 넘어졌다.[책마(策馬)는 말을 채찍질 하는 것을 말한

다. 석(射)은 식역(食亦)의 반절음이다. 세 살에 모두 넘어졌다는 말은 세 살을 쏘아 세

명의 적을 모두 넘어뜨렸다는 것을 말한다.]

【주(註)】

隋恭帝[恭帝 名侑 文德太子昭之子 煬帝之孫也 初封代王 煬帝南遊 留守長安 唐高祖入長

安 立爲帝] 遣虎牙郞將宋老生　屯霍邑　以拒唐高祖[將 即亮切 下同 隋制 十二

衛府 每衛置護軍四人 掌副貳將軍 尋改護軍爲虎賁郞將 正四品 置虎牙郞將六人副焉 從四品

也 霍邑 漢彘縣也 後漢改永安縣 隋改霍邑] 高祖與數百騎　先至霍邑城東數里

以待步兵[騎 去聲 下同] 使建成 太宗　將數十騎至城下　擧鞭指麾若將圍

城之狀　且詬之[下將 如字 詬 許候切 罵也] 老生怒　引兵三萬　自東門南門

分道而出　高祖使府掾殷開山　趣召後軍　後軍至[唐初起兵 以開山爲大將軍府

掾 趣 讀曰促] 高祖欲使軍士　先食而戰　太宗曰

수(隋)나라 공제(恭帝)가[공제(恭帝)는 이름이 유(侑)로 문덕태자(文德太子) 소(昭)

의 아들이며 양제(煬帝)의 손자이다. 처음에 대왕(代王)으로 봉해져 양제가 남쪽을 순시하는 동안 머물면서 장안을 지키고 있었는데 당(唐) 고조가 장안에 들어와서 황제로 세웠다]

호아낭장(虎牙郞將) 송노생(宋老生)을 보내 적읍(霍邑)에 주둔하면서 당(唐) 고조(高祖)를 막게 했다.[장(將)은 즉량(即亮)의 반절음으로 아래도 같다. 수나라 제도에 12위부(衛府)가 있었다. 각 위(衛)마다 호군(護軍) 4명을 두어 장군을 돕는 일을 관장하도록 했다. 얼마 되지 않아 호군을 고쳐 정4품의 호분낭장으로 하고 종4품의 호아낭장 6명을 두어 돕도록 했다. 곽읍(霍邑)은 한(漢)나라 체현(彘縣)이다. 후한(後漢)은 영안현(永安縣)으로 고쳤다. 수나라는 곽읍이라고 고쳤다.] 고조가 수백의 말을 탄 병사와 함께 먼저 곽읍성의 동쪽 수 리가 되는 곳에 이르러 보병을 기다렸다.[기(騎)는 거성으로 아래도 같다.] 그리고 건성(建成)과 태종(太宗)으로 하여금 수십의 말을 탄 병사를 거느리고 성 밑에 가서 마치 성을 포위할 것처럼 채찍을 들고 지휘하고 또 욕을 퍼붓도록 했다.[아래의 장(將)은 본래의 뜻이다. 후(詬)는 허후(許候)의 반절음으로 욕하며 꾸짖는다는 뜻이다.] 송노생이 노하여 군사 3만을 이끌고 동문과 남문에서 길을 나누어 나왔다. 고조가 부연(府掾) 은개산(殷開山)으로 하여금 급히 후군(後軍)을 부르라고 하여 후군이 이르렀다.[당나라가 처음 군사를 일으켜 은개산을 대장군의 부연(府掾)으로 삼았다. 촉(趣)은 촉(促)으로 읽는다.] 고조는 군사들을 먼저 먹이고 싸우려고 했는데 태종이 말하기를

時不可失 高祖乃與建成 陳於城東 太宗陳於城南[陳 並讀曰陣 下並同] 老生兵薄東陳 建成墜馬 老生乘之 高祖軍却[薄 迫也] 太宗與軍頭段志玄自南原引兵馳下 衝老生陳 出其背[唐改鷹揚郞將曰軍頭 又改爲驃騎將軍 高平曰原 下 去聲 下同] 太宗手殺數十人 兩刀皆缺 流血滿袖 灑之復戰 高祖兵復振 因傳呼曰 已獲老生矣 老生兵大敗[缺 虧也 復 並扶又切 呼 火故切]

"때를 잃을 수 없습니다."라고 했다. 고조는 이에 건성과 함께 성 동쪽에 진을 치고 태종은 성 남쪽에 진을 쳤다.[진(陳)은 모두 진(陣)으로 읽는다. 아래도 모두 같다.] 송노생의 군사가 동쪽 진을 핍박했다. 건성이 말에서 떨어지자 송노생이 이 틈을 타므로 고조의 군대가 물러났다.[박(薄)은 핍

박한다는 뜻이다.] 태종과 군두(軍頭) 단지현(段志玄)이 남쪽 평원에서 군
사를 이끌고 달려 내려와 송노생의 진을 뚫고 그 뒤편으로 나갔다.[당
나라는 응양낭장(鷹揚郎將)을 고쳐 군두(軍頭)라고 하였다가 다시 고쳐서 표기장군(驃騎
將軍)이라고 했다. 높고 평평한 곳을 원(原)이라고 한다. 하(下)는 거성으로 아래도 같다.]
태종이 손수 수십 명을 죽이니 두 자루 칼이 모두 이지러지고 흐르는
피가 소매에 가득하였는데 이를 씻어내고 다시 싸웠다. 고조의 군대가
다시 떨쳐 일어나서는 소리 질러 알리기를 "이미 송노생을 잡았다."라
고 했다. 송노생의 군대는 크게 패했다.[결(缺)은 이지러진다는 뜻이다. 부(復)
는 모두 부우(扶又)의 반절음이다. 호(呼)는 화고(火故)의 반절음이다.]

高祖兵先趣其門　門閉[趣 七喻切]　老生下馬投塹　統軍劉弘基就斬之　僵
尸數里[塹 七豔切 坑也]
고조의 군대가 먼저 그 문에 달려가 문을 닫았다.[취(趣)는 칠유(七喻)의 반
절음이다.] 송노생을 말에서 떨어뜨려 구덩이에 던지자 통군(統軍) 유홍
기(劉弘基)가 달려가서 목을 베었다. 쓰러진 시체가 몇 리나 되었다.
[참(塹)은 칠염(七豔)의 반절음으로 구덩이란 뜻이다.]

衛國公李靖　言於太宗曰
위국공(衛國公) 이정(李靖)이 태종에게 일러 말하기를

霍邑之戰　師以義舉者正也　建成墜馬　右軍小却者奇也　太宗曰
"곽읍(霍邑)의 싸움에서 군대를 의로움으로 일으킨 것은 정(正)이고,
건성이 말에서 떨어져 우군(右軍)이 조금 물러난 것은 기(奇)였습니
다."라고 하자 태종이 말하기를

彼時小却　幾敗大事　曷謂奇邪[幾 平聲 邪 通作耶]　靖曰
"그때 조금 물러난 것은 거의 큰 일을 실패할 뻔한 것인데 어찌 기(奇)
라고 말하오?"라고 했다.[기(幾)는 평성이다. 사(邪)는 보통 야(耶)로 쓴다.] 이정

이 말하기를

凡兵以前向爲正 後却爲奇 且右軍不却 則老生安致之來哉 法曰 利
而誘之 亂而取之[語出孫子 利而誘之 言示以小利 誘而克之 若楚人伐絞 莫敖曰 絞小
而輕 請無扞採樵者以誘之 於是絞人獲楚三十人 明日絞人爭出 驅楚役徒於山中 楚人設伏兵
於山下而大敗之 是也 亂而取之 言詐爲紛亂 誘而取之 若吳越相攻 吳以罪人三千 示不整以
誘越 罪人或奔或止 越人爭之 爲吳所敗 是也 春秋之法 凡書取者 言易也] 老生不知兵
恃勇急進 不意斷後 見擒於陛下 此所謂以奇爲正也[孫子曰 凡戰者 以正合
以奇勝 奇正相生 如從環之無端 註曰 奇亦爲正 正亦爲奇 變化相生 若循環之無本末]

"대체로 군대가 앞으로 향하는 것을 정(正)이라고 하고 뒤로 물러나는
것을 기(奇)라고 합니다. 항차 우군(右軍)이 물러나지 않았다면 송노생
이 어찌 나왔겠습니까? 춘추에 이르기를 '이익으로 꾀어 교란시켜서
취한다.'라고 했습니다.[이 말은 손자(孫子)에 나온다. 이익으로 꾄다는 말은 작은
이익을 보여주어 꾀어서 무찌른다는 말이다. 초(楚)나라가 교(絞)나라를 칠 때 막오(莫敖)
가 말하기를 '교나라는 작은데도 남을 가볍게 봅니다. 청컨대 나무꾼을 막지 말고 꾀어 들
이십시오.'라고 했다. 이에 교나라 사람이 초나라 30명을 잡았다. 다음날 교나라 사람들이
앞다퉈 나와 초나라 일꾼들을 산중에서 몰아냈다. 초나라 사람들이 산 아래 매복병을 두었
다가 저들을 크게 패퇴시킨 것과 같은 것이 이것이다. 교란시켜 취한다는 것은 거짓으로
분란이 있는 것처럼 해서 꾀어 취하는 것이다. 이것은 마치 오(吳), 월(越)이 서로 공격할
때, 오나라가 정돈되지 않은 죄인 3천 명을 데리고 월나라에 보여주면서 월나라를 유도하
기를, 죄인들을 혹 달아나게도 하고 혹 멈추게도 하니 월나라 사람들이 다투어 잡으려다가
오나라에 크게 패한 것과 같은 것이다. 춘추지법(春秋之法)은 대체로 여러 책에서 취한 내
용을 쉽게 말한 것이다.] 송노생은 병법을 알지 못하고 용맹함을 믿고 급히
나가다 뜻하지 않게 뒤를 끊기니 폐하에게 사로잡힌 것입니다. 이것이
이른바 기(奇)가 정(正)이 된 것입니다"라고 했다.[손자(孫子)가 말하기를
"무릇 전쟁이란 정(正)으로 싸우고 기(奇)로써 승리하는 것이다. 기와 정은 서로를 낳는 것
으로 마치 고리의 끝이 없이 쫓아가는 것과 같다."라고 했다. 그 주석에 이르기를 "기가
또한 정이 되고 정이 또한 기가 되어 변화를 서로 낳는 것이 마치 돌아가는 고리의 본말(本
末)이 없는 것과 같다."라고 했다.]

策馬以示事 見上[上 第三十五章也 此承上章而反覆歌詠之也]

말을 채찍질해서 보인 일은 윗글에 있다.[윗글은 제35장이다. 이 장은 앞의 장을 이어 반복하여 노래한 것이다.]

第三十七章

【언해문】 :셔·블 賊臣·이 잇·고 흔 :부·니 天命·이실·씨 ·쩌딘 ᄆᆞ·를 하·ᄂᆞᆯ·히 :내시·니

【현대역】 서울에 적신(賊臣)이 있고 한 분이 천명(天命)이시므로 빠진 말을 하늘이 꺼내시니.

【언해문】 나·라·해 忠臣·이 :업·고 ᄒᆞᄫᆞ·ᅀᅡ 至誠·이실·씨 여·린 ᄒᆞᆰ·ᄀᆞᆯ 하·ᄂᆞᆯ·히 구·티시·니

【현대역】 나라에 충신(忠臣)이 없고 혼자 지성(至誠)이시므로 여린 흙을 하늘이 굳히시니.

【언해문 분석】

1. 셔·블 : 서울(에)

   무성음 'ㅂ'이 유성음 사이에 있을 경우 유성음화 된 'ㅸ'으로 바뀐다. 이 음운의 변천 과정은 'ㅂ〉ㅸ〉오/우'이다. '셔·블〉서울'은 단모음화 과정이다. '셔·블' 다음에 부사격 조사 '에'가 생략되었다.

2. 쩌딘 : 빠진, 꺼진

   기본형이 '쩌디다(墮溺)'로 '꺼지다, 빠지다'이다. 분석하면 '쩌디-(어간) + -ㄴ(관형형 어미)'과 같다.

3. ᄒᆞᄫᆞ·ᅀᅡ : 혼자

   'ᄒᆞᄫᆞ·ᅀᅡ'의 변천 과정은 'ᄒᆞᄫᆞ·ᅀᅡ〉ᄒᆞ오·ᅀᅡ〉ᄒᆞ오아' 또는 'ᄒᆞᄫᆞ·ᅀᅡ〉호

사〉호자〉혼자'이다.

4. 흘글 : 흙을

분석하면 '흙(명사) + 을(목적격 조사)'과 같다.

5. 구티시니 : 굳히시니

기본형이 '굳히다'이다. '굳히다'는 어근 '굳다'에 사동 접미사 '-히'
가 결합된 파생어다. 분석하면 '굳-(어근) + -히-(사동 접미사) +
-시-(주체 높임 선어말 어미) + -니(평서형 종결 어미)'와 같다.

【한문】朝有賊臣　一人有命　墮溺之馬　天使之逬[朝 馳遙切 胡寅
曰 操自起兵 惟有奉迎獻帝 出于危迫 謂一時之功可也 然其事雖順 其情則逆 凌逼君父 弑天
下母 功非扶漢 志在簒君 直亂臣賊子之魁桀耳 逬 北諍切 涌也 散走也]

【현대역】 조정에 적신(賊臣)이 있고 한 사람이 명을 받았으므로 물에
빠진 말을 하늘이 솟아나오게 하도다.[조(朝)는 치요(馳遙)의 반절음이다. 호인
(胡寅)이 말하기를 "조조가 스스로 군사를 일으켜 오직 헌제(獻帝)를 받들어 맞아들여 위
기에서 빠져나온 것은 한 때의 공이라고 말 할 수 있다. 그러나 그 일이 비록 순조로웠더라
도 그 마음은 곧 반역이었다. 임금을 능멸하며 핍박하고 나라의 어머니를 시해하였으며
그 공은 한(漢)나라를 돕고자 함이 아니었고 뜻은 임금의 자리를 찬탈하려는데 있었으니
바로 난신적자의 우두머리일 뿐이다."라고 했다. 병(逬)은 북쟁(北諍)의 반절음으로 솟구
친다, 흩어져 달아난다는 뜻이다.]

【한문】國無忠臣　獨我　至誠　泥淖之地　天爲之凝[淖 女敎切 濡
甚曰淖 爲 去聲 凝 疑陵切 結也]

【현대역】 나라에 충신이 없고 오직 나 혼자 지극한 정성이시니 진흙
땅을 하늘이 굳게 하도다.[요(淖)는 여교(女敎)의 반절음으로 심하게 젖은 것을 요
(淖)라고 말한다. 위(爲)는 거성이다. 응(凝)은 의릉(疑陵)의 반절음으로 단단히 하는 것이
다.]

【주(註)】

曹操遷漢獻帝于許　自爲大將軍　封武平侯　自是政歸曹氏　天子守位而
已[獻帝 名協 靈帝之子也 郡國志 許縣 屬潁川郡 獻帝旣徒都 改曰許昌 將 卽亮切 大將軍
位次丞相]

조조(曹操)가 한(漢)나라 헌제(獻帝)를 허(許)로 옮기고 스스로 대장군
이 되어 무평후(武平侯)에 봉했다. 이로부터 국정은 조씨에게로 돌아
가고 천자는 자리만 지키고 있을 뿐이었다.[헌제(獻帝)는 이름이 협(協)으로
영제(靈帝)의 아들이다. 군국지(郡國志)에 허현(許縣)은 영천군(潁川郡)에 속한다고 했다.
헌제가 도읍을 옮긴 뒤에 허창(許昌)으로 바꿨다. 장(將)은 즉량(卽亮)의 반절음이다. 대장
군(大將軍)은 차서가 승상(丞相) 다음이다.]

蜀先主屯樊城[樊城 在襄陽東北 臨漢水 周大夫樊仲山甫之邑也 唐爲襄州安養縣]　荊
州牧劉表禮焉　憚其爲人　欲因宴會取之[漢靈帝時 劉焉建議以爲 四方兵冦 由刺
史威輕 且用非其人所致 冝改置牧伯 遂從焉議]　先主覺之　僞如厠潛遁出　所乘馬
名的盧　騎的盧走　墮襄陽城西檀溪水中　溺不得出[如 徃也 厠 初吏切 圊厠也
檀 徒干切 檀溪 在襄陽縣西南]　先主急曰

촉(蜀)의 선주(先主)가 번성(樊城)에 머물렀다.[번성은 양양(襄陽) 동북쪽에
있는데 한수(漢水)에 임해 있다. 주(周)의 대부(大夫) 번중산보(樊仲山甫)의 고을이었다.
당나라는 양주(襄州) 안양현(安養縣)으로 삼았다.] 형주목(荊州牧) 유표(劉表)가
예를 올리고는 그 사람됨을 싫어하여 연회를 열고 그를 죽이려 했다.
[한나라 영제(靈帝) 때 유언(劉焉)이 건의(建議)하기를 사방에서 도적이 싸움을 벌이는 것
은 자사(刺史)의 위엄이 가벼움으로 말미암고 또 쓰지 않아야 할 사람을 쓴 까닭이니 마땅
히 목백(牧伯)으로 고쳐 두자고 했다. 마침내 유언의 건의를 따랐다.] 선주가 깨닫고
는 거짓으로 변소가는 척하고 몰래 숨어 도망쳤다. 타는 말의 이름이
적로(的盧)였다. 적로를 타고 달리다가 양양성(襄陽城) 서쪽의 단계수
(檀溪水) 안에 빠져 나올 수가 없었다.[여(如)는 간다는 뜻이다. 치(厠)는 초리
(初吏)의 반절음으로 변소이다. 단(檀)은 도간(徒干)의 반절음이다. 단계(檀溪)는 양양현
(襄陽縣) 서남쪽에 있다.] 선주가 급히 말하기를

的盧今日厄矣　可努力[厄 乙革切 阻難也 困也]　的盧乃一踊三丈　遂得過[踊
或作踴 跳也]

"적로야! 오늘 어렵게 되었지만 힘을 써 보아라."라고 하니[액(厄)은 을혁(乙
革)의 반절음으로 어렵다, 곤란하다는 뜻이다.] 적로가 이에 한 번에 3장(丈)을
뛰어 드디어 넘어갈 수 있었다.[용(踊)은 혹 용(踴)으로도 쓰는데 뛴다는 뜻이다.]

元奇后以諸奇伏誅　有憾於高麗恭愍王　謂太子曰 爾年已長　何不爲我
報讎[恭愍王五年 以奇轍等席勢凌君 肆威毒民 潛圖不軌 託以曲宴 宰樞皆會于闕 命召轍
及子贊成事有傑 姪少監完者不花等 伏壯士椎擊轍 應手而仆 有傑 完者不花等皆逃 尋獲斬之
轍妻携幼子賽因 枳髮而逃 亦披擒繫巡軍 賽因尋死 長 上聲 爲 去聲]

원(元)나라 기후(奇后)는 고려가 기씨들을 굴복시켜 죽인 것에 대해 고
려 공민왕에게 서운함이 있었다. 따라서 기후가 태자에게 일러 말하기
를 "그대는 나이가 이미 장년인데도 어찌 나를 위해 원수를 갚지 않느
냐?"라고 했다.[공민왕 5년에 기철(奇轍) 등이 권세의 자리에 앉아 임금을 업신여기며
방자하게도 위세를 부리며 백성들에게 해독을 끼치고 은밀히 반란을 꾀했다. 그래서 임금
이 연회를 베푸는 핑계로 재상을 모두 대궐에 모이게 하고 기철과 그의 아들 찬성사(贊成
事) 유걸(有傑) 그리고 조카 소감(少監) 완자불화(完者不花) 등을 임금의 명령으로 불렀다.
그리고는 숨어있던 장사(壯士)가 몽둥이로 기철을 치니 손으로 대항했으나 꼬꾸라졌다. 유
걸과 완자불화 등은 모두 도망쳤으나 얼마 안 있어 잡혀서 죽었다. 기철의 처는 어린 아들
새인(賽因)을 이끌고 머리를 깎고 도망쳤으나 또한 순시하는 군인들에게 사로잡혔고 새인
도 얼마 후에 죽었다. 장(長)은 상성이고, 위(爲)는 거성이다.]

本國崔濡　在元爲將作同知[元制 將作院 掌成造金玉珠翠犀象寶貝冠佩器皿織造刺繡
段匹紗羅異樣百色造作 同知二負 正三品]　知后怨王　與群不逞　說后　謀構王廢
之　而立德興君塔思帖木兒爲王[逞 丑郢切 快也 不逞 謂被侵枉不快之人也 一說 不
逞 謂包藏禍心而不得逞者也 說 音稅 構 謂會其惡也]　順帝以讒廢王　立塔思帖木
兒爲王　而以奇族子三寶奴爲元子　濡爲丞相　以兵萬人送之[順帝 名妥懽帖
睦爾 明宗長子也 三寶奴 族子名也 相 去聲]　渡鴨綠江　王遣贊成事安遇慶等禦之
敗績退保安州　王復命贊成事崔瑩　將精兵急趣安州　節度諸軍[復 扶又切

將 即亮切 下並同 趣 七喩切] 命 太祖自東北面 率精騎一千赴之[時 太祖爲禮儀
判書上護軍 騎 去聲 下同] 遇慶 知密直司事李龜壽 池龍壽 版圖判書羅世
爲左翼[版 布縮切 戶籍也 圖 土地形象 田地廣狹也 版圖 即戶部也 詳見上第九章註 羅 姓
也] 判開城李珣 三司左使禹磾 密直使朴椿 及 太祖爲右翼[珣 須倫切 使
去聲 下同 椿 勅倫切] 塋爲中軍 行至定州[定州 本高麗萬年郡 顯宗時 置龜州防禦使
高宗三年 丹兵來冠 州人拒戰 斬獲甚多 十八年 狄兵來攻 兵馬使 朴犀禦之 力屈不降 以功陞
爲定遠大都護府 又改定州牧 李朝因之 其山鎭曰馬山몰:뫼 今屬平安道]

우리나라 사람 최유(崔濡)가 원나라에서 장작동지(將作同知) 벼슬을
하고 있었다. [원나라 제도에 장작원(將作院)이 있는데 여기서는 금, 구슬, 비취 무소
뿔, 상아, 보패(寶貝), 관패(冠佩), 그릇, 피륙짜기, 수놓기, 비단 등 갖가지를 장만하는
일을 맡았다. 여기에는 정3품인 동지(同知)가 2명 있다.] 그는 기후가 공민왕을 원
망하는 것을 알고 불령(不逞)스러운 무리들과 함께 기후를 달래어 공
민왕을 폐하며 덕흥군(德興君) 탑사첩목아(塔思帖木兒)를 세워 왕으로
삼으려는 계책을 꾸몄다. [영(逞)은 축령(丑郢)의 반절음으로 만족한다는 뜻이다.
불령(不逞)은 원통함을 입어 불쾌해 하는 사람을 말한다. 일설에 불령은 화를 품는 마음을
갖고 있으면서 풀지 못하는 것을 말한다고도 한다. 세(說)는 음이 세(稅)이다. 구(構)는 그
과오를 엮는 것을 말한다.] 순제(順帝)는 참소를 듣고 공민왕을 폐하며 탑사
첩목아를 세워 왕으로 삼고 기족(奇族)의 아들 삼보노(三寶奴)를 원자
(元子)로 삼아 최유를 승상으로 하여 병사 만 명을 보냈다. [순제는 이름이
타환첩목이(妥懽帖睦爾)로 명종(明宗)의 맏아들이다. 삼보노는 기족의 아들 이름이다. 상
(相)은 거성이다.] 이들이 압록강을 건너자 공민왕은 찬성사(贊成事) 안우
경(安遇慶) 등을 보내어 막았으나 패하여 물러나 안주(安州)를 지켰다.
왕이 다시 찬성사 최영(崔塋)에게 정예 병사를 거느리고 급히 안주(安
州)로 달려가서 군대를 지휘하도록 명하고 [부(復)는 부우(扶又)의 반절음이다.
장(將)은 즉량(即亮)의 반절음으로 아래도 모두 같다. 취(趣)는 칠유(七喩)의 반절음이다.]
태조에게는 동북면(東北面)으로 정예기병 천 명을 이끌고 가도록 명했
다. [이때 태조는 예의판서상호군(禮儀判書上護軍)이었다. 기(騎)는 거성으로 아래도 같
다.] 안우경과 지밀직부사 이구수(李龜壽), 지용수(池龍壽), 판도판서
(版圖判書) 나세(羅世)를 좌익(左翼)으로 하고 [판(版)은 포관(布縮)의 반절음

으로 호적(戶籍)이고 도(圖)는 토지의 형상과 농토의 넓고 좁은 것이다. 판도(版圖)는 곧
호부(戶部)를 말한다. 위의 제9장 주석에 상세하게 나타나 있다. 나(羅)는 성(姓)이다.]
판개성(判開城) 이순(李珣), 삼사좌사(三司左司) 우제(禹磾), 밀직사
(密直使) 박춘(朴椿) 및 태조는 우익(右翼)이 되고[순(珣)은 수륜(須倫)의 반
절음이다. 사(使)는 거성으로 아래도 같다. 춘(椿)은 칙륜(勅倫)의 반절음이다.] 최영은
중군(中軍)이 되어 정주에 이르렀다.[정주(定州)는 본래 고구려 만연군(萬年郡)
이다. 현종 때 귀주(龜州) 방어사(防禦使)를 두었다. 고종 3년에 단병(丹兵)이 침입하였는
데 정주 사람들이 싸워 막아내어 적의 목을 많이 베었다. 18년에 오랑캐가 쳐들어 왔을
때 병마사(兵馬使) 박서(朴犀)가 막았는데 힘이 부치는데도 항복하지 않았다. 이러한 공로
로 승격시켜 정원대도호부(定遠大都護府)로 삼았다. 다시 정주목(定州牧)으로 고쳤다. 조
선은 그대로 썼다. 그 산진(山鎭)은 마산(馬山, 몰:뫼)이다. 지금은 평안도에 속해있다.]

太祖見諸將退北 言其怯懦不力戰 諸將忌之[懦 音軟 又乃亂切 弱也] 時賊
已屯隨州之獜川·달:내[高麗高宗時 狄兵陷昌州城 邑人入于京畿紫燕島 元宗時出陸
寓于郭州海濱 以失土 割郭州東十六村 及屬縣安義鎭以與之 稱知隨州事 仍兼郭州 恭愍王時
析置郭州 本朝 太宗十三年 改隨州爲隨川郡 別號長靜 今屬平安道 獜 他達切 獜川 在今隨
川郡東北二十五里許 流至孤島·외:셤 入于海] 諸將謂 太祖曰
태조는 여러 장수들이 패하여 물러나는 것을 보고 말하되 비겁하고 나
약하여 힘껏 싸우지 않는다고 했다. 여러 장수들이 싫어했다.[유(懦)는
음이 연(軟) 또는 내란(乃亂)의 반절음으로 약하다는 뜻이다.] 이때 적은 이미 수주
(隨州)의 달천(獜川, ·달:내)에 주둔하고 있었다.[고려 고종 때 오랑캐 군대
가 창주성(昌州城)을 함락시켰을 때 읍 사람들이 경기도의 자연도(紫燕島)로 들어갔다. 원
종(元宗) 때 육지로 나가 곽주(郭州)의 해변에 임시로 살았다. 토지를 잃었으므로 곽주 동
쪽의 16고을과 속현(屬縣)인 안의진(安義鎭)을 떼어 주어 지수주사(知隨州事)라고 부르고
인하여 곽주를 겸하도록 하였다. 공민왕 때 곽주를 떼어 두었다. 본조 태종 13년에 수주를
수천군(隨川郡)으로 고쳤다. 별호로는 장정(長靜)이 있는데 지금은 평안도에 속한다. 달
(獜)은 타달(他達)의 반절음이다. 달천은 지금 수천군 동북쪽 25리쯤에 있는데 고도(孤島,
·외:셤)에까지 이르러서 바다로 들어간다.] 여러 장수들이 태조에게 일러 말하
기를

明日之戰 君獨當之 明日賊分爲三隊[隊 小陣也] 太祖與手下老將二人
各當其一隊奮擊之[二老將 嘗從 桓祖者也 史失其名] 太祖之馬 入泥濘而陷
甚危[濘 乃頂切 泥淖也] 馬奮身踊躍而出 衆皆驚異 太祖射賊將數人 與
二老將合擊大破之[射 食亦切] 塔思帖木兒之兵 僅餘十七騎得還

"내일 싸움은 장군이 혼자 맡으시오."라고 했다. 다음날 적은 군사를
세 부대로 나누었다.[대(隊)는 작은 진(陣)이다.] 태조와 그 휘하의 노장(老
將) 둘이 각각 적의 한 부대씩을 맡아 분발하여 싸웠다.[두 노장(老將)은
일찍이 환조(桓祖)를 따랐던 자들로 그 이름을 잊어버렸다.] 태조의 말이 진흙에 빠
져 매우 위태로웠으나[영(濘)은 내정(乃頂)의 반절음으로 진흙이다.] 말이 몸을
떨쳐 솟구쳐 나오자 여러 사람들이 모두 놀라고 기이하게 생각했다.
태조가 적장(賊將) 몇 명을 활로 쏘고 두 노장과 함께 합세하여 쳐서
크게 이겼다.[석(射)은 식역(食亦)의 반절음이다.] 탑사첩목아의 군대는 겨우
나머지 17기병만이 돌아갈 수 있었다.

倭冠西海道信州 文化 安岳 鳳州[信州 本高句麗升山 高麗改爲信州 成宗置防
禦使 顯宗廢防禦使 屬黃州任內 後置監務 本朝 太宗十三年 改爲信川縣監 別號信安 文化
本高句麗闕口 高麗改爲儒州 顯宗時 屬豊州任內 睿宗始置監務 高宗陞爲文化縣令 本朝
因之 別號始寧 其山鎭曰九月 安岳 本高句麗楊岳郡 高麗改安岳 顯宗屬豊州任內 睿宗始
置監務 忠穆王陞爲知郡事 本朝因之 別號楊山 鳳州 本高句麗鵂鶹縣 新羅改爲栖巖郡 高
麗初 稱鳳州 成宗置防禦使 顯宗廢防禦使 屬黃州任內 忠烈王改爲知鳳陽郡事 後復稱鳳
州 本朝 太宗十三年改爲鳳山郡 別號池河 今並屬黃海道] 元師贊成梁伯益 判開
城府事羅世 知門下朴普老 都巡問使沈德符等敗績 請遣將助戰[使 去
聲 下同 將 即亮切] 辛禑以 太祖 及門下評理林堅味 邊安烈 密直副使
柳曼殊 洪徵 爲助戰元帥[時 太祖爲門下贊成事 邊 姓也] 安烈 堅味等
戰於海州 皆奔潰 太祖將戰 置塊鍪於百數十步外 試射之以卜勝否
[塊 當侯切 牟 與鍪同 亦作鍪 首鎧謂之兜鍪 亦曰冑 射 食亦切 下並同] 遂三發皆洞
貫 曰

왜구가 서해도의 신주(信州), 문화(文化), 안악(安岳), 봉주(鳳州)를
침입했다.[신주(信州)는 본래 고구려 숭산(升山)이다. 고려는 신주로 고쳤다. 성종

때 방어사를 두었으나 현종은 방어사를 폐하고 황주(黃州)의 관내에 속하게 했다. 뒤에 감무(監務)를 두었다. 본조 태종 13년에 신천현감(信川縣監)으로 고쳤다. 별호는 신안(信安)이다. 문화(文化)는 본래 고구려 궐구(闕口)이다. 고려는 유주(儒州)로 고쳤다. 현종 때 풍주(豐州)의 관내에 속하게 했다. 예종 때 처음으로 감무를 두었고 고종이 승격시켜 문화현령(文化縣令)으로 삼았다. 본조에서는 그대로 썼다. 별호로 시령(始寧)이 있다. 그 산진(山鎭)은 구월산(九月山)이다. 안악(安岳)은 본래 고구려 양악군(楊岳郡)이다. 고려는 안악으로 고쳤다. 현종은 풍주(豐州) 관내에 속하게 했다. 예종 때 처음으로 감무를 두었다. 충목왕은 승격시켜 지군사(知郡事)로 삼았다. 본조에서는 그대로 썼다. 별호로 양산(楊山)이 있다. 봉주(鳳州)는 본래 고구려 휴류성(鵂鶹城)이다. 신라는 서암군(栖嚴郡)으로 고쳤다. 고려 초에 봉주(鳳州)라고 불렀다. 성종은 방어사를 두었는데 현종이 방어사를 폐하고 황주 관내에 속하게 했다. 충렬왕은 지봉양군사(知鳳陽郡事)로 고쳤는데 뒤에 다시 봉주라고 불렀다. 본조 태종 13년에 봉산군(鳳山郡)으로 고쳤다. 별호는 지하(池河)이다. 지금은 모두 황해도에 속한다.] 원수찬성(元帥贊成) 양백익(梁伯益), 판개성부사(判開城府使) 나세(羅世), 지문하(知門下) 박보노(朴普老), 도순무사(都巡問使) 심덕부(沈德符) 등이 패하자 장수를 보내어 싸움을 도와주기를 청했다.[사(使)는 거성으로 아래도 같다. 장(將)은 즉량(即亮)의 반절음이다.] 신우(辛禑)가 태조(太祖)와 문하평리(門下評理) 임견미(林堅味), 변안열(邊安烈), 밀직부사(密直副使) 유만수(柳曼殊), 홍징(洪徵)을 조전원수(助戰元帥)로 삼았다.[이 때 태조는 문하찬성사(門下贊成事)였다. 변(邊)은 성(姓)이다.] 변안열, 임견미 등이 해주(海州)에서 싸웠으나 패하여 궤멸되었다. 태조가 싸움에 나가면서 투구를 백수십 보 밖에 놓고 시험삼아 활을 쏘아 승패를 점쳤다.[두(兜)는 당후(當侯)의 반절음이다. 모(牟)는 무(鍪)와 같아서 무(䥐)라고도 쓴다. 투구를 두무(兜鍪)라고 하는데 주(胄)라고도 한다. 석(射)은 식역(食亦)의 반절음으로 아래도 같다.] 마침내 세 발 모두가 관통되었다. 태조가 말하기를

今日之事可知　戰於州之東亭子[東亭子 在今海州東五里 北距首陽山十二里許]
戰方酣　遇泥濘之地丈餘　太祖之馬　一蹄而過　從者皆不得度[從 才用
切 度 通作渡] 太祖以大羽箭射賊　十七發皆斃之　乃縱兵乘之　遂大破之
是戰也　太祖初御大羽箭二十　及戰罷餘三矢　謂左右曰

"오늘의 일을 가히 알겠다."라고 말하고는 해주의 동정자(東亭子)에서 싸웠다.[동정자는 오늘날 해주 동쪽 5리쯤에 있는데 북쪽으로 수양산(首陽山)이 12리쯤 떨어져 있다.] 싸움이 바야흐로 무르익어 가는데 한 장(丈) 남짓 되는 진흙탕을 만났다. 태조의 말은 한 번에 뛰어 넘었지만 따르던 사람들은 모두 건너지 못했다.[종(從)은 재용(才用)의 반절음이다. 도(度)는 보통 도(渡)로 쓴다.] 태조가 대우전(大羽箭)으로 적을 쏘았는데 17발을 모두 맞추어 죽였다. 이에 따르던 군사들이 이 틈을 타서 마침내 적을 크게 깨뜨렸다. 이 싸움에서 태조가 처음에 대우전 스무 대를 가지고 있었는데 싸움이 끝났을 때 세 대가 남아 있었다. 태조가 좌우에게 일러 말하기를

吾皆射左目眥　左右就視之　盡驗矣[眥 疾智切 目際也]　餘賊阻險　積柴自固　太祖下馬　據胡牀張樂　僧神照割肉進酒[下 去聲 胡牀 其制本自虜來 始名胡牀 隋曰交牀 唐曰繩牀 神照 初居江原道雉岳山覺林寺 豪勇過人 及從 太祖 畋獵戰陣 皆得隨侍 雖不食肉 每嘗進膳 常親割之 開國後 以功封奉利君]　命士卒焚柴　煙焰漲天[焰 羊瞻切 火光也]　賊勢窮　出死力衝突　矢中座前缾[中 去聲 缾 旁經切 酒器也]　太祖安坐不起　命金思訓魯玄受　李萬中等　擊之幾殲[幾 平聲]

"내가 모두 왼쪽 눈초리를 쏘았다."라고 했다. 좌우의 사람들이 가서 보니 모두 징험되었다.[자(眥)는 질지(疾智)의 반절음으로 눈의 가장자리이다.] 남은 적은 험난한 곳에 나무를 쌓고 지켰다. 태조가 말에서 내려 걸상[胡牀]에 앉고 풍악을 베푸니 중 신조(神照)가 고기를 찢고 술을 올렸다.[하(下)는 거성이다. 걸상[胡牀]은 그 제도가 본래 오랑캐로부터 왔으므로 처음에는 이름을 호상이라고 했다. 수나라에서는 교상(交牀)이라 했고 당나라에서는 승상(繩牀)이라고 했다. 신조(神照)는 처음에는 강원도 치악산(雉岳山) 각림사(覺林寺)에서 살았는데, 호기와 용맹이 보통 사람을 뛰어 넘었다. 태조를 따라 사냥터와 전쟁터를 다니며 언제나 태조를 모셨다. 비록 고기를 먹지는 않았지만 매번 반찬을 올릴 때 항상 친히 고기를 찢었다. 조선 개국 후에 그 공으로써 봉리군(奉利君)에 봉해졌다.] 군졸들에게 명하여 나무를 불지르니 연기와 불꽃이 하늘에 가득했다.[염

(焰)은 양섬(羊贍)의 반절음으로 불꽃이다.] 적세(賊勢)가 곤궁해지자 나와서 죽을 힘을 다해 돌진했다. 화살이 자리 앞의 술병을 맞췄으나[중(中)은 거성이다. 병(缾)은 방경(旁經)의 반절음으로 술병이다.] 태조는 태연히 앉아 일어나지도 않고 김사훈(金思訓), 노현수(魯玄受), 이만중(李萬中) 등에게 명하여 적을 쳐서 거의 섬멸했다.[기(幾)는 평성이다.]

第三十八章

【언해문】四征無敵·ᄒᆞ·샤 ·오샤·ᅀᅡ 사ᄅᆞ·시릴·ᄊᆡ 東·이 ·
니·거시·든 西夷 ·ᄇ·라ᅀᆞ·ᄫᆞ·니

【현대역】 사정무적(四征無敵)하시어 오셔야 살리실 것이므로 동쪽에
가시면 서이(西夷) 바라니.

【언해문】用兵如神·ᄒᆞ·샤 ·가샤·ᅀᅡ 이·기시·릴·ᄊᆡ 西·예
·오·나시·든 東鄙 ·ᄇ·라ᅀᆞ·ᄫᆞ·니[鄙 補美切 邊也]

【현대역】 용병여신(用兵如神)하시어 가셔야 이기실 것이므로 서쪽에
오시면 동비(東鄙) 바라니.[비(鄙)는 보미(補美)의 반절음으로 변방이란 뜻이다.]

【언해문 분석】

1. 四征無敵 : 사정무적(四征無敵)

   사정무적이란 은(殷)나라 임금 성탕(成湯)이 정사를 잘 다스리지
   못한 열하나를 정벌하였는데, 백성들이 서로 자기 나라부터 오기를
   바라서 가는 곳마다 적이 없다는 고사이다.

2. 오샤ᅀᅡ : 오셔야, 오시어야

   기본형이 '오다'이다. 분석하면 '오-(어간) + -샤-(주체 높임 선어
   말 어미) + -(아)ᅀᅡ(당위의 부사형 연결 어미)'와 같다. '-샤-'다음
   절의 어미 '-아'는 생략되어 '-ᅀᅡ'만 나와 있다. '-아ᅀᅡ'의 변천 과
   정은 '-아ᅀᅡ〉-아아〉-아야'이다.

3. 사루시릴씨 : 살리실 것이므로, 살리실새, 살리시겠으매
기본형이 '사루다'로 '살리다, 살게 하다'의 뜻이다. 분석하면 '사루
-(어간) + -ㅇ시-(주체 높임 선어말 어미) + -리-(미래 시상 선
어말 어미) + -ㄹ씨(원인이나 조건의 연결 어미)'와 같다.

4. 니거시든 : 가시면
'니거시든'은 기본형 '니다'로 '가다(行)의 활용형에 관형형 어미가
결합된 형태다. 분석하면 '니-(어간) + -거 … + -시-(주체 높임
선어말 어미) + …든(조건의 연결 어미)'과 같다. 이 경우 '-거든'
은 불연속 형태이다. '-거시든'은 현대어의 경우 '-시거든'이다. 한
편, '니다'는 어미 '-거-'가 붙을 때 한해서 쓰이며, 다른 활용형에
서는 '녀다'가 쓰인다.

　　　가. 내 니거지이다〈龍飛, 五八〉
　　　나. 彌尼授國ㅇ로 니거늘…〈月釋七, 三〉
　　　다. 同行은 흔디 녀실씨라〈月釋二, 二六〉
　　　라. 콩바티 녀보니=行豆田〈杜初十五, 五〉

5. 부라ᅀᆞᆸ니 : 바라니
기본형이 '부라다'이다. 분석하면 '부라-(어간) + -ᅀᆞᆸ-(객체 높임
선어말 어미) + -ㅇ니(평서형 종결 어미)'와 같다. 이곳의 객체 높
임의 대상은 은(殷)나라 성탕(成湯)이다. 후절의 객체 높임의 대상
은 이태조이다.

6. 用兵如神 : 용병여신(用兵如神)
'용병여신'이란 이태조의 용병술이 귀신같다는 뜻으로 일찍이 원나
라의 침략을 물리치고 싸워서 이기지 않은 일이 없다는 고사이다.

7. 이기시릴씨 : 이기실 것이므로, 이기실새, 이기시겠으매

기본형이 '이기다'이다. 분석하면 '이기-(어간) + -시-(주체 높임
선어말 어미) + -리-(미래 시상 선어말 어미) + -ㄹ씨(원인의 연
결 어미)'와 같다.

8. 오나시든 : 오시면, 오시매

기본형이 '오다'이다. 분석하면 '오-(어간) + -나 … + -시-(주체
높임 선어말 어미) + …든(조건의 연결 어미)'과 같다. '-나든'은
불연속 형태로 어간 '오-'에만 연결된다.

【한문】四征無敵　來則活己　我東曰徂　西夷苦後[活 戶括切 生
也 徂 叢租切 徃也]

【현대역】사방을 정벌하여 대적할 자 없어 오시면 우리를 살릴 것이
니 우리네 동쪽으로 가시면 서쪽 오랑캐들이 고대하도다.[활(活)은 호괄
(戶括)의 반절음으로 산다는 뜻이고 조(徂)는 총조(叢租)의 반절음으로 간다는 뜻이다.]

【한문】用兵如神　徃則莫抗　我西曰來　東鄙竚望[抗 敵也 言太
祖所徃 無有抗拒者也 竚 直呂切 久立也]

【현대역】군대를 쓰는 것을 귀신같이 하여 가는 곳마다 대적할 자가
없으니 우리 서쪽으로 오시면 동쪽 변방에서 서서 바라도다.[항(抗)은 대
적한다는 뜻이다. 이 대목은 태조가 가는 곳에 항거할 자가 있지 않음을 말하고 있다. 저
(竚)는 직려(直呂)의 반절음으로 오래 서 있는 것이다.]

【주(註)】

殷成湯居亳　與葛爲鄰[亳 傍各切 湯所都在宋州穀熟縣 葛 國名 地理志曰 葛 今梁國
寧陵之葛鄉]　葛伯放而不祀[伯 爵也 放而不祀 放縱無道 不祀先祖也]　湯使人問之
曰　何爲不祀　曰　無以供犧牲也　湯使遺之牛羊[遺 去聲]　葛伯食之　又
不以祀　湯又使人問之曰　何爲不祀　曰　無以供粢盛也[盛 音成]　湯使亳

衆徃爲之耕　老弱饋食　葛伯率其民　要其有酒食黍稻者奪之　不授者殺
之[亳衆 湯之民也 爲 去聲 下並同 饋 具位切 進食以餉也 食 去聲 下同 其民 葛民也 要 平
聲 授 與也]　有童子以黍肉餉　殺而奪之[餉 亦饋也]　爲其殺是童子而征之
四海之内　皆曰　非富天下也　爲匹夫匹婦復讎也[非富天下 言湯之心非以天下
爲富而欲得之也]

은나라 탕왕이 박(亳)에 살았는데 갈(葛)과 이웃하였다.[박(亳)은 방각(傍
各)의 반절음이다. 탕왕이 도읍한 곳으로 송주(宋州) 곡숙현(穀熟縣)에 있다. 갈(葛)은 나
라 이름이다. 지리지에 이르기를 "갈(葛)은 지금의 양(梁)나라 영릉(寧陵)의 갈향(葛鄕)이
다."라고 했다.] 갈백은 방종하고 선조의 제사를 지내지 않았다.[백(伯)은 작
위이다. 방종하고 제사지내지 않는다는 말은 방종하고 도가 없으며 선조에게 제사를 지내
지 않는 것이다.] 탕왕이 사람을 시켜서 물어보기를 "왜 제사를 지내지 않
느냐?"라고 하니, 갈백이 말하기를 "제사에 바칠 희생이 없어서 그렇
습니다."라고 했다. 탕왕이 사람을 시켜 소와 양을 보냈다.[유(遺)는 거성
이다.] 그러나 갈백이 먹어버리고 또 제사를 지내지 않았다. 탕왕이 다
시 사람을 시켜 물어보기를 "왜 제사를 지내지 않느냐?"라고 하니, 말
하기를 "제사에 쓸 곡식이 없어서 그렇습니다."라고 했다.[성(盛)은 음이
성(成)이다.] 탕왕이 박에 사는 무리를 보내어 농사를 경작하도록 하여
노약자들을 먹을 수 있게 했다. 갈백은 그의 백성을 끌고 와서 술과
음식과 곡식을 요구하며 빼앗아가고 주지 않는 사람은 죽였다.[박(亳)의
무리는 탕왕의 백성이다. 위(爲)는 거성으로 아래도 모두 같다. 궤(饋)는 구위(俱位)의 반
절음으로 식사를 올려 먹이는 것이다. 식(食)은 거성이고 아래도 같다. 그 백성이란 갈백
의 백성이다. 요(要)는 평성이다. 수(授)는 준다는 뜻이다.] 어린아이가 밥과 고기
를 먹고 있는 것을 죽이고 빼앗았다.[향(餉)은 또한 먹는다는 뜻이다.] 이 어
린아이를 죽인 일 때문에 그를 쳤다. 사해(四海)의 백성들이 모두 말하
기를 "이것은 영토를 넓히려는 것이 아니고 백성을 위해 복수한 것이
다."라고 했다.[영토를 넓히려는 것이 아니란 말은 탕왕의 마음은 영토를 풍부하게 얻
고자 함이 아니라는 말이다.]

湯始征　自葛載　十一征而無敵於天下　東面而征西夷怨　南面而征北狄

怨曰 奚爲後我[載 亦始也 言湯征自葛始也 十一征 所征十一國也 面 向也 奚 何也 爲
如字 奚爲後我 言湯何爲不先來征我之國也 西夷北狄 言遠者如此 則近者可知也] 民之望
之 若大旱之望雨也 歸市者不止 芸者不變 誅其君 弔其民 如時雨降
民大悅[芸 于分切 通作耘 除苗間草也 變 動也 時雨 及時之雨也] 用兵如神事 見上
[上 第三十五章也]

탕왕이 정벌을 시작한 것은 갈백으로부터였다. 11개국을 정벌하여 천
하에 대적할 나라가 없었다. 동쪽을 정벌하면 서쪽 오랑캐가 원망하고
남쪽을 정벌하면 북쪽 오랑캐가 원망하여 말하기를 "어찌하여 우리를
뒤로 하는가?"라고 말했다.[재(載)는 또한 처음이란 뜻이다. 이 말은 탕의 정벌은
갈백으로부터 시작됐다는 뜻이다. 십일정(十一征)은 정벌한 나라가 11국이라는 뜻이다. 면
(面)은 방향이다. 해(奚)는 어찌라는 뜻이다. 위(爲)는 본래의 뜻이다. 어찌하여 우리를 뒤
로 하는가라는 말은 탕왕이 어찌하여 우리나라를 먼저 와서 정벌하지 않느냐는 말이다.
서쪽, 북쪽의 오랑캐라는 말은 멀리 있는 자들이 이와 같으니 가까이 있는 자들은 가히
알 수 있다는 말이다.] 백성들의 열망은 큰 가뭄에 비를 기다리는 것 같았
다. 시장에 장사하러 오는 사람은 막지 않고 밭에 김매는 사람은 다른
곳으로 옮겨가지 않도록 하였다. 탕임금은 그 임금을 죽이되 백성을
불쌍히 여기니 때맞춰 비가 오는 것 같아 백성들이 크게 기뻐하였다.
[운(芸)은 우분(于分)의 반절음으로 보통 운(耘)으로 쓰는데 곡식 사이에 난 풀을 없애는
것이다. 변(變)은 움직인다는 뜻이다. 시우(時雨)는 때맞춰 비가 온다는 뜻이다.] 귀신같
이 병사를 부린 일은 윗글에 나타나 있다.[윗글은 제35장이다.]

三善三介 皆膂力過人 善騎射[北人金方卦 娶 度祖女 生三善及三介 於 太祖爲外
兄弟 膂 兩擧切 脊骨也 騎 去聲] 聚惡少 橫行北邊 畏 太祖不敢肆[少 詩照切
惡少 閭閻無賴年少者 又非良善之稱也] 太祖世長咸州 恩威素積 民仰之如父
母 女眞亦畏慕自戢[長 上聲 戢 阻立切 自戢 自斂藏也] 太祖徃禦塔思帖木兒
之兵[事見上第三十七章] 三善三介聞之 誘致女眞 大肆侵略 遂陷咸州
守將全以道 李凞等棄軍走還[將 即亮切 下並同] 東北面都指揮使韓方信
兵馬使金貴 進兵和州亦潰 退保鐵關 和州以北皆沒焉[使 並去聲 鐵關 在

德源府北十里許] 官軍累敗 將士喪氣 日夜望 太祖之至[喪 去聲] 太祖自西
北面 引軍至鐵關 人心皆喜 將士瞻氣自倍 與方信貴 三面進攻大破
之 悉復和咸等州 三善三介 奔于女眞 終不返 恭愍王倚賴 太祖益重
太祖素得人心 戰無不克 州郡望若雲霓[霓 五稽切 虹也 雲合則雨 虹見則止 孟
子曰 民望之若大旱之望雲霓也]

삼선(三善)과 삼개(三介)는 모두 등뼈의 힘이 다른 사람보다 뛰어났고
말도 잘 타며 활도 잘 쏘았다.[북쪽 사람 김방괘(金方卦)가 도조의 딸을 아내로
삼아 삼선과 삼개를 낳았는데 태조에게는 외형제이다. 여(箐)는 양거(兩擧)의 반절음으로
등뼈라는 말이다. 기(騎)는 거성이다.] 무뢰배들을 모아 북변(北邊)을 횡행(橫
行)하였는데 태조를 두려워하여 감히 방자하게 굴지 못했다.[소(少)는 시
조(詩照)의 반절음이다. 악소(惡少)는 마을 무뢰 소년들인데 또한 좋게 부르는 말은 아니
다.] 태조가 대대로 함주(咸州)에서 자랐고 은혜와 위엄이 평소에 쌓여
있어서 백성들이 부모처럼 받들었다. 여진도 역시 두려워하고 흠모하
여 스스로 무기를 거둬들였다.[장(長)은 상성이다. 집(戢)은 조립(阻立)의 반절음
이다. 자집(自戢)이란 스스로 거둬들여 간직하는 것이다.] 태조가 탑사첩목아의 군
사를 막으러 떠났다.[이 일은 위 제37장에 나타나 있다.] 삼선과 삼개가 이것
을 듣고는 여진을 꾀어 들여 크게 침략을 하여 드디어 함주(咸州)를 함
락시켰다. 수장(守將) 전이도(全以道), 이희(李熙) 등이 군대를 버리고
도망왔다.[장(將)은 즉량(即亮)의 반절음으로 아래도 모두 같다.] 동북면도지휘사
한방신(韓方信)과 병마사(兵馬使) 김귀(金貴)가 화주로 진격하였으나
또한 무너져 후퇴하여 철관(鐵關)을 지켰다. 화주(和州) 이북은 모두
무너졌다.[사(使)는 모두 거성이다. 철관(鐵關)은 덕원부 북쪽 10리쯤에 있다.] 관군
(官軍)이 여러 번 패하니 장병들의 기운이 꺾여 밤낮으로 태조 오기를
기다렸다.[상(喪)은 거성이다.] 태조가 서북면에서 군대를 이끌고 철관(鐵
關)에 이르니 사람들의 마음은 모두 기뻐하고 장병들은 더더욱 우러러
보았다. 한방신, 김귀와 함께 삼면으로 공격하여 크게 깨뜨려 화주(和
州), 함주(咸州) 등을 모두 회복했다. 삼선과 삼개는 여진으로 달아나
끝내 돌아오지 않았다. 공민왕은 태조를 의지하고 신뢰하는 것이 더욱

높아갔다. 태조는 평소 인심을 얻었고 싸움마다 이기지 않는 싸움이 없으니 여러 주군(州郡)에서 구름과 무지개를 바라는 듯이 했다.[예(霓) 는 오계(五稽)의 반절음으로 무지개이다. 구름이 모이면 비가 되고 무지개가 보이면 멎는다. 맹자 말하기를 "백성들이 바라는 것이 마치 큰 가뭄에 구름과 무지개를 바라듯 한다." 라는 대목이 있다.]

第三十九章

【언해문】 楚國·엣 天子氣·를 行幸·으·로 마ᄀ·시·니 :님· 금 ᄆᅀ·미 :긔 아·니 어·리시·니[漢高祖 沛人 沛本戰國時楚地也]

【현대역】 초국(楚國)에 천자(天子)의 기(氣)를 행행(行幸)으로 막 았으니 임금 마음이 그 아니 어리석으시니?[한고조는 패(沛) 사람이다. 패 (沛)는 본디 전국시대 초(楚)나라 땅이다.]

【언해문】 鴨江·앳 將軍氣·를 :아모 爲ᄒ·다 ·ᄒ시니 : 님·금 :말ᄊ·미 :긔 아·니 ·올·ᄒ시·니[將 即亮切 下同 爲 去聲]

【현대역】 압강(鴨江)에 장군(將軍)의 기(氣)를 아무 위(爲)하다 하 시니 임금 말씀이 그 아니 옳으시니?[장(將)은 즉량(即亮)의 반절음으로 아 래도 같다. 위(爲)는 거성이다.]

【언해문 분석】

1. 楚國엣 : 초국(楚國)에
   여기 '엣'은 처격 '에'에 사잇소리 'ㅅ'이 결합한 형태다. 중세국어에 서 처격을 나타내는 격조사는 '애/에, 예, 이/의'가 있다. 이들은 음 운환경에 따라 서로 상보적 분포를 이루고 있다. 여기 '에'가 쓰인 이유는 앞 음절이 음성이기 때문이다. 사잇소리 'ㅅ'은 유성음과 무 성음 사이에서 쓰였다.

2. 마ᄀ시니 : 막았으니
   기본형이 '막다'이므로 분석하면 '막-(어간) + -ᄋ시-(주체 높임 선어말 어미) + -니(원인의 연결 어미)'와 같다.

3. 님긊 : 임금

'△'은 사잇소리다. '△'은 유성음 사이에서 쓰이는데 '님긊 므ᅀᅳ미'
가 바로 그러한 예이다. '님금〉임금'은 두음법칙에 기인한 것이다.

4. 므ᅀᅳ미 : 마음이

분석하면 '므ᅀᅳᆷ(명사) + 이(주격 조사)'와 같다.

5. 어리시니 : 어리석으시니?

기본형이 '어리다'로 '어리석다(愚)'이다. 분석하면 '어리-(어간) +
-시-(주체 높임 선어말 어미) + -니(상대 높임 의문형 종결 어미)'
와 같다. '-니'는 '-니이까'의 줄임말이다. 어리석은 주체는 진시황
(秦始皇)이다.

6. 아모 : 아무

'아모'는 대명사나 관형사로 쓰인다. 여기서는 부정칭 지시 대명사
로 쓰였다. '아무'로 쓰이지 않고 '아모'가 쓰인 이유는 앞 음절이
양성이기 때문이다.

7. 올ᄒᆞ시니 : 옳으시니?

기본형이 '옳다'이다. 분석하면 '옳-(어간) + -ᄋᆞ시-(주체 높임 선
어말 어미) + -니(상대 높임 의문형 종결 어미)'와 같다.

【한문】楚國王氣　游幸厭之　維君之心　不其爲癡[厭 一涉切 鎭也
不 猶言豈不也 癡 超之切 不慧也]

【현대역】초나라에 왕의 기운이 있다고 행차하여 그 기운을 누르

려고 했으니 임금의 마음이 그 어찌 어리석지 않은가[염(厭)은 일섭(一涉)의 반절음으로 누른다는 뜻이다. 불(不)은 어찌 아니한가와 같은 말이다. 치(癡)는 초지(超之)의 반절음으로 지혜롭지 못한 것이다.]

【한문】鴨江將氣 曰爲 某焉 維王之言 不其爲然[上爲 去聲 然 是也]

【현대역】압록강에 장군의 기운이 있는 것을 누구라고 말하니 임금의 말이 그러하지 않은가[위의 위(爲)는 거성이다. 연(然)은 그렇다는 뜻이다.]

【주(註)】

楚國王氣事 見上[上 第十八章也]

초나라에 왕의 기운이 있다는 일은 윗글에 나타나 있다.[윗글은 제18장이다.]

高麗恭愍王 以 太祖爲東北面元帥 擊東寧府 以絶北元[時 太祖爲密直司使 大明兵入燕京 順帝殂于應昌府 大明兵襲應昌府 皇太子愛獻識禮達臘 從十數騎北走 是爲北元] 太祖率騎兵五千 步兵一萬 自東北西 踰草黃새와·이 薛列罕설헌 二嶺 渡鴨綠江[騎 去聲 草黃嶺 在咸興府西一百十三里 薛列罕嶺 在咸興江界兩府之境 嶺之東則爲咸吉道 西則爲平安道 距草黃嶺一百三十里]

고려 공민왕은 태조를 동북면원수(東北面元帥)로 삼아 동녕부(東寧府)를 쳐서 북원(北元)을 끊도록 했다.[이때 태조는 밀직사사(密直司使)였다. 명(明)나라의 군대가 연경(燕京)에 들어가고 순제(順帝)는 응창부(應昌府)에서 죽었다. 명나라 군대가 응창부를 습격하니 황태자 애유식례달립(愛猷識禮達臘)이 수십 기를 데리고 북으로 달아났는데 이것이 북원이다.] 태조가 기병(騎兵) 오천과 보병(步兵) 만 명을 거느리고 동북면에서 초황(草黃, 새와·이), 설열한(薛列罕, 설헌) 두 고개를 넘고 압록강을 건넜다.[기(騎)는 거성이다. 초황령(草黃嶺)은 함흥부 서쪽 130리에 있고 설렬한령(薛列罕嶺)은 함흥과 강계 두 부(府)의 경계에 있다. 고개의 동쪽은 곧 함길도이고 서쪽은 곧 평안도이다. 초황령(草黃嶺)에서 130리 떨어졌다.]

是夕西北方 紫氣漫空 影皆南[漫 莫半謨官二切 散也] 書雲觀言猛將之氣
[觀 去聲 高麗恭愍王改官制 司天監 判事 秩正三品 監 從三品 少監 從四品 春官夏官秋官冬
官正 從五品 丞 從六品 注簿 從七品 卜正 博士 助教 從九品 後改爲書雲觀 以監爲正 少監爲
副正 陞丞爲從五品 注簿爲從六品 置掌漏 從七品 視日 正八品 司曆 從八品 監候 正九品 司
辰 從九品 本朝因之 太宗十四年 改丞爲判官 書雲觀 掌天文災祥曆日推擇等事 將 即亮切]
王喜曰

이날 저녁 서북방에서 자주빛의 상서로운 기운이 공중에 퍼졌고 그림
자는 모두 남쪽으로 졌다.[만(漫)은 막반(莫半), 모관(謨官)의 두 반절음이 있는데
흩어진다는 뜻이다.] 서운관이 말하기를 용맹스런 장군의 기운이라고 했
다.[관(觀)은 거성이다. 고려 공민왕은 관제를 고쳤다. 사천감(司天監)에는 품계가 정3품
인 판사(判事), 종3품인 감(監), 종4품인 소감(少監), 종5품인 춘관(春官), 하관(夏官), 추
관(秋官), 동관(冬官)의 정(正), 종6품인 승(丞), 종7품인 주부(注簿), 종9품인 복정(卜正),
박사(博士), 조교(助教)를 두었다. 뒤에 서운관(書雲觀)으로 고치고는 감을 정으로, 소감을
부정(副正)으로, 승을 승격시켜 종5품으로, 주부는 종6품으로 하고, 종7품인 장루(掌漏),
정8품인 시일(視日), 종8품인 사력(司曆), 종9품인 감후(監候), 종9품인 사진(司辰)을 두었
다. 본조는 그대로 쓰다가 태종 14년에 승을 판관으로 고쳤다. 서운관은 하늘의 재앙과
상서로움을 살피고 책력의 날짜를 고르는 등의 일을 관장하였다. 장(將)은 즉량(即亮)의
반절음이다.] 임금이 기뻐하며 말하기를

予遣李[太祖諱] 必其應也 時東寧府同知李兀魯帖木兒·우로터·를聞 太
祖來欲據險以拒 移保兀剌·우·라山城[李兀嘗帖木兒 即李原景也 自平安道理山郡
央土里口子 北渡鴨綠婆猪포쥬二江 至兀剌山城 在大野之中 四面壁立高絶 唯西可上 距理山
郡二百七十里] 太祖至也頓야·튼村[平安道渭原郡西越江三十里 有一洞 洞內平衍 名
曰也頓村 北距兀剌城一日程] 兀魯帖木兒來挑戰 俄而棄甲再拜 率三百餘戶
來降[桃 徒了切 桃戰 擿嬈敵以求戰也 古謂之致師 降 胡江切 下並同] 其酋高安慰
猶據山城不降 我師圍之[酋 自秋切 渠帥也] 時太祖不御弓矢 取從者之弓
用片箭射之 凡七十餘發 皆正中其西[從 才用切 片箭 筒射之箭 長纔尺餘 剖筒之
半 長與常弓所用箭等 內箭筒中 狂箭弦上 筒旁爲竅 穿小繩繫于腕 彀弓旣發 窬筒向手背 激
矢射敵 中者洞貫 射 食亦切]
"내가 이[태조의 이름]를 보냈는데 반드시 거기에 응한 것이로다."라고

했다. 이때 동녕부(東寧府)의 동지(同知) 이(李)올로첩목아(兀魯帖木兒, ·우로터·믈)가 태조가 온다는 말을 듣고는 험준한 곳을 의지하면서 막으려고 올라(兀剌, ·우·라)산성으로 옮겼다. [이올로첩목아(李兀魯帖木兒)는 바로 이원경(李原景)이다. 평안도 이산군(理山郡) 앙토리(央土里) 구자(口子)에서 북쪽으로 압록, 파저(婆猪, 포쥬)의 두 강을 건너면 올라산성(兀剌山城)에 이른다. 넓은 들판의 가운데 있는데, 사면으로 높은 절벽이 서 있어 오직 서쪽으로만 오를 수 있다. 이산군(理山郡)에서 270리 떨어져 있다.] 태조가 야돈(也頓, 야·튼)촌에 이르렀다. [평안도 위원군(渭原郡)에서 서쪽으로 강을 건너 30리에 한 마을이 있는데 마을 안이 평평하고 넓다. 이름을 야돈촌이라 하는데 북쪽으로 올라성과 하루거리 정도로 떨어져 있다.] 올로첩목아가 와서 싸움을 걸었는데 갑자기 무기를 버리고 두 번 절하며 300여 호(戶)를 이끌고 와서 항복했다. [도(挑)는 도료(徒了)의 반절음이다. 도전(挑戰)은 적을 찾아내어 싸움을 거는 것이다. 옛날에는 치사(致師)라고 말했다. 항(降)은 호강(胡江)의 반절음으로 아래도 모두 같다.] 그 두목인 고안위(高安慰)는 아직 산성에 웅거하며 항복하지 않았다. 우리 군대가 포위를 했다. [추(酋)는 자추(自秋)의 반절음으로 악당의 두목이다.] 이때 태조는 활과 화살을 가지고 있지 않았으므로 따르던 자의 활을 가져다 편전(片箭)을 써서 쏘았는데 70여 발이 모두 얼굴에 명중했다. [종(從)은 재용(才用)의 반절음이다. 편전(片箭)은 대통에 넣고 쏘는 화살인데 길이는 겨우 한 척 남짓이다. 통의 반은 쪼개내고 통의 길이는 보통 활에 쓰는 화살의 길이와 같다. 통 안에 화살을 넣고 활시위에 화살을 얹는다. 통 옆에는 구멍을 내고 가는 실을 꿰어 팔에 묶는다. 활을 당겨 발사하면 빈 통은 손등을 향하게 된다. 세차게 나는 화살이 적을 맞추면 꿰뚫어 버린다. 석(射)은 식역(食亦)의 반절음이다.]

城中奪氣　安慰棄妻孥　縋城夜遁[軍以氣爲主　氣奪則其軍不能扼也　孥 農都切 子孫也]　明日其頭目二十餘人　率百姓出降　諸山城望風皆降　得戶凡萬餘　以所獲牛二千餘頭　馬數百餘匹　悉還其主　北人大悅　歸者如市　東至皇城　北至東寧府　西至海　南至鴨綠　爲之一空[平安道江界府西越江古百四十里有大野 中有古城 諺稱大金皇帝城 城北七里有碑 又其北有石陵二 爲 去聲]

성 안에서 사기를 빼앗기니 고안위는 처자식을 버리고 밧줄을 타고 성

을 넘어 밤에 도망쳤다.[군인은 사기를 중요한 것으로 삼으므로 사기를 뺏기면 그
군대는 누르지 못한다. 노(孥)는 농도(農都)의 반절음으로 자손이다.] 다음날 그 두목
20여 명이 백성을 이끌고 나와 항복하였다. 여러 산성이 그 위풍을 보
고 모두 항복하니 만여 호를 얻었다. 포획한 소 이천여 두와 말 수백여
필을 모두 그 주인에게 돌려주니, 북방의 사람들이 크게 기뻐하여 돌
아오는 사람들이 시장과 같이 많았다. 동쪽으로 황성(皇城)에 이르고
북쪽으로 동녕부(東寧府)에 이르며 서쪽으로 바다에 이르고 남쪽으로
압록강에 이르는 땅을 모두 비웠다.[평안도 강계부(江界府) 서쪽으로 강을 건너
140여 리에 넓은 들판이 있는데 그 가운데 오래된 성이 있다. 속된 말로 대금황제성(大金
皇帝城)이라고 불렀다. 성 북쪽 7리에 비석이 있고 또 그 북쪽에 석릉(石陵) 두 개가 있다.
위(爲)는 거성이다.]

太祖以元樞密副使拜住　　及李伯顔李長壽李天祐玄多士金阿魯丁等三百
餘戶還[使 去聲 元制 樞密院 掌天下兵甲機密之務 世祖中統四年 置樞密副使二貟 秩從二
品 拜住 人名也]

태조는 원나라 추밀부사(樞密副使) 배주(拜住)와 이백안(李伯顔), 이
장수(李長壽), 이천우(李天祐), 현다사(玄多士), 김아노정(金阿魯丁)
등 300여 호를 데리고 돌아왔다.[사(使)는 거성이다. 원나라 제도에 추밀원(樞密
院)은 천하 군사의 중요한 일을 맡았다. 세조 중통(中統) 4년에 품계가 종2품인 추밀부사
두 명을 두었다. 배주(拜住)는 사람 이름이다.]

第四十章

【언해문】城 아·래 닐·흔 ·살 ·쏘·샤 닐·흐·늬 ·모·미 맛거·늘 京觀·을 밍·ᄀᆞ·ᄅᆞ시·니[觀 去聲 下同]

【현대역】 성(城) 아래 일흔 살 쏘시어 일흔의 몸이 맞거늘 경관(京觀)을 만드시니.[관(觀)은 거성으로 아래도 같다.]

【언해문】城 우·희 닐·흔 ·살 ·쏘·샤 닐·흐·늬 ᄂᆞ·치 맛거·늘 凱歌·로 도·라·오시·니[凱 可亥切 軍勝之樂也]

【현대역】 성(城) 위에 일흔 살 쏘시어 일흔의 낯이 맞거늘 개가(凱歌)로 돌아오시니.[개(凱)는 가해(可亥)의 반절음으로 군대가 승리했을 때의 노래이다.]

【언해문 분석】

1. 쏘샤 : 쏘시어, 쏘사

   기본형이 '쏘다'이다. 분석하면 '쏘-(어간) + -샤-(주체 높임 선어 말 어미) + (-아)(부사형 연결 어미)'와 같다.

2. 닐흐늬 : 일흔의

   분석하면 '닐흔(명사) + 의(관형격 조사)'와 같다. '닐흔〉일흔'은 두 음법칙 때문이다. 두음법칙은 어두의 첫소리 'ㄹ, ㄴ'이 제 음가대 로 충분히 소리나지 못하고 'ㅣ'[i, j]모음 아래에서 zero로 되는 현 상이다. 두음법칙은 예부터 있던 음운현상이 아니라 현대국어 표준 어의 특질이다.

3. 맛거늘 : 맞거늘

기본형이 '맛다(的中)'이다. 분석하면 '맛-(어간) + -거늘(설명의
연결 어미)'과 같다. '맛다'는 15세기의 보편적 표기 규칙인 8종성
법에 준용된 것이다.

4. 京觀 : 경관(京觀)

경관이란 당나라 고조가 승전(勝戰)을 표기하기 위하여 적의 시체
를 높이 쌓고 그 위에 흙을 덮어서 무덤을 만든 일을 말한다.

5. 밍ᄀᄅ시니 : 만드시니

기본형이 '밍ᄀᆯ다'이다. 따라서 분석하면 '밍ᄀᆯ-(어간) + -ᄋ시-(주
체 높임 선어말 어미) + -니(상대 높임 평서형 종결 어미)'와 같다.

6. 우희 : 위에

분석하면 '웋(ㅎ종성 체언) + 의(처격 조사)'와 같다. '의'는 방위
(方位)를 나타내는 처격 조사이다. 중세국어에서 처격을 나타내는
격조사는 '애/에, 예, 익/의'가 있는데, '익/의'는 관형격 조사와 같
은 형태로 처격을 나타내는 특수한 처격 조사이다.

7. ᄂ치 : 낯이

'낯'은 '얼굴(面)'이다. 분석하면 '낯(명사) + 이(주격 조사)'와 같다.

8. 凱歌 : 개가(凱歌)

개가란 이태조가 북원(北元)을 치고 돌아올 때 승전을 소리 높여
부른 노래를 말한다.

9. 도라오시니 : 돌아오시니

기본형이 '도라오다'로 현대국어의 '돌아오다'의 연철표기이다. 분석하면 '도라오-(어간) + -시-(주체 높임 선어말 어미) + -니(평서형 종결 어미)'와 같다. '도라오다'는 통사적 복합어이다.

【한문】維城之下　矢七十發　中七十人　京觀以築[中 去聲 下同]

【현대역】성 아래로 화살 70발을 쏘아 70명을 맞추고 경관(京觀)을 만들었도다.[중(中)은 거성으로 아래도 같다.]

【한문】維城之上　矢七十射　中七十面　凱歌以復[射 食亦切 復 返也]

【현대역】성 위로 화살 70발을 쏘아 70명의 얼굴을 맞추고 개선가를 부르며 돌아오도다.[석(射)은 식역(食亦)의 반절음이다. 복(復)은 돌아온다는 뜻이다.]

【주(註)】

唐高祖至龍門縣[漢艾氏縣 後魏改爲龍門 隋屬河東郡 在郡東北]　有賊母端兒　衆數千人　奄至城下[母 音無 姓也 奄 忽也]　時諸軍無備爲賊所乘　高祖親率十餘騎　橫出擊之　所射應弦而倒[騎 去聲 射 食亦切 下並同]　賊大潰　逐北數十里　伏屍相繼於道　時高祖射七十發　明日斬首　築爲京觀　於屍上盡得所射箭　其妙如此[京 高丘也 觀 去聲 謂如闕形也 積戰死之尸 封土其上 以彰克敵之功 謂之京觀]　維城之上事　見上[上 第三十九章也 此承上章而反覆歌詠之也]

당고조가 용문현(龍門縣)에 이르렀다.[한나라 애씨현(艾氏縣)을 후위(後魏)가 용문(龍門)으로 바꿨다. 수나라 때는 하동군(河東郡)에 속했는데 군의 동북쪽에 있다.] 적 무단아(母端兒)가 무리 수천 명을 이끌고 갑자기 성 아래로 이르렀다.[무(母)는 음이 무(無)로 성(姓)이다. 엄(奄)은 갑자기라는 뜻이다.] 이때 군사들의 방비가 없으므로 적에게 틈이 된 것이다. 고조가 몸소 10여 기를 이끌고 이리저리로 적을 치고 활을 쏘니 활시위 소리에 응해 꺼꾸러졌다.[기(騎)는 거성이다. 석(射)은 식역(食亦)의 반절음으로 아래도 모두 같다.] 적이 크게 무너지자 북쪽으로 수십 리를 쫓아내니 엎어진 시체가 길바닥에 널려 있었다. 이때 고조는 70발을 쏘았다. 다음 날 목을 베어 경관(京觀)을 쌓았는데 시체 위에서 맞힌 화살을 모두 찾을 수 있었으니 그 신묘함이 이와 같았다.[경(京)은 높은 언덕이다. 관(觀)은 거성으로 궁문 양옆에 있는 높은 대의 형상을 말한다. 전사자의 시체를 쌓아놓고 그 위에 흙을 덮어 적을 이긴 공로를 드러내는 것을 경관이라고 말한다.] 성 위로 활을 쏜 이야기는 윗글에 나타나 있다.[윗글은 제39장이다. 이 장은 윗장을 이어 반복하여 노래한 것이다.]

龍飛御天歌卷第六

第四十一章

【언해문】東征·에 功·이 :몯 :이나 所掠·을 ·다 노ᄒ·샤 歡呼之聲·이 道上·애 ᄀᆞ득ᄒ·니

【현대역】동정(東征)에 공(功)이 못 이루어지나 소략(所掠)을 다 놓으시어 환호지성(歡呼之聲)이 도상(道上)에 가득하니.

【언해문】西征·에 功·이 :일어·늘 所獲·을 :다 도로 ·주·샤 仁義之兵·을 遼左ㅣ 깃ᄉ·ᄫᆞ·니[荀子議兵篇 孫卿曰 齊之枝擊 不可以過魏氏之武卒 魏氏之武卒 不可以過秦之銳士 秦之銳士 不可以當桓文之節制 桓文之節制 不可以敵湯武之仁義 有遇之者 若以焦熬投石焉 陳囂問孫卿曰 先生議兵 常以仁義爲本 仁者愛人 義者循理 然則又何以兵爲 凡所爲有兵者 爲爭奪也 孫卿曰 非女所知也 彼仁者愛人 愛人故惡人之害之也 義者循理 循理故惡人之亂之也 彼兵者 所以禁暴除害也 非爭奪也 故仁人之兵 所存者神 所過者化 若時雨之降 莫不說喜 是以堯伐驩兜 舜伐有苗 禹伐共工 湯伐有夏 文王伐崇 武王伐紂 此二帝四王 皆以仁義之兵 行於天下也 故近者親其善 遠方慕其德 兵不血刃 遠邇來服 德成於此 施及四極 詩曰 淑人君子 其儀不忒 此之謂也]

【현대역】서정(西征)에 공(功)이 이루어지거늘 소획(所獲)을 다 도로 주시어 인의지병(仁義之兵)을 요좌(遼左)가 기뻐하니.[순자(荀子) 의병편(議兵篇)에 다음과 같이 말했다. 손경(孫卿)이 말하기를 "제(齊)의 지격(枝擊)은 가히 위씨의 무졸(武卒)보다 뛰어날 수 없고 위씨의 무졸은 가히 진(秦)의 예사(銳士)보다 뛰어날 수 없으며 진의 예사는 제환공과 진문공의 절제(節制)를 당할 수 없다. 그러나 제환공과 진문공의 절제도 탕(湯)과 무왕(武王)의 인의(仁義)와 대적할 수는 없다. 상대와 겨룬다는 것은 마치 뜨거운 것을 손가락으로 만지고 계란을 바위에 던지는 것과 같다."라고 했다. 진효(陳囂)가 손경(孫卿)에게 물어 말하기를 "선생께서 병법을 얘기할 때면 항상 인의를 근본으로 삼습니다. 인은 사람을 사랑하는 것이고 의는 이치를 좇는 것인데 그렇다면 또한 어

찌 전쟁을 합니까? 무릇 전쟁이란 다투어 빼앗는 것인데 말입니다."라고 하니 손경이 말하기를 "그대는 알지 못하는구려. 저 인이란 사람을 사랑하는 것이니 사람을 사랑하므로 사람을 해치는 것을 싫어하고, 의란 이치를 좇는 것이니 이치를 좇으므로 사람들이 어지러워지는 것을 싫어하는 것이오. 저 군사란 포악함을 금하고 해로움을 없애는 것이지 다투어 뺏는 것이 아니오. 그러므로 어진 사람의 군사는 남아있는 사람도 변하게 하고 허물있는 사람도 변하게 하니 마치 때맞춰 비가 내려 즐겁고 기뻐하지 않는 사람이 없는 것과 마찬가지요. 이래서 요(堯)가 환두(驩兜)를 쳤고, 순(舜)이 유묘(有苗)를 쳤으며 우(禹)가 공공(共工)을 쳤고, 탕(湯)이 유하(有夏)를 쳤으며, 문왕(文王)이 숭(崇)을 쳤고, 무왕(武王)이 주(紂)를 친 것이오. 이들 두 황제와 네 왕은 모두 인의(仁義)의 군사를 천하에 행했기 때문에 가까이 있는 사람은 그 선함을 친히 하려 하였고 먼 곳에서는 그 덕을 흠모하였던 것이오. 군사가 칼에 피를 묻히지 않고도 먼 곳이나 가까운 곳에서 와서 복속하니 여기에서 덕이 이루어져 사방의 먼 곳까지 베풀어진 것이오. 시경에 이르기를 '숙인(淑人)과 군자(君子)들이 그 거동을 의심치 않도다.'라고 하였는데 이것을 말한 것이오."라고 했다.]

【언해문 분석】

1. 이나 : 이루어지나

   '이나'는 기본형 '일다(成)'의 활용형이다.

2. 所掠 : 소략(所掠)

   소략이란 당 태종이 사로잡은 고구려의 포로(捕虜)를 말한다.

3. 歡呼之聲 : 환호지성(歡呼之聲)

   환호지성이란 당 태종이 사로잡은 포로를 다 놓아주니 고구려 사람들이 모두 기뻐 소리쳤다는 일이다.

4. ᄀᆞ득ᄒ니 : 가득하니

   기본형이 'ᄀᆞ득ᄒ다'이다. 분석하면 'ᄀᆞ득ᄒ-(어간) + -니(평서형 종결 어미)'와 같다.

5. 일어늘 : 이루어지거늘

기본형 '일다'의 활용형이다. 분석하면 '일-(어간) + -어늘(설명의 연결 어미)'과 같다. '-어늘'은 '-거늘'의 앞 음절말 'ㄹ'로 인하여 '-거늘'의 'ㄱ'이 약화된 것이다.

6. 소획 : 소획(所獲)

'소획'이란 이태조가 북원을 칠때, 촌장 고안위(高安慰)의 여러 두목까지 항복하여 만여호(萬餘戶)를 얻었고, 또 소 2천여 마리와 말 백여 마리를 붙잡은 일을 말한다.

7. 깃ᄉᆞᄫᅵ니 : 기뻐하니

기본형이 '깄다'이다. 분석하면 '깄-(어간) + -ᄉᆞᆸ-(객체 높임 선어말 어미) + -ᄋᆞ니(상대 높임 평서형 종결 어미)'와 같다. 객체 높임 선어말 어미 'ᄉᆞᆸ/ᄉᆞᆸ'은 'ㄱ, ㅂ, ㅎ, ㅅ' 받침 뒤에 쓰인다.

【한문】 東征無功 盡放所掠 歡呼之聲 道上洋溢

【현대역】 동쪽을 정벌하는데 공을 이루지 못했으나 잡은 사람을 모두 놓아주니 환호하는 소리가 길 위에 가득하도다.

【한문】 西征建功 盡還所獲 仁義之兵 遼左悅服

【현대역】 서쪽을 정벌하는데 공을 세웠으나 얻은 것을 모두 돌려주니 어질고 의로운 군사에게 요동이 기쁘게 복종하도다.

【주(註)】

唐營州都督張儉奏 高麗東部大人 泉蓋蘇文弑其王武[營州都督府 本遼西郡治柳城屬河北道 泉 姓也 蓋 公盖切 新書曰 蓋蘇文者 或號盖金 姓泉氏 自云生水中 以惑衆其父東部大人大對盧死 蓋蘇文當嗣 而國人以殘暴惡之 不得立 蓋蘇文頓首謝衆 請攝職 如有不可 雖廢無憾 衆哀之 遂許嗣位 而兇殘不道 王及大臣 議誅之 蓋蘇文密知之 悉集部兵若校閱者 并盛陳酒饌於城南 召諸大臣共臨視 勒兵盡殺之 死者百餘人 因馳入宮 遂弑王 斷爲數

叚 棄溝中 立王弟子藏爲王 自爲莫離支 於是號令遠近 專制國事 蓋蘇文狀貌雄偉 意氣豪逸
身佩五刀 左右莫敢仰視 每上下馬 常令貴人武將 伏地而履之 出行必整隊伍 前者長呼 則人
皆奔迸 不避阬谷 路絶行者 國人甚苦之 武 高句麗榮留王名也 李紀作建武 嬰陽王之弟也]

亳州刺史裴思莊　奏請伐高麗[亳州 漢爲譙縣 魏爲譙郡 後周置亳州]　太宗曰

당나라 영주도독(營州都督) 장검(張儉)이 아뢰기를 고구려 동부대인
(東部大人) 천개소문(泉蓋蘇文)이 그 임금 무(武)를 시해했다고 했다.

[영주도독부(營州都督府)는 본래 요서군(遼西郡)으로 유성(柳城)을 다스려 하북도(河北道)
에 속하게 했다. 천(泉)은 성(姓)이다. 개(蓋)는 공합(公盍)의 반절음이다. 신당서(新唐書)
에 이르기를 "개소문(蓋蘇文)은 혹 개금(蓋金)이라고도 부르는데 성은 천씨(泉氏)이다. 자
기는 물 가운데서 태어났다고 말하며 무리를 혹하게 했다. 그 아버지 동부대인(東部大人)
대대로(大對盧)가 죽었다. 개소문이 마땅히 자리를 이어야 했으나 나라 사람들이 그의 잔
인하고 포악함을 미워해서 그 자리에 오르지 못했다. 개소문은 머리를 조아리고 사람들에
게 사죄하며 그 자리를 섭정할 것을 청했다. 만약 이렇게 해도 가능하지 않다면 그 자리가
없어진다고 해도 원망하지 않겠다고 했다. 사람들이 불쌍히 여겨 드디어 자리를 이을 것을
허락하니 흉악하고 잔인하며 도가 없어졌다. 왕과 대신들이 그를 벨 것을 의논했다. 개소
문이 몰래 그것을 알고는 부대의 병사를 모두 모아 교열(校閱)하는 것처럼 하고 성 남쪽에
술과 음식을 크게 차려놓고 여러 대신을 불러 함께 보자고 했다. 그리고는 사열하던 군사
가 다 죽이니 죽은 사람이 백여 명이었다. 그로 인하여 궁궐로 말을 달려 들어가 드디어
임금을 시해하여 몇 토막을 내어 도랑에 버렸다. 그리고 임금 동생의 아들 장(藏)을 임금으
로 삼고 자기는 막리지(莫離支)가 되었다. 이에 원근에 호령하며 나라 일을 전횡했다. 개
소문은 그 생김새가 웅위(雄偉)하고 의기(意氣)가 호탕하며 몸에 오도(五刀)를 차고 있으
니 좌우가 감히 올려보지 못했다. 매번 말을 타고 내릴 때는 항상 귀인(貴人) 무장(武將)을
땅에 엎드리게 하고 그를 밟았다. 밖으로 나갈 때는 반드시 대오(隊伍)를 정렬하고 앞선
자가 소리를 길게 지르면 사람들이 구덩이와 골짜기고 피하지 않고 모두 달아나니 길에
다니는 사람이 끊어져 나라 사람들이 매우 고통스러워했다."고 했다. 무(武)는 고구려 영
류왕(榮留王)의 이름이다. 본기에는 건무(建武)라고 했는데 영양왕(嬰陽王)의 동생이다.]

박주자사(亳州刺史) 배사장(裴思莊)이 아뢰어 고구려 치기를 청했다.

[박주(亳州)는 한나라에서는 초현(譙縣)으로 위나라는 초군(譙郡)으로 했는데 후주(後周)
는 박주를 두었다.] 태종이 말하기를

高麗王武　職貢不絶　爲賊臣所弑　朕哀之甚深　固不忘也　但因喪乘亂
而取之　雖得之不貴　且山東彫弊　吾未忍言用兵也[彫 丁聊切 通作凋 凋 瘁也

弊 困也] 太常丞鄧素 使高麗還請於懷遠鎮增戍兵 以逼高麗[唐制 太常寺
卿一人 正三品 少卿二人 正四品上 掌禮樂郊廟社稷之事 丞二人 從五品下 掌判寺事 博士四
人 從七品上 掌辨五禮 按王公三品以上功過善惡爲之諡 大禮則贊卿導引 使 去聲 營州有懷
遠守捉城 戍兵者 屯兵以守邊也] 太宗曰

"고구려 임금 무(武)는 조공 바치는 일을 끊이지 않고 했는데 적신(賊
臣)에게 시해되었으니 나의 슬픔이 매우 크고 진실로 잊지 않을 것이
다. 그러나 다만 상(喪)으로 인해 혼란을 틈타서 취하는 것은 비록 얻
는다 하더라도 그리 좋은 것은 아니다. 또 산동(山東)이 시들고 피폐해
지니 나는 군사를 일으킨다는 말을 차마 할 수 없다."라고 했다.[조(殦)
는 정료(丁聊)의 반절음으로 보통 조(凋)로 쓴다. 조(凋)는 고달프다는 뜻이다. 폐(弊)는
어렵다는 뜻이다.] 태상승(太常丞) 등소(鄧素)가 고구려에 사신으로 갔다
가 돌아와서는 회원진(懷遠鎮)에 수병(戍兵)을 더 늘려 고구려를 핍박
하자고 했다.[당나라 제도에 태상시(太常寺)에는 정3품인 경 1명과 정4품상인 소경 2
명이 예악과 종묘사직에 제사지내는 일을 맡았고 종5품하의 승 2명은 태상시의 일을 맡았
으며 종7품상의 박사 4명은 오례(五禮)를 분별하고 임금과 3품 이상인 사람들의 공과 허물
그리고 선악을 따져 시호를 정하는 일을 맡았는데 대례(大禮)가 있을 때는 경을 도와 인도
했다. 사(使)는 거성이다. 영주에 회원수착성(懷遠守捉城)이 있다. 수병(戍兵)은 군사를 주
둔시켜 변방을 지키는 것이다.] 태종이 말하기를

遠人不服 則修文德以來之[論語孔子之言也] 未聞一二百戍兵 能威絕域者
也[絕 相去遼遠也] 他日太宗曰

"먼 곳에 있는 사람들이 복종하지 않는다면 문덕(文德)을 닦아서 오도
록 하는 것이다.[논어에 있는 공자의 말이다.] 일이백 명의 수병(戍兵)으로
능히 먼 지방에 위엄을 보일 수 있다는 말은 아직 듣지 못했다."라고
했다.[절(絕)은 서로 떨어진 것이 멀고 먼 것이다.] 다른 날에 태종이 말하기를

蓋蘇文弑其君而專國政 誠不可忍 以今日兵力 取之不難 但不欲勞百
姓 吾欲且使契丹靺鞨擾之 何如 太子太師長孫無忌曰[太子太師太傅太保
各一人 從一品 掌輔導皇太子 長 上聲]

"개소문이 임금을 시해하고 나라 일을 전횡하는 것은 정말로 참을 수 없다. 지금의 병력으로 저들을 취하는 것은 어렵지 않으나 다만 백성들을 고달프게 하고 싶지 않은 것이다. 나는 앞으로 결단과 말갈로 하여금 저들을 시끄럽게 할까 하는데 어떻겠는가?"라고 하니 태자태사(太子太師) 장손무기(長孫無忌)가 말하기를 [태자태사와 태부(太傅) 그리고 태보(太保)는 각기 한 사람씩인데 종1품으로 황태자를 보필하고 이끄는 일을 맡았다. 장(長)은 상성(上聲)이다.]

盖蘇文自知罪大 畏大國之討 必嚴設守備 陛下姑爲之隱忍 彼得以自安必更驕惰 愈肆其惡 然後討之未晚也 太宗曰 善[爲 去聲 惰 徒卧切 怠也] 新羅遣使言[新羅 東南至大海 西至智異山 北至漢江 始祖 姓朴 名赫居世 初高墟村長蘇伐公 望楊山麓有異氣若白馬跪拜之狀 往觀之則忽不見 惟大卵在 剖之有嬰兒出焉 收而養之 岐嶷夙成 人以其生神異 推尊之 後竟以爲君 號居西干 年十三 國號徐耶伐 辰人謂瓠爲朴 以初大卵如瓠 故以朴爲姓 居西干 辰言尊長之稱 傳世凡五十六主 易朴昔金三姓 女主善德王德曼十二年九月 遣使入唐 上言云云 使 去聲 下並同]

"개소문은 스스로 그 죄가 크다는 것을 알고 있으므로 중국이 칠 것을 두려워하여 반드시 엄하게 방비를 해 놓았을 것입니다. 폐하께서는 우선 은인자중하십시오. 저들이 스스로 안심하고는 다시 교만하고 게을러져 그 악함이 더욱 심해진 뒤에 토벌해도 늦지 않습니다."라고 하니 태종이 좋다고 했다. [위(爲)는 거성이다. 타(惰)는 도와(徒卧)의 반절음으로 게으르다는 뜻이다.] 신라에서 사신을 보내 말하기를[신라는 동남쪽으로는 큰 바다에 이르고 서쪽으로는 지리산(智異山)에 이르며 북쪽으로는 한강(漢江)에 이른다. 시조는 성(姓)이 박(朴)이고 이름은 혁거세(赫居世)이다. 처음에 고허촌장(高墟村長) 소벌공(蘇伐公)이 양산(楊山) 기슭을 보니 이상한 기운이 있는 것이 백마가 꿇어 절하는 것 같은 형상이므로 가서 보았더니 갑자기 보이지 않고 다만 커다란 알만 남아 있었다. 그것을 쪼개니 갓난아이가 나와 거두어 길렀더니 어려서부터 재능이 뛰어나고 성숙했다. 사람들이 그 태어난 것이 신기하고 이상하다 여겨 추대하여 높였다. 뒤에 임금으로 세워 거서간(居西干)이라 하니 나이는 13세였고, 나라 이름을 서야벌(徐耶伐)이라고 했다. 진(辰) 사람들은 호(瓠)를 박(朴)이라 하고 또 처음에는 커다란 알이 박같이 생겼으므로 박(朴)을 성으로 삼았다. 거서간(居西干)은 진나라 말로 존장(尊長)이라 일컫는다. 대대로 전한 것이 무릇 56왕인데 박

(朴), 석(昔), 김(金) 세 성씨가 바뀌면서 했다. 여자 임금인 선덕왕(善德王) 덕만(德曼) 12년 9월에 사자를 당나라로 들여보내 상소를 했다. 사(使)는 거성으로 아래도 모두 같다.]

高麗百濟　侵凌臣國　累遣攻襲數十城　兩國連兵　期之必取　謀絶入朝
之路　將以今玆九月大擧　下國社稷　必不獲全[朝 馳遙切 下並同 下國 新羅自
稱也]　謹遣陪臣　歸命大國　願乞偏師　以存救援　太宗謂使人曰

"고구려와 백제가 신의 나라를 쳐들어와 여러 번 수십의 성을 공격하였습니다. 두 나라가 군사를 연합하여 반드시 취하려고 기약하며 입조(入朝)의 길을 끊고자 장차 이번 9월에는 크게 침입한다 하니 하국(下國)의 사직(社稷)은 꼭 보전하기 어렵게 되었습니다.[조(朝)는 치요(馳遙)의 반절음으로 아래도 모두 같다. 하국(下國)은 신라가 스스로를 부른 것이다.] 삼가 배신을 보내어 대국의 명을 따르도록 해 주시고, 원컨대 군대를 보내 구원하여 주시기를 바랍니다."라고 했다. 태종이 사람을 시켜 말하기를

我實哀爾爲二國所侵　所以頻遣使人　和爾三國　高麗百濟　旋踵翻悔
意在呑滅而分爾土宇　爾國設何奇謀　以免顚越[旋踵 轉足也 喩事之速捷也 翻
反也 顚 通作傎 倒也 越 墜也]　使人曰

"내가 사실은 그대 나라가 두 나라에게 침입을 받는 것을 애석하게 여겨 자주 사신을 보내 그대 세 나라가 화친하도록 했소이다. 고구려와 백제는 사신이 선종(旋踵)하면 바로 뜻을 바꾸니 그들의 생각은 그대의 나라를 병탄(倂呑)하여 멸망시키고 그 땅을 나누려는 것이오. 그대는 나라가 뒤집어져 떨어지는 것을 면할 무슨 기묘한 계책을 마련하였소이까?"라고 했다.[선종(旋踵)이란 발길을 돌린다는 뜻으로 일이 빠른 것을 비유한 것이다. 번(翻)은 뒤집는다는 뜻이다. 전(顚)은 보통 전(傎)으로 쓰는데 뒤집어진다는 뜻이고 월(越)은 떨어진다는 뜻이다.] 사신이 말하기를

吾王事窮計盡　唯告急大國　冀以全之　太宗曰

"우리 임금은 사태가 궁하고 계책은 다하여 오직 급히 대국에 알려 보

전하기를 바라고 있습니다."라고 했다. 태종이 말하기를

我少發邊兵　揔契丹靺鞨　直入遼東　二國自解　可緩爾一年之圍　此後
知無繼兵　還肆侵侮　四國俱擾　於爾未安　此爲一策[策 謀也]　我又能給
爾數千朱袍丹幟[袍 長襦也 幟 昌志切 旗幟也]　二國兵至　建而陳之　彼見者
以爲我兵來援　必皆奔走　此爲二策　百濟國恃海之嶮　不修器械　男女
紛雜　互相燕聚[嶮 或作嶮 虛檢切 阻也 難也 燕 通作宴]
我以數十百舠　載以甲卒　銜枚泛海　直襲其地　爾國以婦人爲主　爲隣
國輕侮　失主延冠　靡歲休寧[新羅眞平王薨無子 國人立其長女德曼 是爲善德王也
延 納也 靡 無也]　我遣一宗支　與爲爾國主　而自不可獨王　當遣兵營護
待爾國安　任爾自守　此爲三策[宗 同姓也 支 庶子也 營 謀爲也 護 擁全之也]　爾
宜思之　將從何事　使人但唯而無對[唯 應辭也]　太宗嘆其庸鄙非乞師告急
之才也　太宗命司農丞相里玄獎　齎璽書賜高麗曰[唐制 司農寺 卿一人 從三品
少卿二人 從四品上 掌倉儲委積之事 丞六人 從六品上 惣判寺事 相 去聲 相里複姓也 獎 即
兩切 玄獎 名也]

"내가 변방의 군대를 조금 내어 결단, 말갈을 거느리고 곧바로 요동으
로 들어가면 두 나라가 스스로 포위를 풀 것이니 그대는 1년 정도 포위
를 늦출 수 있을 것이오. 그러나 이 뒤에 군사가 계속 오지 않는 것을
알면 다시 또 방자하게 침략하고 업신여겨, 네 나라가 모두 시끄러워
지고 그대 나라도 안정되지 못할 것이오. 이것이 첫 번째 계책이오.[책
(策)은 계책이다.] 나는 또 그대에게 수천의 주포(朱袍)와 단치(丹幟)를 줄
수 있소.[포(袍)는 긴 저고리이다. 치(幟)는 창지(昌志)의 반절음으로 깃발이다.] 두
나라 군대가 이르면 이것을 세워 펼치시오. 저들이 이것을 보면 우리
의 군사가 구원하러 온 줄로 여기고 반드시 모두 달아날 것이오. 이것
이 두 번째 계책이오. 백제는 그 바다의 험난함을 믿고 무기를 수리하
지 않으며 남녀가 뒤섞여 서로 서로 잔치만 하니[험(嶮)은 혹 험(嶮)으로도
쓰는데 허검(虛檢)의 반절음으로 험하다. 곤란하다의 뜻이다. 연(燕)은 보통 연(宴)으로도
쓴다.] 내가 수십 백의 배[舠]에 병사를 싣고 조용히[銜枚] 바다로 가서

바로 그 땅을 습격하려 하오. 그대 나라는 여자가 임금이 되어 이웃 나라에게 가볍게 보이고 깔보이며 임금이 없는 것으로 여겨 적의 침입을 불러들여 편안한 날이 없소이다.[신라의 진평왕(眞平王)은 아들이 없이 죽었다. 나라 사람들이 그 큰 딸 덕만(德曼)을 세웠는데 이 사람이 선덕왕(善德王)이다. 연(延)은 끌어들인다는 뜻이고 미(靡)는 없다는 뜻이다.] 내가 왕실의 서자 한 명을 보내 함께 그대 나라 임금이 되게 해서 홀로 왕이 될 수 없게 하고 마땅히 군대를 보내 온전하도록 꾀할 것이오. 그리하여 그대 나라가 안정되기를 기다려 그대들 스스로 지키도록 하는 것이 세 번째 계획이오. [종(宗)은 같은 성이다. 지(支)는 서자이다. 영(營)은 꾀를 내는 것이고 호(護)는 감싸서 온전하게 하는 것이다.] 그대는 장차 어느 것을 따를 것인지 잘 생각해 보시오."라고 했다. 사신은 다만 "네"라고만 할 뿐 대답을 못했다.[유(唯)는 응낙하는 말이다.] 태종은 그가 어리석어 급히 알려 군사를 청하러 올만한 재목이 못 됨을 한탄했다. 태종은 사농승(司農丞) 상리현장(相里玄獎)에게 명하여 황제의 옥새를 찍은 문서를 가져오게 하여 고구려에 보내어 말하기를[당나라 제도에 사농시(司農寺)에는 종3품인 경 1명, 종4품상인 소경 2명이 있어 곡식을 창고에 쌓고 관리하는 일을 맡았다. 종6품상인 승 6명은 사농시의 일을 총괄한다. 상(相)은 거성이다. 상리(相里)는 복성(複姓)이다. 장(獎)은 즉량(即兩)의 반절음이다. 현장(玄獎)은 이름이다.]

新羅委質國家　朝貢不乏　爾與百濟　各宜戢兵　若更攻之　明年發兵
擊爾國矣
"신라는 예물을 바치는 나라로 조공(朝貢)을 빠뜨리지 않소이다. 그대와 백제는 각기 마땅히 군사를 거두시오. 만약 다시 공격한다면 명년에 군대를 내어 그대 나라를 칠 것이오."라고 했다.

玄獎至平壤　蓋蘇文已將兵擊新羅　破其兩城[將 即亮切 下並同]　高麗王使
召之　乃還[使 如字]　玄獎諭使勿攻新羅　蓋蘇文曰
상리현장이 평양에 이르렀는데 개소문은 이미 군사를 거느리고 신라를 쳐서 그 두 성을 깨뜨렸다.[장(將)은 즉량(即亮)의 반절음으로 아래도 모두 같다.] 고구려 임금이 그를 부르니 이내 왔다.[사(使)는 본래의 뜻이다.] 상리현장이 신라를 공격하지 말라고 달랬더니 개소문이 말하기를

昔隋人入冠 新羅乘釁 侵我地五百里 自非歸我侵地 恐兵未能已[隋人入冠 謂煬帝伐高麗時也] 玄將曰

"지난날 수나라가 쳐들어 왔을 때 신라가 이때를 틈타 우리 땅 오백리를 빼앗았다. 자진하여 우리의 빼앗은 땅을 돌려주지 않으면 전쟁을 그만두기는 어렵다."라고 했다.[수나라가 쳐들어왔다는 것은 양제(煬帝)가 고구려를 침범한 때를 말한다.] 상리현장이 말하기를

既往之事 焉可追論[焉 於虔切] 至於遼東諸城 本皆中國郡縣 中國尙且不言 高麗豈得必求故地 盖蘇文竟不從[高麗之地 漢魏皆爲郡縣 晉氏之亂 始與中國絶] 玄奬還 具言其狀 太宗曰

"이미 지나간 일을 어찌 더듬어 얘기할 수 있겠습니까?[언(焉)은 어건(於虔)의 반절음이다.] 요동의 여러 성으로 말한다면 본래 모두 중국의 군현(郡縣)이지만 중국에서는 오히려 말하지 않는데 고구려는 어째서 반드시 옛 땅을 찾으려고 합니까?"라고 했다. 개소문은 끝내 따르지 않았다.[고구려 땅은 한위(漢魏) 때는 모두 군현으로 여겼으나 진(晉)씨의 난리 때 처음으로 중국과 단절됐다.] 상리현장이 돌아와 그 정황을 모두 말하니 태종이 말하기를

盖蘇文弑其君 賊其大臣 殘虐其民 今又違我詔命 侵暴隣國 不可以不討[賊 害也] 諫議大夫楮遂良曰[唐制 諫議大夫四人 正四品下 掌諫諭得失侍從贊相]

"개소문은 그 임금을 시해하고 대신을 해쳤으며 백성들에게 잔학하게 했다. 이제 또 나의 명령을 어기고 이웃 나라를 침략하니 치지 않을 수 없다."라고 했다.[적(賊)은 해친다는 뜻이다.] 간의대부(諫議大夫) 저수량

(楮遂良)이 말하기를 [당나라 제도에 정4품하인 간의대부는 4명인데, 일의 득실을 간하여 깨우치고 따르며 재상을 돕는 일을 맡는다.]

陛下指摩則中原淸晏 顧眄則四夷讋服 威望大矣[晏 於諫切 天淸也 眄 眠見切 傍視也 讋 質涉切 或作慴 懼也] 今乃渡海遠征小夷 若指期克捷 猶可也 萬一蹉跌 傷威損望 更興忿兵 則安危難測矣[敵加於己 不得已而起者 謂之應兵 爭恨小故 不忍忿怒者 謂之念兵] 太子詹事李世勣曰

"폐하께서 지휘하시면 중원(中原)이 깨끗하여 평안해지고 여기저기 둘러보시면 사방의 오랑캐가 두려워 복종하니 그 위망이 큽니다.[안(晏)은 어간(於諫)의 반절음으로 하늘이 맑은 것이다. 면(眄)은 면견(眠見)의 반절음으로 곁을 보는 것이다. 섭(讋)은 질섭(質涉)의 반절음으로 혹 섭(慴)이라고도 쓰는데 두려워한다는 뜻이다.] 그러나 이제 바다를 건너 멀리 있는 작은 오랑캐를 치는데 만약 기한 내에 빨리 쳐부순다면 괜찮겠지만 만일 차질이 생겨 그 위망에 손상이 가고 다시 분병(忿兵)이 일어난다면 안위를 예측하기가 어렵습니다."라고 하였다.[적(敵)이 자기를 침입했을 때 할 수 없이 군사를 일으키는 것을 응병(應兵)이라고 말한다. 조그만 일로 다투고 원통히 여기며 분노를 참지 못하는 것을 분병(忿兵)이라고 한다.] 태자첨사(太子詹事) 이세적(李世勣)이 말하기를

間者薛延陁入寇[間者 謂近者以來也 薛延陁 本匈奴別種 先與薛種雜居磧北 後拔延陁部而有之 故號薛延陁 姓一利咥氏] 陛下欲發兵窮討 魏徵諫而止 使至今爲患 曩用陛下之策 北鄙安矣 太宗曰

"간자(間者)에 설연타(薛延陁)가 들어와 침략하자[간자(間者)는 근래 이래를 말한다. 설연타는 본래 흉노의 다른 종족이다. 이전에는 설종(薛種)과 함께 섞여서 적북(磧北)에 살았는데 뒤에 연타부(延陁部)에 빼어내어 이름을 설연타라고 불렀다. 성은 일리질(一利咥)씨이다.] 폐하께서 군대를 내어 끝까지 치려고 했는데 위징(魏徵)이 간하여 그만 두었더니 지금에 와서 걱정거리가 되었습니다. 예전에 폐하의 계책을 썼더라면 북쪽 변방은 안정되었을 것입니다."라고 하니 태종이 말하기를

然 此誠徵之失 朕尋悔之 而不欲言 恐塞良謀故也 又遣右屯衛兵曹
叅軍蔣儼 諭旨[蔣 子兩切 姓也] 盖蘇文竟不奉詔 乃以兵脅使者 不屈
遂囚窟室中[使 去聲 下並同 窟亦作堀 堀室者 謂堀地爲室也]

"그렇다. 그것은 정말로 위징의 실수였다. 나는 곧 후회하였으나 좋은
계책을 말하는 일을 막을까 염려해서 말하지 않은 것이다."라고 하고
는 또 우둔위병조참군(右屯衛兵曹叅軍) 장엄(蔣儼)을 보내 유지를 내
렸다.[장(蔣)은 자량(子兩)의 반절음으로 성(姓)이다.] 개소문은 끝까지 조칙을
받들지 않고 이내 무기로 사자를 협박했다. 사자가 굴하지 않자 마침
내 굴실(窟室) 안에 가두었다.[사(使)는 거성으로 아래도 모두 같다. 굴(窟)은 또
한 굴(堀)로도 쓴다. 굴실(堀室)이란 땅을 파서 방을 만든 것이다.]

於是太宗欲自征高麗 遂良上䟽以爲 天下譬猶一身 兩京心腹也 州縣
四支也 四夷身外之物也[上 上聲 唐以長安爲西京 洛陽爲東京 故云兩京 支 通作肢
肢體也] 高麗罪大 誠當致討 但命二三猛將 將四五萬衆 仗陛下威靈
取之如反掌耳[仗 憑倚也 有威而可畏曰威 靈 神也 反掌 言易也] 今太子新立 年
尙幼稺 自餘藩屛 陛下所知[稺 直利切 或作稚 小也 屛 必郢切 蔽也 言爲藩衛也]
一旦棄金湯之全 蹈遼海之險[金 言其堅 湯 言其熱 喩城池之堅固也] 以天下之
君 輕行遠擧 皆愚臣之所甚憂也 太宗不聽 時群臣多諫征高麗者 太
宗曰

이에 태종이 몸소 고구려를 정벌하려고 했다. 저수량이 상소하기를
"천하를 몸에 비유한다면 두 서울[兩京]은 심복(心腹)이고, 주현(州縣)
은 사지(四肢)이며 사방의 오랑캐는 몸 밖의 것입니다.[상(上)은 상성이다.
당나라는 장안(長安)을 서경(西京)이라 하고 낙양(洛陽)은 동경(東京)이라고 했으므로 양
경(兩京)이라고 말한 것이다. 지(支)는 보통 지(肢)로 쓰는데 손과 발이라는 뜻이다.] 고
구려는 죄가 크므로 진실로 치는 것이 지극히 마땅합니다. 다만 두세
명의 용맹스러운 장수에게 명하여 4~5만 명을 거느리고 폐하의 위엄
과 신령스러움에 기대게 한다면 고구려를 취하는 것은 손바닥 뒤집기
나 마찬가지입니다.[장(仗)은 기대어 의지한다는 뜻이다. 위엄을 가지고 두렵게 할

수 있는 것을 위(威)라 한다. 영(靈)은 신령스러움이다. 손바닥 뒤집기란 쉽다는 말이다.]
지금 태자를 새로 세웠는데 나이가 아직 어립니다. 나머지 번병(藩兵)
은 폐하께서 아시는 바입니다.[치(稺)는 직리(直利)의 반절음으로 혹 치(稚)라도
고 쓰는데 어리다는 뜻이다. 병(屛)은 필영(必郢)의 반절음으로 가린다는 뜻이니 울타리가
되어 지키는 것을 말한다.] 하루 아침에 금탕(金湯)의 온전함을 버리고 험난
한 요동의 바다를 건너려십니까.[금(金)은 그 견고한 것을 말하고 탕(湯)은 뜨거
운 것을 말하는 것이니 성지(城池)의 견고함을 비유한 것이다.] 천하의 군주로서 가
벼이 원정을 하려는 것은 모두 어리석은 신하로서 매우 걱정스러운 바
입니다."라고 했으나 태종은 듣지 않았다. 이때 여러 신하들 중 대부분
은 고구려를 정벌할 것을 간했다. 태종은 말하기를

八堯九舜　不能冬種　野夫童子　春種而生　得時故也[種 並朱用切]　夫天
有其時　人有其功　蓋蘇文凌上虐下　民延頸待救　此正高麗可亡之時也
議者紛紜　但不見此耳[延 引也]
"여덟 명의 요임금이 있고 아홉 명의 순임금이 있어도 겨울에 씨를 뿌
릴 수는 없다. 그러나 들판의 농부나 어린 아이들이 봄에 씨를 뿌리면
자라나는 것은 때를 얻었기 때문이다.[종(種)은 모두 주용(朱用)의 반절음이
다.] 대저 하늘에는 때가 있고 사람에게는 공이 있는 것이다. 개소문이
위를 능멸하고 아래를 학대하니 백성들이 목을 늘여 구원해주기를 기
다리고 있다. 지금이 바로 고구려가 망할 때이다. 의논이 분분한 것은
다만 이것을 알지 못한 것뿐이어서이다."라고 했다.[연(延)은 늘인다는 뜻
이다.]

敕將作大匠閻立德等　詣洪饒江三州　造舡四百艘　以載軍粮[將 如字 唐制
將作監掌土木功匠之政 武德初 改令曰大匠 天寶十一歲 改大匠曰大監 從三品也 閻 余兼切
姓也 洪州 治豫章郡 饒 如招切 饒州 治鄱陽郡 江州 本九江郡 皆屬江南道]　下詔遣儉等
帥幽營二都督兵　及契丹奚靺鞨　先擊遼東　以觀其勢[下 去聲 帥 讀曰率 下並
同 奚 弦雞切 羌名 有東西奚 東胡種 東北接契丹 西突厥 南白狼河 北霫 與突厥同俗]　以

太常卿韋挺爲餽運使 以民部侍郞崔仁師副之 自河北諸州 皆受挺節度
聽以便宜從事 又命太僕少卿蕭銳 運河南諸州粮入海[唐制 太僕寺 卿一人
從三品 少卿二人 從四品上 卿 掌廐牧輦輿之政 銳 兪芮切] 鴻臚奏高麗莫離支 貢白
金 遂良曰 莫離支弑其君 九夷所不容[莫離支 高麗官名 如中國吏部兼兵部尙書也
東方有九夷 曰畎夷 于夷 方夷 黃夷 白夷 赤夷 玄夷 風夷 陽夷] 今將討之而納其金
此郜鼎之類也[郜 音告 郜鼎 郜國所造器 宋滅郜取之 左傳桓公二年 宋督弑其君 公會諸
侯平宋 取郜大鼎于宋 納于大廟 杜預註云 宋以鼎賂公 始欲平宋之亂 終於受賂 故備書之也
郜鼎之類 謂此白金如郜鼎 皆以不義取之之物也] 臣謂不可受 太宗從之 太宗謂高
麗使者曰

장작대장(將作大匠) 염입덕(閻立德) 등에게 조칙을 내려 홍주(洪州),
요주(饒州), 강주(江州) 세 주에 배 400척을 만들어 군량을 싣도록 했
다.[장(將)은 본래의 뜻이다. 당나라 제도에 장작감(將作監)은 토목과 공장(功匠)의 일을
맡았다. 무덕(武德) 초에 영(令)을 고쳐 대장(大匠)으로 했다. 천보(天寶) 11년에 대장을 고
쳐 종3품인 대감(大監)으로 했다. 염(閻)은 여렴(余廉)의 반절음으로 성(姓)이다. 홍주(洪
州)는 예장군(豫章郡)을 다스렸다. 요(饒)는 여초(如招)의 반절음이다. 요주(饒州)는 파양
군(鄱陽郡)을 다스렸다. 강주(江州)는 본래 구강군(九江郡)이다 이들 모두 강남도(江南道)
에 속했다.] 그리고 조칙을 내려 장검 등을 보내 유주(幽州)와 영주(營州)
두 도독(都督)의 군사와 걸단(契丹), 해(奚), 말갈(靺鞨)을 이끌고 먼저
요동을 공격하여 그 기세를 살피도록 했고[하(下)는 거성이다. 수(帥)는 솔(率)
로 읽는데 아래도 모두 같다. 해(奚)는 현계(弦雞)의 반절음으로 오랑캐의 이름인데 동해
(東奚), 서해(西奚)가 있으며 동호(東胡)의 종족이다. 동북쪽으로 걸단과 닿았고 서쪽으로
돌궐, 남쪽으로는 백랑하(白狼河), 북쪽으로는 습(霫)과 닿아 있다. 돌궐과 풍속이 같다.]
태상경 위정(韋挺)을 궤운사(餽運使)로 민부시랑(民部侍郞) 최인사(崔
仁師)를 부궤운사로 삼았다. 황하 북쪽의 여러 주(州)는 모두 위정의
지휘를 받도록 하고 편의에 따라 일을 처리하도록 맡겼다. 또 태복소
경(太僕少卿) 소예(蕭銳)에게 명하여 황하 남쪽 여러 주(州)의 곡식을
운반하여 바다로 들어가게 했다.[당나라 제도에 태복시(太僕寺)에는 종3품인 경
1명과 종4품상인 소경 2명이 있었다. 경은 말을 기르는 일과 수레에 관한 일을 맡았다.
예(銳)는 유예(兪芮)의 반절음이다.]

홍려시(鴻臚使)에서 고구려 막리지(莫離支)가 백금을 바쳤다고 아뢰었다. 저수량이 말하기를 "막리지는 그 임금을 시해하여 구이(九夷)에 용납되지 못하고 있는데[막리지는 고구려 관직명이다. 중국의 이부상서(吏部尙書)와 병부상서(兵部尙書)를 겸한 것과 같다. 동방(東方)에 구이(九夷)가 있는데 견이(畎夷), 우이(于夷), 방이(方夷), 황이(黃夷), 백이(白夷), 적이(赤夷), 현이(玄夷), 풍이(風夷), 양이(陽夷)이다.] 이제 장차 치려고 하니까 금을 바치겠다니 이것은 고정(郜鼎)과 같은 것입니다.[고(郜)는 음이 고(告)이다. 고정(郜鼎)은 고국(郜國)에서 만든 그릇이다. 송나라가 고국을 없애고 그것을 취했다. 좌전에 "환공 2년에 송나라 독(督)이 그 임금을 시해하고, 환공이 제후를 모아 송나라를 평정하였다. 그리고 고국의 큰 솥을 송나라에서 가져와 대묘(大廟)에 바쳤다."라고 했는데 두예(杜預)는 주석하기를 "송나라가 솥을 환공에게 뇌물로 주었다. 처음에는 송나라의 난을 평정하려고 했는데 끝내는 뇌물을 받은 것이므로 갖추어 기록한다."라고 했다. 고정(郜鼎)과 같다는 말은 이 백금(白金)이 고정과 같은 것이어서 모두가 불의로써 얻은 물건이라는 뜻이다.] 신은 받아서는 안 된다고 말하겠습니다."라고 하니 태종이 이에 따랐다. 태종이 고구려 사자에게 일러 말하기를

汝曹皆事高武 有官爵 莫離支弑逆 汝曹不能復讎 今更爲之遊說 以欺大國 罪孰大焉 悉以屬大理[曹 衆也 復 報也 爲 去聲 說 音稅 屬音燭 唐制 大理寺 卿一人 從三品 少卿二人 從五品下 掌折獄詳刑] 召長安耆老 勞曰[勞 去聲 下同]

"그대들은 모두 고무(高武)를 섬겨 벼슬을 가졌는데 막리지가 임금을 시해하고 반역을 해도 그대들은 복수를 안했다. 이제 다시 막리지를 위해 우리를 유세(遊說)하니 이것은 대국을 속이는 일로 죄가 이보다 큰 것이 어디 있겠는가?"라고 하고 모두 대리시에 보냈다.[조(曹)는 무리라는 뜻이다. 복(復)은 갚는다는 뜻이다. 위는 거성이다. 세(說)는 음이 세(稅)이다. 촉(屬)은 음이 촉(燭)이다. 당나라 제도에 대리시에는 종3품의 경이 1명, 종5품하의 소경 2명이 있는데 옥사를 처결하고 형벌을 자세히 조사하는 일을 맡았다.] 그리고 장안의 노인들을 불러 위로하며 말하기를[노(勞)는 거성으로 아래도 같다.]

遼東故中國地 而莫離文賊殺其主 朕將自行經略之 故與父老約 子若

孫從我行者 我能拊循之 無容恤也 則厚賜布粟[從 才用切 拊 通作撫] 太
宗至洛陽 前冝州刺史鄭元璹 已致仕[冝州 本粵州 屬嶺南道 璹 市六切 致仕 謂
致其仕事] 太宗以其嘗從隋煬帝伐高麗 召詣行在問之 對曰

"요동은 옛 중국의 땅인데 막리지 도적이 그 임금을 시해하였기에 내
가 장차 몸소 가서 경략(經略)하려 한다. 따라서 부로(父老)들과 약속
하는데 아들이나 손자 같은 이들이 나를 따라 가면 내가 능히 잘 돌볼
것이니 근심하지 말라."라고 하고 옷감과 곡식을 후하게 주었다.[종(從)
은 재용(才用)의 반절음이다. 부(拊)는 보통 무(撫)로 쓴다.] 태종이 낙양에 이르니
전 의주자사(冝州刺史) 정원숙(鄭元璹)이 이미 벼슬자리를 떠났다.[의
주(冝州)는 본래 월주(粵州)로 영남도(嶺南道)에 속한다. 숙(璹)은 시육(市六)의 반절음이
다. 치사(致仕)는 그 벼슬을 떠난 것이다.] 태종은 그가 일찍이 수양제의 고구려
원정에 따라 갔으므로 행재소에 불러들여 물었더니 대답하기를

遼東道遠 粮運艱阻 東夷善守城 攻之不可猝下[猝 通作卒 速也 下 去聲]
太宗曰

"요동은 길이 멀어 양식을 운반하기가 힘든데다가 동이(東夷)는 성을
잘 지키므로 공략하여 빨리 함락시킬 수 없습니다."라고 했다.[졸(猝)은
보통 졸(卒)로 쓰는데 빠르다는 뜻이다. 하(下)는 거성이다.] 태종이 말하기를

今日非隋之比 公但聽之 儉等值遼水漲 久不得濟 太宗以爲畏懦 召
儉詣洛陽 至具陳山川險易 水草美惡 太宗悅[易 弋豉切 下並同] 太宗聞
洺州刺史程名振善用兵[洺 武幷切 洺州 本武安郡 屬河北道] 召問方略 嘉其才
敏 勞勉之曰

"오늘날은 수나라와 비교할 수 없으니 공은 다만 듣기만 하라."라고 했
다. 장검 등이 마침 요수가 불어나 오랫동안 건너지 못하자 태종은 두
려워하고 나약하다고 생각하여 장검을 불러 낙양으로 오게 했다. 낙양
에 와서 산천의 험하고 험하지 않음과 수초(水草)의 좋고 나쁨을 자세
히 말하니 태종이 기뻐했다.[이(易)는 익시(弋豉)의 반절음으로 아래도 모두 같

다.] 태종은 명주자사(洺州刺史) 정명진(程名振)이 용병을 잘한다는 말을 듣고는[명(洺)은 무병(武幷)의 반절음이다. 명주(洺州)는 본래 무안군(武安郡)인데 하북도(河北道)에 속한다.] 불러서 방책[方略]을 묻고 그 재주가 민첩한 것을 가상히 여겨 위로하고 격려하여 말하기를

卿有將相之器　朕方將任使[將 即亮切 相 去聲 使 如字]　即日拜右驍衛將軍 [將 即亮切 下並同 唐制 左右驍衛 上將軍各一人 從二品 大將軍各一人 正三品 將軍各二人 從三品 掌宮禁宿衛]　以刑部尙書張亮爲平壤道行軍大總管　帥江淮嶺硤兵四 萬　長安洛陽募士三千　戰艦五百艘　自萊州泛海　趨平壤[唐制 刑部 尙書一 人 正三品 侍郞一人 正四品下 掌律令刑法徒隷按覆讞禁之政 江 江南道也 淮 淮南道也 嶺 嶺南道也 硤 音狎 硤中諸州 夔硤歸是也 萊州 即東萊郡也 趣 或作趨]

"경은 장수와 재상의 그릇이니 내가 바야흐로 임무를 맡기겠노라."라고 하고[장(將)은 즉량(即亮)의 반절음이다. 상(相)은 거성이다. 사(使)는 본래의 뜻이다.] 그날로 우효위장군(右驍衛將軍)을 배수했다.[장(將)은 즉량(即亮)의 반절음으로 아래도 모두 같다. 당나라 제도에 좌우효위(左右驍衛)에 종2품인 상장군이 각 1명, 정3품인 대장군이 각 1명, 종3품의 장군이 각 2명이 있어 궁궐의 경비를 맡았다.] 형부상서(刑部尙書) 장량(張亮)을 평양도행군대총관(平壤道行軍大總管)으로 삼아 강(江), 회(淮), 영(嶺), 협(硤)의 군사 4만과 장안과 낙양의 모병 3천 그리고 전함 5백 척을 거느리고 내주(萊州)에서 바다로 해서 평양으로 질주하도록 했다.[당나라 제도에 형부에는 정3품인 상서 1인 정4품하의 시랑 1명이 있다. 이들은 율령, 형법, 죄인을 가두는 일, 죄를 의논하고 자세히 살피는 일 등을 맡았다. 강(江)은 강남도이고 회(淮)는 회남도이며 영(嶺)은 영남도이다. 협(硤)은 음이 압(狎)이다. 협중제주(硤中諸州)란 기주(夔州), 협주(硤州), 귀주(歸州)이다. 내주(萊州)는 바로 동래군(東萊郡)이다. 취(趣)는 혹 추(趨)로도 쓴다.]

又以世勣爲遼東道行軍大總管　帥步騎六萬　及蘭河二州降胡　趨遼東[騎 去聲 下並同 蘭河二州 本古西羌地也 降 胡江切 降胡 謂歸義之胡虜也 趨 七喩切 下同]　兩 軍合勢並進　諸軍大集於幽州　遣行軍總管姜行本　少府少監丘行淹　先 督衆工　造梯衝於安蘿山[唐制 少府 監一人 從三品 少監二人 從四品下 掌百工技巧

之事 梯衝 雲梯衝車 皆攻城具也 蘲 魯何切]

또 이세적을 요동도행군대총관으로 삼아 보병과 기병 6만과 난주(蘭州)와 하주(河州)의 두 주(州)에서 항복한 오랑캐를 거느리고 요동으로 나아가게 했다.[기(騎)는 거성으로 아래도 모두 같다. 난주와 하주의 두 주는 본래 옛 서강(西羌) 땅이다. 항(降)은 호강(胡江)의 반절음이다. 항호(降胡)는 뜻을 돌린 오랑캐 포로를 말한다. 취(趣)는 칠유(七喩)의 반절음으로 아래도 같다.] 두 군대가 합세하여 함께 나아가니 모든 군대가 유주(幽州)에 크게 모였다. 행군총관 강행본(姜行本)과 소부소감(少府少監) 구행엄(丘行淹)이 먼저 여러 공인(工人)을 독려하여 안라산(安蘿山)에서 제충(梯衝)을 만들었다.[당나라 제도에 소부(少府)에는 종3품인 감이 1명, 종4품하의 소감 2명이 있는데 온갖 장인들의 기술과 공예의 일을 맡았다. 제충(梯衝)은 운제(雲梯)와 충거(衝車)로 모두 성을 공격할 때 쓰는 기구이다. 나(蘿)는 노하(魯何)의 반절음이다.]

時遠近勇士應募 及獻攻城器械者 不可勝數[勝 音升 數 色主切] 太宗皆親加損益 取其便易 又手詔諭天下 以高麗蓋蘇文 弑主虐民 情何可忍 今欲巡幸幽薊 問罪遼碣 所過營頓 無爲勞費[薊州 冀州之域 秦漢爲漁陽右北平 二郡地 唐武德問 廢入幽州 碣 其謁切 遼碣 遼水碣石之地也 營頓 軍營頓舍也 勞 如字] 且言昔隋煬帝殘暴其下 高麗王仁愛其民[高麗王 即嬰陽王元也] 以思亂之軍 擊安和之衆 故不能成功 今略言必勝之道有五 一曰以大擊小 二曰以順討逆 三曰以治乘亂[治 去聲] 四曰以逸待勞 五曰以悅當怨 何憂不克 布告元元 勿爲疑懼[元元 謂黎庶 猶言喁喁 可矜之辭也 一說 元 善也 古者謂人云善 言善人也 因善爲元 故云黎元 言元元者 非一人也]

이때 원근의 용사들이 모병에 응하고 성을 공략하는 기계를 바친 것이 셀 수 없이 많았다.[승(勝)은 음이 승(升)이고 수(數)는 색주(色主)의 반절음이다.] 태종은 친히 거기에 더하기도 하고 빼보기도 하여 그 편리하고 용이한 것을 취했다. 또 직접 조서를 써서 천하에 알리기를 "고구려 개소문이 임금을 시해하고 백성을 학대하니 어찌 참을 수 있으리오. 이제 유주(幽州)와 계주(薊州)에 순행하여 요갈(遼碣)의 죄를 묻고자 한다. 지나는 곳의 영돈(營頓)에서는 힘쓰거나 재물을 허비하지 말라.”고 했다.
[계주(薊州)는 기주(冀州)의 지역이다. 진한(秦漢) 때는 어양(漁陽)과 우북평(右北平) 두
군(郡)의 땅이었다. 당나라 무덕(武德) 년간에 없애고 유주에 넣었다. 갈(碣)은 기갈(其謁)
의 반절음이다. 요갈은 요수 갈석의 땅이다. 영돈(營頓)은 군대의 영채(營寨)와 돈사(頓舍)
이다. 노(勞)는 본래의 뜻이다.] 또 말하기를 “옛날 수양제는 그 아래 사람에
게 잔악하고 포악하였으나 고구려왕은 그 백성을 사랑하고 어질게 대
했다.[고구려 왕은 바로 영양왕(嬰陽王) 원(元)이다.] 반란을 생각하는 군사를 가
지고 안정되고 평화로운 무리를 쳤으므로 성공할 수가 없었다. 그러나
지금은 간략히 말해 반드시 이길 길이 다섯 가지가 있다. 첫째는 큰
것으로 작은 것을 치는 것이요, 둘째는 하늘의 순리로 역리(逆理)를 토
벌하는 것이요, 셋째는 잘 다스려진 것으로 혼란의 틈을 타는 것이요
[치(治)는 거성이다.] 넷째는 편안함으로 피로함을 대신하는 것이요, 다섯
째는 즐거움으로 원망하는 것과 겨루는 것이니 어찌 이기지 못할까 걱
정하겠는가. 원원(元元)에게 선포하여 알리노니 의심치 말고 걱정하지
말라.”라고 했다.[원원(元元)은 백성을 말하는데 우우(噅噅)하며 소리치는 것으로 가
엽다는 말이라고도 하겠다. 일설에 원(元)은 선함이라고 한다. 옛날에 사람을 선하다고 했
는데 선한 사람을 말한다. 이로 인하여 선을 원이라고 했으므로 여원(黎元)이라고 했다.
원원이라고 한 것은 한 사람이 아님을 말한다.]

於是凡頓舍供費之具 減者太半[頓 止也 凡數三分有二爲太半 有一分爲少半] 詔
諸軍及新羅百濟奚契丹 分道擊高麗 初太宗遣突厥俟利苾可汗 北度河
[俟 音祈 可汗 音槛寒 太宗賜懷化郡王阿史那思摩姓李 立以爲泥孰俟利苾可汗 使還舊部 度
通作渡 下同] 有衆十萬 勝兵四萬人 俟利苾不能撫御 衆不愜服 悉棄俟
利苾 南度河 請處於勝夏之間 太宗許之[勝 音升 勝兵 謂人之才力 能執兵以戰
者也 愜 胡頰切 心服也 處 昌呂切 勝州 隋之榆林郡 去京師一千八百三十里 夏州 本漢朔方
之地 赫連所都統萬也 魏滅赫連 以爲統萬鎭 魏太和十一年 置夏州 隋改爲朔方郡 唐復爲夏
州 去京師一千一百一十里] 群臣皆以爲

이에 무릇 돈사(頓舍)에서 접대하는 비용을 태반(太牛)이나 줄였다.[돈
(頓)은 머문다는 뜻이다. 무릇 수의 3분의 2는 태반(太牛)이라고 하고 3분의 1은 소반(少

牛)이라고 한다.] 그리고 조칙을 내려 모든 군대와 신라, 백제, 해(奚), 걸
단은 길을 나누어 고구려를 치라고 했다. 앞서 태종은 돌궐의 기리필
합한(俟利苾可汗)을 보내 북쪽으로 하수(河水)를 건너게 했다.[사(俟)는
음이 기(祈)이다. 가한(可汗)은 음이 합한(榼寒)이다. 태종이 회화군왕(懷化郡王) 아사나사
마(阿史那思摩)에게 이씨의 성을 내려주고 그를 세워 니숙기리필합한(泥孰俟利苾可汗)으
로 삼아 옛날에 살던 곳으로 돌려보낸 것이다. 도(度)는 보통 도(渡)로 쓰는데 아래도 같
다.] 그 무리가 10만이었고 승병(勝兵)이 4만 명이었다. 기리필은 손에
쥐고 그들을 다스릴 수가 없었다. 무리들이 흔쾌히 복종하지 않고 모
두 기리필을 버리고 남으로 하수를 건너 승주(勝州)와 하주(夏州) 사이
에서 살기를 청하니 태종이 이를 허락했다.[승(勝)은 음이 승(升)이다. 승병
(勝兵)은 그 재주와 힘이 능히 무기를 잡고 싸울 만한 사람이다. 협(愜)는 호협(胡頰)의 반
절음으로 기꺼이 복종하는 것이다. 처(處)는 창려(昌呂)의 반절음이다. 승주(勝州)는 수
(隋)나라 유림군(楡林郡)으로 서울에서 1,830리 떨어져 있다. 하주(夏州)는 본래 한나라
삭방(朔方) 땅으로 혁연(赫連)이 도읍한 통만이다. 위(魏)는 혁연(赫連)을 멸망시키고 통만
진(統萬鎭)이라고 했다. 위나라 태화(太和) 11년에 하주를 두었다. 수나라는 고쳐서 삭방
군이라 했고 당나라는 다시 하주(夏州)라고 했다. 서울에서 1,110리 떨어져 있다.] 여러
신하들이 모두 말하기를

陛下方遠征遼左　而置突厥於河南　距京師不遠　豈得不爲後慮　願留鎭
洛陽　遣諸將東征[遼左　即遼東也　河南者　北河之南　即朔方新秦之地也]　太宗曰
"폐하께서 바야흐로 멀리 요좌(遼左)를 정벌하러 가는데 서울에서 멀
지 않은 하남(河南)에 돌궐이 있으니 어찌 후방이 염려되지 않겠습니
까? 바라건대 낙양에 머무르시고 여러 장수를 보내 동쪽을 정벌하십시
오."라고 했다.[요좌는 바로 요동(遼東)이다. 하남은 하북(北河)의 남쪽이니 바로 삭방
(朔方) 신진(新秦)의 땅이다.] 태종이 말하기를

夷狄亦人耳　其情與中夏不殊　人主患德澤不加　不必猜忌異類　盖德澤
洽　則四夷可使如一家　猜忌多　則骨肉不免爲讎敵　煬帝無道　失人已
久　遼東之役　人皆斷手足　以避征役　玄感以運卒反於黎陽　非戎狄爲患

也[玄感 素之子也 衛州有黎陽縣 隋煬帝大業九年 伐高麗 命玄感 於黎陽督運 故逗遛不時進發 入黎陽 選運夫得五千餘人 篙梢三千餘人 刑三牲誓衆 且論之曰 主上無道 不以百姓爲念 天下騷擾 死遼東者以萬計 今與君等起兵 以救兆民之弊 何如 衆皆踊躍 引兵向洛陽 反書至 煬帝大懼 引軍還 軍資器械攻具 積如丘山 營壘帳幕 按堵不動 皆棄乘之而去 衆心洶懼 無復部分]

"오랑캐 또한 사람일 따름이니 그 정(情)은 중국과 다르지 않다. 임금은 은덕과 혜택을 더 줄 수 없는 것을 걱정하는 것이지 종족이 다르다고 해서 원망하고 미워할 필요는 없다. 대체로 은덕과 혜택이 흡족하면 사방 오랑캐들도 한 가족과 같이 될 수 있고, 원망과 미움이 많아지면 골육(骨肉)도 원수가 되는 것을 피할 수 없다. 수양제는 무도하여 인심을 잃은 지 이미 오래되어서 요동을 정벌하려함에 사람들이 모두 팔·다리를 잘라 정벌군이 되는 것을 피하려 했다. 그리고 양현감이 양식을 운반하던 군사를 가지고 여양(黎陽)에서 반란을 일으켰으니 오랑캐가 걱정이 되는 것이 아니었다.[양현감은 양소(煬素)의 아들이다. 위주(衛州)에 여양현(黎陽縣)이 있다. 수양제 대업(大業) 9년에 고구려를 칠 때 양현감에게 명하여 여양에서 양식 운반하는 일을 감독하게 했다. 그런데 일부러 머뭇거리며 제때에 떠나지 않았다. (그는) 여양에 들어가 운반하는 장정 5천여 명과 뱃사공 3천여 명을 얻어 세 가지 희생을 잡아 무리에게 맹서하고 또 그들을 타일러 말하기를 "임금이 무도하여 백성을 생각하지 않으며 천하가 시끄러워 요동에서 죽은 자 만 명을 헤아립니다. 이제 그대들과 함께 군대를 일으켜 백성들의 피폐함을 구하려 하는데 어떠하십니까?"라고 했다. 무리들이 모두 날뛰었고 군사를 이끌고 낙양으로 향했다. 반란을 일으켰다는 글이 왔다. 양제는 크게 두려워하여 군사를 이끌고 돌아가는데 군수 물자, 무기, 성을 공격하는 장비가 산같이 쌓였고 편안히 살던 영채와 장막은 옮길 수가 없어서 모두 버리고 갔다. 사람들이 마음이 흉흉하고 두려워하니 다시 대오의 질서를 이루지 못했다.]

朕今征高麗 皆取願行者 募十得百 募百得千 其不得從軍者 皆憤歎鬱邑 豈比隋之行怨民哉[邑 本作悒 鬱邑 不樂之意也] 突厥貧弱 吾收而養之 計其感恩入於骨髓 豈肯爲患[髓 息委切 骨中脂也] 且彼與薛延陁 嗜欲略同 彼不北走薛延陁 而南歸我 其情可見矣 顧謂遂良曰 爾知起居 爲我志之 自今十五年 保無突厥之患[唐制 起居郎二人 從六品上 掌錄天子起居

法度 天子御正殿 則郞居左 舍人居右 有命 俯階以聽 退而書之 季終以授史官 貞觀初 以給事中 諫議大夫 兼知起居注 或知起居事 爲 去聲 志 通作誌 記也 保 任也   太宗自將諸軍發洛陽   以特進蕭瑀爲洛陽宮留守[唐制 文散階 從一品曰開府儀同三司 正二品曰特進]   詔朕發定州後   冝令皇太子監國[定州 本高陽郡 屬河北道 洛陽至定州 一千二百里 令 平聲]   開府儀同三司致仕尉遲敬德上言[上 上聲 下同]

내가 지금 고구려를 정벌하는 데는 모두 가기를 원하는 자만을 취했다. 열을 모으려고 하면 백을 얻고, 백을 모으려고 하면 천을 얻고 있다. 부득이 군대를 따르지 못하게 된 자들은 모두 분히 여기고 억울해하니 어찌 수나라를 원망하며 간 사람들과 비교하겠는가?[읍(邑)은 본래 읍(悒)으로 쓴다. 울읍(轡邑)은 좋아하지 않는다는 뜻이다.] 돌궐은 가난하고 약하여 내가 거두어 길렀다. 생각하면 그 은혜가 골수에 사무쳤을 것이니 어찌 기꺼이 걱정거리가 되겠는가?[수(髓)는 식위(息委)의 반절음으로 뼈 속에 있는 기름이다.] 또 저들과 설연타는 그 좋아하는 것이 대개 비슷한데 저들이 북쪽의 설연타에게로 달아나지 않고 남쪽의 우리에게 온 것으로도 그 정을 가히 볼 수 있다."라고 말했다. 그리고 저수량을 돌아보며 말하기를 "그대는 지기거(知起居)니 나를 위해 적어 두라. 이제부터 15년 동안은 돌궐 걱정이 없다는 것을 보장하겠다."라고 했다.[당나라 제도에 종6품상의 기거랑(起居郞) 2명이 있었는데 천자의 행동과 법도를 기록하는 일을 맡았다. 천자가 정전(正殿)에 있으면 낭(郞)은 왼쪽에 있고 사인(舍人)은 오른쪽에 있다. 명령이 있으면 섬돌에서 엎드려 듣고 물러나 적는다. 다 끝나면 이것을 사관에게 준다. 정관(貞觀) 초에 급사중(給事中)과 간의대부(諫議大夫)로 지기거주(知起居注) 혹은 지기거사(知起居事)를 겸하도록 했다. 위(爲)는 거성이다. 지(志)는 보통 지(誌)로도 쓰는데 기록한다는 뜻이다. 보(保)는 책임진다는 뜻이다.] 태종은 몸소 여러 군사를 거느리고 낙양을 출발했다. 그리고 특진(特進) 소우(蕭瑀)를 낙양궁 유수(留守)로 삼았다.[당나라 제도에 문산계(文散階)에는 개부의동삼사(開府儀同三司)를 종1품, 특진(特進)을 정2품이라 했다.] 그리고 조칙을 내리기를 "내가 정주(定州)를 떠난 뒤에는 마땅히 황태자가 나라를 맡도록 하라."라고 했다.[정주(定州)는 본래 고양군(高陽郡)으로 하북도(河北道)에 속한다. 낙양에서 정주까지는 1,200리이다. 영(令)은 평성이다.] 벼슬자리에서 물러난 개부의동삼사(開府儀同三司)

위지경덕(尉遲敬德)이 아뢰기를[상(上)은 상성으로 아래도 같다.]

陛下親征遼東 太子在定州 長安洛陽 心腹空虛 恐有玄感之變 且邊隅
小夷 不足以勤萬乘 願遣偏師征之 指期可殄[乘 去聲 下同 殄 滅也] 太宗不
從 以敬德爲左一馬軍總管 使從行[從 才用切] 太宗至定州 謂侍臣曰
"폐하께서 친히 요동을 정벌하시고 태자는 정주에 있습니다. 가장 중
요한 장안과 낙양이 비게 되니 양현감의 변란 같은 변이 있을까 두렵
습니다. 또 변방 모퉁이의 작은 오랑캐를 천자가 수고할 것은 없습니
다. 원컨대 한 쪽의 군대만을 보내어 쳐도 곧 멸할 수 있을 것입니다."
라고 했다.[승(乘)은 거성으로 아래도 같다. 진(殄)은 없애는 것이다.] 태종은 말을
듣지 않고 울지경덕을 좌일마군총관(左一馬軍總管)으로 삼아 따르게
했다.[종(從)은 재용(才用)의 반절음이다.] 태종이 정주에 이르러 곁의 신하들
에게 일러 말하기를

遼東本中國之地 隋氏四出師而不能得[隋文帝開皇十八年 伐高麗 煬帝大業八年
九年 十年 三伐高麗] 朕今東征 欲爲中國報子弟之讎 高麗雪君父之恥耳
[爲 去聲 中國之人 其父兄死於高麗 今伐之 是爲子弟報讎也 盖蘇文弑其主 其臣子不能討 恥
莫大焉 今討之 是爲高麗雪恥也] 且方隅大定 惟此未平 故及朕之未老
用士
大夫餘力以取之 朕自發洛陽 唯噉肉飯 雖春蔬亦不之進 懼其煩擾故
也[噉 徒濫切 食也 凡草采可食者 通名爲蔬] 太宗見病卒 召至御榻前存慰 付
州縣療之 士卒莫不感悅[榻 託盍切 牀也 存 恤問也 療 力照切 治也] 有不預征
名 自願以私裝從軍 動以千計[不預征名 謂不預東征之名籍者也 私裝 自以家貲從
軍也] 皆曰
"요동은 본래 중국의 땅이었다. 수나라는 네 번이나 군대를 출동시켰
지만 얻을 수 없었다.[수나라 문제(文帝) 개황(開皇) 18년에 고구려를 쳤고 양제(煬
帝) 대업(大業) 8년, 9년, 10년 세 번 고구려를 쳤다.] 내가 지금 동쪽을 치는 것은
중국을 위해서는 자제(子弟)들의 원수를 갚는 것이고 고구려로서는 군

부(君父)의 치욕을 씻는 것뿐이다.[위(爲)는 거성이다. 중국 사람으로서는 그 아
버지와 형이 고구려에서 죽었으므로 이제 치는 것은 자제를 위해서 원수를 갚은 것이다.
그리고 고구려 개소문이 그 임금을 시해했는데 그 신하와 아들이 토벌하지 못했으니 치욕
이 크지 않겠는가. 따라서 지금 치는 것은 고구려를 위해서는 치욕을 씻는 것이다.] 또
바야흐로 변방들이 크게 안정되었는데 오직 여기만 평정하지 못했으
므로 내가 늙기 전에 사대부(士大夫)의 남은 힘을 써서 이를 취하려는
것이다. 내가 낙양을 떠나면서부터 오직 고기를 넣은 밥만 먹고 비록
봄 푸성귀라도 올리지 못하게 한 것은 번거롭고 소란스럽게 할까 걱정
했기 때문이다.[담(啖)은 도람(徒濫)의 반절음으로 먹는다는 뜻이다. 대체로 풀과 나
물 가운데 먹을 수 있는 것을 통틀어서 소(蔬)라고 한다.] 태종은 병든 병사를 보고
는 탑전(榻前)에 불러와 위로하고 주현(州縣)으로 보내 치료받게 하니
사졸(士卒)들이 감격하여 기뻐하지 않는 자가 없었다.[탑(榻)은 탁개(託盖)
의 반절음으로 평상이다. 존(存)은 근심하여 묻는 것이다. 요(療)는 역조(力照)의 반절음으
로 치료하는 것이다.] 정명(征名)에 들어있지 않은데 자원해서 개인적으로
장비를 갖추고 군대를 따르는 숫자가 천 명을 헤아릴 정도였다.[정명(征
名)에 들어있지 않다는 말은 동쪽 정벌군의 명부에 들어있지 않다는 것을 말한다. 사장(私
裝)이란 스스로 자기 재물을 써서 종군하는 것을 말한다.] 이들은 모두 말하기를

不求縣官勳賞　惟願效死遼東[天子曰縣官 不敢指斥 謂之縣官 效死 猶言致死也]
太宗不許　發定州　親佩弓矢　手結雨衣於鞍後[雨衣 謂裝也]　命無忌攝侍
中　楊師道攝中書令[攝 兼也 又假也]　世勣軍發柳城　多張形勢　若出懷遠
鎭者　而潛師北趣甬道　出高麗不意[柳城縣 營州所治也 潰師者 銜枚臥鼓 出人不
意 兵法所謂奇也 甬 尹竦切 巷道曰甬 恐敵抄其糧運 故夾築垣墻 以通餉道也 此甬道 隋起浮
橋 渡遼水所築也]　世勣自通定　濟遼水　至玄菟[通定鎭 在遼水西 隋大業八年 伐遼
所置也 玄菟郡西北有遼山 遼水所出]

"공훈이나 상을 천자[縣官]께 바라는 것이 아니고 오직 요동에서 목숨
을 바치기를 원합니다."라고 했다.[천자(天子)를 현관(縣官)이라 한다. 감히 직
접 가리킬 수 없으므로 현관이라 말한다. 효사(效死)는 목숨을 바친다는 말과 같다.] 태

종은 허락하지 않았다. 정주를 떠나서는 몸소 활과 화살을 차고 손수 우의(雨衣)를 말안장 뒤쪽에 묶었다.[우의(雨衣)는 비옷이다.] 장손무기에 명하여 시중(侍中)을 대신하게 하고 양사도(楊師道)로 하여금 중서령 (中書令)을 대신하게 했다.[섭(攝)은 겸한다, 또는 빌린다의 뜻이다.] 이세적의 군대는 유성(柳城)을 떠나면서 형세를 크게 벌려 회원진(懷遠鎭)으로 나가는 것처럼 했다. 그리고는 잠사(潛師)를 북쪽의 용도(甬道)로 향하 게 하여 불의(不意)에 고구려로 나아갔다.[유성현(柳城縣)은 영주(營州)가 다 스리는 곳이다. 잠사(潛師)는 군졸이나 말 등이 소리를 내지 못하게 재갈을 물리는 함매 (銜枚)를 하고 북은 눕혀놓고서 불의에 나아가는 것이니, 병법에서 이른바 기(奇)라고 하 는 것이다. 용(甬)은 윤송(尹竦)의 반절음으로 양쪽 길에 담장을 쌓은 길이다. 적이 양식 운반하는 것을 노략질할까 두려워서 양쪽에 쌓은 담장을 끼고 거기를 통해서 양곡을 운반 하는 것이다. 여기의 용도는 수나라 때 부교(浮橋)를 세워 요수를 건너 쌓은 것이다.] 이 세적이 통정(通定)에서 요수를 건너 현도에 이르렀다.[통정진은 요수의 서 쪽에 있는데 수나라 대업 8년에 요동을 칠 때 두었다. 현도군 서북쪽에 요산(遼山)이 있는 데 요수(遼水)가 여기서 나온다]

高麗大駭　城邑皆閉門自守　遼東道副大揔管江夏王道宗　將兵數千至新 城[新城　當在朔州南　即魏之新平城也]　折衝都尉曹三良　引十餘騎　直壓城門 城中驚擾　無敢出者[唐制　諸衛折衝都尉府　折衝都尉一人　上府　正四品上　中府　從四品 下　下府　正五品下　左右果毅都尉各一人　上府　從五品下　中府　正六品上　下府　正六品下　掌領 屬備宿衛　師役則揔戎具資粮點習　壓　乙甲切　猶臨也]　儉將胡兵爲前鋒　進渡遼水 趨建安城　破高麗兵　斬首數千級[建安城　即漢平郭縣地]　太宗發幽州　世勣 道宗　功高麗盖牟城[盖牟城　在遼東城南二百四十里　即今之盖州衛　東到鴨綠江五百三 十里]　太宗至北平[此古北平也　隋改平州爲北平郡]

고구려는 매우 놀라서 성읍이 모두 문을 닫고 지켰다. 요동도부대총관 (遼東道副大總管) 강하(江夏) 왕도종(王道宗)이 병사 수천 명을 거느 리고 신성(新城)에 이르렀다.[신성은 삭주(朔州) 남쪽에 있는데 바로 위(魏)의 신 평성(新平城)이다.] 절충도위(折衝都尉) 조삼량(曺三良)이 10여 기(騎)를 이끌고 곧바로 성문을 내리누르니 성안에서 놀라 감히 나오는 자가 없었다.[당나라 제도에 각 위(衛)의 절충도위부에는 절충도위가 1명 있는데 큰 부(府)에는 정4품상이고 중간 부에는 종4품하이며 작은 부에는 정5품하였다. 좌우과의도위(左右果毅 都尉)도 각 1명이 있는데 큰 부는 종5품하, 중간 부는 정6품상, 작은 부는 정6품하였다. 이들은 숙위하는 일을 맡아보다가 전쟁 때는 무기와 식량을 점검하는 일을 맡아 보았다. 압(壓)은 을갑(乙甲)의 반절음으로 친다[臨]는 말과 같다.] 장검(張儉)이 호병(胡兵) 을 이끌고 선봉이 되어 요수를 건너 진격하여 건안성(建安城)으로 달 려가 고구려 군대를 격파하고 목을 벤 수가 수천 급(級)이었다.[건안성 은 곧 한나라 평곽현(平郭縣)이다.] 태종이 유주를 출발했다. 이세적, 왕도종 이 고구려의 개모성(盖牟城)을 공격했다.[개모성은 요동성 남쪽 240리에 있는 데 바로 지금의 개주위(盖州衛)이다. 동쪽으로 압록강이 530리 떨어져 있다.] 태종이 북평(北平)에 이르렀다. [이곳은 옛날의 북평이다. 수나라가 평주(平州)를 북평군 (北平郡)으로 고쳤다.]

世勣等拔盖牟城　獲二萬餘口　糧十餘萬石　亮帥舟師　自東萊渡海　襲 卑沙城[卑沙城 在盖牟城南七十里 即今之金州衛也]　其城四面懸絶　惟西門可上 [懸 亦絶也]　名振引兵夜至　副總管王大度　先登拔之　獲男女八千口　分 遣總管丘孝忠等　曜兵於鴨綠水[度 如字 拔者 克城邑而取之 言若拔樹木 幷得其根 本也]　世勣進至遼東城下　太宗至遼澤　泥淖二百餘里　人馬不可通　立 德布土作橋　軍不留行　度澤東[度 通作altered 下同]

이세적 등이 개모성을 무너뜨려 2만여 명을 사로잡고 양식 10만여 섬을 얻었다. 장량은 수군을 이끌고 동래(東萊)에서 바다를 건너 비사성(卑 沙城)을 습격했다.[비사성은 개모성 남쪽 70리에 있는데 바로 지금의 금주위(金州衛) 이다.] 그 성은 사면이 깎아지른 절벽이고 오직 서쪽 문으로만 올라갈 수 있었다.[현(懸)은 또한 깎아지른이라는 뜻이다.] 정명진(程名振)이 병사를 이끌고 밤에 왔다. 부총관 왕대도(王大度)가 먼저 올라가 성을 무너뜨 리고 남녀 8천 명을 사로잡았다. 분견총관(分遣總管) 구효충(丘孝忠) 등이 압록강 물에 칼날을 번뜩였다.[도(度)는 본래의 뜻이다. 발(拔)은 성읍(城 邑)을 이겨 빼앗는 것이다. 이것은 마치 나무를 뽑는 것과 같아 그 뿌리까지 아울러 얻는 것을 말한다.] 이세적이 요동성 밑에 이르렀다. 태종이 요동의 늪에 이르니 진흙탕이 2백여 리나 뻗어 있어 사람이나 말이 통과할 수가 없었다. 염립덕(閻立德)이 흙을 덮고 다리를 만들자 군사들이 지체하지 않고 나아가 늪을 건너 동쪽으로 갔다.[도(度)는 보통 도(渡)로 쓰는데 아래도 같다.]

高麗步騎四萬　救遼東　道宗將四千騎逆擊之　軍中皆以爲衆寡懸絶　不若深溝高壘　以俟車駕之至[溝 穿地爲阻固也]　道宗曰

고구려가 보병과 기병 4만으로 요동을 구하니 왕도종이 4천의 기병을 이끌고 도리어 공격했다. 군중에서 모두들 숫자가 너무 적으니 구렁을 깊이 파고 보루를 높이 쌓아 천자의 수레가 도착하기를 기다리는 것만 같지 못하다고 했다.[구(溝)는 땅을 파서 견고한 방어시설을 만든 것이다.] 왕도종이 말하기를

賊恃衆有輕我心　遠來疲頓　擊之必敗[頓 猶廢也]　且吾屬爲前軍　當淸道以待乘輿　乃更以賊遺君父乎[淸道 謂淸淨道路也 遺 去聲]　世勣以爲然　果毅都尉馬文擧曰

"적이 숫자가 많은 것을 믿고 우리를 가볍게 보는 마음이 있는데다가 멀리서 왔으므로 피곤하고 해이해져 있다고 한다. 그들을 공격하면 반드시 패퇴시킬 수 있다.[돈(頓)은 해이하다는 뜻이다.] 또 우리는 선봉군이니 마땅히 길을 깨끗이 해서 천자의 가마를 기다려야 한다. 곧 다시 적을 군부(君父)에게 보낼 수 있겠는가?"라고 하였다.[청도(淸道)는 길을 깨끗이 한다는 것을 말한다. 유(遺)는 거성이다.] 이세적이 그렇다고 했다. 과의도위(果毅都尉) 마문거(馬文擧)가 말하기를

不遇勁敵　何以顯壯士　策馬趨敵　所向皆靡　衆心稍安[靡 偃也]　旣合戰行軍總管張君乂退走　唐兵敗衄[衄 女六切 挫也]　道宗收散卒　登高而望見高麗陳亂　與驍騎數十衝之　左右出入[陳 讀曰陣 下並同]　世勣引兵助之

高麗大敗 斬首千餘級 太宗度遼水撤橋 以堅士卒之心[撤 去也] 軍於馬
首山 勞賜道宗 超拜文擧中郞將 斬君乂[勞 去聲] 太宗自將數百騎 至遼
東城下 見士卒負土塡塹[竄 或作塡 塞也 塹 七艶切 坑也] 太宗分其无重者
於馬上持之 從官爭負土 致城下[從 才用切 下並同] 世勣攻遼東城 晝夜不
息 旬有二日 太宗引精兵會之 圍其城數百重 鼓譟聲震天地[重 直龍切]
"강한 적을 만나지 못하고서야 어떻게 장사(壯士)임을 드러내리오."라
고 하며 말을 채찍질하여 적에게 달려 나아가 이르는 곳마다 모두 쓰
러뜨리니 사람들의 마음이 점차 안정되었다. [미(靡)는 쓰러진다는 뜻이다.]
싸움이 붙자 행군총관(行軍總觀) 장군예(張君乂)가 패퇴하여 달아나므
로 당나라 군대가 패하여 꺾였다. [육(衄)은 여육(女六)의 반절음으로 꺾인다는
뜻이다.] 왕도종이 흩어진 병졸을 수습하여 높은 곳에 올라 바라보며 고
구려군의 진이 혼란스러운 것을 보고는 날쌘 기병 수십 명과 함께 적
을 치며 좌우로 나가 돌진했다. [진(陳)은 진(陣)으로 읽는데 아래도 모두 같다.]
이세적이 군사를 이끌고 가서 그를 도와 고구려를 크게 깨뜨리고 천여
명의 목을 베었다. 태종은 요수를 건너고서 다리를 철거하여 군사들의
마음을 굳세게 했다. [철(撤)은 없앤다는 뜻이다.] 그리고 군대를 마수산(馬
首山)에 주둔시키고 왕도종의 노고를 치사했다. 마문거는 등급을 뛰어
넘어 중랑장(中郞張)으로 임명하고 장군예는 목을 베었다. [노(勞)는 거성
이다.] 태종은 스스로 수백 기를 이끌고 요동성 아래에 이르러, 군사들
이 흙을 져다가 구덩이를 메우는 것을 보았다. [전(竄)은 전(塡)으로도 쓰는데
메운다는 뜻이다. 참(塹)은 칠염(七艶)의 반절음으로 구덩이이다.] 태종은 아주 무거
운 것을 나누어 말 위에 얹었다. 따르던 관리들이 다투어 흙을 지고
성 밑에 이르렀다. [종(從)은 재용(才用)의 반절음으로 아래도 모두 같다.] 이세적
은 밤낮으로 쉬지 않고 12일 동안 요동성을 공격했다. 태종이 정예 병
사를 이끌고 와서 그곳에 모여 그 성을 수백 겹으로 에워싸니 북소리
와 외치는 소리가 천지를 울렸다. [중(重)은 직룡(直龍)의 반절음이다.]

城有朱蒙祠　祠有鏁甲銛矛　妄言前燕世天所降[鏁 蘇果切 鐵鏁也 銛 思廉切

利也 鮮卑人慕容皝 晉成帝咸康三年 僣立據東薊 遷鄴 從爲秦符堅所滅 是爲前燕] 方圍急

飾美女以婦神　巫言朱蒙悅　城必完[婦神 謂爲婦於神也 巫言 謂巫傳神意而言也]

世勣列砲車　飛大石過三百步　所當輒潰[砲 披敎切 本作礮 機石也 車 尺遮切 砲

車 發石車也 范蠡兵法 飛石 重十二斤 爲機法 行三百步 礮盖出此]　高麗積木爲樓　結

絙網不能拒　以衝車撞陴屋碎之[絙 古登切 大索也 衝 通作衝 陷陣車也 撞 傳江切

擊也 陴 符支切 城上女垣也 碎 蘇對切 細破也]

성(城)에는 주몽(朱蒙)의 사당이 있었는데 사당에는 쇠사슬로 만든 갑
옷과 날카로운 창이 있었다. 그런데 이것들은 전연(前燕) 때 하늘이 내
려준 것이라는 망언(妄言)이 있었다.[쇄(鏁)는 소과(蘇果)의 반절음으로 쇠사슬
이다. 섬(銛)은 사렴(思廉)의 반절음으로 날카롭다는 뜻이다. 선비(鮮卑) 출신 모용황(慕容
皝)이 진나라 성제(成帝) 함강(咸康) 3년에 참람하게도 왕위에 올라 동계(東薊)에 웅거하
다 업(鄴)으로 옮겼는데 뒤에 진나라 부견(符堅)에게 망했다. 이를 전연(前燕)이라 한다.]
바야흐로 포위가 급해지자 미녀를 꾸며 부신(婦神)으로 만들었다. 그
리고 무당은 주몽이 기뻐하니 성은 반드시 괜찮을 것이라고 말했다.[부
신(婦神)은 부인(婦人)을 귀신으로 만든 것을 말한다. 무당이 말했다는 것은 무당이 귀신
의 뜻을 말로 전했다는 것을 말한다.] 이세적이 포차를 늘어놓고 큰 돌을 300
보 너머로 쏘니 맞는 것마다 번번이 무너졌다.[포(砲)는 피교(披敎)의 반절음
으로 본래는 포(礮)라고 쓰는데 돌을 쏘는 기계이다. 차(車)는 척차(尺遮)의 반절음이다.
포차(砲車)는 돌을 쏘는 수레이다. 범려(范蠡)의 병법에 쏘는 돌의 무게는 12근(斤)인데 기
계의 법대로 하면 300보를 간다고 했다. 포(礮)는 모두 여기에서 나왔다.] 고구려는 나
무를 쌓아 다락을 만들고 끈을 엮어 그물을 쳤으나 막아내지 못했다.
그리고 충차(衝車)로 성가퀴와 집을 치니 가루가 나버렸다.[환(絙)은 고증
(古登)의 반절음으로 굵은 밧줄이다. 충(衝)은 충(衝)과 통해서 쓰는데 진을 무너뜨리는데
쓰는 수레이다. 당(撞)은 전강(傳江)의 반절음으로 친다는 뜻이다. 비(陴)는 부지(符支)의
반절음으로 성위에 낮게 쌓은 담인 성가퀴[女垣]이다. 쇄(碎)는 소대(蘇對)의 반절음으로
잘게 부순다는 뜻이다.]

時百濟上金髹鎧　又以玄金爲文鎧　士被以從[上 上聲 髹 虛尤切 赤多黑少之色

也] 太宗與世勣會 甲光炫日[炫 熒絹切 明也] 南風急 太宗遣銳卒 登衝
竿之末 爇其西南樓 火延燒城中[爇 儒芮切 燒也 延 及也] 因麾將士登城
高麗力戰不能敵 遂克之 所殺萬餘人 得勝兵萬餘人 男女四萬口 以
其城爲遼州[勝 音升]

이때 백제는 금으로 만든 갑옷을 진상하였고, 또 현금(玄金)으로 문양
을 넣은 갑옷을 군사들이 입고 종군하였다.[상(上)은 상성이다. 휴(烋)는 허우
(虛尤)의 반절음으로 붉은 빛이 많고 검은 빛이 적은 색이다.] 태종과 이세적이 만
나니 갑옷의 광채가 햇빛에 빛났다.[현(炫)은 영견(熒絹)의 반절음으로 밝다는
뜻이다.] 남풍이 급히 부니 태종이 날랜 군사를 보내 충간(衝竿)의 끝에
올라가 서남쪽 누락에 불을 지르게 하자 불이 성안으로까지 붙었다.[열
(爇)은 유홀(儒芮)의 반절음으로 불지른다는 뜻이다. 연(延)은 미치게 한다는 뜻이다.] 이
에 군사를 지휘하여 성에 올랐다. 고구려는 힘써 싸웠으나 대적하지
못했다. 드디어 성을 함락시켰다. 여기에서 죽인 자가 만여 명이고 승
병(勝兵) 만여 명과 남녀 4만여 명을 얻었다. 그리고 그 성을 요주(遼
州)로 삼았다.[승(勝)은 음이 승(升)이다.]

進軍白巖城 右衛大將軍李思摩 中弩矢 太宗親爲之吮血 將士聞之
莫不感動[中 去聲 下同 爲 去聲] 烏骨城 遣兵萬餘爲白巖聲援[自登州東北 海
行至烏湖島 又行五百里 東傍海壖 過靑泥浦 桃花浦 杏人浦 石人汪 橐駝灣 乃至烏骨江]
將軍契苾何力 以勁騎八百擊之[契 乞喫二音 苾 芯 亦曰契苾羽 北史 苾 作弊 在焉
耆西北 其後因以爲氏 貞觀六年 契苾酋長何力 帥部落詣沙州降 勁 堅正切 强也] 何力挺
身陷陳槊中其腰 尙輦奉御薛萬備單騎徃救之 拔何力於萬衆之中而還
[尙 主也 尙輦 主天子輿輦也 奉御 即尙輦局官名 正九品下] 何力氣益憤 束瘡而戰
從騎奮擊遂破高麗兵 追奔數十里 斬首千餘級 會暝而罷[瘡 刀箭所傷也
暝 莫定切 夕也]

백암성(白巖城)으로 진군하였는데 우위대장군(右衛大將軍) 이사마(李
思摩)가 쇠뇌 화살에 맞았다. 태종이 몸소 그를 위해 피를 빨았다. 군

사들이 이 말을 듣고 감동하지 않은 사람이 없었다.[중(中)은 거성으로 아래도 같다. 위(爲)는 거성이다.] 오골성(烏骨城)에서 백암성(白巖城)을 돕기 위해 군사 만여 명을 보냈다.[등주(登州) 동북쪽에서 바닷길로 가면 오호도(烏湖島)에 이르고, 또 500리를 가면 동쪽으로 해변에 빈 땅이 있고 청니포(淸泥浦), 도화포(桃花浦), 행인포(杏人浦), 석인왕(石人汪), 탁타만(橐駝灣)을 지나면 곧 오골강(烏骨江)에 이른다.] 장군 설필하력(契苾何力)이 날 쌘 기병 800으로 이를 쳤다.[설(契)은 결(乞), 끽(喫)의 두 음이 있다. 설필(契苾)은 설필우(契苾羽)라고도 부른다. 북사(北史)에는 필(苾)을 폐(弊)라고 썼는데, 언기(焉耆) 서북쪽에 있어 그 후손이 그것으로 성씨를 삼았다. 정관(貞觀) 6년에 설필의 추장 하력(何力)이 부락을 이끌고 사주(沙州)로 와서 항복하였다. 경(勁)은 견정(堅正)의 반절음으로 강하다는 뜻이다.] 설필하력이 앞장서다가 적진에 떨어져 허리에 창을 맞았다. 상련봉어(尙輦奉御) 설만비(薛萬備)가 혼자 말을 타고 그를 구하러 갔는데 그 많은 무리 가운데서 설필하력을 빼내어 돌아왔다. [상(尙)은 주관한다는 뜻이다. 상련(尙輦)이란 천자의 수레와 가마를 주관하는 것이다. 봉어(奉御)는 곧 상연국(尙輦局)의 정9품하의 관직명이다.] 설필하력이 더욱 분해서 상처를 동여매고 싸웠다. 따르던 기병이 분발하여 쳐서 드디어 고구려 군대를 깨뜨리고 수십 리를 추격하여 수천 명의 목을 베었다. 마침 날이 어두워지므로 그만두었다.[창(瘡)은 칼이나 화살에 상처입은 것이다. 명(暝)은 막정(莫定)의 반절음으로 저녁이다.]

新羅聞太宗親征高麗 發兵三萬以助之 世勣攻白巖城西南 太宗臨其西北 城主孫代音 潛遣復心請降 臨城投刀鉞爲信 且曰

신라는 태종이 몸소 고구려를 정벌한다는 말을 듣고 군사 3만을 내어 도왔다. 이세적이 백암성의 서남쪽을 공격하고 태종이 그 서북쪽에 이르자, 성주(城主) 손대음(孫代音)이 몰래 심복을 보내 항복하기를 청하는데 성에 이르면 무기를 던져 신표를 삼겠다고 했다. 또 말하기를

奴願降[凡守郡縣者 謂之城主 降 並胡江切 下並同] 城中有不從者[從 如字] 太宗以唐幟與其使曰

"성주는 항복을 원하는데[무릇 군현(郡縣)을 지키는 사람을 성주(城主)라고 말한

다. 항(降)은 모두 호강(胡江)의 반절음으로 아래도 모두 같다.] 성안에 따르지 않는
사람이 있습니다."라고 했다.[종(從)은 본래의 뜻이다.] 태종이 당나라 깃발
을 그 밀사에게 주고 말하기를

必降者　冝建之城上[使 去聲]　代音建幟　城中人以爲唐兵已登城　皆從之
太宗之克遼東也　白巖城請降　旣而中悔　太宗怒其反覆　令軍中曰

"꼭 항복하겠다면 마땅히 이 깃발을 성 위에 세우라."라고 했다.[사(使)
는 거성이다.] 손대음이 깃발을 세우자 성 안의 사람들은 당나라 군사가
이미 성에 오른줄 알고 모두 따랐다. 태종이 요동을 칠 때 백암성이
항복하기를 청했다가 이윽고 중도에 후회한 적이 있었다. 태종이 그
반복함을 노여워하여 군중에 말하기를

得城當悉以人物賞戰士　世勣見太宗將受其降　帥甲士數十人　請曰[將 如字]

"성을 얻으면 마땅히 성안의 사람과 물건을 모두 싸운 자들에게 상으
로 주겠다."라고 했다. 이세적은 태종이 장차 항복을 받으려는 것을 보
고는 갑옷 입은 병사 수십 명을 이끌고 와서 청하여 말하기를[장(將)은
본래의 뜻이다.]

士卒所以爭冒失石　不顧其死者　貪虜獲耳　今城垂拔　奈何更受其降
孤戰士之心[垂 幾也 孤 負也]　太宗下馬謝曰[下 去聲]

"병졸들이 화살과 돌을 무릅쓰고 죽음을 돌아보지 않고 싸우는 것은
노획품을 탐내서일 뿐입니다. 그런데 이제 성을 거의 빼앗으려 하는데
무엇 때문에 항복을 받아들여 싸우는 병사들의 마음을 저버리려고 하
십니까?"라고 하였다.[수(垂)는 거의라는 뜻이다. 고(孤)는 배반한다는 뜻이다.] 태
종이 말에서 내려 사과하며 말하기를[하(下)는 거성이다.]

將軍言是也　然縱兵殺人　而虜其妻孥　朕所不忍[將 即亮切 下並同]　將軍

摩下有功者　朕以庫物賞之　庶因將軍贖此一城[贖 神蜀切 質也]　世勣乃退
得城中男女萬餘口　太宗臨水設幄　受其降　仍賜之食　八十以上　賜帛
有差　他城之兵在白巖者悉慰諭給糧仗　任其所之[所之之之 往也]

"장군의 말은 옳다. 그러나 군대를 풀어놓고 사람을 죽이고 그 처자를
포로로 삼는 것은 나로서는 차마 할 수 없다.[장(將)은 즉량(即亮)의 반절음으
로 아래도 모두 같다.] 장군 휘하로서 공을 세운 자는 내가 창고의 물건으
로 상을 주겠다. 그러니 바라건대 장군은 이 성 하나를 속바쳐주라."라
고 했다.[속(贖)은 신촉(神蜀)의 반절음으로 바꾼다는 뜻이다.] 이세적이 이에 물
러났다. 성 안의 남녀 만여 명을 얻어 태종은 물가에 천막을 치고 항복
을 받고는 이로 인하여 음식을 하사했다. 80세 이상되는 사람은 차례
에 따라 비단을 하사했다. 그리고 다른 성의 군사로서 백암성에 있는
자들을 모두 위로하고 타이르며 양식과 무기를 주어 마음대로 가게 했
다.[소지(所之)의 지(之)는 간다는 뜻이다.]

先是遼東城長史　爲部下所殺　其省事奉其妻子　奔白巖[先 去聲 長 上聲 下
同 省 息井切 省事也 謂史職也 自後魏以來有之]　太宗憐其有義　賜帛五匹　爲長史
造靈輿　歸之平壤[爲 去聲]　以白巖城爲巖州　以代音爲刺史　何力瘡重
太宗自爲傅藥[自爲之爲 去聲 下並同 傅 符遇切 著也]　推求得刺何力者高突勃
付何力使自殺之[刺 七迹切 下同]　何力奏稱

이에 앞서 요동성의 장사(長史)가 부하에게 피살되었다. 그리하여 그
성사(省事)가 그 처자를 모시고 백암성으로 도망쳐온 일이 있었다.[선
(先)은 거성이다. 장(長)은 상성으로 아래도 같다. 성(省)은 식정(息井)의 반절음이다. 성
사(省事)는 벼슬아치의 사무를 맡는 아전을 말하는데 후위(後魏) 이래로부터 있었다.] 태
종이 그 의로움이 있음을 가련히 여겨 비단 5필을 하사하고, 장사(長
史)를 위해 영여(靈輿)를 만들어 평양으로 돌아가게 했다.[위(爲)는 거성
이다.] 그리고 백암성을 암주(巖州)라고 하고 손대음을 자사로 삼았다.
설필하력의 상처가 심해지자 태종이 손수 약을 붙였다.[자위(自爲)의 위
(爲)는 거성으로 아래도 모두 같다. 부(傅)는 부우(符遇)의 반절음으로 붙인다는 뜻이다.]

그리고 설필하력을 찌른 고돌발(高突勃)을 찾아내 설필하력에게 넘겨
몸소 그를 죽이도록 했다.[척(刺)은 칠적(七迹)의 반절음으로 아래도 같다.] 설필
하력이 아뢰어 말하기를

彼爲其主　冒白刃刺臣　乃忠勇之士也　與之初不相識　非有怨讎　遂捨
之　初盖蘇文遣加尸城七百人　戍盖牟城　世勣盡虜之　其人請從軍自效
太宗曰

"저 사람도 그 임금을 위해 서슬 푸른 칼날을 무릅쓰고 신을 찌른 것이
니 충성스럽고 용기 있는 사람입니다. 또 그와 처음 만나 서로 알지
못한 사이니 원수가 아닙니다."라고 하고 드디어 놓아주었다. 처음에
개소문이 가시성(加尸城) 사람 700여 명을 개모성(盖牟城)에서 지키게
했다. 이세적이 이들을 모두 사로잡았다. 그 사람들이 스스로 구제받
기 위해 종군할 것을 청하니 태종이 말하기를

汝家皆在加尸　汝爲我戰　莫離支必殺汝妻子　得一人之力　而滅一家
吾不忍也　皆廩賜遣之[廩賜　猶言給賜也]　以盖牟城爲盖州[爲　如字]

"너희들의 집이 모두 가시성에 있는데 너희가 나를 위해 싸운다면 막
리지(莫離支)는 반드시 너희의 처자를 죽일 것이다. 한 사람의 힘을 얻
으려다 한 가족을 멸족시키는 일을 나는 차마 할 수 없다."라고 하고
모두 곳집의 물건을 내려주어 보냈다.[늠사(廩賜)는 물건을 내려주는 것을 말하
는 것과 같다.] 개모성을 개주(盖州)라고 했다.[위(爲)는 본래의 뜻이다.]

太宗發遼東　至安市城　進兵功之[安市　漢古縣　屬遼東郡　唐薛仁貴傳　作安地城]
高麗北部耨薩高延壽　南部耨薩高惠眞　帥高麗靺鞨兵十五萬　救安市[耨
奴屋切　薩　桑葛切　後漢書　東夷傳　高句麗有五族　有消奴部　絶奴部　順奴部　灌奴部　桂婁部　註
高麗五部　一曰內部　一名黃部　即桂婁部也　二曰北部　一名後部　即絶奴部也　三曰東部　一名左
部　即順奴部也　四曰南部　一名前部　即灌奴部也　五曰西部　一名右部　即消奴部也　據北史　高麗
五部　各有耨薩　盖其酋長之稱也　新書　高麗大城　置耨薩一　比都督也]　太宗謂侍臣曰

태종이 요동을 출발하여 안시성(安市城)에 이르러 군사를 내어 공격했다. [안시(安市)는 한나라의 옛 현(縣)으로 요동군에 속한다. 당나라 설인귀전(薛仁貴傳)에는 안지성(安地城)으로 되어있다.] 고구려의 북부누살(北部耨薩) 고연수(高延壽)와 남부누살(南部耨薩) 고혜진(高惠眞)이 고구려와 말갈의 군사 15만을 이끌고 안시성을 구했다. [누(耨)는 노옥(奴屋)의 반절음이다. 살(薩)은 상갈(桑葛)의 반절음이다. 후한서 동이전(東夷傳)에 "고구려에는 5부족이 있는데 소노부(消奴部), 절노부(絶奴部), 순노부(順奴部), 관노부(灌奴部), 계루부(桂婁部)이다."라고 했다. 그 주석에 "고구려의 5부는 첫째는 내부(內部)로 일명 황부(黃部)라고 하는데 곧 계루부이다. 둘째는 북부(北部)로 일명 후부(後部)라고 하는데 곧 절노부이다. 셋째는 동부(東部)로 일명 좌부(左部)라고 하는데 곧 순노부이다. 넷째는 남부(南部)로 일명 전부(前部)라고 하는데 곧 관노부이다. 다섯째는 서부(西部)로 일명 우부(右部)라고 하는데 곧 소노부이다. 북사(北史)에 의하면 고구려 5부에는 각각 누살이 있는데 대개 그 추장을 일컫는다. 신당서(新唐書)에 고구려의 큰 성에는 누살 하나를 두었는데 도독(都督)과 같다고 했다.] 태종이 신하들에게 일러 말하기를

今爲延壽策有三　引兵直前　連安市城爲壘　據高山之險　食城中之粟　縱靺鞨掠吾牛馬　攻之不可猝下　欲歸則泥潦爲阻　坐困吾軍　上策也[縱放也 下 去聲 泥潦 謂泥濘水潦也]　拔城中之衆　與之宵遁　中策也　不度智能　來與吾戰　下策也[度 入聲 下同]　卿曹觀之　彼必出下策　成擒在吾目中矣[曹 輩也]　高麗有對盧高正義　年老習事[高麗官 其大者號大對盧 比一品 總知國事 對盧以下官 總十二級]　謂延壽曰

"지금 고연수를 위한 계책 셋이 있다. 군대를 이끌고 곧바로 나아가 안시성을 연결하여 보루로 삼고 높은 산의 험준함에 의지하며 성 안의 식량을 먹으면서 말갈의 군사를 내보내 우리의 소와 말을 노략질하면, 우리가 공격을 해도 쉽게 성을 떨어뜨릴 수 없고 돌아가자니 진흙탕 길이 막혀, 앉아서 우리 군대를 곤궁하게 할 수 있으니 이것이 상책이다. [종(縱)은 놓는다는 뜻이다. 하(下)는 거성이다. 이뇨(泥潦)는 진흙탕 길에 물이 번진 것이다.] 성 안의 무리를 빼내서 그들과 더불어 밤에 도망하는 것은 중책이고, 지략과 능력을 헤아리지 않고 와서 우리와 싸우는 것은 하책

이다.[탁(度)은 입성으로 아래도 같다.] 그대들은 보라. 저들은 반드시 하책을
내어 내 눈앞에서 사로잡힐 것이다."라고 했다.[조(曹)는 무리라는 뜻이다.]
고구려의 대로(對盧) 고정의(高正義)는 나이도 많고 일도 익숙하게 했
다.[고구려의 관직에서 으뜸가는 것을 대대로(大對盧)라고 부르는데 1품과 같은 것으로
나라 일을 모두 맡고 있다. 대로 이하의 관직은 모두 12등급이다.] 그가 고연수에게
일러 말하기를

秦王內芟群雄　外服戎狄　獨立爲帝　此命世之材　今擧海內之衆而來
不可敵也[芟 音衫 刈也]　爲吾計者　莫若頓兵不戰　曠日持久　分遣奇兵
斷其運道[頓 次也 曠 空也 廢也 言空廢時日也]　糧食旣盡　求戰不得　欲歸無路
乃可勝也　延壽不從　引軍直進　去安市城四十里
"진왕은 안으로 여러 영웅을 없애고 밖으로는 오랑캐를 복속시켜 홀로
황제의 자리에 섰으니 이는 천명을 타고난 인물이다. 지금 중국 전체
의 무리를 이끌고 왔으니 가히 대적할 수가 없다.[삼(芟)은 음이 삼(杉)으로
풀을 벤다는 뜻이다.] 우리를 위한 계책은 군대를 머무르게 하여 싸우지 않
고 날을 보내며 오래 버티는 것 만한 것이 없다. 기습으로 치는 군인을
나누어 보내 그 운반로를 끊으면[돈(頓)은 군사가 머무른다는 뜻이다. 광(曠)은
비어있다, 없앤다의 뜻으로 하는 일 없이 날을 보낸다는 말이다.] 양식이 다하여 싸
우려 해도 싸울 수 없으며 돌아가려 해도 길이 없으니 이렇게 하면 승
리할 수 있다."라고 했다. 고연수는 이 말을 따르지 않고 군사를 이끌
고 바로 안시성에서 40리 떨어진 곳까지 나갔다.

范祖禹曰[祖禹 字淳甫 宋人 事神哲兩朝 著唐鑑]　傳曰 國無小 不可易也[傳 柱
戀切 易 弋豉切 國無小不可易 言旣謂之國 無有弱小不可輕易也 左傳 魯僖公卑邾 不設備而
禦之 滅文仲曰 國無小 不可易也 無備 雖衆不可恃也]　蓋雖小國　必有智者爲之謀
勇者致其死　則雖以天下之大　百萬之衆未可恃以爲必勝也　高麗對盧之
謀　正合於太宗所謂上策　使延壽而能聽用　唐師豈不殆哉
범조우(范祖禹)가 말하기를[범조우는 자(字)가 순보(淳甫)로 송나라 사람이다. 신

종(神宗)과 철종(哲宗) 두 임금을 섬겼고 당감(唐鑑)을 저술했다.] "전(傳)에 이르기를 '나라는 작은 것이 없으니 가히 쉽게 여겨서는 안 된다.'라는 말이 있다.[전(傳)은 주변(柱變)의 반절음이다. 이(易)는 익시(弋豉)의 반절음이다. 나라는 작은 것이 없으니 쉽게 여겨서는 안 된다는 말은 이미 나라에 대해서 얘기할 때는 약소국이라도 가볍고 쉽게 대해서는 안 된다는 말이다. 좌전에 보면 노희공(魯僖公)이 업(鄴)나라를 하찮게 여겨 준비를 하지 않고 막으려하니 장문중(臧文仲)이 말하기를 '나라는 작은 것이 없으니 쉽게 여겨서는 안 됩니다. 준비가 없으면 비록 숫자가 많더라도 믿을 것이 못됩니다.'라고 했다는 대목이 있다.] 대개 비록 나라가 작더라도 반드시 지략이 있는 사람이 나라를 위해 계책을 내고, 용감한 사람들이 죽기를 다하는 것이다. 그러므로 비록 천하의 큰 힘과 백만의 무리를 가졌더라도 반드시 이긴다고 믿을 수는 없다. 고구려 대대로의 계책은 바로 태종의 이른바 상책이라고 말한 것과 부합한다. 고연수로 하여금 능히 이 계책을 듣고 쓰게 했다면 당나라 군대가 어찌 위태롭지 않았겠는가."라고 했다.

太宗猶恐其低徊不至[低徊 猶言徘徊也]　命左衛大將軍阿史那杜爾　將突厥千騎以誘之　兵始交而僞走[阿史那 突厥三字姓 杜爾 名 處羅可汗之子也 貞觀十年來降]　高麗相謂曰

태종은 오히려 저들이 시간을 두고 배회하며 오지 않을까 염려하여[저회(低徊)는 배회한다는 말과 같다.] 좌위대장군(左衛大將軍) 아사나두이(阿史那杜爾)에게 명하여 돌궐의 군사 천 기(騎)를 이끌고 적을 꾀어내어 싸움이 시작되면 거짓으로 도망치도록 했다.[아사나(阿史那)는 돌궐의 세 자로 된 성(姓)이고 두이(杜爾)는 이름이다. 처라합한(處羅可汗)의 아들로 정관(貞觀) 10년에 와서 항복했다.] 고구려 군은 서로 말하기를

易與爾　競進乘之　至安市城東南八里　依山而陳[乘 如字]　太宗悉召諸將問計　無忌對曰

"저들은 상대하기 쉬운 자들이다."라고 하며 틈을 타서 다투어 나와 안시성(安市城) 동남쪽 8리에 이르러 산을 의지해서 진을 쳤다.[승(乘)은

본래의 뜻이다.] 태종이 모든 장수를 불러 계책을 물으니 장손무기가 대답하여 말하기를

臣聞臨敵將戰 必先觀士卒之情[下將 如字] 臣適行經諸營 見士卒聞高麗至 皆拔刀結斾 喜形於色 此必勝之兵也[斾 旗也 繫旒曰斾] 陛下未冠身親行陳[冠 古玩切 太宗十八擧義兵 行 戶剛切] 凡出奇制勝 皆上稟聖謀 諸將奉成筭而已 今日之事 乞陛下指蹤[將 即亮切 下並同 筭 籌也 畫也 指蹤 以獵爲喩 指示獸蹤 則狗得以追殺] 太宗笑曰

"제가 듣기로 적진에 이르러서 장차 싸우려고 할 때는 반드시 먼저 병사들의 정황을 살펴보아야 한다고 했습니다.[아래의 장(將)은 본래의 뜻이다.] 제가 마침 여러 군영을 다니면서 병사들을 보니 고구려 군이 왔다는 말을 듣고는 모두 칼을 빼어 들고 깃발을 묶으며 얼굴에 기쁜 기색이 있으니 이것은 반드시 이길 군대입니다.[패(斾)는 깃발인데 깃발을 묶는 것을 패(斾)라고도 말한다.] 폐하께서 미관(未冠)에 몸소 군대를 진군시켰을 때[관(冠)은 고완(古玩)의 반절음이다. 태종은 18세에 의병을 일으켰다. 항(行)은 호강(戶剛)의 반절음이다.] 무릇 기발한 계책을 내어 승리를 얻은 것은 모두 폐하의 품성(稟聖)과 책략이고 여러 장수들은 계책을 이뤘을 뿐입니다. 지금의 일도 폐하의 지종(指蹤)을 바랍니다."라고 했다.[장(將)은 즉량(即亮)의 반절음으로 아래도 모두 같다. 산(筭)은 계책, 책략의 뜻이다. 지종(指蹤)은 사냥에 비유한 것으로 짐승의 자취를 가리키면 곧 개가 쫓아가서 죽이는 것이다.] 태종이 웃으며 말하기를

諸公以此見讓 朕當爲諸公商度[爲 去聲] 乃與無忌等 從數百騎乘高望之 觀山川形勢可以伏兵及出入之所[從 才用切] 高麗靺鞨 合兵爲陳 長四十里[長 去聲] 道宗曰

"그대들이 이렇게 사양을 하니 내 마땅히 그대들을 위해 생각해 보겠소."라고 하고[위(爲)는 거성이다.] 곧 장손무기 등과 더불어 수백 기를 따르게 하고 높은 곳에 올라가 적군을 보고는 산천의 형세가 병사를 매

복시킬 수 있는지, 출입할 만한 곳은 어디인지를 살폈다.[종(從)은 재용
(才用)의 반절음이다.] 고구려와 말갈이 군사를 합해 진을 쳤는데 그 길이
가 40리였다.[장(長)은 거성이다.] 왕도종이 말하기를

高麗傾國　以拒王師　平壤之守必弱　願假臣精卒五千　覆其本根　則數
十萬之衆　可不戰而降[覆 芳福切 傾也]　太宗不應　遣使紿延壽曰[使 去聲]
"고구려가 나라를 기울여 우리 군사를 방어하고 있으니 평양의 방비는
반드시 약할 것입니다. 원컨대 제게 정병 5천을 주신다면 그 본거지를
전복시켜 수십만 명을 싸우지 않고 항복시키겠습니다."라고 했는데[복
(覆)은 방복(芳福)의 반절음으로 기울어뜨린다는 뜻이다.] 태종은 따르지 않고 사
신을 고연수에게 보내 속여 말하기를[사(使)는 거성이다.]

我以爾國彊臣弑其主　故來問罪　至於交戰　非吾本心　入爾境芻粟不給
故取爾數城　俟爾國修臣禮　則所失必復矣[芻 側隅切 刈草也 給 瞻也]　延壽
信之　不復設備[復 扶又切 下並同]
"나는 너희 나라의 권력을 가진 신하가 임금을 시해하였으므로 죄를
물으러 온 것이다. 싸움을 하게 된 것은 내 본심이 아니다. 너희 나라
땅에 들어와서는 말 먹일 꼴과 양식이 넉넉하지 못했으므로 성 몇 개
를 취한 것이다. 너희 나라가 신하의 예를 갖추는 것을 기다려 곧 잃은
것을 반드시 돌려주겠다."라고 했다. [추(芻)는 측우(側隅)의 반절음으로 풀을
베는 것이다. 급(給)은 넉넉하다는 뜻이다.] 고연수는 이 말을 믿고 다시 방비를
하지 않았다.[부(復)는 부우(扶又)의 반절음으로 아래도 모두 같다.]

太宗夜召文武計事　命世勣將步騎萬五千　陳於西嶺　無忌及牛進達　將
精兵萬一千爲奇兵　自山北出於狹谷　以衝其後[牛 姓也 陝 或作狹 轄夾切 隘
也]　太宗自將步騎四千　挾鼓角　偃旗幟　登北山[挾 藏也]　太宗敕諸軍聞
鼓角　齊出奮擊　因命有司　張受降幕於朝堂之側[張 設也 行營備宮省之制 故

亦有朝堂] 延壽等獨見世勣軍小 勒兵欲戰[勒 猶戒嚴也] 太宗望見無忌軍
塵起 命作鼓角擧旗幟 諸軍鼓譟並進 延壽等大懼 欲分兵禦之 而其
陳已亂 會有雷電[謂方合戰而雷電皆至也] 龍門人薛仁貴 著奇服 大呼陷陳
所向無敵 高麗兵披靡[龍門縣 屬絳州 仁貴自編戶應募 著 陟略切 呼 火故切] 大軍
乘之 高麗兵大潰 斬首二萬餘級 太宗望見仁貴 召拜遊擊將軍[唐制 武
散階 遊擊將軍 從五品] 延壽等將餘衆 依山自固 太宗命諸軍圍之 無忌悉
撤橋梁 斷其歸路[凡橋有木梁石梁舟梁 皆謂橋耳] 延壽惠眞 帥其衆三萬六千
八百人請降 入軍門膝行而前 拜伏請命[前 進也] 太宗語之曰

태종이 밤에 문무관을 불러 일을 꾸몄다. 이세적에게는 보병과 기병
만 오천 명을 이끌고 서쪽 고개에 진을 치게 하고, 장손무기와 우진달
(牛進達)에게는 정예병사 만 천 명을 기병(奇兵)으로 삼아 이끌고 산
북쪽에서 좁은 계곡으로 나가 적의 뒤를 치게 했으며[우(牛)는 성이다. 협
(陜)은 혹 협(狹)으로도 쓰는데 할협(轄夾)의 반절음으로 좁다는 뜻이다.] 태종은 몸소
보병과 기병 4천을 거느리고 북과 피리를 끼고서 깃발을 눕힌 채 북쪽
산으로 올라갔다.[협(挾)은 감춘다는 뜻이다.] 태종은 제군에 명령을 내려
북과 피리 소리를 들으면 일제히 나가 힘껏 싸우라고 했다. 그리고 유
사에게 명하여 조당(朝堂) 곁에 항복 받을 천막을 치도록 했다.[장(張)은
설치한다는 뜻이다. 행군하는 영채에도 궁성(宮省)의 제도를 갖추므로 조당(朝堂)이 있
다.] 고연수 등은 다만 이세적의 군대가 적은 것만을 보고는 군대를 엄
하게 경계시켜 싸우려고 했다.[늑(勒)은 엄하게 경계시키는 것과 같다.] 태종이
장손무기의 군중에서 먼지가 일어나는 것을 바라보고는 북과 피리를
울리고 깃발을 들게 하니 제군이 북치고 함성을 지르면서 함께 전진했
다. 고연수 등이 크게 두려워 군사를 나누어 막으려고 했으나 그 진영
이 이미 어지러워졌다. 이때 우뢰와 번개가 일어났다.[이 말은 막 싸우려는
데 우뢰와 번개가 함께 일어났다는 것이다.] 용문(龍門) 사람 설인귀가 기괴한
옷을 입고 크게 소리 지르며 적진에 들어가니 가는 곳마다 대적할 자
가 없어 고구려 병사들이 모두 쪼개지고 쓰러졌다.[용문현(龍門縣)은 강주
(絳州)에 속한다. 설인귀는 스스로 호적에 편입된 서민을 모아 응모했다. 착(著)은 척략(陟

略)의 반절음이다. 호(呼)는 화고(火故)의 반절음이다.] 대군이 이 틈을 타니 고구려 군이 크게 무너졌고, 2만여 명을 목을 베었다. 태종이 설인귀를 바라보고는 불러서 유격장군(遊擊將軍)으로 배수했다.[당나라 제도에 무산계(武散階)의 유격장군은 종5품이었다.] 고연수 등이 남은 무리를 이끌고 산을 의지하여 굳게 지켰다. 태종이 제군에 명하여 포위하도록 했다. 장손무기는 모든 다리를 철거하여 돌아갈 길을 끊었다.[무릇 다리에는 나무다리, 돌다리, 배다리가 있는데 모두 다리라고 말한다.] 고연수와 고혜진이 그 무리 3만 6천8백 명을 이끌고 항복을 청하려고 군문에 들어와서는 무릎으로 걸어 앞으로 나와 엎드려 절하고 명령을 청했다.[전(前)은 나아가는 것이다.] 태종이 그들에게 말하기를

東夷少年　跳梁海曲　至於摧堅決勝　故當不及老人[語 音御 下並同 少 詩照切 跳梁 猶言走蹻也]　自今復敢與天子戰乎　皆伏地不能對　太宗簡耨薩以下 首長三千五百人　授以戎秩　遷之內地　餘皆縱之　使還平壤[簡 選也 長 上 聲 秩 職也 官也]　皆雙擧手　以顙頓地　歡呼聞數十里外[顙 寫朗切 額也 頓 拜 頭叩地也 聞 去聲]　收靺鞨三千三百人　悉阬之[以靺鞨犯陣也]　獲馬五萬匹 牛五萬頭　鐵甲萬領　佗器械稱是[佗 與他同 稱 尺證切]

"동쪽 오랑캐 소년들이 바다 한 모퉁이에서 날뛰다가 큰 싸움에 이르니 마땅히 어른에 미치지 못했도다.[어(語)는 음이 어(御)로 아래도 모두 같다. 소(少)는 시조(詩照)의 반절음이다. 도량(跳梁)은 날뛴다는 말과 같다.] 지금부터 또 감히 천자와 싸우겠는가?"라고 하니 모두 땅에 엎드려 대답하지 못했다. 태종은 누살(耨薩) 이하 우두머리 3천 5백 명을 가려내어 융병의 직책을 주어 내지(內地)로 옮기게 하고 나머지는 모두 풀어주어 평양으로 돌아가게 하니[간(簡)은 가려낸다는 뜻이다. 장(長)은 상성이다. 질(秩)은 직책, 관직이라는 뜻이다.] 모두 두 손을 들고 이마를 땅에 대고 두드리며 환호하는 소리가 수십 리 밖에까지 들렸다.[상(顙)은 사랑(寫朗)의 반절음으로 이마이다. 돈(頓)은 머리를 땅에 두드리며 절하는 것이다. 문(聞)은 거성이다.] 말갈의 3,300

명을 거두어 모두 묻었다.[말갈이 진(陣)을 공격했기 때문이다.] 말 5만 필, 소
5만 두, 철갑 만 령(領)을 노획했고, 다른 기계들도 이 정도는 되었다.
[타(佗)는 타(他)와 같다. 칭(稱)은 척증(尺證)의 반절음이다.]

高麗擧國大駭　後黃城銀城　皆自拔遁去　數百里無復人烟　太宗驛書報
太子　仍與開府儀同三司高士廉等書曰

고구려는 온 나라가 크게 놀랐다. 후황성(後黃城)과 은성(銀城)은 모두
저절로 무너져 달아나니 수백 리에까지 다시 사람을 만날 수 없었다.
태종은 태자에게 편지를 전해 알리고 또 개부의동삼사(開府儀同三司)
고사렴(高士廉) 등에게 편지로 말하기를

朕爲將如此　何如[初太宗將發　命士廉攝太子太傅　與侍中裴泊　中書侍郎馮周　少詹事張
行成　右庶子高季輔　同掌機務輔太子]　更名所幸山曰駐蹕山　刻石紀功焉[更 工衡
切　駐 音住　止也　蹕以淸道 故車駕之所止曰駐蹕　山之本名六山]

"나의 장수됨이 이와 같으니 어떠한가?"라고 했다.[처음 태종이 떠나려고
할 때 고사렴에게 명하여 태자태부(太子太傅)를 대신하도록 하여 시중(侍中) 배계(裴泊),
중서시랑(中書侍郎) 풍주(馮周), 소첨사(少詹事) 장행성(張行成), 우서자(右庶子) 고계보
(高季輔)와 함께 기밀한 일을 맡고 태자를 돕도록 했다.] 지나간 산 이름은 고쳐 주
필산(駐蹕山)이라 하고 돌에 그 공을 새겼다.[경(更)은 공형(工衡)의 반절음이
다. 주(駐)는 음이 주(住)인데 멈춘다는 뜻이다. 필(蹕)은 길을 치우는 것이므로 수레와 가
마가 멈추는 것을 주필이라고 한다. 산의 원래 이름은 육산(六山)이다.]

范祖禹曰　太宗之伐高麗　非獨恃其四海之富　兵力之彊也　本其少時
奮於布衣　志氣英果　百戰百勝　以取天下[少 詩照切]　治安旣久　不能深
居高拱　猶思所以逞志　扼腕踊躍　喜於用兵　如馮婦搏虎　未能自止
非有理義　以養其志　中和以養其氣　始於勇敢　終於勇敢而已矣[治 去聲
下同　扼 亦作搤 乙革切 捉持也　腕 烏慣切 手腕也　馮婦 姓名 搏 伯各切 手執曰搏 馮婦 勇而
有力 善搏虎 故進以爲士 後於野外見虎 欲復搏之 其士之黨 笑其不知止也 引此 以喩太宗用
兵不已也]　記曰　所貴於勇敢强有力者　貴其敢行禮義也　天下無事　則用

之於禮義　天下有事　則用之於戰勝　用之於戰勝則無敵　用之於禮義則
順治[此禮記聘義之文也　言自養其强力勇敢之氣　一用之於禮義戰勝　而敎化行矣]　太宗
於天下無事　不知用之於禮義　而惟以戰勝爲美也　是故以天子之尊　而
較勝於遠夷　一戰而克　自以爲功　矜其智能　夸示臣下　其器不亦小哉
[較 居效切 角也 夸 苦花切 大也 謂以大言夸之也]

범조우가 말하기를 "태종이 고구려를 친 것은 단지 천하가 부유하고
병력이 강한 것을 믿고 한 것이 아니었다. 본래 그는 어려서 포의를
입고 떨쳐 일어났는데 뜻과 기개가 영특하고 과감하여 백전백승하여
천하를 얻었다.[소(少)는 시조(詩照)의 반절음이다.] 나라가 안정되게 다스려
진 것이 오래 되자 팔짱을 끼고 그윽이 앉아 있을 수가 없어 큰 뜻을
생각하여 주먹을 불끈 쥐고 기세 좋게 뛰며 전쟁을 좋아하는 것과 같
게 되니, 마치 풍부(馮婦)가 맨손으로 호랑이를 때려잡는 것을 스스로
그만둘 수 없었던 것과 마찬가지이다. 의리와 이치로써 그 뜻을 기르
며 중용을 조화시키는 것으로써 그 기운을 기르는 것이 아니고, 용감
(勇敢)으로 시작해서 용감으로 끝났을 뿐이다.[치(治)는 거성으로 아래도 같
다. 액(搤)은 또한 액(抳)으로도 쓰는데 을혁(乙革)의 반절음으로 잡아 쥔다는 뜻이다. 완
(腕)은 오관(烏慣)의 반절음으로 팔이다. 풍부(馮婦)는 이름이다. 박(搏)은 백각(伯各)의
반절음으로 손으로 잡는 것을 박(搏)이라 한다. 풍부는 용감하고 힘이 있어 호랑이를 잘
때려잡았으므로 승진하여 사(士)가 되었다. 뒤에 들판에서 호랑이를 보자 다시 때려잡으려
고 하니 그 사의 무리가 그만두지 못함을 비웃었다. 여기서는 이것을 인용하여 태종이 싸
움을 그치지 않았음을 비유했다.] 예기에 이르기를 '용감하고 강하며 힘있는
자에게 귀한 것은 그 용감히 예의를 행하는 것을 귀하게 여기는 것이
다. 천하에 일이 없으면 곧 예의에 힘을 쓰고, 천하에 일이 있으면 곧
싸워 이기는데 힘을 쓴다. 싸워 이기는데 힘을 쓰면 적이 없고, 예의에
힘을 쓰면 순조롭게 다스려진다.'라는 말이 있다.[이 대목은 예기의 빙의지
문(聘義之文)이다. 스스로 강력하고 용감한 기운을 길러 한결같이 예의와 싸워 이기는데
힘을 써서 교화를 행한다는 말이다.] 태종은 천하에 일이 없게 되자 예의에 힘
쓸 줄을 알지 못하고 오직 싸워서 이기는 것만을 좋다고 여겼다. 이리
하여 천자의 존엄함을 가지고 먼 곳의 오랑캐와 승부를 겨뤄 한 번 싸

워 이겼다고 스스로 공을 삼아 그 지혜와 능력을 자랑하며 신하에게 과시하니 그 그릇이 또한 작지 않은가!"라고 했다.[교(較)는 거효(居效)의 반절음으로 겨룬다는 뜻이다. 과(夸)는 고화(苦花)의 반절음으로 크다는 뜻이다. 크게 말하여 자랑한다는 말이다.]

太宗徙營安市城東嶺 詔標識戰死者尸 俟軍還與之俱歸[標 卑遙切 識 音志 謂表記之也] 以延壽爲鴻臚卿 惠眞爲司農卿 亮軍過建安城下 壁壘未固 士卒多出樵牧 高麗兵奄至 軍中駭擾[牧 養也 放也 奄 忽也 駭 驚也] 亮素怯 踞胡床直視不言 將士見之 更以爲勇[踞 居御切 蹲也] 總管張金樹等 鳴鼓勒兵 擊高麗破之 候騎獲盖蘇文諜者高竹離 反接詣軍門[諜 達悏切 諜者 使之間行以伺敵 觀其變動也 反接 反縛兩手也] 太宗召見解縛 問曰

태종은 영채를 안시성 동쪽의 고개로 옮기고 조칙을 내려 전사한 자의 주검에 표시해 두었다가 군대가 돌아갈 때를 기다려 함께 돌려보내도록 했다.[표(標)는 비요(卑遙)의 반절음이다. 지(識)는 음이 지(志)로 써서 표시하는 것이다.] 고연수를 홍로경(鴻臚卿)으로 고혜진을 사농경(司農卿)으로 삼았다. 장량의 군대가 건안성(建安城)의 아래를 지날 때 성채[壁壘]가 아직 굳지 않았고 병사들이 말을 먹이고 땔나무를 하러 많이 나와 있었는데 고구려 병사가 갑자기 들이닥치니 군중(軍中)이 놀라 요란해졌다.[목(牧)은 기른다, 풀어놓는다의 뜻이다. 엄(奄)은 갑자기라는 뜻이다. 해(駭)는 놀란다는 뜻이다.] 장량은 본래 겁이 많았으므로 의자[胡床]에 걸터앉아 똑바로 쳐다보자 말이 없었다. 장병들이 이것을 보고는 도리어 용감하다고 여겼다.[거(踞)는 거어(居御)의 반절음으로 걸터앉는다는 뜻이다.] 총관(總管) 장금수(張金樹) 등이 북을 울리고 병사를 통제하며 고구려를 공격하여 깨뜨렸다. 척후 기병이 개소문의 첩자 고죽리(高竹離)를 포획하여 팔을 뒤로 묶어 군문(軍門)으로 보냈다.[첩(諜)은 달협(達悏)의 반절음이다. 첩자(諜者)는 몰래 숨어 다니면서 적을 염탐하고 그 변동을 살피는 사람이다. 반접(反接)은 양 손을 뒤로 묶는 것이다.] 태종이 불러서 보고는 묶인 것을 풀어주며 묻기를

何瘦之甚　對曰　竊道間行　不食數日矣[瘦 所救切 瘠也 間 去聲 下同 間行 謂投
空隙而行 不公顯也]　命賜之食　謂曰

"어찌 이리 심하게 여위었는가?"라고 하니 대답하기를 "몰래 숨어 다
니느라 며칠을 먹지 못해서 그렇습니다."라고 했다.[수(瘦)는 소구(所救)의
반절음으로 야위었다는 뜻이다. 간(間)은 거성으로 아래도 같다. 간행(間行)은 빈틈으로
다녀 공공연히 드러나지 않는 것을 말한다.] 그리고는 먹는 것을 내려주라고 명
하고 말하기를

爾爲諜　宜速反命　爲我寄語莫離支[下爲 去聲]　欲知軍中消息　可遣人徑
詣吾所　何必間行辛苦也[消息 猶言音信也 所 處所也]　竹離徒跣　太宗賜屩而
遣之[徒 空也 跣 蘇典切 徒足履地曰跣 屩 訖約切 草履也]

"너는 첩자이니 마땅히 속히 돌아가 보고를 하되 나의 말을 막리지에게
(다음과 같이) 전하라.[아래의 위(爲)는 거성이다.] 군중(軍中)의 소식(消息)
을 알고 싶으면 사람을 곧바로 내가 있는 곳으로 보낼 것이지 하필 첩자
를 몰래 보내 고생시키는가?"라고 했다.[소식은 편지와 같은 뜻의 음신(音信)을
말하는 것과 같다. 소(所)는 있는 곳이다.] 고죽리가 맨발로 걸었더니 태종이 짚
신을 주어 보냈다.[도(徒)는 비었다는 뜻이다. 선(跣)은 소전(蘇典)의 반절음으로 맨발
로 땅을 밟는 것을 선이라고 한다. 교(屩)는 흘약(訖約)의 반절음으로 짚신이다.]

徙營於安市城南　太宗在遼外　凡置營　但明斥候　不爲塹壘　雖逼其城
高麗終不敢出爲寇抄　軍士單行夜宿　如中國焉[抄 楚教切 略取也 單 獨也]
太宗之伐高麗也　薛延陀遣使入貢[使 去聲 下同]太宗謂之曰

영채를 안시성 남쪽으로 옮겼다. 태종은 요동 바깥에 있는 동안 무릇
영채를 설치할 때 다만 척후(斥候)를 세웠을 뿐이지 참호를 파거나 보
루를 쌓지 않았다. 저들의 성에 가까이 접근할지라도 고구려는 끝내
감히 나와서 치거나 노략질하지 못했고 군사들이 혼자서 다니는 것이
나 밤에 자는 것이 중국과 같았다.[초(抄)는 초교(楚教)의 반절음으로 침략하여
빼앗는 것이다. 단(單)은 혼자라는 뜻이다.] 태종이 고구려를 칠 때 설연타가 사

신을 보내 조공을 했다.[사(使)는 거성으로 아래도 같다.] 태종이 사신에게 일러 말하기를

語爾可汗 今我父子東征高麗 汝能爲寇 亟亟來[亟 紀力切] 眞珠可汗惶恐 遣使致謝 且請發兵助軍 太宗不許[貞觀二年 遣使立薛延陀庚男 爲眞珠可汗] 及高麗敗於駐蹕山 莫離支使靺鞨說眞珠 啗以厚利 眞珠懾服不敢動[使 如字 說 音稅 啗以厚利 謂以利誘之 如以食餧之 令其啗食也] 太宗之克白巖也謂世勣曰

"너희 합한에게 지금 우리 부자(父子)가 동쪽으로 고구려를 치고 있으니 너희가 치려거든 마땅히 빨리 쳐들어오라고 말해라."라고 했다.[극(亟)은 기력(紀力)의 반절음이다.] 진주합한(眞珠可汗)이 황공하여 사신을 보내 사례하고 또 군사를 내어 도울 것을 청했으나 태종이 허락하지 않았다.[정관(貞觀) 2년에 사신을 보내 설연타의 일곱째 아들[庚男]을 진주합한으로 세웠었다.] 고구려가 주필산(駐蹕山)에서 패함에 이르러 막리지가 말갈에 사신을 보내 진주합한을 달래 큰 이익으로 꾀자 진주합한은 두려워서 복종하므로 감히 움직이지 못했다.[사(使)는 본래의 뜻이다. 세(說)는 음이 세(稅)이다. 담이후리(啗以厚利)는 이익으로 꾀어내어 밥을 굶겨 놓고서 음식을 먹게 하는 것과 같은 말이다.] 태종이 백암성(白巖城)을 무너뜨리고 이세적에게 일러 말하기를

吾聞安市城險而兵精 其城主材勇 莫離支之亂 城守不服 莫離支擊之不能下 因而與之[下 去聲 下並同] 建安兵弱而糧少 若出其不意 攻之必克 公可先攻建安 建安下 則安市在吾腹中 此兵法所謂城有所不攻者也[孫子兵法之言也] 對曰

"내가 들으니 안시성은 험고하고 병사들은 정예병이며 그 성주는 재주와 용맹이 있다고 한다. 막리지가 난을 일으켰을 때도 성을 지키며 따르지 않자 막리지가 공격하였으나 성을 무너뜨리지 못해 그로 인하여 그에게 주었다고 한다.[하(下)는 거성으로 아래도 모두 같다.] 건안성(建安城)

은 병사들도 약하고 양식도 적어 만약 불의에 군대를 출동시켜 공격하면 반드시 이길 것이다. 공이 먼저 건안성을 공격하여 건안성을 무너뜨리면 안시성은 내 뱃속에 있게 된다. 이것이 병법에서 이른바 성(城)들 중에는 공격하지 않는 곳이 있다는 것이다.”라고 하니[손자병법(孫子兵法)의 말이다.] 대답하여 말하기를

建安在南　安市在北　吾軍糧皆在遼東　今踰安市而攻建安　若賊斷吾運道　將若之何　不如先攻安市　安市下　則鼓行而取建安耳[將 如字 鼓行 聲鼓而行 無畏懼也]　太宗曰

“건안성은 남쪽에 있고 안시성은 북쪽에 있으며 우리 군대의 식량은 모두 요동에 있습니다. 지금 안시성을 넘어 건안성을 치다가 만약 적이 우리의 보급로를 차단한다면 장차 어찌하겠습니까? 먼저 안시성을 공격하여 안시성을 무너뜨리고 곧 북을 울리며 나가 건안성을 취하는 것만 같지 못합니다.”라고 했다.[장(將)은 본래의 뜻이다. 고행(鼓行)은 북을 울리고 소리치며 두려움 없이 나간다는 뜻이다.] 태종이 말하기를

以公爲將　安得不用公策　勿誤吾事[將 即亮切]　世勣遂攻安市　安市人望見太宗旗蓋　輒乘城鼓譟　太宗怒[蓋 張帛也]　世勣請克城之日　男子皆阬之　安市人聞之　益堅守　攻久不下　胡寅曰

“공을 장수로 삼았으니 어찌 공의 책략을 쓰지 않으리오. 나의 일을 그르치지 마시오.”라고 했다.[장(將)은 즉량(即亮)의 반절음이다.] 이세적이 드디어 안시성을 공격했다. 안시성 사람들이 태종의 깃발과 수레 덮개를 바라보고는 곧바로 성 위로 올라가 북치고 소리지르니 태종이 노했다.[개(蓋)는 비단을 펼친 것이다.] 이세적이 청하기를 성을 빼앗는 날 남자들은 모두 구덩이에 파묻자고 했다. 안시성 사람들이 이 말을 듣고는 더욱 굳게 지켰다. 오랫동안 공격했으나 성을 무너뜨리지 못했다. 호인(胡寅)은 다음과 같이 말했다.

兵豈易用哉[易 弋豉切 下同] 以太宗英武 諸將百戰之餘 士馬精練 財用
給足 而征弑逆之小夷 其必克之勢 誠如泰山之壓卵矣[將 卽亮切 下同 泰
山在兗州博城縣西北] 而李勣以一言之失 遂不能下安市城[下 去聲] 太宗挫
志而歸 鬱鬱成疾 兵果易用耶[鬱鬱 不得伸之意也] 世勣之言 乃田單所以
誤燕將 而堅卽墨之心者也 反以自爲 可謂大繆矣[燕昭王使樂毅伐齊 下七十
餘城 獨莒 卽墨 未下 昭王薨 惠王自爲太子時 不快於毅 齊田單乃縱反間 惠王使騎劫代將 單
乃宣言曰 吾惟懼燕人劓所得齊卒 置之前行 卽墨敗矣 燕人如其言 城中皆怒堅守 唯恐見得
單又言 吾懼燕人掘吾城外塚墓 可爲寒心 燕軍掘燒之 齊人望見皆涕泣 單知其可用 乃襲破燕
軍 盡復其地 繆 戾也]

"군사들을 어찌 쉽게 쓸 수 있으랴?[이(易)는 익시(弋豉)의 반절음으로 아래도
같다.] 태종의 뛰어난 무용과 장수들의 풍부한 전쟁의 경험과 정예롭게
훈련된 병사와 말 그리고 풍족한 물자와 보급을 가지고서 임금을 반역
하여 시해한 조그만 오랑캐를 쳤으니 그 반드시 이길 형세는 진실로
태산으로 계란을 누르는 것 같았다.[장(將)은 즉량(卽亮)의 반절음으로 아래도
같다. 태산(泰山)은 연주(兗州) 박성현(博城縣) 서북쪽에 있다.] 그러나 이세적의 한
마디 실수로 마침내 안시성을 무너뜨릴 수 없었다.[하(下)는 거성이다.] 태
종이 뜻이 꺾여 돌아오니 울울한 심정이 병이 되었다. 군사들을 과연
쉽게 쓸 수 있겠는가?[울울(鬱鬱)은 그 뜻을 펴지 못하는 것이다.] 이세적의 말
은 곧 전단(田單)이 연(燕)나라 장수들에게 거짓말을 하여 즉묵(卽墨)
사람들의 마음을 굳게 한 것과 같은 것이었다. 그러나 도리어 (태종)
스스로에게 그렇게 한 것이 되었으니 큰 잘못이라 말할 수 있다."라고
했다.[연소왕(燕昭王)은 악의(樂毅)에게 제(齊)나라를 치도록 하여 70여 성을 무너뜨렸
다. 그러나 유독 거(莒)와 즉묵(卽墨)만은 무너뜨리지 못했다. 연소왕이 죽고 혜왕(惠王)은
태자 때부터 악의를 불쾌하게 여겼었다. 제나라 전단은 곧 이것을 알고 이간책을 쓰니 혜
왕은 기겁(騎劫)을 대신 장수로 삼았다. 이에 전단은 널리 알려 말하기를 "내가 오직 두려
워하는 것은 연나라 사람들이 코를 베어 잡아간 제나라 병졸을 대열의 맨 앞에 세워 놓아
즉묵이 패할까 하는 것이다."라고 하니 연나라 사람들이 그 말대로 했다. 성 안의 사람들
은 모두 노하여 굳게 지켰으니 오직 그렇게 될까 두려워서였다. 전단은 또 말하기를 "내가
두려워하는 것은 연나라 사람들이 성 밖에 있는 우리 무덤을 파헤치는 것인데 마음이 섬뜩
해진다."라고 했더니 연나라 군대가 무덤을 파헤쳐 불살라 버렸다. 제나라 사람들이 바라

보고는 모두 눈물을 흘렸다. 전단은 이제 쓸 수 있음을 알고 이에 습격하여 연나라 군대를 깨뜨리고 모두 그 땅을 회복했다. 무(繆)는 어그러진다는 뜻이다.]

延壽惠眞 請於太宗曰 奴旣委身大國 不敢不獻其誠 欲天子早成大功
奴得與妻子相見 安市人顧惜其家 人自爲戰 未易猝拔 今奴以高麗十
餘萬衆 望旗沮潰 國人膽破[膽破 言懼甚也] 烏骨城耨薩 老耄不能堅守
移兵臨之 朝至夕克[耄 莫報切 老而昬也 朝 如字] 其餘當道小城 必望風奔
潰 然後收其資糧 鼓行而前 平壤必不守矣 群臣亦言

고연수와 고혜진이 태종에게 청하여 말하기를 "보잘 것 없는 저희들은 이미 몸을 대국에 맡겼으니 감히 그 정성을 바치지 않을 수 없습니다. 천자께서 빨리 큰 공을 이루시어 저희들도 처자를 서로 볼 수 있게 되기를 바랍니다. 안시성 사람들은 그 가족을 소중히 여겨 사람마다 스스로 싸워 성을 쉽게 뺏을 수 없습니다. 지금 저희들은 고구려 병사가 10여만 명인데도 당의 깃발만 보아도 꺾여 무너져 버렸으므로 고구려 사람들이 매우 두려워하고 있습니다.[담파(膽破)는 매우 두려워한다는 말이다.] 오골성(烏骨城)의 누살(耨薩)은 나이가 많아서 능히 굳게 지킬 수 없습니다. 군사를 옮겨 그곳에 이른다면 아침에 가서 저녁이면 이길 수 있습니다.[모(耄)는 막보(莫報)의 반절음으로 늙어서 어두워지는 것이다. 조(朝)는 본래의 뜻이다.] 그 나머지 길에 있는 작은 성들은 반드시 그 풍문만 듣고도 무너져 버릴 것입니다. 그런 후에 그 재물과 양식을 거둬들여 북을 치며 앞으로 나가면 평양(平壤)도 반드시 지키지 못할 것입니다."라고 했다. 여러 신하들도 또한 말하기를

亮兵在沙城 召之信宿可至 乘高麗兇懼 倂力拔烏骨城 度鴨綠水 直
取平壤 在此擧矣[沙城 即卑沙城也 一宿曰宿 再宿曰信 兇 或作恟 許拱切 恐懼也 度
通作渡] 太宗將從之 獨無忌以爲 天子親征 異於諸將 不可乘危徼幸[將
即亮切 下並同] 今建安新城之虜 衆猶十萬 若向烏骨 皆躡吾後[躡 音聶
踏也] 不如先破安市 取建安 然後長驅而進 此萬全之策也 太宗乃止

"장량의 병사들이 사성(沙城)에 머물러 있는데 그를 부르면 이틀이면 올 수 있습니다. 고구려가 두려워하는 틈을 타서 힘을 합쳐 오골성을 무너뜨리십시오. 압록강을 건너 곧바로 평양을 취하는 것은 이번 일에 달려 있습니다."라고 했다.[사성(沙城)은 곧 비사성(卑沙城)이다. 하룻밤 묵는 것을 숙(宿)이라 하고 이틀 밤 묵는 것을 신(信)이라고 한다. 흉(兇)은 혹 흉(恟)이라고도 쓰는데 허공(許拱)의 반절음으로 두려워한다는 뜻이다. 도(度)는 도(渡)와 통해서 쓴다.] 태종이 따르려고 했는데 유독 장손무기만이 "천자가 몸소 정벌에 나선다면 여러 장수들과는 다르므로 위험을 무릅쓰고 요행을 바랄 수는 없습니다.[장(將)은 즉량(即亮)의 반절음으로 아래도 모두 같다.] 지금 건안성과 신성의 오랑캐 무리가 10만에 가까운데 만약 우리가 오골성을 향한다면 이들이 모두 우리 뒤를 쫓을 것입니다.[섭(躡)은 음이 섭(聶)으로 밟는다는 뜻이다.] 그러니 먼저 안시성을 깨뜨리고 건안성을 취한 후에 먼 길을 가는 것만 못합니다. 이것이 만전(萬全)의 책략입니다."라고 하니 태종이 이에 그만 두었다.

諸軍急攻安市　太宗聞城中雞彘聲[彘 直例切 豕也]　謂世勣曰
군사들이 급히 안시성을 공격하는데 태종이 성 안에서 닭과 돼지의 울음소리가 나는 것을 듣고는[체(彘)는 직례(直例)의 반절음으로 돼지이다.] 이세적에게 일러 말하기를

圍城積久　城中烟火日微　今雞彘甚喧　此必饗士　欲夜出襲我　宜嚴兵備之[喧 驚嘩也]　是夜高麗數百人　縋城而下　太宗聞之　自至城下　召兵急擊　斬首數十級　高麗退走[下下 如字]　道宗督衆　築土山於城東南隅浸逼其城[浸 漸也]　城中亦增高其城以拒之　士卒分番交戰　日六七合　衝車礟石　壞其樓堞　城中隨立木柵　以塞其缺　道宗傷足　太宗親爲之針[爲 去聲 針 七鴆切 刺也]　築山晝夜不息　凡六旬　用功五十萬　山頂去城數丈　下臨城中　道宗使果毅傳伏愛　將兵屯山頂以備敵　山頹壓城　城崩[貞觀十年 更名別將爲果毅都尉]　會伏愛私離所部　高麗數百人　從城缺出戰

逐奪據土山 塹而守之 太宗怒 斬伏愛以徇[徇 辭峻切 行示也 斬以徇者 使人
將行 徧示衆士 以爲戒也] 命諸將攻之 三日不能克 道宗徒跣 詣旗下請罪
太宗曰

"성을 포위한 지가 오래되어 성 안의 밥짓는 연기가 날로 가늘어졌다.
그런데도 지금 닭과 돼지울음 소리가 매우 시끄러우니 이것은 반드시
병사들을 잘 먹여 밤에 나와서 우리를 습격하고자 해서이다. 그러니
마땅히 병사들에게 방비를 엄하게 하도록 하라."라고 했다.[훤(喧)은 놀
라 울부짖는 소리이다.] 이날 밤 고구려군 수백 명이 줄을 타고 성을 내려
왔다. 태종이 그것을 듣고 고구려 군사들이 성에서 내려오자 군사를
불러 급히 치게 하여 수십 명의 목을 베었고 고구려 군이 달아났다.[아
래의 하(下)는 본래의 뜻이다.] 왕도종이 무리를 감독하여 토산(土山)을 성
(城) 동남쪽에 쌓아 점점 그 성을 조여들어갔다.[침(浸)은 점점이란 뜻이다.]
성 안에서도 또한 성을 높여서 방어했다. 사졸들이 번갈아 싸웠는데
하루에 예닐곱 번을 싸웠다. 충차(衝車)로 부딪치고 대포로 돌을 날려
그 누각과 성첩을 부수니 성 안에서는 그에 따라 목책을 세워 그 부서
진 곳을 막았다. 왕도종이 발을 다치자 태종이 몸소 그를 위해 침을
놓았다.[위(爲)는 거성이다. 침(針)은 칠짐(七鴆)의 반절음으로 찌르는 것이다.] 토산
쌓는 일을 밤낮을 그치지 않고 60일 동안 50만 명이 공력을 들였다.
토산의 꼭대기가 성보다 몇 장 높아져서 성안을 굽어보게 되었다. 왕
도종이 과의(果毅) 부복애(傅伏愛)에게 병사를 거느리고 산꼭대기에
주둔하며 적을 방비하라고 했다. 그런데 토산이 무너져 성을 덮치며
무너졌다.[정관(貞觀) 10년에 다시 각 별장을 과의도위(果毅都尉)라고 했다.] 이때
부복애가 사사로운 일로 자리를 떠나 있었다. 고구려군 수백 명이 성
의 무너진 곳으로 나와 싸워 드디어 토산을 빼앗아 점거하고는 구덩이
를 파고 막았다. 태종이 노하여 부복애를 목 베어 군중에 돌려보였다.
[순(徇)은 사준(辭峻)의 반절음으로 다니며 보여주는 것이다. 목을 베어·돌려보낸다는 것
은 사람들로 하여금 장차 어떤 일을 할 때에 여러 사람에게 두루 보임으로써 경계를 삼도
록 한 것이다.] 여러 장수들에게 공격하도록 명했는데 사흘이 지나도 이

기지 못했다. 왕도종이 맨발로 깃발 아래까지 나와 죄를 청했다. 태종이 말하기를

汝罪當死 但朕以漢武殺王恢 不如秦穆用孟明 且有破盖牟遼東之功 故特赦汝耳[恢 苦回切 漢武帝元光二年 大行王恢 說武帝以伐胡之利 武帝從之 使馬邑豪聶壹 陽爲賣馬邑城 以誘單于 漢伏兵三十萬馬邑旁 單于入塞攻亭 獲漢鴈門尉史 知漢謀 引兵還 漢兵約單于入馬邑而縱兵 單于不至 以故無所得 恢部出代 擊胡輜重 聞單于還兵多 不敢出 武帝以恢本建造兵謀而不進 誅恢也 秦穆公使孟明東伐 再爲晉師所敗 穆公復用孟明 遂霸西戎] 太宗以遼左早寒 草枯水凍 士馬難久留 且糧食將盡 敕班師 先拔遼盖二州戶口渡遼 乃耀兵於安市城下而旋[將 如字] 城中皆屏跡不出[屏 卑政切] 城主登城拜辭 太宗嘉其固守 賜縑百匹 以勵事君[縑 音兼 絹也 勵 猶勉也]

"너의 죄가 죽어 마땅하다. 그러나 다만 나는, 한무제(漢武帝)가 왕회(王恢)를 죽인 것은 진목공(秦穆公)이 맹명(孟明)을 쓴 것만 못하다고 생각하고 있고 또 개모(盖牟)와 요동(遼東)을 깨뜨린 공이 있으므로 특별히 너를 용서하는 것뿐이다."라고 했다.[회(恢)는 고회(苦回)의 반절음이다. 한무제 원광(元光) 2년에 대행(大行) 왕회(王恢)가 무제를 달래기를 오랑캐를 치면 이익이 있다고 하자 무제가 이를 따랐다. 그래서 마읍(馬邑)의 호걸 섭일(聶壹)을 시켜 드러내놓고 마읍성(馬邑城)을 판다고 하며 선우(單于)를 유인했다. 한나라는 복병 30만을 마읍(馬邑) 옆에 두었다. 선우가 변방에 들어와 정(亭)을 공격하여 한나라 안문위사(鴈門尉史)를 사로잡아 한나라의 계략을 알고는 군대를 이끌고 돌아갔다. 한나라 군대는 선우가 마읍에 들어오면 군사를 풀어놓으려고 했는데 선우가 오지 않으니 아무 소득이 없었다. 왕회의 부대는 그 대신에 오랑캐의 치중(輜重)을 공격했는데 선우가 군사의 대부분을 돌이킨다는 말을 듣고는 감히 나가지 못했다. 한무제는 본래 왕회가 치자는 계획을 세우고도 나가지 못한다 하여 왕회를 목베었다. 진목공(秦穆公)은 맹명(孟明)으로 하여금 동쪽을 정벌하도록 했는데 두 번이나 진(晉)나라 군사에게 패했다. 진목공은 다시 맹명을 써서 드디어 서융을 제패했다.] 태종은 요동이 일찍 추워져서 풀이 마르고 물이 얼므로 사람과 말이 오래 머물기가 어렵고 또 식량이 다해가므로 군대를 돌이킨다는 칙령을 내렸다. 먼저 요주(遼州)와 개주(盖州) 두 주의 사람을 뽑아 요수를 건너게 했다. 그리고 안시성 아래를 선회하여 군대의 위력

을 보였다.[장(將)은 본래의 뜻이다.] 성 안에서는 모두 두려워서 밖으로 나오지 못했다.[병(屏)은 비정(卑政)의 반절음이다.] 성주(城主)가 성에 올라가 인사했다. 태종은 그 굳게 지킴을 가상히 여겨 비단 백 필을 주어 임금 섬기기를 힘쓰라고 했다.[겸(縑)은 음이 겸(兼)으로 비단이다. 여(勵)는 힘쓴다는 뜻이다.]

金冨軾曰[冨軾 高麗人 事肅睿仁毅西朝 撰三國史] 柳公權小說曰[公權 唐穆宗時人也] 駐蹕之役 高句麗與靺鞨合軍 方四十里 太宗望之有懼色 又曰 六軍爲高句麗所乘 殆將不振 候者告 英公之麾黑旗被圍 帝大恐[李世勣封英國公] 雖終於自脫 而危懼如彼 而新舊書及司馬公通鑑不言者 豈非爲國諱之者乎[新唐書 宋歐陽脩所撰 舊唐書 後唐劉煦所撰也 爲 去聲 諱 隱也] 又曰 唐太宗英明神武 不世出之君[不世出 謂有時遇之 不常値也] 除亂比於湯武 致理幾於成康[湯武 謂商湯周武王也 幾 平聲 成康 謂周成王康王也] 至於用兵 出奇制勝 所向無敵 東征之役 久圍安市 百計攻之而不克 則其城主亦可謂非常之士矣 惜乎史失其姓名也

김부식(金富軾)은 말하기를 [김부식은 고려 때 사람으로 숙종, 예종, 인종, 의종의 네 임금을 섬겼으며 삼국사(三國史)를 지었다.] "유공권(柳公權)의 소설에 이르기를[유공권은 당나라 목종 때 사람이다.] '주필산(駐蹕山)의 싸움에서 고구려와 말갈의 연합군이 바야흐로 40리에 뻗쳐 있었다. 태종이 그것을 바라보고는 두려운 기색이 있었다.'라고 했다. 또 말하기를 '6군이 고구려에 쫓겨 거의 떨쳐 일어나지 못하게 되었는데 척후병이 보고하기를 영공(英公)의 휘하들이 검은 깃발에 둘러싸여 있다고 하니 황제가 크게 두려워했다.'라고 했다. [이세적이 영국공(英國公)에 봉해졌다.] 비록 끝내는 빠져 나왔지만 위험하기가 저와 같았다. 그러나 신당서(新唐書)와 구당서(舊唐書) 및 사마공의 통감(通鑑)에서 말하지 않은 것은 어찌 자기 나라를 위해 숨기려고 하지 않아서였겠는가?"라고 했다. [신당서는 송(宋) 구양수(歐陽脩)가 찬술했고 구당서(舊唐書)는 후당 유후(劉煦)가 찬술한 것이다. 위(爲)는 거성이다. 휘(諱)는 숨긴다는 뜻이다.] 또 말하기를 "당태종은 영민하고 총명

하며 뛰어난 무예를 갖춘 불세출의 임금이다. [불세출(不世出)이란 어떤 때
만날 수 있는 것이지 언제나 만나는 것은 아니라는 말이다.] 난리를 다스린 것은 탕
무(湯武)에 비길 만하고 나라를 잘 다스린 것은 성강(成康)에 가깝다.
[탕무는 상(商)의 탕왕(湯王)과 주(周)의 무왕(武王)을 말한다. 기(幾)는 평성이다. 성강은
주(周)의 성왕(成王)과 강왕(康王)이다.] 군대를 쓰는 데 이르러서는 기이한 꾀
를 내어 적을 제압하여 이기므로 향하는 곳에 대적할 자가 없었다. 요
동을 정벌하는 싸움에서 오랫동안 안시성을 포위하고 백 가지 계책을
내어 공격했음에도 함락시키지 못했으니 그 성주 또한 가히 보통 사람
을 아니라고 하겠다. 아깝도다! 역사에서 그 이름을 잃어버린 것이여."
라고 했다.

命世勣道宗　將步騎四萬爲殿[將 即亮切 下竝同 殿 丁練切]　至遼東渡遼水
遼澤泥潦　車馬不通　命無忌將萬人　翦草塡道[翦 通作剪 斷也]　水深處
以車爲梁　太宗自繫薪於馬鞘　以助役[鞘 音稍 以革爲之 馬鞍後兩旁綏鞘也]　太
宗至蒲溝　駐馬督塡道　諸軍度渤錯水[度 通作渡 蒲溝 渤錯水 皆在遼澤中]　暴
風雪　士卒沾濕多死者　敕然火於道以待之[暴 通作曓 疾也 沾 通作霑 漬也 然
燒也]

이세적과 왕도종에게 명하여 보병과 기병 4만 명을 이끌고 후군이 되
게 했다. [장(將)은 즉량(即亮)의 반절음으로 아래도 모두 같다. 전(殿)은 정련(丁練)의
반절음이다.] 요동에 이르러 요수를 건너는데 요동 늪지대가 진흙탕이라
말과 수레가 통과할 수 없었다. 장손무기에게 명해 만 명을 거느리고
풀을 베어 길을 메우도록 했다. [전(翦)은 보통 전(剪)으로 쓰는데 자른다는 뜻이
다.] 그리고 물이 깊은 곳은 수레로 다리를 만들었다. 태종은 자신이 섶
을 말 걸이에 묶고 일을 도왔다. [초(鞘)는 음이 초(稍)이다. 가죽으로 만드는데
말 안장 뒤 양쪽에 이것을 늘어뜨린다.] 태종이 포구(蒲溝)에 이르러 말을 멈추
고 길 메우는 일을 독려했다. 군인들이 발착수(渤錯水)를 건넜다.[도
(度)는 보통 도(渡)로 쓴다. 포구와 발착수는 모두 요동의 늪지에 있다.] 눈보라가 몰

아쳐 병사들이 몸이 젖어 얼어 죽는 사람이 많아지자 명령을 내려 길에서 불을 피우고 기다리게 했다.[포(暴)는 보통 포(曝)로 쓰는데 빠르다는 뜻이다. 첨(沾)은 보통 점(霑)으로 쓰는데 젖는다는 뜻이다. 연(然)은 불사른다는 뜻이다.]

凡征高麗　拔玄菟橫山盖牟磨米遼東白巖卑沙陌谷銀山後黃十城[磨 莫臥切] 徙遼盖巖三州戶口　入中國者七萬人　新城建安駐蹕　三大戰　唐兵及高麗兵死者甚衆　戰馬死者亦什七八　太宗以不能成功　深悔之　歎曰

무릇 고구려 정벌에서 현토(玄菟), 횡산(橫山), 개모(盖牟), 마미(磨米), 요동(遼東), 백암(白巖), 비사(卑沙), 맥곡(陌谷), 은산(銀山), 후황(後黃)의 10성(城)을 빼앗았고[마(磨)는 막와(莫臥)의 반절음이다.] 요주(遼州) 개주(盖州), 암주(巖州)의 사람을 옮겨 중국으로 편입시킨 것이 7만 명이었다. 신성(新城), 건안(建安), 주필(駐蹕)의 세 큰 싸움에서 당나라 병사와 고구려 병사가 죽은 수가 매우 많았고, 전투마도 죽은 수가 또한 열에 일고여덟이 죽었다. 태종은 성공하지 못한 것을 깊이 후회하여 탄식하며 말하기를

魏徵若在　不使我有是行也　命馳驛祀徵以少牢　復立所製碑　召其妻子詣行在　勞賜之[牢 郎刀切 養牲之處也 牛羊豕具爲大牢 羊豕爲少牢 以牲多少稱大少也 又牛曰大牢 羊曰少牢 魏徵薨 太宗自製碑文 幷爲書石 徵嘗薦杜正倫 及侯君集 有宰相材 請以君集爲僕射 且曰 國家安不忘危 不可無大將 諸衛兵馬 宜委君集專知 太宗以君集好誇誕不用 及正倫以罪黜 君集謀反 誅 太宗始疑徵阿黨 又有言徵自錄前後諫辭 以示起居郎褚遂良者 太宗愈不悅 乃踣所撰碑 勞 去聲]

"위징(魏徵)이 만약 살았더라면 나를 이렇게 하도록 하지는 않았을 것이다."라고 하고 치역(馳驛)에 명하여 위징을 소뢰(少牢)로 제사지내고 다시 비석을 만들어 세우며 그 처자(妻子)를 행재소로 이르게 하여 위로하고 물건을 하사했다.[뇌(牢)는 낭도(郎刀)의 반절음으로 희생을 기르는 곳이다. 소, 양, 돼지를 모두 기르는 것을 대뢰라 한다. 양과 돼지를 기르는 곳을 소뢰라 하는데 희생이 많고 적음에 따라 대소(大少)로 부른다. 또는 소를 기르는 곳을 대뢰라 하고 양을 기르는 곳을 소뢰라 한다. 위징이 죽자 태종은 손수 비문을 짓고 아울러 돌에 글씨도

썼다. 위징이 일찍이 두정륜(杜正倫)과 후군집(侯君集)을 재상감이라고 천거하고 후군집을 복야(僕射)로 삼을 것을 청했다. 또 말하기를 "나라가 평안하다 하여 위험을 잊을 수는 없으므로 대장이 없어서는 안 됩니다. 여러 위(衛)와 병마(兵馬)는 마땅히 후군집에게 맡겨 오로지 다스리도록 하십시오."라고 했다. 태종은 후군집이 자랑하고 속이기를 좋아하므로 등용하지 않았다. 두정륜이 죄를 지어 쫓겨남에 이르러 후군집이 모반을 했으므로 죽였다. 태종은 처음에 위징이 아첨한다고 의심했었다. 또 위징이 손수 기록한 전후에 간언한 말을 기거랑(起居郎) 저수량(褚遂良)에게 보여주었다. 그러자 태종이 더욱 좋아하지 않게 되었고 이에 글을 지어 세운 비를 넘어뜨려 버렸다. 노(勞)는 거성이다.]

范祖禹曰　太宗北擒頡利　西滅高昌[貞觀三年 以李靖爲定襄道行軍總管 統諸軍討突厥 靖襲破突厥於陰山 頡利可汗遁走 行軍副總管張寶相 擒頡利可汗以獻 十三年 以侯君集爲交河大總管 將兵擊高昌 君集滅高昌 以其地爲西州]　兵威無所不加　四夷震慴　而玩武不已　親擊高麗　以天下之衆　困於小夷　無功而還　意折氣沮[玩 弄也]　親見煬帝以勤遠亡國　而襲其所爲　臣以爲太宗之征高麗　無異於煬帝　但不至於亂亡耳　惟不能愼終如始　日新其德　而欲功過五帝　地廣三王　是以失之[少昊 顓頊 高辛 唐堯虞舜 爲五帝 一說 黃帝 顓頊 帝嚳 唐堯 虞舜 爲五帝]　然見危而思直臣　知過而能自悔　此所以爲賢也

범조우(范祖禹)가 말하기를 "태종은 북쪽으로 힐리(頡利)를 사로잡고 서쪽으로 고창(高昌)을 멸망시켰다.[정관(貞觀) 3년에 이정(李靖)을 정양도행군총관(定襄道行軍總管)으로 삼아 제군(諸軍)을 거느리고 돌궐을 치도록 했다. 이정이 음산(陰山)에서 돌궐을 습격하여 깨뜨리니 힐리합한(頡利可汗)이 달아났다. 행군부총관(行軍副總管) 장보상(張寶相)이 힐리합한을 사로잡아 바쳤다. 13년에 후군집을 교하대총관(交河大總管)으로 삼아 군대를 이끌고 고창(高昌)을 공격하도록 했다. 후군집이 고창을 멸하고서 그 땅을 서주(西州)라고 했다.] 군사의 위력은 더할 바가 없어 사방의 오랑캐가 두려워 떨었다. 그러나 무력을 좋아하여 그치지를 아니하고 몸소 고구려를 공격했다. 이에 천하의 백성들은 작은 오랑캐 때문에 궁핍해졌고 공을 세우지 못하고 돌아오자 의가 꺾이고 기가 막혔다.[완(玩)은 희롱한다는 뜻이다.] 몸소 수양제가 멀리 있는 곳에 힘쓰다가 나라를 망친 것을 보았으면서도 그 행한 바대로 따라 했다. 나는 태종의 고구려 정벌은 수양제와 다를 것이 없다고 생각한다. 다만 나라가 어지러

워져 망하는 데까지 이르지 않았을 뿐이다. 오직 끝까지 신중히 하는
것을 처음과 같이 못하고, 날마다 그 덕을 새롭게 하여 공(功)을 오제
(五帝)보다 크게 하며, 땅은 삼왕(三王)보다도 넓게 하려고 했으니 이
것이 실수이다.[소호(少昊), 전욱(顓頊), 고신(高辛), 당요(唐堯), 우순(虞舜)을 오제
(五帝)라고 한다. 일설에는 황제(皇帝), 전욱(顓頊), 제곡(帝嚳), 당요(唐堯), 우순(虞舜)을
오제(五帝)라고도 한다.] 그러나 위험한 것을 보고는 직언을 하는 신하를 생
각했고 허물을 알고는 스스로 후회하였으니 이것이 현명하다고 하는
것이다."라고 했다.

至營州 詔遼東戰 亡士卒骸骨並集柳城東南 命有司設大牢 太宗自作
文以祭之 臨哭盡哀 其父母聞之曰
영주(營州)에 이르러 조서를 내려 요동에서 전사한 사졸의 해골을 모
두 유성(柳城)의 동남쪽에 모으도록 했다. 그리고 유사에게 명하여 대
뢰(大牢)를 베풀도록 하고 태종은 스스로 글을 지어 제사 지내며 지극
한 슬픔으로 소리 내어 울었다. 그 부모들이 이 말을 듣고는 말하기를

吾兒死而天子哭之 死何所恨 太宗謂仁貴曰
"우리 아이가 죽자 천자께서 이렇게 우시니 죽어도 무슨 한이 있겠는
가?"라고 했다. 태종이 설인귀에게 일러 말하기를

朕諸將皆老 思得新進驍勇者將之 無如卿者 朕不喜得遼東 喜得卿也
太宗聞太子奉迎將至 從飛騎三千人 馳入臨渝關 道逢太子[將至之將 如
字 從 才用切 貞觀十二年 初置左右屯營飛騎於玄武門 以諸將軍領之 又簡飛騎才力驍健善騎
射者 號百騎 衣五色袍 乘駿馬 以虎皮爲韀 凡遊幸則從焉 渝 容朱切 營州城西四百八十里 有
渝關守捉城 所謂臨渝之險也] 太宗之發定州也 指所御褐袍 謂太子曰
"나의 장수들이 모두 연로하므로 새로 용맹한 장수 얻기를 생각했는데
경(卿)같은 사람이 없었다. 나는 요동을 얻은 것이 기쁜 것이 아니라
경을 얻은 것이 기쁘다."라고 했다. 태종은 태자가 맞이하러 올 것이라

는 말을 듣고는 날랜 기병 3천 명을 좇아오도록 하고 말을 달려 임유관 (臨渝關)으로 들어가는 길에 태자를 만났다.[장지(將至)의 장(將)은 본래의 뜻 이다. 종(從)은 재용(才用)의 반절음이다. 정관(貞觀) 12년에 처음으로 좌우둔영비기(左右 屯營飛騎)를 현무문(玄武門)에 두어 장수들이 거느리도록 했다. 또 비기(飛騎) 가운데 재 주와 힘이 있고 용맹하고 건장하며 말을 잘 타고 활 잘 쏘는 사람을 뽑아 백기(百騎)라고 이름했다. 이들에게는 오색 도포를 입히고 준마를 타게 하며 호랑이 가죽으로 말안장의 언치를 얹으며 사냥할 때나 행차할 때 따르게 했다. 유(渝)는 용주(容朱)의 반절음이다. 영주성(營州城) 서쪽 480리에 유관수착성(渝關守捉城)이 있는데 여기가 이른바 임유의 험 고함을 말하는 곳이다.] 태종이 정주(定州)를 떠날 때 입고 있던 갈포를 가 리키며 태자에게 일러 말하기를

俟見汝　乃易此袍耳[褐 音曷 織駞毛爲之 易 如字]　在遼左　雖盛暑流汗　弗之 易　及秋穿敗　左右請易之　太宗曰
"너를 다시 만나기를 기다려서 이 옷을 갈아 입겠다."라고 했다.[갈(褐) 은 음이 갈(曷)인데 낙타의 털로 짜서 만든 것이다. 역(易)은 본래의 뜻이다.] 요동에 있 을 때 비록 날이 더워 땀이 흐르더라도 바꿔 입지 않았고 가을이 되어 구멍이 헤지니 좌우에서 갈아입기를 청했지만 태종은 말하기를

軍士衣多弊　吾獨御新衣可乎　至是太子進新衣　乃易之　諸軍所虜高麗 民萬四千口　先集幽州　將以賞軍士　太宗愍其父子夫婦離散[愍 悲也 憐也] 命有司平其直　悉以錢布贖爲民　讙呼之聲　三日不息[贖 貿也 以財贖罪也 喧 或作讙 許元切 讙譁也]　太宗至幽州　高麗民迎於城東　拜舞呼號　宛轉於地 塵埃彌望[號 戶高切 宛轉 回動也 彌 滿也]　太宗還京師　謂李靖曰
"군사들의 옷이 많이 해어졌는데 나만 혼자 새 옷을 입어서야 되겠는 가?"라고 했다. 이때에 이르러 태자가 새 옷을 올리자 이에 갈아입었 다. 장군들이 포로로 잡은 고구려 백성 만 사천 명을 먼저 유주에 모아 놓고 장차 이들을 군사들에게 상으로 주려고 했다. 태종은 그들 부자 (父子)와 부부(夫婦)가 헤어져 흩어지는 것을 불쌍히 여겨 [민(愍)은 슬퍼 한다, 가엾어 한다의 뜻이다.] 유사에게 명하여 그 값을 쳐서 모두 돈과 옷감

으로 속바쳐서 양민이 되게 하니 기뻐서 외치는 소리가 사흘 동안 그치지 않았다.[속(贖)은 바꾼다는 뜻이니 재물로서 죄를 속바치는 것이다. 훤(喧)은 혹 환(讙)이라고도 쓰는데 허원(許元)의 반절음으로 시끄럽게 떠든다는 뜻이다.] 태종이 유주에 이르자 고구려 백성들이 성 동쪽에 나와 환영하는데 절하고 춤추며 환호하고 땅바닥을 구르니 먼지가 가득했다.[호(號)는 호고(戶高)의 반절음이다. 완전(宛轉)은 구르는 것이다. 미(彌)는 가득하다는 뜻이다.] 태종이 서울에 돌아와 이정(李靖)에게 말하기를

吾以天下之衆　困於小夷　何也　靖曰

"내가 천하의 무리를 가지고도 작은 오랑캐에 곤욕을 당한 것은 무엇 때문인가?"라고 하니 이정이 말하기를

此道宗所解[解 曉也]　太宗顧問　道宗具陳在駐蹕時　乘虛取平壤之言　太宗悵然曰　當時忽忽　吾不憶也[陳 如字 悵 丑亮切 失志也 忽 倉紅切 忽忽 倉遽貌]

"이것은 왕도종이 밝힐 수 있을 것입니다."라고 했다.[해(解)는 밝힌다는 뜻이다.] 태종이 지난날을 돌아보며 (이정에게) 물으니, (이정은) 왕도종이 주필산에 있을 때 적의 허점을 틈타 평양을 취해야 한다는 말을 자세히 아뢰었다고 했다. 태종이 슬퍼하며 말하기를 "그 당시에 급작스러워[忽忽] 내가 생각하지 못했도다."라고 했다.[진(陳)은 본래의 뜻이다. 창(悵)은 축량(丑亮)의 반절음으로 기운을 잃는 것이다. 홀(忽)은 창홍(倉紅)의 반절음이다. 총총(忽忽)은 급작스런 모양이다.]

胡寅曰　太宗對敵　有嘉謀而不取　何爲其然也　初遇耨薩延壽　欲誘致而取之　道宗陳計　正値太宗經度延壽之時　遂不見答[經 經營也 度 入聲 計也]　既克之　方驛報太子　自伐爲將之功　道宗固不敢再言也[自稱其功能曰 伐 將 即亮切 下同]　太宗爲秦王　破諸大賊　衆謀並進　其去取靡不當也[當去聲]　銳意乎高麗　而忽忘奇策　蓋其志滿而氣驕　是以親將大衆　而屈於小醜[醜 齒九切 類也]　志不可滿　氣不可驕也　如此夫　胡寅曰　殺洎甚

遼 不謀之大臣 不付之法司 直用譖言 遂下詔旨 左右執政 亦不聞諫
譬者 是何也[洎 其冀切 初帝將東行 謂侍中劉洎曰 我今遠征 爾輔太子 安危所寄 宜深識
我意 對曰 願陛下無憂 大臣有罪者 臣謹即行誅 帝以其妄發怪之 及帝還不豫 洎悲懼 謂同
列曰 疾勢如此 聖躬可憂 或譖於太宗曰 洎言國家事不足憂 但當輔幼主 行伊霍故事 大臣有
異志者誅之 自定矣 太宗以爲然 詔賜自盡 下 去聲 譬 匹智切 諭也] 太宗盛意伐高麗
挫屈而歸 懟忿之氣 無所發泄 正爾臥疾 而譖劉洎者 觸其諱惡[泄 散
也 觸 樞玉切 犯也 護短曰諱 惡 去聲] 是故雷霆震擊 不復思惟[復 扶又切 惟 亦思
也] 人主必以義理養其心志 使氣合大和 則喜無過差 怒無暴悖矣

호인(胡寅)은 다음과 같이 말했다. "태종이 적을 대하는데 좋은 계책을 갖고서도 취하지 못한 것은 무슨 까닭에서일까? 처음에 누살(耨薩) 고연수를 만나서는 꾀어내어 취하려고 했다. 왕도종이 계책을 아뢴 때는 바로 태종이 고연수를 치려는 계획을 정한 때였으므로 대답하지 않은 것이다.[경(經)은 계획을 세워 일을 하는 것이다. 탁(度)은 입성으로 헤아린다는 뜻이다.] 이기고 난 뒤에 바로 역말로 태자에게 알리고 스스로 장수가 되어 공을 이룬 것을 자랑했다. 그래서 왕도종이 굳이 감히 다시 말하지 않았던 것이다.[스스로 공을 이루었다고 말하는 것을 벌(伐)이라고 한다. 장(將)은 즉량(即亮)의 반절음으로 아래도 같다.] 태종은 진왕(秦王)이 되어 여러 큰 적을 깨뜨릴 때 여러 사람이 계책을 함께 올리면 그 버리고 취하는 것을 그가 다 맡아서 했다.[당(當)은 거성이다.] 그런데 날랜 고구려의 의지 앞에서는 갑자기 기발한 계책을 잊어버렸다. 대개 그 뜻이 너무 크고 기운이 교만하여 이로써 몸소 많은 무리를 이끌고 가서도 적은 무리에게 꺾인 것이다.[추(醜)는 치구(齒九)의 반절음으로 무리라는 뜻이다.] 뜻하는 바를 모두 만족시키려고 해서도 안 되고 기운을 교만하게 가져서도 안 된다는 것이 바로 이와 같은 것이다."라고 하였다. 호인(胡寅)은 말하기를 "유계를 아주 갑자기 죽인 것은, 모반을 꾀하지도 않은 대신을 재판에 부치지도 않고 직접 참소하는 말을 듣고 마침내 조칙을 내려 뜻을 보인 것이다. 좌우의 집정관(執政官)도 또한 간하는 말을 듣고서 깨닫지 못한 자들이니, 이것은 어찌된 일이겠는가?[계(洎)는 기기(其冀)의 반절음이다. 처음에 태종이 동쪽 정벌을 떠나려고 할 때 시중(侍中) 유계(劉洎)에게 말하기를 "내가 이제 원정을 떠나니 그대는 태자를 돕도록 하라. 안위(安危)를 부탁하니 마땅히 내 뜻을 깊이 헤아리도록 하라."라고 했다. 유계가 대답하여 말하기를 "원컨대 폐하께서는 걱정 마십시오. 대신 가운데 죄를 짓는 자가 있다면 신이 삼가 곧바로 목을 베겠습니다."라고 하니 태종이 그 망발을 이상히 여겼다. 태종이 돌아와 병환이 나자 유계는 슬프고 두려워하는 빛을 띠며 동료에게 말하기를 "병세가 이와 같으니 태종의 몸이 걱정스럽습니다."라고 했다. 어떤 사람이 태종에게 참소하여 말하기를 "유계는 '나라 일을 걱정할 것이 없고 다만 마땅히 어린 왕자를 도와서 이윤과 곽공이 한 옛일처럼 해야겠다. 대신 중에 뜻이 다른 자들은 죽여 스스로 안정시켜야겠다.'고 말했습니다."라고 했다. 그러자 태종은 그렇게 여겨 유계에게 명을 내려 스스로 죽게 했다. 하(下)는 거성이다. 비(譬)는 필지(匹智)의 반절음으로 깨우친다는 뜻이다.] 태종은 뜻을 크게 세워 고구려를 쳤다가 좌절하여 돌아왔다. 부끄럽고 분한 기운을 풀 곳이 없어서 바로 병들어 누웠는데, 유계를 참소하는 자가 태종이 그를 꺼려하고 미워하는 마음을 건드려 준 것이다.[설(泄)은 흩어진다는 뜻이다. 촉(觸)은 추옥(樞玉)의 반절음으로 범한다는 뜻이다. 지키고 단절시키는 것을 휘(諱)라고 한다. 오(惡)는 거성이다.] 이런 까닭으로 벼락같이 들이치니 다시 생각해보지도 못했다.[부(復)는 부우(扶又)의 반절음이다. 유(惟)는 또한 생각한다는 뜻이다.] 임금된 자가 반드시 의리로써 그 마음과 뜻을 기르고 기(氣)를 합쳐 크게 화합하게 한다면 기뻐도 예의에 지나치게 어긋남이 없고, 노해도 크게 어그러짐이 없게 된다."라고 했다.

西征建功事　見上[上 第三十九章也 此亦承上章而反覆歌詠之也]
서쪽을 정벌하여 공을 이룬 일은 윗글에 나타나 있다.[윗글은 제39장이다. 이 장도 또한 앞장을 이어 반복하여 노래한 것이다.]

第四十二章

【언해문】西幸·이　ᄒ마　오·라·샤　角端·이　ː말·ᄒ야·늘
術士·ᄅᆞᆯ　從·ᄒ시·니

【현대역】서행(西幸)이 이미 오래시어 각단(角端)이 말하거늘 술사
(術士)를 종(從)하시니.

【언해문】東寧을　ᄒ·마　ː아ᅀᆞ·샤　·구루·미　비·취여·늘
日官·ᄋᆞᆯ　從·ᄒ시·니

【현대역】동녕(東寧)을 이미 빼앗으시어 구름이 비치거늘 일관(日官)
을 종(從)하시니.

【언해문 분석】
1. ᄒ마 : 이미, 벌써
　‘ᄒ마’는 과거와 가까운 미래에도 쓰인다. 여기서는 과거의 의미를
　나타낸다. 아래의 예에서 (가)는 과거 (나)는 미래의 의미로 쓰였다.

　　가. 슬프다 ᄒ마 열히니=嗚呼已十年〈杜初, 二一〉
　　나. 罪 ᄒ마 일리러니〈龍飛, 一二三〉

2. 오라샤 : 오래시어
　기본형이 ‘오라다’이다. 분석하면 ‘오라-(어간) + -샤-(주체 높임
　선어말 어미) + (-아)(부사형 연결 어미)’와 같다.

3. 말ᄒ야늘 : 말하거늘

기본형 '말ᄒᆞ다'의 어간 '말ᄒᆞ-'에 원인의 연결 어미 '-거늘'의 이 형태 '-야늘'이 결합한 형태다. 분석하면 '말ᄒᆞ-(어간) + -야늘(원인의 연결 어미)'과 같다.

4. 아ᅀᆞ샤 : 빼앗으시어, 앗으시어

기본형이 '앗다(奪)'이다. 분석하면 '앗-(어간) + -ᄋᆞ샤-(주체 높임 선어말 어미) + (-아)(부사형 연결 어미)'와 같다. 'ᅀ' 소실 후 로는 '아ᅀᆞ-〉아ᄋᆞ' 또는 '아ᅀᅡ〉아ᅀᅡ'로 변화되었다.

5. 비취여늘 : 비치거늘

기본형이 '비취다'이다. 분석하면 '비취-(어간) + -여늘(원인의 연결 어미)'과 같다. 고영근(1986)에 따르면 이것의 어간 '비취-'는 자동사임에도 타동사 표지 '-여늘'을 취하고 있는데, 이는 주어 '구름'이 원래 피동주이기 때문이라고 한다. 이런 문장을 능격문이라고 한다.

6. 日官 : 일관(日官)

'일관'이란 역수(曆數) 점후(占候)를 맡은 벼슬로 세종조에는 이를 서운관(書雲觀)이라 불렀다.

【한문】西幸旣久　角端有語　術士之請　于以許之

【현대역】서쪽의 정벌이 이미 오래 되어 각단(角端)이 말을 하므로 술사(術士)의 청을 그대로 따랐다.

【한문】東寧旣取　赤氣照營　日官之占　于以聽之[占 音瞻 視兆也 言占候天象 以知吉凶也 聽 他丁切]

【현대역】동녕부를 이미 빼앗자 붉은 기운이 군영을 비추므로 일관

(日官)의 점괘를 그대로 따랐다.[점(占)은 음이 첨(瞻)으로 조짐을 본다는 뜻이다. 기후와 하늘의 기상을 보고 점을 쳐서 길흉을 안다는 말이다. 청(聽)은 타정(他丁)의 반절음이다.]

【주(註)】

元太祖征回回國　其王委國而去[回回國 係西域 其種不一 雜處西南 委 棄也]　太祖命速不罕逐之　及于灰里河敗之　回回王夜遁[罕 多改切 速不罕 人名也] 速不罕將萬騎　由不罕川追襲　回回王逃匿海嶼[將 即亮切 騎 去聲 嶼 象呂切 海中洲上有石山也]　速不罕分兵守其要害　回回王進退失據不旬日而瘐死[瘐 勇主切 以仇寒死曰瘐]　太祖遂進次于印度國鐵門關[印度國 係西番 人性强獷好殺 伐 至應天府 馬行五箇月]　侍衛見一獸　鹿形馬尾　綠色而獨角　能爲人言 謂之曰

원나라 태조가 회회국(回回國)을 치니 그 임금이 나라를 버리고 도망쳤다.[회회국은 서역(西域)의 한 갈래이다. 그 종족은 하나가 아니고 서남쪽에 섞여서 산다. 위(委)는 버린다는 뜻이다.] 태조가 속부태(速不罕)에게 명을 내려 물리치도록 하여 우회리하(于灰里河)에 이르러서 패퇴시켰다. 회회왕이 밤에 도망쳤다.[태(罕)는 다개(多改)의 반절음이다. 속부태는 사람 이름이다.] 속부태가 만여 명의 기병을 거느리고 불한천(不罕川)을 지나 추격하여 습격하니 회회왕이 바다에 있는 섬으로 도망쳐 숨었다.[장(將)은 즉량(即亮)의 반절음이다. 기(騎)는 거성이다. 서(嶼)는 상여(象呂)의 반절음으로 바다 가운데 있는 섬에 돌로 된 산이다.] 속부태가 군사를 나누어 그 요해처를 지키자 회회왕은 진퇴를 잃고 열흘이 못되어 배고픔과 추위로 죽었다.[유(瘐)는 용주(勇主)의 반절음으로 배고픔과 추위로 죽는 것을 유(瘐)라 한다.] 태조가 드디어 진격하여 인도국(印度國)의 철문관(鐵門關)에 행차했다.[인도국은 서번(西番)의 갈래로 사람들의 성품이 강하고 사나우며 죽이는 것을 좋아한다. 응천부(應天府)까지 가는데 말로 5개월을 가야한다.] 왕을 모시는 신하가 한 짐승을 보았는데, 사슴의 모양이고 말같은 꼬리이며 푸른색이고 뿔이 하나 달렸는데 능히 사람의 말을 할 수 있어서 말하기를

汝軍宜早回　太祖怪之　以問耶律楚材[耶偉 複姓也 楚材 遼東丹王突欲八世孫 而
金尙書右丞履之子也 中都陷 遂降于元]　楚材對曰

"너희 군사는 마땅히 빨리 돌아가야 한다."라고 했다. 태조가 이상하게
여기고 이 일을 야율초재(耶律楚材)에게 물었다.[야율(耶律)은 복성(複姓)이
다. 초재(楚材)는 요동의 글왕(丹王) 돌욕(突欲)의 8세손으로 금나라 상서우승(尙書右丞)
이(履)의 아들이다. 중도(中都)가 함락되자 드디어 원나라에 항복하였다.] 초재가 대답
하기를

此獸名角端　日行一萬八千里　解四夷語　是惡殺之象[解 曉也 惡 去聲 下同]
今大軍征西已四年　蓋上天惡殺遣之以告陛下　願承天心　宥此數國人命
寔陛下無疆之福[寔 丞職切 實也]　太祖即日班師

"이 짐승의 이름은 각단(角端)인데 하루에 1만 8천 리를 갈 수 있고
사방의 오랑캐 말을 이해할 수 있습니다. 이 짐승은 살생을 싫어함을
상징합니다.[해(解)는 깨우친다는 뜻이다. 오(惡)는 거성으로 아래도 같다.] 이제 대
군이 서쪽을 정벌한 지도 이미 4년이 되었습니다. 대체로 하늘이 살생
을 싫어하여 이 짐승을 보내어 폐하께 알리는 것입니다. 원컨대 하늘
의 뜻을 받들어 죄를 용서하시고 이들 나라의 백성들의 목숨을 살려주
십시오. 이것은 진실로 폐하의 끝없는 복이 될 것입니다."라고 하였
다.[식(寔)은 승직(丞職)의 반절음으로 진실이라는 뜻이다.] 태조가 그 날로 군사
를 돌렸다.

楚材通術數之學　无邃于太玄[術 食律切 技術也 邃 思類切 窮也 前漢揚雄 作玄書以
爲 玄者 天也 道也 言聖賢制法作事 皆引天道 以爲本統 而因附屬萬類王政人事法度 故伏羲
氏謂之易 老子謂之道 孔子謂之元 揚雄謂之玄 玄經三篇 以紀天地人之道 立三體 有上中下
如禹貢之陳三品 三三而九 因以九九八十一 故爲八十一卦 以四爲數 數從一至四 重累變易
竟八十一而徧 不可增損 以三十五著揲之 玄經五千餘言 而傳十二篇]　太祖以楚材明天
文之占　屢有問　莫不奇中　故每征伐　必令楚材　預卜吉凶[中 去聲 奇中
謂時時發言 有所中也 令 平聲]

야율초재는 술수(術數)의 학문에 능통하였는데 더욱이 태현(太玄)에 깊이가 있었다.[술(術)은 식율(食律)의 반절음으로 기술을 뜻한다. 수(邃)는 사류(思類)의 반절음으로 깊숙함을 뜻한다. 전한의 양웅(揚雄)이 현서(玄書)를 지어, 현(玄)은 천(天)이고 도(道)라고 했다. 성현들이 법을 만들고 일을 할 때 모두 하늘의 도를 끌어다 그 법의 근본을 삼고 이로 인하여 나라의 정치, 사람을 쓰는 일, 법도 등의 여러 가지 일을 여기에 부속시켰다. 그러므로 복희씨(伏羲氏)는 역(易)을 말하고 노자는 도(道)를 말하며 공자는 원(元)을 말하고 양웅(揚雄)은 현(玄)을 말한 것이다. 현경(玄經) 세 편은 하늘과 땅과 인간의 도(道)를 기술하여 세 요체를 세웠는데 여기에는 상, 중, 하가 있어 우공(禹貢)이 3품을 베풀어 놓은 것과 같다. 3·3은 9이고 그로 인하여 9·9는 81이므로 81괘가 된다. 4로써 수를 만들었는데, 수가 1에서 4까지 두 번, 여러 번 변하고 바뀌어 마침내 81에 미치면 더하거나 뺄 수 없고, 35개의 시초로 점을 친다. 현경(玄經) 5천여의 말은 12편으로 전해진다.] 태조는 야율초재가 하늘의 이치를 점치는 데 밝으므로 여러 번 물었는데 신기하게도 맞추지 못한 적이 없었다. 따라서 매번 정벌을 나설 때마다 반드시 야율초재로 하여금 미리 길흉을 점치도록 했다.[중(中)은 거성이다. 기중(奇中)이란 그때마다 말하는 것이 적중한다는 말이다. 영(令)은 평성이다.]

高麗奇賽因帖木兒　仕元爲平章[賽 先代切 賽因帖木兒 人名也 元制 中書省 平章政事四員 從一品 掌機務貳丞相 凡軍國重事 無不由之 世祖中統元年 置平章二員]　元亡　與分司遼瀋官吏平章金伯顔　右丞哈剌波豆　叅政德左不花等　招集亡元遺衆　割據東寧府[瀋 昌枕切 遼東誌 瀋陽舊名瀋州 在今遼東 秦置遼東郡 漢因之 唐屬安東都護府 遼爲節鎭 隷遼陽道 遼亡歸金 元初改瀋州高麗總管府 後爲瀋陽路 金伯顔父 本國人也 伯顔入元 歷仕至平章 元制中書省 右左丞各一員 正二品 副宰相 裁成庶務 號左右轄 叅政二員 從二品 副宰相以叅大政 而其職亞於右左丞]　憾其父轍之誅　冦我北鄙　將欲報仇　恭愍王命　太祖　及西北面上元帥池龍壽　副元帥楊伯淵等　徃擊之[時 太祖爲密直司使]　至義州　造浮橋渡鴨綠江　士卒三日畢濟　至螺匠塔[螺匠塔 在遼東城東二百里 至今路傍有石塔]　去遼城　二日程　留輜重賫七日糧以行[遼城 遼陽之城也]　使裨將洪仁桂　崔公哲等領輕騎三千　襲遼城[將 即亮切 下並同 騎 去聲]　彼見我師少　易之與戰[易 弋豉切 下同]　大軍繼至合戰　城中望見膽落[膽落 言懼甚也]　其將處明　恃驍勇猶拒戰[處明 其將之名]　太

祖使李原景　喩之曰

고려(高麗)의 기새인첩목아(奇賽因帖木兒)가 원나라에서 벼슬을 하여 평장(平章)이 되었다.[새(賽)는 선대(先代)의 반절음이다. 새인첩목아는 사람 이름이다. 원나라 제도에 중서성(中書省)에는 종1품인 평장정사(平章政事)가 4명이 있었다. 국가의 중요한 일을 하는 두 승상을 맡았는데 무릇 군사와 나라에 관한 중요한 일은 여기를 거치지 않는 것이 없었다. 세조(世祖) 중통(中統) 원년에 평장 2명을 두었다.] 원나라가 망하자 분사요심관리평장(分司遼瀋官吏平章) 김백안(金伯顔), 우승(右丞) 합라파두(哈刺波豆), 참정(叅政) 덕좌불화(德左不花) 등과 함께 도망친 원나라의 유민(遺民)들을 불러 모아 동녕부(東寧府)에 웅거하였다.[심(瀋)은 창침(昌枕)의 반절음이다. 요동지(遼東誌)에 심양(瀋陽)의 옛 이름은 심주(瀋州)로 지금의 요동에 있다고 했다. 진(秦)나라는 요동군을 두었고 한(漢)나라는 그대로 따랐다. 당(唐)나라는 안동도호부(安東都護府)에 속하게 했다. 요(遼)나라는 절진(節鎭)으로 삼아 요양도(遼陽道)에 예속시켰다. 요나라가 망하자 금(金)나라로 귀속되었다. 원나라 초에 심주고려총관부(瀋州高麗總管府)로 고쳤다가 뒤에 심양로(瀋陽路)로 했다. 김백안의 아버지는 우리나라 사람이다. 김백안이 원나라로 들어가 벼슬을 하여 평장(平章)에 이르렀다. 원나라 제도에 중서성에 정2품인 좌승과 우승이 1명씩 있었다. 이들은 재상을 보좌하여 여러 일을 헤아려 처리하는데 좌할(左轄) 우할(右轄)이라고 불렀다. 종2품인 참정 2명은 재상을 보좌하여 나라의 정치에 참여하였는데 그 직급은 좌·우승에 버금갔다.] 그 아버지 기철(奇轍)의 죽음에 유감을 품고 우리나라 북쪽을 침략하여 장차 원수를 갚으려 했다. 공민왕이 태조와 서북면상원수(西北面上元帥) 지용수(池龍壽), 부원수(副元帥) 양백연(楊伯淵) 등에게 명하여 가서 치도록 했다.[이때 태조는 밀직사사(密直司使)였다.] 의주(義州)에 이르러 부교(浮橋)를 만들어 압록강을 건너는데 사졸들이 3일에 걸쳐 건너는 것을 마쳤다. 나장탑(螺匠塔)에 이르니[나장탑은 요동성 동쪽 200리에 있다. 지금 길 옆에 석탑이 있다.] 요성(遼城)이 이틀 정도의 거리였고, 여기에 군수품은 놓아두고 7일분의 양식을 주어 떠나게 했다.[요성은 요양에 있는 성이다.] 그리고 부장군[裨將] 홍인계, 최공철 등에게 경기병(輕騎兵) 3천 명을 이끌고 요성(遼城)을 습격하도록 했다.[장(將)은 즉량(即亮)의 반절음이고 아래도 모두 같다. 기(騎)는 거성이다.] 저들은 우리 군사가 적은 것을 보고 쉽게 여기고 싸웠다.[이(易)는 익시(弋豉)의 반절음으로 아래도 같다.] 그러나 많은 군사가 계속 와서 싸우니 성 안에서 바라보고는 담(膽)이 떨어졌다.[담(膽)이 떨어졌다는 것은 매우 두려워한다는 말이다.] 그들의 장수 처명(處明)이 자신의 날램과 용맹을 믿고 항거하여 싸웠다.[처명은 그들 장수의 이름이다.] 태조가 이원경(李原景)을 시켜서 그를 타일러 다음과 같이 말했다.

殺汝甚易　但欲活汝收用　其速降也　不從[活 生也 降 胡江切 下並同]　原景曰

"너를 죽이는 것은 아주 쉬운 일이나 다만 너를 살려서 받아들이려고 하니 속히 항복하라."라고 말했으나 따르지 않았다.[활(活)은 산다는 뜻이다. 항(降)은 호강(胡江)의 반절음으로 아래도 모두 같다.] 원경이 말하기를

汝不知我　將之才也　汝若不降則　一射洞貫矣　猶不降[射 食亦切 下並同]
太祖故射拂其兜牟　又使原景喩之　又不從[有意爲之曰故 拂 敷勿切 過擊也 又拭也]　太祖又射其脚　處明中箭退走　旣而復來欲戰[中 去聲 復 扶又切 下同]
又使原景喩之曰

"네가 우리 장수의 재주를 모르는구나. 네가 만약 항복하지 않으면 단 한 발의 화살로 꿰뚫어버릴 것이다."라고 했으나 오히려 항복하지 않았다.[석(射)은 식역(食亦)의 반절음으로 아래도 모두 같다.] 태조가 고의로 활을 쏘아 그 투구를 떨어뜨리며 다시 이원경을 시켜 그를 달랬으나 또다시 따르지 않았다.[뜻을 가지고 하는 것을 고(故)라고 한다. 불(拂)은 부물(敷勿)의 반절음으로 치고 지나간다는 뜻인데, 또한 닦아서 깨끗이 한다는 뜻도 있다.] 태조가 다시 그의 다리를 쏘았다. 처명이 화살에 맞아 돌아서 달아나다가 다시 와서 싸우고자 했다.[중(中)은 거성이다. 부(復)는 부우(扶又)의 반절음으로 아래도 같다.] 다시 이원경을 시켜 달래어 말하기를

如若不降　即射汝面　處明遂下馬叩頭而降[下 去聲 下同]　有一人登城呼曰

[呼 大故 切]

"네가 만약 항복하지 않으면 곧 네 얼굴에 활을 쏘겠다."라고 했다. 처명이 드디어 말에서 내려 머리를 땅에 두드리며 항복하였다.[하(下)는 거성으로 아래도 같다.] 이때 어떤 한 사람이 성에 올라와 소리쳐 말하기를 [호(呼)는 대고(大故)의 반절음이다.]

我輩聞大軍來 皆欲投降 官貟勒使拒戰 若力攻 城可取也[勒 抑也] 城甚高峻 矢下如雨 又雜以木石 我步兵冒矢石 薄城急攻 遂拔之 賽因帖木兒遁 虜伯顏 退師城東 張榜納哈出也先不花等處曰[張榜 書題揭示也 遼東誌曰 國初大兵方下幽冀 元丞相也速 以餘兵遁接大寧 遼陽行省丞相也先不花 駐兵開元 洪保保 據遼陽 王哈剌不花 屯得利嬴城 高家奴 聚平頂山 各置部衆 多至萬餘人 少不下數千 互相雄長 無所統屬 於是也 先不花 與高家奴 納哈出 劉益等 合兵趨遼陽 洪保保拒而不納]

"우리 무리들은 대군이 온다는 말을 듣고 모두 투항하려고 했으나 관원들이 억지로 시켜서 싸우는 것입니다. 만약 힘써 공격한다면 성을 빼앗을 수 있습니다."라고 했다.[늑(勒)은 억지로 한다는 뜻이다.] 성이 매우 높고 험준한데다 화살이 비 오듯이 쏟아지고 또 나무와 돌멩이가 뒤섞여 있었다. 우리의 보병들이 화살과 돌멩이를 무릅쓰고 성에 다가가 신속히 공격하여 드디어 무너뜨렸다. 기새인첩목아는 달아났다. 김백안을 사로잡고 군대를 성의 동쪽으로 물렸다. 그리고 납합출(納哈出)과 야선불화(也先不花) 등이 사는 곳에 방(榜)을 다음과 같이 붙였다.
[장방(張榜)은 글을 써서 게시한다는 뜻이다. 요동지(遼東誌)에 이르기를 "나라 초에 많은 병사가 바야흐로 유주(幽州)와 기주(冀州)에 내려왔다. 원나라 승상(丞相) 야속(也速)이 남은 군사를 데리고 대령(大寧)에 도망가 피해있었고 요양행성승상(遼陽行省丞相) 야선불화는 군대를 개원(開元)에 머물게 하고 홍보보(洪保保)는 요양에 의거해 있었다. 왕합라불화(王哈剌不花)는 득리영성(得利嬴城)에 주둔하고 있었고 고가노(高家奴)는 평정산(平頂山)에 모여 있었는데, 각기 부대의 무리를 두어 많게는 만여 명에 이르고 적게는 수천 명은 되었다. 이들은 서로 우두머리를 다투어 통일된 소속이 없었다. 이에 야선불화와 고가노(高家奴), 납합출(納哈出), 유익(劉益) 등과 더불어 군대를 합쳐 요양으로 나왔다. 홍보보는 거절하고 따르지 않았다."라고 했다.]

奇賽因帖木兒　本國微臣　昵近天庭　過蒙殊恩　位至一品　義同休戚[休
美 戚 憂也]　天子蒙塵于外　義當左右先後　效死勿去　爾乃背恩忘義　竄
身東寧府　挾讎本國　潛圖不軌[天子出奔謂之蒙塵 言播越在草莽 蒙冒塵埃也 左右
先後 並去聲 背音佩 竄 匿也 不軌 不法也]　年前國家遣兵追襲　逃不血刃　又不
赴於行在[血刃 謂刃著血也 行在謂行在所也]　退保東寧城　與金伯顔平章等　結
爲心腹　松甫里法禿河阿尙介等處　團結軍馬　又欲侵害本國　罪在不原
[團 聚也 原 免也]　故今擧義兵以問　乃其賽因帖木兒　金伯顔等　誘脅小民
堅壁逆命　哨馬前鋒　生擒金伯顔外　哈剌波豆　德左不花　高達魯花亦
大都總管等大小頭目　盡行勤捕[勤 子小切 絶也]　賽因帖木兒　又復在逃
仰賽因帖木兒去接各寨　即便捕捉飛報[寨 助邁切 通作砦 木柵 又壘也]　如有
隱匿不首者　鑒在東京[首 謂事未發而先陳也 鑒 視也 詩曰殷鑒不遠 在夏后之世 遼金
皆以遼陽爲東京 元以爲東京路]

"기새인첩목아는 본국의 미천한 신하인데 천자와 친해져 특별한 은혜
를 지나치게 입어 그 지위가 1품에 이르렀으니 의리상 휴척(休戚)을 같
이 해야 한다.[휴(休)는 좋은 것이고 척(戚)은 근심이다.] 천자가 밖으로 몽진
(蒙塵)하게 되면 의리상 마땅히 좌우 앞뒤에서 보살피며 목숨을 바쳐
떠나지 말아야 한다. 그러나 곧 은혜를 저버리고 의리를 잊어 몸을 동
령부로 숨기고 본국을 원수로 생각하여 몰래 불궤(不軌)를 꾀했다[천자
(天子)가 도망쳐 달아나는 것을 몽진(蒙塵)이라 한다. 이는 도망쳐서 풀숲에 있으면서 먼
지를 뒤집어쓴다는 것을 말한다. 좌·우·선·후는 모두 거성이다. 배(背)는 음이 패(佩)이다.
찬(竄)은 숨는다는 뜻이다. 불궤(不軌)는 불법이다.] 몇 해 전에 나라에서 군대를
보내 습격하였으나 도망쳐 칼에 피를 묻히지 못했는데 또 행재(行在)
에도 가지 않았다.[혈인(血刃)은 칼에 피를 묻힌다는 말이다. 행재(行在)는 임금이 거
동할 때 수레가 머무는 행재소(行在所)를 말한다.] 그리고는 물러나 동령성을 지
키며 평장(平章) 김백안(金伯顔) 등과 마음을 뭉쳐 심복(心腹)이 되어
송보리(松甫里) 법독하(法禿河) 아상개(阿尙介) 등지에서 군마를 집결
시키고 또 본국을 침략하려고 하니 그 죄를 면할 수 없다.[단(團)은 모은
다는 뜻이다. 원(原)은 면한다는 뜻이다.] 그러므로 이제 의병을 일으켜 그 죄

를 물은 것이다. 이에 그 기새인첩목아, 김백안 등이 백성들을 꾀고 협
박하여 명령을 어기고 굳게 울타리를 치니, 초마(哨馬) 전봉(前鋒)이
김백안과 그 밖의 합라파두(哈剌波豆), 덕재불화(德在不花), 고달로화
적(高達魯花赤), 대도총관(大都總管) 등 크고 작은 두목을 모두 공격하
여 사로잡았다.[초(勦)는 자소(子小)의 반절음으로 끊는다는 뜻이다.] 기새인첩목
아는 또 다시 도망쳤다. 그러자 기새인첩목아가 각 보루에 가거든 곧
바로 잡아서 보고하도록 했다.[채(寨)는 조매(助邁)의 반절음으로 보통 채(砦)로
쓰는데 목책 또는 보루라는 뜻이다.] 만약 숨겨주고 알리지 않는 자가 있으면
동경의 본을 볼 것이다."라고 했다.[수(首)는 일이 일어나기 전에 먼저 얘기하는
것을 말한다. 감(鑒)은 본다는 뜻이다. 시경에 이르기를 "은나라의 본보기는 멀지 않으니
하나라에 있도다."라고 했다. 요(遼)와 금(金)은 모두 요양(遼陽)을 동경(東京)이라 했고
원(元)나라는 동경로(東京路)라고 했다.]

又榜金復州等廈曰[金州 周初箕子分封之域 秦隸遼東郡界 隋時屬于高麗 唐太宗拔卑沙
城 爲盖牟屬地 高宗平高麗置金州 元置萬戶府 大明設金州衛 復 如字 復州秦漢之世爲遼東
郡屬地 隋時屬于高麗 唐伐高麗置州縣 名復州 元仍其舊 大明設復州衛 金復二州 皆屬遼東
郡司]

또 금주(金州)와 복주(復州) 등지에 방을 붙여 말하기를[금주는 주(周)나라
초에 기자(箕子)에게 나누어 주어 봉한 땅이다. 진(秦)나라 때는 요동군(遼東郡)에 속했다.
수(隋)나라 때는 고구려에 속했는데 당태종이 비사성(卑沙城)을 빼앗아 개모성(盖牟城)에
속하게 했다. 당나라 고종이 고구려를 평정하고 금주를 두었다. 원나라는 만호부(萬戶府)
를 두었고 명(明)나라는 금주위(金州衛)를 두었다. 복(復)은 본래의 뜻이다. 복주는 진나라
한나라 때는 요동군에 속한 땅이었다. 수나라 때는 고구려에 속했는데 당나라가 고구려를
치고는 주현(州縣)을 둘 때 복주라고 이름했다. 원나라는 예전대로 썼다. 명나라는 복주위
(復州衛)를 두었다. 금주와 복주 두 주는 모두 요동도사(遼東都司)에 속한다.]

本國與堯並立[檀君開國 實唐堯之戊辰歲也]　周武王封箕子于朝鮮而賜之履
西至于遼河　世守疆域[朝 馳遙切 下並同 武王克殷釋箕子囚 因訪洪範封於朝鮮 左傳
曰賜我先君履 註 履 所履踐之界]　元朝一統　釐降公主　遼瀋地面　以爲湯邑
因置分省[釐 陵之切 理也 降 下也 言治裝下嫁也 書曰 釐降二女于嬀汭 高麗忠烈王 忠宣

王 及恭愍王 皆尙元公主 湯邑 湯沐之邑也 凡言湯沐邑者 以其賦稅供湯沐之具也] 叔季
失德 天子蒙塵于外[國衰爲叔世 將亡爲季世] 遼瀋頭目官等 罔聞不赴 又
不修禮於本國[書曰 羲和尸厥官罔聞知] 卽與本國罪人奇賽因帖木兒 結爲腹
心 嘯聚虐民 不忠之罪 不可逭也[嘯聚 嘯咏相聚 猶言響應耳 逭 胡玩切 逃也]
今擧義兵以問 賽因帖木兒等 據于東寧城 恃强方命[方命者 逆命而不行也
圓則行 方則止 方命 尤言廢闕詔令也] 哨馬前鋒 盡行勦捕 玉石俱焚 噬臍何
及[書曰 火炎崐岡 玉石俱焚 註 言火炎崐岡 不辨玉石之美惡而焚之 噬臍 音逝齊 左傳曰 若
不早圖 後君噬臍 其及圖之 註 言齧腹臍 喩不可反也] 凡遼河以東 本國疆內之民
大小頭目官等 速自來朝 共享爵祿 如有不庭 鑒在東京[庭 直也 一說 不
庭不來庭者]

"우리나라는 요임금과 같은 때에 일어났다.[단군이 나라를 연 것은 실로 요임
금 무진년(戊辰年) 때이다.] 주무왕(周武王)이 기자(箕子)를 조선(朝鮮)에 봉
하고 준 영토이니, 서쪽으로 요하에 이르기까지 대대로 지켜온 강토이
다.[조(朝)는 치요(馳遙)의 반절음으로 아래도 모두 같다. 무왕이 은나라를 치고 기자를
석방하여 그로 인해 홍범(洪範)을 찾아보고는 조선에 봉했다. 좌전에 이르기를 "내 선군
(先君)에게 내려준 영토이다."라고 하였는데 그 주석에 "이(履)는 밟는 땅이다."라고 했
다.] 원나라 조정이 천하를 통일하고는 공주를 시집보내고 요양과 심양
의 땅을 탕읍(湯邑)으로 삼아 성을 나누어 두었다.[이(釐)는 능지(陵之)의 반
절음으로 다스린다는 뜻이다. 강(降)은 내려온다는 뜻이니 행장을 정돈시켜 황녀를 신하에
게 시집보내는 것이다. 서경에 이르기를 "둘째 딸을 규예(嬀汭)로 시집보냈다."라고 했다.
고려의 충렬왕과 충선왕 그리고 공민왕은 모두 원나라 공주를 아내로 삼았다. 탕읍(湯邑)
은 탕목지읍(湯沐之邑)으로 대체로 탕목읍(湯沐邑)이라고 말 하는데 거기에서 나오는 세금
을 가지고 목욕하는데 드는 돈을 충당한다.] 숙계(叔季) 때에 덕을 잃고 천자가
밖으로 몽진(蒙塵)하니[나라가 쇠하게 된 때를 숙세(叔世)라고 하고, 장차 망하게
된 때를 계세(季世)라고 한다.] 요양과 심양의 우두머리 관리들이 알리지도
따라가지도 않고, 또 본국에 예의를 갖추지도 않았다.[서경에 이르기를 "희
화(羲和)가 그 직분을 다하지 않고 또 알리지도 않았다." 라고 했다.] 그리고는 본국
의 죄인 기새인첩목아와 결의하여 짝이 되어 불러 모아놓고 백성들을
괴롭히니 그 불충한 죄는 피할 수가 없었다.[소취(嘯聚)는 읊조리며 서로 모이

는 것이니 서로 응한다는 말과 같다. 환(逭)은 호완(胡玩)의 반절음으로 도망한다는 뜻이
다.] 지금 의병을 일으켜 그 죄를 물으니 기새인첩목아 등은 동령성에
웅거하면서 그 강함을 믿고 명령을 따르지 않고 있다.[방명(方命)이란 명령
을 거역하며 따르지 않는 것이다. 원만하면 행하고 모가 나면 그만 둔다. 방명은 특히 궁궐
의 조칙과 명령을 폐하는 것을 말한다.] 초마(哨馬) 전봉(前鋒)으로 모두 다 잡
아버리면 옥석이 모두 불탈 텐데 그 때 가서 후회한들 무슨 소용 있겠
는가?[서경에 이르기를 "곤강(崑岡)에 불이 나서 옥석이 모두 타버렸다."라고 했다. 그
주석에 "곤강에 불이나니 구슬과 돌의 좋고 나쁨을 가릴 것 없이 모두가 타버렸다."라고
했다. 서제(噬臍)는 음이 서제(逝齊)이다. 좌전에 이르기를 "만약 일찍 도모하지 않으면 나
중에 배꼽을 물려고 해도 닿지 않아 도모할 수 있겠는가?"라고 했는데 그 주석에 "배꼽
을 물어뜯는다는 말은 미칠 수 없음을 비유한 말이다."라고 했다.] 무릇 요하 동쪽의
우리나라 강토 안의 백성과 크고 작은 두목들에게 빨리 스스로 내조
(來朝)하여 작록(爵祿)을 함께 누리도록 하라. 만약 내정(來庭)하지 않
으면 동경의 본을 보리라."라고 했다.[정(庭)은 입직(入直)한다는 뜻이다. 일설
에 부정(不庭)은 조정에 오지 않는다는 뜻이라고 한다.]

翌日師次城西十里 是夜有亦氣射營熾如火 日官曰
다음날 군대를 성 서쪽 10리에 주둔시켰다. 이날 밤 붉은 기운이 군영
을 쏘니 마치 불이 난 것 같았다. 일관이 말하기를

異氣臨營 移屯大吉 遂班師野宿 令士卒各作溷厠馬廐[日官 掌曆數占候之官
即今之書雲觀也 令 平聲 溷 胡困切 亦厠也 廐 居又切 馬舍也] 納哈出躡後行二日曰
"이상한 기운이 군영에 임했으니 주둔지를 옮기면 크게 길하겠습니
다."라고 했다. 드디어 군사를 돌려 들판에서 머물게 하고 사졸들에게
명하여 각기 뒷간과 마굿간을 짓도록 했다.[일관(日官)은 책력을 만들고 기상
을 예측하는 일을 맡은 관리로 곧 지금의 운서관(書雲觀)이다. 영(令)은 평성이다. 혼(溷)
은 호곤(胡困)의 반절음으로 역시 뒷간이라는 뜻이다. 구(廐)는 거우(居又)의 반절음으로
마굿간이다.] 납합출이 이틀 동안 뒤를 따르다가 말하기를
作厠與廐 師行整齊 不可襲也 乃還 時中國人曰

"뒷간과 마굿간이 만들어졌고 군사의 대열이 정돈되었으니 습격할 수 없다."라고 말하자 이에 돌아갔다. 이때 중국 사람들이 말하기를

攻城必取　未有如高麗者也　後處明感恩　每見矢痕　必嗚咽流涕　終身 隨侍左右　太祖擊倭於雲峰　處明居馬前力戰立功　時人稱之[雲峰縣 本新 羅母山縣 或云阿英城 或云阿莫城 新羅改雲峰縣 高麗時 爲南原府任內 本朝 太宗元年 置監 務 十三年 改爲縣監 別號景德 今屬全羅道]

"성을 공격하면 반드시 취하는 것을 고려 사람같이 하는 자 있지 않다."라고 했다. 뒤에 처명(處明)이 은혜에 감복하여 매번 화살 맞은 흔적을 볼 때마다 반드시 오열하며 눈물을 흘렸고 몸을 마칠 때까지 좌우에서 따르며 모셨다. 태조가 운봉(雲峰)에서 왜구를 칠 때 처명이 말 앞으로 나가 힘을 다해 싸워 공을 세우니 이 때 사람들이 그를 칭송했다.[운봉현(雲峰縣)은 본래 신라 모산현(母山縣)인데 혹 아영성(阿英城)이라고 하고 혹 아막성(阿莫城)이라고도 한다. 신라는 운봉현이라고 고쳤다. 고려 때 남원부(南原府)의 관할이 되었다. 본조 태종 원년에 감무(監務)를 두었다가 13년에 고쳐서 현감(縣監)이라 했다. 별호는 경덕(景德)이고 지금은 전라도에 속한다.]

第四十三章

【언해문】 玄武門 :두 도·티 흔 사·래 마·ㅈ·니 希世之
事·를 ·그·려 :뵈시·니이·다[希 通作稀]

【현대역】 현무문(玄武門) 두 돼지가 한 살에 맞으니 희세지사(希世之
事)를 그려 보이셨습니다.[희(希)는 보통 희(稀)로 쓴다.]

【언해문】 졸애山 :두 ·놀·이 흔 사·래 :뻬·니 天縱之才·
를 ·그려·ㅿ :아·ㅿ·봃·까[縱 去聲 猶肆也 言不爲限量也]

【현대역】 졸애산(山) 두 노루가 한 살에 꿰니 천종지재(天縱之才)를
그려야 알까?[종(縱)은 거성으로 멋대로 하는 것과 같다. 이것은 한량(限量)이 없다는
것을 말한다.]

【언해문 분석】

1. 도티 : 돼지가, 돝이

‘돝’은 현대어의 ‘돼지(豚)’이다. 분석하면 ‘돝(명사) + 이(주격 조
사)’와 같다.

2. 希世之事 : 희세지사(希世之事)

당나라 현종이 사냥할 때 두 돼지를 한 화살로 맞췄다는 일로 세상
에 드문 일이란 뜻이다.

3. 뵈시니이다 : 보이셨습니다

기본형 ‘보다’에 사동 접미사 ‘-이-’가 결합한 형태다. 분석하면

'보-(어근) + -이-(사동 접미사) + -시-(주체 높임 선어말 어미)
+ -니-(현재 시상 선어말 어미) + -이-(상대 높임 평서형 선어말
어미) + -다(설명형 종결 어미)'와 같다.

4. 놀이 : 노루가

'놀이'는 '노ᄅ' 즉 '노루(獐)'의 주격형이다. '노ᄅ'는 비자동적 교체
를 보이는데 모음으로 시작되는 조사 앞에서 '놀ㅇ'으로 교체되어
'놀이, 놀을, 놀이' 등으로 나타난다.

5. ᄢᅦ니 : 꿰니, 꿰뚫리니

기본형이 'ᄢᅦ다'로 현대국어의 '꿰뚫다(貫)'이다. 분석하면 'ᄢᅦ-(어
간) + -니(부사형 연결 어미)'와 같다.

6. 天縱之才 : 천종지재(天縱之才)

'천종지재'란 이태조가 사냥할 때 두 마리 노루를 한 화살로 꿰뚫었
다는 일로, 하늘이 내리신 재주라는 뜻이다.

7. 그려ᅀᅡ : 그려야

기본형이 '그리다'이다. 분석하면 '그리-(어간) + -어ᅀᅡ(조건의 연
결 어미)'와 같다.

8. 아ᅀᆞ볼까 : 알까?

기본형이 '알다'이다. 분석하면 '알-(어간) + -ᅀᆞ-(객체 높임 선어
말 어미) + -올까(의문형 종결 어미)'와 같다. 여기서 존대되는 대
상은 이성계의 천종지재(天縱之才)이다.

【한문】 玄武兩犯　一箭俱中　希世之事　寫以示衆[中 去聲]

【현대역】 현무문(玄武門)에서 두 마리 멧돼지를 한 살로 모두 적중시키니 세상에 드문 이 일을 그림으로 그려 여러 사람에게 보이도다.[중(中)은 거성이다.]

【한문】 照浦二麕 一箭俱徹 天縱之才 豈待畫識[徹 直列切 達也 畫 胡挂切 挂也 以五色挂物象也]

【현대역】 조포산(照浦山)에서 두 마리 노루를 한 살로 꿰뚫으니 하늘이 주신 이 재주를 어찌 그림 그리기를 기다려야 알겠는가?[철(徹)은 직렬(直列)의 반절음으로 뚫는다는 뜻이다. 화(畫)는 호괘(胡挂) 반절음으로 걸어놓는 것이니 오색(五色)을 칠해 물건의 그림을 걸어 놓는 것이다.]

【주(註)】

唐玄宗嘗遊獵 一發中兩豝於玄武北門[玄宗 名隆基 睿宗之子也 中 去聲 豝 百加切 牡豕也] 當時命韋無忝 傳寫之[寫 洗野切 摹畫曰寫] 太祖嘗獵于洪原之照浦쥴애山[照浦山 在洪原縣北十五里] 有三麕爲群而出[獸三曰群] 太祖馳射先射一麕而斃 二麕並走 又射之 一發疊洞 矢著於槎[射 並食亦切 疊 達恊切 重也 洞 貫也 著 陟略切 下同 槎 鋤加切 邪斫木也] 李原景取其矢而至 太祖曰

당현종(唐玄宗)이 일찍이 사냥에 나갔다가 한 발의 화살로 현무북문(玄武北門)에서 두 마리 멧돼지를 명중시켰다.[현종(玄宗)은 이름이 융기(隆基)로 예종(睿宗)의 아들이다. 중(中)은 거성이다. 파(豝)는 백가(百加)의 반절음으로 멧돼지이다.] 당시에 위무첨(韋無忝)에게 명하여 그것을 그리게 했다.[사(寫)는 세야(洗野)의 반절음으로 베껴 그리는 것을 사(寫)라 한다.] 태조가 일찍이 홍원(洪原)의 조포(照浦, 쥴애)산에 사냥을 나갔는데[조포산(照浦山)은 홍원현(洪原縣) 북쪽 15리에 있다.] 어떤 세 마리의 노루가 무리를 이루어 나왔다.[짐승 세 마리를 군(群)이라고 한다.] 태조가 말을 달리며 살을 쏘았는데 먼저 쏜 살로 한 마리를 쓰러뜨렸다. 두 마리의 노루가 나란히 달아나는 것을 또한 쏘았더니 한 발로 포개어 뚫리고 화살은 나무 그루터기에 박혔다.[석(射)은 모두 식역(食亦)의 반절음이다. 첩(疊)은 달협(達恊)의 반절음으로 겹친

것이다. 통(洞)은 꿰뚫는 것이다. 착(著)은 척략(陟略)의 반절음으로 아래도 같다. 차(槎)
는 서가(鋤加)의 반절음으로 나무를 비껴 자른 것이다.] 이원경(李原景)이 그 화살
을 가져 왔는데 태조가 말하기를

爾來何遲也   原景曰
"그대들은 돌아오는 것이 어찌 늦었는가?"라고 묻자 이원경이 말하기를

矢深著於木 未易拔[易 弋豉切]   太祖笑曰
"화살이 깊이 나무에 박혀 있어서 쉽게 뽑을 수가 없었습니다."라고 했
다.[이(易)는 익시(弋豉)의 반절음이다.] 태조가 웃으며 말하기를

假使三麤   乃公矢力   亦足洞貫矣[乃 汝也 乃公 太祖自稱也]
"가령 세 마리 노루가 있었더라도 나의 화살 힘으로 역시 충분히 꿰뚫
었을 것이다."라고 했다.[내(乃)는 너라는 뜻이다. 내공(乃公)은 태조가 스스로를
가리키는 말이다.]

第四十四章

【언해문】 노·ᄅ·샛 바·오·리실·ᄊᆡ 믈 우·희 니·ᅀᅥ ·티시·
나 二軍鞠手:쓘 깃·그·니이·다
【현대역】 놀이의 방울이므로 말 위에서 이어 치시나 이군국수(二軍
鞠手)만 기뻐했습니다.

【언해문】 君命·엣 바·오·리어·늘 믈 겨·ᄐᆡ 엇마ᄀᆞ·시·니
九逵都人·이 :다 :놀·라ᅀᆞ·ᄫᅩ니
【현대역】 군명(君命)의 방울이거늘 말 곁에서 엇막으시니 구규도인
(九逵都人)이 다 놀라니.

【언해문 분석】

1. 노ᄅ샛 : 놀이의, 장난의
　 '노ᄅᆺ'은 '놀이, 장난'을 말한다. 여기에 처격 '애'에 사잇소리가 결
　 합하여 '노ᄅ샛'이 되었다. 분석하면 '노ᄅᆺ(명사) + 애(처격 조사)
　 + ㅅ(사잇소리)'과 같다.

2. 바오리실ᄊᆡ : 방울일새
　 '바올'은 '방울[鈴]'인데 여기서는 '공[球]'의 뜻으로 쓰였다. 분석하
　 면 '방올(명사) +이(서술격조사) + -시-(주체 높임 선어말 어미)
　 + -ㄹ새(원인의 연결 어미)'와 같다.

3. 티시나 : 치시나

기본형이 '티다' 즉 현대어의 '치다[擊]'이다. 분석하면 '티-(어간) + -시-(주체 높임 선어말 어미) + -나(부사형 연결 어미)'와 같다. '티다〉치다'는 구개음화 현상이다. 구개음화는 'ㄷ, ㅌ'같은 자음이 뒤에 오는 'ㅣ'모음의 영향을 받아 'ㅈ, ㅊ' 등의 경구개음으로 변화는 현상이다. 이 현상은 임진왜란 이후 나타나기 시작하여 17,8세기에 보편화되었다.

4. 쑨 : 만

'쑨'은 현대국어의 의존명사 '뿐'으로 소위 지정사(指定詞) '이다, 아니다'가 연결될 경우에만 쓰인다. 그러나 옛말의 '쑨'은 이러한 경우에는 물론이요, 조사 '에'나 접미사 '-ㅎ다'까지도 연결될 수 있으며 또한 본장의 예와 같이 국한(局限)을 나타내는 조사로도 쓰인다.

5. 깃그니이다 : 기뻐했습니다

기본형이 '깄다'이다. 따라서 분석하면 '깄-(어간) + -으니 … + -이-(상대 높임 선어말 어미) + …다(평서형 종결 어미)'와 같다.

6. 겨틔 : 곁에서

분석하면 '곁(명사) + 의(특이 처격 조사)'와 같다. '의'는 관형격 조사와 같은 형태이나 처격을 나타내는 특수한 처격 조사이다.

7. 엇마ᄀ시니 : 엇막으시니

기본형이 '엇막다'이다. 분석하면 '엇막-(어간) + -ᄋ시-(주체 높임 선어말 어미) + -니(원인의 연결 어미)'와 같다. 여기서 어간 '엇막-'의 '엇'은 접두사로 비틀어진 모양을 나타낸다.

8. 놀라ᅀᆞᄫᅵ니 : 놀라니

기본형이 '놀라다'이므로 분석하면 '놀라-(어간) + -ᄉᆞᆸ-(객체 높임 선어말 어미) + -ᄋᆞ니(평서형 종결 어미)'가 된다. 개체 높임 선어말 어미 '-ᄉᆞᆸ-'은 유성음 뒤에 쓰였고, 이 말의 목적어는 이성계이다.

【한문】嬉戲之毬　馬上連擊　二軍鞠手　獨自悅懌[嬉 音僖 游也 亦戲也 戲 謔也 毬 渠尤切 所擊之丸也]

【현대역】놀이를 하는 공을 말 위에서 연달아 치니 이군(二軍)의 국수(鞠手)들만이 오직 스스로 기뻐하도다.[희(嬉)는 음이 희(僖)인데 논다는 뜻으로 역시 희(戲)의 뜻이다. 희(戲)는 즐긴다는 뜻이다. 구(毬)는 거우(渠尤)의 반절음으로 치는 공이다.]

【한문】君命之毬　馬外橫防　九逵都人　悉驚譖揚[讚 則旰切 稱人之美也 揚 稱說也]

임금의 명령으로 하는 공놀이에서 말 곁에서 가로 막으니 온 나라 안의 사람들이 모두 놀라 찬양하도다.[찬(讚)은 칙간(則旰)의 반절음으로 사람의 훌륭함을 칭송하는 것이다. 양(揚)은 칭송하는 말이다.]

【주(註)】

唐宣宗[宣宗名怡 後改忱 憲宗之子也]　聽政之餘　至於弧矢擊鞠　皆洞盡其妙[鞠 音菊 擊鞠謂騎而以杖擊者也 黃帝習兵之勢 或曰起戰國 所以練武士 因嬉戲而講習之 猶打毬非蹋鞠之說]也　所御馬　銜勒之外　不可雕飾　而馬驕捷特異[銜 馬銜 所以制馬之行也 勒 馬頭絡銜也 一說 馬轡也 有銜曰勒 無曰羈 雕 丁聊切 琢文也 飾 粧也 驕 丘妖切 馬壯貌 捷 敏疾也]　每持鞠杖　乘勢奔躍　運鞠於空中　連擊至數百　而馬馳不止　迅若流電焉[迅 思晉切 疾也]　二軍老鞠手　咸服其能

당(唐) 선종(宣宗)은[선종은 이름이 이(怡)인데 뒤에 침(忱)으로 고쳤다. 헌종(憲宗)의 아들이다.] 정치하는 여가에 호시(弧矢)와 격국(擊鞠)에 이르기까지 모두 그 묘리를 통달했다.[국(鞠)은 음이 국(菊)이다. 격국(擊鞠)은 말을 타고 막대기로 치는 것인데 황제(黃帝)가 병사들의 무예를 연습시킨 것이다. 혹은 전국시대(戰國時代)에 생겼다고 하는데 이것으로 무사를 단련시키니 즐거워하며 배웠다고 한다. 공을 치는 것이지 발로 찬다는 말이 아니다.] 그가 타는 말은 재갈과 굴레 외에는 조각 장식을 하지 않았지만 말이 씩씩하고 민첩하여 특이했다.[함(銜)은 말 재갈인데 이것으로 말이 가는 것을 제어한다. 늑(勒)은 말머리를 두르는 굴레이다. 일설에는 말고삐라고도 한다. 재갈이 있으면 늑이라 하고 없으면 기(羈)라고 한다. 조(雕)는 정료(丁聊)의 반절음으로 무늬를 새기는 것이다. 식(飾)은 장식한다는 뜻이다. 교(驕)는 구요(丘妖)의 반절음으로 말이 장대한 모습이다. 첩(捷)은 민첩하고 빠르다는 뜻이다.] 공을 지팡이로 잡을 때마다 세를 틈타 뛰어서 공을 공중에 쳐올리고 연거푸 치기를 수백 번이나 해도 말은 달리는 것을 그치지 않으니 빠르기가 번개 같았다.[신(迅)은 사진(思晉)의 반절음으로 빠르다는 뜻이다.] 이군(二軍)의 나이 많은 국수(鞠手)들이 모두 그 능숙함에 탄복했다.

高麗時　每於端午節　預選武官年少者　及衣冠子弟　習擊毬之藝[端 始也 午 牾也 五月陰氣午逆陽 冒地而出也 端午五月五日也 少 詩照切 衣冠士大夫也 藝 技能也] 至其日　於九逵之傍　設龍鳳帳殿[逵 渠龜切 九逵謂之逵 四道交出 復有旁通者也 野次連幄以爲殿 因謂之帳殿 刻爲龍鳳之形以飾之]　自殿前左右　各二百步許　當路中立毬門　路之兩邊　以五色錦段　結婦女之幕　飾以名畫彩毯[畫 胡挂切 毯 他咸切 毛席也]　王幸帳殿觀之　排宴會設女樂　卿大夫皆從之[排 列也 事物紀原曰列女傳 夏桀求四方美女 積之後宮 作爛漫之樂 晉欲伐虞遺以女樂二八 左傳 鄭賂晉侯以女樂 論語 齊人歸女樂 自周末皆有 而桀爲之始]

고려 때 매번 단오절(端午節)에 미리 무관 가운데 젊은 사람과 의관(衣冠) 자제를 뽑아 격구의 기예를 배우게 했다.[단(端)은 처음이란 뜻이고 오(午)는 거스른다는 뜻이다. 5월에는 음기가 양기를 거슬러 땅을 뚫고 나온다. 단오(端午)는 5월 5일이다. 소(少)는 시조(詩照)의 반절음이다. 의관(衣冠)은 사대부(士大夫)이다. 예(藝)는 기능이다.] 그날이 되면 구규(九逵)의 옆에 용봉장전(龍鳳帳殿)을 설치하였다.[규(逵)는 거귀(渠龜)의 반절음이다. 구규(九逵)는 두루 통하는 길을 말하는데 사방의 길이 서로 교차하고 다시 그 옆에 통하는 길이 있다. 들판에 차례로 장막을 치는 것을 전(殿)이라고 하므로 이로 인해 장전(帳殿)이라고 한다. 용과 봉황을 새겨 장식했다.] 전

(殿)의 앞쪽 좌우에서 각 이백 보쯤 되는 곳의 길 복판에 구문(毬門)을 세운다. 길 양쪽에는 오색 비단으로 부녀자들의 천막을 만들고 유명한 그림과 채색 털방석으로 장식한다.[화(畵)는 호괘(胡挂)의 반절음이다. 담(毯)은 타합(他咸)의 반절음으로 털방석이다] 왕이 장전(帳殿)에 행차하여 구경하고 연회를 나열하여 여악(女樂)을 베푼다. 경대부들이 모두 따른다.[배(排)는 나열한다는 뜻이다. 사물기원(事物紀原)에 다음과 같이 말했다. "열녀전에 '하(夏)나라 걸(桀)이 사방의 미녀를 구해 후궁에 모아놓고 화려한 음악을 만들었다. 진(晉)은 우(虞)를 치려고 여악(女樂) 28명을 보냈다.'라고 했다. 좌전에는 '정(鄭)나라가 진후(晉侯)에게 여악을 뇌물로 주었다.'라고 했다. 논어에는 '제(齊)나라 사람이 여악을 돌려보냈다.'라고 했다. 주나라 말기부터 모두 여악을 두었는데 걸이 시작한 것이다."라고 하였다.]

擊毬者盛服盡飾　窮極侈靡　見他人有勝己者　必欲如之[靡奢麗也 勝 加也] 一鞍之費　直中人十家之産[直 當也 中 謂不富不貧也]　分作二隊　立於左右 妓一人執毬而進　步中奏樂之節　當殿前唱詞[中 去聲 下同 詞曰 滿庭簫鼓簇飛 毬 絲竿紅網捴撞頭]　唱訖而退　亦中奏樂之節[訖 終也]　擲毬道中　左右隊皆 趨馬而爭毬　先中者爲首擊　餘皆退立　都人士女　觀者山積[上中 如字 下中 去聲 士女猶曰男女也 積 子智切 委積也]

격구하는 사람은 복장을 성대히 하고 장식을 많이 하여 분수에 지나쳤고 남이 자기보다 나은 것을 보면 반드시 그와 같이 하려하였다.[미(靡)는 화사하고 고운 것이다. 승(勝)은 더한다는 뜻이다.] 안장 하나의 비용이 중인(中人) 열 집의 재산과 맞먹었다.[치(直)는 상당하다는 뜻이다. 중(中)은 부유하지도 않고 가난하지도 않은 것을 말한다.] 대열을 둘로 나누어 좌우에 서면 기생 한 명이 공을 잡고 나가는데 걸음은 주악의 음절에 맞았고 전 앞에 당도하면 노래를 불렀다.[중(中)은 거성으로 아래도 같다. 노래 가사는 "뜰에 가득 찬 통소소리 북소리는 나는 공을 불러 모으고 명주실로 감은 채와 붉은 공을 들어올린다." 라고 했다.] 노래가 끝나고 물러날 때도 또한 주악의 음절에 맞췄다.[흘(訖)은 마친다는 뜻이다.] 길 가운데 공을 던지면 좌우의 대열이 모두 말을 달려 공을 다투는데 먼저 맞춘 자가 수격(首擊)이 되고 나머지는 다 물러선다. 장안의 사녀(士女)가 산처럼 모여 구경한다.[위의 중(中)은 본래의

뜻이다. 아래 중(中)은 거성이다. 사녀(士女)는 남녀와 같은 말이다. 적(積)은 자지(子智)
의 반절음으로 쌓는다는 뜻이다.]

擊毬之法 先趨馬而進 以排至빈·지動毬 以持彼디·피回之 毬若入凹
則亦用排至[坳 亦作凹 於交切 地坳下不平也] 以杖之內面 斜引毬使高起 俗
謂之排至 以杖之外面 推去毬而擲之 謂之持彼[推 通回切 排也] 三回畢
乃馳擊行毬 行毬之初 不縱擊 執杖橫直 與馬耳齊 謂之比耳·귀견·줌
[縱 肆也] 比耳之後 舉手縱擊手高抗而杖下垂揚揚 謂之垂揚[抗 舉也 揚
悠揚也] 出門者少過門者十之二三 中道而廢者多[廢 止也] 若有出門者
同隊之人 卽皆下馬 進殿前再拜謝[下 去聲 下同 殿 卽帳殿也] 恭愍王時
太祖亦與其選[與 讀曰預] 行擊之時 馳馬太疾 已垂揚矣[疾 急也] 毬忽爲
石所觸 反入馬前二足之間 出後二足之間[觸 牴也] 太祖便仰臥側身 防
馬尾而擊之[側 傾也] 毬還出馬前二足之間 復擊而出門 時人謂之防尾·
치·니마·기[復 扶又切 下同] 又行擊之時 亦已垂揚 毬激橋柱 出馬之左
[激 吉歷切 蕩激也] 太祖脫右鐙 翻身而下 足不至地 擊而中之 卽還騎
復擊而出門 時人謂之橫防엇마·기[鐙 都鄧切 鞍鐙也 中 去聲] 舉國驚駭 以
爲前古無聞

격구하는 법은 먼저 말을 달려 나아가 배지(排至, 빈·지)로 공을 움직
이고 지피(持彼, 디·피)로 공을 굴린다. 공이 만약 우묵한 데로 들어가
면 또한 배지를 쓴다.[요(坳)는 또한 요(凹)로 쓰는데, 어교(於交)의 반절음으로 땅
이 움푹 패어 아래가 고르지 않다는 뜻이다.] 채의 안쪽으로 비스듬히 공을 끌어
높이 올리는 것을 배지라고 하고, 채의 바깥쪽으로 공을 밀어내어 치
는 것을 지피라고 한다.[퇴(推)는 통회(通回)의 반절음으로 밀쳐낸다는 뜻이다.]
세 바퀴 도는 것이 끝나면 이내 말을 달려 공을 쳐 가게 한다. 공이
처음 움직일 때는 거리낌 없이 마음대로 치지 않고 채를 잡아 옆으로
뉘여 말의 귀와 나란히 하는데 이것을 비이(比耳, ·귀견·줌)라 한다.[종
(縱)은 거리낌 없이 마음대로 한다는 뜻이다.] 귀견줌을 한 뒤에 손을 들어 마음
대로 치고 손을 더 높이되 채는 밑으로 내려 천천히 들어 올리니 이것

을 수양(垂揚)이라고 한다. [항(抗)은 든다는 뜻이다. 양(揚)은 천천히 들어올린다는 뜻이다.] 문을 지나가게 하는 사람이 적어 문을 통과시키는 사람은 열에 두 세 명이고 중도 그치게 하는 사람이 많다. [폐(廢)는 그만둔다는 뜻이다.] 만약 문을 지나가게 하는 자가 있다면 동료들은 곧 모두 말에서 내려 전 앞으로 나가 두 번 절하여 사례한다. [하(下)는 거성으로 아래도 같다. 전(殿)은 곧 장전(帳殿)이다.] 공민왕 때 태조도 또한 거기에 선발되어 참가했다. [여(與)는 예(預)로 읽는다.] 격구를 할 때 말을 아주 빨리 몰아 이미 수양이 되었다. [질(疾)은 빠르다는 뜻이다.] 공이 갑자기 돌에 부딪쳐 튕겨 말의 앞다리 사이로 들어와 뒷다리 사이로 빠져나가려고 했다. [촉(觸)은 부딪친다는 뜻이다.] 태조는 곧 드러누워 몸을 기울여 말 꼬리 쪽을 막아 공을 쳤다. [측(側)은 기울인다는 뜻이다.] 공이 돌아와 말의 앞다리 사이로 나가려 하자 다시 쳐서 문을 지나게 했다. 당시 사람들이 이것을 방미(防尾, ·치·니마·기)라고 했다. [부(復)는 부우(扶又)의 반절음으로 아래도 같다.] 또 격구를 할 때 이미 수양(垂揚)이 되었다. 공이 다리 기둥에 세게 부딪쳐 말 왼쪽으로 튕겨 나왔다. [격(激)은 길력(吉歷)의 반절음으로 세게 부딪치는 것이다.] 태조가 오른쪽 등자(鐙子)에서 발을 빼어 몸을 뒤쳐 내려 발이 땅에 닿기 전에 공을 쳐서 맞추고 곧바로 다시 말에 타 거듭 공을 쳐서 문을 지나가게 했다. 당시 사람들이 이것을 횡방(橫防, 엇마·기)이라고 했다. [등(鐙)은 도둥(都鄧)의 반절음으로 말 안장에 드리워진 발을 디디는 제구를 말한다. 중(中)은 거성이다.] 나라 사람들이 모두 놀라며 이전에는 들어보지 못한 일이라고 했다.

第四十五章

【언해문】 :가리·라 ᄒᆞ·리 이시·나 長者·를 ·브·리시·니 長者ㅣ실·씨 秦民·을 깃·기시·니[長 並上聲 下並同]

【현대역】 가려고 할 이 있으나 장자(長者)를 부리시니 장자(長者)이시므로 진민(秦民)을 기쁘게 하시니.[장(長)은 모두 상성으로 아래도 모두 같다.]

【언해문】 활 쏘·리 ·하·건마·ᄅᆞᆫ 武德·을 :아·ᄅᆞ시·니 武德·으·로 百姓·을 救·ᄒᆞ시·니

【현대역】 활 쏠 이 많건마는 무덕(武德)을 아시니 무덕(武德)으로 백성(百姓)을 구하시니.

【언해문 분석】

1. 가리라 : 가려고
   기본형이 '가다'이다. 분석하면 '가-(어간) + -리-(미래 시상의 선어말 어미) + -라(목적의 연결 어미)'와 같다.

2. ᄒᆞ리 : 할 이, 할 사람
   분석하면 'ᄒᆞ-(어간) + -ㄹ(관형형 어미) + 이(명사)'와 같다.

3. 브리시니 : 부리시니, 시키시니
   기본형이 '브리다' 즉 '시키다(使)'이다. 분석하면 '브리-(어간) + -시-(주체 높임 선어말 어미) + -니(원인의 연결 어미)'와 같다.

'브리다〉부리다'는 원순모음화 현상이다.

4. 깃기시니 : 기쁘게 하시니

기본형이 '깃기다'이다. 그런데 '깃기다'는 다시 '깄다'에 사동 접미
사 '-이'가 결합한 형태다. 분석하면 '깄-(어근) + -이-(사동 접미
사) + -시-(주체 높임 선어말 어미) + -니(상대 높임 평서형 종결
어미)'와 같다.

5. 하건마른 : 많건마는

기본형이 '하다(多)'이다. 분석하면 '하-(어간) + -건마른(원인이
나 조건의 연결 어미)'과 같다.

6. 아르시니 : 아시니

기본형이 '알다'이다. 분석하면 '알-(어간) + -으시-(주체 높임 선
어말 어미) + -니(원인의 연결 어미)'와 같다.

【한문】欲徃者在 長者是使 維是長者 悦秦民士

【현대역】가려고 하는 자 있으나 장자(長者)를 부리시니 장자이시므
로 진(秦)나라 백성을 기쁘게 하셨도다

【한문】射候者多 武德是知 維是 武德 救我群黎[射食亦切]

【현대역】활 쏘는 자 많건마는 무덕(武德)을 아시니 무덕으로 우리
백성을 구하셨도다[석(射)은 식역(食亦)의 반절음이다.]

【주(註)】

楚懷王[秦昭襄王 誘楚懷王槐 會武關 拘留不遣死於秦 楚人憐之 及秦二世二年 楚人項梁
起兵 求得懷王孫心於民間 立以爲楚懷王 從民望以其祖諡爲號] 與諸將約先入定關中

者王之[將 即亮切 下並同 王 于況切 又如字]　是時秦兵尙彊　諸將莫利先入關
[莫利先入關 言莫有以入關爲利者 盖畏秦也]　獨項羽怨秦奮勢　願與沛公西[羽 籍
字也 下相人 項梁兄子也 梁起兵於吳 至定陶再破秦軍 二世悉起兵益章邯 擊楚軍大破之 梁
死 怨秦 謂怨秦之殺項梁也]　諸老將曰

초(楚)나라 회왕(懷王)이[진(秦) 소양왕(昭襄王)이 초(楚) 회왕(懷王) 괴(槐)를 꾀어
무관(無關)에서 만나고는 억류하여 보내지 않아 진나라에서 죽자 초나라 백성들이 이를 가
엾게 여겼다. 진나라 2세 2년에, 초나라 항량(項梁)이 군사를 일으켜 회왕의 손자 심(心)을
민간에서 찾아내어 세워 초나라 회왕으로 삼았다. 이것은 백성들의 열망을 좇아 그 할아버
지의 시호로서 이름을 삼은 것이다.] 여러 장수들과 약속하기를 먼저 관중에
들어가 안정시키는 사람을 왕으로 삼겠다고 했다.[장(將)은 즉량(即亮)의 반
절음으로 아래도 모두 같다. 왕(王)은 우황(于況)의 반절음으로 또한 본래의 뜻이다.] 이
때 진(秦)나라 군대가 아직도 강했으므로 장수들은 먼저 관중에 들어
가는 것을 이롭게 여기지 않았다.[먼저 관중에 들어가는 것을 이롭게 여기지 않
았다는 것은 관중에 들어가는 것이 이롭다고 생각하는 사람이 없었다는 말이니 대개 진나
라를 두려워하기 때문이다.] 유독 항우(項羽)가 진나라에 원한이 있어 힘을
떨쳐 패공과 함께 서쪽으로 가기를 원했다.[우(羽)는 항적(項籍)의 자(字)이
다. 하상(下相) 사람인데 항량(項梁) 형의 아들이다. 항량이 오(吳)에서 군사를 일으켜 정
도(定陶) 이르러 진나라 군대를 두 번 깨뜨렸다. 진나라 2세가 익장한(益章邯)에서 모든
군대를 일으켜 초나라 군대를 쳐 크게 깨뜨리니 항량이 죽었다. 진나라에 원한이 있다는
것은 진나라가 항량을 죽인 원한을 말한다.] 나이 많은 장수들이 말하기를

羽慓悍猾賊[慓 匹妙切 疾也 悍 勇也 又强狠也 猾 狡也 賊 殘害也]　嘗攻襄城　襄城
無遺類　所過無不殘滅[襄城縣 屬潁川郡 類 種也]　且楚數進取皆敗　不如更
遣長者　扶義而西[數 音朔 數進取 言多所攻取也 更 改也 長 上聲 下並同 長者 長厚之
人 不嗜殺者也 扶義 猶言杖義也]　告喩秦父兄　秦父兄苦其主久矣[苦 厭苦之也]
今誠得長者　徃無侵暴　冝可下[下 去聲 下同 降也]　羽不可遣　獨沛公素寬
大長者　可遣　王乃遣漢高祖伐秦

"항우는 표한활적(慓悍猾賊)한 사람입니다.[표(慓)는 필묘(匹妙)의 반절음으
로 성급하다는 뜻이고 한(悍)은 용맹하다, 사납다는 뜻이다. 활(猾)은 교활하다는 뜻이고,

적(賊)은 잔인하게 해친다는 뜻이다.] 일찍이 양성(襄城)을 공격하여 양성에
씨를 남기지 않았고, 지나는 곳을 잔인하게 쓸어버리지 않은 곳이 없
었습니다.[양성현은 영천군(潁川郡)에 속한다. 유(類)는 종자이다.] 또 초나라는
여러 번 진군했으나 모두 패했습니다. 방법을 바꿔 장자(長者)를 보내
의(義)를 가지고 서쪽으로 가는 것만 같지 못합니다.[삭(數)은 음이 삭(朔)
이다. 자주 나갔다는 말은 여러 번 공격했다는 말이다. 경(更)은 바꾼다는 뜻이다. 장(長)
은 상성으로 아래도 모두 같다. 장자(長者)는 어른스럽고 덕이 두터운 사람으로 죽이는 것
을 좋아하지 않는 사람이다. 의(義)를 가진다는 것은 의리에 기댄다는 말이다.] 그리고
진나라의 부형(父兄)들을 타이르십시오. 진나라 부형들은 오랫동안 그
임금에게 고통을 받아왔습니다.[고(苦)는 싫어하고 괴로워하는 것이다.] 이제
진실로 장자를 얻어 그를 보내어 해치고 포악하게 하지 않으면 마땅히
항복시킬 수 있습니다.[하(下)는 거성으로 떨어뜨리는 것과 같으니 항복시킨다는 말
이다.] 항우를 보낼 수는 없습니다. 유독 패공만이 본디 너그러운 장자
이니 보낼 만 합니다."라고 했다. 왕이 이에 한고조(漢高祖)를 보내 진
나라를 치도록 했다.

高祖引兵而西　無不下者　所過無得鹵掠　秦民皆喜[鹵 與虜同]　至霸上
秦王子嬰　素車白馬　係頸以組　封皇帝璽符節　降軹道傍[霸 匹駕切 霸上
地名在長安東霸水上 霸水 古之滋水 秦穆公築宮於此 更名水曰霸水 城曰霸城 以章霸功也
子嬰 二世兄之子 不敢襲帝號 但稱王耳 素車白馬 喪人之服也 組 音祖 綬也 間次五采爲之
所以帶璽也 係頸者 以示降服欲自殺也 天子有六璽 皇帝行璽 皇帝之璽 皇帝信璽 天子行璽
天子之璽 天子信璽 傳國璽 自在六璽之外 降 胡江切 下同 軹 音只 軹道 亭名 在雍州萬年縣
東北]　諸將請誅之　高祖曰
고조가 군대를 이끌고 서쪽으로 가니 항복하지 않은 자가 없었다. 지
나는 곳에서 노략질을 하지 않으니 진나라 백성들이 모두 기뻐했다.[노
(鹵)는 노(虜)와 같다.] 패상(霸上)에 이르니 진나라 왕 자영(子嬰)이 흰 수
레와 흰 말에 끈으로 목을 묶고 황제의 옥새와 부절을 받들고 지도정
(軹道亭) 옆에서 항복했다.[패(霸)는 필가(匹駕)의 반절음이다. 패상(霸上)은 땅 이
름으로 장안(長安) 동쪽 패수(霸水) 위에 있다. 패수는 옛날에는 자수(滋水)라고 했다. 진

목공(秦穆公)이 여기에 궁을 쌓고서 물 이름을 바꿔 패수(霸水)라 하고, 성은 패성(霸城)이라고 했는데 이것은 제패한 공을 드러낸 것이다. 자영은 2세의 형의 아들로 감히 황제의 호를 이어 쓰지 못하고 다만 왕이라고 했을 뿐이다. 흰 수레와 흰 말은 상인(喪人)의 차림새이다. 조(組)는 음이 조(祖)로 인끈이다. 순서대로 다섯 가지 색이 있는데 이것으로 옥새에 맨다. 목을 묶었다는 것은 항복하고 자살하려는 것을 보이는 것이다. 천자는 여섯 가지의 옥새가 있으니 황제행새(皇帝行璽), 황제지새(皇帝之璽), 황제신새(皇帝信璽), 천자행새(天子行璽), 천자지새(天子之璽), 천자신새(天子信璽)가 그것이다. 전국새(傳國璽)는 이 여섯 가지 옥새와 별도이다. 항(降)은 호강(胡江)의 반절음으로 아래도 같다. 지(軹)는 음이 지(只)이다. 지도(軹道)는 정자의 이름으로 옹주(雍州) 만년현(萬年縣) 동북쪽에 있다.]

여러 장수들이 죽일 것을 청하니 고조가 말하기를

始懷王遣我 固以能寬容 且人已降 殺之不祥 乃以屬吏[屬 之欲切 付也 屬吏者 付之於吏使監守之也] 西入咸陽 還軍霸上 悉召父老豪傑 謂曰

"처음에 회왕(懷王)이 나를 보낸 것은 정말로 너그럽게 용서해 줄 수 있어서였다. 그리고 또 이미 항복했는데 죽이는 것은 상서롭지 못하다."라고 하고 관리들에게 맡겼다.[촉(屬)은 지욕(之欲)의 반절음으로 맡기는 것이다. 관리에게 맡겼다는 것은 관리에게 맡겨 지키게 했다는 말이다.] 서쪽으로 함양(咸陽)에 들어갔다가 패상으로 군대를 돌려 부로(父老)와 호걸(豪傑)을 모두 불러 말하기를

父老苦秦苛法久矣[苛 音何 細草也 以喩煩雜] 諸侯約先入關者王之 吾當王關中[王 並于況切 又如字] 與父老約法三章耳 殺人者死 傷人及盜抵罪 餘悉除去[傷人有曲直 盜賊有多少 罪名不可預定 凡言抵罪 未知抵何罪也] 凡吾所以來 爲父老除害 非有所侵暴 毋恐[爲 去聲] 乃使人與秦吏行縣鄕邑 告喩之[行 下孟切 秦制 縣大率方百里 十里一亭 十亭一鄕 所封食邑] 秦民大喜 爭持牛羊酒食 獻饗軍士[食 去聲] 高祖讓不受曰

"부로들께서 진나라의 가혹한 법에 오랫동안 고통을 받았도다.[가(苛)는 음이 하(何)로 가느다란 풀이라는 뜻인데 번잡한 것을 비유한 것이다.] 제후들이 약속하기를 먼저 관중에 들어가는 사람이 왕이 되기로 했으니 내가 마땅히

관중의 왕이다.[왕(王)은 모두 우황(于況)의 반절음으로 또한 본래의 뜻이다.] 부로들과 함께 법을 세 가지만 약속하겠다. 사람을 죽인 자는 죽이고 사람을 상하게 하거나 도적질은 죄에 저촉된다. 그 밖의 나머지는 모두 없앤다.[사람을 상하게 한 것에는 옳고 그름이 있고 도둑질에는 많고 적음이 있으니 죄명을 미리 정할 수는 없다. 무릇 죄에 저촉된다는 말은 어떤 죄에 저촉될지 알 수 없다는 뜻이다.] 무릇 내가 온 것은 부로들을 위해 해로움을 없애려는 것이지 해치거나 포악하게 하려는 것이 아니다. 두려워 말라."라고 했다.[위(爲)는 거성이다.] 이에 사람을 시켜 진나라 관리와 함께 현(縣)과 향읍(鄕邑)에 다니며 알려 타이르도록 했다.[행(行)은 하맹(下孟)의 반절음이다. 진나라 제도에 현은 크게 사방 백 리를 다스린다. 10리에 정(亭)이 하나 있고 10정(亭)이 1향(鄕)이 된다. 이것을 식읍으로 봉했다.] 진나라 백성들이 크게 기뻐 소, 양, 술을 앞 다퉈 가져와 먹이며 군사에게 베풀어 주었다.[사(食)는 거성이다.] 고조는 사양하고 받지 않으며 말하기를

倉粟多　不欲費民　民又益喜　唯恐高祖不爲秦王
"창고에 곡식이 많으니 백성들의 것을 쓰고 싶지 않다."라고 했다. 백성들이 또한 더욱 기뻐했고 다만 고조가 진왕(秦王)이 되지 못할까 걱정했다.

高麗恭愍王　令卿大夫射侯　親觀之[令 平聲 射 食亦切 侯 張布而射之者也]　太祖百發百中[中 去聲]　王嘆曰　今日之射　唯 李[太祖諱]一人而已
고려 공민왕이 경대부(卿大夫)들에게 과녁에 활쏘기를 시키고는 친히 관람했다.[영(令)은 평성이다. 석(射)은 식역(食亦)의 반절음이다. 후(侯)는 베를 펼쳐 놓고 활을 쏘는 것이다.] 태조는 백발백중이니[중(中)은 거성이다.] 왕이 감탄하여 말하기를 "오늘의 활쏘기에는 오직 이(李)[태조의 이름] 한 사람 뿐이로다."라고 했다.

黃裳仕元　以善射聞於天下[聞 去聲]　順帝親引其臂觀之[臂 卑義切 肱也]

恭愍王朝　爲贊成事[朝 馳遙切]　太祖會諸同列　射侯於德巖·덕바·회[射 食亦切　德巖 在松京東部蛇洞·비얌:골之東嶺]　置侯於百五十步　太祖每發盡中之日幾午裳至[中 去聲 下並同 幾 平聲 近也]　諸相請 太祖獨與裳射[上 去聲]　凡數百發裳連中五十後　或中或不中　太祖無一不中焉　王聞之　乃曰

황상(黃裳)이 원나라에서 벼슬을 했는데 활 잘 쏘는 것으로 천하에 소문났다.[문(聞)은 거성이다.] 순제(順帝)가 친히 그 팔을 끌어 당겨 보았다. [비(臂)는 비의(卑義)의 반절음으로 팔이다.] 공민왕 때 찬성사(贊成事)가 되었다. [조(朝)는 치요(馳遙)의 반절음이다.] 태조가 마침 여러 동료들과 덕암(德巖, ·덕바·회)에서 활쏘기를 하는데[석(射)은 식역(食亦)의 반절음이다. 덕암은 송경(松京) 동부(東部) 사동(蛇洞, ·비얌:골)의 동쪽 고개에 있다.] 과녁을 150보 떨어진 곳에 설치했다. 태조는 쏠 때마다 모두 적중했다. 정오가 될 무렵 황상이 왔다.[중(中)은 거성으로 아래도 모두 같다. 기(幾)는 평성으로 가깝다는 뜻이다.] 제상(諸相)들이 태조에게 황상과 단 둘이서 쏠 것을 청했다.[상(相)은 거성이다.] 무릇 수백 발을 쏘았는데 황상은 계속해서 50발을 맞춘 뒤에는 혹 명중되거나 혹 명중되지 않은 것도 있었다. 그러나 태조는 명중되지 않은 것이 한 발도 없었다. 왕이 그것을 듣고는 이에 말하기를

李[太祖諱]固非常人也
"이[태조의 이름]는 정말 보통 사람이 아니다"라고 했다.

第四十六章

【언해문】賢君·을 :내·요리·라 하·늘·히 駙馬 달·애·샤 :두 孔雀·일 ·그·리시·니이·다[賢君 指唐太宗也 駙 符遇切 副也 非正駕車 皆爲副馬 一曰 駙 近也 疾也 漢制 天子以列侯尙公主 諸侯以國人承翁主 魏晉之後 尙公主皆 拜駙馬都尉 初漢武置都尉 掌御馬 歷兩漢 多宗室及外戚與諸公子孫任之 後代因魏晉以爲恒 每尙公主 則拜駙馬都尉]

【현대역】현군(賢君)을 내려고 하늘이 부마(駙馬) 달래시어 두 공작(孔雀)을 그리셨습니다.[현군(賢君)은 당나라 태종을 가리킨다. 부(駙)는 부우(符遇)의 반절음으로 버금이라는 뜻이다. 수레를 끌지 않는 모두 여벌로 두는 말을 부마(副馬)라고 한다. 부(駙)에는 가깝다. 빠르다의 뜻이 있다. 한나라 제도에 천자(天子)는 제후로써 공주의 짝을 지었고 제후는 나라 사람으로 옹주를 받들게 했다. 위진(魏晉) 이후로 공주의 짝에게 모두 부마도위(駙馬都尉)를 배수했다. 처음 한무제가 도위(都尉)를 두어 임금이 타는 말을 맡도록 했다. 양한(兩漢)을 지나면서 대부분 종실이나 외척 그리고 여러 공자의 후손들이 이를 맡았다. 후대의 위진(魏晉)때부터 항구적인 것이 되어 매번 공주의 짝은 곧 부마도위에 배수되었다.]

【언해문】聖武·를 :뵈·요리·라 하·늘·히 :님·금 달·애·샤 ·열 銀鏡·을 노ᄒ·시·니·이·다[書曰 布昭聖武 註 聖武 猶易所謂神武而不殺者]

【현대역】성무(聖武)를 보이려고 하늘이 임금 달래시어 열 은경(銀鏡)을 놓으셨습니다.[서경에 이르기를 "성무(聖武)를 보인다."라고 하였는데 그 주석에 "성무는 주역에서 이른바 신묘한 무덕이니 사람을 죽이지 않는다는 말과 같은 것이다."라고 했다.]

【언해문 분석】
1. 내요리라 : 내려고

기본형이 '내다'이다. 분석하면 '내-(어간) + -요-(의도법 선어말 어미) + -리-(미래 시상 선어말 어미) + -라(목적의 연결 어미)'와 같다.

2. 달애샤 : 달래시어, 달래사

기본형이 '달애다'이다. 분석하면 '달애-(어간) + -샤-(주체 높임 선어말 어미) + (-아)(부사형 연결 어미)'와 같다.

3. 孔雀일 : 공작(孔雀)을

분석하면 '공작(명사) + 이(매개모음) + ㄹ(목적격 조사)'이 된다. 여기서 '이'는 아무런 뜻이 없이 소리를 고르는 즉 자음 충돌을 막기 위해 쓰인 매개모음(조성모음)이다. 목적격 조사 'ㄹ'은 폐모음 아래 쓰였다.

4. 그리시니이다 : 그리셨습니다

분석하면 '그리-(어간) + -시-(주체 높임 선어말 어미) + 니 … + -이-(상대 높임 선어말 어미) + …다(평서형 종결 어미)'와 같다.

5. 뵈요리라 : 보이려고

기본형이 '뵈다'이다. 분석하면 '뵈-(어간) + -요-(의도법 선어말 어미) + -리-(미래 시상 선어말 어미) + -라(목적의 연결 어미)'와 같다.

【한문】 將降賢君　天誘駙馬　維二孔雀　用以圖寫
【현대역】 장차 어진 임금을 내려 보내려고 하늘이 부마(駙馬)를 달래어 공작 두 마리를 그리도록 하셨도다.

【한문】欲彰 聖武　天誘厥辟　維十銀鏡　用爲侯的[辟 君也]

【현대역】성스런 무공을 드러내려고 하늘이 임금을 달래어 은(銀)으로 만든 거울 열 개를 표적으로 삼게 하셨도다.[벽(辟)은 임금을 뜻한다.]

【주(註)】

神武肅公竇毅[馬邑郡神武縣 舊置神武郡 周孝閔帝進爵毅神武郡公 及卒諡曰肅 竇 田候切 姓也]　娶周武姊襄陽長公主生女　生髮過頸　三歲與身齊[娶 逡遇切 取婦也 宇文泰之子覺 西魏恭帝三年 受禪即帝位 都長安 是爲後周也 武帝名邕 明帝之弟也 姊 將几切 男子謂女子先生爲姊 長 上聲 下同屛]　及長　毅謂公主曰

신무숙공(神武肅公) 두의(竇毅)가[마읍군(馬邑郡) 신무현(神武縣)에 옛날에는 신무군(神武郡)이 있었다. 북주(北周)의 효민제(孝閔帝)가 두의에게 신무군공(神武郡公)의 작위를 주었다. 그가 죽자 시호를 숙(肅)이라고 했다. 두(竇)는 전후(田候)의 반절음으로 성이다.] 주(周)나라 무제(武帝)의 누이인 양양장공주(襄陽長公主)를 아내로 삼아 딸을 낳았다. 태어나면서부터 머리카락이 목을 지났고 세 살이 되자 키만큼 자랐다.[취(娶)는 준우(逡遇)의 반절음으로 부인을 얻는다는 뜻이다. 우문태(宇文泰)의 아들 각(覺)이 서위(西魏) 공제(恭帝) 3년에 선위를 받아 황제에 오르고 장안(長安)을 도읍으로 정했는데 이것이 후주(後周)이다. 무제는 이름이 옹(邕)으로 명제(明帝)의 동생이다. 자(姊)는 장궤(將几)의 반절음으로, 남자가 자기보다 먼저 태어난 여자에게 부르는 말을 자(姊)라고 한다. 장(長)은 상성으로 아래도 같다.] 딸이 자람에 두의가 공주에게 일러 말하기를

此女貌如此　不可妄以許人　當爲求賢夫[爲 去聲]　乃於門屛　畫二孔雀[屛 必郢切 古者別內外 於門樹屛以蔽塞之 盖小墙當門中也 畫 胡挂切 孔雀 文禽也 廣益諸州所産 高 四五尺 雌者尾短無金翠 雄者五年成]　諸公子有求婚者　輒與兩箭射之　潛約中目者許之　前後數十輩莫能中[與 許也 射 食亦切 中 並去聲 下同亦]　唐高祖後至　兩發　各中一目　毅大悅　遂歸之

"이 딸의 모습이 이와 같으니 망령되게 보통 사람에게 시집보낼 수 없고, 마땅히 어진 사람을 구해야 되겠소."라고 말했다.[위(爲)는 거성이다.] 그리고는 이내 문병(門屛)에 두 마리 공작새를 그렸다.[병(屛)은 필영(必

郢)의 반절음이다. 옛날에는 안과 밖을 구별하기 위해 문에 병풍을 세워놓아 막거나 작은 담장을 문 가운데 만들어 놓았다. 화(畫)는 호괘(胡挂)의 반절음이다. 공작새는 문금(文禽)을 말한다. 광주(廣州), 익주(益州) 등지에서 자란다. 키는 4~5척쯤 된다. 암컷은 꼬리가 짧고 금빛 비취색이 없다. 수컷은 5년이면 다 자란다.] 여러 공자들 중에 혼인을 청하는 자 있으면 갑자기 두 대의 화살을 주어 쏘게 하고 은밀히 약속하기를 눈을 맞추는 자에게 혼인을 허락하겠다고 했다. 전후 수십의 무리들이 능히 맞추지 못했다.[여(與)는 허락한다는 뜻이다. 석(射)는 식역(食亦)의 반절음이다. 중(中)은 모두 거성으로 아래도 역시 같다.] 당나라 고조가 나중에 도착하여 두 발을 쏘았다. 각각 하나의 눈을 맞추자 두의가 크게 기뻐하여 드디어 딸을 그에게로 보냈다.

高麗恭愍王　命諸相射侯[相 去聲 射 食亦切 下並同]　至哺時　出內府銀小鏡十箇　置八十步　約中者與之[宮禁 謂之內也 謂貨財曰府 中 去聲 下同]　太祖十發十中　王稱歎　後辛禑獵于海州　嘗於行宮　命諸武臣射的　用黃紙爲質大如椀　以銀爲小的栖其中　徑纔二寸　置五十步許[的 射侯之中 卽正鵠也 質 謂射之所畫之地 如言白質赤質之類 栖 先齊切 或作棲 中 如字 徑 通作徑 直也 事林廣記曰 圓三徑一 打圓圈都量有三 其徑有一 如圓有三寸徑一寸 圓有三尺 徑一尺]　太祖射之終不出銀的　禑樂觀之　繼之以燭　賜太祖良馬三匹[樂 音洛]　李豆蘭言於太祖曰　奇才不可多示人

고려 공민왕이 제상들에게 명하여 과녁을 쏘도록 했다.[상(相)은 거성이다. 석(射)는 식역(食亦)의 반절음으로 아래도 모두 같다.] 오후 네 시쯤인 신시(申時, 哺)에 이르러 내부(內府)에서 은으로 만든 조그만 거울 10개를 꺼내와 80보 되는 거리에 두고 약속하기를 맞추는 자에게 준다고 했다. [궁성을 내(內)라 말한다. 재화를 쌓아두는 곳을 부(府)라 한다. 중(中)은 거성으로 아래도 같다.] 태조가 10발을 쏘아 10발을 적중시키자 왕이 칭찬하며 감탄했다. 뒤에 신우(辛禑)가 해주(海州)에 사냥을 나가서는 일찍이 행궁(行宮)에서 무신(武臣)들에게 명하여 표적을 쏘라고 했다. 큰 사발만한 누런 종이를 바탕으로 쓰고 지름이 겨우 2촌인 은으로 만든 조그만 표적지를 그 가운데 붙여 놓고는 50보쯤 되는 거리에 두었다.[적(的)이란 과녁의 한가운데를 말하는데 바로 정곡(正鵠)이다. 질(質)은 표적을 그리는 바탕이니, 흰 바탕, 붉은 바탕 따위를 말하는 것과 같다. 서(栖)는 선제(先齊)의 반절음으로 혹 서(棲)로도 쓴다. 중(中)은 본래의 뜻이다. 경(徑)은 보통 경(逕)으로 쓰는데 직경을 말한다. 사림광기(事林廣記)에 이르기를 '둘레가 3이면 지름이 1이다.'라고 했다. 마치 둘레가 3촌(寸)이면 지름은 1촌(寸)이고, 둘레가 3척(尺)이면 지름은 1척(尺)이란 것과 같다.] 태조가 활을 쏘니 마침내 은으로 만든 표적에 벗어나지 않았다. 신우가 기뻐하며 그것을 보고는 촛불을 가지고 계속했다. 그리고 태조에게 뛰어난 말 3필(匹)을 하사했다.[악(樂)은 음이 락(洛)이다.] 이두란(李豆蘭)이 태조에게 일러 말하기를 "기묘한 재주는 사람들에게 많이 보여주어서는 안 됩니다."라고 했다.

第四十七章

【언해문】大箭 흔 :나·태 突厥·이 :놀·라ᅀᆞ·바·니 어·듸
머·러 威不及ᄒᆞ·리잇·고

【현대역】대전(大箭) 한 낱에 돌궐(突厥)이 놀라니 어디가 멀어 위불
급(威不及)하겠습니까?

【언해문】片箭 흔 :나·태 島夷 :놀·라ᅀᆞ·바·니 어·늬
구·더 兵不碎ᄒᆞ·리잇·고

【현대역】편전(片箭) 한 낱에 도이(島夷) 놀라니 어느 것이 굳어 병불
쇄(兵不碎)하겠습니까?

【언해문 분석】

1. 흔 나태 : 한 낱에
   '흔'은 관형사로 '하나(一)'이고 '낱'은 '낱 개(箇), 개수'를 말한다.
   따라서 분석하면 '흔(관형사) + 낱(명사) + 에(처격 조사)'와 같다.

2. 놀라ᅀᆞ바니 : 놀라니
   기본형이 '놀라다'이다. 분석하면 '놀라-(어간) + -ᅀᆞ-(객체 높임
   선어말 어미) + -아니(원인의 연결 어미)'와 같다.

3. 어듸 : 어디가
   명사 '어듸'는 현대어의 미지칭 대명사에 해당된다.

4. 흥리잇고 : 하겠습니까?, 하리까?

분석하면 '흥-(어간) + -리-(미래 시상 선어말 어미) + -잇-(상대 높임 선어말 어미) + -고(설명 의문형 종결 어미)'와 같다. '-잇고'는 의문사 '어듸'와 호응하고 있다.

5. 어늬 : 어느 것이

대명사 '어늬'는 '어느 것이'로 '어느'의 주격형이다. 분석하면 '어느(대명사) + 이(주격조사)'와 같다.

6. 구더 : 굳어

기본형이 '굳다'이다. 분석하면 '굳-(어간) + -어(부사형 연결 어미)'와 같다.

【한문】 大箭一發　突厥驚懾　何地之逖　而威不及[逖 他歷切 遠也]
【현대역】 큰 화살 한 번 쏘니 돌궐(突厥)이 놀라 두려워하니 어찌 먼 곳이라고 하여 위엄이 미치지 않겠습니까?[적(逖)은 타력(他歷)의 반절음으로 멀다는 뜻이다.]

【한문】 片箭一發　島夷驚畏　何敵之堅　而兵不碎
【현대역】 짧은 화살 한 번 쏘니 섬 오랑캐가 놀라 두려워하니 아무리 굳센 적이라도 군사가 무서워하지 않겠습니까?

【주(註)】

大箭一發事　見上[上 第二十七章也]

큰 화살을 한 번 쏜 일은 윗글에 나타나 있다.[윗글은 제27장이다.]

高麗辛禑時 慶尙道元帥禹仁烈飛報曰

고려 신우(辛禑) 때에 경상도 원수(元帥) 우인열(禹仁烈)이 급히 알려 말하기를

邏卒言 倭賊自對馬島 蔽海而來 帆檣相望 請遣助戰元帥[邏 郞佐切 游兵也 對馬島 在東海中 屬日本國 自我國東萊縣 汎海東南行一日可到 四面皆山 地多巖石 不宜五穀 常以葛根橡實爲食 煮鹽捕魚 以資生業 蔽 猶盖也 帆 苻咸切 舟上幔 所以汎風也 檣 在良切 帆柱也]

나졸(邏卒)이 말하기를 "왜적이 대마도(對馬島)에서 바다를 덮고 오는데 돛대가 서로 마주볼 정도이니 조전원수(助戰元帥)를 보내주실 것을 청합니다."라고 하였다.[나(邏)는 낭좌(郞佐)의 반절음으로 순찰하는 병사이다. 대마도(對馬島)는 동해에 있는데 일본에 속해있다. 우리나라 동래군(東萊縣)에서 바다에 배를 띄워 동남쪽으로 하루를 가면 도착할 수 있다. 사면이 모두 산이고 땅은 암석이 많아서 오곡을 재배하기에 적합하지 않아 항상 칡뿌리와 상수리 열매로 음식을 삼는다. 그리고 소금을 굽고 물고기를 잡는 것으로 생업을 삼는다. 폐(蔽)는 덮는다는 것과 같다. 범(帆)은 부함(苻咸)의 반절음으로 배 위에 친 장막인데 바람으로 배를 띄우는 것이다. 장(檣)은 재량(在良)의 반절음으로 돛대이다.]

時倭賊所在充斥 命 太祖徃擊之[充滿斥見 謂多也 時 太祖爲門下贊成事]

이 때 왜적은 있는 곳마다 가득했다. 태조에게 명하여 가서 치라고 했다.[가득 찼다는 것은 많다는 것을 말한다. 이때 태조는 문하찬성사(門下贊成事)였다.]

太祖行未至 人心兇懼[兇 許拱切 擾而恐懼也] 仁烈飛報繼至 太祖幷日而行 遇賊于智異山下[幷 兼也 智異山 一名頭流山 自長白山聯綿至此而止 蟠結數百里 環而居者十餘州] 相去二百許步 有一賊背立俯身 手扣其臀 示無畏以辱之[背立 謂背人而立也 扣 擊也 臀 徒孫切 底也 腿醫也] 太祖用片箭射之 一矢而倒[射 食亦切] 於是賊驚懼氣奪 卽大破之 賊狼狽登山 賊衆臨絶崖 露刃垂棐如蝟毛 官軍不得上[蝟 音謂 毛刺蟲也 似鼠 性獷鈍物少犯近則毛刺橫起如矢上 上聲 下同] 太祖遣裨將 率衆攻之 裨將還白 巖高峻 馬不得上[將 並卽

亮切 下同 白 告也]　太祖叱之　又使 恭靖大王　分麾下勇士　與之偕行[偕
古諧切 俱也]　恭靖大王還白　亦如裨將所言　太祖曰

태조가 도착하기 이전에는 인심이 흉구(兇懼)하였다.[흉(兇)은 허공(許拱)
의 반절음으로 요란하고 두려워하는 것이다.] 우인열의 급한 보고가 계속 도착
했다. 태조가 이틀을 가서 지리산(智異山) 밑에서 적을 맞이했다.[병
(幷)은 겸한다는 뜻이다. 지리산은 일명 두류산(頭流山)이라고도 한다. 장백산(長白山)에
서 이어져 여기에 이르러 그친다. 수백 리 연결되어 서리어 있어 주위에 사는 사람들이
10여 주(州)에 있다.] 거리가 200보쯤 떨어져 있는데 어떤 적 한 명이 등을
돌려 서 있더니 몸을 굽히고는 손으로 자기 볼기를 두드려 두렵지 않
음을 보이며 욕을 했다.[배립(背立)은 사람을 등지고 서는 것을 말한다. 구(扣)는
친다는 뜻이다. 둔(臀)은 도손(徒孫)의 반절음으로 아래쪽에 넓적다리가 갈라지는 부분이
다.] 태조가 짧은 화살을 쏘았더니 한 발에 꺼꾸러졌다.[석(射)은 식역(食
亦)의 반절음이다.] 이에 적이 놀라 두려워 기가 꺾이니, 나아가 크게 무찔
렀다. 적이 낭패하여 산에 올라가 적들이 절벽 낭떠러지에 이르러 고
슴도치 털같이 칼을 빼어들고 창을 내려뜨리자 관군이 올라갈 수 없었
다.[위(蝟)는 음이 위(謂)로 털이 가시같이 찌르는 동물이다. 쥐와 비슷하며 성질은 모질
고 행동은 둔한 동물로 조금이라도 가까이 가서 해치려고 하면 가시 같은 털이 한꺼번에
일어나 화살같이 된다. 상(上)은 상성으로 아래도 같다.] 태조가 비장(裨將)을 보내
무리를 이끌고 공격하도록 했다. 비장이 돌아와 아뢰기를 바위가 높고
험준하여 말이 올라갈 수 없다고 했다.[장(將)은 모두 즉량(即亮)의 반절음으로
아래도 같다. 백(白)은 아뢴다는 뜻이다.] 태조가 그를 꾸짖고 다시 공정대왕으
로 하여금 자기 휘하의 용맹한 군사를 나누어 공정대왕에게 주고 함께
가도록 했다.[해(偕)는 고해(古諧)의 반절음으로 함께라는 뜻이다.] 공정대왕도 돌
아와 아뢰기를 또한 비장과 같이 말했다. 태조가 말하기를

然則我當親徃見之　乃謂麾下士曰

"그렇다면 내가 마땅히 친히 가서 그것을 보리라."하고는 이내 휘하 군
사에게 일러 말하기를

我馬先登　則汝等要當隨之　遂鞭馬互馳　觀其地勢[互馳者 或東或西 交互馳
之也]　即拔劒用刃背打馬　時日方中　劒光如電　馬一躍而登　軍士或推
或攀而隨之　於是奮擊之　賊墜崖而死者太半　遂擊餘賊殲焉[推 通回切 攀
披班切 引也]

"내 말이 먼저 오르거든 너희들은 마땅히 따르라."하고는 드디어 말에
채찍을 치며 여기저기 달려 그 땅의 형세를 살폈다.[호치(互馳)는 혹은 동쪽
으로 혹은 서쪽으로 여기저기 달린다는 뜻이다.] 그리고는 곧 칼을 뽑아 칼등을
써서 말을 치니, 이때는 바야흐로 한낮이라 칼 빛이 번개처럼 번뜩였
다. 말이 한 번 뛰어 올라가니 군사들이 혹은 밀고 혹은 붙잡으며 따랐
다. 이에 분발하여 치니 적이 절벽에서 떨어져 죽은 자가 태반이었다.
드디어 나머지 적을 쳐서 섬멸하였다.[퇴(推)는 통회(通回)의 반절음이다. 반
(攀)은 피반(披班)의 반절음으로 이끈다는 뜻이다.]

第四十八章

【언해문】굴·허·에 무·를 :디:내·샤 도ᄌ·기 :다 도·라
가·니 半:길 노·핀·ᄃᆞᆯ 년·기 :디나·리잇·가

【현대역】골목에 말을 지나게 하시어 도적이 다 돌아가니 반(半) 길
높인들 누가 지나겠습니까?

【언해문】石壁·에 무·를 올·이·샤 도ᄌ·ᄀᆞᆯ :다 자ᄇ·시·
니 ·현 번 ᄲᅱ·운·ᄃᆞᆯ ·ᄂᆞ·미 오ᄅ·리잇·가

【현대역】석벽(石壁)에 말을 올리시어 도적을 다 잡으시니 몇 번 뛰
게 한들 남이 오르겠습니까?

【언해문 분석】
1. 굴허에 : 골목에
   분석하면 '굴헝(巷) + 에(처격 조사)'이다. '굴헝'은 '구렁'의 전신으
   로서 '골, 구렁'으로서 '골짜기(壑), 구덩이(坑)'의 뜻이거나 '골목
   (巷)'의 뜻이다. 여기서는 후자의 뜻으로 쓰였다.

2. 디내샤 : 지나게 하시어
   기본형이 '디내다'로 '디나다'에서 파생된 타동사다. 뜻은 '지나게
   하시어'의 사역의 뜻을 지닌다. 분석하면 '디나-(어근) + -이-(사
   동 접미사) + -샤(주체 높임 선어말 어미) +(-아)(부사형 연결 어
   미)'와 같다. '디내다〉지내다'는 구개음화 현상이다.

3. 도ᄌᆞ기 : 도적이

분석하면 '도죽(賊, 명사) + 이(주격 조사)'와 같다.

4. 도라가니 : 돌아가니

기본형이 '도라가다[回]'이다. 분석하면 '도라가-(어간) + -니(원인의 연결 어미)'와 같다. '도라가다'는 통사적 복합어로 '돌다'와 '가다'가 결합한 형태다.

5. 노ᄑᆡᆫ들 : 높인들

'노ᄑᆡ'는 형용사 '높다'의 어간 '높-'에 접미사 '-이'가 결합한 파생 명사이다. 어미 '-ㄴ들'은 서술격 조사 '이'가 생략되었다. 분석하면 '높-(어근) + -이-(명사 파생 접미사) + (이)(zero 서술격 조사) + -ㄴ들(이유나 조건의 연결 어미)'과 같다.

6. 년기 : 누가, 다른 사람이

'년기'는 단독형 '녀느'의 주격형이다. 분석하면 '녀(ㄱ곡용어) + 이(주격 조사)'와 같다.

7. 디나리잇가 : 지나겠습니까?, 지나리까?

기본형이 '디나다'이다. 분석하면 '디나-(어간) + -리-(미래 시상 선어말 어미) + -잇-(의문형 상대 높임 선어말 어미) + -가(판정 의문형 종결 어미)'와 같다. 선어말 어미 '-리-'는 추측의 의미를 지닌다. '-잇가'는 의문사가 없을 때 쓰인다.

8. 올이샤 : 올리시어, 오르게 하시어

기본형이 '올이다'인데 이는 '오ᄅᆞ다'의 사역형이다. 분석하면 '오ᄅᆞ-(어근) + -이-(사동 접미사) + -샤-(주체 높임 선어말 어미)

+(-아)(부사형 연결 어미)'와 같다.

9. 자부시니 : 잡으시니

기본형이 '잡다'이다. 분석하면 '잡-(어간) + -ᄋᆞ시-(주체 높임 선어말 어미) + -니(원인의 연결 어미)'와 같다. '잡다'는 규칙 활용을 하므로 '자ᄫᆞ시니'가 되지 않았다.

10. 현 번 : 몇 번(을)

'현'은 '몇(幾)'으로 관형사이다. '번'은 횟수를 나타내는 단위로 의존명사이다. 여기서는 목적격 조사가 생략되었다. 분석하면 '현(관형사) + 번(의존 명사) +(을)(목적격 조사)'과 같다.

11. 뛰운들 : 뛰게 한들, 솟아오르게 한들

기본형이 '뛰우다'로 '뛰다'의 사역형이다. 분석하면 '뛰-(어근) + 우(사동 접사) + -ㄴ들(원인이나 조건의 종속적 연결 어미)'과 같다.

12. 오ᄅᆞ리잇가 : 오르겠습니까? 오르리까?

기본형이 '오ᄅᆞ다'로 'ᄅᆞ'불규칙 동사이다. 분석하면 '오ᄅᆞ-(어간) + -리-(미래 시상 선어말 어미) + -잇-(의문형 상대 높임 선어말 어미)+ -가(판정 의문형 종결 어미)'와 같다.

【한문】深巷過馬　賊皆回去　雖半身高　誰得能度[半身高 謂其高半於人身之長也]

【현대역】깊은 골목에 말을 지나가게 하여 적이 모두 돌아가니 비록 반 길 높이라도 누가 능히 지날 수 있으리오.[반 길 높이[半身高]란 그 높이가 사람 키의 반절임을 말한다.]

【한문】絕壁躍馬　賊以悉獲　雖百騰奮　誰得能陟

【현대역】 절벽으로 말을 타고 뛰어올라 적을 모두 잡으니 비록 백 번을 뛰게 한들 누가 능히 오를 수 있으리오.

【주(註)】

金太祖嘗出營殺略且還[略 謂行而取之] 敵以重兵追之　獨行隘卷中失道[阨 乙革切 亦作隘 塞也 礙也]　追者益急値高岸與人等　馬一躍而過　追者乃還[値 遇也 當也　等 齊也]

금(金)나라 태조가 일찍이 영채에서 나가 적을 죽이고 노략질하고 다시 돌아왔다. [약(略)은 가서 취하는 것이다.] 적이 많은 병사로 추격을 했다. 혼자 가다가 막다른 골목에서 길을 잃었다. [액(阨)은 을혁(乙革)의 반절음으로 또한 애(隘)로도 쓰는데 막는다, 저지한다는 뜻이다.] 추격하는 자들은 더욱 급히 다가오는데, 높이가 한 길이나 되는 언덕이 있었다. 말이 한 번 뛰어 넘어가니 추격하는 자들이 이내 돌아갔다.[치(値)는 만나다, 당하다의 뜻이다. 등(等)은 같다는 뜻이다.]

絶壁躍馬事　見上[上 第四十七章也 此承上章而反覆歌詠之也]

절벽을 말로 뛰어오른 일은 윗글에 나타나 있다.[윗글은 제47장이다. 이 장은 위의 장을 이어 반복해서 노래하여 읊은 것이다.]

第四十九章

【언해문】 :셔블 도ᄌᆞ·기 ·드·러 :님·그·미 ·나·갯·더시·니 諸將之功·애 獨眼·이 노·프·시·니[將 即亮切 下並同]

【현대역】 서울에 도적이 들어 임금이 나가있으시더니 제장지공(諸將之功)에 독안(獨眼)이 높으시니.[장(將)은 즉량(即亮)의 반절음으로 아래도 모두 같다.]

【언해문】 :님·그·미 ·나:가·려·ᄒᆞ·샤 도ᄌᆞ·기 :셔블 ·드 더·니 二將之功·을 一人·이 일·우시·니

【현대역】 임금이 나가려하시어 도적이 서울에 들더니 이장지공(二將之功)을 일인(一人)이 이루시니.

【언해문 분석】

1. 셔블 : 서울(에)

본문 '셔블 도ᄌᆞ기'에서 '셔블'은 처격 조사 '에'가 생략되었다. 'ㅸ' 의 변천은 15세기 중엽부터 'ㅂ〉ㅸ〉오/우' 또는 'ㅇ'이다. 단모음화 는 17세기에 두드러지게 나타났다. 따라서 '셔블'의 변천은 '셔블〉 셔울〉서울'이다.

2. 나갯더시니 : 나가있으시더니

기본형이 '나갯다(出)'이다. 분석하면 '나갯-(어간) + -더-(과거 시상 선어말 어미) + -시-(주체 높임 선어말 어미) + -니(원인의 부사형 연결 어미)'와 같다. 여기서 어간 '나갯-'의 '갯'은 '가잇'의

축약형이다. 중세 때 선어말 어미 '-더시-'는 현대어의 선어말 어미 '-시더-'와 역순이다.

3. 獨眼이 : 독안(獨眼)이

당(唐)나라 희종(僖宗) 때 황소(黃巢)가 장안을 점령하자, 후당 태조 이극용(李克用)이 난을 수복함에 가장 큰 공을 세웠다. 여기서 독안이란 태조 이극용의 한쪽 작은 눈을 가리킨다.

4. 노ᄑᆞ시니 : 높으시니

기본형이 '높다'이다. 분석하면 '높-(어간) + -ᄋᆞ시-(주체 높임 선어말 어미) + -니(상대 높임 평서형 종결 어미)'와 같다.

5. 나가려ᄒᆞ샤 : 나가려하시어, 나가려하사

기본형이 '나가려ᄒᆞ다'이다. 분석하면 '나가려ᄒᆞ-(어간) + -샤-(주체 높임 선어말 어미) + (-아)(부사형 어미)'와 같다.

6. 드더니 : 들더니

기본형이 '들다(入)'이다. 'ㄹ'은 'ㄷ'앞에서 탈락했다. 분석하면 '들-(어간) + -더-(과거 시상 선어말 어미) + -니(원인의 부사형 연결 어미)'이다.

7. 일우시니 : 이루시니

기본형이 '일우다(成)'이다. '일우-(어간) + -시-(주체 높임 선어말 어미) + -니(상대 높임 종결 어미)'와 같다. 어간 '일우-'는 어근 '일-'에 사동 접미사 '-우'가 결합한 것이다.

【한문】冦賊入京　天子出外　諸將之功　獨眼最大

【현대역】적이 서울에 들어와 천자가 밖으로 나갔는데 여러 장수의 공 가운데 독안(獨眼)이 가장 크도다.

【한문】君王欲去　冦賊入京　二將之功　一人克成

【현대역】임금이 나가려 하니 도적이 서울에 들어왔는데 두 장수의 공을 혼자서 이루도다.

【주(註)】

唐僖宗時[僖宗 名儼 後改儇 懿宗之子也]　黃巢圍天長六合　兵勢甚盛[濮州人王仙芝作亂 陷濮曹州 冤句人黃巢善騎射喜任俠 粗涉書傳 屢擧進士不第 遂與仙芝共販私鹽 至是聚衆應之 攻剽州縣 民之困於重歛者爭歸之 數月之間 衆至數萬 天長 在揚州西一百一十里 六合 在眞州西北七十里]　淮南將畢師鐸　言於諸道行營都統高駢曰[淮南 盖古揚州之域也 將 即亮切 下同 畢 姓也 鐸 達各切 唐制 元帥都統招討使 掌征伐 兵罷則省 都統 總諸道兵馬 不賜旌節 駢 蒲眠旁經二切 駢時爲淮南節度使]

당나라 희종(僖宗) 때[희종은 이름이 엄(儼)으로 뒤에 현(儇)으로 고쳤다. 의종(懿宗)의 아들이다.] 황소(黃巢)가 천장(天長)과 육합(六合)을 포위했는데 그 군대의 위세가 매우 컸다.[복주(濮州) 사람 왕선지(王仙芝)가 난을 일으켜 복주(濮州)와 조주(曹州)를 함락시켰다. 원구(冤句) 사람 황소는 말타기와 활쏘기를 잘 했고 의협심도 즐겨했다. 책을 조금 읽고 여러 차례 과거에 응시했으나 급제하지 못하자 드디어 왕선지와 더불어 함께 사사로이 소금을 팔았다. 이때에 이르러 무리들을 모아 왕선지에 호응하여 주현(州縣)을 공략하고 물건을 약탈하였다. 백성들은 무거운 세금에 곤욕스러웠으므로 다투어 그에게 돌아오니 몇 달 사이에 무리가 수만에 이르렀다. 천장(天長)은 양주의 서쪽 백십[一百一十] 리에 있고, 육합(六合)은 진주(眞州)의 서북쪽 칠십 리에 있다.] 회남장군(淮南將軍) 필사탁(畢師鐸)이 제도행영도통(諸道行營都統) 고변(高駢)에게 일러 말하기를[회남(淮南)은 대개 옛날 양주의 지역이다. 장(將)은 즉량(即亮)의 반절음으로 아래도 같다. 필(畢)은 성이다. 탁(鐸)은 달각(達各)의 반절음이다. 당나라 제도에 원수도통초토사(元帥都統招討使)는 정벌하는 일을 맡았는데 싸움이 끝나면 성(省)으로 했다. 도통(都統)은 여러 도의 병마(兵馬)를 총괄하는데 부절(符節) 구실을 하는 기인 정절(旌節)을 내리지 않았다. 변(駢)은 포면(蒲眠), 방경(旁經)의 두 반절음이 있

다. 고변은 이때 회남절도(淮南節度使)사였다.]

朝廷倚公爲安危[朝 馳遙切 下並同 倚 恃也]　今賊數十萬衆　乘勝長驅　若不據
險擊之　使踰長淮　必爲中原大患　駢自度力不能制　畏怯不敢出兵[度 入
聲]　且上表告急

"조정에서는 공에게 의지하여 안위를 삼으려고 하고 있소이다.[조(朝)는
치요(馳遙)의 반절음으로 아래도 모두 같다. 의(倚)는 믿는다는 뜻이다.] 지금 적 수십
만 무리가 승승장구(乘勝長驅)하고 있소이다. 그런데 만약 험한 곳에
의거하면서도 치지 못하고 장회(長淮)를 넘게 한다면 반드시 중원(中
原)의 큰 걱정거리가 될 것이오."라고 했다. 고변이 스스로 생각해보니
힘으로는 제압할 수 없겠으므로 두려워서 감히 군대를 내지 못했다.[탁
(度)은 입성이다.] 또 표(表)를 올려 급히 알리기를

稱賊六十餘萬　去臣城無五十里[上 上聲]　表至人情大駭
"적이 60여만 명에 이르고 신(臣)의 성에서 50리도 떨어져 있지 않습
니다."라고 했다.[상(上)은 상성이다.] 표(表)가 이르자 사람들이 크게 놀
랐다.

巢悉衆渡淮　所過不虜掠　惟取丁壯以益兵　淮北相繼告急　京師大恐
巢自稱天補大將軍　轉牒諸軍云[牒 達協切 官府移文 謂之牒]
황소의 모든 무리가 회수(淮水)를 건너는데 지나가는 곳에서 노략질을
하지 않고 오직 장정들을 모아 군대에 보냈다. 회수 북쪽에서 잇따라
급보를 알리니 서울에서는 크게 두려워했다. 황소는 스스로 천보대장
군(天補大將軍)이라 부르고 제군(諸軍)에게 첩(牒)을 돌리며 말하기를
[첩(牒)은 달협(達協)의 반절음이다. 관청에서 글을 보내는 것을 첩이라고 말한다.]

各宜守壘　勿犯吾鋒　吾將入東都　卽至京邑　自欲問罪　無預衆人[將 如

字 京邑 指長安也 自欲問罪無預衆人 言自欲問罪於朝廷 於衆人無預也]

"각기 마땅히 보루를 지킬 것이지 우리 군대를 침범하지 말라. 나는 앞으로 동도(東都)에 들어가 바로 경읍(京邑)에 이르러 스스로 죄를 묻고자 하니 여러분들은 참견하지 말라."라고 했다.[장(將)은 본래의 뜻이다. 경읍(京邑)은 장안(長安)을 가리킨다. 스스로 죄를 묻고자 하니 여러분들은 참견하지 말라는 뜻은 스스로 조정에 죄를 묻고자 함이니 여러분들은 참견하지 말라는 말이다.]

同平章事豆盧瑑 崔沆 請發關內及神策軍 守潼關[豆盧 複姓也 瑑 柱兗切名也 沆 合浪切 關內道 古雍州之域 漢三輔 比地 安定 上郡 及弘農 隴西 五原 西河 雲中之境也 唐制 左右神策軍掌衛兵及內外八鎭兵 潼 徒東切 潼關 本名衝關 言河衝激華山之東 後因潼水名關 關在華陰縣] 僖宗對宰相泣下[相下 皆 去聲] 觀軍容使田令孜 陳幸蜀之計 瑑和之[唐肅宗命九節度 伐安慶緒 以郭子儀李光弼皆元勳 難相統屬 故不置元帥 但以宦者魚朝恩爲觀軍容宣慰處置使 觀軍容之名 自此始也 使 去聲 令孜 本姓陳 咸通中 隨義父 入內侍省爲宦者 遂冒田姓 和 胡卧切 聲相應也] 僖宗不懌 令且發兵守潼關[懌 夷益切 悅也 令 平聲] 是日僖宗幸左神策軍 親閱將士 令孜薦左軍馬軍將軍張承範等 使將兵[將 即亮切 下並同 唐制左右神策軍 有馬軍步軍將軍] 以令孜爲都指揮制置招討等使[使 去聲 下同] 巢入東都境 汝鄭把截制置都指揮使齊克讓奏[汝州 春秋沈蔡二國之地 鄭州 春秋鄭國之地也 把 持也 截 斷也]

동평장사(同平章事) 두로전(豆盧瑑)과 최항(崔沆)이 관내군(關內軍)과 신책군(神策軍)을 내어 동관(潼關)을 지킬 것을 청했다.[두로(豆盧)는 복성(複姓)이다. 전(瑑)은 주연(柱兗)의 반절음으로 이름이다. 항(沆)은 합랑(合浪)의 반절음이다. 관내도(關內道)는 옛날 옹주 지역이다. 한나라의 삼보(三輔), 비지(比地), 안정(安定), 상군(上郡) 및 홍농(弘農), 농서(隴西), 오원(五原), 서하(西河), 운중(雲中)의 땅이다. 당나라 제도에 좌우신책군(左右神策軍)은 위병(衛兵)과 내외 8진병(八鎭兵)을 맡았다. 동(潼)은 도동(徒東)의 반절음이다. 동관은 본래 이름이 충관(衝關)으로 황하가 화산(華山)의 동쪽에 부딪치는 것을 말한다. 뒤에 동수(潼水)로 인해 관(關)으로 이름지었는데 관은 화음현(華陰縣)에 있다.] 희종이 재상을 보고 눈물을 떨어뜨렸다.[상(相), 하(下)는 모두 거성이다.] 관군용사(觀軍容使) 전령자(田令孜)가 촉(蜀)으로 갈 계책을 아뢰니 두로전이 거기에 화답했다.[당나라 숙종(肅宗)이 아홉 절도(節度)에 명하여 안경서(安慶緒)를 치게 했는데, 곽자의(郭子儀)와 이광필(李光弼) 모두는 공훈이 큰지라 서로 부하로 소속시켜 통솔하기 어려우므로 원수(元帥)로 두지 않았다. 다만 관자(官者) 어조은(魚朝恩)을 관군용선위처치사(觀軍容宣慰處置使)로 삼았다. 관군용(觀軍容)의 이름은 이로부터 시작되었다. 사(使)는 거성이다. 전영자는 본래 성이 진(陳)이다. 함통(咸通) 중에 의부(義父)를 따라 내시성(內侍省)에 들어가 환관(宦官)이 되어 드디어 전(田)씨 성을 썼다. 화(和)는 호와(胡卧)의 반절음으로 소리가 서로 응하는 것이다.] 희종은 기뻐하지 않았으나 또한 군사를 내어 동관을 지키도록 했다.[역(懌)은 이익(夷益)의 반절음으로 기뻐한다는 뜻이다. 영(令)은 평성이다.] 이날 희종이 좌신책군(左神策軍)에 가서 친히 장병을 사열했다. 전영자가 좌군마군장군(左軍馬軍將軍) 장승범(張承範) 등을 천거하여 병사를 거느리도록 했다.[장(將)은 즉량(即亮)의 반절음으로 아래도 모두 같다. 당나라 제도에 좌우신책군은 마군장군(馬軍將軍)과 보군장군(步軍將軍)을 두었다.] 전영자를 도지휘제치초토등사(都指揮制置招討等使)로 삼았다.[사(使)는 거성으로 아래도 같다.] 황소가 동도(東都)의 땅으로 들어오자, 여정파절제치도지휘사(汝鄭把截制置都指揮使) 제극양(齊克讓)이 아뢰기를[여주(汝州)는 춘추시대 심(沈), 채(蔡) 두 나라의 땅이고, 정주(鄭州)는 춘추시대 정(鄭)나라의 땅이다. 파(把)는 지닌다는 뜻이고, 절(截)은 끊는다는 뜻이다.]

黃巢已入東都境 臣收軍退保潼關 於關外置寨 將士屢經戰鬪 久乏資儲 [儲 陳如切 貯也] 州縣殘破 人煙殆絶 東西南北 不見王人 凍餒交逼 兵械刓弊 各思鄉闔 恐一旦潰去 乞早遣資糧及援軍[餒 弩罪切 飢也 刓 吾官切 鈍也] 僖宗命選兩神策弩手 得二千八百人 令承範等將以赴之[令 平聲] "황소가 이미 동도 땅에 들어왔습니다. 신은 군사를 거둬들여 물러나 동관을 지키고 관문 밖에는 성채를 쌓았습니다. 장병들은 여러 차례 전투를 겪었고 쌓아둔 물자가 떨어진 지 오래입니다.[저(儲)는 진여(陳如)의 반절음으로 저장한다는 뜻이다.] 주현(州縣)이 무너지고 깨지니 사람들의 자취가 거의 끊겨 동서남북으로 임금의 백성을 볼 수가 없습니다. 추위와 굶주림이 번갈아 닥치고 무기와 장비가 무뎌지고 헤어졌으며, 각기 고향을 생각하니 하루아침에 무너질까 두렵습니다. 바라옵건대 빨리 물자와 양식 그리고 지원군을 보내주십시오."라고 했다.[뇌(餒)는 노죄(弩罪)

의 반절음으로 굶주린다는 뜻이다. 완(刓)은 오관(吾官)의 반절음으로 둔하다는 뜻이다.]
희종이 명하여 좌우신책군(左右神策軍)에서 노수(弩手) 2,800명을 선
발하여 장승범으로 하여금 이끌고 가도록 했다.[영(令)은 평성이다.]

巢陷東都　留守劉允章帥百官迎謁　巢入城勞問而已　　閭里晏然[帥 讀曰率
下並同　勞 去聲 晏 安也]
황소가 동도를 함락시키자 유수(留守) 유윤장(劉允章)이 백관(百官)을
이끌고 맞이하여 알현했다. 황소는 성에 들어와 노고를 물어볼 뿐이었
다. 민간인들은 보통 때와 같이 편안하였다.[솔(帥)은 음이 솔(率)로 아래도
모두 같다. 노(勞)는 거성이다. 연(晏)은 편안하다는 뜻이다.]

承範等發京師　神策軍士皆長安富家子　賂宦官竄名軍籍　厚得禀賜[賂 音
路 以財遺人也 竄 注也 禀 古廩字]　但華衣怒馬　憑勢使氣未嘗更戰陳[怒馬 馬肥
壯氣憤怒也 一說 怒馬者 鞭之以發其怒而疾馳也 憑 依也 使 如字 更 工衡切 陳 讀曰陣]
聞當出征　父子聚泣　多以金帛雇病坊貧人代行　徃徃不能操兵[雇 古慕切
備也 唐置病坊於京城 以養病人 操 倉刀切 把持也]　是日僖宗御章信門樓　臨遣之
장승범 등이 서울을 떠났다. 신책군(神策軍)의 병사들은 모두가 장안
부잣집의 자식들로서 환관에게 뇌물을 주고 군의 명부에 이름을 넣어
녹을 많이 받을 수 있었다.[뇌(賂)는 음이 노(路)인데 재물을 사람에게 주는 것이
다. 찬(竄)은 몰래 집어넣는다는 뜻이다. 품(禀)은 옛날의 늠(廩)자이다.] 그리고는 다
만 화려한 옷에 노마(怒馬)를 타고 권세를 빙자하여 호기를 부릴 뿐이
지 일찍이 마음을 고쳐먹고 전쟁터에 간 일이 없다.[노마(怒馬)는 말이 살찌
고 씩씩하며 기운이 넘치는 말이다. 일설에 노마는 채찍질을 해서 성내게 하여 말을 빨리
달리게 하는 것이라고도 한다. 빙(憑)은 의지한다는 뜻이다. 사(使)는 본래의 뜻이다. 경
(更)은 공형(工衡)의 반절음이다. 진(陳)은 진(陣)으로 읽는다.] 마땅히 싸움에 나간
다는 소리를 듣고는 부자(父子)가 모여 눈물을 흘리더니, 돈과 비단을
많이 주고 병방(病坊)의 가난한 사람을 고용하여 대신 가도록 하니 때
때로 무기를 잡을 줄도 몰랐다.[고(雇)는 고모(古慕)의 반절음으로 품 파는 것이

다. 당나라는 병방을 서울에 두어 병든 사람을 돌보았다. 조(操)는 창도(倉刀)의 반절음으로 잡는다는 뜻이다.] 이 날 희종이 장신문(章信門) 누각에 나와 그들을 보냈다.

承範等至潼關　與克讓軍皆絶糧　士卒莫有鬪志　巢前鋒軍　抵關下　白旗滿野　不見其際　克讓與戰　賊小却　俄而巢至　擧軍大呼　聲振河華[呼火故切 華山臨河 言巢軍聲之盛 撼振河山也]　克讓力戰　自午至酉　士卒飢甚遂潰　克讓走入關　賊急攻潼關　承範悉力拒之　關上矢盡　投石以擊之　關外有天塹[塹 坑也]　賊驅民千餘人入其中　堀土塡之　須臾即平　引兵而度[掘 渠勿切 發也 塡 塞也 度 過也]　夜縱火焚關樓俱盡　賊自關左禁阬入　夾攻潼關　關上兵皆潰[潼關之左有谷 平日禁人徃來 以摧征稅 謂之禁阬 夾 通作挾 凡兩物夾一物曰夾]　承範變服　帥餘衆脫走

장승범 등이 동관에 이르니 제극양의 군사와 함께 모두 식량이 떨어져 사졸들이 싸울 뜻이 없었다. 황소의 선봉군이 동관 아래쪽에 이르렀는데 흰 깃발이 들판에 가득 차 그 끝을 볼 수 없었다. 제극양이 적과 싸웠는데 적이 조금 물러났다. 조금 뒤에 황소가 이르러 모든 군사들에게 크게 소리치니 함성 소리가 황하와 화산을 떨쳤다.[호(呼)는 화고(火故)의 반절음이다. 화산은 황하에 임해있다. 이 말은 황소의 군대의 함성이 커서 산과 강을 떨쳤다는 것이다.] 제극양이 힘을 다해 싸우는데 오시(午時)부터 유시(酉時)까지 이르니 사졸들의 굶주림이 심해져 마침내 무너졌다. 제극양이 관(關)으로 달려 들어왔다. 적이 급히 동관을 공격했다. 장승범이 힘을 다해 그들을 막았다. 관 위의 화살이 소진되자 돌을 던져서 싸웠다. 관 밖에는 천연의 참호가 있었다.[참(塹)은 구덩이이다.] 적이 민간인 천여 명을 몰아 그 참호 안으로 몰아넣고 흙을 파 메우니 잠깐 사이에 평지가 되어 병사를 이끌고 건넜다.[굴(掘)은 거물(渠勿)의 반절음으로 파낸다는 뜻이다. 전(塡)은 막는다는 뜻이다. 도(度)는 지나간다는 뜻이다.] 밤에 불을 놓아 관의 누각을 불태우니 모두 탔다. 적은 관 왼쪽의 금완(禁阬)으로 들어와 동관(潼關)을 협공하니 관 위의 병사들이 모두 무너졌다.[동관의 왼쪽에 골짜기가 있는데 평일(平日)에는 사람들의 왕래를 금하고서 세금을 거뒀다. 이를 일러 금완(禁阮)이라고 한다. 협(夾)은 보통 협(挾)으로 쓴다. 대개 두 물건이 한 물건을 끼는 것을 협이라고 한다.] 장승범이 복장을 변장하고 남은 무리를 거느리고 탈출하여 달아났다.

博野　鳳翔軍　還至渭橋[博野 漢涿郡 蠡吾縣之地 後漢分置博陵縣 後魏改爲博野 唐屬深州 博野軍 穆宗長慶二年 李實帥以歸京師之兵也]　見新軍衣裘溫鮮　怒曰　此輩何功而然　我曹反凍餒[時令孜奏募坊市人數千 以補兩軍 故云新軍也 裘 渠尤切 皮衣也]　遂掠之　更爲賊鄉導　以趣長安[鄉 讀曰響 趣 七喩切 下並同]　百官退朝　聞亂兵入城　布路竄匿[布路 分路也]　令孜帥神策兵五百　奉僖宗自金光門出[長安城西面三門 北來第一門曰開遠門 第二門曰金光門 第三門曰延平門]　惟福穆澤壽四王　及妃嬪數人從行　百官皆莫知之[從 才用切 下並同]　僖宗奔馳　晝夜不息　從官多不能及　僖宗旣去　軍士及坊市民　競入府庫盜金帛[坊 邑里之名也]

박야군(博野軍)과 봉상군(鳳翔軍)이 돌아와 위교(渭橋)에 이르렀다.[박야(博野)는 한나라 탁군(涿郡) 여오현(蠡吾縣)의 땅이다. 후한(後漢)은 나누어 박릉현을 두었다. 후위(後魏)는 박야라고 고쳤다. 당나라 때는 심주(深州)에 속했다. 박야군은 목종(穆宗) 장경(長慶) 2년에 이환(李實)이 거느리고 서울로 돌아온 군사를 말한다.] 이들은 신군(新軍)의 의구(衣裘)가 따뜻한 새 옷임을 보고는 노하여 말하기를 "이 무리들은 무슨 공이 있어 이렇고, 우리들은 도리어 춥고 배고픈가?"라고 했다.[이때 전영자가 동네 사람 수천 명을 모아 양군(兩軍)을 보충하였으므로 신군(新軍)이라 한 것이다. 구(裘)는 거우(渠尤)의 반절음으로 가죽 옷이다.] 드디어 이것들을 빼앗고 다시 적의 길잡이가 되어 장안으로 향했다.[향(鄉)은 향(響)으로 읽는다. 취(趣)는 칠유(七喩)의 반절음으로 아래도 모두 같다.] 백관이 조정에서 물러나와 난을 일으킨 병사들이 성에 들어왔다는 말을 듣고 길에서 여러 길로 나누어 달아나 숨었다.[포로(布路)는 길에서 흩어진다는 뜻이다.] 전영자가 신책병 5백 명을 거느리고 희종을 모시고 금광문(金光門)으로 나갔다.[장안성(長安城) 서쪽에는 문이 셋 있는데 북쪽에서 첫째 문을 개원문(開遠

門), 둘째 문을 금광문(金光門), 셋째 문을 연평문(延平門)이라 한다.] 오직 복왕(福王), 목왕(穆王), 택왕(澤王), 수왕(壽王) 4왕과 비빈(妃嬪) 몇 명이 따라갔다. 백관들은 모두 알지 못했다.[종(從)은 재용(才用)의 반절음으로 아래도 모두 같다.] 희종(僖宗)이 밤낮으로 쉬지 않고 말을 달려 달아났다. 뒤쫓던 관리 대부분이 능히 미칠 수 없었다. 희종이 이미 떠나버리자 군사와 지방 백성들이 다투어 관청 곳간에 들어가 돈과 비단을 훔쳤다.[방(坊)은 마을 이름이다.]

晡時 巢前鋒將柴存入長安[柴 鉏佳切 姓也] 金吾大將軍張直方 帥文武數十人 迎巢於霸上[唐制 左右金吾衛大將軍各一人 正三品 掌宮中京城巡警烽候道路水草之宜] 巢乘金裝肩輿 甚徒皆被髮約以紅繒 衣錦繡 執兵以從[裝 飾也 約 纏束也 繒 慈陵切 帛也 衣 於既切] 甲騎如流 輜重塞塗 千里絡繹不絶 民夾道聚觀[騎 去聲 下並同]

해질 무렵인 포시(晡時)에 황소의 선봉장 시존(柴存)이 장안으로 들어왔다.[시(柴)는 서가(鉏佳)의 반절음으로 성(姓)이다.] 금오대장군(金吾大將軍) 장직방(張直方)이 문무관(文武官) 수십 명을 이끌고 패상(霸上)에서 황소를 맞이했다.[당나라 제도에 좌우(左右)에 금오위대장군(金吾衛大將軍)이 각 한 명씩 있는데 정3품으로 궁중과 서울의 순찰, 봉화대, 도로, 수초(水草)의 일을 맡았다.] 황소는 금으로 장식한 견여(肩輿)를 탔고, 그 무리는 모두 풀어헤친 머리를 붉은 비단으로 묶고 수놓은 비단 옷을 입으며 무기를 가지고서 따랐다.[장(裝)은 꾸민다는 뜻이다. 약(約)은 동여 묶는다는 뜻이다. 증(繒)은 자릉(慈陵)의 반절음으로 비단이다. 의(衣)는 어기(於既)의 반절음이다.] 갑옷 입은 기병이 물 흐르듯 지나가고 군수품이 길을 메워 천 리까지 이어져 끊이지 않았으니 백성들이 길 양쪽에 모여 구경했다.[기(騎)는 거성으로 아래도 모두 같다.]

巢將尙讓歷諭之曰 黃王起兵 本爲百姓 非如李氏不愛汝曹 汝曹但安居無恐[歷 過也 黃王 謂黃巢也 爲 去聲 李氏 謂唐也]

황소의 장군 상양(尙讓)이 지나는 곳에서 그들을 타일러 말하기를 "황왕(黃王)이 군을 일으킨 것은 본래 백성을 위해서이지 이씨(李氏)처럼 너희들을 아끼지 않기 위해서가 아니다. 너희들은 다만 편안히 살 것이지 두려워 말라."라고 하였다.[역(歷)은 지난다는 뜻이다. 황왕(黃王)은 황소를 말한다. 위(爲)는 거성이다. 이씨(李氏)는 당나라를 말한다.]

巢館于令孜第 其徒爲盜久 不勝富 見貧者徃徃施與之[勝 音升 施 式豉切]
居數日 各出大掠 焚市肆殺人滿街 巢不能禁 尤憎官吏 得者皆殺之
[肆 市鬻之舍也 憎 惡也]

황소가 전영자의 집에서 묵었다. 그 무리들이 도적질한 지 오래되니 재물이 많아지는 것을 주체할 수 없어서 탐내는 자들에게 때때로 베풀어주곤 했다.[승(勝)은 음이 승(升)이다. 시(施)는 무시(武豉)의 반절음이다.] 며칠을 묵은 뒤 각자 나가서 노략질을 대대적으로 하고 시장을 불사르며 사람을 죽여 길거리에 가득했으나, 황소는 막을 수 없었다. 이들은 관리를 더욱 미워하여 만나는 대로 모두 죽였다.[사(肆)는 시장의 물건 파는 곳이다. 증(憎) 미워한다는 뜻이다.]

僖宗趣駱谷[盩厔縣 有駱谷關] 鳳翔節度使鄭畋 謁於道次 請車駕留鳳翔
[使 去聲 下並同] 僖宗曰

희종은 낙곡(駱谷)으로 향했다.[주질현(盩厔縣)에 낙곡관(駱谷關)이 있다.] 봉상절도사(鳳翔節度使) 정전(鄭畋)이 길에서 머물고 있는데 와서 아뢰기를 수레가 봉상에 머물 것을 청했다.[사(使)는 거성으로 아래도 모두 같다.] 희종이 말하기를

朕不欲密邇巨寇 且幸興元 徵兵以圖收復[密邇 親近也 興元 本梁州漢川郡 天寶元年 更名興元 屬山南西道 徵 召也 復 還也] 至壻水詔山南西道節度使牛勗
東川節度使楊師立 西川節度使陳敬瑄 諭以京城不守 且幸興元 若賊
勢猶盛 將幸成都 宜預爲備擬[洋州興道縣 有壻水鎭 山南道有東西道 勗 于玉切

東川 治梓州 春秋戰國時蜀地也 西川 治成都 亦古蜀地也 瑄 荀緣切 將 如字]

"나는 큰 도적을 가까이 하고 싶지 않으니 장차 흥원(興元)으로 가서
병사를 모아 수복(收復)하기를 도모하겠다."라고 했다.[밀이(密邇)는 친근
하다는 뜻이다. 흥원(興元)은 본래 양주(梁州) 한천군(漢川郡)이다. 천보 원년(天寶元年)에
이름을 흥원으로 고쳤다. 산남(山南) 서도(西道)에 속한다. 징(徵)은 부른다는 뜻이다. 복
(復) 돌이킨다는 뜻이다.] 서수(漵水)에 이르러서 산남(山南) 서도절도사(西
道節度使) 우욱(牛勖), 동천절도사(東川節度使) 양사립(楊師立), 서천
절도사(西川節度使) 진경선(陳敬瑄)에 조칙을 내려 일깨우기를 "서울
을 지키지 못하고 장차 흥원으로 가려고 한다. 만약 도적의 세력이 더
욱 성대해지면 장차 성도(成都)로 갈 것이니 마땅히 미리 대비하라."라
고 했다.[양주(洋州) 흥도현(興道縣)에 서수진(漵水鎭)이 있다. 산남도에는 동도 서도가
있다. 욱(勖)은 우욱(于玉)의 반절음이다. 동천(東川)은 재주(梓州)를 다스렸고 춘추전국
때 촉의 땅이었다. 서천(西川)은 성도를 다스렸고 역시 옛 촉나라의 땅이다. 선(瑄)은 순연
(荀緣)의 반절음이다. 장(將)은 본래의 뜻이다.]

巢殺唐宗室在長安者無遺類 即皇帝位于含元殿 畫皁繒爲袞衣 擊戰鼓
數百 以代金石之樂[西京大內正殿 隋曰乾陽 唐曰乾元明堂 後改含元 皁 在早切 黑色
也 金鍾鑄也 石 磬也] 登丹鳳樓 下赦書國號大齊 改元金統[丹鳳 大明宮正南門
也 下 去聲 改元 謂初更元年也 人君即位爲元年] 唐官三品以上悉停任 四品以下
位如故 以妻曹氏爲皇后 以讓爲太尉[太尉 官名 掌武事者]

황소는 당나라 종실로 장안에 남아있던 일족을 남김없이 죽이고, 함원
전(含元殿)에서 황제에 즉위하였는데 그림을 그린 검은 비단으로 곤룡
포를 만들고 전쟁 때 쓰는 북 수백을 울려 금석(金石)의 음악을 대신했
다.[서경의 큰 정전(正殿)을 수나라는 건양(乾陽)이라 했고 당나라는 건원명당(乾元明堂)
이라 했다가 뒤에 함원(含元)이라고 고쳤다. 조(皁)는 재조(在早)의 반절음으로 검은색이
다. 금(金)은 작은 종이고, 석(石)은 옥으로 만든 악기이다.] 단봉루(丹鳳樓)에 올라
칙서를 내려 나라를 대제(大齊)라 불렀고 연호 원(元)을 금통(金統)으
로 고쳤다.[단봉문(丹鳳門)은 대명궁(大明宮)의 정남쪽 문이다. 하(下)는 거성이다. 개
원(改元)은 처음에 바꾼 원년을 말하는 것으로 임금이 즉위하면 원년이 된다.] 당나라

관리로 3품 이상은 모두 임무를 정지시켰고 4품 이하의 자리는 예전대로 놓았다. 처 조씨(曹氏)를 황후(皇后)로 삼고 상양(尙讓)을 태위(太尉)로 삼았다.[태위(太尉)는 관직 이름으로 무사(武事)를 맡았다.]

僖宗幸興元道中無供頓[供 具也 頓 宿食所也]   漢陰令李康   以騾負糗糧數百
䭾獻之   從行軍士始得食[漢陰 漢中安陽縣地 晉改爲安康縣 唐更名漢陰縣 屬金州 羸
或作騾 盧戈切 驘父馬母 糗 去久切 熬米麥也 䭾 徒何切 以騾馬負物爲䭾 唐遞䭾 每䭾一百
斤]   至興元   詔諸道各出全軍   收復京師   琢沉及左僕射于琮   右僕射劉
鄴   太子少師裴諗   御史中丞趙濛   刑部侍郎李溥   京兆尹李湯   匿民間
巢搜獲皆殺之[悉所統之軍皆行 謂之全軍 射 音夜 于 姓也 琮 徂宗切 鄴 逆怯切 唐制 太
子少師一人 從二品 掌曉三師德行 以諭皇太子 諗 式禁切 唐制 御史臺 中丞二人 正四品下
以刑法典章 紏正百官之罪惡 濛 謨蓬切 溥 滂古切 京兆府 本雍州之地 屬關內道 京城守 秦
曰內史 漢曰尹 後代因之 隋爲內史 武德初 置牧 以長史物府事 開元初 改爲府 乃升長史爲尹
從三品 專物府事 搜 疎鳩切 求也]

희종이 흥원(興元)으로 가는 길에 공돈(供頓)이 없었다.[공(供)은 갖춘다는 뜻이다. 돈(頓)은 숙식하는 장소이다.] 한음령(漢陰令) 이강(李康)이 노새로 구량(糗糧) 수백 짐을 싣고 와서 바치니 따르던 군사들이 비로소 밥을 먹었다.[한음(漢陰)은 한중(漢中) 안양현(安陽縣)의 땅이다. 진(晉)은 안강현(安康縣)으로 고쳤다. 당나라는 다시 한음현으로 고쳐 금주(金州)에 속하게 했다. 나(羸)는 혹 나(騾)로 쓰는데 노과(盧戈)의 반절음으로 수나귀와 암말 사이에서 태어난 것이다. 구(糗)는 거구(去久)의 반절음으로 쌀과 보리를 볶은 것이다. 태(䭾)는 도하(徒何)의 반절음으로 노새나 말이 물건을 지고 싣는 것이다. 당나라의 체태(遞䭾)는 매양 백 근을 실었다.] 흥원에 이르러 조서를 내리기를 모든 도(道)는 각기 전군(全軍)을 내어 서울을 수복하라고 했다. 두로전, 최항, 및 좌복야 우종(于琮), 우복야 유업(劉鄴), 태자소사(太子少師) 배심(裴諗), 어사중승(御史中丞) 조몽(趙濛), 형부시랑(刑部侍郎) 이부(李溥), 경조윤(京兆尹) 이탕(李湯)이 민간에 숨었다. 황소가 수색하여 잡아 모두 죽였다.[통솔하는 모든 군대의 대오를 전군(全軍)이라 한다. 야(射)는 음이 야(夜)이다. 우(于)는 성이다. 종(琮)은 조종(徂宗)의 반절음이다. 업(鄴)은 역겁(逆怯)의 반절음이다. 당나라 제도에 종2품인 태자소사(太子少師) 한 사람은 삼사(三師)의 덕행을 밝혀 황태자를 가르치는 일을 맡았다. 심(諗)은

식금(式禁)의 반절음이다. 당나라 제도에 어사대(御史臺)에는 정4품하의 중승(中丞)이 2명
이 있었는데, 형법과 전장(典章)으로 백관의 죄악을 바로 잡았다. 몽(濛)은 모봉(謨蓬)의
반절음이다. 부(溥)는 방고(滂古)의 반절음이다. 경조부(京兆府)는 본래 옹주의 땅으로 관
내도(關內道)에 속한다. 서울의 우두머리[守]를 진나라는 내사(內史)라 했고, 한나라는 윤
(尹)이라고 했는데 후대에는 이것을 그대로 썼다. 수나라는 내사라고 했다. 무덕(武德) 초
에 목(牧)을 두고 장사(長史)로써 부(府)의 일을 총괄게 하였다. 개원(開元) 초에 부(府)로
고치고 장사를 승격시켜 종3품의 윤(尹)으로 삼아 오로지 부의 일을 맡도록 했다. 수(搜)는
소구(疎鳩)의 반절음으로 찾는다는 뜻이다.]

僖宗幸成都　館於府舍　以畋爲京城四面諸營都統　畋傳檄天下　合兵討
賊[館於府舍 謂就西川府舍爲行宮也]　時天子在蜀　詔令不通　天下謂朝廷不能
復振　及得畋檄　爭發兵應之[復 扶又切 下並同] 是時鳳翔司馬唐弘夫　屯渭
北[唐制 凡軍鎭二萬人以上 置司馬一人 正六品上 不及二萬者 從六品上 唐 姓也]　河中
節度使王重榮　屯沙苑[河中府 治河東郡 屬河東道 古冀州之域也 重 直龍切 沙苑 一
名沙阜 在同州馮翊縣南十二里 東西八十里 南北三十里]　義武節度使王處存　屯渭
橋[定州有義武軍 定州 屬河北道]　權知夏綏節度使拓拔思恭　屯武功[夏綏二州
屬關內道 古雍州之域也 拓拔 複姓 本党項羌也 党項 以姓別爲部落 而拓拔氏最彊 武功縣 屬
關內道京兆府 古雍州之域也]　畋屯盩厔[盩 張流切 厔 陟栗切 盩厔 縣名 在京兆 山曲曰
盩 水曲曰厔 因以名焉]

희종이 성도(成都)에 가서 부사(府舍)에 묵으면서 정전을 경성사면제
영도통(京城四面諸營都統)으로 삼았다. 정전은 천하에 격문을 보내 병
사를 모아 적을 치자고 했다.[부사(府舍)에 머문다는 것은 서천부사(西川府舍)로
가서 행궁(行宮)으로 삼았다는 말이다.] 이때 천자가 촉(蜀)나라에 있어 조칙과
명령이 통하지 않자 천하에서는 조정이 다시 떨칠 수 없을 것이라고
말했다. 그러나 정전은 격문을 보고는 다투어 병사를 내어 거기에 응
했다.[부(復)는 부우(扶又)의 반절음으로 아래도 모두 같다.] 이때 봉상사마(鳳翔
司馬) 당홍부(唐弘夫)는 위북(渭北)에 주둔했다.[당나라 제도에 무릇 군진
(軍鎭)이 2만 명 이상이면 정6품상의 사마(司馬) 1명을 두었고 2만이 못 되면 종6품상으로
했다. 당(唐)은 성이다.] 하중절도사(河中節度使) 왕중영(王重榮)은 사원(沙

苑)에 주둔했다.[하중부(河中府)는 하동군(河東郡)을 다스렸다. 하동도(河東道)에 속
하며 옛 기주(冀州)의 땅이다. 중(重)은 직룡(直龍)의 반절음이다. 사원(沙苑)은 일명 사부
(沙阜)라고도 하는데 동주(同州) 풍익현(馮翊縣) 남쪽 12리에 있다. 동서로 80리이고 남북
으로 30리이다.] 의무절도사(義武節度使) 왕처존(王處存)은 위교(渭橋)에
주둔했다.[정주(定州)에 의무군(義武軍)이 있다. 정주는 하북도(河北道)에 속한다.] 권
지하수절도사(權知夏綏節度使) 척발사공(拓拔思恭)은 무공(武功)에 주
둔했다.[하주(夏州)와 수주(綏州)는 관내도에 속하는데 옛날 옹주의 땅이다. 척발(拓拔)
은 복성(複姓)으로 본래 당항강(党項羌)이다. 당항은 성별(姓別)로 부락을 이루었는데 척
발씨가 가장 강했다. 무공현(武功縣)은 관내도(關內道) 경조부(京兆府)에 속하는데 옛 옹
주의 땅이다.] 장전은 주질(盩厔)에 주둔했다.[주(盩)는 장류(張流)의 반절음이
다. 질(厔)은 척율(陟栗)의 반절음이다. 주질은 현의 이름으로 경조(京兆)에 있다. 산골짜
기를 주(盩)라 하고 물의 굽이를 질(厔)이라 하는데 이로 인해서 이름을 삼았다.]

弘夫乘龍尾之捷　進薄長安[鳳翔府岐山縣 唐初治張堡 武德七年 移治龍尾城 在平陽
故城之東北 巢遣尚讓 帥衆五萬冠鳳翔 敗使司馬唐弘夫 伏兵要害 自以兵數千 陣於高岡 賊
以敗書生輕之 鼓行而前 伏發大敗於龍尾陂 斬首二萬餘級 薄 迫也] 巢帥衆東走京城
四面諸營副都統程宗楚　先自延秋門入　弘夫繼至[長安苑城有門西出 謂之延
秋門] 處存帥銳卒五千　夜入城　坊市民喜　爭讙呼出迎官軍　或以瓦礫
擊賊　或拾箭以供官軍[瓦 土器已燒之惣名 礫 狼狄切 小石也 拾 捃也]
당홍부가 용미(龍尾)의 싸움에서 승리를 틈타 장안 가까이 진격해 나
갔다.[봉상부(鳳翔府) 기산현(岐山縣)은 당나라 초에 장보(張堡)를 다스렸다. 무덕(武德)
7년에는 용미성(龍尾城)으로 옮겨 다스렸는데 평양(平陽) 옛 성의 동북쪽에 있다. 황소가
상양(尙讓)을 보내 군사 5만을 이끌고 봉상을 치도록 했다. 정전이 사마(司馬) 당홍부(唐
弘夫)로 하여금 요해처에 병사를 매복하도록 하고 자신은 군사 수천을 이끌고 고강(高岡)
에 진(陣)을 쳤다. 적은 정전이 서생(書生)이므로 가볍게 보고 북을 울리며 앞으로 나아갔
다. 매복병이 나와 용미의 언덕에서 크게 패퇴시키고 2만여 급을 목 베었다. 박(薄)은 핍박
한다는 뜻이다.] 황소가 무리를 거느리고 동쪽으로 달아나자 경성사면제
영부도통(京城四面諸營副都統) 정종초(程宗楚)가 먼저 연추문(延秋門)
으로 들어가고 당홍부가 이어서 이르렀다.[장안(長安) 원성(苑城)에 서쪽으로
나있는 문을 연추문(延秋門)이라 한다.] 왕처존은 정예 병졸 5천을 거느리고

밤에 성으로 들어가니 저자의 사람들이 기뻐하며 앞다퉈 환호하고 나아가 관군을 맞이했다. 어떤 이는 기왓장이나 자갈로 적을 치기도 하고 어떤 이는 화살을 주워 관군에 주기도 하였다.[와(瓦)는 불에 구운 토기의 총칭이다. 역(礫)은 낭적(狼狄)의 반절음으로 자갈이다. 습(拾)은 줍다는 뜻이다.]

宗楚等恐諸將分甚功　不報鳳翔鄜夏[將 即亮切 鄜 芳無切 鄜州 屬關內道 古雍州之域也 思恭會鄜延節度使李孝昌 同盟討賊]　軍士釋兵入第舍　掠金帛妓妾[釋 捨也]
정종초 등은 여러 장수들이 그 공을 나눌까 두려워해서 봉상(鳳翔), 부(鄜), 하(夏)에는 알리지 않았다.[장(將)은 즉량(即亮)의 반절음이다. 부(鄜)는 방무(芳無)의 반절음이다. 부주(鄜州)는 관내도에 속하는데 옛 옹주의 땅이다. 척발사공은 마침 부연절도사(鄜延節度使) 이효창(李孝昌)과 동맹하여 적을 치기로 했었다.] 군사들이 무기를 풀고 집에 들어가 돈과 비단 그리고 기첩(妓妾)을 약탈해갔다.[석(釋)은 버린다는 뜻이다.]

處存令軍士首繫白□□爲號[令 平聲 下並同 □□音須 繒頭也 以約髮 謂之頭□□]
坊市少年　或竊其號以掠人　賊露宿霸上[少 詩照切 下並同 宿無室廬曰露宿]
詞知官軍不整　且諸軍不相繼引兵還襲之　自諸門分入　大戰長安中　宗楚　弘夫死　軍士重負不能走　是以甚敗　死者什八九　處存收餘衆還營巢復入長安　怒民之助官軍　縱兵屠殺　流血成川　謂之洗城　於是諸軍皆退　賊勢愈熾　賊衆上巢尊號曰　承天應運啓聖睿文宣武皇帝[上 上聲]
諸道行營都統王鐸以諸道兵逼長安　巢勢日蹙
왕처존이 군사들의 머리에 흰 댕기를 매어 표시하라고 명했다.[영(令)은 평성으로 아래도 모두 같다. 수(□□)는 음이 수(須)인데 비단 머리띠이다. 이것으로 머리털을 묶는 것을 두수라고 한다.] 저자의 소년들은 혹 그 표시를 훔쳐 약탈하기도 했다. 적은 패상에서 노숙했는데[소(少)는 시조(詩照)의 반절음으로 아래도 모두 같다. 집이 없이 자는 것을 노숙이라고 한다.] 관군이 정돈되지 않고 또 제군이 서로 연결되지 않음을 염탐해 알고는 병사를 돌려 습격했다. 여러 문으로 나누어 들어오니 장안 한 복판에서 싸움이 크게 벌어졌

다. 정종초와 당홍부가 죽었다. 군사들은 무거운 짐을 지고 있어 달릴
수가 없었다. 이 때문에 크게 패해 죽은 자가 열에 여덟 아홉이었다.
왕처존이 남은 무리를 수습하여 영채로 돌아갔다. 황소가 다시 장안으
로 들어가서 민생들이 관군을 도운 것에 분노하여 병사를 풀어 도살하
니 흐르는 피가 내를 이루었다. 이를 일러 세성(洗城)이라 말했다. 이
에 제군이 모두 물러나자 적의 기세가 더욱 치열해졌다. 적의 무리는
황소의 존호를 높여 말하기를 "승천응운계성예문선무황제(承天應運啓
聖睿文宣武皇帝)"라고 했다.[상(上)은 상성이다.] 제도행영도통(諸道行營
道統) 왕탁(王鐸)이 제도병(諸道兵)으로 장안을 핍박하니 황소의 기세
가 날로 위축되었다.

初後唐獻祖　與吐谷渾都督赫連鐸戰敗　部衆皆潰　獨與太祖及宗族　北
入達靼　太祖少驍勇軍中號曰李鴉兒[赫連 複姓 鐸 名也 鐸 本吐谷渾酋長 開成 中
其父帥種人三千帳 自歸守雲州 太祖 即克用也 鴉 么加切 或作鵶]　鐸陰賂達靼　使取
獻祖父子[使 如字 鐸盖說誘達靼豪帥 以克用父子才勇 久留達靼 必將幷有其部落 故使殺
之]　太祖知之　因時時從其群豪射獵　或掛針于木　或立馬鞭百步　射之
輒中　群豪皆服以爲神[從 如字 豪 豪帥也 針 諸深切 所以緯也 射 食亦切 中 去聲]
又置酒與飮　酒酣　太祖言曰
애초에 후당 헌조(獻祖)가 토욕혼(吐谷渾) 도독(都督) 혁련탁(赫連鐸)
과 싸워 패하여 거느렸던 무리가 모두 무너졌었다. 오직 태조가 종족
(宗族)과 더불어 북쪽으로 달단(達靼)에 들어갔다. 태조는 어려서 날래
고 용감하여 군중에서 부르기를 이아아(李鴉兒)라고 했다.[혁련(赫連)은
복성이고 탁(鐸)은 이름이다. 혁련탁은 본래 토곡혼의 추장이었다. 개성(開成) 연간(年間)
에 그 아버지가 종족 3천 장(帳)을 거느리고 스스로 귀순하여 운주(雲州)를 지켰다. 태조는
바로 이극용(李克用)이다. 아(鴉)는 요가(么加)의 반절음으로 혹 아(鵶)로도 쓴다.] 혁련
탁이 몰래 달단에게 뇌물을 주어 헌조의 부자(父子)를 취하라고 했다.
[사(使)는 본래의 뜻이다. 혁련탁이 대개 달단의 우두머리들을 달래어 꾀기를, 이극용 부
자(父子)는 재주와 용기를 가지고 있어서 오랫동안 달단에 머물게 되면 반드시 앞으로 그

부락을 합칠 것이므로 죽여야 한다고 했다.] 태조가 그것을 알고 인하여 때때로
그 무리의 호걸들을 따라 활쏘기와 사냥을 했다. 어떤 때는 바늘을 나
무에 걸어놓고, 어떤 때는 말 채찍을 백 보 거리에 세워놓고 활을 쏘아
번번이 맞추니 여러 호걸들이 모두 탄복하며 귀신이라고 여겼다.[종(從)
은 본래 뜻이다. 호(豪)는 호걸 장수이다. 침(針)은 제심(諸深)의 반절음인데 이것으로써
피륙을 짠다. 석(射)은 식역(食亦)의 반절음이다. 중(中)은 거성이다.] 또 술을 차려
함께 마시고 술이 취하면 태조는 말하기를

吾得罪天子 願效忠而不得[僖宗乾符五年 大同軍亂 殺防禦使段文楚 推克用爲留後
朝廷以國昌爲大同節度使 以爲克用必無以拒也 國昌欲父子幷據兩鎭 得制書毁之 殺監軍 與
克用合兵 進擊寧武及岢嵐軍 幽州節度使李可擧 討克用大破之 蔚朔節度使李琢及赫連鐸 討
國昌敗之 國昌克用 亡走達靼] 今聞黃巢北來 必爲中原患 一旦天子若赦吾罪
得與公輩南向 共立大功 不亦快乎[快 苦夬切 稱心也] 人生幾何 誰能老
死沙磧邪[幾 居豈切 沙磧 即沙陀磧也 邪 讀曰耶] 達靼知無留意乃止
"내가 천자에게 죄를 지어 충성을 다하기를 바라나 할 수가 없다.[희종
(僖宗) 건부(乾符) 5년에 대동군(大同軍)이 난을 일으켜 방어사(防禦使) 단문초(段文楚)를
죽이고 이극용을 추대하여 유후(留後)로 세웠다. 조정에서는 이극창을 대동절도사(大同節
度使)로 삼으면 이극용이 반드시 항거하지 못할 것으로 여겼다. 이극창은 부자가 함께 두
진(鎭)에 웅거하려고 조서[制書]를 찢어버리고 감군(監軍)을 없애고는 이극용과 군대를 합
쳐 영무(寧武)와 가람군(岢嵐軍)을 쳤다. 유주절도사(幽州節度使) 이가거(李可擧)가 이극
용을 쳐서 크게 깨뜨리고, 울삭절도사(蔚朔節度使) 이탁(李琢)과 혁련탁(赫連鐸)이 이극창
을 쳐 패퇴시켰다. 이극창과 이극용이 달단으로 도망쳐 달아났다.] 지금 들으니 황소
가 북쪽에서 온다니 반드시 중원의 근심이 될 것이다. 일단 천자가 만
약 나의 죄를 용서해준다면 공의 무리들과 함께 남쪽으로 향하여 함께
큰 공을 세울 수 있으니 또한 기쁜 일이 아니겠는가.[쾌(快)는 고쾌(苦夬)의
반절음으로 마음에 맞는다는 뜻이다.] 인생이 얼마인데 누가 능히 사적(沙磧)
에서 늙어 죽으리오."라고 했다.[기(幾)는 거기(居豈)의 반절음이다. 사적(沙磧)
은 곧 사타적(沙陀磧)이다. 야(邪)는 야(耶)로 읽는다.] 달단은 그가 머물 뜻이 없
음을 알고 이내 그만 두었다.

巢陷京師　代北監軍陳景思　帥沙陀酋長李友金　及薩葛安慶吐谷渾諸部

入援[鴈門郡有代北軍　陀　唐何切　沙陀者　處月之別種也　處月 居金娑山之陽 蒲類海之東 有

大磧名沙陀 故號沙陀也 長 上聲 友金 克用之族父也 薩葛 安慶 吐谷渾三部之名也]　至絳

州　將濟河[絳 古巷切 絳州 屬河東道 古冀州之域也]　絳州刺史瞿稹　謂景思曰

[瞿 權衢切 瞿稹姓名亦沙陀也]

황소가 서울을 함락하자, 대북감군(代北監軍) 진경사(陳景思)가 사타

추장(沙陀酋長) 이우금(李友金)과 살갈(薩葛), 안경(安慶), 토욕혼(吐

谷渾)의 여러 부족을 이끌고 도우러 들어왔다.[안문군(鴈門郡)에 대북군(代

北軍)이 있었다. 타(陀)는 당하(唐何)의 반절음이다. 사타(沙陀)는 처월(處月)의 다른 종족

이다. 처월은 금사산(金娑山)의 남쪽 포류해(蒲類海) 동쪽에 사는데 여기에 사타라는 큰

삼각주가 있으므로 이름을 사타라고 불렀다. 장(長)은 상성이다. 우금(友金)은 이극용의

족부(族父)이다. 살갈(薩葛), 안경(安慶), 토욕혼(吐谷渾)은 세 부족의 이름이다.] 강주

(絳州)에 이르러 황하를 건너려고 하는데[강(絳)은 고항(古巷)의 반절음이다.

강주(絳州)는 하동도(河東道)에 속하는데 옛날 기주(冀州)의 땅이다.] 강주자사 구진

(瞿稹)이 진경사에게 다음과 같이 말했다.[구(瞿)는 권구(權衢)의 반절음이다.

구진(瞿稹)은 성명으로 또한 사타 사람이다.]

賊勢方盛　未可輕進　不若且還代北募兵　乃俱還代州　募兵　踰旬得三

萬人　皆北方雜胡　屯於崞西　獷悍暴橫　積與友金不能制[崞西 代州崞縣之

西也 獷 古猛切 麤惡貌 橫 去聲 不順理也]　友金乃說景思曰[說 音稅]

"적의 기세가 바야흐로 성하니 가볍게 나갈 수 없소이다. 장차 대북(代

北)으로 돌아가 병사를 모으는 것만 같지 못하오."라고 했다. 이내 함

께 대주(代州)로 돌아가 병사를 모았는데 열흘을 넘겨 3만 명을 모았

으나 모두 북방의 여러 오랑캐들이었다. 이들은 곽서(崞西)에 주둔했

는데 사납고 급하며 포악하고 제멋대로여서 구진과 이우금이 능히 통

제할 수 없었다.[곽서(崞西)는 대주(代州) 곽현(崞縣)의 서쪽이다 광(獷)은 고맹(古猛)

의 반절음으로 거칠고 악한 모습이다. 횡(橫)은 거성으로 이치를 따르지 않는 것이다.] 이

우금이 이내 진경사를 달래어 말하기를[세(說)는 음이 세(稅)이다.]

今雖有衆數萬 苟無威望之將以統之 終無成功[將 即亮切 下並同] 吾兄司
徒父子 勇略過人 爲衆所服[司徒 謂國昌也 國昌以平寵勛功 檢校司徒] 請奏天
子 赦其罪 召以爲帥 則代北之人 一麾響應 狂賊不足平也[帥 如字 狂賊
謂巢也] 景思以爲然 遣使詣行在言之 詔如所請[使 去聲 下並同] 友金以
五百騎 齎詔詣達靼迎之

"지금 비록 무리가 수만이 있을지라도 진실로 위엄과 덕망있는 자가
그들을 거느리지 않는다면 끝내는 성공하지 못할 것이오.[장(將)은 즉량
(即亮)의 반절음으로 아래도 모두 같다.] 나의 형 사도(司徒)의 부자(父子)는 용
맹과 지략이 남보다 뛰어나니 무리들이 복종할 것이오.[사도는 이국창을
말한다. 이국창이 방훈(龐勛)을 평정한 공으로 검교사도(檢校司徒)가 되었다.] 청컨대
천자에게 아뢰어 그의 죄를 용서하고 불러서 장수로 삼는다면 대북의
사람들은 한 사람의 지휘를 따르는 것이니 미친 적을 족히 평정할 수
있지 않겠소."라고 했다.[수(帥)는 본래의 뜻이다. 미친 적이란 황소를 말한다.] 진
경사가 그렇다고 여겨 사자를 행재소로 보내 말을 하게 하니 조칙이
내려져 청한 대로 되었다.[사(使)는 거성으로 아래도 모두 같다.] 이우금이 오
백 기병(騎兵)으로 달단에 이르러서 가져온 조칙을 맞이했다.

太祖帥達靼諸部萬人赴之[帥 讀曰率] 太祖牒河東 稱奉詔將兵五萬 討黃
巢 令具頓遞[綠道設酒食以供軍爲頓 置郵驛爲遞] 河東節度使鄭從讜閉城以備
之[河東道 古冀州之域也] 太祖屯於汾東 從讜犒勞 給其資糧 累日不發[汾
水 自汾陽縣南流 逕陽曲城西 犒 口到切 餉也 勞 去聲 慰也] 太祖自至城下大呼 求
與從讜相見[呼 火故切] 從讜登城謝之 太祖復求發軍賞給 從讜與之錢千
緡 米千石[緡 眉賓切 絲也 以貫錢 一貫千錢] 太祖怒 縱沙陀 大掠而還 陷
忻代二州 因留居代州[忻 許斤切 忻代二州 屬河東道 中和二年 隷鴈門]

태조가 달단의 여러 부족 만 명을 거느리고 왔다.[솔(帥)은 솔(率)로 읽는
다.] 태조가 하동(河東)에 첩문을 보내 일컫기를 조칙을 받들어 병사 5
만을 이끌고 황소를 칠 것이니 돈체(頓遞)를 갖출 것을 명했다.[길 가장
자리에 술과 음식을 차려 놓고서 군사들에게 공급하는 것을 돈(頓)이라 한다. 우역(郵驛)

을 두는 것을 체(遞)라 한다.] 하동절도사 정종당(鄭從讜)이 성을 닫고 방비
했다.[하동도(河東道)는 옛날 기주의 땅이다.] 태조가 분수(汾水)의 동쪽에 주
둔하니 정종당이 군사들에게 음식을 먹이고 위로하며 그 물자와 양식
을 공급하면서 며칠 동안 성문을 열지 않았다.[분수(汾水)는 분양현(汾陽縣)
남쪽에서 흘러 양곡성(陽曲城) 서쪽을 지난다. 호(犒)는 구도(口到)의 반절음으로 먹인다
는 뜻이다. 노(勞)는 거성으로 위로한다는 뜻이다.] 태조가 몸소 성 밑에 이르러
크게 소리 질러 청하여 정종당을 만나려고 했다.[호(呼)는 화고(火故)의 반절
음이다.] 정종당이 9성에 올라와 사과했다. 태조가 다시 군대를 출발시
키는데 상으로 줄 물건을 달라고 청하니 정종당이 돈 천 꿰미와 쌀 천
석을 주었다.[민(緡)은 미빈(眉賓)의 반절음으로 실[絲]이다. 이것으로 동전을 꿰는데
한 꿰미가 천전(千錢)이다.] 태조가 노하여 사타병(沙陀兵)을 풀어 크게 노
략질을 하고 돌아와 흔주(忻州)와 대주(代州)를 함락시키고 그로 인하
여 대주(代州)에 머물렀다.[흔(忻)은 허근(許斤)의 반절음이다 흔주(忻州)와 대주
(代州)는 하동도에 속했는데 중화(中和) 2년에 안문(鴈門)에 예속되었다.]

至是巢兵勢尙彊　重榮患之　謀於行營都監楊復光[復 如字 復光初爲忠武監軍
至是爲京城南面行營都監使]　復光曰
이때까지 황소의 병사들의 기세는 아직 강했다. 왕중영이 이를 걱정하
여 행영도감(行營都監) 양복광(楊復光)과 의논하니[복(復)은 본래의 뜻이다.
양복광은 처음에는 충무감군(忠武監軍)이었는데 이 때에 이르러 경성남면행영도감사(京城
南面行營都監使)가 되었다.] 양복광이 말하기를

鴈門李僕射　驍勇有彊兵　素有徇國之志　所以不來者　以與河東結隙耳
[時克用據代州 代州鴈門郡也]　若以朝旨　諭鄭公而召之　必來　來則賊不足平
矣[鄭公 謂從讜也]　時王鐸在河中　乃以墨敕　召太祖　諭從讜[王鐸爲都統 便
宜從事 凡徵調除投 皆得用墨敕]　太祖將沙陀萬七千　趣河中　不敢入太原境
獨與數百騎　過晉陽城下　與從讜別　從讜以名馬器幣贈之　僖宗以太祖
爲鴈門節度使　太祖將兵四萬　至河中　遣從父弟克脩　先將兵五百濟河

嘗賊[從 才用切 嘗 試也]

"안문(鴈門) 이복야(李僕射)가 날래고 용감하며 강한 병사를 가지고 있고, 평소 나라를 위해 죽을 뜻도 있는데 오지 않는 까닭은 하동절도사와 틈이 난 때문이다.[이때 이극용은 대주(代州)에 있었다. 대주는 안문군이다.] 만약 조정의 뜻으로 정공(鄭公)을 달래어 그를 부르면 반드시 올 것이오. 온다면 적을 족히 평정하지 못하겠소이까."라고 했다.[정공(鄭公)은 정종당(鄭從讜)을 말한다.] 이 때 왕탁은 하중(河中)에 있었는데, 곧 칙서[墨敕]로 태조를 부르고 정종당을 일깨웠다.[왕탁은 도통(都統)이 되어 편의대로 일을 처리 할 수 있었으므로 무릇 불러들이고 조사하고 제수하는 일에 모두 묵칙(墨敕)을 쓸 수 있었다.] 태조는 사타병 만 칠천을 거느리고 하중으로 향했으나 감히 태원(太原)의 지경에는 들어가지 못하고 홀로 수백 기를 데리고 진양성(晉陽城) 밑을 지나 정종당과 갈라졌다. 정종당은 좋은 말과 기계, 폐백을 주었다. 희종은 태조를 안문절도사로 삼았다. 태조는 군사 4만 명을 이끌고 하중(河中)에 이르고서 종부제(從父弟) 이극수(李克脩)를 보내 먼저 군사 5백을 이끌고 하수를 건너 적을 시험해보라고 했다.[종(從)은 재용(才用)의 반절음이다. 상(嘗)은 시험한다는 뜻이다.]

初太祖弟克讓 爲南山寺僧所殺 其僕渾進通 歸于巢[克讓傳 黃巢犯長安 克讓守潼關爲賊所敗 奔于南山 匿佛寺 爲寺僧所殺 渾 胡昆切 姓也] 自高潯之敗 諸軍皆畏賊莫改進[潯 徐心切 潯時爲昭義節度使 與黃巢將李詳 戰于石橋 敗奔河中] 及太祖軍至賊憚之曰

애초에 태조의 동생 이극양(李克讓)이 남산사(南山寺)의 중에게 피살되었는데 그 종 혼진통(渾進通)이 황소에게 갔다.[극양전(克讓傳)에서, 황소가 장안을 침범하자 이극양은 동관(潼關)을 지키다가 적에게 패해 남산으로 달아나 절에 숨었는데 그 절의 중에게 살해당했다고 했다. 혼(渾)은 호곤(胡昆)의 반절음으로 성(姓)이다.] 고심(高潯)이 패한 이래로 제군이 모두 적을 두려워해서 감히 전진하지 못했다.[심(潯)은 서심(徐心)의 반절음이다. 고심은 이때 소의절도사(昭義節度使)가 되어 황소의 장군 이상(李詳)과 석교(石橋)에서 싸웠는데 패하여 하중(河中)으로 달아

났다.] 그러나 태조의 군대가 이르자 적은 그를 꺼려하여 말하기를

鴉軍至矣　當避其鋒[克用軍皆衣黑 故謂之鴉軍]　巢乃捕南山寺僧十餘人　遣
使齎詔書及重賂　因進通　詣太祖以求和　太祖殺僧哭克讓　受其賂以分
諸將　焚其詔書　歸其使者

"아군(鴉軍)이 왔으니 마땅히 그 예봉을 피하자."라고 했다.[이극용의 군
대는 모두 검은 옷을 입었으므로 아군이라고 말한다.] 황소가 곧 남산사의 중 10
여 명을 붙잡아 조서와 많은 뇌물을 사자를 통해 보내고 이로 인해 혼
진통을 태조에게 이르게 하여 화친을 구했다. 태조가 중을 죽이고 이
극양을 위해 울었다. 받은 뇌물은 여러 장수에게 나눠주고 그 조서를
불사르고는 사자를 돌려보냈다.

太祖敗賊將黃揆于沙苑　王鐸承制　以太祖爲東北面行營都統　太祖進軍
乾阬　與河中易定忠武軍合[承制 承制詔而命之 謂得承制專賞罰也 乾 音干 乾阬 在
沙苑西南 易定二州 皆屬河北道 此言易定 指義武軍也 忠武軍治許州 許州屬河南道]　讓等
將十五萬衆　屯于梁田陂[舊書 作良天陂 在成店西]　明日大戰　自午至晡　賊
衆大敗　俘斬數萬　伏尸三十里　太祖進圍華州[華州 屬關內道 古雍州之域一]
巢遣讓救之　太祖逆戰破之　進軍渭橋　每夜令其將薛志勤　康君立　潛
入長安　燔積聚斬虜而還　賊中大驚[燔 音煩 熱也]　太祖與忠武將龐從 河
中將白志遷等引兵先進　與巢軍戰於渭南　一日三戰皆捷　義成義武等諸
軍繼之　賊敗走入城[義成 渭州軍也 屬河南道]　太祖乘勝追之　自光泰門先入
戰望春宮昇陽殿[光泰門 苑城東北門也 西京禁苑內 有望春宮 在高原之上 東臨瀾滻一]
巢力戰不勝　焚宮室遁去　賊死及降者甚衆[降 胡江切]

태조가 적장 황규(黃揆)를 사원(沙苑)에서 패퇴시켰다. 왕탁이 승제
(承制)로 태조를 동북면행영도통(東北面行營都統)으로 삼았다. 태조가
건갱(乾阬)으로 진군시켜 하중(河中), 역정(易定), 충무군(忠武軍)과
합쳤다.[승제(承制)는 임금의 명령을 받들어 명한다는 뜻이니, 임금의 명령을 받아 상벌
을 오로지 하는 것을 말한다. 건(乾)은 음이 간(干)이다. 건갱(乾阬)은 사원(沙苑)의 서남쪽

에 있다. 역주(易州)와 정주(定州)는 모두 하북도에 속했다. 여기서 역정(易定)이라고 말한
것은 의무군(義武軍)을 가리킨다. 충무군(忠武軍)은 허주(許州)를 다스렸다. 허주는 하남
도에 속했다.] 상양 등은 15만의 무리를 거느리고 양전파(梁田陂)에 주둔
했다.[구당서(舊唐書)에 양천피(良天陂)라고 했는데 성점(成店) 서쪽에 있다.] 다음날
큰 싸움이 오시(午時)부터 해질 무렵인 신포시(申晡時)까지 벌어져 적
이 크게 패해 수만 명을 포로로 잡고 목을 베니 널부러진 시체가 30리
였다. 태조가 나아가 화주(華州)를 포위했다.[화주는 관내도에 속하는데 옛
옹주(雍州) 지역의 하나이다.] 황소가 상양을 보내 구하니 태조가 맞아 싸워
깨뜨리고 위교(渭橋)로 진군했다. 그리고는 매일 밤 그의 장수 설지근
(薛志勤)과 강군립(康君立)으로 하여금 장안으로 잠입시켜 쌓아둔 물
건에 불을 지르고 적을 베고 돌아오게 하니 적의 진중이 크게 놀랐다.
[번(燔)은 음이 번(煩)이고 불사른다는 뜻이다.] 태조가 충무장(忠武將) 방종(龐
從)과 하중장(河中將) 백지천(白志遷) 등과 더불어 군사를 이끌고 앞서
나가 황소의 군사와 위수의 남쪽에서 싸웠는데 하루에 세 번을 싸워
모두 이겼다. 의성(義成)과 의무(義武) 등 여러 군대가 계속 오니 적이
패주하여 성으로 들어갔다.[의성은 위주군(渭州軍)으로 하남도에 속한다.] 태조
가 승세를 타고 그들을 추격하여 광태문(光泰門)으로 해서 먼저 들어
가 망춘궁(望春宮) 승양전(昇陽殿)에서 싸웠다.[광태문은 원성(苑城)의 동북
쪽 문이다. 서경(西京) 금원(禁苑) 안에 망춘궁(望春宮)이 있다. 고원(高原)의 위에 있는데
동쪽으로는 파수(灞水)와 산수(滻水)의 한 가닥으로 이어져 있다.] 황소가 힘을 다해
싸웠으나 이기지 못하자 궁실을 불사르고 달아나니 적 가운데 죽은 자
와 항복한 자가 매우 많았다.[강(降)은 호강(胡江)의 반절음이다.]

復光遣使告捷　百官入賀　加太祖同平章事　太祖時年二十八　於諸將最
少　而破黃巢復長安功第一　兵勢最彊　諸將皆畏之　太祖一目微眇　時
人謂之獨眼龍[眇 弭沼切 一目小也]

양복광이 사자를 보내 승리를 알리자 백관들이 들어와 축하했다. 태조
에게는 동평장사(同平章事)를 더했다. 태조의 이때 나이는 28세로 여

러 장수 가운데 가장 어렸으나 황소를 격파하고 장안을 수복한 공은 제일이었으며 군사의 기세는 제일 강했으니 여러 장수들이 모두 두려워했다. 태조의 한쪽 눈이 조금 작았으므로 이때의 사람들이 그를 독안룡(獨眼龍)이라고 말했다.[묘(眇)는 미소(弭沼)의 반절음으로 한쪽 눈이 작음을 뜻한다.]

高麗辛禑時　倭寇四侵　諸道擾攘　至於京畿旁近州郡　亦被侵掠　每入寇　婦女嬰孩　屠殺無遺[嬰 伊盈切 孩 何開切 嬰孩 小兒之稱]　全羅 楊廣 濱海州郡一空　京城戒嚴　倭舶大集德積덕물　紫燕二島[舶 薄陌切 蠻夷汎海舟曰舶 德積島 在南陽府海中召忽島죠:콜:셤 南六十里許 紫燕島 在仁川濟物梁西水路三里許]時將卒悉赴北征[將 即亮切 高麗忠宣王入元 以迎立武宗之功 封瀋陽王 不欲東還 奏帝傳高麗王位于世子燾 是爲忠肅王 又以兄江陽君滋之子暠 襲瀋陽王 自稱太尉王 暠生德壽 德壽生脫脫不花襲瀋王 辛禑元年春 元以恭愍王無嗣 封脫脫不花爲高麗王 至是泥城萬戶飛報云 瀋王母子率本國叛臣金義等 已到信州 中外洶懼 禑遣諸元帥于東西北面及西海道 又徵諸道兵備之]　乃發坊里及諸陵戶民丁[諸陵戶 即守諸陵軍戶也]　又徵兵楊廣全羅慶尙諸道　以 太祖及判三司事崔瑩　領之　耀兵東西江以備之[時 太祖爲門下贊成事 東江 在松京保定門南三十里 西江 即禮成江 在宣義門西南十七里 皆運漕下泊之處也]

고려 신우(辛禑) 때 왜구(倭寇)가 사방에서 침입하니 여러 도(道)가 어지럽고 시끄러웠다. 경기(京畿) 근방의 주군(州郡)에 이르기까지 또한 침략을 받았다. 매번 침입하여 부녀자와 어린아이를 남겨두지 않고 도살하였다.[영(嬰)은 이영(伊盈)의 반절음이다. 해(孩)는 하개(何開)의 반절음이다. 영해(嬰孩)는 어린아이를 일컫는다.] 전라도(全羅道)와 양광도(楊廣道) 바닷가의 주군(州郡)은 하나같이 비어있고 서울은 경계를 엄히 했다. 왜구의 배가 덕적(德積, 덕물)과 자연(紫燕) 두 섬에 크게 모였다.[박(舶)은 박맥(薄陌)의 반절음으로 오랑캐들이 바다에 띄운 배를 박(舶)이라 한다. 덕적도(德積島)는 남양부 바다 가운데 소홀도(召忽島, 죠:콜:셤) 남쪽 60리쯤에 있다. 자연도(紫燕島)는 인천(仁川) 제물량(濟物梁) 서쪽 수로의 3리쯤에 있다.] 이때 장졸들 모두가 북쪽을 정벌하러 떠났다.[장(將)은 즉량(即亮)의 반절음이다. 고려 충선왕(忠宣王)이 원나라에 가서 무종(武宗)을 맞아 세운 공으로 심양왕(瀋陽王)에 봉해졌다. 그는 고려로 돌아오고 싶지 않아 황제에게 고려의 왕위를 세자 도(燾)에게 전하겠다고 아뢰었는데 이가 바로 충숙왕(忠肅王)이다. 또 형 강양군(江陽君) 자(滋)의 아들 고(暠)로 심양왕을 잇게 하니 스스로 태위왕(太尉王)이라고 칭했다. 고가 덕수(德壽)를 낳고 덕수는 탈탈불화(脫脫不花)를 낳아 심양왕을 이었다. 신우(辛禑) 원년 봄에 원나라는 공민왕을 이을 자 없으므로 탈탈불화를 봉하여 고려왕으로 삼았다. 이때 니성(泥城) 만호(萬戶)가 급히 아뢰기를, 삼양왕 모자(母子)가 우리나라의 반역 신하인 김의(金義) 등을 이끌고 이미 신주(信州)에 도착했다고 했다. 서울과 지방 안팎이 시끄럽고 두려워했다. 신우가 여러 원수를 동서북면(東西北面)과 서해도(西海道)로 보내고 또 여러 도의 병사를 불러 방비하였다.] 그리고 방리(坊里)와 여러 능호(陵戶)의 민정(民丁)을 뽑고[여러 능호(陵戶)란 곧 여러 능을 지키는 군사를 말한다.] 또 양광도, 전라도, 경상도의 여러 도에서 징병하여 태조와 판삼사사(判三司事) 최영에게 이들을 거느리게 하고 동강(東江)과 서강(西江)에서 무기를 번뜩이며 방비케 하였다.[이때 태조는 문하찬성사(門下贊成事)였다. 동강은 송경(松京) 보정문(保定門) 남쪽 30리에 있다. 서강은 바로 예성강(禮成江)으로 선의문(宣義門) 서남쪽 17리에 있다. 모두 뱃길로 실어 배에서 내리는 곳이다.]

遷喬桐縣民于近地 以避寇[喬桐 本高句麗高木根縣 一名戴雲島 新羅改曰喬桐 爲穴口郡領縣 高麗因之 爲江華縣任內 明宗始置監務 本朝 太祖四年 始置萬戶兼知縣事 別號高林 今屬京畿道] 訛言倭將寇都城[訛 吾禾切 謬也] 夜半發坊里軍 守城 又聞賊將先登松嶽山 發僧爲軍 分守要害 賊入寇江華府 焚戰艦[松嶽 一名崧嶽 開城之鎭山也 高麗國祖康忠 初居五冠山時 新羅監干八元 精於地理 到扶蘇郡 郡在扶蘇山北 見山形勝而童 告忠曰 若移郡山南 植松使不露巖石 則統合三韓者出矣 於是忠勸郡人 徙山南 栽松遍嶽 改名松嶽郡 要害 謂在我爲要 於彼爲害]

교동현(橋桐縣) 사람들을 가까운 육지로 옮겨 왜구를 피하게 했다.[교동은 본래 고구려 고목근현(高木根縣)인데 일명 대운도(戴雲島)라고 한다. 신라가 고쳐 교동이라 하고 혈구군(穴口郡)의 영현(領縣)으로 삼았다. 고려는 그대로 하여 강화현(江華縣)의 관내에 두었다. 명종 때 처음으로 감무(監務)를 두었다. 본조 태조 4년에 처음으로 만호(萬戶)를 두어 지현사(知縣事)를 겸하도록 했다. 별호는 고림(高林)이고 지금은 경기도에 속한다.] 왜구가 장차 도성을 쳐들어온다는 거짓말로[와(訛)는 오화(吾禾)의 반절음으로 속인다는 뜻이다.] 한 밤중에 방리군(坊里軍)을 내어 성을 지켰다. 또 적이 장차 먼저 송악산(松嶽山)에 오를 것이라는 소문으로 중[僧]을 내어 군인으로 삼아 나누어 요해처를 지켰다. 적이 강화부(江華府)에 침입하여 전함(戰艦)을 불질렀다.[송악(松嶽)은 일명 숭악(崧嶽)이라고도 하는데 개성의 진산(鎭山)이다. 고려(高麗) 국조(國祖) 강충(康忠)이 처음에 오관산(五冠山)에 살 때, 신라 감간(監干) 팔원(八元)이 지리에 밝았다. 그가 부소군(扶蘇郡)에 이르렀는데 고을은 부소산의 북쪽에 있었다. 그는 산의 모양은 뛰어나나 민둥산임을 보고는 강충에게 말하기를 "만약 고을을 산 남쪽으로 옮기고 소나무를 심어 바위가 드러나지 않게 한다면 삼한을 통합할 사람이 나올 것입니다."라고 했다. 이에 강충이 고을 사람들을 권해 산 남쪽으로 옮기고 소나무를 산에 두루 심어 이름을 고쳐 송악군(松嶽郡)이라고 했다. 요해(要害)는 우리에게 있어선 중요하지만 상대에게는 해로움이 됨을 말한다.]

又入窄梁：손돌焚戰艦五十餘艘　海明如畫　死者千餘人　萬戶孫光裕　中流矢僅免　京城大震[窄 側伯切 狹也 窄梁 在今江華府南三十里許 中 去聲 飛矢曰流]
또 착량(窄梁, ：손돌)에 들어가 전함 50여 척을 불사르니 바다가 마치 대낮처럼 밝았고 죽은 사람이 천여 명이었다. 만호(萬戶) 손광유(孫光裕)가 빗나간 화살[流矢]에 맞았는데 겨우 죽음을 면했다. 서울이 크게 두려워했다.[착(窄)은 측백(側伯)의 반절음으로 좁다는 뜻이다. 착량(窄梁)은 지금 강화부 남쪽 30리쯤 떨어져 있다. 중(中)은 거성이다. 화살이 나는 것을 유(流)라고 한다.]

又入江華府　萬戶金之瑞　府使郭彦龍　遁走[使 去聲 下並同]　賊遂大掠轉寇守安通津童城等縣　所過蕭然[守安縣 本高句麗首爾忽 新羅改爲戍城縣 高麗改爲守安 通津縣 本高句麗平唯押縣 新羅改爲分津 一名北史城 高麗改爲通津 童城縣 本高句麗童子忽縣 一名幢山縣 新羅改爲童城縣 右三縣 在新羅皆爲長堤郡領縣 至高麗仍屬樹州任內 恭讓王三年 始置通津監務 以守安童城屬之 本朝 太宗十三年 改爲縣監 屬京畿道 蕭 先彫切 寂寥貌]　倭相語曰
또 강화부(江華府)에 들어가니 만호(萬戶) 김지서(金之瑞), 부사(府使) 곽언룡(郭彦龍)은 도주했다.[사(使)는 거성으로 아래도 모두 같다.] 적이 마침내 크게 약탈하여 수안현(守安縣), 통진현(通津縣), 동성현(童城縣) 등을 돌아가며 침입하니 지나가는 곳은 텅 비었다.[수안현은 본래 고구려 수이홀(首爾忽)이다. 신라가 수성현(戍城縣)으로 고쳤고, 고려는 수안으로 고쳤다. 통진현은 본래 고구려 평유압현(平唯押縣)이다. 신라가 고쳐서 분진(分津)이라고 했다. 일명 북사성(北史城)이라고도 한다. 고려는 통진이라고 고쳤다. 동성현은 본래 고구려 동자홀현(童子忽縣)인데 일명 동산현(㠉山縣)이라고도 한다. 신라가 동성현이라고 고쳤다. 위의 세 현(縣)은 신라 때는 모두 장제군(長堤郡)의 영현(領縣)이었다. 고려에 와서 수주(樹州) 관내에 소속시켰다. 공양왕 3년에 처음으로 통진에 감무를 두어 수안현과 동성현을 여기에 속하게 했다. 본조 태종 13년에 현감(縣監)으로 고쳐 경기도에 속하게 했다. 소(蕭)는 선조(先彫)의 반절음으로 고요하고 쓸쓸한 모양이다.] 왜구들이 서로 말하기를

無人呵禁 誠樂土也[呵 虎何切 通作訶 大言而怒也 樂 音洛]
"아무도 꾸짖어 막는 사람이 없으니 진실로 즐거운 곳이로구나."라고 했다.[가(呵)는 호하(虎何)의 반절음으로 보통 가(訶)로 쓰는데 큰 소리로 성내는 것이다. 낙(樂)은 음이 낙(洛)이다.]

禑以三司左使李希泌爲東江都元帥 門下贊成事睦仁吉 評理林堅味等十一人副之 受守城都統使慶復興節度[泌 薄必切 睦 莫六切 姓也] 義昌君黃裳爲西江都元帥 太祖與門下贊成事揚伯淵 評理邉安烈等十人副之 受京畿都統使李仁任節度[義昌 本退火縣 新羅景德王 改爲義昌郡 高麗改興海郡 顯宗時屬慶州任內 明宗始置監務 恭愍王陞爲知郡事 本朝因之 別號 曲江 或稱鰲山 今屬慶尙道]
신우는 삼사좌사(三司左使) 이희비(李希泌)를 동강도원수(東江都元帥)로 삼고 문하찬성사(門下贊成事) 목인길(睦仁吉), 평리(評理) 임견미(林堅味) 등 11명을 딸려 보내 수성도통사(守城都統使) 경복흥(慶復興)의 지휘를 받도록 했다.[비(泌)는 박필(薄必)의 반절음이다. 목(睦)은 막육(莫六)의 반절음으로 성이다.] 의창군(義昌君) 황상(黃裳)을 서강도원수(西江都元帥)로 삼아 태조와 문하찬성사(門下贊成事) 양백연(揚伯淵) 평리(評理) 변안열(邉安烈) 등 10명을 딸려 보내 경기도통사(京畿道統使) 이인임(李仁任)의 지휘를 받도록 했다.[의창은 본래 퇴화현(退火縣)이다. 신라 경덕왕(景德王)이 의창군(義昌郡)이라고 고쳤다. 고려는 흥해군(興海郡)이라고 고쳤다. 현종 때 경주(慶州)의 관내에 속하게 했다. 명종 때 처음으로 감무를 두었고, 공민왕은 승격시켜 지군사(知郡事)로 삼았다. 본조는 이대로 썼다. 별호는 곡강(曲江)이고 혹 오산(鰲山)이

라고도 부른다. 지금은 경상도에 속한다.]

以京城濱海　倭寇不測　欲遷都內地　賊自江華　攻陷楊廣道濱海州郡
賊多奪我戰艦　邏卒望見　以爲我軍　民皆信之不避　殺傷不可勝計[勝 音
升]

서울이 바닷가에 있어 왜구의 침략을 예측할 수 없으므로 도읍을 육지
의 안쪽으로 옮기려고 했다. 적은 강화도에서 양광도 바닷가의 주군
(州郡)을 공격하여 함락시켰다. 적은 우리의 전함을 많이 빼앗았는데
나졸들이 바라보고는 우리 군대인줄 알았고, 백성들도 모두 믿고 피하
지 않아 죽고 다친 사람이 헤아릴 수 없었다.[승(勝)은 음이 승(升)이다.]

賊入安城郡[安城郡 本高句麗奈乎忽 新羅改爲白城郡 高麗改爲安城縣 顯宗屬水州任內
後移屬天安府 明宗始置監務 恭愍王時 紅賊遣先鋒招降 縣人詐降設亭 醉而斬其魁 賊由是不
敢南下 以功陞爲知郡事 今屬京畿道]　楊廣道元帥王安德　望見賊勢　怯懦不進
乃召副元帥印海　及陽川元帥洪仁桂　退次加川驛　欲邀擊歸路[印 姓也 陽
川 本高句麗齊次巴衣縣 新羅改名孔巖 爲栗津郡領縣 高麗顯宗時 屬樹州任內 忠宣王改爲陽
川縣 置令 本朝因之 屬京畿道 加川驛 在陽城縣西十五里 邀 伊消切 通作要 遮也]　賊望
之　由他路引去　安德率銳追擊不克　號天慟哭[號 戶高切 呼也]　擒賊諜訊
之　諜曰 吾等議若侵楊廣諸州　崔瑩必率師而下　於是乘虛直擣京城可
圖也[訊 思晉切 問也 下 去聲 擣 擊也 衝也]

적이 안성군(安城郡)으로 들어갔다. [안성군은 본래 고구려 나호홀(奈乎忽)이다.
신라가 백성군(白城郡)이라 고쳤고 고려는 안성현이라 고쳤다. 현종은 수주(水州)의 관내
에 속하게 했다가 뒤에 옮겨 천안부(天安府)에 속하게 했다. 명종 때 처음으로 감무를 두었
다. 공민왕 때 홍건적이 선봉군(先鋒軍)을 보내 항복하라고 하니, 고을 사람들이 거짓으로
항복하고 잔치를 베풀어 취하게 하여 그 우두머리를 죽였다. 적이 이로부터 감히 남쪽으로
내려오지 못했다. 이 공으로 지군사(知郡事)로 승격되었다. 지금은 경기도에 속한다.] 양
광도 원수(元帥) 왕안덕(王安德)이 적의 세력을 바라보고는 겁이 나서
나가지 못했다. 그리고는 부원수 인해(印海)와 양천(陽川) 원수 홍인계
(洪仁桂)를 불러 가천역(加川驛)으로 물러나 머물면서 돌아가는 길에

서 맞아 치려고 했다.[인(印)은 성이다. 양천은 본래 고구려 제차파의현(齊次巴衣縣)이다. 신라는 이름을 공암(孔巖)이라 고쳐 율진군(栗津郡)의 영현으로 삼았다. 고려 현종때 수주(樹州)의 관내에 속하게 했고 충선왕은 양천현(陽川縣)으로 고쳐 현령을 두었다. 본조에서는 이대로 썼다. 경기도에 속한다. 가천역(加川驛)은 양성현(陽城縣) 서쪽 15리에 있다. 요(邀)는 이소(伊消)의 반절음으로 보통 요(要)로 쓰는데 막는다는 뜻이다.] 적이 이를 보고 다른 길을 경유해서 갔다. 왕안덕이 정예병을 이끌고 추격했으나 이기지 못하자 하늘을 부르며 통곡했다.[호(號)는 호고(戶高)의 반절음으로 부른다는 뜻이다.] 사로잡은 적의 첩자를 신문하자 첩자가 말하기를 "우리 등이 의논하기를, 만약 양광도의 여러 주를 침략하면 최영이 반드시 군사를 거느리고 내려올 것이니 이에 허점을 틈타서 곧바로 서울을 치면 가히 도모할 수 있을 것입니다."라고 했다.[신(訊)은 사진(思瑨)의 반절음으로 묻는다는 뜻이다. 하(下)는 거성이다. 도(擣)는 공격한다, 친다는 뜻이다.]

賊復冦江華府　殺府使金仁貴　戍卒被擄者以千計[復 扶又切 下同 擄 或作虜]
烽火自江華　晝擧不絶[烽火 卽烽燧也 塞上置候望之地 遉有警 夜則擧烽 晝則燔燧]
京城戒嚴　遣諸元帥　分戍東西江　召募勇士　皆賞以官　先給布人五十
匹　賊又入江華　大肆殺掠[肆 恣也]　賊舡復太集窄梁　入昇天府　聲言將
冦京城[昇天府古基 在令豐德郡南十五里許]　中外大震　兵衛列於闕門　以待賊
至　城中洶洶　令坊里軍登城望候　分命諸軍　出屯東西江[令 平聲]

적이 다시 강화부(江華府)를 쳐 부사(府使) 김인귀(金仁貴)를 죽이고 지키는 군졸을 사로잡았는데 천 명을 헤아렸다.[부(復)은 부우(扶又)의 반절음으로 아래도 같다. 노(擄)는 혹 노(虜)라고도 쓴다.] 봉화(烽火)가 강화(江華)로부터 낮에도 끊이지 않았다.[봉화는 곧 봉수(烽燧)이다. 요새(要塞) 위에 망 보는 곳을 두어 변방에 경계할 일이 있으면 밤에는 불을 들어 올리고 낮에는 불을 살랐다.] 서울은 경계를 엄하게 하고 여러 원수(元帥)를 보내 나누어서 동강과 서강을 지켰다. 그리고는 용맹스런 군사를 불러 모아 관직을 상으로 주고, 먼저 사람들에게 포(布) 50필을 주었다. 적은 또 강화에 침입하여 제멋대로 죽이고 약탈했다.[사(肆)는 제멋대로라는 뜻이다.] 적의 배가 다시 착량(窄梁)에 크게 모여 승천부(昇天府)에 들어와서 큰소리로 말하기를 장차 서울을 칠 것이라고 했다.[승천부의 옛터가 지금 풍덕군(豐德郡) 남쪽 15리쯤에 있다.] 나라 안팎이 크게 두려워하여 대궐문에 호위병을 벌려놓고서 적이 오기를 기다리니 성안이 흉흉(洶洶)했다. 방리군(坊里軍)으로 하여금 성에 올라 망을 보게 하고, 나누어서 여러 군에 명하여 동강과 서강에 나아가 주둔케 했다.[영(令)은 평성이다.]

瑩督諸軍 軍于海豐郡 伯淵副之[海豐郡 高麗初稱貞州 顯宗屬開城縣任內 爲尙書都省所掌 文宗時直隷開城府 睿宗改爲昇天府 置知府事 忠宣王降爲知海豐郡 事 本朝因之 太宗十三年 革郡 屬開城留後司 十八年 復折爲郡 我 殿下二十四年 改豐德 別號河源 今屬京畿道] 賊覘知之 以爲得破瑩軍 則京城可窺 乃經諸屯 捨不與角[捨 棄也 角 競也] 趨海豐 直向中軍 瑩曰

최영이 제군(諸軍)을 감독하여 해풍군(海豐郡)에 머무르며 양백연을 부장으로 삼았다.[해풍군은 고려 초에는 정주(貞州)라고 불렀다. 현종은 개성현(開城縣)의 관내에 속하게 하고 상서도성(尙書都省)에서 관장하도록 했다. 문종 때는 개성부에 직속으로 예속시켰다. 예종은 승천부(昇天府)라고 고쳐 지부사(知府事)를 두었다. 충선왕은 지해풍군사(知海豐郡事)로 강등시켰다. 본조에서는 그대로 썼다. 태종 13년에 군(郡)을 없애고 개성유후사(開城留後司)에 속하게 했다가 18년에 다시 나누어 군으로 삼았다. 우리 전하 24년에 풍덕(豐德)으로 고쳤다. 별호는 하원(河源)이다. 지금은 경기도에 속한다.] 적이 이것을 엿보아 알고는 생각하기를 최영의 군대를 깨뜨리면 곧 서울을 넘볼 수 있다고 했다. 이에 여러 주둔지를 싸우지 않고 지나치고 [사(捨)는 버린다는 뜻이다. 각(角)은 다툰다는 뜻이다.] 해풍으로 달려가서 곧바로 중군(中軍)으로 향했다. 최영이 말하기를

社稷存亡 決此一戰 遂與伯淵進擊之 賊逐瑩 瑩奔 太祖率精騎直進 與伯淵合擊大破之 賊殆盡餘黨夜遁[騎 去聲] 夜城中聞瑩被逐 益洶洶莫知所之[之 徃也] 禑欲出避 百官裝束累重 會于闕以待之[累重 謂妻子及資産也] 及諸元帥使人來獻捷 京城解嚴 百官畢賀[使 如字 解嚴 謂解散兵嚴也] "사직(社稷)의 존망이 이 한 번의 전투에 결정된다."라고 하고 드디어

양백연과 함께 진격했다. 적이 최영을 쫓자 최영이 쫓겨 달아났다. 태조가 정예 기병을 이끌고 곧바로 진격하여 양백연과 함께 연합하여 쳐서 크게 무찔렀다. 적이 거의 죽고 나머지 무리는 밤에 달아났다. [기(騎) 거성이다.] 밤에 성 안에서는 최영이 달아났다는 말을 듣고 더욱 흉흉해져서 어디로 가야할지를 알지 못했다. [지(之)는 간다는 뜻이다.] 우(禑)는 나가 피하고자 했고 백관(百官)들도 처자와 재산을 꾸려 대궐에 모여 기다렸다. [누중(累重)은 처자식과 자산(資産)을 말한다.] 원수(元帥)들이 사람을 시켜 와서 승리를 알리니 서울은 계엄을 풀고 백관들은 모두 축하를 했다. [사(使)는 본래의 뜻이다. 해엄(解嚴)은 군대의 계엄을 푸는 것을 말한다.]

용비어천가 색인

【 한자어 색인 】

(ㄱ)

(ㅅ)

【언해 색인】

(ㄱ)

(ㄴ)

(ㄷ)